BESTSELLER

Isabel San Sebastián (Chile, 1959) es periodista todo-terreno. Ha trabajado en prensa (*ABC*, *El Mundo*), radio (Cadena SER, Onda Cero, RNE, Cope, Punto Radio y Es Radio) y televisión (TVE, Antena 3, Telecinco, Telemadrid, 13TV, Cuatro), actividades a las que roba tiempo para dedicarse a su pasión: escribir. Autora de diversos ensayos y enamorada de la historia y la novela histórica, ha publicado con gran éxito *La visigoda* (2007, Premio Ciudad de Cartagena), *Astur* (2008), *La cátara* (*Imperator*, 2010), *Un reino lejano* (2012), *La mujer del diplomático* (2014), *Lo último que verán tus ojos* (2016), *La peregrina* (2018) y *Las campanas de Santiago* (2020), que suman juntas más de 500.000 ejemplares vendidos.

Biblioteca

ISABEL SAN SEBASTIÁN

La cátara

(Imperator)

DEBOLS!LLO

Papel certificado por el Forest Stewardship Council®

MIXTO
Papel procedente de
fuentes responsables
FSC® C117695
FSC
www.fsc.org

Penguin
Random House
Grupo Editorial

Primera edición: octubre de 2022

© 2010, 2022, Isabel San Sebastián
© 2022, Penguin Random House Grupo Editorial, S. A. U.
Travessera de Gràcia, 47-49. 08021 Barcelona
Diseño de cubierta: Penguin Random House Grupo Editorial / Marta Pardina
Imagen de cubierta: composición fotográfica a partir de las imágenes de © Shutterstock,
© Istock y © Alamy / Leo Flores
Ilustraciones de tripa: tarot de Marsella, redibujo de Miquel Tejedo
basado en la fotografía de © Isaiah Fainberg / Shutterstock

Printed in Spain – Impreso en España

ISBN: 978-84-663-6308-2
Depósito legal: B-13.722-2022

Compuesto en M. I. Maquetación, S. L.
Impreso en Liberdúplex, S. L. U.
Sant Llorenç d'Hortons (Barcelona)

P 3 6 3 0 8 2

A Laura, Beatriz y Elena

Nota de la autora

Esta novela se publicó por vez primera en 2010 con el título de *Imperator*. En esta nueva edición corregida he considerado oportuno cambiar el título por el de *La cátara*, porque la auténtica protagonista de la historia es Braira de Fanjau, personaje de ficción que representa a los cientos de miles de cátaros perseguidos, torturados y exterminados en el transcurso de la despiadada cruzada decretada contra ellos por el papa Inocencio III y ejecutada por las tropas del conde Simón de Monforte.

Aunque la Edad Media pasa por ser un periodo oscuro, sin más color que el de la sangre, lo cierto es que sus páginas están cuajadas de argumentos inspiradores. Y pocos resultan tan atractivos como los reunidos en este arranque del siglo XIII mediterráneo, que anunciaba un Renacimiento precoz segado de cuajo por la peste negra que sobrevino poco después. Un tiempo de efervescencia cultural y de enfrentamiento brutal entre poderes, en el que la erudición convivió con una crueldad despiadada. Días de ferocidad ilimitada y cortesía deslumbrante, que nadie representa tan fielmente como Federico de Hohenstaufen y Altavilla, rey de Sicilia y emperador romano-germánico, cuya vida he tratado de recrear con rigor, incluso ateniéndome en las anécdotas a lo que las crónicas cuentan de él. Únicamente me he permitido la

9

licencia de llevarle a morir a su isla querida, en un castillo cercano a Catania, llamado de Paternò, que la tradición local reivindica como su última morada, pese a que la mayoría de los biógrafos sitúan este acontecimiento en una fortaleza de Apulia.

Pero no es Federico el único gigante que me ha fascinado hasta el punto de llevarme a devolverle a la vida. La mayoría de los actores de esta historia son seres reales, que nos dejaron su huella imborrable: Pedro II de Aragón, el «rey gentil», héroe de las Navas de Tolosa y víctima en Muret de un inquebrantable apego a la honra caballeresca. El papa Inocencio III, príncipe de los príncipes de la Iglesia en sus años de hierro. Simón de Monforte, exterminador de los cátaros, cuya auténtica y trágica epopeya rescato de las fábulas de ciencia ficción tejidas en torno a ellos por algunos escritores menos escrupulosos con la verdad, como si esta no bastara por sí sola para sostener un relato apasionante. Balduino de Jerusalén, el leproso hijo de las cruzadas. Al Kamil; Saladino el Grande; Federico el Barbarroja; Constanza de Aragón; su madre, la influyente reina Sancha; Miguel Escoto; santo Domingo de Guzmán, fundador de la Orden de los Dominicos; Diego de Osma; Francesco di Bernardone, a quien recordamos como san Francisco de Asís... y tantos otros hombres y mujeres de ese tiempo cuya mera mención nos lleva a evocar paisajes y sucesos fascinantes.

En cuanto a las referencias al tarot, he procurado no desviarme demasiado de la guía que ofrecen Daniel Rodés y Encarna Sánchez en su *El Libro de Oro. Tarot de Marsella*, aunque se trata de un recurso literario que no pretende en modo alguno reflejar en toda su profundidad los secretos de este antiguo saber.

Al igual que mis trabajos anteriores, no solo he recorrido los lugares que describo para empaparme de su esencia, sino que me he documentado en fuentes de la época, como los *Anales del Reino de Aragón*, tanto como en trabajos de autores actuales (Michel Roquebert, Mariateresa Fumagalli Beonio, David Abulafia, Ernst Kantorowicz, Adela Rubio Calatayud, Steven Runciman, Andrés Jiménez Soler, Isabel Falcón Pérez, etcétera) a quienes debo el placer de haber transitado con comodidad por esos caminos tortuosos. Suyo es el mérito histórico. Los errores, solo míos.

PRIMERA PARTE

1194-1209

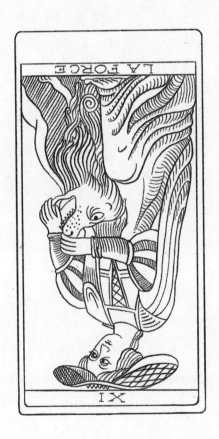

I

El primer mártir del que llegaron noticias a Fanjau se llamaba Pedro y era panadero.

Corría el año del Señor de 1204 y en toda Francia resonaban los ecos del llamamiento lanzado por el papa para combatir la herejía. El soberano, Felipe Augusto, había ordenado levantar hogueras por doquier a fin de erradicarla de sus dominios, y su brazo secular golpeaba de manera tan implacable como la furia del populacho.

Acorralados, apedreados, linchados a palos en plazas y campos o abrasados vivos en sus hogares, gnósticos, valdenses, bogomilos y demás seguidores de doctrinas desviadas entregaban el alma a su Dios entre atroces sufrimientos. Pero eran sin duda los cátaros quienes representaban el mayor peligro de contagio, dado el vertiginoso ritmo al que se propagaba su creencia, y eran sus cabezas visibles quienes merecían, en consecuencia, la consideración más severa. Por eso eran las más perseguidas.

A Pedro, propietario de una tahona en un pueblecito cercano a Reims, lo denunció un competidor celoso de su prosperidad, quien lo catapultó de inmediato a la condición de ejemplo. ¡En mala hora! De la noche a la mañana se convirtió en un fantoche horrendo, expuesto a las garras del vulgo con el propósito de infundir terror. Su nombre había sido escrito en el Libro del Mal Agüero.

Una madrugada de invierno, poco antes del amanecer, fue detenido en su domicilio por los soldados del conde, arrastrado de calle en calle a medio vestir, zarandeado, sometido a las burlas de sus propios vecinos sin explicarse el porqué de semejante odisea, y finalmente arrojado a la suciedad de una mazmorra, en la que se abandonó exhausto, incapaz de comprender. Allí permaneció encadenado durante muchas jornadas idénticas en su monotonía, hasta que una pelambrera grisácea le cubrió el rostro. Entonces, un día como cualquier otro, apareció por allí un barbero, le permitieron asearse y ponerse ropa limpia, y le condujeron al tribunal que había de juzgarle, compuesto por una docena de clérigos a quienes presidía el obispo de la ciudad.

—Jura solemnemente que acatas la autoridad de la Santa Madre Iglesia, aceptando con humildad sus preceptos —le conminó el instructor de la causa, envuelto en un hábito oscuro.

—¿Por qué he de jurar lo que jamás he cuestionado? ¿De qué se me acusa exactamente y quién es mi acusador? —respondió él, eludiendo el fondo del asunto, pues su fe no reconocía más intermediarios entre los hombres y Dios que su Hijo, Jesucristo.

—Jura o perecerás. Jura que el cuerpo de Cristo está presente en la sagrada hostia y que solo el bautismo del agua nos lava la mancha del pecado original.

Pedro palideció. El fiscal, con una voz que parecía surgir de las profundidades de la tierra, acababa de poner el dedo en la llaga que desgarraba a la familia cristiana. Los «puros», a quienes muchos denominaban con la palabra griega «cátaros», otros «albigenses», por el emplazamiento de su cuartel general, y la mayoría simplemente «herejes», rechazaban obstinadamente los sacramentos que los católicos consideraban cimientos esenciales de su religión y argamasa de su unidad. Para ellos todo era más sencillo, pues únicamente habían de regir su conducta sabiendo elegir entre el bien, manifestado en el espíritu, y el mal, representado en todo lo material, obra engañosa del diablo.

Una elección acertada los obligaba a vivir con la máxima humildad, lejos de cualquier goce mundano, pues su vía hacia la salvación no era otra que la pobreza extrema. Claro que un fabricante de panes no se exigía a sí mismo tanto. Tampoco lo hacía la mayoría de sus correligionarios, que admiraba el ascetismo de los «perfectos» asumiendo, al mismo tiempo, su propia debilidad. De ahí que muchos de ellos hubieran renegado públicamente de su fe con el fin de salvar la vida, como tendría que hacer Pedro si quería ver de nuevo la luz del sol que tanto amaba.

¿Por qué se le pedía un comportamiento extraordinario —se había preguntado una y otra vez en la oscuridad de su encierro— si no era más que un hombre cualquiera? ¿Quién le había asignado semejante cáliz? ¿Alguien le había preguntado si deseaba representar el papel? Él no había nacido para ser un héroe. Lo suyo era la harina que sus sirvientes traían en grandes sacos del molino viejo, el agua tibia a la que agregaba levadura en la proporción adecuada para cuajar un pan esponjoso, el tacto suave que adquiría la masa al empezar a crecer... Esa era su vida.

—Arrodíllate y besa la cruz de Nuestro Señor —amenazó la voz del acusador, ofreciendo a los labios del reo un crucifijo de madera y plata.

—No adoraré un instrumento de suplicio —replicó Pedro, sin renegar de Jesucristo ni traicionar sus creencias—. No besaré el madero en el que fue torturado el Hijo de Dios.

—¿Te atreves a despreciar el símbolo de nuestra redención? ¡Jura de una vez, blasfemo, o sométete al juicio divino!

No fue la valentía lo que le movió a hacer lo que hizo, ni tampoco el fervor religioso. Fue más bien la rabia, unida al cansancio. La conciencia de haber llegado al final de lo soportable sin conseguir mover una pulgada las posiciones de partida que habían desencadenado esa situación, así como el consiguiente abandono, fruto de la resignación. Una extraña mezcla de indiferencia y prisa por acabar, en la certeza de que su respuesta le abriría de inmediato las puertas de la libertad.

Con voz sorprendentemente tranquila, señalando uno a uno a todos los miembros del tribunal, exclamó:

—No es Dios quien me somete a este juicio, sino vosotros. Vosotros que os consideráis mejores que yo. Vosotros, con vuestros vientres prominentes y vuestras conciencias satisfechas...

No pudo concluir la frase. Dos guardias armados le sacaron de la sala en volandas, mientras él desgranaba un padrenuestro, ahora sí, ya a gritos, presa de un ataque de cólera del que se arrepintió de inmediato.

Al amanecer del día siguiente, ante los muros de la fortaleza, el verdugo a las órdenes de Roberto de Dreux, señor de Reims, fue el encargado de ejecutar la sentencia, en presencia de la esposa del magnate, la condesa Matilda, de toda la corte, revestida de sus mejores galas, y del variopinto gentío acudido a contemplar lo que anticipaba iba a ser una ejecución de las más jugosas.

Con el mismo manto que llevaba al comparecer ante sus jueces, la cara sucia, los ojos hinchados por el llanto y las manos atadas a la espalda, el hereje subió por su propio pie a lo alto del haz de leña preparado para reducirlo a cenizas.

Sus pasos eran vacilantes, se tambaleaba al ascender cada peldaño, pero, sordo a las imprecaciones que le escupían los asistentes a su particular calvario, mantenía una serenidad que algunos tomaron por prueba inequívoca de su posesión demoniaca y otros simplemente por locura. El secreto estaba en un bebedizo que le había hecho llegar, sobornando al carcelero, uno de los pocos cátaros que aún quedaba en la ciudad, oculto bajo una identidad falsa y una religiosidad fingida. Aquel brebaje de hierbas había adormecido sus sentidos, más llamados que nunca en aquel trance a servir de instrumento a Satanás. Le iba a brindar, al menos, el consuelo de un final sin excesivo dolor físico.

Bajo los efectos de la droga, Pedro apenas podía pensar. Como si estuviese inmerso en una pesadilla, seguía intentando en vano comprender la razón por la cual aquellas gentes, en general pacíficas, le manifestaban tanto odio. ¿A qué era debido ese ensañamiento que los llevaba a espetarle auténticas ferocidades? ¿Por qué le arrojaban basura? ¿Qué daño les había hecho?

El populacho descargaba su rencor en él como podría haberlo hecho en cualquier otro. Ni veía su cara ni quería oír su voz. Siglos de opresión, generaciones de miseria se manifestaban de pronto en esa forma vil y mezquina, simplemente porque la ocasión se prestaba a ello. En eso consistía precisamente su condición de ejemplo. Él era el chivo expiatorio llamado a cargar con toda la amargura acumulada por esos desgraciados, aunque en ese momento no estuviese en condiciones de darse cuenta. Todo en su mente era confusión y miedo. Solo miedo y confusión.

No debieron de ser más de unos minutos los que tardó en alcanzar la cima de su pira funeraria, aunque a él le parecieron una eternidad. Mientras el sacerdote le ofrecía una confesión que rechazó y el sayón le amarraba sin miramientos al poste que le impediría huir del tormento e incluso retorcerse en la agonía, una única idea obsesiva rondaba ya su cabeza. ¿Sería esta la última y definitiva prueba a que le sometía su Dios? ¿Alcanzaría esta vez la felicidad suprema de la espiritualidad absoluta, o se vería obligado a arrastrar una nueva osamenta revestida de piel, fuente constante de tentación y dolor? ¡Qué pesada resultaba la carga de una fe tan exigente!

De manera meticulosa, sin olvidar un rincón, fue embadurnado de grasa destinada a facilitar el mordisco de las llamas. Pese a la acción del brebaje narcótico, que le nublaba la visión, respiró el humo acre que desprendía la leña al comenzar a arder y sintió un instante de pánico al presentir el horror de lo que le aguardaba. Solo podía rezar y eso hizo, mientras le quedaron fuerzas. Sus últimos lamentos fueron apagados por los aullidos de la muchedumbre, entusiasmada con el espectáculo.

El relato de lo sucedido, transmitido en una extensa carta por uno de los compañeros del ajusticiado, causó honda impresión en Fanjau, donde residía su hermano, Lucas, que llevaba toda una vida al servicio de los De Laurac y había alcanzado el grado de senescal de esa familia de la nobleza campesina occitana, propietaria de una extensa heredad de viñedos a los que se asomaba su hogar, el castillo de Belcamino.

Tanto él como sus amos, Bruno y Mabilia, elevaron plegarias al cielo por el alma del difunto, aunque no hubo rezo, ni penitencia, ni palabra de consuelo capaz de sacar a Lucas del duelo en el que se sumió. Su espíritu, su razón, la piedra angular que sostenía su personalidad se había quebrado. La risa huyó de sus labios bromistas, el pelo se le llenó de canas, dejó de disfrutar de la buena mesa, se fue recluyendo en sí mismo, hasta rezumar rencor por todos los poros.

Se transformó en otra persona; un desconocido para Braira.

La chiquilla, benjamina de la casa, se había criado prácticamente en los brazos de ese hombre. Mientras sus padres asistían a fiestas, preparaban listas de invitados a sus frecuentes banquetes, acudían a las justas celebradas en las fortalezas de la vecindad o cumplían con cualquiera de sus múltiples obligaciones, ella y el senescal descubrían el mundo juntos, cabalgando a lomos de sus respectivas monturas: una yegua añosa y mansa, llamada Perla, para Braira, y un brioso alazán de sangre hispana para Lucas. Él le enseñó a montar, tanto a la amazona como a la jineta, cuando las piernas no le llegaban a los estribos, por más que estos se ajustaran. Le explicó la diferencia entre un olivo, un alcornoque, una encina y un ciprés. Le mostró a decenas de polluelos en sus nidos. Le hizo de ayo, de guardián y de maestro.

Quería a Braira como a la hija que no había tenido y disfrutaba contándole cuentos y fábulas, tañendo para ella el laúd o hablándole de la gesta de Rolando, quien, herido de muerte por los sarracenos en Roncesvalles, sopló incansablemente en su olifante hasta alertar a la vanguardia del rey de reyes, Carlomagno.

Cuando la niña enfermó, con unas fiebres que la llenaron de ampollas y obligaban a las niñeras a vendarle las manitas para evitar que se rascara hasta sangrar, él apenas se movió de su cabecera. Cada momento de asueto que le dejaba su alta responsabilidad en la propiedad lo pasó con ella, sin dejar de pedir a Dios con devoción que no tuviera prisa en llevársela.

—No padezcas, ayo —le decía la pequeña, devorada por la calentura—. El perfecto Andrés, que vino a verme ayer, dice que si Dios me llama con Él al cielo seré un ángel libre de algo que él llamó «envoltorio mortal». ¿Qué es eso?

—Tú ya eres un ángel y no vas a ir a ninguna parte. Te vas a poner buena que para eso estoy yo aquí. Descansa.

—Pero si me muero, mi alma llegará a ser pura —argumentaba ella, repitiendo lo que había aprendido de sus mayores sin comprenderlo—. ¿Por qué estás triste? ¡Eso es bueno!

—Calla y duerme, parlanchina. Es lo que debes hacer para sanar.

Era cierto que su religión desdeñaba el cuerpo, considerado un mero lastre para el espíritu, aunque la risa de aquella niña, su voz, el calor de sus manos o la luz de sus ojos constituían para Lucas un lastre de inigualable valor, por el que merecía la pena luchar. Y tal fue el empeño que puso en ello, que llegó a ablandar el alma del Señor hasta propiciar la curación de Braira. Eso al menos le contaba años después a su pupila, quien creció convencida de deber su vida y su salud a la insistencia de su mayordomo.

Junto a Lucas y a su hermano Guillermo, cuatro años mayor que ella, en los dominios de Belcamino la chica conoció una dicha sencilla, basada en cosas pequeñas, al amparo de una tierra generosa. Una alegría de juegos con los hijos de la servidumbre del castillo, excursiones campestres, alguna que otra magulladura y muy pocas obligaciones. Un tiempo de felicidad suficiente para garantizarle una personalidad sólida, que concluyó bruscamente con aquella carta maldita. La que le robó a su protector y puso fin a su infancia.

Desde aquel mismo momento el senescal no volvió a ser él mismo. Rumiaba su tragedia a toda hora, quejándose de la injusticia que persigue al ser humano y pintando en tonos agrios los perfiles de la vida, antes de color pastel. Tanto dolor derrochó en los paseos, antaño joviales, que llegó a contagiar a Braira hasta llevarla a percatarse de cosas nunca vistas, a fijarse en lo feo y sucio que habitaba en sus ricos valles.

Por más que sus amos y vecinos le invitaran a perdonar, Lucas se juró a sí mismo vengar al mártir. ¡Y vaya si lo hizo! Su temperamento, a diferencia del de su hermano, no le inclinaba a la resignación, sino al ojo por ojo, hasta el punto de quitarle el sueño al convertir ese anhelo justiciero en una obsesión.

Él, que se había distinguido hasta entonces por ser un vasallo ejemplar, descuidó sus tareas y hasta su aspecto. Entabló tratos con algunos caballeros famosos por su carácter exaltado, e incluso empezó a mostrarse descortés y agresivo con los invitados de sus señores que profesaban la fe católica. Hasta que un mal día, Bruno, barón de Laurac, se vio obligado a pedirle que abandonara su casa.

Una decisión de la que pronto se arrepentiría...

Para evocar el recuerdo de su ayo, Braira empezó a recorrer solitaria los paisajes que habían descubierto juntos, aunque la visión ya no resultara idílica. Las viñas eran las mismas y el trigo anunciaba abundancia, pero ahora veía el sudor de los campesinos aplastados por el peso del trabajo. Se fijaba en la delgadez y en la mugre de los chiquillos que correteaban junto a las mujeres cargadas con enormes cestos llenos a rebosar de uva. Oía su llanto. Casi podía sentir su hambre.

¿A qué obedecía esa distancia abismal entre el universo de su familia y el de aquellos siervos de la gleba en quienes nunca había reparado, cuyos hijos no reían como ella?

Una tarde, corroída por los escrúpulos, abordó directamente a su madre.

—¿Por qué razón ha dispuesto Dios que existan gentes como nosotros y otras de condición miserable?

—Cada criatura, así sea humana o animal, tiene su lugar en el orden natural de las cosas —respondió esta, sorprendida por la pregunta—, pues así lo ha dispuesto el Señor. El siervo está ligado a la tierra, de la que extrae su sustento y el nuestro, del mismo modo que nosotros aseguramos su protección. ¿Qué sería de ellos sin nuestro amparo y nuestra guía? ¿Acaso has oído alguna queja por su parte? Ellos son felices así, igual que los pájaros que anidan en nuestros árboles, el ganado que criamos o los venados que corren por nuestros montes. Cada cual ha de aceptar su condición, agradecido, cumpliendo con los deberes que conlleva. Así es como funciona el mundo.

La explicación no terminó de convencer a Braira, pues le parecía evidente que ella tenía muchos más motivos para estar agradecida que la mayoría de las personas que la rodeaban. En todo caso, si quería que las cosas siguieran siendo así —se dijo—, más le valía asegurarse de ocupar siempre un puesto entre los poderosos, quienes, a juzgar por sus ropas, su alimento, su belleza y su alegría, ocupaban una posición privilegiada en ese orden natural del que le hablaba su madre. Con el fin de elegir el camino adecuado para alcanzar esa meta, insistió:

—¿Y qué hemos hecho nosotros para merecer estar donde estamos?

En lugar de responder, Mabilia salió de la estancia.

Era una mujer virtuosa, devota de su Dios y poco dada a la filosofía, que asumía su existencia sin cuestionársela. Casada a los quince años con un hombre de carácter severo y honor intachable, vivía entregada a sus obras de caridad, sus obligaciones domésticas y una intensa, además de grata, actividad social, inherente a su papel de esposa de un potentado occitano. Sus hijos le quedaban lejos.

Entre los placeres mundanos que se permitía estaba el del juego del tarot, que practicaba, para solaz de sus amistades, revelándoles secretos de alcoba, anunciándoles romances sabrosos o consolándolos de alguna pérdida. Siempre procuraba que las cartas fuesen portadoras de buenas noticias o soluciones ingeniosas, restando seriedad a esas herramientas de conocimiento que, en el fondo de su corazón, intuía poderosas.

La clarividencia que demostraba con ese juego de salón la distinguía entre todas las demás damas y era públicamente reconocida, si bien desde hacía algún tiempo había dejado de divertirle. Y era porque los naipes le hablaban de forma confusa, con augurios inquietantes. Le anunciaban nubarrones tormentosos sin concretar su naturaleza, lo que la llevaba a temer por la salud de los suyos y el buen gobierno de Belcamino.

Situada en la cima de un altozano, esta residencia típica de la región, mitad granja mitad castillo, dominaba un vasto territorio cubierto de campos de trigo, molinos de viento, bosque bajo y cepas de buen caldo. Hacia el norte, la montaña Negra sobresalía entre picos que se cubrían de blanco en invierno. Hacia el meridión, la cumbre del San Bartolomé indicaba el camino de Montsegur, la inexpugnable. Y a media jornada de marcha se encontraba la villa de Fanjau, protegida tras sus sólidas murallas de piedra. Fanjau, a la que cantaban trovadores venidos de todas las cortes. Fanjau la bella, la rica, la ciudad de los poetas.

Allí, en la tierra que hablaba la lengua de oc, la mayoría de los nobles había abrazado la fe de los cátaros, procedente del Lejano Oriente, adaptándola a su gusto por los placeres mundanos practicados en sus cortes. Los que permanecían fieles a Roma, igualmente amantes de la buena vida, la toleraban sin problemas. La risa, el goce, la exaltación del amor en todas sus manifestaciones eran pasiones intensas, que convivían en paradójica armonía con el ascetismo predicado por los defensores de la pureza.

¿A quién podía molestarle? Así habían estado las cosas durante todos los años de los que existía memoria, y de ese modo tranquilo habrían seguido discurriendo si el dios de la cólera no hubiese decidido entrar en guerra con el dios de la misericordia, escogiendo Occitania como campo de la contienda.

Pero ese día aún estaba por llegar.

En aquellas fechas todavía no encontraban eco entre los poderosos los llamamientos del clero católico a tomar las armas contra la «pestilencia que se expande por el país», tal como proclamaba una pastoral del arzobispo de Narbona. Y a falta de colaboración por parte de príncipes, duques, condes, alcaldes, magistrados locales y demás autoridades civiles encargadas de reprimir a los recalcitrantes, la Iglesia asistía impotente al contagio de una doctrina que amenazaba con destruirla.

Impotente, que no ociosa.

Inocencio III intentaba con todas sus fuerzas recuperar esas almas, enviando legados a la región con la misión de predicar la verdad del Evangelio y exigir, con idéntica vehemencia, que sacerdotes y obispos vivieran de acuerdo con sus votos, castigaran los abusos y refrenaran su desmedida afición por el lujo, practicando la caridad. Claro que su mensaje calaba con distintos grados de intensidad en función de quienes fuesen los afectados, ya que los clérigos potentados hacían oídos sordos a los llamamientos de su pastor.

Ese pontífice, el mayor y más ambicioso que habían contemplado los tiempos desde que León se enfrentara al bárbaro Atila a fin de salvar a Roma de la destrucción, luchaba enérgicamente por ser un digno vicario de Cristo y extender el alcance de su palabra. Con ese empeño había proclamado la Cuarta Cruzada a Tierra Santa y garantizado la redención no solo a sus protagonistas, sino a todos los caballeros que participasen en la Reconquista de las Españas, a los que lucharan por su pupilo Federico en la guerra civil que desgarraba Sicilia y también a los que combatieran la herejía allá donde esta arraigaba.

Tal como la veía él, la suya era una tarea titánica que le obligaba a situarse por encima de cualquier hombre, constituyéndose en juez de todos ellos. Y esa determinación inquebrantable iba a ser la causa de pavorosos conflictos que empezaban a fraguarse.

El rey de Francia, entretanto, se frotaba las manos. Roma le había pedido auxilio armado en su lucha contra los cátaros y él pensaba aprovechar la ocasión para ocupar impunemente un territorio que escapaba a su control, pues rendía vasallaje al soberano de Aragón. Le ofrecían confiscar con todas las bendiciones las posesiones de cualquier señor reacio a liquidar a sus súbditos recalcitrantes. ¿Qué más podía pedir?

¡Pobre Occitania! La bella, la próspera, la tierra de las mujeres en cuyos labios madura el fruto de la alegría, tal como cantaban los trovadores, jugaba, reía, amaba despreocupada, sin sospechar la magnitud de la tragedia que estaba a punto de abatirse sobre ella.

II

¿Quién iba a pensar en tragedias un día como ese en Belcamino? La casa bullía de actividad por los preparativos del viaje, y ni siquiera los acontecimientos de los últimos meses, culminados con la expulsión de Lucas, podían ensombrecer la excitación de los De Laurac ante su inminente partida a la Provenza, donde asistirían a la boda del rey Pedro II de Aragón con la condesa María de Montpellier. Un festejo llamado a convertirse en el acontecimiento de la década, cuyo esplendor prometía oscurecer incluso los fastos que, en enero de ese mismo año, habían coronado el matrimonio del conde Raimundo VI de Tolosa con la infanta Leonor, hermana del soberano aragonés.

Braira estaba a punto de cumplir los trece años y había alcanzado esa edad en la que la mente es un tobogán de sensaciones contrapuestas que suben o bajan al ritmo de cada emoción. Tan pronto se preocupaba por la suerte de los desamparados de Dios como se perdía ante el espejo, intentando en vano gustarse a base de ensayar sonrisas. Su humor oscilaba sin motivo y no comprendía el porqué de los vaivenes de su corazón. Se resistía a reconocerse en la doncella que empezaba a dibujarse en su rostro, con la que debía convivir lo mejor posible, mal que le pesara a la niña que se negaba a morir.

Aquel era su primer acto público de relieve, lo que había dado lugar a interminables discusiones con su madre relativas al atuendo.

—¡No tengo nada que ponerme! —se lamentaba ese día, nerviosa, mientras se aplicaba con torpeza a manejar la lanzadera del telar en los aposentos que ocupaba Mabilia en la planta noble de Belcamino.

—¿Nada? —se escandalizó esta—. La costurera te está arreglando tres de mis mejores vestidos a fin de que puedas elegir. Ha aprovechado las mangas de ese traje de brocado verde que tanto nos gustaba para adaptarlas a un cuerpo dorado, casi nuevo, que se me quedó estrecho antes de poder gastarlo. También le he dicho que cosa una cenefa de tela azul al que llevé en la boda de tu tío, el de Bretaña, después de meterle el dobladillo y ocultar de ese modo la parte ajada por el roce. Te aseguro que serás la mejor ataviada de cuantas doncellas acudan al banquete nupcial.

—Me quedarán anchos y se notará que no son nuevos. Su corte está anticuado. Les faltan pliegues y adornos. Las faldas son demasiado cortas, sin vuelo...

—Te ceñirás el que más te guste con el cinturón que te trajo tu padre de Barcelona. Recuerda que está bordado por los mejores artesanos moros de aquellas tierras. Nadie tendrá uno igual. ¿Tú te crees que todas las damas pueden permitirse un atuendo nuevo para cada acontecimiento? ¡Dios nos asista! No habría bolsa capaz de sufragar semejante gasto. ¡Con el precio que alcanzan las buenas telas! Para aprovechar lo que hay están las costureras y la imaginación. Con tu figura, además, estarás radiante te pongas lo que te pongas.

—¿Y qué zapatos llevaré? ¿Cómo me arreglaré el cabello? No habrá modo de ocultar esos horribles granos que arrasan mi frente... ¡No iré, no me mostraré ante todos así, hecha un adefesio!

Llegadas a ese punto y colmada su paciencia, la señora del castillo se puso seria y recriminó a su hija con severidad una frivolidad más propia de sus años que de su religión y de su clase.

—Ya eres una mujer —le dijo—. ¡Compórtate como tal!

Estaba decidida a educarla de acuerdo con el código rígido que tendría que regir a partir de entonces su conducta, en la que no habría espacio para semejantes rabietas. Era su manera de mostrar amor a esa hija de cabellos color avellana, ojos alegres y mejillas de seda, nacida bajo el signo de la Rueda de la Fortuna: la carta de los cambios constantes, las aventuras y la superación.

Las vivencias que aguardaban a Braira a lo largo de su vida desbordarían ampliamente las murallas de Fanjau y las de su regazo, como intuía claramente Mabilia, incluso sin necesidad de recurrir a la adivinación, por el modo en que miraba a su alrededor siempre hambrienta de experiencias nuevas. A fin de que pudiera desenvolverse en los distintos escenarios que iba a depararle el futuro, era menester que aprendiera a actuar cuanto antes con arreglo a su condición social. Y para ello era indispensable la disciplina que aplicaba su madre. De momento, sin embargo, la excursión que iban a emprender las llevaría juntas, por el mismo camino, hasta Montpellier, en un recorrido de dos o tres días que no planteaba la menor dificultad. ¿Qué era entonces lo que tenía así de desazonada a la señora de Belcamino?

Los naipes, esos endiablados naipes cuya voz la cautivaba, que se empeñaban en augurar acontecimientos desagradables.

—Dejémonos de tonterías y observa detenidamente lo que voy a mostrarte —propuso a su hija, que se había quedado mustia tras la reprimenda—. Estoy cansada de tejer. Cierra la puerta para que nadie nos moleste y presta atención. Tienes que aprender a descifrar este lenguaje.

Ante la mirada de Braira, cuya curiosidad había eclipsado cualquier otra inquietud, sacó de un escondite disimulado en un arcón una baraja que conservaba como el mayor de sus tesoros, y se dispuso a consultar al tarot.

Cada carta, hasta un total de veintidós, tenía el tamaño de una mano abierta y estaba cortada en piel de cordero nonato, curtida, tratada y pulida hasta convertirla en pergamino de la mejor calidad. Las figuras, pintadas con esmero por manos sabias, representaban a distintos personajes, encarnación de una intrincada simbología. Destacaban los colores rojo, oro, verde y azul añil.

Braira, que había convivido con ese juego desde la cuna, observaba las tiradas de su madre con una mezcla de diversión y respeto, esforzándose por memorizar comprendiendo. Mabilia la consideraba ya lo suficientemente madura como para adentrarse en el misterio de su interpretación, por lo que ponía su mejor empeño en abrirle esa puerta a la vez lúdica y mágica.

—Las cartas encierran un código que solo las iniciadas como nosotras podemos penetrar. Esfuérzate en dominarlo. Ellas te ayudarán a tomar decisiones que de otra forma te resultarían imposibles. Te contarán historias fascinantes. Te permitirán ayudar a los demás, orientándolos en la oscuridad. Te revelarán sus secretos más íntimos. Te otorgarán el conocimiento necesario para solucionar conflictos aparentemente irresolubles. Te iluminarán el corazón y te darán igualmente acceso a pensamientos, emociones, pasiones y temores que anidan en nuestro interior sin que seamos capaces de expresarlos o incluso reconocerlos.

—¿No es contrario este juego a las enseñanzas de nuestra Iglesia, madre? —constató la alumna, que captaba de un modo instintivo la contradicción existente entre lo que le contaba su maestra sobre esos objetos misteriosos y la fe que ella misma le había inculcado en un Dios omnipotente, principio y fin de todas las cosas.

—En absoluto, hija mía. Todo lo que nos rodea está escrito por la mano del Creador. La disposición de los astros, el zodiaco, el tarot. Todos ellos son lenguajes que nos ofrece el Todopoderoso. Solo hay que saber leerlos. Y en todo caso, siempre puedes jugar sin dar trascendencia al juego, aunque a medida que te sumerjas en sus profundidades te será difícil tomártelo a broma.

—¿Quién te enseñó a ti?

—Mi madre, quien había recibido a su vez ese don de una esclava nacida y criada en las lejanas estepas de Panonia.

—¿De dónde?

—De tierras gélidas, paganas, donde habita el misterio.

—¿Qué he de hacer? —inquirió la chica, cautivada por esa intriga.

—Observar lo que yo hago y fijarte en las cartas, en las figuras que van apareciendo, su mirada, su posición derecha o invertida, el orden que guardan con respecto a la que la precede y la sigue... Tus ojos se irán abriendo hasta que un día lo veas todo claro. Y ese día, hija, habrás adquirido un poder que deberás administrar con cuidado. Un poder que los hombres buscarán y temerán, que te podrá encumbrar o causar tu ruina. En cualquier caso, serás la reina de las fiestas —concluyó, quitando hierro deliberadamente a lo que acababa de decir.

—¡Sí! —se entusiasmó Braira—. Quiero llegar a ser tan hábil como tú. Estaré atenta.

Tras barajar lentamente durante un buen rato, Mabilia sacó cuatro cartas del montón y las dispuso ante sí en una mesita baja, una a continuación de la otra, separadas por un estrecho margen: el ayer, el hoy, el mañana y el camino. Con horror, descubrió que esta última era la

Muerte, del revés. Una figura que borró instantáneamente la sonrisa de su rostro y le quitó las ganas de jugar.

La segadora aparecía con su guadaña ensangrentada, su osamenta al descubierto y su dentadura hambrienta, rodeada de cabezas y miembros amputados, con la calavera apuntando hacia el infierno. Un augurio seguro de dolor. El anuncio de hechos violentos, incluso trágicos, incomprensible en vísperas de una boda.

¿A qué vendría ese aviso?

—Otro día seguiremos —dijo a su hija—. Acabo de recordar que me esperan en la cocina para decidir lo que se servirá en la cena.

—¡Por favor! —suplicó la niña.

—Ahora no. No insistas. Por tu propio bien debemos dejarlo.

Con un sabor agridulce en el paladar y el anhelo de haber equivocado la lectura, Mabilia cabalgaba un par de días más tarde, junto a su familia, hacia la propiedad de unos conocidos, cercana a la capital del condado de la Provenza, donde se alojarían para asistir al enlace real que recogerían los historiadores.

Toda la nobleza local había sido convocada a presenciar el evento, pues, además de su carácter festivo, suponía una promesa de paz y prosperidad que el pueblo recibía con júbilo. Si no se producían guerras, como las que habían devastado la región en las décadas precedentes, no habría levas forzosas, ni incendios de cultivos, ni saqueos indiscriminados. Si la paz fuese esta vez posible... Ese sueño repicaba en los ánimos con más alborozo aún que las campanas de las iglesias.

La ciudad estaba a rebosar. En las posadas sobresaturadas de curiosos no cabía un alfiler y los más avispados harían su agosto alquilando una cama o un balcón con vistas a la calle por precios astronómicos. Todos querían ver de cerca a ese rey apuesto, valiente, galante, amante de los bailes y del juego, libertino y derrochador, cuyas glorias en los campos de batalla y del amor cantaban en sus trovas los juglares. A ese gigante rubio, ascendido al trono antes de cumplir los veinte años, llamado a devolver a su reino la honra tras la derrota sufrida por la cristiandad hispana frente a los sarracenos en Alarcos.

Ahora, en el esplendor de su juventud, Pedro se casaba con María a fin de incorporar a sus dominios la ansiada villa de la que ella era dueña, entregándole a cambio el Rosellón y la promesa de no repudiarla nunca. Quedaba de esa forma sellado un pacto formal que obligaba a los soberanos de Aragón y Tolosa a prestarse mutuo socorro en caso de conflicto, respaldarse, aconsejarse, unirse y asistirse ante cualquier enemigo. Un acuerdo que no tardaría en ser puesto a prueba por la fuerza brutal de los hechos, hasta las últimas consecuencias.

Pero en el día de sus esponsales nada permitía presagiar que algo malo pudiese suceder al feliz esposo. Su cuñado por partida doble, el conde Raimundo, le había prestado ciento cincuenta mil sueldos, suficientes para pagar un convite digno de su rango, que haría las delicias de todos los presentes. Gracias a ellos correría el mejor vino, se asarían terneros, corderos y cabritos suficientes para saciar el apetito de nobles y villanos, los reposteros se lucirían preparando dulces de miel y almendra, perfumados con aromas de romero, e incluso habría marisco y pescado fresco, traídos entre hielos desde el litoral en carros tirados por caballos veloces, que los invitados recibirían, seguro, entre exclamaciones de admiración. ¿No era eso lo más parecido a la dicha que podía alcanzarse en vida? En opinión del rey, lo era sin lugar a dudas.

La familia de los De Laurac carecía de la dignidad necesaria para acceder al interior de la iglesia de los Templarios en la que los novios se juraron fidelidad, pero estaba lo suficientemente cerca de la puerta como para contemplar sus rostros a la salida. Pedro caminaba erguido, serio, con el orgullo reflejado en la mirada altiva y una medio sonrisa burlona. María en cambio parecía triste. Pese a la riqueza de sus vestiduras de brocado y terciopelo, al resplandor de sus joyas y a la belleza de sus rasgos casi infantiles, su gesto denotaba una pena lejana. Como si se supiera arrastrada por un destino decidido a zarandearla como a una muñeca de trapo.

De tan delicada cuestión iban hablando unos días más tarde Braira y Beltrán, joven escudero a su servicio, mientras regresaban a Belcamino tras apurar el festejo.

El campo olía a tomillo y hierbabuena, cuyo aroma alimentaban las lluvias recién caídas. Todavía no apretaba el calor y la calzada estaba desierta. Aquel paseo era un regalo que disfrutaban los chicos ensayando con deleite el arte de la galantería, pues no eran muchas las ocasiones que tenían para hablar a solas.

Braira era la única hija del señor de la heredad, mientras Beltrán había nacido en las caballerizas, vástago de un palafrenero sin nombre ni fortuna. Pese a ello, ambos se frecuentaban desde muy pequeños, pues a nadie en Belcamino se le ocurría pensar que pudieran llegar a ser algo más que compañeros de juegos.

A nadie más que a Beltrán.

El chico era apuesto, espabilado, tenía ingenio y aprendía deprisa, lo que le había hecho acreedor a un puesto en la escuela de Fanjau sufragado por su amo. Bruno le tenía afecto y quería hacer de él un caballero, por lo que, una vez que había aprendido cuatro rudimentos de gramática, retórica y matemática, le obligaba a entrenarse en el manejo de las armas. A él la espada le atraía decididamente menos que los libros o la flauta, por los que descuidaba su formación militar, lo que le valía buenas reprimendas a cargo de su señor. A cambio, recitaba con verdadera pasión, era ameno al conversar e incluso bailaba mejor que la mayoría. Un perfecto trovador.

Caminaban muy juntos, llevando a sus monturas del ronzal, bajo el sol gozoso de junio. Habían partido al amanecer, con el resto de la familia y los sirvientes, pero se habían ido rezagando hasta perderlos de vista, distraídos con la conversación que mantenían.

—Ninguna mujer debería ser obligada a casarse violentando a su corazón —sostenía la muchacha con firmeza, frunciendo el ceño en un gesto que a Beltrán le parecía irresistible.

—Es que el amor nada tiene que ver con el matrimonio, mi señora. De todos es conocido que una cosa son los negocios de la tierra, el patrimonio o los apellidos, y otra muy distinta los de la pasión.

—¿Y por qué han de estar reñidos? ¿No es legítimo aspirar a encontrar el amor verdadero en un esposo al que se pueda respetar, honrar y obedecer ante los ojos de Dios?

—Claro que sí, hermosa Braira, aunque no es frecuente que tal prodigio acontezca. Además, sabéis tan bien como yo que a los ojos de nuestro Dios cualquier deseo carnal ha de ser combatido hasta la derrota. ¿Es posible tal sacrificio? ¿Está al alcance de nuestra flaqueza, o conviene que aceptemos cuanto antes nuestra condición de pecadores, dándonos a los goces y al placer en el corto espacio de nuestra vida?

—¿Qué responde a esa pregunta vuestra trova? —le provocó ella con ingenuidad fingida.

—Os lo diré con poesía:

Es propio del amante
de una buena dama
que sea sabio y prudente
y cortés y moderado
y que no se preocupe ni se lamente...

En esas andaban, ensimismados el uno en el otro, cuando se dieron de bruces con un tronco caído que obstruía el sendero por el que transitaban.

Al principio no le dieron importancia, ocupados como estaban en sus coqueteos, pues ninguno de los dos tenía aún desarrollado el sentido del peligro. Pero cuando vieron a un grupo de forajidos descolgarse mediante cuerdas de los árboles que los rodeaban, con intenciones claramente aviesas, comprendieron, demasiado tarde, que habían sufrido una emboscada.

Beltrán animó a Braira a que montara, en un intento desesperado de emprender la huida. El aspecto de esos desarrapados resultaba muy inquietante. Iban armados con cuchillos, alguno llevaba una vieja cota de malla sobre el jubón y, para empeorar las cosas, no hablaban la lengua occitana, sino la de oíl, propia de franceses. Mal indicio.

Desde hacía algún tiempo, los legados papales, Pedro de Castelnau, Raúl de la Fontfría y Arnau de Amaury, antiguo abad de Poblet ascendido hasta la cabecera de la Orden del Císter, recorrían la región instando a los cátaros a que regresaran al redil católico y animando a sus protectores a castigar a los que se negaran a hacerlo. La propia Montpellier acababa de aprobar un decreto de expulsión de los herejes albigenses, que no se aplicaba con excesivo rigor y del cual los dos jóvenes viajeros no tenían, por supuesto, la menor noticia. Lo que sí sabían, por haberlo oído comentar en sus casas, era que esos dignatarios se desplazaban en carruajes lujosos, rodeados de boato y recubiertos de alhajas, lo cual no solo gustaba poco a los habitantes de esa tierra que apreciaba la sencillez, sino que constituía una invitación explícita al robo para una legión de harapientos procedentes de todas partes. Chusma contratada para garantizar su seguridad y chusma de bandidos, maleantes y salteadores atraída por sus riquezas. Chusma, al fin al cabo, acudida al olor de una muerte inminente. Buitres hambrientos de carroña.

—¡Vámonos de aquí enseguida! —urgió el escudero a Braira.

—¡¿Cómo?!

Aterrada, la muchacha se puso a gritar a voz en cuello pidiendo auxilio, mientras intentaba subir a su caballo con la ayuda de un Beltrán entumecido por el miedo e incapaz de vencer el engorro de las faldas, sayas y demás ropajes que entorpecían los movimientos de su dama.

El primer golpe tumbó al chico. Le habían dado con una maza en la cabeza antes de que pudiera reaccionar, dejándole tendido en el polvo con un hilillo de sangre manando de la herida abierta. A ella la sujetaron entre dos, mientras se defendía a patadas, mordiscos y arañazos.

Sin dejar de forcejear, vio cómo revolvían sus alforjas y las de su compañero en busca de botín, cómo rebuscaban en los bolsillos de este y cómo la miraban a ella, con más que codicia en los ojos. Uno de los asaltantes, que olía a establo y exhalaba un aliento tan podrido como sus dientes, la tiró al suelo de un empujón, a la vez que se bajaba los calzones entre gorgoteos.

Todo parecía irreal. Unos minutos antes escuchaba palabras galantes de labios de su juglar y ahora estaba a punto de perder la honra bajo el peso de una bestia de aspecto vagamente humano. ¿Podía el hombre transformarse tanto?

Chilló y se resistió con todas sus fuerzas, confiando en que llegara ayuda, pero fue en vano. Afortunadamente para ella, los secuaces de su agresor se divertían contemplando la desigual pelea, formando un círculo a su alrededor y animando con obscenidades al que trataba de violarla, en lugar de inmovilizarla. Eso le permitió propinarle un rodillazo en la entrepierna, que le arrancó un aullido lastimero y transformó su rostro en una máscara de odio.

Braira sintió entonces lo que es el verdadero terror. La bestia que tenía encima respondió a la patada con un puñetazo, y el mundo que la rodeaba se desvaneció en tinieblas.

III

Cuando despertó, su hermano le sujetaba la cabeza taponando con un lienzo la hemorragia provocada por el golpe. De la parte baja de la frente, entre los ojos, le brotaba un dolor punzante, de una intensidad desconocida hasta entonces para ella, que irradiaba en todas las direcciones y le arrancaba un torrente de lágrimas ajenas por completo a la tristeza. Le habían roto la nariz.

Mientras recuperaba poco a poco la consciencia, entornando los párpados a fin de protegerse de la luz, interrogó a Guillermo con los ojos.

—No te preocupes, pequeña, todo está bien, ya estás a salvo.

—¿Beltrán?

—Él también está vivo, aunque tiene una brecha que ha necesitado varios puntos. Los ha recibido sin rechistar, como un valiente. —Le guiñó un ojo. Luego, señalando a una pareja de frailes que permanecía en pie a su lado, observando la escena, añadió—: Estos hombres ahuyentaron a vuestros agresores antes de que fuera demasiado tarde y enseguida llegamos nosotros. Dos de esos canallas han conseguido escapar, llevándose vuestros caballos, pero a tres los hemos cogido y pagarán con sus vidas este ultraje.

—¿Padres? —inquirió ella con voz débil.

—Se habían adelantado y no debieron de oír tus gritos. Estarán ya cerca de Fanjau, preguntándose en qué nos habremos entretenido. Afortunadamente, uno de los soldados que iba conmigo sí oyó algo y me avisó. Pero el mérito, créeme, no es mío, sino de ellos.

Braira se incorporó. Aunque se sentía como si su cabeza fuese una calabaza utilizada para afinar la puntería con el arco, quería ver de cerca el rostro de sus salvadores.

Uno de ellos era un anciano de barba blanca, gesto apacible y cabello cano. El otro, en cambio, mostraba la apostura de la madurez temprana, iluminada por una mirada entre seductora y amenazante, tan intensa como indescifrable. Puro fuego surgido directamente de las profundidades de un alma inquieta.

Su porte, lejos de corresponderse con la humildad que se asociaría a un monje, era caballeresco, casi altivo, propio de la nobleza terrateniente castellana a la que pertenecía su familia, según contó él más tarde. Desprendía un magnetismo especial que la impresionó vivamente, hasta el punto de que apenas se fijó en su delgadez extrema, mal disimulada por el hábito raído que vestía.

Mientras compartían leguas camino de Fanjau, adonde también se dirigían sus salvadores, estos explicaron a los De Laurac la misión que los había llevado tan lejos de su hogar, situado en las Españas.

—Venimos de Roma, donde hemos sido recibidos en audiencia por el santo padre —relató el de mayor edad, que dijo llamarse Diego de Acebes y ser obispo de Osma, una localidad de Castilla cercana a la frontera en la que moros y cristianos peleaban por una misma tierra—. Mi hermano, Domingo de Guzmán, y yo mismo, queríamos su permiso para dedicarnos al apostolado entre los paganos eslavos, pero su santidad nos ha encomendado otra misión. —Tras una pausa destinada a beber del odre que le ofrecía uno de los sirvientes de los barones, prosiguió con su relato—: Le encontramos entristecido por las heridas que sufre nuestra querida Iglesia, además de abrumado por las preocupaciones derivadas de sus obligaciones temporales. ¡Es tanta la responsabilidad que acumula sobre sus espaldas! Ningún otro papa ha sentido como él la necesidad de orientar la conducta de los reyes cristianos, incluso a costa de enfrentarse a ellos. Y por si esto fuera poco, ha de velar por los intereses de los estados vaticanos, sometidos a la voracidad de sus poderosos vecinos.

Los jóvenes barones escuchaban con respeto, aunque Guillermo habría puntualizado gustoso alguna de las afirmaciones que oía.

—Estando nosotros con él en Letrán, sin ir más lejos —continuó diciendo fray Diego—, recibió una embajada de su pupilo, Federico de Hohenstaufen, nieto del célebre Barbarroja. ¡Cuántos quebraderos de cabeza dio aquel hombre a nuestra Santa Madre! Pues bien, el chico ha heredado no solo el nombre, sino la obstinación de ese emperador arrogante. Pretende hacer y deshacer a su antojo en asuntos que atañen al clero de su reino siciliano, ignorando los consejos del pontífice, y eso que aún no ha alcanzado la mayoría de edad. ¡Qué juventud, bendito Señor!

Braira escuchaba embelesada aquellas palabras, que habían logrado hacerle olvidar sus incomodidades. Roma, Sicilia eran en su imaginación parajes lejanos, legendarios, poblados de criaturas fabulosas, totalmente fuera de su alcance. Nombres que despertaban por sí solos el deseo de aventura que alentaba en ella desde que tenía memoria. ¡Lo que daría por poder visitarlos, yendo de un lado para otro como esos frailes que conocían los más recónditos parajes!

Por otra parte, siempre había sentido curiosidad por cuestiones de índole política supuestamente alejadas de la frivolidad que habría debido centrar sus intereses, dada su condición de mujer. El poder le fascinaba desde que, siendo una niña, abriera los ojos a las brutales diferencias que separaban a los nobles de los villanos.

El poder, reservado a unos pocos privilegiados, era la puerta de acceso a todo aquello a lo que ella aspiraba, pues no pensaba conformarse con un destino vulgar. No. Ella era ambiciosa, quería volar más alto y, con empeño, lo lograría. Por eso se bebía la información que transmitía el anciano con la avidez del náufrago que descubre de pronto una fuente.

—¿Te encuentras bien? —interrumpió sus elucubraciones Beltrán, acercándose a ella al trote desde atrás, con la cabeza cubierta por un aparatoso vendaje.

—¡Vaya susto me has dado! —se sobresaltó Braira.

—Lo lamento. No era mi intención.

—No importa. Estamos vivos, que no es poco.

—Debe de dolerte muchísimo... —insistió él, sinceramente apenado, señalando al rostro tumefacto de su compañera.

—Procuro olvidarme del dolor pensando en otras cosas.

—¿Como cuáles?

—Estaba escuchando lo que narraba ese fraile, Diego creo que se llama, sobre su periplo a Roma y su conversación con el papa.

—¿Tanto te interesa lo que diga ese impostor? Creía que eras una buena cátara. No sé cómo tu hermano ha aceptado que nos acompañen a Belcamino.

—¡Acaban de salvarnos!

—¿Y qué? El papa es nuestro enemigo.

—Precisamente por eso nos interesa conocer sus movimientos y, a ser posible, sus secretos. Pero en lo que estaba pensando, ya que quieres saberlo, era en los lugares que mencionaba el fraile. Sicilia, el Vaticano. ¡Cuánto me gustaría conocerlos algún día! La vida aquí es tan aburrida...

—Ten cuidado con lo que deseas, no vaya a ser que lo consigas —la pinchó Beltrán, enfadado por haber sido excluido de sus sueños.

—¡Ojalá! —zanjó Braira la conversación, acelerando el paso de su montura para alcanzar a Guillermo y a los monjes, que habían trocado sus mulas por corceles prestados con el fin de acelerar la llegada a casa de los dos heridos.

Fray Diego, que pese al cambio no parecía tener prisa, seguía desgranando tranquilamente su relato:

—Poco antes de morir de fiebres, la madre viuda de Federico puso a su pequeño bajo la protección de Inocencio, quien ahora intenta en vano convencerle de que se conforme con Sicilia y olvide el legado de su abuelo. Él, sin embargo, está empeñado en reclamar la corona del Sacro Imperio Romano Germánico, por lo que también este se desgarra en luchas intestinas. Con tantos frentes abiertos, en lugar de enviarnos a las estepas heladas, su santidad nos ordenó contribuir a que la verdad del Señor sea restablecida aquí en Occitania, sin tardanza, y en ello estamos.

—No tenéis aspecto de legados papales —comentó Guillermo, sin descubrir su credo, recurriendo a la ironía para no parecer descortés—. Os faltan los sirvientes, los adornos, la púrpura que exhiben habitualmente tan ilustres dignatarios...

La joven De Laurac perdió entonces interés en la conversación, que abordaba derroteros archiconocidos para ella por haber sido discutidos hasta la saciedad en los salones de su castillo familiar, y al liberar su atención de la charla se fijó en Domingo, quien, a su vez, la había estado observando furtivamente durante largo tiempo. Justo hasta el mismo instante en el que tomó la palabra para rebatir lo que acababa de oír.

—Tenéis razón —concedió a Guillermo con autoridad.

Era la primera vez que hablaba y su voz correspondía exactamente a lo que cabía esperar de su rostro: ronca, profunda, convincente. Una voz capaz de capturar la atención de cualquiera fuera cual fuese la circunstancia. De hacerse oír en medio de una feria de ganado o de predicar en el silencio de una ermita, sin alterar el tono ni el volumen.

—Tenéis toda la razón —repitió—, y precisamente por eso estamos aquí, sin más equipaje que estos sayos que nos cubren. No se combate el mensaje de los falsos profetas cátaros dándoles argumentos con una dignidad mal entendida, sino luchando en su propio terreno, empleando sus mismas armas, siendo ejemplo de humildad y de auténtico espíritu católico. La coherencia ha de ser nuestra mejor arma contra la herejía.

—Esa que llamáis herejía es la fe de nuestros padres —le cortó tajante el noble occitano, incapaz de soportar más—. Pero no temáis. —Suavizó el gesto—. Os abrirán de par en par las puertas de nuestra casa y tratarán como se merecen a quienes han socorrido a su hija. Será un honor para todos nosotros que os convirtáis en nuestros huéspedes, tanto tiempo como lo requieran vuestros negocios en la región.

Un silencio tenso se instauró a partir de ese instante entre los miembros de la extraña comitiva y los acompañó durante el resto del trayecto. El único tema de conversación en el que pudieron coincidir, sin por ello sentirse cómodos, giró en torno a la suerte que correrían los tres malhechores capturados, que habían sido atados a la cola de un palafrén y se arrastraban, magullados por los golpes recibidos, al encuentro de un final que preveían horrible.

—Apiadaos de ellos, os lo ruego —intercedió fray Diego, que por su edad avanzada había visto morir a demasiada gente—. Al fin y al cabo, no han hecho nada irreparable...

—¿Se habrían apiadado ellos de mi hermana y del pobre escudero que la acompañaba de no haber mediado vuestra intervención? No, no me pidáis que renuncie a verlos colgar de una soga. Será mi padre el que decida, aunque no creo que tampoco él muestre compasión hacia esta escoria.

Las súplicas se repitieron más tarde, dirigidas en esa ocasión al señor de Belcamino, ante el cual se presentaron los dos monjes en una actitud fríamente educada, poniendo especial empeño en marcar las distancias. Ellos estaban allí precisamente para convertir a los nobles que, como ese barón, persistían en el error sin intención de redimirse. Eran, no obstante, sus huéspedes, lo que los obligaba a todos a guardar las formas. La buena crianza de unos y otros ayudó en la tarea, especialmente al principio, mientras se rompía el hielo.

Braira, entretanto, había empezado a sacar provecho de las noticias transmitidas por los invitados de su padre de un modo que a este, de haberlo conocido, le habría hecho enfurecer y probablemente encerrarla. Pero aún iba a tardar un tiempo en enterarse.

En cuanto a los tres bandidos capturados, pasaron una corta temporada en la mazmorra de la torre, hasta que su dueño se dejó convencer y pagó la deuda contraída con el de Osma accediendo a escuchar sus ruegos.

En la plaza de armas de su castillo no se levantó una horca, como habría sido su derecho, sino una tarima elevada a fin de que el pueblo viera con claridad el destino que aguarda a quienes desafían las leyes. Eso serviría de advertencia a los que tuvieran la tentación de convertirse en malhechores. A las gentes bajas locales y también a las foráneas, que, en opinión del barón, proliferaban últimamente como las ratas en los graneros.

No fueron muchos, mal que le pesara al señor, empeñado en escarmentar a sus súbditos, los curiosos que quisieron asistir al castigo, pues ese mismo día otros acontecimientos concitaban el interés de los lugareños en la ciudad. Tampoco Braira aceptó estar presente, porque la sangre siempre le había producido un rechazo visceral y lo que se disponían a hacer los guardias con esos desgraciados iba a ser, sin duda, muy sangriento.

Por eso se negó a mirar, pero no pudo evitar oír. Hasta sus habitaciones, situadas en la primera planta de la fortaleza, a través de las ventanas abiertas, llegaron nítidamente los alaridos proferidos por los ajusticiados cuando fueron marcados con los estigmas de los ladrones: se les cortó la nariz, a fin de que su vergüenza fuese pública, y después se les amputó la mano derecha, con la que habían perpetrado su delito. El fuego, aplicado directamente sobre las heridas, evitó que se desangraran.

Vivirían, en virtud de la piedad de su juez, aunque tal vez desearan estar muertos. Así era la justicia de los poderosos.

Enseguida se dispersó el gentío, satisfecho del espectáculo que acababa de contemplar y con prisa por llegar a la ciudad, engalanada esa mañana calurosa para una ceremonia largo tiempo esperada: la consagración como perfecta de Esclaramunda de Foix, que iba a recibir de Guillaberto de Castres, puro entre los puros, la máxima distinción alcanzable en su fe.

El evento había reunido en la plaza a más de un centenar de nobles, villanos, burgueses, campesinos acomodados, artesanos, juglares y creyentes de toda condición, acudidos desde muy lejos a contemplar cómo la hermosa hermana del conde Raimundo Roger, uno de los más altos dignatarios del país, se consagraba a Dios recibiendo el *consolamentum*; un bautismo de fuego y de espíritu llevado a cabo a través de la imposición de las manos, que se administraba a todos los cátaros en el trance de la muerte, pero que solo algunos escogidos tenían el privilegio de aceptar en vida. Aquellos que resultaban dignos de ser llamados perfectos.

—Bendíceme, Señor, perdóname —recitó la neófita la fórmula que conocía de memoria, vestida de negro riguroso y con la voz quebrada por la emoción.

—Debes comprender la razón por la cual estás ante la Iglesia de Jesucristo —replicó con rigidez Guillaberto, entregándole una copia de los Evangelios—. Es el momento de recibir el perdón de tus pecados, pero también de comprometerte a mantener una conciencia limpia que se encamine hacia Dios haciendo de ti una buena cristiana. Debes amar a Dios con verdad, dulzura, humildad, misericordia, castidad y todas las demás virtudes.

La postulante escuchaba con el mayor recogimiento.

—Debes comprender, de igual modo, que tu fidelidad ha de ser idéntica en las cosas espirituales y en las temporales, pues si no lo fuera en estas últimas, no creeríamos en tu buena fe y no podrías salvarte. Por eso debes prometer a Dios que jamás cometerás homicidio, ni adulterio, ni robo, ya sea pública o privadamente. Que jamás, de manera consciente, tomarás leche, ni queso, ni huevos, ni carne de ave o de reptil o de cualquier otro animal prohibido por la Iglesia de Dios. Que habrás de aguantar sin queja, por el bien de la justicia de Cristo, el hambre, la sed, el escándalo que te achaquen, la persecución de que seas víctima, y hasta la muerte si llegara el caso. Que soportarás cualquier prueba con mansedumbre, por amor a Dios y por la salvación de tu alma...

Perdida entre la muchedumbre, Braira aprovechó que todo el mundo estaba en ese momento concentrado en seguir el desarrollo del ritual para dedicarse, con cierta tranquilidad, a los menesteres que la habían mantenido ocupada en las últimas semanas, arriesgando la propia vida. Así al menos lo percibía ella, que experimentaba la primera gran aventura de su existencia como si fuera la protagonista de una canción de gesta.

Lucas, su querido y buen Lucas, injustamente despachado de Belcamino, según su modo de ver las cosas, se las había arreglado para ponerse en contacto con ella a través de uno de los mozos de cuadras. En la misiva que le había hecho llegar, además de declararle su cariño incondicional, suplicaba que le ayudara a llevar a cabo una misión secreta de la máxima importancia para Occitania y para su propia familia, por más que el barón, en ese momento, no fuese capaz de percibirla con claridad. Con el tiempo, le aseguraba, también él se sumaría a la causa que estaba fraguando en los dominios de algunos hombres valientes, dispuestos a luchar por su fe, su pan y su patria. Pero para que la cosa llegara a buen fin era necesaria la contribución de su niña adorada, Braira, a la que pedía que llevara a cabo algunas gestiones y citaba en un rincón tranquilo de Fanjau, ese día y a esa hora, con el fin de exponerle el asunto en profundidad...

—¡Mi ángel, has venido! —la recibió Lucas cuando se encontraron en un lugar apartado, abriendo los brazos para estrecharla en ellos—. ¡Cuánto te he echado de menos!

—Y yo a ti, ayo —respondió ella algo asustada, a punto de llorar por la excitación—. ¿Cómo no iba a venir si me lo pedías tú? Ahora, que si me pilla mi padre...

—No lo hará, si tú no le dices nada, y dentro de un tiempo nos agradecerá lo que estamos haciendo. No puedo darte muchos detalles, por tu propia seguridad, pero sí garantizarte que es algo bueno y que nadie sufrirá daño alguno. ¿Cuento contigo?

Aquel hombre, a quien amaba como a su propia sangre, apelaba a su corazón, invocaba su fe, su patria, su pan, y le prometía emociones fuertes. Le ofrecía protagonismo en una hazaña sin par. ¿Cómo iba a decirle que no? Era una trampa en la que cualquier chica de su edad se habría metido de cabeza, aunque todas las alarmas de la tierra hubieran saltado al unísono.

Lucas sabía bien lo que se traía entre manos. Braira no.

—¿Qué quieres que haga? —preguntó ella, dispuesta a todo.

—Por ahora, cuéntame hasta la última palabra de lo que han dicho esos dos enviados del papa que se alojan en tu casa, a los que te pedí que espiaras. Aunque te parezca que algo carece de importancia, la tiene a los efectos que nos ocupan. Haz memoria.

La joven habló durante un buen rato, esforzándose por recordar lo que con tanto interés había escuchado. Se sentía un poco culpable, especialmente al pensar que estaba perjudicando a los hermanos que le habían salvado la vida, pero se decía que nadie sufriría daño, tal como le había asegurado Lucas, y que, con su contribución, estaba haciendo algo realmente importante que su propio padre le agradecería. No podía poner en cuestión las promesas de quien la había llevado de la mano para enseñarle a caminar. ¿Cómo iba a sospechar de él? Su ayo era, para ella, el paradigma de la lealtad.

La desconfianza es un mecanismo de defensa, una reacción aprendida que se adquiere en el transcurso de la vida a base de golpes y de traiciones. Braira, a la sazón, no estaba en condiciones de imaginar siquiera que una persona tan querida llegara a utilizarla sin recato. Tal infamia no encajaba en ninguno de sus esquemas mentales. Lucas, por el contrario, estaba curado de espanto. Por eso escuchó, tomó nota de todo y se marchó por donde había venido, no sin antes anunciar a la chica que le haría llegar nuevas instrucciones por el mismo conducto empleado la vez anterior. Entretanto, le instó a tener ojos y oídos abiertos a fin de no perder detalle.

Tenía en ella a la mejor de las cómplices posibles. A una aliada incondicional, movida por la arrogancia de una juventud ambiciosa, manejable, e inconsciente de la repercusión de sus actos. Una auténtica bicoca.

Al mismo tiempo, en la plaza de la villa, la consagración de Esclaramunda de Foix como perfecta tocaba a su fin tras un larguísimo ceremonial. Cuando Braira regresó al lugar que ocupaba entre las demás muchachas cátaras de Fanjau, sin que nadie se hubiese percatado de su ausencia, Guillaberto estaba tomando las Escrituras de manos de la aspirante, a la vez que le preguntaba:

—¿Estás dispuesta a servir a Jesucristo en la forma que te acaba de ser recordada y a no faltar a tus votos, sean cuales sean las circunstancias?

—Lo estoy —contestó ella.

—Así pues, que Dios te bendiga y derrame sobre ti su gracia.

No podía imaginar Guillaberto hasta qué punto esa gracia les iba a ser indispensable a ambos en un futuro inmediato.

Los castellanos venidos de Roma no tardaron en abandonar la comodidad de la mansión de Belcamino para instalarse en la antigua iglesia en ruinas de Prouille, que se proponían levantar de nuevo.

A pesar de todo, antes de marchar habían entablado cierta amistad con sus anfitriones, tejida con hilos de prudencia sobre una urdimbre de buena voluntad. A lo largo de varios días con sus noches, los hombres de la casa y los frailes habían ido lanzándose ganchos mutuamente, como marineros al abordaje de una nave enemiga que no se quiere dañar, hasta entablar un debate apasionado sobre la verdad del Evangelio y sus distintas interpretaciones.

En la misma estancia, algo apartadas, aparentemente afanadas en sus labores de bordado, Mabilia había ocupado una posición de segundo plano, una vez cumplida su tarea de hacer que todo el mundo se sintiera cómodo, mientras Braira se embebía de argumentos, datos, fechas y nombres.

Domingo evitaba en lo posible cualquier contacto con ellas, porque, como había confesado a su maestro, las mujeres eran una especie extremadamente peligrosa cuya frecuentación le turbaba en grado sumo, lo cual constituía una dificultad añadida a su proyecto de fundar un convento de monjas allí mismo, a dos pasos de Fanjau, en el corazón de la tierra albigense. Una prueba dura para su naturaleza ardiente, que, sin embargo, superó a base de penitencias. No fue la única.

Pasaron Diego y Domingo los dos años siguientes soportando vejaciones, escupitajos y desprecios de todo tipo, aunque también lograron las conversiones suficientes como para crear una congregación de damas entregadas a la oración y el trabajo silencioso. Unas actividades casi idénticas a las que practicaban las perfectas, con la diferencia de que estas salían a predicar por los caminos y administraban el *consolamentum* a los moribundos, igual que sus compañeros varones. Por lo demás, las residencias, la comida e incluso la ropa de las esposas de Cristo en una y otra religión eran muy parecidas. Cuando se encontraban en una encrucijada, de hecho, se saludaban con respeto, sin la menor animadversión. Pero, para mal de todos, había quien dedicaba todo su empeño a quebrar los caminos de la paz transitados por esas mujeres e imponer a sangre y fuego lo que Diego y Domingo intentaban cosechar como buenos hortelanos, a base de tenacidad en el cultivo.

En plena canícula del año 1207, mientras el papa se hallaba ocupado en medir sus fuerzas con las de los distintos aspirantes al solio imperial, su legado, Pedro de Castelnau, fulminó con la excomunión a Raimundo de Tolosa, lanzando a la vez sobre sus tierras un interdicto que impedía a los fieles a la Iglesia de Roma impartir o recibir sacramentos.

Fue un decreto inesperado, brutal e inapelable, que condenó a justos por pecadores y sembró el desconcierto en toda Occitania.

—Hay que pasar al ataque, excelencia —clamaba esa misma tarde el antiguo senescal de Belcamino, refugiado entre los cortesanos del conde, hincando la rodilla en tierra en señal de sumisión—. No podemos tolerar más vejaciones por parte de esos enemigos de la verdadera fe que vienen aquí, a nuestra propia casa, a decirnos cómo hemos de servir a Dios y cómo debemos gobernarnos. Tenemos que pararles los pies. Llevo años preparándome para este momento, señor. Dadme la orden y no os defraudaré. Cuento con los medios necesarios para vengar vuestra honra, creedme.

—Recurriré al Vaticano —voceaba el católico señor de los occitanos en el amplio salón de audiencias de su palacio, sin escuchar a nadie, dando zancadas de un lado a otro en un intento vano de calmar su cólera—. Apelaré al mismo Inocencio. No puede hacerme esto. De hecho, estoy seguro de que esto no es obra suya, sino de ese obispo, Castelnau, que se arroga excesivos poderes. Yo he cumplido con todas las exigencias que se me formularon en su día. ¿Qué más quieren de mí?

—De acuerdo con la misiva que os ha dirigido el legado —medió el secretario—, se os acusa de no haber observado la tregua de Dios durante la Cuaresma, de haber transformado algunas iglesias en fortalezas, de haber dado cargos públicos a judíos, para vergüenza de la religión cristiana —son las palabras textuales— y de brindar vuestra protección a la herejía por negaros a golpearla sin misericordia, con todo el peso de vuestras fuerzas, en las personas de sus adeptos.

—¿Y qué sugiere que haga? ¿Que me enfrente a la mayoría de mis súbditos? ¿Que emplee la violencia contra quienes me rinden vasallaje, traicionando con ello mi honor de caballero? ¿Qué diablos quiere ese maldito legado de mí?

—Dicen que el papa ya ha llamado a las armas a todos los barones franceses para que vengan a haceros la guerra —insistió Lucas, vislumbrando al fin la oportunidad de llevar a cabo su venganza—. Desea destruiros a vos y a todo lo que os es querido. Robaros vuestra herencia. Desposeeros de lo que os pertenece y confiscar con este pretexto las tierras de vuestros nobles para entregárselas a segundones franceses. ¿A qué esperáis para levantar un ejército? Si permanecéis quieto, aguardando a que esos lobos disfrazados de corderos muestren al fin sus dientes, será demasiado tarde.

En su fuero interno él ya había tomado una decisión que le llevaría a la gloria o a los infiernos. Llevaba años urdiendo su plan. Él, Lucas de Reims, caballero occitano por la gracia del Señor y la bondad del barón Bruno de Laurac, sería el instrumento de la gran revancha. Un golpe a tiempo en la persona adecuada bastaría, estaba seguro, para cambiar el curso de los acontecimientos. ¿Y quién mejor que él para asestarlo? Ya sabía incluso el nombre de su víctima: el mismo que el de su difunto hermano.

IV

Frente a la rueca que tantas veces manejaran juntas, era Braira quien leía en esta ocasión las cartas a su madre.

Se había ido convirtiendo poco a poco en una experta en este juego que la fascinaba, aunque procuraba no tomárselo demasiado en serio. Gozaba intensamente, eso sí, de la sensación de control que le proporcionaba ese ejercicio de adivinación. ¿Cómo no iba a hacerlo? Era poder en estado puro. Aun así, le asustaba un poco el alcance de lo que podían llegar a descubrir las figuras parlantes, tan familiares ya como su propia familia. Pese a ello, de pocas cosas disfrutaba tanto como de compartir con su madre ese código secreto que había creado entre ellas nuevos y sólidos lazos. Únicamente un rincón de su vida permanecía al margen de esa intimidad, escondido en el secreto de su conspiración con Lucas, y estaba persuadida de que era por la mejor de las causas...

—¡El Colgado! —exclamó sonriente, al destapar en la posición correspondiente al mañana a un personaje colgado por el pie izquierdo, con las manos atadas a la espalda y un montón de monedas, seguramente robadas, escapándosele del bolsillo—. No pensarás renunciar a tu posición, a tu esposo y a nosotros, para lanzarte a una vida de depravación asaltando a las gentes por los caminos del condado, ¿verdad?

—Podría ser... —le siguió la corriente su madre—. Nunca es tarde si el botín es bueno, aunque dudo de que ese sea el mensaje que nos quiere transmitir nuestro amigo...

—Ya sé, ya sé, el sacrificio, la transformación, la serenidad que precede a la última despedida... ¿Qué tiene todo eso que ver contigo? Tu salud es inmejorable y no existe razón alguna por la que este naipe pueda representar un augurio sombrío.

—Tal vez se refiera a las oportunidades galantes que he dejado pasar por amor a vosotros —prosiguió Mabilia con cierta coquetería, empeñada en ignorar lo que de inquietante pudiera querer decirle el tarot. Bastante tenía con las noticias que traían los viajeros procedentes de Francia, lo que se decía en el pueblo sobre un enfrentamiento inminente, que estaría preparando el conde de Tolosa al llamar a las primeras levas, o lo que su marido comentaba en voz baja con los otros señores de la zona cuando coincidían en algún evento. Era mejor tomarse a broma el juego—. De haberlo yo querido —presumió ante su hija—, más de uno habría caído rendido a mis pies, te lo aseguro.

—¡¡Madre!! —fingió escandalizarse Braira—. ¿Cómo puedes decir tales cosas? En fin, si tanto te preocupan los asuntos del corazón, veamos qué nos dice la baraja sobre lo que te deparará el destino.

La propia Braira palideció cuando, al ofrecer a Mabilia el mazo para que ella misma escogiera, esta sacó al azar el Colgado: un anciano parecido a Diego de Osma, sin su fuerza ni su alegría, envuelto en una gruesa capa y alumbrado por un farol, que se apoyaba, cansado, en su báculo de peregrino. Un anuncio cierto de soledad, viudedad, declive.

Adivinando la turbación de su aprendiza, la baronesa cambió los papeles.

—Ahí tienes la respuesta. Me aguardan días de reflexión que culminarán con un feliz encuentro. Tal vez halle ahora, en la madurez, la sabiduría que despreciaba cuando tenía tu edad. Para ello, indican los naipes, debo apartarme un poco del ruido en el que vivimos. El Eremita me dice que busque la luz, que sea prudente y me prepare para descubrir lo que se esconde en mi interior. ¡No quiere que asista a más bailes, el muy rufián —cambió el tono—, con lo que a mí me gusta la música de la zanfona, el laúd o la viola! Aunque, ¿quién sabe? Tal vez se refiera a otra clase de encuentro, de índole más carnal... Pero basta ya de hablar de mí —zanjó bruscamente un asunto que intuía mucho más grave de lo que podía reconocer—. Es tu turno. Baraja despacio para que cada figura se coloque en el sitio que le corresponde.

Tras revolver meticulosamente las cartas, situadas boca abajo sobre la mesita que tenía delante, Braira extrajo al azar cuatro de ellas, que dispuso lentamente en su sitio. La última, la de mayor trascendencia, era la primera y principal de la baraja: el Loco. Un viajero errante, condenado a vagar por el mundo sin meta ni destino, hoy aquí, mañana allá, en busca de respuestas para preguntas no formuladas. La carta de la libertad. Una promesa inequívoca de movimiento y experiencias inéditas.

—Parece que te aguardan gratas sorpresas, hija —profetizó Mabilia con recobrado optimismo—. ¡Cómo te envidio! Ya te imagino cruzando fronteras y surcando los mares al encuentro de aventuras fascinantes.

—¡Tonterías! —replicó Braira, temerosa de que el tarot terminara desvelando una «aventura» muy peculiar que, según le había dicho Lucas, nadie debía conocer todavía—. La última vez que me alejé de Fanjau el encuentro que tuve no fue precisamente agradable, con lo que tengo pocas ganas de volver a marchar, la verdad. Y empiezo a estar cansada de este juego. ¿Por qué no llamamos a Beltrán para que nos recite algo hermoso o, mejor aún, nos deleite con su flauta?

—Una última tirada y así lo haremos. Veamos lo que nos dicen los naipes del futuro de Occitania, ahora que el viento de la discordia parece arreciar con fuerza. Tengo para mí que en ciertos salones no muy lejanos hay quien en este mismo instante urde una infame conjura. Ojalá me equivoque. En todo caso, interroguemos a la baraja. Acaso hallemos esperanza o cuando menos consejo.

Mientras Braira palidecía ante el riesgo de ser descubierta, Mabilia efectuó las maniobras necesarias para hacer hablar a las cartas, con especial meticulosidad.

¿Puede estirarse tanto el tiempo? A la muchacha se le hizo eterno ese movimiento. Incluso empezó a transpirar, cosa extraña en ella, incapaz de aguantar la tensión derivada de la angustiosa espera. ¿Qué le diría a su madre si esta le preguntaba directamente? ¿Qué excusa inventaría? ¿Traicionaría a Lucas contándole toda la verdad? ¿Sería capaz de mentir abiertamente?

La mentira era la peor de las muestras de vileza. Algo impropio de gentes de elevada condición como la suya. Así se lo habían enseñado sus padres desde que era muy pequeña y así lo había asimilado ella hasta incorporar esa creencia al código de valores que regían habitualmente su conducta. La mentira era el recurso de los débiles, de los cobardes incapaces de asumir sus propios actos. Y, sin embargo, todo el mundo mentía. ¿Podía alguien sobrevivir a los avatares del destino sin recurrir a la mentira?

En esas cavilaciones se debatía su mente cuando los naipes formularon al fin su diagnóstico, que no fue precisamente el esperado.

Siempre que el tarot quiere avisarnos de que estamos a punto de dar un mal paso invierte las figuras. Nos las muestra del revés para que el poder de esa imagen abra nuestra mente estrecha y nos haga comprender. De esa manera sabemos que sucederá lo contrario de lo que indica la carta.

Pues bien, lo que Braira y Mabilia descubrieron al hacer su consulta fue a una dama como ellas, delicada y pensativa, que abría sin dificultades las fauces de un fiero león: la Fuerza. El símbolo de la armonía, del alma que domina al cuerpo. De la paz. La esencia misma del credo de los puros, representado en una mujer tan bella como poderosa. La figura que aconseja tacto, mesura, prudencia, diplomacia..., invertida.

El pronóstico era tan evidente como terrorífico: lo que les aguardaba era brutalidad, incontinencia, ira, furor... Todos los desastres que cabalgan con la guerra.

Y, sin embargo, un desesperado último intento de diálogo, un gran debate cuyos ecos llegarían lejos, estaba convocado en aquel otoño en la villa de Montreal, plaza fuerte de la fe albigense, situada a medio camino entre Tolosa y Carcasona. Una contienda verbal que enfrentaría a cátaros y católicos con la finalidad de escuchar los argumentos de unos y otros en busca de la verdad incontestable. Un duelo dialéctico al que se habían prestado con gusto Domingo y Diego, además de Pedro de Castelnau, en el bando de los seguidores del papa, en pugna con Guillaberto de Castres, Pons Jourdá y Arnaldo Hot, en representación de los perfectos locales.

Quien convenciera a un número mayor de espectadores podría proclamarse vencedor y recoger su cosecha de conversos, lograda sin más armas que la pasión depositada en los alegatos. Cuatro árbitros laicos, escogidos de común acuerdo por ambas partes, garantizarían la limpieza del combate.

La expectación era inmensa. El emplazamiento elegido para albergar el encuentro, una de las salas más grandes de cuantas poseían allí las comunidades cátaras, olía a sudor y a humanidad hacinada en un espacio pequeño. En el centro de la estancia, calentada por una gran chimenea, había sido dispuesto un atril al que se encaramaban por turnos los oradores, sentados a ambos lados en modestos taburetes, a fin de desgranar sus discursos. Los oyentes permanecían de pie, ocupando hasta el último rincón e incluso intentando oír desde fuera a través de las puertas abiertas.

El señor de Belcamino había madrugado para obtener un puesto en primera fila que le permitiera no perder palabra de lo que iba a decirse. A su lado estaba Guillermo, vestido con sus mejores galas, orgulloso de la confianza que le demostraba su padre llevándole con él a una cita tan señalada.

La simpatía que les inspiraban a ambos los frailes castellanos los predisponía a escuchar con benevolencia lo que tuvieran que exponer, si bien debían fidelidad a la fe recibida de sus mayores, según la cual la creación del mundo y sus criaturas era obra del diablo, al igual que cualquier experiencia derivada de los sentidos; el sexo era perverso en sí mismo, estuviera o no bendecido por el matrimonio; el buen apetito se consideraba gula, y la Iglesia, sus mandatos, sus símbolos, su liturgia, carecían del menor valor. Una fe extremadamente exigente, que solo la tolerancia o la hipocresía podían hacer llevadera.

La pugna entre los dos credos iba a librarse más en el terreno de la coherencia que en el de los principios, toda vez que ambos se remitían al Evangelio como fuente de luz y referencia. Lo que los cátaros reprochaban al clero católico era que se hubiera alejado tanto del ejemplo de Jesús en su modo de vida, mientras este criticaba de aquellos su negativa a aceptar con humildad el magisterio de la Iglesia.

Decidirse entre las dos opciones no iba a resultar tarea fácil. Al margen de lo que dictaran las creencias más íntimas, ya de por sí volubles al albur de las experiencias, Bruno era dolorosamente consciente de la gravedad que había alcanzado la confrontación política entre bandos y de que esta no permanecería larvada mucho más tiempo. Los tambores de la guerra resonaban ya en los confines de sus dominios. El nombre de Dios era objeto de mercadería con un descaro nunca visto. Se agotaba inexorablemente el plazo para tomar partido, sin que fuese posible determinar a ciencia cierta cuál sería la elección correcta desde el punto de vista de la salvación, ni tampoco, cuestión nada baladí, cuál resultaría vencedora en este mundo.

—La llamáis santa esposa de Cristo —rompió el fuego el anciano Arnaldo Hot, revestido de su sayo, respaldando esas palabras con gestos acusadores de sus manos huesudas—, cuando lo que enseña son doctrinas demoniacas que niegan la verdad del Evangelio. La vuestra es la Iglesia del diablo, la madre de la fornicación y de las abominaciones, ebria de la sangre de los mártires.

—¿No es acaso cierto que Nuestro Señor Jesucristo dijo a su discípulo favorito, aquel a quien llamaban Simón: «Tú eres Pedro» —que significa roca— «y sobre esta roca edificaré mi Iglesia, y las puertas del Infierno no prevalecerán sobre ella. Te daré las llaves del Reino de los Cielos»? —adujo Diego con aparente mansedumbre.

—Los hombres han prostituido ese legado hasta convertir la Iglesia en una gran Babilonia —rebatió el perfecto—. No hay salvación más allá del espíritu. Los sentidos nos conducen irremisiblemente al pecado. «Polvo eres, dice el Libro Sagrado, y al polvo has de regresar». Ni la púrpura de la que se reviste vuestro papa, ni el oro de los anillos que cubren sus manos, ni el mármol de sus palacios o el boato que acompaña a sus representantes lograrán oscurecer esta sentencia inapelable.

—«Él transfigurará este miserable cuerpo nuestro en cuerpo glorioso como el Suyo», dice Pablo en su Carta a los filipenses —replicó el de Osma, armado con su dominio de las Escrituras, mientras Domingo tomaba notas detalladas de todo—. El día de la resurrección veremos el rostro de Dios con estos ojos —señaló los suyos—, lo tocaremos con estas manos, sentiremos su aliento en esta piel.

La polémica continuó durante horas. Se habló de la santa misa, de los sacramentos, del ejemplo del Nazareno y sus apóstoles... Cada alarde de elocuencia era saludado con murmullos de aprobación por parte de la concurrencia, que no se perdía detalle. Los De Laurac comentaban de tanto en tanto entre sí lo que escuchaban, confesándose más perdidos e indecisos a medida que iban desgranándose los distintos argumentos, hasta que la llamada de la vejiga obligó a Bruno a ausentarse unos instantes para vaciarla en la calle.

A duras penas sorteó a la multitud y consiguió alcanzar la salida. Tras encontrar un lugar discreto, comenzó a aliviar su necesidad, con la lentitud placentera de quien lleva mucho rato aguantándose. Entonces un clamor procedente del interior le obligó a darse la vuelta, sin haber terminado de cumplir su propósito, empujado por la curiosidad que le inspiraba semejante estruendo.

El griterío era tal que resultaba imposible comprender lo que decían. El atril estaba vacío y cada delegación se consultaba en su lado de la sala, entre muestras claras de asombro. Por fin logró llegar hasta el sitio en el que había dejado a su hijo, para descubrirle arrodillado en el suelo, con la mirada perdida, rezando con recogimiento. Parecía haber sido fulminado por un rayo y eso era exactamente lo que le había ocurrido; que una corriente invisible de formidable intensidad le había atravesado el alma.

—¿Se puede saber qué ha pasado?

Guillermo no contestó.

—¡Responde, en nombre de Cristo! ¿A qué viene tanto ruido?

—Se ha producido un milagro, padre —balbució finalmente el interpelado.

—¿Cómo que un milagro? ¿Qué clase de milagro?

—El pergamino.

—¿Qué le ha pasado al pergamino? —se irritó Bruno, sacudiendo a su hijo por los hombros y obligándole a levantarse—. Compórtate como un hombre y explícame con precisión lo sucedido.

—Los nuestros, a instancias de Guillaberto, pidieron someter los escritos de Domingo a la ordalía del fuego, con el propósito de demostrar su error. Hasta tres veces arrojaron a las llamas el pergamino que contenía sus notas, y las tres salió este de la chimenea indemne, volando hacia el techo sin sufrir daño alguno. Ese hermano dice la verdad, padre. Yo lo he visto con mis propios ojos. Su Iglesia es la favorita de Dios.

—Lo que cuentas no tiene por qué haber sido un milagro —respondió Bruno tras una breve pausa—. Es probable que en ese momento entrara a través del tiro una corriente de aire que empujara el documento. Hay muchas explicaciones posibles.

—Yo lo he visto, padre, y no tengo dudas. Su Dios es a partir de ahora mi Dios. Su credo, mi credo. Mañana mismo hablaré con él para pedir su absolución y reconciliarme con la fe católica.

Los árbitros no quisieron pronunciarse. Dejaron la contienda en tablas, aunque ciento cincuenta cátaros abjuraron de su religión a resultas del debate y otros muchos salieron de allí enfermos de duda; un mal raro en aquellos tiempos, para el que no existía cura.

En una taberna de Tolosa, a esa misma hora, el antiguo senescal se conjuraba con dos miembros de la guardia del conde Raimundo. Si su señor rehusaba responder a las provocaciones de Roma como su dignidad exigía —se decían unos a otros—, serían ellos quienes dieran un paso adelante. Con ese propósito en mente se había preocupado Lucas de informarse sobre los movimientos de los legados y sus seguidores, recurriendo para ello a la espía menos sospechosa que cupiera imaginar. Una criatura inocente, ajena en apariencia a las disputas de los potentados, a la que periódicamente visitaba a escondidas e interrogaba hábilmente a fin de extraer de ella hasta el último dato susceptible de serle útil.

Braira le contaba el contenido de las conversaciones que tenían lugar en su casa, a la que seguían acudiendo los dos monjes castellanos con alguna frecuencia. Hacía un relato meticuloso de lo que allí se decía, aunque sin comprender muy bien el alcance de sus palabras. Él se aprovechaba de ella con la conciencia tranquila, convencido de representar un papel determinante en la historia. Un papel que su Dios le premiaría sentándole a su diestra en el cielo.

Por la chica supo el conspirador que el terreno le era favorable. ¿Acaso no debían los legados papales refugiarse en iglesias y abadías para escapar a la furia del pueblo, indignado con sus exhibiciones de opulencia? ¿No eran criticados con ardor estos excesos por el propio Diego de Osma?

Ya tenía decidido el día y la hora de su actuación. Ya estaba en su poder el arma homicida y había seleccionado a la víctima. Lucas notaba en los labios el sabor de la venganza, tanto más dulce cuanto interminable había sido su espera. Faltaba poco para que pudiera liberarse al fin de ese peso que le oprimía el pecho desde que supiera de la muerte de su hermano Pedro. Los tiempos hablarían de él. Las gentes recordarían su nombre y elevarían plegarias por la salvación de su espíritu. Ni un asomo de vacilación nublaba su anhelo justiciero.

A última hora de la tarde, una vez cumplidas sus obligaciones en el castillo, Guillermo se presentó en las modestas dependencias que ocupaban los frailes castellanos en el convento de Prouille, con uno de los mejores caballos de sus cuadras como presente para Domingo. Este lo rechazó con amabilidad, antes de interesarse por el motivo de la visita.

—Vengo a ofreceros mi conversión sincera —dijo el muchacho en actitud sumisa, como si fuera la primera vez que veía a su interlocutor o lo viera transfigurado— y a pediros que me bauticéis en la fe que profesáis. Ayer os vi obrar el milagro de salvar del fuego vuestro escrito y no puedo por menos que reconocer mi error y suplicar vuestro perdón.

—No fui yo quien obró ese milagro, sino el Señor Nuestro Dios —corrigió Domingo—. Pero, de todas formas, no deberías guiarte únicamente por una cosa así. Si tu fe no se basa en motivos de más peso, es mejor que esperemos antes de dar un paso como el que me pides.

—Os lo ruego. Aceptaré la penitencia que me impongáis, haré lo que me pidáis, pero deseo reconciliarme con la Iglesia de Roma.

—¿Y qué opinan de ello los barones, tus padres?

Guillermo calló, pues la pregunta le incomodaba. Era muy consciente de la brecha que abría entre él y sus seres queridos con una decisión como aquella, que ningún otro De Laurac tenía intención de seguir, al menos por el momento. De ahí que se refugiara en un ambiguo:

—No les he dado opción a opinar. Tengo diecinueve años y tomo mis propias decisiones.

—Muy bien —concedió el monje—. Si eso es lo que realmente deseas, habrás de demostrar tu sinceridad cumpliendo a rajatabla las condiciones de la carta de reconciliación que te haré llegar mañana mismo. Solo así, una vez que yo haya comprobado tu obediencia, podrás recibir el agua bautismal y ser admitido como un hijo más en la gran familia católica. Pero a partir de ese momento no habrás hecho más que empezar tu andadura por una vía ardua y dolorosa.

La carta en cuestión decía así:

Puesto que deseas abjurar de tu error y consientes libre y voluntariamente en cumplir esta penitencia, yo, Domingo de Guzmán, te impongo las siguientes condiciones: los próximos tres días de fiesta te harás conducir por el sacerdote de la parroquia de Fanjau desde las puertas de la ciudad hasta las de la iglesia, desnudo de cintura para arriba, siendo fustigado con varas tiernas de nogal hasta que tu espalda muestre los estigmas de la pasión de Nuestro Señor. Desde ahora y hasta el último día de tu vida te abstendrás de comer carne, huevos, queso o cualquier otro alimento que provenga de simiente carnal, excepto por Pascua de Resurrección, Pentecostés y Navidad, fechas que deberás honrar tomando estas viandas como signo de renuncia a tu pasada herejía. Harás tres cuaresmas cada año, durante las cuales prescindirás de aceite, pescado y vino. Llevarás el hábito austero de los frailes, sobre el cual coserás dos pequeñas cruces a la altura del pecho para testimoniar tu arrepentimiento. Oirás misa todas las vísperas de festivo y a ser posible todos los días. Recitarás el padrenuestro siete veces durante las horas de luz y veinte a lo largo de la noche. Serás total y absolutamente casto hasta nueva orden, y acaso para el resto de tu vida. Si no te plegaras a todas estas obligaciones y faltaras a una sola de ellas, serías declarado perjuro, considerado hereje y excomulgado.

La prueba exigida era de tal dureza que fue recibida con incredulidad por Braira, quien se reafirmó en la convicción de que hacía bien ayudando a su antiguo ayo; sembró por un instante la duda en Guillermo, y enfureció a sus padres.

Bruno, que había contemplado seriamente la posibilidad de abrazar la fe católica, dio un paso atrás irreversible, horrorizado ante la crueldad de lo que se exigía a su hijo, sin pararse a pensar que era prácticamente lo mismo que había visto prometer solemnemente a Esclaramunda de Foix en el momento de hacer sus votos de perfecta. Mabilia, herida en su amor de madre tanto como en su orgullo de noble occitana, intentó con cariño e incluso con amenazas disuadir a su primogénito de someterse a tamaña expiación. Pero él, abrasado por el fuego que había prendido en su interior la contemplación de lo que consideraba un milagro incuestionable, aceptó finalmente el castigo con humildad y empezó a cumplir lo que se le ordenaba.

Ya se habían repartido las cartas para la partida que estaba a punto de jugarse.

Como si quisiera ahorrarle los horrores que iban a llegar, Dios llamó a su seno a Diego de Osma un 30 de diciembre de aquel año, cuando visitaba su ciudad en busca de recursos con los que alimentar su convento de Nuestra Señora de Prouille.

Las privaciones, las marchas interminables, el hambre y las disciplinas habían desgastado el cuerpo de este viejo pescador de almas, cuya red dejaba paso a la espada. Se agotaba el tiempo de las palabras y llegaba el del dolor a secas. Fuego, terror, batallas. La muerte, eterna vencedora en esta lid, tenía afilada su guadaña.

El 14 de enero de 1208, antes de despuntar el alba, fue asesinado el legado papal, Pedro de Castelnau, cuando se disponía a cruzar el Ródano, cerca de Saint Gilles. Allí le esperaba Lucas, agazapado bajo el puente, con una lanza en la mano y un cuchillo de monte al cinto, por si era necesario rematarlo.

No lo fue.

De un golpe certero propinado por la espalda, el antiguo senescal acabó con la vida del clérigo, que cayó traspasado al suelo mientras su agresor emprendía la huida, protegido por sus cómplices, en dirección al lugar más cercano en el que esperaba encontrar refugio.

La noticia corrió como la pólvora por los dominios de Raimundo, inmediatamente acusado por el papa y sus seguidores de instigar el horrible crimen. Él negó con vehemencia cualquier tipo de implicación, mientras una oleada de indignación invadía los corazones católicos, helando simultáneamente la sangre de los cátaros. Nunca nadie se había atrevido a tanto. Atentar contra un legado personal de Inocencio era atentar contra el propio pontífice; contra el mismo Jesucristo, a quien este servía de vicario. Un pecado semejante, aseguraban los ofendidos, jamás encontraría perdón en el cielo ni podía tenerlo en esta vida. Una ofensa de tal magnitud, se temían los correligionarios del asesino, desencadenaría una venganza que no dejaría resquicio alguno a la piedad. Unos y otros maldecían el nombre de Lucas de Reims con saña.

Él, entretanto, había alcanzado a galope tendido su antiguo hogar de Belcamino, situado a pocas horas a caballo, perseguido de cerca por algunos miembros de la escolta de su víctima. Sin conocer la razón de su desesperada petición de auxilio, el jefe de la guardia abrió las puertas de la fortaleza para dejarle entrar, y ordenó cerrarlas de inmediato a los soldados papales que le pisaban los talones. No en vano se trataba de uno de los suyos, perseguido por fuerzas enemigas. ¿Quién podría reprochárselo?

Convencidos de haber topado con el castillo de uno de los muchos señores herejes que infectaban, a su modo de ver, aquel paraje, los hombres de la delegación romana renunciaron a parlamentar y volvieron grupas hacia la orilla del río, donde había quedado tendido el cadáver de su amo, velado en aquel momento por Arnau de Amaury. Ya no tenían prisa. A su paso por aldeas y caseríos se detenían el tiempo suficiente para calentar los ánimos de los lugareños fieles a la doctrina católica, gritando a voz en cuello que el criminal había hallado refugio en casa de los De Laurac, quienes hurtaban a su antiguo senescal de la justicia de Dios.

La siembra de rencor produjo exactamente el efecto deseado.

A lo largo de aquel día, de manera espontánea, una muchedumbre de hombres y mujeres, en su mayoría campesinos, fue congregándose en la senda que conducía a Fanjau. Iban armados con hoces, guadañas y palos, coreando consignas cada vez más violentas:

—¡Muerte a los herejes!

—¡Entregadnos al asesino!

—¡A la hoguera con todos ellos!

Su destino era Belcamino, que pensaban tomar al asalto para sacar de su agujero al desgraciado que se escondía allí. Después ajustarían las cuentas a quienes le habían dado asilo. Muchos repetían, enardecidos, aquello que contaban sus abuelos de los días en que un santo apodado el Ermitaño había pasado por sus pueblos llamando a las buenas gentes a incorporarse a la Cruzada:

—¡Dios lo quiere!

El mismo Dios, en opinión de Lucas, había bendecido el sacrificio de Castelnau.

V

En el interior del castillo de Belcamino se había desatado una tempestad tan furiosa como la que descargaba contra sus murallas.

—¿Te has vuelto loco? —vociferaba Bruno, dirigiéndose al que fuera su mayordomo—. ¿Tienes la más remota idea de las consecuencias que va a traernos tu ocurrencia? Pero ¿en qué estabas pensando cuando urdiste esta atrocidad, desgraciado?!

—Se lo merecía —respondió Lucas muy bajito y con la cabeza gacha, como si hablara para sus adentros—. Ya lo creo que se lo merecía. Todos ellos se lo merecen. No podíamos permanecer impasibles ante tanta ignominia.

—¡Les has dado el pretexto que andaban buscando, estúpido! —volvió al ataque el señor de la casa, parándose en seco ante su interlocutor para propinarle una bofetada—. Has firmado la condena a muerte de todos los cátaros y a nosotros, que te acogimos en nuestro hogar como si fueras de nuestra propia sangre, nos has buscado la ruina. Escucha el furor de esas gentes —añadió, señalando al gran ventanal por el que se colaban las voces de los congregados ante la tapia, deseosos de participar en el linchamiento del asesino—. ¿Qué se supone que debo hacer contigo ahora?

—¡No podemos entregarle, padre! —intercedió Braira a favor de su ayo, a pesar de que sus sentimientos hacia él se habían vuelto contradictorios al verse engañada en su buena fe.

Lucas no la había delatado todavía, aunque le lanzaba miradas de perro apaleado suplicando su mediación. ¿Qué debía hacer ella? ¿Confesar su colaboración en el crimen, ahora que conocía las consecuencias de unos actos de los que ya se avergonzaba, o callar por miedo? El miedo era hermano gemelo del embuste, le habían enseñado sus mayores. Una vileza propia de gentes sin moral, tan difundida, empero, como la mentira. Y ella tenía miedo. Estaba tan aterrada que se limitó a constatar:

—No podemos abandonarle. La muchedumbre lo haría pedazos. Mantengamos la calma. Sin máquinas no lograrán forzar las puertas del castillo y acabarán marchándose cuando el hambre y la sed empiecen a hacer estragos. Es solo cuestión de tiempo.

—Desafortunadamente no disponemos de ese tiempo —replicó Bruno, dirigiendo a su hija una mirada cargada de ternura—. Cada vez llegan más personas y su cólera va en aumento. Nuestros guardias no conseguirán contenerlos mucho más. Sé lo que va a dolerte esto, pero Lucas tiene que salir de aquí ahora mismo o entrarán a buscarlo y todos correremos su misma suerte.

Ese «sé lo que va a dolerte esto» era justamente lo que necesitaba Braira para librarse del temor que la abrumaba. Desarmada por el amor de su padre, cuya fe en ella resultaba mucho más difícil de traicionar que cualquier principio inculcado en la infancia, se decidió a confesar.

—Yo soy tan culpable como él. Si le castigas, debes castigarme a mí también.

—Pero ¡¿qué dices?! ¿Cómo podrías haber participado tú en algo tan repugnante?

Incapaz de resistir más tiempo la tensión acumulada en ese interrogatorio, asaltada por los remordimientos, la pequeña de los De Laurac contó lo sucedido desde el momento en el que el caballerizo le había hecho llegar la nota de Lucas. Reconoció su labor de espionaje, a la vez que pedía perdón, entre sollozos, sin lograr articular un discurso coherente.

Sus padres la escucharon atónitos. No terminaban de creerse lo que oían. Les parecía imposible que fuese cierto.

—La niña es inocente —intervino finalmente el senescal, de quien los barones parecían haberse olvidado momentáneamente, avergonzado por el respaldo y la sinceridad de su cómplice involuntaria—. Ella no sabía lo que hacía y yo le aseguré que nadie sufriría daño. No tenía la menor idea de lo que se estaba urdiendo. Lo juro por mi honor.

—Tú no tienes honor, infame —tronó Bruno—. Tú... Ojalá esa muchedumbre que te espera ahí fuera haga contigo lo que te mereces. ¡Hideputa!

—¡No me abandonéis a un destino así, señor! —suplicó entonces Lucas, convencido de que estaba a punto de ser entregado a un final espeluznante—. Estoy dispuesto a morir. Bien sabe Dios que nunca he sido un cobarde. Pero acabar de ese modo, descuartizado por una horda de villanos iracundos...

Fuera los gritos sonaban con furia creciente. Los más exaltados habían comenzado a lanzar piedras contra los centinelas que vigilaban la entrada, coreados con júbilo por todos los demás. En breve tendrían que replegarse los soldados al interior de la fortaleza o bien coger sus arcos y comenzar a disparar sobre hombres, mujeres y niños desarmados. La situación era desesperada.

—Yo saldré contigo —propuso de pronto Guillermo, que hasta entonces había permanecido silencioso, con una seguridad que sorprendió a todos.

—¡Ni hablar! —se opuso su padre—. Este gusano afrontará solo el destino que se ha labrado. En cuanto a tu hermana, luego ajustaremos cuentas.

—No puede ser, hijo —secundó Mabilia a su esposo, horrorizada—. Tu intención es buena, mas de nada serviría. Únicamente conseguirías morir con él.

Mientras Braira seguía llorando, como ausente, vagamente consciente de haber roto algo muy valioso e imposible de recomponer, su hermano se mantuvo firme en su empeño.

—Os equivocáis. Todo el mundo sabe en Fanjau que me he reconciliado con la Iglesia de Roma. Lo dicen las cruces cosidas a este sayo que llevo puesto y también la carta firmada por fray Domingo, que obra en mi poder. Yo hablaré con ese gentío, le convenceré de que nadie puede tomarse la justicia por su mano, y menos en nombre del Dios que nos invita a perdonar a quienes nos ofenden. Confiad en mí al menos esta vez. Con una pequeña escolta que me asignes, padre, conduciré a Lucas hasta Tolosa, donde el conde se encargará de él.

—Es demasiado arriesgado —dijo el barón—. Este desgraciado debería habérselo pensado antes y desde luego mejor. Ahora es tarde. No tiene derecho alguno a ponernos en esta disyuntiva. Cuanto hizo por esta familia se lo pagamos con creces, os lo aseguro. Creedme todos cuando os digo que nada le debemos, y menos ahora que sé lo que ha hecho con esta cabeza loca que tengo por hija.

El aludido temblaba de terror, arrodillado en el suelo, suplicando en silencio misericordia.

—No hay otra solución que la que yo propongo, padre —insistió Guillermo—. ¿Podrías dormir tranquilo habiendo enviado a este hombre a un suplicio como el que le espera, sin mover un dedo por socorrerle?

—¡Por supuesto que sí! Este traidor nos ha deshonrado a todos y ha condenado a tu hermana. ¿Aún pretendes defenderle?

—No discuto tu derecho, padre; apelo a tu clemencia. Es lo que enseña el Evangelio por el que los dos nos regimos. Déjame a cuatro de tus mejores hombres y reza para que todo salga bien. Cumpliré esta misión y regresaré sano y salvo, lo prometo. Tal vez sea esta una señal que me envía el Señor para poner a prueba mi fe.

Tras un momento de vacilación, Bruno de Laurac asintió de manera casi imperceptible. Estaba tan apesadumbrado por el disgusto que le había dado Braira que se veía incapaz de discutir con su hijo. Se sentía de pronto viejo, derrotado; demasiado viejo y derrotado como para oponer resistencia a los argumentos del muchacho, cargados de generosidad.

El universo se le acababa de venir encima, arrastrando con él buena parte de sus certezas, aunque de una cosa estaba seguro, y era de que al asesinato perpetrado por su antiguo servidor seguiría una represalia de los papistas que dañaría a su familia de un modo irreparable.

¡Maldito imbécil, maldita venganza absurda, maldita estupidez, la de su hija con ínfulas de heroína, maldita ley infame, esa del ojo por ojo, que escribía la historia de los pueblos con sangre en lugar de tinta!

Antes de salir de la estancia para cursar las órdenes necesarias, abrazó emocionado a Guillermo, ese hijo que se le había hecho hombre de repente, y escupió en la cara del mayordomo homicida. A Braira no le dedicó ni una mirada. Por sus mejillas resbalaban lágrimas de rabia e impotencia ante lo que veía venir sin remedio. Su mundo, el mundo del que había gozado hasta ese día, había llegado a su fin. Y el epílogo que empezaba a conocerse en esa hora anunciaba un desenlace espeluznante.

Al abrirse con un chirrido metálico el doble portón de roble macizo que guardaba la fortaleza, la multitud prorrumpió en un aullido triunfal. Podía oler desde la distancia el miedo cerval de su víctima, saborear su carne. Era un único animal informe, un ente compacto, salvaje, hambriento y excitado por la emoción de la caza, babeando ante una presa inerme. Quien se ofreció a las fauces de esa bestia rugiente, sin embargo, no fue Lucas de Reims, sino Guillermo de Laurac. Iba a pie, con su mísero hábito de penitente y su carta de reconciliación en la mano. Levantaba los brazos en señal de paz.

Aprovechando el momento de desconcierto causado por su aparición, rogó a los allí presentes que escucharan lo que tenía que decirles y obtuvo, seguramente como consecuencia de la sorpresa causada, un paréntesis de silencio que aprovechó, haciendo gala de su valentía. Tuvo que recurrir, eso sí, a toda la elocuencia de la que era capaz para convencer a aquella masa iracunda de que lo que pretendían hacer con sus horcas, sus hoces y sus garrotes no podía ser grato a los ojos de Dios.

—¿Quiénes sois vosotros, simples campesinos, para juzgar y sentenciar un crimen de tan horrendas características? ¿No haríais bien en dejar esta tarea a quienes están facultados para llevarla a cabo con garantías?

—¡Entréganos al asesino y te dejaremos marchar! —se oyó decir a una mujer sin rostro, que por la voz parecía una anciana.

—¿Cómo vais a hurtar vosotros a la Iglesia la responsabilidad y el privilegio de castigar al hombre que ha atentado contra un legado del pontífice sin incurrir en el pecado de la soberbia? ¿Creéis de verdad que eso es lo que desearía el padre Marcelo, cuyas homilías escucháis cada domingo? Dejad que yo lo conduzca hasta Tolosa y se lo entregue a nuestro señor el conde.

El joven barón De Laurac habló con emoción, autoridad y convicción, alternando el ruego con la amenaza, hasta lograr neutralizar el zarpazo de esa fiera que, poco a poco, fue replegando las garras. Pero cuando mencionó el nombre del conde Raimundo, los ánimos volvieron a caldearse, por lo que finalmente, después de parlamentar con quienes se habían erigido en cabecillas de aquella horda vociferante, planteó una solución aceptable para todos: Lucas sería llevado de vuelta al lugar donde aguardaba el resto de la delegación romana, con Arnau de Amaury a la cabeza, a fin de que fuera este quien tomara las disposiciones que estimara convenientes para enjuiciar su conducta.

Con cierto temor partieron de Belcamino a lomos de sendas monturas el senescal, cuyos brazos iban atados a la espalda, su protector y los cuatro soldados de su guardia, pasando entre hombres y mujeres de aspecto feroz que todavía blandían objetos cortantes, palos o simplemente puños desnudos, a la vez que les lanzaban las más obscenas increpaciones.

Todos sudaban de angustia, no de calor. Procuraban mirar al frente, en actitud gallarda, pues no hay en el campo de batalla posición más vulnerable que la de quien se reconoce débil ante el adversario. Por eso fingían un aplomo que estaban lejos de sentir, manteniendo a sus caballos a un paso corto, casi de desfile, que acentuara la superioridad de su rango con respecto al de esa chusma.

A medida que se alejaban fueron acelerando la marcha, hasta poner a los corceles al trote, sin dejar de mantener la formación. Fue entonces cuando Lucas cometió su último error. Tal vez acuciado por el pánico o acaso en un intento desesperado de escapar, picó espuelas y se lanzó a galope tendido en dirección a las montañas, buscando la espesura del monte sin roturar. No llegó muy lejos. Tras consultar con la mirada a su amo, uno de los miembros de la guardia tensó su arco, apuntó y abatió de un flechazo en el cuello al fugitivo, dejándolo derribado en el suelo, boca abajo, entre convulsiones que le hacían escupir espumarajos de color oscuro.

De nuevo la muchedumbre prorrumpió en gritos eufóricos, enardecida por la contemplación de esa agonía, seguramente no tan lenta como la que habían planeado sus integrantes, pero lo suficientemente dolorosa como para saciar su apetito.

Asqueado, Guillermo ordenó al arquero que rematara cuanto antes su faena, lo que este ejecutó con diligencia, cabalgando hasta donde se encontraba el moribundo, desmontando con agilidad y degollándolo a cuchillo. A continuación, limpió a conciencia su daga con las ropas del difunto, antes de volver a guardarla en su vaina, satisfecho del deber cumplido.

Para llevar un cadáver al lugar convenido con quienes clamaban justicia no era necesaria la presencia del heredero de Belcamino, por lo que este regresó sobre sus pasos sin ser molestado, con la amargura tatuada en el rostro. Exactamente igual que su padre, intuía con claridad el fin de un tiempo conocido que daba paso a una era de tribulación ante la cual se sentía impotente.

Y luego estaba Braira, su pequeña y querida Braira, cuyo futuro pendía de un hilo.

No fue suficiente la muerte de Lucas para lavar la ofensa de lo que ya se conocía en todas partes como el martirio de Pedro de Castelnau. Henchido de santa indignación, el papa Inocencio III lanzó un llamamiento a las armas en forma de carta dirigida a su legado en Occitania:

> ¡Adelante, caballeros de Cristo! ¡Adelante, valientes reclutas del ejército cristiano! Que el grito de dolor

universal de la Santa Iglesia os arrastre. Que os inflame un celo piadoso a fin de vengar semejante afrenta infligida a vuestro Dios. Dicen que, tras la muerte de ese hombre justo, la Iglesia de vuestro país está sin consuelo, sumida en la tristeza y la aflicción; que la fe ha desaparecido, la paz ha muerto, la peste herética y la rabia guerrera han tomado nuevas fuerzas; que la nave de la Iglesia está expuesta a un naufragio total si en esta nueva y terrible tempestad no le aportamos un auxilio poderoso...

Había sido llamada formalmente la Cruzada contra los cátaros. Todos los beneficios e indulgencias de los que gozaban los combatientes en Tierra Santa se extendieron a quienes quisieran tomar las armas contra esos «apestados enemigos de la verdadera fe». Sus posesiones fueron ofrecidas como botín a cualquier guerrero católico dispuesto a luchar contra ellos. Cayeron sucesivos interdictos sobre sus dominios, al tiempo que sus vasallos eran autorizados por Roma a romper el sagrado juramento feudal que les imponía obediencia.

La tierra de los juglares, la de las mujeres en cuyos labios florecía la alegría, la que rendía tributo al amor y hablaba la lengua de oc, se convirtió de la noche a la mañana en oscuro objeto del deseo de todos los desheredados de Francia.

A la llamada del santo padre respondieron algunos grandes señores movidos por un auténtico fervor católico, como los condes de Nevers, Leicester y Saint Paul, pero también muchas aves de presa codiciosas, decididas a quedarse. De todas partes del reino de Felipe Augusto acudieron segundones sin fortuna, mercenarios carentes de escrúpulos, gentes de armas huérfanas de honor y demás chusma, atraída por la posibilidad de lanzarse a la rapiña impune, no solo sin mala conciencia, sino con las bendiciones de Roma.

Entre esos guerreros destacaba uno, de abolengo venido a menos y sobrada maldad, cuyo nombre inmortalizaría la historia convirtiéndolo en sinónimo de crueldad. Uno cuya perfidia no llegó a conocer límites y que nunca mostró piedad: Simón de Monforte, el León de la Cruzada.

Bruno de Laurac supo desde el primer momento lo que significaba esa carta del papa y no vaciló en tomar medidas drásticas. Tras despachar un correo a su amigo Tomeu Corona, antiguo correligionario converso que había hecho fortuna como proveedor de la corte aragonesa en Zaragoza, convocó un consejo familiar para comunicar solemnemente a su esposa e hijos sus decisiones.

—Debéis marcharos de aquí cuanto antes. Ya he dispuesto lo necesario para que os reciban en Aragón, donde estaréis seguros. Yo tengo que quedarme a cuidar de nuestros viñedos, pero vosotros partiréis mañana mismo. Llevaos lo indispensable y comprad allí lo demás. Mi contacto en la capital del rey don Pedro os proporcionará todo lo que preciséis. En cuanto a ti, Braira —añadió pesaroso—, no sé si podré perdonarte lo que has hecho, aunque me consta que no era tu intención causar la muerte de nadie. Espero que al menos te sirva de lección para actuar con más prudencia de aquí en adelante.

La chica no respondió. Nada tenía que decir. Estaba intentando desesperadamente ser indulgente consigo misma, lo que le obligaba de manera inconsciente a culpar a los demás de todo lo malo que acontecía a su alrededor. Era mejor tergiversar en su mente la realidad que verse obligada a despreciarse, por lo que muy pronto se convenció de que había sido su padre el responsable de la tragedia familiar que estaban viviendo, al mostrarse implacable con Lucas, y su hermano, por no defenderle lo suficiente...

El mundo se había confabulado en su contra y ella debía resistir, atrincherada en su orgullo de dama ofendida. No obstante, aunque fuese incapaz aún de valorar la gravedad de su herida, un tajo profundo le recorría ya las entrañas, afectando de manera especial a ese órgano invisible en el que se asientan la confianza en los demás y la capacidad para entregarse a la amistad sin reservas.

Mabilia, cuyo destino anunciado por las cartas empezaba a cumplirse en ese instante, no se lo pensó dos veces antes de rechazar con vehemencia la invitación de su esposo a escapar.

—Mi sitio está aquí, a tu lado, aunque coincido contigo en que los chicos tienen que irse. No será por mucho tiempo, tranquilos —añadió, dirigiéndose a sus hijos con una sonrisa algo forzada—. Os ayudaré a prepararos para el viaje, sobre todo a ti, Braira, porque no sé si estás en condiciones de asumir alguna responsabilidad. Pero ¿cómo pudiste dejarte embaucar por ese loco? —le preguntó, rodeándole los hombros con sus brazos sin dejar de recriminarle su grave equivocación.

Confundía el enfurruñamiento de Braira con arrepentimiento. Pensaba que el silencio de su hija era debido a la sensación de culpa en vez de a la ofuscación, por lo que le dijo al oído:

—Anda, vamos, charlaremos mientras llenamos un baúl. Desahógate conmigo y no te odies. Todos cometemos errores. Lo importante es aprender de ellos.

—Nadie tiene por qué marcharse —rebatió Guillermo—. Si quisierais convertiros, como he hecho yo, si fuerais capaces de ver la luz con la claridad con la que yo la veo, nada tendríamos que temer de los soldados de

Cristo. Estoy seguro de que Domingo nos brindaría su protección...

—Ni él ni nadie puede ayudarnos, Guillermo —le interrumpió su padre—. La presencia de Lucas en esta casa nos condena, incluso sin que nadie sepa nunca, como espero que suceda, la intervención de tu hermana en este desgraciado asunto del asesinato de Castelnau. Todo el país está a punto de convertirse en una gigantesca hoguera. Obedéceme y vete con ella a Zaragoza, lejos del peligro que corréis aquí. Si tu madre desea quedarse —añadió, mirando a Mabilia con afecto casi paternal—, que así sea. Aún no se ha dicho la última palabra en cuanto al desenlace de este conflicto. Pero vosotros os vais mañana mismo. Y no se hable más.

Braira no intentó protestar. En el fondo de su corazón había esperado siempre ese momento, si bien lo había imaginado de un modo luminoso, sin rabia ni vergüenza. Había soñado con escenarios más amables, en los que no tuviera que llorar la traición y muerte violenta de su ayo, ni partir de un día para otro, ni sentir en la mirada de su padre un frío glacial, mezcla de reproche, decepción e incredulidad, ni verse obligada a odiarle, a cultivar con mimo ese odio en el fondo de su corazón, como única manera de salvarse a sí misma.

Alejarse de su hogar, al que, en todo caso, estaba segura de regresar, le producía cierta pena e inquietud, aunque también alivio. Así dejaría atrás todo lo vivido en esos años en los que había sido un instrumento en manos de poderes ajenos. Era tiempo de mirar al futuro, con las riendas de su vida firmemente sujetas. La perspectiva de ver horizontes desconocidos y vivir experiencias nuevas le excitaba lo suficiente como para compensar la melancolía del adiós, dándole fuerzas. Así es que consintió en hacer lo que le ordenaban, dócil en apariencia a la autoridad paterna.

A medida que se acercaba la hora de la verdad, sin embargo, lo que se disponía a emprender dejó de ser un proyecto para cobrar forma definida. Entonces se dio cuenta de la magnitud de lo que estaba ocurriéndole, de lo que acontecía en Occitania y de lo que significaba esa huida. Fue notando un peso creciente sobre el pecho que le dificultaba la respiración, produciéndole simultáneamente ganas de llorar, dolor de vientre y sudor frío. Con los años aprendió a reconocer y temer esos síntomas inequívocos de la angustia, que llevaría siempre en el equipaje al comienzo de los muchos viajes que iban a jalonar su vida.

El día previsto para el adiós, Belcamino era un hervidero de actividad recorrido por un murmullo de despedidas sombrías disfrazadas de buenos propósitos.

En el patio del castillo, con una rosa recién cortada para su compañera de juegos, Beltrán parecía la viva imagen de la desolación. Controlando a duras penas sus emociones, besó castamente la mano de la chica y le entregó la flor.

—Tus deseos parecen cumplirse antes de lo que esperabas —dijo resignado.

—¿Mis deseos? —contestó Braira sin comprender.

—Aquel día, el del ataque de los bandidos, me confesaste que soñabas con alejarte de esta vida aburrida. ¿No recuerdas?

—No era esto a lo que me refería, créeme —trató de consolarle ella—. De todas formas, regresaré pronto. ¡No te vayas a poner a llorar como una damisela!

—No lo haré, pierde cuidado —se creció él—. Te deseo mucha suerte.

—Y yo a ti, querido Beltrán. Nos volveremos a encontrar antes de lo que crees. ¡Ya verás!

El juglar, que no compartía en absoluto ese optimismo, salió corriendo antes de perder la compostura, a derramar su pena en forma de poema. Tampoco Braira era del todo sincera, por más que se esforzara en mantener la misma actitud confiada con los demás habitantes del castillo. Ella también veía los nubarrones que se les venían encima.

Se desmoronó cuando le llegó el turno de decir adiós a su madre. La empalizada de soberbia que había construido a su alrededor empezaba a cuartearse, sacudida por golpes de lucidez y oleadas de remordimiento. Sentía en la boca un regusto amargo a soledad. Le costaba cada vez más engañarse a sí misma, aunque lo siguió intentando durante mucho tiempo. Todo el que pudo.

La impedimenta de los hermanos era, tal como había dispuesto el barón, de lo más liviana. Aparte de algunas provisiones, hicieron cargar en el carruaje un arcón de tamaño mediano con algunas posesiones de Braira: abrigo, vestidos, cinturones, sus afeites favoritos, zapatos, tocados y un juego de sábanas limpias para evitar las de las posadas en las que tendrían que hacer noche durante el camino. Guillermo, fiel a sus votos de expiación, no se llevó nada más que un rosario y un pequeño zurrón con documentos.

En el último momento, ya a punto de azuzar a las mulas que tiraban del vehículo, Mabilia entregó a su hija una cajita de marfil con remaches de plata, cuyo contenido Braira conocía bien. No hicieron falta palabras. Ambas sabían lo que significaba aquel gesto y el valor del regalo que acababan de hacerse la una a la otra. La señora de Belcamino transmitía su saber, su poder y su visión a la carne de su carne, llamada a mostrarse valerosa en ese trance. Esta, a su vez, aceptaba perpetuar allá adonde la llevara su exilio el arte antiguo del tarot, amenazado de muerte en esa Occitania agonizante.

Caía una lluvia fina, pegajosa, penetrante, cuando Guillermo y Braira cruzaron las puertas del castillo de sus ancestros sin mirar atrás. Tenían ante sí un largo trecho antes de llegar a Zaragoza, y no podían arriesgarse a recorrer en solitario la ruta que los llevaría hacia el sur, cruzando la cordillera pirenaica por pasos angostos e inseguros, que, en el peor de los casos, acaso estuvieran aún cubiertos de hielo. Por eso, a la altura de Carcasona, se unieron a una caravana de arrieros que se dirigía a Navarra, haciéndose pasar por peregrinos a Compostela desviados del camino habitual con el fin de visitar a unos parientes afincados en Huesca.

Al principio todo discurrió sin sobresaltos, en jornadas agotadoras sobre calzadas mal mantenidas que obligaban a los hombres a detenerse con frecuencia para retirar algún obstáculo o rellenar de piedras y grava un bache especialmente profundo.

Braira, la única mujer de la expedición, apenas bajaba de su carromato, cubierto por una lona y, cuando lo hacía, se tapaba el rostro con un velo de gasa lo suficientemente tupido como para ocultar sus bellas facciones de doncella. Al caer el sol, ella y su hermano encendían su propio fuego de campo, algo apartados de los demás, limitando al mínimo indispensable el contacto con esos seres rudos, de habla extraña, de quienes no se terminaban de fiar. Con el correr de los días, no obstante, la tensión se fue relajando, hasta llevar a los chicos a cometer una imprudencia que iba a resultar fatal.

Una noche, estando ya la luna alta, mientras Guillermo dormía profundamente, Braira sacó de su escondite el estuche que guardaba la baraja de su madre, dispuesta a matar el aburrimiento y la nostalgia preguntando a los naipes lo que les depararía esa inesperada estancia en

Aragón, alejados de su casa y de todo lo que habían amado hasta entonces.

A la luz de la hoguera, se puso a tirar las cartas sin dar excesiva trascendencia al juego, aunque lo suficientemente absorta en él como para no notar la presencia de un extraño a sus espaldas, que la sobresaltó con estas palabras:

—Esa caja debe tener un valor considerable. Tal vez quieras vendérmela, junto a esas bonitas estampas con las que andas trajinando.

El tono que empleó el buhonero para hablarle, chapurreando la lengua aragonesa, no le gustó a la chica. Su mirada, menos aún. El aspecto de aquel hombre se le antojó el de un lobo a punto de abalanzarse sobre un cordero lechal, que se divirtiera olfateando previamente a su presa. Y, además, ella había aprendido a desconfiar de la gente. Seguramente demasiado.

Tras unos momentos de vacilación, en los que tuvo la tentación de ponerse a gritar, optó por recurrir a la astucia y respondió, ajena a toda prudencia, forzando la voz al máximo con el fin de parecer más segura de lo que en realidad estaba:

—Ándate con ojo, arriero, que las estampas de las que hablas son mágicas y podrían acabar contigo en menos de lo que se tarda en decirlo. Observa —le ordenó, mostrándole la carta del Diablo, un ser con sexo de hombre y pechos de mujer, manos en lugar de pies, alas de murciélago y sonrisa maligna, subido a un pedestal al que permanecían encadenados dos demonios de menor tamaño que parecían condenados a servir a su señor—. ¿Te parece horrible esta figura? Pues imagínatela de carne y hueso, tan alta como un roble adulto, persiguiéndote por estos páramos con la ayuda de sus esclavos. Bastaría una orden mía para que salieran todos del pergamino en el que descansan y cobraran vida. De modo que mantente alejado de nosotros. Nos guarda todo un ejército de criaturas fabulosas cuyo poder ni te imaginas.

A la mañana siguiente Braira se reía a carcajadas contándole a su hermano la cara de pavor que había puesto el mulero tras oír su cuento para niños. Se mostraba muy orgullosa de la estratagema que se le había ocurrido. Volvía a sentirse la heroína de una hazaña digna de ser cantada, ni escarmentada ni mucho menos arrepentida.

Tan eficaz había resultado su añagaza, que el sujeto de la noche anterior ya no formaba parte de la comitiva, pues debía de haber tomado las de Villadiego con el alba, antes de que despertara el campamento.

Tanto mejor, pensó la muchacha. Cuanto más lejos estuviese de ellos, más tranquilos viajarían. Guillermo, por el contrario, se percató enseguida de que aquella historia no les traería nada bueno.

Y tenía toda la razón.

VI

A las dos semanas justas de partir, habiendo llevado a sus bestias hasta el límite de la resistencia, arribaron finalmente los dos jóvenes De Laurac a Huesca, plaza fuerte del reino aragonés. Estaban derrengados, sucios y doloridos, pero enteros. Encontraron alojamiento en una posada limpia, en comparación con otras, situada extramuros de la ciudad en la que había hallado la muerte el rey Sancho Ramírez combatiendo contra el moro. Un establecimiento mucho más confortable, desde luego, que el carro en el que habían descansado durante buena parte del viaje.

Mientras Braira pedía al posadero agua caliente y un barreño a fin de poder asearse, Guillermo salió a comprar provisiones con las que completar el viaje hasta Zaragoza, de la que les separaban ya poco más de veinte leguas. Lo peor había pasado, se decía a sí mismo. Una vez alcanzada la ciudad en la que los aguardaba Tomeu Corona, dejaría a su hermana en sus manos, se aseguraría de que no le faltara de nada y regresaría a Fanjau, aun a costa de desobedecer a su padre.

Había tomado esa decisión mientras contemplaba el paisaje de su infancia fundirse lentamente con las estribaciones de los Pirineos. Su lugar estaba allí, entre viñedos, pastoreando a esas almas perdidas hasta devolverlas al redil católico, fuese cual fuese el precio que tuviera que pagar por ello. Antes, no obstante, debía cumplir el cometido que se le había encomendado.

No le llevó mucho tiempo hacerse con algo de pan, unas onzas de cecina, nueces, manzanas y un odre de vino que beberían diluido con el agua de los múltiples arroyos que saltaban junto al sendero. Estaba feliz ante la perspectiva de comenzar una nueva vida, aunque al regresar a la fonda, contento de haber llevado a buen puerto sus gestiones y ver con claridad cuál iba a ser su futuro, le aguardaba una desagradable sorpresa: entre invocaciones de santos, exclamaciones de horror y grandes aspavientos para santiguarse una y otra vez, la mujer del mesonero le informó de que, nada más salir él, a su hermana se la habían llevado los ayudantes del alguacil cargada de grilletes, acusada de brujería.

En la oscuridad de la mazmorra, Braira temblaba en ese momento como un cachorro perdido en el bosque. Estaba aterrada, aturdida e inerme. Había desaparecido de golpe el barniz de autosuficiencia que llevaba al partir de Fanjau, y lloraba no solo de miedo, sino de frustración. Conocía en sus propias carnes, por vez primera en su corta existencia, lo intolerable que resulta la experiencia de saberse víctima, ahora sí, de una flagrante injusticia. Se sentía impotente frente a una amenaza mayor que todo lo vivido hasta entonces.

Había tratado de explicarse al principio, haciendo gala de una gran dignidad, sin conseguir ser escuchada. Sus captores la miraban recelosos, con una mezcla de temor y asco, amenazando con darle muerte inmediata si se atrevía a invocar con sus poderes satánicos a esos servidores salidos del infierno que llevaba guardados en una cajita de marfil y plata... Entonces comprendió el motivo de su infortunio, lo que no le aportó el menor consuelo.

¡Era eso! Su cautiverio nada tenía que ver, como había pensado en un primer momento, con su condición de cátara, que evidentemente ignoraban quienes la tenían presa. Por un lado, su secreto permanecía a buen recaudo, lo que habría debido tranquilizarla, mas, por otro, la actitud que adoptaban con ella los representantes del municipio indicaba que la tomaban por una hechicera seguidora del diablo, lo que la colocaba en una situación infinitamente peor. Si el entuerto no se deshacía pronto, jamás volvería a Occitania.

Lo que había sucedido era que el mulero se había tomado en serio las bravatas de la muchacha y había corrido a denunciarla a la autoridad más próxima, que resultaba ser el alguacil local. Este, poco ducho en cuestiones que fueran más allá de los habituales robos, disputas entre vecinos por una linde o alguna ocasional violación, generalmente resuelta a satisfacción de todos con el arreglo de un matrimonio entre el agresor y su víctima, había dado aviso al cura, quien había ordenado prenderla. Y ahora se encontraba allí, a las puertas de la celda, armado de su cruz y su rosario, urgiéndola a confesar sus tratos con Belcebú, arrepentirse de sus pecados y renegar con sinceridad del Señor de las Tinieblas.

—¿Cómo he podido ser tan estúpida? —se repetía Braira a sí misma.

Lo que en su momento le había parecido una ocurrencia ingeniosa estaba a punto de costarle la vida, e incluso algo peor. Un tormento como el padecido por el hermano de su antiguo senescal, que no se veía capaz de soportar.

—¡Oídme! —gritó una vez más en su lengua natal, perfectamente comprensible para un habitante de Huesca, pese a una ligera diferencia en los acentos y alguna palabra distinta—. Se trata de un malentendido que puedo aclarar. Si tan solo quisierais atender a lo que tengo que decir...

—¡Calla, bruja! —le respondieron desde el otro lado de la puerta que la separaba de la luz—. Confiesa tus graves faltas y arrepiéntete, o prepárate para probar las llamas que aguardan a tu alma.

—Por caridad —insistió ella entre sollozos—. Avisad a mi hermano, Guillermo de Laurac, en la posada del Molino, o bien a don Tomeu Corona, proveedor de la corte en Zaragoza, que pueden dar razón de mí. Os aseguro que se trata de una confusión absurda...

Estaba a punto de enloquecer. Nunca, ni siquiera cuando fue asaltada por los ladrones al regresar de Montpellier, había sentido semejante temor. El tiempo se había detenido en esa celda de paredes húmedas, que olía a excrementos y orines acumulados en la paja del suelo, donde unas ratas gordas como gatos campaban a sus anchas, sabiéndose las dueñas del lugar. Cualquier apelación a la lógica carecía allí de sentido. Únicamente podía rezar, pero estaba demasiado asustada para hacerlo.

Entretanto, Guillermo buscaba desesperadamente el emplazamiento de la cárcel en el laberinto de callejuelas que componían esa antigua villa, antaño musulmana, situada en los fértiles valles pirenaicos por cuya conquista se había derramado mucha sangre cristiana. Iba descompuesto e incapaz de orientarse, obsesionado por la posibilidad de llegar demasiado tarde. ¡Vaya un modo de cuidar de su hermana!, se decía, desesperado.

Al fin, tras un sinfín de vueltas, dio con el edificio de piedra negra que albergaba la prisión, precipitándose en su interior como si le persiguiera un fantasma. Sus vestiduras monacales y el hecho de no llevar armas le permitieron sortear a los guardias de la puerta, aunque, una vez dentro, el hombre que parecía ser el amo del lugar se dirigió a él secamente.

—¿Adónde vais tan deprisa, hermano?

—Busco a mi hermana, Braira de Laurac, que ha sido arrestada y conducida hasta aquí, según me dicen, por razones que se me escapan...

—¡¿La bruja?!

—¡Me insultáis, alguacil! —replicó airado Guillermo, olvidando la humildad impuesta por su penitencia para dejar aflorar su crianza de caballero occitano—. Mi hermana es una buena cristiana, hija de una familia noble que rinde vasallaje a vuestro rey. Os exijo que retiréis en este instante vuestras ofensas hacia su persona.

Aquel hombre, pensó el carcelero, no se expresaba como un villano, desde luego, mas tampoco tenía la apariencia de lo que decía ser. Desconcertado, rebajó un punto su arrogancia.

—La mujer que, según decís, es vuestra hermana, ha sido acusada de un grave delito. Al registrar la estancia en la que la detuvimos encontramos estos... instrumentos del diablo que la incriminan —dijo, mostrando con repugnancia la baraja, que estaba sobre su mesa, tapada con un lienzo—. Está claro que tiene tratos con el Maligno —se santiguó—, por los que habrá de responder ante la justicia.

—Os equivocáis —repuso Guillermo, mostrándose a su vez más conciliador—. Esas cartas nada tienen que ver con el Maligno ni con nada que se le parezca. Se trata de un juego inocente, practicado en nuestra tierra natal, que nuestra madre le regaló al partir de Fanjau para que se entretuviera durante el viaje. Si amenazó al arriero con ellas fue únicamente para defenderse de él, que mostraba las peores intenciones. Debéis creerme.

¡Citadle aquí y que jure ante las Escrituras que no estuvo a punto de forzar a mi hermana aprovechando que yo dormía! —A continuación, sacando de su zurrón un pergamino cuidadosamente doblado, añadió—: ¿En caso de que no os dijera la verdad, tendría en mi poder esta carta de recomendación del mismísimo Domingo de Guzmán, en la que se hace garante de nosotros dos y solicita a quien corresponda que se nos franquee el paso?

Guillermo tentaba a la suerte. El documento en cuestión era auténtico, pero nada se decía en él de Braira. Se trataba de un anexo a su carta de reconciliación, redactado por el fraile castellano en respuesta a una petición que le había formulado él, como favor especial, poco antes de emprender el viaje. La conservaba a buen recaudo, llevándola siempre consigo, precisamente por si se presentaba una situación complicada. Claro que nunca había pensado que la complicación fuese de tal envergadura.

Dado que no sabía leer, el alguacil llamó en su auxilio al sacerdote, quien, para fortuna de los hermanos, tampoco era demasiado dado a los latines, aunque su instrucción le permitía comprender que estaba ante un documento oficial emitido por un representante de la Iglesia, y, sobre todo, reconocer la firma del predicador de Castilla, cuya fama traspasaba fronteras. Tanto, que sirvió de milagroso salvoconducto.

Al cabo de pocas horas Guillermo y Braira abandonaban la ciudad, con todas sus pertenencias, jurándose no volver a poner los pies allí. Él se sentía cada día más agradecido al hombre con quien tenía contraída una deuda que no dejaba de crecer. Ella se abrazaba a su protector como cuando era una niña, estaba ahíta de aventuras y habría deseado regresar a la rueca, los viñedos y el sol cálido de su hogar, aunque sabía que, por el momento, era un anhelo inalcanzable. Debía seguir siendo fuerte y aprender a ser humilde, tal como le decía siempre ese hermano cuya intervención acababa de salvarle por segunda vez el pellejo.

Zaragoza los recibió con los brazos abiertos.

Tomeu Corona, su anfitrión, resultó ser un hombretón cordial, de risa estruendosa, generoso en todos los aspectos, cosa harto sorprendente tratándose de un comerciante, pensaron los jóvenes nobles dejándose guiar por los prejuicios. Estaba casado con una mujer menuda, llamada Alzais, cuya característica más destacada era su incapacidad para mantenerse callada un instante. Ella acogió a Braira como si de su propia hija se tratara, pues esta, monja en un convento de hospitalarias, apenas tenía ya trato con sus padres.

—¿Queréis un pastelito de almendras, un tazón de leche caliente o acaso un cuenco de caldo? —ofreció a los hermanos la señora de la casa, a guisa de bienvenida—. Seguro que tenéis hambre después de un viaje tan largo por esos caminos horribles.

—Yo me tomaría de buen grado ese caldito, si no es molestia —respondió Guillermo, quien desde su partida de Fanjau no había disfrutado de una comida digna de tal nombre.

—¡Qué ha de ser molestia, mozo! —le riñó Alzais, maternal, al tiempo que hacía sonar una campanilla de bronce para llamar a un criado—. No hay nada como un buen caldo de gallina para devolver las fuerzas, sanar el cuerpo y entonar el alma. Haré que te traigan también uno a ti, muchacha. ¿Cómo has dicho que te llamas?

—Braira —respondió ella con timidez, encantada de que Guillermo se hubiese atrevido a pedir ese alimento que su memoria gustativa asociaba al hogar y los mimos, haciendo que se relamiese por anticipado—. Os doy las gracias por vuestra hospitalidad, a la que espero saber corresponder como merecéis.

—Basta ya de tanta formalidad —zanjó Tomeu con unas palmadas enérgicas—. Que traigan caldo para estos chicos y pasteles para todos, regados con un vino oloroso del mejor que haya en la bodega. La ocasión bien lo merece. Vamos a brindar por que vuestra estancia en Zaragoza sea tan dichosa como esperamos.

El converso brindó con agua, aunque el cariño de sus anfitriones le supo mejor que cualquier licor.

En aquella casa, por razones evidentes, se hablaba poco de religión, si bien los esposos se cuidaban de asistir puntualmente a la iglesia todos los domingos y fiestas de guardar, generalmente a la hora de la misa mayor; se dejaban ver en actitud devota, a fin de no despertar sospechas, y aprovechaban cualquier ocasión para mostrarse especialmente espléndidos con las limosnas.

Guillermo y Braira se sumaron desde el primer día a ese ritual, con lo que todo el mundo dio por hecho que ella, al igual que su hermano, se había convertido al catolicismo antes de salir de Occitania. Ninguno de los dos se molestó en desmentirlo. Ese pequeño engaño piadoso facilitaba enormemente las cosas, y ¿a quién podía hacer daño? Ella calló por precaución y él por amor a ella.

Se instalaron en la espaciosa morada que poseía Tomeu en la ciudad del Ebro, dentro de las antiguas murallas romanas, no muy lejos de la catedral de San Salvador, en cuya restauración trabajaba una legión de albañiles a las órdenes de un maestro de obras. Era una casa burguesa, en tres alturas, que nada decía de su esplendor vista desde fuera. El interior resultaba en cambio sumamente confortable, con sus paredes cubiertas de tapices, sus muebles de maderas nobles, las mullidas alfombras que cubrían los suelos de tablas de roble y la cocina, con su correspondiente chimenea, ventilada y carente de humos: un verdadero lujo accesible a muy pocos potentados de paladar refinado.

—Decididamente, el comercio no resulta tan despreciable como algunos lo pintan —comentaba esa tarde Guillermo a su anfitrión, tratando de mostrarse cortés.

—Deja que sigan haciéndolo —respondió este, siempre afable—. ¡Así habrá menos competencia! A mí me ha ido en mi nueva patria mejor de lo que jamás me habría atrevido a soñar.

—¿Y cuál es el secreto, si es que estáis dispuesto a compartirlo?

—Trabajo, suerte e intuición a partes iguales. Lo cierto es que esta sociedad pujante, que se enriquece continuamente con las tierras ganadas a los sarracenos, es un entorno perfecto en el cual desarrollar mi talento natural para los negocios. Solo hace falta saber lo que desean quienes tienen oro, encontrar un proveedor, traer hasta aquí la mercancía y venderla a un precio que deje algún beneficio, sin errar en los cálculos. Esa es la parte más difícil, aunque puede aprenderse. Yo no tengo hijos, de modo que estaría encantado de enseñarte. ¿Te gustaría?

—No sé si tengo las cualidades necesarias para ello —se zafó el joven, que empezaba a rumiar otra vocación bien distinta—. Pero decidme, ¿cómo habéis llegado hasta el palacio?

—Arriesgando. Los nobles de la corte querían extravagancias venidas de lugares exóticos y hasta allí me fui yo en su busca, empeñando para ello las pocas joyas que mi mujer había podido traer consigo y endeudándome con tu padre. Ahora mis galeras tocan todos los puertos del Mediterráneo a los que arriban navíos procedentes del Lejano Oriente, empezando por los de Venecia y Génova. La pimienta o el clavo que sazonan la comida del rey proceden de mis almacenes, al igual que sus perfumes y el incienso de sus capillas. La seda, el brocado y la gasa con que se adornaban las damas de la corte han sido suministrados por mí. Tal vez no me consideren uno de los suyos, pero me necesitan, lo que, dados los tiempos que corren, constituye una garantía de seguridad apreciable.

—Nunca nos habló nuestro padre de esa deuda...

—Hace tiempo que le devolví el dinero, aunque jamás podré pagar lo que entonces supuso para mí su confianza.

—Lo estáis haciendo con creces acogiéndonos en vuestro hogar.

—Y doy gracias por ello. Al fin he podido corresponder a su generosidad. Un amigo es la mejor inversión que pueda hacer un hombre, siempre que sepa escoger a la persona adecuada.

—¿Y cómo se consigue eso?

—Me gustaría saber qué responderte, pero desgraciadamente no hay fórmulas. Tu padre acertó conmigo y yo con él. ¿Cómo? Lo ignoro. Tal vez fuese suerte, acaso intuición. ¿Quién sabe? Lo importante es que él me ayudó en un momento decisivo y yo no lo he olvidado. La lealtad y la gratitud son requisitos indispensables, aunque no suficientes para anudar este lazo. La amistad es un don raro. Una auténtica bendición.

Doña Alzais presumía de su intimidad con varias de las damas de esa corte a la que su marido proveía de caprichos, las cuales frecuentaban sus salones y la recibían en sus residencias. Incluso había llegado a besar en más de una ocasión la mano de la reina madre, doña Sancha, por quien profesaba una admiración ilimitada.

Los señores de Corona tenían sobrados motivos para estar agradecidos a esa soberana, toda vez que había sido durante su regencia, exactamente en el año 1198, cuando ellos habían llegado a la ciudad procedentes de Tolosa, prácticamente con el cielo y las estrellas por único patrimonio. Traían, eso sí, su carta de reconciliación, pues muy poco tiempo antes la propia soberana, siguiendo los mandatos del papa, había expulsado de sus dominios a todos los adeptos a la herejía albigense que se encontraran en su territorio. Una orden que algunos obedecieron y la mayoría, no.

Transcurrido el tiempo, Tomeu almacenaba una fortuna considerable, que le permitía hacer cuantiosos empréstitos al rey cada vez que este lo requería, cosa que sucedía con harta frecuencia dado su carácter derrochador. Muchos le sabían converso y pensaban, dado su abultado peculio, que era de origen judío. Y es que eran, en general, los hebreos, a quienes el monarca se refería con el apelativo de «mi bolsa», los que solían acudir en su socorro con préstamos impuestos, que se devolvían tarde, si es que se devolvían. A cambio se les permitía vivir tranquilamente e incluso ejercer como consejeros, médicos o comerciantes, sin más prohibición que la de casarse con personas de otro credo y, por supuesto, hacer proselitismo del suyo. De ahí que al próspero mercante, lejos de molestarle, le complaciera en grado sumo ser tomado por uno de ellos. En plena persecución de sus antiguos hermanos cátaros, esa confusión le hacía sentirse más seguro.

Sí, decididamente la Zaragoza a la que llegaron los jóvenes De Laurac huyendo de la Cruzada era un lugar amable, muy parecido al Fanjau que habían conocido ellos durante su infancia.

—Tenemos que llamar cuanto antes a la modista, niña.

—No es necesario, señora, tengo cuanto preciso. Bastante hacéis ya por nosotros.

Con su energía habitual, doña Alzais había desperta-
do esa mañana muy temprano a su hija adoptiva para
someterla a un plan de actividades frenético, destinado
a transformarla en una auténtica princesa. Siempre había anhelado hacer lo propio con su Ramira, aunque la
vocación monacal de esta había frustrado sus planes. Por
ello veía el cielo abierto con la providencial aparición en
su hogar de esa muchacha preciosa, con la que podría al
fin ejercer de madre que juega a las muñecas.

—¡Tonterías! Vamos a llamar a la modista, al joyero
y al peletero. También al perfumista, que no se me olvide.

—Si os place...

—Y deja ya de llamarme señora. Prefiero que me digas tía. ¿Estamos? ¡No sabes la alegría que me da tenerte en casa!

Braira se vio envuelta en un torbellino de telas y
esencias, atenciones, cariño y caricias, que muy pronto
le hicieron olvidar cualquier nostalgia.

Por su belleza —un óvalo enmarcado en una melena
castaña, ojos color avellana, boca en forma de corazón y
nariz algo deformada por la rotura sufrida en la adoles-
cencia, aunque proporcionada al conjunto del rostro—;
por su cuerpo bien formado —en el que cualquier ropa-
je parecía lucir el doble que en cualquier otra percha—,
su frescura y su sencillez, no tardó la joven cátara en
conquistar su propio espacio dentro de aquel entorno
social. Un universo que le resultaba familiar, puesto que
no solo se expresaba y se vestía de una forma muy similar a la suya, sino que gozaba de los placeres de la trova,
la música, la danza y el amor cortés, al igual que la gente
occitana.

El exiguo guardarropa traído de Occitania cedió paso
en los arcones a nuevos vestidos de brocado, adornos de
pedrería, pieles lujosas, como la marta o el visón, y una

extensa colección de zapatos, que don Tomeu sufragó sin pestañear, pues la felicidad de la chica, que él asociaba con sus mejillas más rellenas, le parecía la mejor de las recompensas.

Doña Alzais, a su vez, la presentaba orgullosa a todas sus conocidas, exagerando la grandeza de su linaje familiar, como si vendiese una valiosa mercancía. No habría sido necesario. Braira tenía atractivo sobrado por sí misma, no ya en virtud de su físico, que también, sino como consecuencia de su forma de ser y de ciertas habilidades, muy solicitadas entre las damas de alcurnia zaragozanas, que poco a poco fue sacando a la luz.

Y es que, vencido el miedo inicial derivado de su amarga experiencia en Huesca, la chica se atrevió paulatinamente a mostrar su juego en público. Primero únicamente ante su anfitriona, luego en el círculo más íntimo de las habituales de su salón, y finalmente en alguna fiesta más concurrida. El éxito instantáneo y entusiasta que alcanzó con las cartas no tardó en hacerle olvidar las penas padecidas por su causa, la nostalgia de su hogar, el áspero enfrentamiento con su padre y hasta la añoranza de Beltrán, quien pronto se convirtió en un recuerdo lejano.

Dado que cualquier actividad susceptible de romper el aburrimiento era recibida con alborozo en aquella sociedad ávida de novedades, hasta el punto de convertirse en moda, apenas se corrió la voz de aquella rareza denominada tarot, empezaron a lloverle a doña Alzais las invitaciones para acudir a todo tipo de saraos, por supuesto acompañada de su pupila.

—Guardaos de esa prima que tanto adula vuestros oídos. Persigue algo más que vuestra estima... —advertía una Braira resplandeciente de satisfacción a una consultante de alcurnia, previa lectura realizada con toda la parafernalia posible a fin de impresionar a las presentes—. ¡Vigilad de cerca a vuestro marido!

»Cuidad mejor de vuestras joyas o un día de estos perderéis algo que tenéis en mucho aprecio —recomendaba a otra.

»No emprendáis ahora el viaje que estáis preparando. Esperad a que las aguas de vuestra casa se remansen.

Con grandes dotes para la observación, no menos capacidad de escuchar, sentido común, seducción y la ayuda de los naipes, prodigaba sus consejos de manera tal que todas se marchaban satisfechas, convencidas de estar ante una mujer excepcional.

A fin de evitar cualquier sospecha de hechicería, la occitana llevaba siempre una cruz al cuello y advertía con humildad de que con frecuencia se equivocaba. Aquello, insistía una y otra vez, no era más que un entretenimiento propio de cortes galantes. Se mostraba más cauta de lo que habría sido necesario dadas las circunstancias: el hecho de que su clientela fuera lo más granado de la sociedad aragonesa le confería un estatus inaccesible a cualquier imputación de ese tipo, convirtiendo su talento en algo perfectamente respetable.

Una vez más comprobaba en carne propia la importancia de estar entre los poderosos, compartir su mesa y ser tratada por sus leyes como ellos, que no como sus vasallos. Allí, entre damas de la alta nobleza, jamás sería considerada una bruja. ¿O acaso sí?

El miedo, que parecía haberla abandonado para siempre, regresó de golpe una tarde en la que el viento aullaba de frío colándose por las ventanas, cuando en la residencia de los Corona se presentó un paje portador de un requerimiento rubricado con el sello real: Braira de Laurac era convocada al palacio de la Aljafería con carácter inmediato; es decir, a la mañana siguiente. La reina doña Constanza, viuda del soberano de Hungría, reclamaba su presencia.

¿Qué podría querer una dama tan principal de una refugiada cátara? Nada bueno, seguro.

VII

Poco tiempo antes se había despedido Guillermo, cumpliendo así su decisión de regresar a Occitania. En Zaragoza había intentado en vano interesarse por los negocios de su anfitrión, para terminar constatando que lo suyo no era el comercio, ni tampoco la guerra, sino los asuntos de Dios. Estaba decidido a profesar en la Orden del Císter, al igual que Diego y Domingo. Anhelaba acompañar a este último por los campos de su tierra, ayudarle en su misión evangelizadora, sufrir con él las penalidades del camino y entregar su existencia al Señor.

La llama que prendiera en su interior al contemplar el milagro de Montreal no había hecho sino crecer, por lo que le urgía regresar cuanto antes a entregarse a su nueva vida. Ya no se veía reflejado en absoluto en el caballero que había soñado llegar a ser. Ni siquiera su hermana le reconocía en ese hombre adusto en el que se había convertido. Su rostro reflejaba, en forma de ojeras violáceas, la transformación operada en ese lugar secreto que, en alguna rara ocasión, alberga un matrimonio perfecto entre la razón y el alma.

—Ha llegado el tiempo de marchar —comunicó solemnemente una noche a la familia.

—¿Os vais? —preguntaron Alzais y Tomeu al unísono, mientras Braira le miraba tan sorprendida como disgustada.

—Me voy —precisó Guillermo—. Braira, en cambio, permanecerá aquí, al menos mientras los vientos de guerra que soplan en Occitania no cambien de signo.

—Pero... —trató de protestar su hermana.

—No hay peros que valgan. Yo he de regresar cuanto antes, pues así me lo exige mi conciencia. Y además nada me retiene aquí. Tú, por el contrario, pareces disfrutar de la hospitalidad de nuestros benefactores. ¡Que Dios os premie cuanto habéis hecho por nosotros! —apostilló, dirigiéndose a ellos—. Se te ve feliz. Quédate, pues, en paz, cumple la voluntad de nuestro padre y muéstrate siempre dócil y agradecida con estos buenos cristianos que nos han acogido en su hogar.

Su decisión estaba tomada, aunque Braira intentó disuadirle por todos los medios, le suplicó, recurrió a los pucheros que de pequeña lograban siempre conmover el corazón de Guillermo hasta llevarle a plegarse a su voluntad, e incluso lloró sinceramente.

—No me dejes sola, por favor.

—¿Sola? ¿Cómo puedes ser tan ingrata con esta buena gente que te trata como si fueras de su sangre?

—Mi sangre eres tú. No te vayas, te lo ruego.

—Antes de una semana te habrás olvidado de mí —profetizó él. Luego se acercó a ella, la abrazó con fuerza y acariciando su mejilla, como solía hacer cuando era niña, bromeó—: Regreso a casa, hermanita, no más lejos que Fanjau. Te será fácil encontrarme.

—Pues llévame contigo.

—Ni tú deseas marcharte ni yo sería razonable si te llevara de vuelta allí en estos momentos. Tiempo al tiempo. Sé obediente y haz lo que te digo. En cuanto las cosas se tranquilicen, enviaré a alguien a buscarte. ¡Lo prometo!

No había equipaje que empaquetar, puesto que la penitencia impuesta en la carta de reconciliación seguía vigente, lo que agilizó los trámites previos al viaje. Y así, una mañana de primavera, justo al año de su partida de Belcamino, Guillermo de Laurac emprendió la senda de regreso.

La situación que dejara atrás en su día no había mejorado en absoluto. Los ejércitos cruzados se preparaban para desencadenar una ofensiva sin cuartel, haciendo acopio de hombres y pertrechos, ante la pasividad del conde de Tolosa, aparentemente incapaz de reaccionar. En todos los meses transcurridos desde su excomunión no había sido capaz de ponerse de acuerdo con su yerno, el vizconde Raimundo Roger de Trencavel, para armar una fuerza susceptible de resistir al embate, pero tampoco había logrado convencer de su sincero arrepentimiento al legado papal, Arnau de Amaury. Este lo fiaba ya todo al poder de convicción del hierro, sordo a las promesas de obediencia y sumisión que reiteraba el noble con grandes alardes de elocuencia, sin terminar de cumplir lo que se le ordenaba hacer.

Cuando el joven converso cruzó los Pirineos en dirección norte, por el valle del Ródano descendía hacia el sur una armada formidable, de al menos veinte mil jinetes y el triple de infantes, dispuesta a imponer su credo a sangre y fuego. La componían caballeros revestidos de sus resplandecientes armaduras; soldados de a pie con sus lorigas, yelmos, escudos y espadas; lanceros, arqueros, ballesteros, palafreneros, escuderos, servidores de las terribles catapultas y demás maquinaria de asalto; herreros, carpinteros, panaderos, criados asignados a los miembros principales de aquella tropa, rameras en busca de clientela segura, mendigos, truhanes, mercenarios, maleantes, salteadores de caminos y la más variopinta chusma atraída por la certeza de poder darse a la rapiña y a la violación de manera impune. Gentuza vestida de harapos y armada de porra o cuchillo, consentida y alimentada por los mandos militares de cualquier tropa por su capacidad para sembrar el pánico con actos de bárbara ferocidad.

Aterrado ante lo que se le venía encima, en un último intento desesperado de detener la masacre, Raimundo de Tolosa había entregado siete de sus castillos a la Iglesia y se había prestado a humillarse públicamente en la abadía de San Gil, cuna de su dinastía, ante los ojos de Dios y de su pueblo. Desnudo de cintura para arriba, descalzo, cubierto de ceniza, confesó sus pecados y juró ante las sagradas reliquias obedecer la voluntad del papa, cumpliendo los mandatos de sus enviados. Antes de perdonarle, el legado Milón, maestro de la ceremonia, le obligó a recorrer la nave del templo flagelándole la espalda con varas de leña verde, en presencia de una multitud anonadada.

Nada de todo aquello sirvió para alterar el curso de un drama que estaba escrito de antemano.

El 20 de junio de 1209, estando ya el heredero de Belcamino de vuelta en casa con su familia, el conde Raimundo tomó la cruz y se puso bajo la protección del santo padre. Esto llenó de esperanzas a Guillermo, quien se había encontrado con la desagradable sorpresa de que fray Domingo de Guzmán no se hallaba en Prouille, sino en alguna misión apostólica que le hacía inaccesible. Aquel gesto del señor de Tolosa, pensó, conjuraría el peligro que se cernía sobre su gente, ya que probablemente llevaría a la desmovilización de las tropas que acampaban en las inmediaciones de Montpellier, a dos pasos de su casa.

Se equivocaba.

Su padre, Bruno, estaba lejos de compartir ese optimismo.

—Las cosas no pueden ser tan fáciles —le rebatía a su esposa, que se mostraba tan esperanzada como Guillermo con esa maniobra de última hora del noble.

—¿Por qué no? —replicaba Mabilia—. El paso que ha dado el conde va en la buena dirección. Así consigue ganar tiempo.

—Raimundo es un cobarde además de un suicida estúpido —se dolía el barón—. Tanto preparativo, tanto gasto, tanto movimiento de soldados como ha ocasionado la Cruzada no pueden terminar en esa mascarada que ha protagonizado en San Gil. ¡Parece mentira que no se dé cuenta!

Y tenía razón.

Siguiendo los pasos de su suegro, pues estaba tan asustado como él, el vizconde de Carcasona, Besés, Albi y Razès se dirigió, en los primeros días de julio, a suplicar el perdón de los legados, ofreciendo su incondicional sumisión. Su mano tendida fue rechazada de plano, lo que no le dejó otra salida que convocar a toda prisa a sus vasallos, de a pie o de a caballo, sabiendo que sería aniquilado por los soldados del papa a menos que lograra vencerlos.

El tiempo de la palabra había quedado atrás. Era hora de que hablaran las armas.

El 20 de julio, bajo un sol de justicia, el formidable ejército capitaneado por Simón de Monforte se puso en marcha en dirección sudoeste. Esa misma tarde pasó por la villa de Servian, evacuada por todos sus vecinos, cuyas casas desiertas contemplaron el paso de los conquistadores, y el 21 por la mañana alcanzó la orgullosa Besés, resguardada tras sus fortificaciones. Sus habitantes, animados por el vizconde, habían cerrado a cal y canto las puertas, determinados a resistir. Él lucharía con ellos hasta el último aliento, les había jurado. Jamás los abandonaría...

¡Qué poca consideración suelen merecer a los gobernantes sus propias promesas!

Trencavel huyó a Carcasona, junto a los judíos y a algunos dignatarios cátaros, en cuanto vio acercarse a los cruzados. Fue entonces el obispo de la ciudad, Reinaldo de Montepeyroux, quien se acercó a pie hasta el campamento que habían instalado las tropas francesas en las praderas que bordeaban el río, a fin de suplicar clemencia. La respuesta que recibió fue un ultimátum en toda regla: o los católicos expulsaban a los herejes, o se marchaban de la villa con lo puesto, o se preparaban para compartir el destino de aquellos apestados y perecer con ellos.

Congregados frente a la catedral de San Nazario los representantes de la población, convocados por el prelado para transmitir la mala nueva, sintieron un sudor frío recorrerles la espalda de arriba abajo.

—¿Y a quiénes entregaríamos —preguntó uno de los magistrados locales—, a los perfectos de su comunidad o a todos y cada uno de sus miembros, incluidos los niños, las mujeres y los ancianos?

—La orden es categórica —replicó Montepeyroux—. Si queremos librarnos de su furia, no puede quedar un solo cátaro en Besés.

—¡Pero eso es una locura! —protestó un tercero—. Son nuestros vecinos, nuestros amigos, los clientes de nuestros talleres, los tutores de nuestros hijos... ¿Cómo podríamos deshonrarnos hasta el punto de entregarles a una muerte segura para salvarnos nosotros? ¿En qué clase de cristianos nos convertiría ese comportamiento?

—¡No blasfemes, Tomás! —reconvino el obispo a quien acababa de hablar, maestro de la cofradía local de curtidores—. Las disposiciones de un legado papal no se cuestionan y mucho menos se discuten. Hemos de tomar una decisión y el tiempo se nos agota.

—Tengo serias dudas respecto a la fidelidad de Amaury al mandato del papa o a su voluntad —respondió el interpelado—. A mi modo de ver, su lealtad se orienta más hacia Felipe Augusto, que es quien sacará tajada de lo que aquí acontezca. Pero, sea como sea, yo no me haré cómplice de tamaña iniquidad. Me voy a casa con los míos y que Dios nos proteja a todos.

—Nos protegerán nuestras murallas —puntualizó el jefe de la modesta guarnición desplegada en la ciudad—. Son sólidas y están bien mantenidas. Tenemos provisiones de sobra para aguantar hasta que el vizconde Trencavel nos envíe los refuerzos que ha ido a buscar. Ellos, en cambio, han de alimentar veinte mil bocas y mantener el orden entre la gentuza que los acompaña. Yo os digo que antes de quince días se habrán cansado y levantarán el asedio.

—Opino lo mismo —zanjó el alcalde, que se había mantenido en silencio hasta ese momento—. Aquí hemos convivido católicos, judíos, cátaros y bogomilos desde que existe memoria, sin que nuestras diferentes creencias hayan constituido un problema. ¿Por qué habríamos de ceder ahora a la exigencia que se nos impone? Esto no es una guerra de religión, sino de conquista, y por lo tanto no otorgaremos a esos soldados venidos de Francia una victoria gratuita. No les dejaremos poner sus sucias manos en el gobierno de nuestros asuntos. Defenderemos nuestra villa y nuestra tierra de esos ocupantes y lo haremos empuñando la espada, codo con codo, todos juntos por Occitania.

Su arenga fue acogida con gritos de júbilo por la mayoría de los presentes, cuyo temor inicial había ido convirtiéndose poco a poco en confianza eufórica. La decisión estaba tomada y los llevó a juramentarse solemnemente en ese mismo instante.

—¡Suceda lo que suceda, no cederemos!

Esa misma tarde el prelado Montepeyroux abandonó Besés, seguido de un puñado de católicos que llevaban a cuestas las escasas pertenencias que podían cargar. Los demás, incluidos la mayor parte de los sacerdotes, determinados a no abandonar a sus feligreses, optaron por quedarse dentro y correr la misma suerte que los cátaros.

Antes de lanzarse a un asalto que preveían sangriento, algunos oficiales cruzados preguntaron a su jefe espiritual qué debían hacer con esos hermanos de fe que estaban seguros de encontrar en la ciudad, mezclados con los herejes e imposibles de identificar en el calor de la refriega. Él vaciló unos segundos antes de responder:

—¡Matadlos a todos, Dios reconocerá a los suyos!

Simón de Monforte, el León de la Cruzada, era una criatura de extraordinaria belleza: ágil, flexible, fuerte, musculoso, despiadado, letal. Superada desde hacía años la edad dorada de la juventud, el conde atraía todas las miradas por su melena ondulada, felina, que enmarcaba la elegancia de sus facciones. Alto de estatura y ancho de espaldas, presentaba un torso bien proporcionado, con brazos esculpidos en el manejo constante de las armas, ninguna de las cuales guardaba secretos para él. Sus piernas eran semejantes a columnas. Vivo de carácter, siempre alerta, afable en el trato, buen camarada, humilde en apariencia, prudente, equilibrado en sus juicios, virtuoso en lo personal y competente en el terreno militar, devoto servidor del Señor en la persona del papa... habría sido el vivo retrato del caballero andante, de no ser por su desmesurada ambición.

Antes de embarcarse en la Cruzada, respondiendo al llamamiento del santo padre, languidecía en sus modestas posesiones norteñas, compartiendo la heredad de su esposa, Alix, hija del señor de Montmorency. Cuando los legados de Inocencio le propusieron quedarse con los títulos y dominios de Raimundo Roger de Trencavel, a cambio de derrotarle en el campo de batalla, él se apresuró a rechazar la oferta, apelando a su honor e invocando su fe. Mas fue precisamente esta última, esgrimida como argumento, la que no tardó en convencerle de la conveniencia de aceptar tan ventajoso negocio.

Como cristiano que era —le dijo el abad del Císter, Arnau de Amaury, sin mencionar al soberano francés, cuya sombra planeaba sobre la propuesta— debía obediencia al papa. Tenía, pues, que plegarse a su voluntad, aceptando sin discusión las tierras que se le confiscaran al hereje. Y así terminó por hacerlo el conde, poniendo como condición, eso sí, que todos los nobles que le acompañaban en ese momento, muchos de los cuales habían anunciado su decisión de regresar cuanto antes a sus casas, le juraran solemnemente responder a su llamada cada vez que los necesitara.

Jugó fuerte y ganó. Sin más fortuna que su astucia ni más munición que el coraje, acababa de convertirse en general en jefe del mayor ejército de su tiempo, acampado a la sazón frente a la villa fortificada de Besés, recorrida en esa hora crucial por una oleada de fervor suicida.

—¡No podrán con nosotros! —vociferaba un herrero, enarbolando su martillo a modo de hacha de combate.

—¡Enseñaremos a esos presuntuosos de lo que somos capaces! —le secundaba el tabernero más popular del burgo.

—¡A las almenas! ¡A las almenas todos, que lleguen hasta sus tiendas los ecos de nuestro desprecio!

—¡Nada de a las almenas, seguidme, vayamos a por ellos ahora que no se lo esperan!

Era la mañana del 22 de julio. Hacía un calor aplastante. Nunca se supo quién dio aquella voz delirante, que los siglos maldecirían.

Siguiendo la arenga de algunos cabecillas ofuscados por la soberbia, un nutrido grupo de ciudadanos se aventuró a realizar una salida hasta la misma linde del campamento cruzado, donde los más audaces se pusieron a agitar sus pendones, profiriendo toda clase de insultos. No eran gentes de armas, sino hombres y mujeres ebrios de excitación. Locos.

Monforte y sus hombres se preparaban a esa hora para un largo asedio, mientras sus pajes, escuderos, mozos de espada, palafreneros y demás sirvientes se afanaban en sus tareas. Fueron ellos quienes, viendo las puertas de la ciudad abiertas, se lanzaron al asalto.

—¡Al ataque, camaradas, la Babilonia de los herejes ya es nuestra!

—¡A por el botín, hermanos, esta vez no nos conformaremos con las migajas de los señores! ¡Que se atreva alguien a arrebatarnos el oro que esconden tras esos muros!

No tuvieron que decirlo dos veces. La chusma que acompañaba a la tropa se unió inmediatamente a ese improvisado ejército, ávida de rapiña, y se abrió la boca negra del infierno.

Empuñando porras, cuchillos de monte o garfios de carnicero; enseñando los dientes roídos por la roña, aullando como salvajes, descalzos, semidesnudos, miles de facinerosos corrieron hacia la villa indefensa, dispuestos a cobrarse en el saqueo todo el salario que se les debía desde el inicio de la campaña.

Los vigías de Besés, viendo lo que se les venía encima, llamaron a su vez a los suyos a regresar a toda prisa al amparo de la muralla, haciendo sonar las trompetas y lanzando al vuelo las campanas. El pánico se adueñó nuevamente de los habitantes del burgo, mientras el cuerpo de guardia conseguía a duras penas cerrar y atrancar las pesadas puertas de madera reforzada con hierro, justo antes de que fueran traspasadas por aquella horda vociferante que, pese a ello, no se detuvo.

Como si una mente inteligente dirigiera su comportamiento, la turba, cuya visión recordaba lo que narraban los historiadores sobre las invasiones bárbaras que asolaron los últimos años del Imperio del Águila, se movió con la precisión de una máquina de asalto perfectamente engrasada. Unos se dirigieron al foso, a fin de rellenarlo de piedras y tierra, mientras otros intentaban minar la base de la fortificación, acometiéndola con picos y herramientas de labor, al tiempo que la mayoría se cebaba con los paños de los portones, empleando toda clase de objetos a guisa de arietes.

Besés temblaba y se encomendaba a Dios. Al mismo Dios al que adoraban cátaros y católicos. Las mujeres, los ancianos y los niños buscaron refugio en las iglesias, especialmente en la catedral de San Nazario, que con más de siete mil acogidos a sagrado no daba ya más de sí. Los propietarios de casas robustas, susceptibles de resistir una embestida, se encerraron en ellas e hicieron de los muebles parapetos o intentaron en vano huir a través de algún subterráneo. Los más valerosos se sumaron a la escuálida guarnición de defensores, que se afanaba en repeler el ataque arrojando flechas, piedras o aceite hirviendo a los asaltantes.

Para entonces estos ya no eran únicamente un grupo de desharrapados, sino un ejército en perfecta formación de combate, dado que Monforte había ordenado a sus jinetes e infantes sumarse a la embestida al darse cuenta de lo que sucedía. Y no lo había hecho movido por el deseo de coartar los desmanes de esas gentes de condición vil, sino con la determinación de no dejarse arrebatar todo el fruto del pillaje que iba a sufrir la próspera ciudad occitana. Las hienas no robarían al león su parte. Él sería el primero en escoger y el más beneficiado en el reparto, como no podía ser de otro modo.

Claro que las cosas no salieron como preveía.

Desde su tienda, plantada junto a las de los demás cruzados, Raimundo de Tolosa contempló los hechos que se produjeron a partir de ese momento con la certeza de estar cediendo a la cobardía y despreciándose a sí mismo por ello. Se había unido a las tropas del francés, como único modo de salvar su propia cabeza a costa de sacrificar las de sus vasallos. Lo último que se esperaría de un caballero occitano. Por eso rehusó participar en el asalto, aunque tampoco hizo gesto alguno por impedirlo.

Al atardecer, bajo el empuje de una fuerza infinitamente superior a la de los sitiados, cayeron simultáneamente varios paños de muralla, abriendo brechas por las que aquellas fieras hambrientas se abalanzaron sobre sus presas. Estaban ciegos de ira, enfurecidos por las provocaciones y posterior resistencia de los defensores de la plaza, ávidos de venganza.

Arrasaron con todo lo que encontraron a su paso, empezando por las personas. Violaron a mujeres y niños, torturaron, antes de darle muerte, a cualquiera que tuviera aspecto de poseer algo, con el fin de obligarle a confesar dónde guardaba su dinero. Cortaron, desmembraron, trituraron. No se atrevieron a penetrar en San Nazario, pero atrancaron desde fuera las puertas y le prendieron fuego. En su interior ardieron millares de refugiados, junto a las sagradas reliquias de los santos, los tapices, los cálices y las hostias consagradas que albergaba el templo.

La noche se iluminó con las llamas que se elevaban al cielo desde Besés, una de las ciudades más pobladas de todo el condado, convertida en una gigantesca pira funeraria. Veinte mil desgraciados perecieron ese día degollados a cuchillo, estrangulados, golpeados, ensartados en una lanza de caballero o quemados vivos. Eran cátaros y católicos.

Los cruzados descansaron de su hazaña durante los tres días siguientes, contemplando desde sus tiendas cómo se iba disipando el humo, antes de levantar el campo para proseguir con su tarea.

La mayoría del botín se perdió entre los escombros.

Guillermo se enteró de lo sucedido pocos días después, cuando los ecos de la masacre llegaron hasta el último rincón de una Occitania estremecida de horror.

Seguía sin encontrar a Domingo, aunque su preocupación inmediata era salvar a sus padres de terminar sus días como los supliciados de la ciudad martirizada. Desesperado, sin saber qué hacer, escribió una larga carta a su hermana, narrándole con detalle aquellos acontecimientos, más por necesidad de desahogarse que con la esperanza de obtener alguna ayuda. La misiva fue entregada a un sacerdote que se dirigía a Zaragoza, quien prometió entregarla a su destinataria.

VIII

Cuando se recibió en casa de los Corona una invitación a palacio dirigida no a doña Alzais, como habría sido lo natural, sino a su pupila, se desataron las especulaciones. ¿Por qué desearía la reina Constanza entrevistarse con la muchacha? ¿Qué gato encerraría tan curiosa convocatoria?

—No quiero ir, madrina —adujo Braira aterrada, recordando el episodio de Huesca—. Diga usted que me encuentro enferma, que estoy en esos días en los que el pudor impide a una mujer decente salir de casa...

—Pero ¿por qué, en nombre de Dios, iba yo a cometer tal disparate? ¿No te das cuenta de la gran oportunidad que representa para ti ser recibida por la reina de Hungría?

—¿Y qué querrá una persona tan principal de mí? ¡No puede ser nada bueno!

—Sosiégate y confía en ti. Seguro que habrá oído hablar de tus habilidades con esas cartas a las que llamas tarot y querrá comprobar por sí misma que es verdad lo que le cuentan. ¡Ya puedes esmerarte en acertar, que convertirte en amiga o quién sabe si confidente de la hermana del rey don Pedro puede traer mucha fortuna a esta casa!

—¿Y si es otra cosa la que busca la señora? ¿Y si alguien le ha ido con alguna calumnia sobre mí?

—¿Qué podrían decir sobre alguien como tú, niña? Anda, déjate de temores absurdos y vayamos a revisar tu vestuario, que mañana tienes que deslumbrar a nuestra ilustre anfitriona.

La entrevista estaba fijada para la tarde siguiente, con lo que no hubo tiempo para alimentar más nervios.

Justo cuando las campanas anunciaban la hora nona, Braira y su benefactora llegaron a las puertas de la Aljafería, que alzaba su imponente estructura fuera de las antiguas murallas romanas de la ciudad.

Habían llegado en silla de mano acompañadas de un paje lujosamente uniformado, como correspondía a personas de su alcurnia; llevaban sus mejores galas, zapatos forrados de seda y peinados semejantes a esculturas, todo lo cual le pareció poco a la joven occitana al verse bajo el gigantesco arco de piedra labrada que daba acceso al interior del palacio. La magnificencia del lugar hizo que se sintiera igual que una mendiga cubierta de harapos.

A cada lado del pórtico se alzaba una torre redondeada, como todas las que jalonaban la fortificación a intervalos regulares, cuyo tamaño habría albergado a dos o tres de las que había visto en los castillos de su tierra. Guardias armados de aspecto severo protegían la entrada, aunque les franquearon el paso en cuanto vieron el sello real impreso en lacre que rubricaba el documento que exhibieron. Se hallaron entonces en un patio a cielo abierto, de dimensiones colosales para lo que estaba acostumbrada Braira, enlosado de mármol y salpicado de fuentes que regaban jardines de naranjos, jazmines y damas de noche cuyo perfume llenaba el aire con su dulzura de azahar.

Alzais ya había estado en ese recinto, más propio de los relatos fantásticos que de la realidad de los mortales, por lo que se movía en él con cierta comodidad, pero a la occitana le parecía mágico. A cada paso se detenía a observar alguna de las muchas bellezas que llamaban su atención, cautivada por lo que golpeaba su vista a la vez que aterrada ante la posibilidad de terminar en una mazmorra. Cada estancia que atravesaban era superada en esplendor por la siguiente. Cada techo y cada pared decorados con figuras geométricas o vegetales, labradas en yeso pintado en tonos rojos, azules o dorados, le parecían más hermosos que los precedentes. Tan deslumbrada estaba por aquel entorno y tan enfrascada en su contemplación que no vio entrar a la reina viuda de Hungría, quien la sorprendió con su voz.

—Veo que os agrada nuestra morada...

Braira enrojeció cual cereza en sazón mientras pedía auxilio con los ojos a su tutora. Avergonzada, se inclinó en una reverencia que resultó llena de gracia a pesar de su nerviosismo, musitando una disculpa cortada de cuajo por la imponente mujer que tenía ante sí.

—Quienes la construyeron —explicó con natural afabilidad—, los reyes moros de la dinastía de los Banu Hud, la llamaron Palacio de la Alegría. Un nombre muy adecuado. ¿No creéis?

—Desde luego, mi señora —se apresuró a responder Alzais, doblando la espalda ante la soberana mucho más de lo decoroso.

—Me gustaría conocer mejor a esta protegida vuestra de quien tanto hablan las damas de la corte —le respondió la reina, cortante—. Os ruego que nos dejéis solas.

Decepcionada, se marchó, no sin antes hacer a Braira un gesto elocuente levantando los antebrazos, destinado a darle ánimos ante la prueba que se disponía a pasar.

Doña Constanza de Aragón, hermana del rey don Pedro y viuda de Aymerico de Hungría, era una mujer todavía joven, de porte impresionante, no tanto bella, cuanto de facciones agradables por la nobleza que traslucían. Rubia, como toda su familia, de ojos claros inteligentes, manos habladoras y actitud sorprendentemente cercana en una dama de su rango, siguió dirigiéndose a su invitada con sencillez, en un intento de vencer los recelos de la muchacha.

—Te decía, querida, que los moros que levantaron estos salones y trazaron estos jardines, haciendo de la Aljafería su residencia de recreo, fueron aquí tan felices como siempre lo fui yo. Aquí estaba mi hogar hasta que mi madre tuvo a bien entregarme a un esposo casi anciano, señor de la tierra que vio nacer y aún hoy venera al peor azote que ha conocido la humanidad: el Gran Tanjou, más conocido como Atila. Un demonio que se alimentaba de carne cruda, crucificaba a sus cautivos por diversión y no conocía más dios que un ídolo en forma de águila llamado Astur. Un caudillo muy propio de una nación a la que apenas se asoma el sol y en la que el rigor del invierno es tal que no había brasero capaz de calentarme el cuerpo, por no mencionar el espíritu...

—Debió de ser terrible, majestad —terció la joven, incómoda ante el silencio repentino de la reina.

—Lo fue, en efecto. Al enviudar fui hecha prácticamente prisionera por los rudos caballeros que servían a mi marido, aunque logré escapar con la ayuda de mi pariente, Leopoldo de Austria. Pero eso ya quedó atrás —exclamó la reina casi transfigurada, luciendo una sonrisa resplandeciente donde antes, durante unos instantes, había aparecido una mueca de dolor—. ¡Gracias sean dadas a Nuestro Señor!

Braira era presa de algo parecido al pánico. No paraba de preguntarse el porqué de su presencia en ese lugar en el que se sentía una extraña. ¿La habría denunciado alguna de las señoras con las que había practicado su arte? ¿Acaso la propia Alzais, en su calidad de conversa potencialmente sospechosa, con el fin de hacer méritos destinados a afianzar su situación en la corte? No, aquel pensamiento resultaba tan ruin que lo desechó de inmediato.

Se quedó muda y temblorosa, esperando lo peor.

Constanza la observó un buen rato, tratando de averiguar la causa de esa parálisis. ¿No le habían dicho que aquella extranjera destacaba por su locuacidad y su desparpajo? ¿No era ella la que desvelaba, para rubor de algunos, los secretos escondidos en lo más oscuro de ciertas alcobas?

—¿Te ha comido la lengua un gato? —preguntó desconcertada.

—Os ruego que me perdonéis, majestad. Estar ante vos, en este palacio... Es todo nuevo para mí. Seguro que os parezco una pazguata.

—Pues ya es hora de que salgas de tu azoramiento. Te he llamado a mi presencia porque siento una enorme curiosidad por comprobar si son ciertos los talentos que se te atribuyen o se trata de exageraciones propias de chismosas aburridas.

—En realidad, majestad —respondió Braira todavía asustada—, se trata de un simple juego que no creo merezca vuestra atención ni mucho menos vuestro tiempo.

—¡Tonterías! ¿Has traído esas cartas con las que dicen que lees lo que está aún por escribirse?

—Todo está escrito por la mano de Dios, señora —precisó la muchacha, recordando las palabras de su madre—. Él es quien teje los hilos de nuestro destino. Las cartas se limitan a ayudarnos a descifrarlo algunas veces, solo algunas, igual que hacen los astros del cielo a través de las constelaciones. Habéis de saber, no obstante, que me equivoco a menudo.

—Pues veamos si esta vez aciertas. ¡Estoy en ascuas!

Braira se encomendó a todos los santos, a las sagradas reliquias de la catedral, al perfecto Guillaberto de Castres, cuya sabiduría, decían en Fanjau, no tenía parangón, e incluso a la buena suerte que la había llevado hasta allí y no podía fallarle ahora.

A esas alturas no habría sabido decir cuál era exactamente su credo, pues el cátaro y el católico se habían fusionado en el interior de su alma. Amaba a Dios, a Jesús y a la Virgen María, respetaba los mandamientos de su ley e intentaba superar los obstáculos que se interponían en su vida sin hacer daño a nadie. ¿Significaba eso que era una buena cristiana? ¿Lo era su madre, Mabilia? ¿Lo era la perfecta Esclaramunda de Foix? ¿Lo era su salvador, Domingo de Guzmán? ¿Lo eran Lucas, su buen ayo convertido en asesino, o el conde Simón de Monforte?

Ojalá existiese un lugar en el que esconderse de la sombra acosadora de su pasado, que la turbaba como solo los secretos saben hacerlo. De la palabra «hereje», cuyo sonido le hacía estremecerse de terror cada vez que la escuchaba. De un estigma siempre pendiente de un hilo invisible sobre su cabeza.

Era muy consciente, al mismo tiempo, de la trascendencia contenida en el reto al que se enfrentaba y de las oportunidades que se le presentarían si, como le había dicho doña Alzais, lograba ganarse la confianza de la reina. Eso significaría nada menos que alcanzar la seguridad que tanto anhelaba e incluso tal vez un puesto influyente en la corte, para lo cual debía arriesgarse y desplegar su talento sin dejarse vencer por el miedo. Sí, era mucho lo que estaba en juego. No podía fallar ahora.

Lentamente, como hacía siempre, exagerando deliberadamente la parafernalia previa a la lectura propiamente dicha a fin de darse importancia, sacó su cajita de plata y marfil del bolsito que llevaba prendido a la cintura; extrajo de ella los naipes y pidió a la reina que barajara antes de escoger cuatro cartas: el ayer, el hoy, el mañana y el consejo para evitar tropezar.

En aquel envite le iba nada menos que el futuro.

La primera carta en aparecer fue la Luna: el astro de la noche, con rostro humano de aspecto bondadoso, en cuarto creciente. Bajo su luz se divisaban dos torreones, situados a ambos lados de la imagen, y en el centro un cangrejo, aparentemente levantado por la mera fuerza de su poder de atracción, junto a dos perros que apagaban su sed con las gotas de agua que ascendían de una laguna. Una imagen completamente hermética para Constanza.

—En el pasado atravesasteis una época de oscuridad —interpretó Braira, tocando con la punta de su índice derecho el borde de la lámina— hasta el extremo de perder el rumbo. Os refugiasteis en lo más hondo de vuestro propio espíritu, como el cangrejo en la mar, por más que quienes os rodeaban intentaran sacaros de vuestro ensimismamiento. Pero la luz de nuestra Madre divina velaba por vos.

La reina hubo de reconocer que el diagnóstico correspondía exactamente a sus años de estancia en Hungría, aunque no se dejó impresionar.

—Hablas bien y tus dibujos son ciertamente evocadores, pero cualquiera que me conozca sabe que no fui dichosa en la corte húngara, donde efectivamente busqué la paz en la oración a la Virgen María. Ella nunca me abandonó. Prosigamos.

Con parsimonia, Braira descubrió el segundo naipe de los cuatro alineados. Mostraba una torre golpeada por un rayo destructor, en el trance de perder su tejado en forma de corona. Simultáneamente, dos personajes realizaban acrobacias en su base, aparentemente satisfechos con la naturaleza de las plantas que tocaban en el suelo caminando con las manos.

De nuevo, la consultante observó el cuadro sin atisbar siquiera el significado oculto de aquel absurdo.

—Como veis, señora, en la Casa de Dios el rayo golpea el edificio sin destruirlo. Se limita a levantar su techumbre y penetrar en el interior. Del mismo modo, el conocimiento se nos revela un día de improviso, sacudiendo los cimientos de nuestro espíritu, sin dañarlos, a fin de que sepamos avanzar. En ocasiones hay que realizar movimientos a primera vista complejos y carentes de sentido, como el de estos acróbatas, si queremos hallar la solución a los problemas. Y en esas estáis en este momento: al límite de vuestras fuerzas, sin orientación ni meta, aunque alimentada por una fuente de esperanza que ha traspasado vuestras defensas, derribando incluso vuestra corona, para conduciros a esa dicha que tanto anheláis.

Esta vez Constanza se quedó muda, desconcertada por el calado de lo que acababa de escuchar. ¿Cómo podía saber aquella muchacha lo que ni siquiera sus damas más próximas conocían ni habrían de conocer mientras no hubieran llegado a buen puerto las negociaciones en curso? ¿Cómo podía estar al tanto de las discretísimas conversaciones entabladas a través de embajadores entre su madre, doña Sancha, y el papa Inocencio? ¿Quién le habría dicho que se estaba conviniendo su matrimonio con el joven Federico de Hohenstaufen, rey de Sicilia? Y, sobre todo, ¿cómo, en nombre de Dios, podía intuir esa chica que ella, la que fuera reina de Hungría, veía ese enlace como la mejor salida posible a su situación de soberana sin reino, ni marido, ni derechos ni descendientes, acogida, muy a su pesar, a la hospitalidad de su hermano? ¿Era todo eso posible o acaso le estaba adjudicando a Braira un talento inexistente, cuando lo que decía la cartomántica, bien mirado, no pasaba de ser un cúmulo de generalidades?

En todo caso, concluyó para sus adentros, esforzándose por mantener la cabeza fría, la chica era agraciada, discreta, de noble cuna y exquisita educación, lo que le otorgaba méritos sobrados para ser tenida en cuenta como dama de compañía. Por otro lado, ese juego de interpretación resultaba ser, tal como le habían anunciado, de lo más divertido que había hecho en mucho tiempo. Por eso, al cabo de un buen rato, sentenció en voz alta:

—Lo que dices no va del todo desencaminado. Parece que tu fama está bien ganada, aunque aún me falta por saber lo que me augura... ¿Cómo dices que se llama este pasatiempo?

—Tarot, majestad. Y me alegro de que hoy se muestre certero. Tened la bondad de destapar la carta que nos indica lo que está por acontecer, e intentaré desvelaros su mensaje.

La elegida era la marcada con el número XVII; la Estrella: un jardín paradisiaco, presidido por una enorme estrella rojigualda rodeada de siete astros de menor tamaño, en el que una doncella desnuda, hermosa y sonriente alimentaba el caudal de un arroyo con el agua de dos jarras doradas que llevaba en las manos.

Braira no trató de ocultar su satisfacción.

—Lo que os aguarda es luminoso, señora. Vuestro destino fluye a favor de la corriente celeste, resplandece bajo la gran bóveda. Veréis días de magnificencia, conoceréis el amor puro y seréis madre.

—¡No te atrevas a engatusarme con promesas vanas! —amenazó la reina, que a esas alturas de la tirada, pese a todas las reservas con las que había armado sus defensas, comenzaba a temer que su invitada fuese realmente capaz de leer en su interior hasta descubrir sus pensamientos—. Si me mientes, te arrepentirás.

—Yo solo traduzco lo que ellas escriben —se justificó Braira, sorprendida y asustada por ese cambio de actitud—. Puedo equivocarme, por supuesto, pero os aseguro que la Estrella constituye el mejor de los pronósticos. Claro que esto es solamente un juego sin importancia, un mero entretenimiento. Será mejor que lo dejemos y regrese a casa de doña Alzais, que estará preocupada por mí. Os ruego que perdonéis mi atrevimiento.

—¡Deja de disculparte y levanta la cabeza! —la reconvino Constanza, cuyo corazón luchaba a brazo partido entre la necesidad de guardarse de esa occitana, probablemente interesada en embaucarla, y la simpatía espontánea que le inspiraba, acaso por recordarle a ella misma unos años atrás, recién llegada a Hungría, huérfana de afectos y rodeada de extraños—. ¿De verdad ves en mi futuro un hijo?

—Os lo juro, majestad.

—En tal caso, dejemos para luego la conclusión de esta partida y dime qué le deparará la suerte a esa criatura.

—Es que resulta muy complejo, debería de ser ella quien...

—¡Deja de disculparte, he dicho! No me gustan las excusas. Pregunta a esos extraños personajes de tu baraja lo que será de ese hijo que te has atrevido a anunciarme. ¡Y no me engañes!

Braira volvió a encomendarse a todos los santos que había venerado desde la infancia antes de realizar las oportunas manipulaciones. Alineó y fue destapando naipes en silencio, profundamente concentrada, una, dos y hasta tres veces seguidas, pues lo que atisbaba le resultaba imposible de transmitir a doña Constanza. Tampoco podía mentirle. Ella lo habría notado al instante en el temblor de sus manos y la mirada huidiza de sus ojos. De modo que le dijo la verdad, aunque no toda la verdad. Únicamente la que sabía que querría oír su señora.

—Vuestro hijo nacerá con salud y será rey.

—¡Júrame por la salvación de tu alma que lo que dices es cierto!

—Os juro que es lo que dice el tarot. Pero os reitero que puede equivocarse en sus augurios y a menudo lo hace.

¿Hay argumento mejor para hacernos creer en algo que el hecho de que esa creencia coincida con nuestros deseos? ¿Existe algo más deseable que la bendición de un hijo, la promesa de la paz tanto tiempo anhelada o el anuncio de un periodo de abundancia? La reina de Hungría no pensó que las cartas erraran. Es más, se convenció de que no habría de tardar en ver a un vástago suyo coronado. Con veintitrés inviernos a las espaldas, sin embargo, el tiempo corría en su contra, lo que la obligaba a darse prisa en conseguirlo.

—¿Y qué he de hacer yo para ver cumplidos los felices acontecimientos que me anuncias?

—Tened la bondad de descubrir el último naipe de los cuatro que habéis elegido.

Mientras lo hacía, Constanza rebajó nuevamente el tono para mostrarse casi maternal, a pesar de que, según sus cálculos, apenas cuatro o cinco años podían separarla de esa cátara, que ella creía conversa a la religión verdadera, cuya compañía le estaba resultando más grata aún de lo que había esperado.

—Si has de sobrevivir en un mundo hostil —le aconsejó, a modo de explicación de su anterior arrebato de irritación—, tendrás que mostrarte valerosa incluso ante gente como yo. La experiencia me ha enseñado que los grandes desprecian a quienes se consideran a sí mismos pequeños y tienden a abusar de cualquiera que les muestre su debilidad. No permitas que nadie te intimide, dulce Braira. Veo en tus ojos una fuerza que solo espera ser liberada... Ahora, dime, ¿qué nos anuncia esta... Rueda de la Fortuna, según reza el nombre de la carta?

—Que os dejéis llevar sin oponer resistencia —concluyó Braira, desconcertada ante la abierta manifestación de estima que acababa de expresarle la reina y temerosa de adentrarse en mayores profundidades sobre los vaivenes de la suerte y el modo mejor de hacerles frente—. El tarot, majestad, anuncia cambios que habréis de aceptar, pues en ellos estará vuestra fortuna.

—Sea pues. Aguardaremos hasta ver en qué se traducen esos cambios, que tú verás conmigo, puesto que vas a trasladarte a palacio para entrar a formar parte de mi séquito. Me ha picado la curiosidad y siento el deseo de seguir jugando. Enviaremos recado a doña Alzais para que te haga llegar tus pertenencias, y tendréis ocasión de despediros, descuida. Estarás a gusto aquí. Sígueme y te presentaré a las otras damas.

La fortuna de Braira se fundió así en un mismo engranaje con la de su nueva señora, uniendo los destinos de dos mujeres marcadas por una idéntica sentencia: vagar por el mundo de aquí para allá, solitarias, traspasando una y otra vez las fronteras de lo desconocido.

La hija de Fanjau, que intentaba con todas sus fuerzas abrirse paso en esa corte de gente tan diferente de la de su tierra natal y a la vez tan parecida, no tenía la posibilidad de volver atrás. Por eso se integró en el estrecho círculo que rodeaba a doña Constanza, poniendo lo mejor de sí para aprender a comportarse como una más. Antes dijo adiós al hogar de sus padres adoptivos, quienes le habían enseñado la cara más amable de la condición humana.

—No olvides que siempre nos tendrás de tu parte, pase lo que pase —le insistió Tomeu, emocionado, tratando en vano de estrecharla entre sus brazos pese al obstáculo que suponía su enorme barriga de glotón. Conocía demasiado bien los caprichos de los príncipes como para fiarse de sus deslumbramientos, por lo que temía que la chica fuese devuelta a su casa el día menos pensado, acaso después de un susto—. Si necesitas cualquier cosa, lo que sea, envíanos un recado. Y ven a visitarnos alguna vez, siempre que tus obligaciones te lo permitan.

—Pues claro que vendrá —terció doña Alzais—. ¿No ha de venir? Ella sabe cuánto la queremos...

—Claro que sí —prometió Braira, convencida de que cumpliría su palabra—. Nos veremos con frecuencia.

—Haz honor a tu sangre y a la nuestra —añadió su benefactora, sacando a relucir una faceta de su personalidad desconocida hasta entonces para Braira—. Pórtate como la gran dama que eres. Aunque vayamos a echarte de menos más de lo que te imaginas, nos alegramos de tu suerte y creemos ciegamente en ti.

Como le ocurriera ante su padre tiempo atrás, cuando la traición de Lucas unida a la suya había llevado la ruina a su familia, esa manifestación de fe en ella, tan incondicional como inmerecida, la desarmó por completo hasta el punto de que se puso a llorar a pesar de lo afortunada que se sentía. ¿Cómo podría jamás corresponder a tanta bondad?

Don Tomeu, que le había abierto su casa cuando llegó con las manos vacías, y doña Alzais, que la había consolado en los peores momentos de soledad, que la había visto vulnerable, escondida en lo más profundo de sí misma, la querían más precisamente por eso; porque ella necesitaba su amor. Esa era la gente de cuyo lado se alejaba para emprender una nueva aventura en la corte, donde, según le habían advertido, todo eran intrigas, maniobras, estrategias destinadas a ganar posiciones en el tablero de un juego despiadado. Ese era el desafío que tenía ante sí, y lo aceptaba gustosa.

A esos padres tan postizos como auténticos —se dijo— les debería siempre el milagro de haberle devuelto la confianza en sí misma y en los demás..., aunque con reservas.

—¿Querríais compartir conmigo vuestro arte? —le pidió una tarde Laia de Tarazona, desplegando una deslumbrante sonrisa.

Era la tal Laia una de las favoritas de la reina, porque sabía cantar como nadie y había aprendido de las esclavas moras una forma de bailar que triunfaba en todas las fiestas. Ocupaba un puesto destacado entre las damas de la corte, del que era plenamente consciente. No estaba acostumbrada a recibir un no por respuesta.

—¿Qué queréis decir? —inquirió Braira.

—Si me enseñaríais a hacer hablar a las cartas.

—Eso lleva mucho tiempo, años de observación y experiencia.

—Puedo esperar y esforzarme.

—Es que se trata de un lenguaje complejo... —trató de escaparse la cátara, intuyendo que aquello no llevaría a buen puerto.

—Decid más bien que no queréis y terminaremos antes.

—No se trata de eso...

—Escuchad, Braira de Fanjau —la cortó en seco su interlocutora—. Vos sois nueva por aquí, pero no creo que os chupéis el dedo. Ese juego que habéis enseñado a la reina la tiene encandilada hasta el punto de haberos convertido en su confidente, lo que evidentemente os halaga. ¡No os hagáis ilusiones! Se le pasará. Y cuando eso ocurra, lamentaréis no haberme aceptado por amiga.

¿Cambia realmente la naturaleza de las personas en función de su origen y su posición, o es en el fondo la condición humana la que prevalece, marcándonos el alma a todos con pasiones casi idénticas? En la Aljafería, rodeada de lujos propios de leyendas orientales, Braira conoció de cerca ese universo con el que tantas veces soñara. Olió sus perfumes y también sus cloacas. Aprendió que una actitud obsequiosa suele esconder un corazón mezquino, capaz de arrastrarse por el fango a recoger las migajas sobrantes del banquete de la opulencia. Constató hasta qué punto envenena las conciencias el dolor del bien ajeno. Vio el rostro del mal cubierto de afeites carísimos..., y también gozó del aprecio de quienes la quisieron bien sin razón alguna, como había ocurrido con los Corona.

La primera y principal fue la reina, a la que pronto habría llamado amiga de no ser por la diferencia de sangre y de cuna que imponía entre ellas dos una distancia insalvable. Pese a ello, doña Constanza y su nueva dama tejieron lazos estrechos que iban más allá de la práctica de un entretenimiento palaciego y se adentraban en profundidades difíciles de explicar. Eso no tardó en despertar el recelo de quienes se consideraban, por nacimiento, posición y veteranía, más merecedoras de las atenciones que la soberana dispensaba a su nueva dama.

Laia, a quien la occitana nunca introdujo en los misterios del tarot, fue desde el principio quien manifestó más abiertamente su hostilidad hacia ella, aunque ni mucho menos la única. Otras, en cambio, la arroparon con su afecto. Braira nunca dudó de que estar en ese círculo mereciera la pena.

La fascinación que ejercía en ella su señora nada tenía de sorprendente. Veía el modelo a imitar, la imagen de lo que siempre había querido ser, una mezcla de madre y matriarca cuya seguridad y templanza le parecían la culminación de las más altas virtudes. Por eso la servía con devoción, no solo agradecida, sino entregada en cuerpo y alma. Únicamente le hurtaba ese pequeño espacio en el que guardaba su secreto más odiado; la mentira sobre su verdadero credo, convertida ya irremediablemente en un callejón sin salida cuya oscuridad se agigantaba a medida que pasaba el tiempo. Se despreciaba a sí misma por esa deslealtad, pero estaba condenada a perpetuarla si quería conservar la posición privilegiada que había alcanzado a su lado. Y lo deseaba con toda el alma.

La soberana, a su vez, se preguntaba a menudo cuál sería la razón por la que esa joven extranjera había logrado calar tan hondo en su corazón. Entre todas las personas de su entorno, era la única que nunca la aburría, lo cual constituía de por sí un argumento de peso. Tampoco la adulaba con el mismo descaro que las otras y, cuando lo hacía, lograba que sus lisonjas sonaran como algo espontáneo. Pero había mucho más. Más que sus cartas y sus augurios, casi siempre certeros. Más que su dulzura, su carácter alegre o su habilidad para tañer el laúd a la vez que desgranaba versos en su preciosa lengua occitana.

Seguramente Braira la había conquistado desde el primer día porque se le parecía tanto...

En un universo gobernado por y para los hombres, donde las mujeres eran meras actrices secundarias, ella había decidido trocar la resignación por astucia. No se conformaba con su papel natural. Ni siquiera era consciente aún de esa postura desafiante ante la vida, aunque la infanta de Aragón, que la aventajaba en edad, estaba convencida de no equivocarse. Se había mirado en el espejo de esa chica y sorprendido al reconocerse de inmediato.

—¿Dónde nos lleva este día? —interrogaba cada mañana a su protegida, bromeando con las dotes adivinatorias que la habían cautivado al principio.

—Adonde vos queráis ir, majestad —respondía la cartomántica, tomándose en serio la pregunta y esforzándose por dar solemnidad a sus palabras—. No hay mejor guía que la voluntad ni camino más seguro que el de la perseverancia.

Sí, se le parecía tanto...

SEGUNDA PARTE

1209-1211

IX

Las bodas de Constanza con el soberano de Sicilia, un muchacho de catorce años, estaban prácticamente concertadas. Doña Sancha había encontrado una nueva corona para su hija, con el auxilio del papa, quien había propuesto como novio a su pupilo, Federico de Hohenstaufen, cuya custodia ejercía desde que le fuera encomendada por la madre del niño, viuda del emperador Enrique VI, poco antes de morir.

El arreglo, fraguado a través de embajadores, contemplaba el envío inmediato a Sicilia de doscientos exponentes de la mejor caballería aragonesa, cuya fama, ganada en la guerra contra los sarracenos, traspasaba con creces los confines del reino hispano, así como la aportación posterior de otros quinientos jinetes, que viajarían desde Barcelona junto a la prometida para incorporarse a los ejércitos de su esposo.

En la isla más hermosa, más rica y más codiciada del Mediterráneo, un adolescente obligado a convertirse prematuramente en hombre aguardaba a la que sería su mujer con el ansia de quien espera simultáneamente a una amante, a una consejera y a una aliada indispensable.

Trataba de imaginársela a partir del retrato que le habían hecho llegar sus diplomáticos, preguntándose si, pese a su avanzada edad, sería realmente tan atractiva como le aseguraban. Consultaba a sus astrólogos sobre el momento más propicio para celebrar los esponsales y la manera de asegurarse un descendiente varón, a ser posible en el primer intento. Repasaba mentalmente su situación, que otro cualquiera en su lugar habría calificado de desesperada, trazando planes detallados sobre el modo de aprovechar ese matrimonio para cumplir el grandioso destino que, estaba seguro, le había reservado la fortuna.

Su reino meridional, las Dos Sicilias, conquistado a los mahometanos por los antepasados normandos de su madre, se deshacía en luchas intestinas entre facciones enfrentadas. La herencia germánica de su padre, un imperio que abarcaba desde Polonia hasta Dinamarca e incluía a Inglaterra, Borgoña y una gran parte de las ciudades de la Italia septentrional sometidas por el Barbarroja, era objeto de disputas enconadas entre su tío y regente, Felipe de Suavia, y Otón de Brunswick, candidato de la Santa Sede. Su legado estaba sumido en el caos, pero él estaba seguro de saber deshacer los entuertos. ¡Por supuesto que lo lograría!

La partida acababa de empezar y él estaba empeñado en ganarla.

Su espíritu había sido forjado en el crisol de la soledad. A base de golpes, amenazas e intrigas había aprendido a trocar el temor por ira, tras darse cuenta de que no hay emoción más útil cuando se trata de acumular energía a fin de seguir adelante. Siendo pequeño, en el transcurso de sus correrías de caza o mientras le instruía alguno de sus maestros en las artes de la poesía, las ciencias o la conversación en las múltiples lenguas necesarias para comunicarse con sus súbditos, se había preguntado a menudo quién le defendería de los lobos que le acechaban, cuando hasta sus propios progenitores le habían abandonado a su suerte al poco de ser destetado. ¿Quién sino él mismo?

El miedo le había llevado a la rabia, antesala del odio, y este le había hecho fuerte a la vez que egoísta. Lo suficientemente fuerte y egoísta como para dejar de buscar culpables y hacer frente a sus circunstancias.

Su padre, cuya crueldad con los súbditos normandos de su esposa no conoció límites, había fallecido repentinamente antes de nacer él, a los pocos días de desarticular una conjura en la que las malas lenguas involucraban a la propia reina. Su última aparición en público había coincidido con la ejecución del cabecilla de la trama, que tardó horas en morir después de que el verdugo le clavara en la cabeza una corona de hierro calentada al rojo vivo.

Constanza de Altavilla, su madre, una anciana de cuarenta años en el momento de traerle milagrosamente al mundo en Jesi, un 26 de diciembre del año 1194 de Nuestro Señor, apenas había sobrevivido un año y medio al alumbramiento. El tiempo suficiente como para asistir al arranque de la guerra civil entre alemanes y normandos que siguió a la muerte del rey, y poner a su retoño bajo la tutela del único soberano con suficiente poder como para garantizar su supervivencia en un mundo de barbarie despiadada: el papa.

Él era el único fruto de esa unión, que nunca conoció el amor, y se recordaba a sí mismo siempre zarandeado por unos y por otros, utilizado como moneda de cambio, privado de caricias, de cariño, de ternura.

¿Realmente había sido alguna vez niño? ¿Había podido darse ese lujo? En sus pesadillas revivía aquel episodio acaecido cuando tenía seis o siete años, en pleno fragor de la ofensiva desencadenada por Marcoaldo de Anweiler, un antiguo feudatario de su padre que se había aliado con los sarracenos de la isla, sojuzgados aunque no vencidos, para hacerse con un poder que no le pertenecía.

—¿Dónde estás, ratoncillo? —gritaba el enorme guerrero teutón por los pasillos del gran palacio real, vestido de hierro, cubierto con un yelmo en forma de cabeza de dragón y empuñando una espada ensangrentada—. Sal de tu agujero, no tengas miedo, no voy a hacerte daño...

Federico había corrido hasta quedarse sin aliento, arrastrado por su preceptor, en busca de un refugio seguro en el que esconderse.

—¿Por qué huyes, pichoncito? ¿No quieres ser un águila y volar alto como tu papá? De todas formas, te encontraré, y cuando lo haga, te arrepentirás de haberme causado tantas molestias...

El felón jamás habría conseguido penetrar en la fortaleza levantada por el gran Roger, su bisabuelo, vencedor de los ismaelitas y descendiente de los vikingos que llegaron a poner en jaque al mismísimo rey de Francia, de no ser porque un miserable renegado le abrió un portón lateral a cambio de oro. Y no contento con ello, le acompañaba por los pasadizos más recónditos del castillo, donde sabía que se ocultaba el niño.

—Federico, criatura escurridiza, ya estoy aquí, ya puedo oler tu miedo... ¡Da la cara de una vez!

—Aquí me tienes, traidor —se encaró entonces el príncipe con el gigante, pese a no llegarle ni siquiera a la cintura—. ¿Te crees más hombre por haberme capturado? ¡Mátame aquí y ahora, si tienes redaños!

—Eso sería una estupidez por mi parte, fierecilla. No necesito un rey muerto, sino un rey cautivo que haga lo que yo le ordene si es que quiere seguir vivo.

—Pues no te daré ese gusto. Ya que tú no te atreves a terminar conmigo, yo te ayudaré a hacerlo.

Ante la perplejidad de los presentes, el niño se despojó de sus vestiduras y comenzó a golpearse la cabeza contra la pared, al tiempo que se infligía heridas por todo el cuerpo con una daga que utilizaba con una soltura impropia de su edad.

—¡No pisotearás mi dignidad, villano! —espetaba a su captor—. ¡Antes me arrojaré al fuego que dejarme manejar por un infame como tú! ¿Ves lo que hago? ¡No tengo miedo, no te tengo miedo, ven y remátame ya con esa espada que ha derramado la sangre de mis leales!

Habían pasado siete años desde entonces. Marcoaldo no se había atrevido a provocar la ira del papa asesinando a su pupilo y había sido finalmente derrotado en una cruzada en la que participó lo más granado de la nobleza normanda y destacó por su bravura un joven caballero, llamado Francisco de Pietro de Bernardone, hijo de un próspero mercante de tejidos de la ciudad de Asís. Un hombre grande, de corazón bondadoso, que más tarde cambiaría la armadura por el sayo.

Siete años de zozobra, de violencia continua, de fiera resistencia a los embates de sus enemigos. Siete años durante los cuales la defensa a ultranza de Inocencio salvó la vida de Federico.

Según el calendario era todavía un muchacho, aunque había vivido ya lo que muchos hombres curtidos habrían sido incapaces de soportar. Por eso no estaba dispuesto a seguir siendo tutelado. Nada más cumplir los catorce, proclamó su mayoría de edad y aceptó la esposa que le proponía el pontífice. Dijo sí a la infanta aragonesa, sabedor de que casi le doblaba la edad, porque no tenía la fuerza necesaria para oponerse a la voluntad de su tutor. Todavía no. Y porque su reina venía acompañada de un contingente de guerreros aragoneses bregados en cien batallas y célebres por su arrojo.

Constanza apenas sabía nada de esta historia. Solo que se disponía a desposar a un rey niño de facciones correctas y gesto decidido, según el dibujo que le habían hecho llegar los representantes de su prometido, con quien, a decir de Braira, engendraría un hijo varón. Era consciente de que sería su última oportunidad, por lo que estaba decidida a emplearse a fondo para conquistar su corazón.

Si él quería una madre, madre sería. Si lo que deseaba era una esposa ardiente, sabría utilizar su experiencia para complacer sus más íntimos caprichos. Y si resultaba ser una aliada fiable lo que buscaba en ella como hija de la Casa de Aragón, honraría ese acuerdo de mutuo auxilio. Estaría a la altura de las circunstancias. Convertiría Sicilia en un verdadero hogar, para lo cual se llevaría consigo todo aquello que embellecía su vida en Zaragoza: a sus damas favoritas, entre las que destacaba la misteriosa occitana, a sus cocineros, a dos o tres de los juglares cuyas trovas ensalzaban como ninguna la belleza de la mujer... Sí, se aferraría a lo mejor de su tradición. No repetiría la insufrible experiencia húngara.

Antes de marchar, sin embargo, era menester ocupar las largas jornadas de asueto que se repetían, monótonas, lo que conseguían las personas de su séquito a base de juegos de salón como el ajedrez o las cartas; música, poesía, lectura de vidas de santos, bordado, rezos y, sobre todo, chismorreo. Una de las pocas aficiones que todas sin excepción compartían.

—Dicen que nuestro señor don Pedro ha tomado una nueva amante más joven que la anterior —apuntaba esa mañana una de las más lenguaraces integrantes del círculo íntimo de la soberana.

—¡Pobre doña María! —se compadecía otra—. Ella languideciendo en su castillo de Montpellier, donde la mantienen prisionera por orden de su propio esposo, y él yendo y viniendo de un lecho a otro sin recato.

—Esa desdichada lleva la maldición en la sangre —apuntaba una tercera, perversamente satisfecha de las desgracias que relataba—. Su madre fue una princesa bizantina prometida al padre de don Pedro que, tras un viaje interminable, llegó tarde a su propia boda y se encontró a su novio en trance de desposar a la reina doña Sancha.

—Nunca amó mi hermano a su mujer —intervino de pronto doña Constanza, creando de inmediato el silencio a su alrededor—. Se casó con ella únicamente para extender sus dominios al norte de los Pirineos, como si no tuviera suficiente con el Reino de Aragón y los condados de Barcelona, Besalú, Cerdaña, Rosellón y Pallars, que le legó nuestro padre. Tengo para mí que ya en el mismo altar pensaba en hurtarle su heredad a doña María y repudiarla cuanto antes, alegando la validez de su primer matrimonio del que tiene, creo, dos hijas. Sin embargo, mientras se resuelve su demanda en Roma, debería profesarle al menos el respeto que se merece una soberana.

—Desde que ella quedó encinta de su hijo Jaime, engañando al rey con una artimaña —insistió la charlatana—, él no ha vuelto a acercársele ni a mirarla a la cara. Comentan quienes la han visitado en su encierro que cuando el rey está en Montpellier evita incluso su mesa y hasta el ala del castillo en la que ella tiene sus aposentos. Todo porque doña María se cierra en banda a sus pretensiones de divorcio y ha presentado ante la Santa Sede las pruebas que avalan la anulación de su anterior enlace, llevado a cabo sin su consentimiento y con un hombre al que la unían lazos de consanguinidad.

—¿Qué queréis decir con eso de artimañas? —terció Braira—. ¿Cómo podría una mujer engañar a un hombre en un trance semejante?

Todas rieron ese comentario, que revelaba una ingenuidad impropia del entorno en el que estaban. La Aljafería no era precisamente un cenobio, ni los tiempos favorecían la pacatería. Sexo, engaños y juegos de cama eran moneda común entre los miembros de la nobleza y sus allegados, quienes demostraban maestría en el lenguaje de los guiños, los gestos y los sobreentendidos. Hacía mucho que nadie se escandalizaba de nada que tuviese relación con el amor carnal, cuyas bondades cantaban los juglares, disfrazando algunos pasajes, eso sí, con bellas metáforas florales o gastronómicas, cuyo verdadero significado era evidente para cualquiera que tuviera experiencia en los salones.

—¿De dónde has salido, querida? —interpeló a Braira doña Laia, cuya aversión hacia la occitana era de público dominio y que gozaba de una bien ganada reputación por su descaro—. ¿Nos tomas el pelo?

—No. Es que no comprendo cómo...

—Muy sencillo, niña —le aclaró la que estaba contando la anécdota—. Doña María solicitó el auxilio de un rico hombre de Aragón, llamado Guillén de Alcalá, para conducir a su marido hasta su lecho, haciéndole creer que se encontraría allí con otra mujer a la que llevaba tiempo cortejando y que era pariente del tal Guillén. La única condición que ponía la supuesta amante era que el encuentro se celebrara en la más absoluta oscuridad, a lo que el rey accedió de inmediato. Y así cayó en la celada, cual pichón, encantado de solazarse durante toda la noche con la que creía su querida.

—La reina —remató otra de las reunidas, orgullosa de estar en el secreto de todos los detalles del caso— quedó encinta tras el encuentro y dio a luz a un niño de extraordinaria fortaleza, que enseguida llevó a la iglesia de Santa María y al templo de San Fermín para dar gracias al Señor por haberle hecho ese regalo. De regreso a sus aposentos, encendió doce cirios del mismo peso y tamaño, con los nombres de los doce apóstoles, prometiéndose a sí misma dar a su pequeño el nombre del que más tiempo luciera, que resultó ser el llamado Jaime. Dos años ha cumplido la criatura sin que su padre se haya dignado visitarle ni le quiera reconocer, e incluso hay quien piensa que su mano estuvo detrás del accidente que sufrió el infante cuando una piedra de gran tamaño cayó en su cuna, haciéndola añicos sin que él sufriera daño. ¡Ese niño será un gran rey!

—Pues su padre no le ha visto nunca —apuntó, despectiva, la de Tarazona— y ni siquiera conoce su nombre, toda vez que le llama Pedro las raras veces que lo menciona.

—No sé lo que dirán al respecto tus cartas —agregó la reina, dirigiéndose a Braira—, pero sin necesidad de consultarlas yo puedo augurar que mi insigne hermano debería guardarse mejor de las mujeres; mejor dicho, de su desmedida afición a frecuentarlas, o terminará pagando cara esa lujuria.

—¡Que hablen las cartas, que hablen las cartas! —solicitaron a coro varias de las presentes, entusiasmadas ante la perspectiva de poner nuevamente a prueba la habilidad de esa extranjera que con tanta frecuencia acertaba en sus premoniciones.

—No es posible sin el concurso del interesado —repuso Braira, intentando zafarse del compromiso.

—Yo escogeré un naipe al azar pensando en don Pedro —se ofreció la reina—. Solo uno, por el simple placer de jugar.

Dicho y hecho. Tras el ritual de rigor, consistente en mezclar, revolver y de nuevo barajar, con los ojos cegados por una cinta de seda, Constanza apartó una lámina del montón y la depositó, boca abajo, frente a Braira. Esta le dio la vuelta lentamente y lo que todas vieron fue al Enamorado, en posición invertida.

La imagen era tan locuaz que apenas requería explicación. Mostraba a un muchacho apuesto, de piernas esbeltas y melena ondulada, cortejado por una mujer joven, lozana, de sonrisa seductora, que le acariciaba el corazón invitándole a enamorarse, mientras se tocaba el vientre sugiriendo la posibilidad de darle un hijo. Él, entretanto, contemplaba a otra mujer mayor, situada a su derecha y portadora de una corona de sabiduría, que le apoyaba amorosamente un brazo en el hombro ofreciéndole consejo y protección. Entre las dos, el enamorado parecía a punto de decantarse con la mirada por la opción más sabia, mientras Cupido, situado sobre él con el arco tensado, se disponía a lanzarle un dardo precisamente allí donde la tentación había colocado su delicada mano.

—Las infidelidades de su majestad —sentenció la cartomántica— acabarán sin duda ocasionándole problemas. No solo con las mujeres, sino en asuntos de mayor gravedad. De una gravedad que él ni siquiera alcanza a sospechar...

—El papa ha ordenado a mi hermano que otorgue al infante don Jaime y a su madre la dignidad que merecen o se prepare para recibir una censura pública —informó la reina a las presentes, tras unos instantes de reflexión—. Aquella ceremonia celebrada en Roma, de la que tan ufano regresó él, tenía naturalmente sus contrapartidas, que de un modo u otro deberá satisfacer.

Don Pedro había sido, en efecto, el primero de los reyes aragoneses en recibir la corona de manos del mismo papa. Hasta entonces, todos sus antecesores habían ocupado el trono sin más trámite que ser armados previamente caballeros. Él, por el contrario, deseaba recabar el apoyo del sumo pontífice para las campañas militares de reconquista que planeaba emprender en Mallorca y Menorca, reconociendo a cambio con su gesto la supremacía del poder de Roma.

Los pormenores de la coronación los conocía de sobra Braira, por haber oído relatar el episodio en más de una ocasión, motivo por el cual no tenía el menor interés en volver a escuchar la narración de lo ocurrido en aquel glorioso día. Le urgía mucho más saber lo que hasta ese momento no se había atrevido a preguntar. Y por eso, al calor del nivel de intimidad que había alcanzado la conversación, tuvo el valor de plantear a su señora:

—Perdonad mi osadía, majestad, pero ahora que se menciona a nuestro soberano, desearía preguntaros por los acontecimientos que se están produciendo en mi tierra natal, Occitania, de la que hace muchos meses que no tengo noticias. Desde que salí de allí con mi hermano, en circunstancias que ya conocéis (al narrar su precipitada fuga la chica había omitido confesar el credo cátaro de su linaje, presentando su partida como el mero fruto de la preocupación paterna por su seguridad ante la guerra inminente), no he vuelto a saber nada de mi familia...

—Es comprensible tu inquietud, querida. Por desgracia, no puedo decirte gran cosa, si no es que ahora mismo se encuentra allí el rey intentando una mediación que ponga fin al inútil derramamiento de sangre provocado por la negativa de los herejes a renunciar a su error.

—¿Sangre, mi señora? ¿Se han cumplido, por tanto, los peores augurios?

Constanza le habló entonces de la matanza de Besés y de lo que había sucedido a continuación...

X

Ningún arma resulta más devastadora que el terror, pese a tener un coste insignificante en términos económicos. De ahí que el brutal escarmiento ordenado por Monforte en la villa que había osado desafiar a los cruzados funcionara a la perfección.

En los días siguientes a la masacre, cien burgos fortificados se rindieron sin luchar, previa evacuación de sus habitantes. Narbona, la orgullosa capital de los visigodos, no solo capituló, sino que ofreció ayuda en hombres y suministros al ejército francés, mientras el conde de Tolosa repetía la felonía de Besés uniéndose a sus enemigos.

Carcasona, donde el vizconde Trencavel había establecido su cuartel general, fue una de las pocas plazas cátaras que decidió resistir, lo que la convirtió inmediatamente en víctima de un asedio implacable, con la amenaza de sufrir la misma suerte que su hermana reducida a cenizas. Bajo sus muros se concentraron las fuerzas invasoras, acompañadas de la chusma de rigor.

Y en esas estaba el tablero de la guerra cuando, bajo el sol abrasador del mes de agosto, hizo irrupción en el campo francés el rey don Pedro de Aragón, rodeado de sus cien mejores caballeros.

Venía cansado y cubierto de polvo tras varias jornadas de agotadora cabalgada, con la barba descuidada, el cabello sucio y un olor a sudor pegado a la túnica que incluso a su olfato, curtido en toda clase de hedores, se le hacía insoportable. Estaba además decepcionado con su gente, malhumorado y dispuesto a dar rienda suelta a la ira a poco que alguien le proporcionara un pretexto. Hasta el gesto se le había torcido, otorgando a sus atractivas facciones una ferocidad desconocida.

Sin tomarse la molestia de desmontar, atravesó el campamento arrollando cacharros puestos al fuego, tenderetes varios y todo aquello que se interpuso en su camino, hasta alcanzar la tienda de su cuñado, Raimundo, a quien la visita pilló completamente desprevenido. Abrumado por la vergüenza, reaccionó sobre la marcha lo mejor que pudo, ofreciendo al soberano un refrigerio consistente en queso, pan y uvas, regadas con vino del bueno, mientras musitaba torpes justificaciones sobre su presencia en aquel lugar.

—No tenéis que explicarme nada —le cortó en seco el aragonés, marcando su enfado con la voz—. Es vuestra conciencia y no yo quien os pide cuentas. En cuanto a mí, he venido porque la mía me ha empujado hasta aquí a fin de detener esta sangría. Mi caballo está agotado. Ordenad que se ocupen de él —le humilló, tratándole como a un palafrenero cualquiera— y dadme uno de refresco para que pueda concluir cuanto antes el asunto que me ocupa.

—Si quisierais escucharme... —rogó el conde—. No me han dejado salida. He tratado de parlamentar con los legados papales, pero se muestran inflexibles. Solo puedo ganar tiempo hasta conseguir que el pontífice contenga a sus perros.

—Allá vos con vuestros vasallos y vuestros remordimientos —hirió nuevamente don Pedro—. Yo voy a hacer lo que pueda, aunque el deber me llama a mirar a las Españas, donde se fraguan a esta hora alianzas llama-

das a cambiar la historia. He de administrar con prudencia los escasos recursos de los que dispongo, pues he llegado al límite de lo que puedo exigir de mis súbditos y
prestamistas.

Poco después cruzaba las puertas de la ciudadela, sin
más escolta que la de tres leales, desarmado e incluso
despojado de loriga y escudo, como mensajero de una
paz herida de muerte a esas alturas.

—¡Señor! —Se abalanzó en sus brazos su feudatario
Trencavel nada más verle—. Al fin habéis venido a soco-
rrernos. No sabéis lo que estas fieras han hecho en Besés.

—No os quejéis a mí. Ya os advertí en su día de lo
que os aguardaba si persistíais en vuestra negativa a entregar a los herejes.

—¿Cómo habría podido cometer una villanía semejante? ¿Lo habríais hecho vos en mi lugar?

—Esa no es la cuestión ahora. Lo que debemos resolver es la forma de salir de este trance con bien, habida
cuenta de que vuestra situación es desesperada.

—Pero para eso estáis vos aquí, ¿no? Habréis traído
tropas de refuerzo. No consigo verlas desde aquí, pero
estoy seguro de que estarán estacionadas en algún lugar
de los alrededores.

—Desechad ese pensamiento, amigo. Carezco de los
medios necesarios para armar nuevas mesnadas. No os
traigo más auxilio que mi disposición a mediar con el fin
de obtener un acuerdo honorable. Decidme cuáles son
vuestras condiciones para la rendición y se las transmiti-
ré a Monforte.

—Siendo así, que sean ellos quienes pongan las suyas. Yo me plegaré a lo que me ordenéis.

Sin merma de su dignidad real, don Pedro se enfundó nuevamente los guantes de mensajero y volvió al
campo cruzado, donde un conciliábulo de notables es-
tudió durante largo tiempo la solicitud real de una pro-

puesta de claudicación aceptable para el asediado. Finalmente, este fue el veredicto:

—Que salga el vizconde de la ciudad, con once personas de su elección, llevando consigo lo que puedan cargar. Carcasona y sus habitantes serán entregados al pillaje.

—¡Tal infamia se producirá cuando los cerdos vuelen! —fue la respuesta airada del rey, quien regresó encolerizado al feudo de Trencavel, portador de la proposición, dando por hecho que jamás sería aceptada.

—Prefiero darme muerte yo mismo o dejarme despellejar vivo junto a los míos antes que caer en semejante deshonor —fue, tal como esperaba don Pedro, la respuesta del vizconde—. No volveré a huir de mi destino, como hice en Besés, ni abandonaré a mi pueblo. Si nos obligan a luchar, lucharemos hasta el final y que Dios se apiade de nosotros.

El sol declinaba lentamente tras las murallas de la ciudad, tiñendo de sangre el cielo.

Dentro de la villa sitiada había empezado a racionarse el agua, lo que, dado el sofocante calor de la estación, constituía un tormento. Muchas madres habían perdido la leche con la que amamantar a sus bebés, que morían de inanición ante la mirada impotente de esas mujeres cuya vida se regía por decisiones ajenas. ¿Quién les devolvería a sus hijos? ¿Cuándo acabaría esa pesadilla?

En el campamento francés, por el contrario, los ánimos exultaban. La negativa de Trencavel a aceptar la rendición permitía augurar que el asalto estaba cerca y daría como fruto un buen botín. Era lo que animaba a la mayoría de los allí concentrados, con la salvedad de algunos caballeros y clérigos realmente convencidos de su misión evangelizadora. Para los demás no era una cuestión de Dios, sino de oro.

El rey de Aragón volvió grupas por última vez, transmitió a su cuñado Raimundo el rechazo del asediado a someterse a semejante ultimátum y con las mismas se marchó de allí, asqueado, antes de haber podido lavarse. Era consciente de que ningún baño, ni afeite, ni perfume sería capaz de disimular la peste que impregnaba su alma.

No era el único testigo inerme de la tragedia que estaba a punto de repetirse.

Muy cerca de allí, en Prouille, adonde había regresado junto a las hermanas de la casa por él fundada, Domingo de Guzmán asistía entristecido al triunfo de la razón de la fuerza sobre la fuerza de la razón. Nunca había pensado que esa fuera la forma de sacar de su error a los herejes cátaros ni creía que fuese un método grato a los ojos del Señor, que había dicho a sus apóstoles «amaos como hermanos». Por eso rechazó categóricamente las diócesis para las que fue elegido, entre ellas la de Besés, sin que hubiera argumento capaz de convencerle de lo contrario.

Junto a él, completando su noviciado, Guillermo de Laurac profesaba creciente admiración hacia ese hombre de mirada intensa y abrumadora erudición que, a diferencia de la inmensa mayoría de los mortales, no deseaba la mitra de obispo, vivía en la más absoluta humildad y seguía predicando con el ejemplo en un mundo inundado de odio. Él era su mejor argumento para perseverar contra viento y marea en una vocación religiosa que, dadas las espantosas circunstancias del momento, enfrentaba continuamente su fe a su corazón, lo que constituía una prueba añadida al rigor de su vida monacal.

En Carcasona, abandonada a una suerte atroz, los días comenzaron a estirarse hasta parecer interminables. Faltaba el agua, los despojos de los animales sacrificados para alimentar a los miles de refugiados hacinados dentro del recinto amurallado emponzoñaban el aire, además de atraer a enjambres terribles de moscas, y las enfermedades resultaban más letales que cualquier arma empuñada por el hombre.

Trencavel y sus lugartenientes sabían que no podrían resistir mucho más tiempo así.

—Si os obstináis en defenderos y la ciudad es tomada por la fuerza —llegó de manos de un jinete anónimo un segundo aviso más apremiante aún que el transmitido por el rey de Aragón—, correréis la misma suerte que Besés. El tiempo se os agota. Rendíos o preparad a vuestro pueblo para un final que les hará desear no haber nacido.

Era más de lo que podía soportar Trencavel.

Haciendo acopio de valor, se despojó de su armadura para acompañar a ese emisario hasta el campo enemigo, con pocas dudas sobre lo que le aguardaba allí. En un postrero gesto de dignidad, con el que intentaba redimirse de su pasada traición, ofreció su vida por la de sus vasallos, que salieron tras él desnudos, los hombres en calzones y las mujeres cubiertas por una simple camisa, para huir hacia el norte, buscando la protección de la montaña Negra; camino de Aragón, al otro lado de la cordillera, o en dirección a la poderosa Tolosa.

El vizconde fue arrojado a un calabozo mugriento en el que pereció tres meses después a causa de las sevicias y privaciones a las que fue sometido, sin que los verdugos lograran arrancar de sus labios una súplica. Cuando la muerte acudió en su auxilio, la recibió sonriente, como se acoge a un libertador. Sus tierras, sus campos, sus siervos, sus armas, sus ganados, sus viñas, toda la riqueza de su feudo, uno de los más prósperos de Occitania, pasó a manos de Simón de Monforte, que era tanto como decir del rey de Francia.

Y el ejército cruzado se puso nuevamente en marcha, a la conquista de Fanjau.

XI

El salón de audiencias del palacio de la Aljafería, de techos esculpidos y paredes similares a un jardín multicolor, estaba lleno a rebosar. Don Pedro, recién regresado de Occitania, impartía personalmente justicia a sus vasallos; un acontecimiento excepcional que nadie quería perderse.

La magnanimidad del soberano era célebre en todo el reino, lo que ya de por sí constituía un poderoso aliciente. La motivación principal para acudir a él en persona, no obstante, era que de ese modo se evitaba el justiciable tener que pagar una fortuna en abogados, escribanos y demás intermediarios en el proceso, por no mencionar los sobornos a los que tan aficionados eran la mayoría de los jueces. Unos y otros vivían de la ingente cantidad de oro empleada en engrasar la maquinaria de los tribunales, lo que los llevaba a dilatar sin medida cualquier pleito a fin de multiplicar sus emolumentos. De ahí que tener de árbitro nada menos que al rey, sin necesidad de acudir a leguleyos, hubiese atraído a gentes de todos los rincones de Aragón. Su justicia era rápida y gratuita; los dos requisitos que, junto a la imparcialidad, dan significado a esa palabra.

Sentado en su trono forrado de pieles, revestido del manto que le entregara el papa en persona el día de su

coronación, con los atributos de su majestad depositados sobre un escabel a su lado y el gesto severo de quien
escucha con atención, el monarca atendía las peticiones
de sus súbditos, aunando el placer con la obligación.

—Se presenta ante vos Román de Vargas, antiguo señor de Manzanera, para suplicaros que expidáis la correspondiente carta de propiedad que me permita vender mis tierras a la Orden del Temple, que espera vuestra
conformidad para cerrar la operación.

El suplicante era un hombre extremadamente delga-
do, envejecido, con el rostro surcado de arrugas, círcu-
los violáceos alrededor de los ojos hundidos y poco
pelo, completamente blanco. Un anciano prematuro
que, según él mismo apuntó, no había cumplido todavía
los cuarenta y cinco años. Iba ataviado con corrección
aunque sin lujo. Se mantenía en pie, con la cabeza gacha,
en la actitud de quien ha soportado un sinfín de humillaciones hasta verse doblegado en lo más hondo de su ser.

—¿Traes testigos que te acrediten como el verdadero
propietario? —preguntó el rey.

—Los traigo, mi señor. Ellos os confirmarán que la
heredad de la que os hablo la recibí de manos de vuestro
padre, don Alfonso, que Dios tenga en su gloria, como
pago por mis servicios en varias campañas contra los
moros.

—¿Y por qué razón quieres vender lo que ganaste en
buena lid, luchando por la cristiandad?

—Es una larga historia —replicó el de Vargas, emocionado—. Tan larga como desgraciada.

—Oigámosla, me interesa. Quienes han esperado
hasta ahora pueden seguir aguardando.

—Pues ahí va, ya que os dignáis escucharme, el relato de esta calamidad. No había pasado un año desde que
mi familia y yo nos instaláramos en nuestra nueva casa,
situada en la rica vega que baña el Ebro en su desembo-

cadura, cuando fuimos capturados por los sarracenos en el transcurso de una expedición de castigo que llevaron a cabo desde Valencia. Vinieron en gran multitud, mataron a muchos cristianos, se cobraron un rico botín y a mi esposa y a mí se nos llevaron por la fuerza, junto a los cuatro hijos que tenemos.

Todos los congregados escuchaban la narración emocionados, pues muchos de ellos conocían experiencias similares. En las tierras fronterizas no eran extrañas las incursiones de uno u otro bando, igualmente mortíferas. Los prisioneros terminaban generalmente vendidos como esclavos, o bien condenados a galeras, lo que resultaba igualmente espantoso. Correr la suerte del cautivo era uno de los peores flagelos que pudiera padecer un ser humano.

—Una década interminable ha transcurrido desde entonces —siguió contando el suplicante— sin que haya podido hacer nada por liberar a los míos de tanta miseria como hemos sufrido: cadenas, prisión, hambre, sed, y otros muchos tormentos que por pudor omito. Días y noches de vejaciones sin cuento, hasta que el señor García Ponce, compañero de infortunio durante algún tiempo, tuvo a bien prestarme quinientos metkals de oro, que vienen a ser unos mil sueldos, fiándose de mi palabra. Con ellos podré pagar el rescate de mis deudos, aunque tenga que volver a emplearme como mercenario para garantizarles el sustento. No tengo parientes ni amigos a los que acudir a fin de restituir el dinero que me fio ese buen hombre, a quien he de regresar hasta el último óbolo. Por eso me desprendo de mis fincas, operación que requiere de vuestra majestad la expedición del título de propiedad que me demanda el comprador. Haré cualquier cosa con tal de ver a mi esposa y a mis hijos, que ya son hombres, libres del yugo que soportan.

—Te voy a dar algo mejor que un título —sentenció el rey, tras cavilar unos instantes—. Tu historia me ha conmovido. Mi secretario te entregará la suma que precisas para rescatar a tu gente, sin que hayas de renunciar al dominio que te ganaste al servicio de mi padre. Ahora vete en paz por donde has venido. Mi palabra es justicia.

Braira observaba la escena desde un lugar discreto, impresionada y sorprendida por la forma de actuar del soberano, que tan pronto se mostraba magnánimo con un vasallo en dificultad como dispensaba un trato cruel a su pobre esposa, por la que sentía un rechazo enconado que le llevaba a cometer con ella las mayores iniquidades. ¿Acaso eran normales tales bandazos en un mismo espíritu?

La muchacha aprendía deprisa. Observando las reacciones de los cortesanos y justiciables congregados en el gran salón, constató que la verdadera autoridad, la que proyectaba ese monarca de imponente figura, no puede ser hija del miedo, como erróneamente había llegado a creer ella misma, sino del respeto. Y se percató de que el respeto nace siempre de un feliz encuentro entre la gratitud y la admiración, que pocas personas son capaces de propiciar en los corazones de sus semejantes.

La lección iba a serle de enorme utilidad a la hora de enfrentarse al hombre que estaba a punto de convertirse en dueño de su vida, aunque en ese momento no le dedicara más atención que la que merece una constatación fugaz, ya que inmediatamente se enredó en cavilaciones mucho más mundanas.

Don Pedro, según decían todos, siempre había sido un buen rey a quien las mujeres, empero, trastornaban hasta el punto de hacerle extraviar el norte. ¿Cómo podía explicarse semejante contraste? Ningún hombre, ni siquiera Beltrán, le había hecho perder la cabeza a ella ni había estado siquiera cerca de trastornarla, por lo que le costaba entender la naturaleza de un fenómeno que, sin embargo, resultaba recurrente en un número considerable de varones, de acuerdo con el parecer unánime de las altas damas de la corte, las burguesas amigas de Alzais o incluso las limpiadoras que adecentaban sus habitaciones. ¿Serían tan distintos los hombres de las mujeres?

Alzais... ¡Cómo la había abrazado en ese último encuentro previo a su despedida! Aquella madre adoptiva la quería de verdad e iba a echarla de menos, de eso estaba segura. Braira también a ella, por supuesto, aunque en esos momentos era presa de otras emociones más intensas. Nuevamente sentía ese cosquilleo en la boca del estómago, esas náuseas que le impedían tragar y esa familiar opresión en el pecho. Le acometía la angustia, vieja compañera de viaje, ante la inminencia del periplo que se disponía a emprender, junto a su señora, con rumbo a la isla que había poblado sus sueños desde que la oyera mencionar por vez primera en boca de Diego de Osma.

Esa era precisamente la razón de su presencia en aquella estancia grandiosa en la que don Pedro celebraba audiencia, rodeado de sus ricoshombres.

Constanza era ya reina consorte de Sicilia, una vez celebrado en la catedral de Zaragoza el matrimonio por poderes, y únicamente dependía de la preceptiva venia real para emprender cuanto antes la marcha hacia su nuevo hogar. Por eso se encontraba allí, junto a sus más queridas damas, dispuesta a conseguir la bendición de ese hermano con el que mantenía una relación compleja y mutable, que tan pronto los acercaba, conscientes de descender de un mismo tronco, como los enzarzaba en escaramuzas derivadas de esas pequeñas mezquindades que habitan en todas las familias.

—O sea que os alejáis de nuevo de nosotros, esta vez hacia la soleada corte normanda del meridión —festejó el rey a su hermana, tendiéndole la mano para que se la besara—. Os echaremos de menos.

—Y yo a vos —mintió ella—. Mas ha de cumplirse la voluntad del santo padre, quien, como sabéis, ha dispuesto este matrimonio tras intercambiar cartas con nuestra querida madre. —Subrayó lo de «querida», a sabiendas de las disputas que enfrentaban constantemente al rey con ella.

—¿Os acompañará ella finalmente hasta Palermo?

—Bien sabéis que no puede hacerlo. Está postrada, gravemente enferma, junto a nuestra hermana Dulce, al cuidado de las monjas de Sijena, donde deberíais visitarla sin tardanza si deseáis verla antes de que rinda el alma a Dios.

—Lo haré, descuidad —mintió él a su vez—. Ahora partid. En el puerto de Barcelona os aguarda ya una flota de galeras en la que he ordenado embarcar pertrechos y suministros suficientes para vuestro séquito, incluidos los quinientos caballeros que os acompañarán. Es la flor y nata de la nobleza aragonesa, lo que incluye a los más distinguidos guerreros catalanes y provenzales. Lo mejor de cada blasón, todos con probado valor y experiencia en el campo de batalla. Espero que vuestro esposo aprecie la calidad de vuestra dote. Y os encomiendo, hasta vuestra llegada, a la custodia de nuestro hermano pequeño, el conde de Provenza, capitán de la expedición.

Constanza no respondió, pues habría roto las reglas del protocolo que el rey no se quedase con la última palabra. Tampoco hacía falta decir nada. Los carruajes de la comitiva nupcial aguardaban ya, cargados de abultado equipaje, con los ejes recién engrasados. Las caballerías lucían sus jaeces de gala, hechos de plata bruñida engarzada en cuero repujado. La luz del nuevo día daría la señal de la partida.

Cuando llegaron a la costa, tras el interminable traqueteo de rigor a través de caminos endiablados, Braira se quedó muda. Lo que veían sus ojos a través de las ventanas del habitáculo que se había convertido en un instrumento de tortura para sus huesos era lo más hermoso que había contemplado jamás: el mar. Una extensión gigantesca, de un color azul grisáceo, que llegaba hasta donde abarcaba la vista sin alterar sus contornos. Algo parecido al cielo, al alcance de la mano, que la dejó sin respiración.

Un milagro.

Había llegado el momento decisivo, el que tanto había anhelado, y con él la imagen evocadora de sus padres, que la asaltó con una fuerza brutal, casi física. Como una bofetada propinada sin previo aviso. Porque junto al contorno de sus rostros queridos, llegaron los remordimientos. Un duende escondido en su mente, provisto de un martillo implacable, le reprochaba insistentemente la manera ruin en la que había tratado a Bruno. La rabieta infantil con la que había salido de Belcamino, que le había impedido abrazarle, suplicar su perdón, explicarle... ¿Qué habría podido explicarle?

Era tarde, de todas formas, para llorar por la leche vertida. Lo mejor era reír, jugar, desechar esos pensamientos desagradables y aceptar lo que la suerte tuviera a bien depararle, sabiendo que su existencia era una rueda que giraba sin aparente compás y que su destino no le pertenecía a ella, sino a doña Constanza de Aragón, reina consorte de Sicilia, con la que se aprestaba a embarcar hacia esa isla del sol donde anhelaba encontrar, entre otras venturas, el amor con el que toda mujer fantasea a los dieciocho años.

Perdida en esas reflexiones, extasiada ante esa inmensidad de cuya existencia había oído hablar a menudo, sin llegar a sospechar siquiera su verdadero alcance, apenas se fijó en el barullo que reinaba en el puerto de Barcelona, donde una variopinta multitud de marineros, estibadores, recaudadores de tasas, viajeros, comerciantes, prostitutas, vendedores ambulantes y demás integrantes de la población habitual del lugar abrían paso a regañadientes a la comitiva real, azuzados por los guardias armados que la precedían, bajo el sol implacable del verano mediterráneo.

Para alcanzar el muelle principal, donde aguardaba la galera que las trasladaría a Palermo, flanqueada por otra veintena de naves, tuvieron que sortear toda clase de obstáculos, hasta que finalmente los caballos se detuvieron al final de un pontón de madera que no parecía muy firme. Un oficial de la guardia real les abrió la puerta y les ofreció su mano, a fin de que descendieran con comodidad. La joven occitana estaba tan embelesada con el espectáculo que la propia reina tuvo que espabilarla con una voz.

—¡Braira! ¿Estás alunada?

—Perdonadme, señora, es que jamás vi cosa semejante...

—¿Te refieres a la mar? Te vas a hartar de contemplarla, descuida. Durante las próximas jornadas no has de ver otra cosa. Ahora, haz el favor de comprobar que todo nuestro equipaje esté embarcado sin que falte nada. Yo me voy al camarote. Todo este ruido me da dolor de cabeza.

—Marchad tranquila, yo me encargaré de todo. ¿Deseáis algún remedio para vuestro mal?

—No, solo un poco de sosiego.

Cuando ya se disponía a cruzar la pasarela que llevaba al barco, la mirada de Constanza se posó en una de sus esclavas, que permanecía en pie, parada junto a un montón de bultos, como si de una pertenencia más se tratara. Se llamaba Uta e inspiraba a la soberana cierta ternura. De sangre eslava, era sumisa, leal y hermosa cual animal exótico, sin el menor destello de inteligencia en los ojos. Formaba parte del conjunto de regalos que había recibido de su primer esposo y se la había traído con ella de Hungría. Desde entonces la seguía a todas partes llevando sujetos de sendas cadenas a dos enormes perros de presa, tan altos como potrillos, de color negro azabache, que se comportaban como corderos con los conocidos, pero mostraban una ferocidad aterradora ante cualquiera que percibiesen como una amenaza. Braira les tenía pavor y evitaba acercarse a ellos, pese a que jamás le habían mostrado la menor hostilidad.

Uta esperaba paciente, en actitud pasiva, hablando de cuando en cuando a los canes en su lengua nativa, sin dejar de acariciarles el hocico o el cuello para tranquilizarlos. De reojo lanzaba miradas furtivas al agua, y lo que reflejaban sus pupilas no era su profundidad, sino el miedo natural que le inspiraba. Ella era de tierra adentro, hija de amplias llanuras despejadas, barridas por un viento gélido. Estaba acostumbrada a pisar suelo firme. La idea de aventurarse a cruzar el océano en un cascarón de nuez como el que estaba a punto de zarpar con todos ellos a bordo le producía una desazón que a duras penas lograba disimular.

Su dueña la vio y se apiadó de ella. Enternecida, a la vez que picada en su orgullo por el gesto de generosidad que había visto protagonizar a su hermano al financiar el rescate de esos cautivos en tierra de moros, decidió en el último momento emular esa conducta, determinada a no ser menos que él. Y puesto que no tenía tesoro al que recurrir, pensó que romper las ataduras de su sierva sería una obra homologable a la de Pedro.

—¿Tú deseas seguir acompañándome allende estos mares o preferirías permanecer en Aragón? —le dijo, acercándose a ella.

La muchacha se quedó petrificada, sin saber qué responder ante lo que podía ser una trampa. La vida le había enseñado a mostrarse extremadamente cauta ante los arrebatos de los poderosos, que, incluso tratando de mostrarse bondadosos, llegaban a cometer las mayores crueldades.

—¡Responde! —le urgió la reina—. ¿Te gustaría ser libre?

—Si tal cosa os placiera, majestad...

—Me place. ¿Por qué crees que te lo pregunto? Ahora contesta de una vez. ¿Quieres o no quieres que te libere de tu condición servil?

—Me haríais la mujer más feliz del mundo, señora.

—Sea pues, ya que entre las obras de caridad más apreciadas por mi confesor está la de liberar esclavos que profesen la religión cristiana, como es tu caso. Mi secretario te extenderá ahora mismo el correspondiente certificado. Aunque no sepas leer, llévalo siempre contigo, pues en él se especifica que a partir de este momento tienes facultad y licencia para comprar, vender, testar, casarte o realizar cualquier otro contrato. Eres joven y bella; no te faltarán pretendientes dispuestos a pedirte en matrimonio y ofrecerte un techo bajo el cual criar a sus hijos.

—Gracias os sean dadas, reina grande entre las grandes —respondió Uta, incrédula, mientras besaba las manos enguantadas de su benefactora—. Que Dios pague vuestra bondad colmándoos de dones en esta tierra y en el cielo.

—¡Ojalá no te arrepientas de lo que acabas de aceptar! —concluyó doña Constanza, algo incómoda ante la situación—. Ahora ve, con mi bendición, y haz buen uso de tu libertad.

La esclava partió a toda velocidad hacia la nueva vida que se le ofrecía, antes de que Constanza se arrepintiera. Esta le pidió entonces a Braira que se hiciera cargo de los canes, por los que sentía un afecto muy superior al que le inspiraban la mayoría de las personas de su entorno.

—¡Señora! —protestó la chica—. Sabéis el temor que me infunden...

—Pues ya es hora de que lo dejes atrás. Ven conmigo —le dijo con firmeza, cogiéndola del brazo y conduciéndola hacia los animales, que permanecían sentados, perfectamente quietos, tal como se les había enseñado a hacer. Cuando llegaron hasta ellos, la reina guio la mano de su dama hasta la cabeza de cada una de las bestias, y la obligó a acariciarlas mientras llevaba a cabo las presentaciones de rigor—: Este es Oso y esta, algo más pequeña, Seda. Los dos son nobles, créeme; más que muchos humanos. Y parece que les gustas. Verás como os lleváis bien.

Oso propinó un lametón a Braira que no solo le dio un buen susto, sino que dejó en su vestido un rastro pegajoso de babas que marcó el comienzo de su relación. A partir de ese momento, fueron inseparables, aunque entablar amistad les costó más de lo que permitía aventurar ese entusiasmo inicial...

Con la marea, el capitán dio la orden de izar las dos velas que capturarían el escaso viento del atardecer, y simultáneamente remar, a golpe de riñón, con el fin de salir del abrigo del puerto cuanto antes.

—¡Boooga! —gritó bajo la cubierta el encargado de vigilar a los cincuenta y dos galeotes encadenados a los remos, de los cuales muchos eran cautivos sarracenos y otros delincuentes condenados por delitos graves.

El gran tambor situado frente a las bancadas, de modo que oyesen bien su voz sorda, marcó el tiempo de cada palada, al principio más rápido y luego, una vez en mar abierta, a un ritmo sostenido que permitiera a los remeros conservar el aliento sin dejar de realizar su tarea. La nave esbelta, longilínea, se deslizó sobre las aguas con la ligereza de un pez, mientras el sudor resbalaba por los rostros de aquellos desgraciados, contraídos en una mueca de dolor como consecuencia del esfuerzo brutal al que se veían sometidos.

Arriba, sobre la cubierta del castillo de proa, Braira contemplaba la maniobra luchando por controlar el nerviosismo que se había apoderado de ella. Había dejado a los perros dentro de una especie de jaula-corral destinada generalmente al ganado, pues no se sentía con fuerzas como para enfrentarse a los ladridos con los que ellos protestaban, según dedujo, no solo por su encierro, sino por las extrañas sensaciones que debían percibir al navegar.

También a ella el corazón le galopaba desbocado. Su mente evocaba todos los posibles riesgos del viaje, sin descartar uno solo, y debía concentrarse en pensar en la aventura que tenía ante sí para olvidarse de los monstruos devoradores de personas y naos que pueblan los abismos marítimos, cuya reproducción había visto en algún libro de la gran biblioteca de la Aljafería.

Las entrañas se le habían encogido de tal modo que fue incapaz de tomar alimento alguno durante toda esa primera jornada. Se sentó a la mesa de las damas, en la que se sirvió pollo asado y pan fresco, en lugar de la galleta y cecina en salazón que constituía la dieta de la marinería, pero no probó bocado. Algo de lo que se alegró más tarde, pues así nada tenía que echar por la borda, en forma de vómitos, como varios de los pasajeros que se aferraban a las barandillas cuidando de situarse cara al mar con el viento a las espaldas.

Todos los barcos iban atiborrados de carga. En las bodegas, además de almacenarse agua dulce para la travesía, grano, equipaje y víveres, se hacinaban las quinientas monturas de los caballeros aragoneses incluidos en la dote de la esposa, los cerdos vivos y las aves de corral que serían consumidos a bordo, así como la inevitable escolta de ratas que lleva consigo cualquier nave. El hedor que se respiraba allí era insoportable, motivo por el cual los hombres y buena parte del servicio de la reina dormían al raso, sobre esteras tendidas en las tablas del suelo, aprovechando la temperatura cálida de la noche agosteña. Doña Constanza, en cambio, lo hacía en un camarote angosto, aunque lujosamente decorado, situado en el alcázar de popa, que le había cedido galantemente el capitán de la galera y del que salía lo menos posible. En las cabinas que habrían correspondido a los oficiales descansaban sus damas de honor, entre ellas Braira, y a los pies de esta, con el tiempo, aprendieron a tenderse Seda y Oso, una vez acostumbrados a los vaivenes de las olas.

Antes, sin embargo, fue preciso que la chica venciera ese miedo irracional que parecía arraigado en un lugar mucho más profundo que el de sus recuerdos o experiencias.

—Estas fieras de colmillos semejantes a los de un lobo no pueden ser de fiar —se decía para sus adentros cada vez que intentaba encontrar valor para sacarlos de la jaula, a la que cada tarde se acercaba para llevarles agua, sobras y huesos a guisa de comida.

—Guauuuuuuuuuu —respondían a coro los perros, con un aullido lastimero que suplicaba clemencia.

—¿Obedeceréis si os libero? —se sorprendía a sí misma Braira, hablando con los dos animales. Todavía podía sentir el escalofrío que había recorrido su espalda cuando la reina la había obligado a poner su mano sobre el cráneo áspero de Oso; una sensación desagradable que la acometía cada vez que se acercaba a él o a su compañera.

Ellos jadeaban, se alzaban sobre las patas traseras tratando de derribar la puerta y la miraban con ojos que parecían dispuestos a todo con tal de ganarse el premio de un paseo al aire libre, aunque lo que veía Braira eran dos bocas enormes capaces de matarla a mordiscos.

Al día siguiente, lo mismo, y así sucesivamente, mientras los perros iban perdiendo peso, languideciendo e incluso mostrando alguna calva aquí y allá, como consecuencia de su condena. Hasta que la reina se acercó a verlos un día, constató el lamentable estado en el que se hallaban y decretó una amnistía inmediata, no sin antes montar en cólera.

—¡Saca de ahí a estas pobres criaturas! —conminó a su dama—. ¿No te dan pena? ¿Te gustaría a ti recibir semejante trato, obligada a revolcarte en tus propios excrementos? Si vuelvo a verlas encerradas, serás castigada. Te lo advierto muy seriamente. No me obligues a elegir entre ellas y tú...

Entre sufrir seguro la furia de doña Constanza y enfrentarse a la de Seda y Oso, que no era necesariamente inevitable, la muchacha se decidió por la segunda opción.

Armándose de valor, bajó a la cocina a por una buena cantidad de carne con la que congraciarse con los canes y, provista igualmente de un bastón, descorrió aterrada los cerrojos. Para su sorpresa, los animales no demostraron la menor agresividad hacia ella. Se limitaron a salir corriendo por la cubierta, para espanto de todos los presentes, dar unas cuantas vueltas a toda velocidad, hasta agotar la energía acumulada, y luego regresar a la que consideraban su casa, para tumbarse mansamente junto a su cuidadora. Con la lengua fuera, las orejas caídas y el enorme cabezón descansando entre las patas delanteras, ya no parecían tan terribles.

Braira los vio finalmente como lo que eran: dos seres desprovistos de maldad a los que no volvió a mirar con miedo. Ella también había salido de su encierro.

—¿Por qué razón traza el horizonte un círculo a nuestro alrededor, como si la mano de Dios lo hubiese dibujado sobre el agua empleando su brazo a modo de compás?

La que preguntaba era la joven occitana, que no se cansaba de contemplar esa belleza verdiazul, tan sorprendente a sus ojos, que a otras parecía monótona y aburrida. Ella gozaba intensamente de sentir el viento colarse entre sus ropas y erizar los poros de su piel. Inhalaba, más que respirar, el aroma a salitre que impregnaba la brisa. Dejaba volar su melena, permanentemente despeinada por más que se anudara la trenza. Disfrutaba y quería comprender.

—La tierra es como una gran naranja cortada por la mitad y vaciada de pulpa —le respondió el capitán, un veterano entrado en años que había servido al reino, tanto en la guerra como en la paz—. Un enorme cuenco lleno a rebosar de agua, sobre el cual flota la tierra firme y que se derrama en la gran catarata, allá donde se acaba el mundo.

—¿Es eso posible? —rebatió escéptica Braira, quien no terminaba de explicarse adónde iba a parar esa ingente cantidad de líquido vertido y de dónde salía el caudal necesario para reemplazarlo, toda vez que las lluvias debían resultar insuficientes.

—La mar es como la vida —aseguró el viejo navegante, ignorando la pregunta, pues lo que le fascinaba del océano nada tenía que ver con lo que quería saber aquella mujer—. Algunas veces resulta grata y otras turbulenta, empeñada en zarandearnos, pero siempre irrenunciable. Quien penetra en sus misterios acaba volviendo a ella atraído por una fuerza que es imposible vencer, aunque tantos bravos marineros hayan encontrado aquí su tumba...

Habían transcurrido apenas tres semanas de navegación cuando aquellas palabras cobraron el carácter de una profecía.

XII

En el castillo de Belcamino, mientras tanto, una carreta similar a la que había transportado a Braira hasta el puerto de Barcelona, aunque mucho más modesta, se disponía a partir precipitadamente hacia Montsegur, la roca más inexpugnable del catarismo, a fin de alejar a Mabilia de la furia de los hombres de Simón de Monforte.

—Te lo suplico, ven conmigo —rogaba esta una última vez a su marido, mientras él la urgía a marchar cuanto antes, so pena de no lograr escapar al cerco—. ¿No te das cuenta de que eres demasiado viejo para luchar? ¿Qué vas a hacer tú solo frente a todo un ejército?

Se la notaba envejecida, más delgada, con el pelo visiblemente encanecido, pese a estar parcialmente cubierto por un velo de color oscuro, y dos arrugas marcadas en la comisura de los labios, apuntando hacia la barbilla, que otorgaban a su rostro, todavía hermoso, un rictus de amargura que a punto estuvo de quebrar la determinación de Bruno.

Nunca la había visto comportarse de ese modo. Sabía que no era el pánico lo que la impulsaba a descontrolar su gesto siempre contenido, fruto de la exquisita educación que había recibido, sino el amor. O acaso un sentimiento más apacible, igualmente valioso, que los había mantenido juntos desde que habían empezado a vivir.

Haciendo acopio de todo su valor, respondió a su mujer con firmeza, tratando de vencer, con los argumentos que se repetía a sí mismo cada día, el pesimismo que se había apoderado de ella en los últimos tiempos. Esgrimía esa letanía como si de una plegaria se tratara, en un intento desesperado de salvar de la destrucción los últimos rincones de su mundo, aunque fuera del único modo que estaba a su alcance: conservándolo intacto en su corazón.

—Si nos unimos los señores occitanos tal vez tengamos una oportunidad —trató de sonar convincente—. La mayoría de los nobles que acompañaban a Monforte le han abandonado para regresar a sus dominios. Estaban cansados de esta masacre de la que el único beneficiario es él, que va acumulando tierras, súbditos y rentas mientras se gana el respaldo del papa a base de contarle mentiras y enviarle el oro robado a nuestra gente a través del saqueo o bien con ese nuevo impuesto que grava a todas las familias residentes bajo un mismo techo.

—Nadie quiere saber nada de nosotros. ¿No te das cuenta? Quienes toman las decisiones en Roma y en París han decretado nuestra aniquilación.

—Los embustes tienen las piernas cortas, Mabilia. Más pronto que tarde dejarán de funcionarle a nuestro verdugo esas tácticas rastreras y se encontrará sin gentes de armas con las que hacernos frente.

—Los señores occitanos no quieren luchar —insistió la baronesa, quien, a diferencia de su esposo, distinguía claramente entre sus deseos y la realidad—. ¿Por qué no lo quieres ver? Incluso el valiente Trencavel intentó pactar antes de entregarse. El conde Raimundo se ha unido a la Cruzada con tal de salvar el cuello y el rey Pedro se halla lejos, ocupado en otros asuntos. ¿Qué más tiene que pasar para que me escuches? Todo está perdido. Asúmelo y ven conmigo a un lugar tranquilo en el que podamos morir en paz.

—Nadie va a morir aún. Estamos a tiempo de salir con bien de esta locura —trató de animarla él.

—Mi único consuelo es que nuestros hijos están a salvo —replicó ella sombría.

—Yo también amo a Guillermo y a Braira, lo sabes perfectamente. Y por eso no me resigno a privarlos de su herencia; del patrimonio de tierra, de honra y de cultura que acumularon nuestros antepasados a lo largo de generaciones, sin ni siquiera intentar combatir. ¿Qué nos queda en esta vida terrenal si renunciamos a la dignidad? Tú, al menos tú, querida esposa, deberías comprenderme. Dios Nuestro Padre me juzgará en el cielo, a buen seguro no tardando mucho, pero hasta entonces yo soy juez implacable de mí mismo y te digo que no me rendiré así como así. Además, no soy el único que piensa así. Es verdad que han sido muchos los que han optado por aceptar las condiciones que se les imponían, expulsando a los herejes de sus tierras, pero no es menos cierto que algunos castillos se preparan para resistir.

—Os matarán a todos. Ellos son más numerosos, carecen de escrúpulos y también se dice que están a punto de recibir el refuerzo de mercenarios comprados con el botín que obtuvieron en Carcasona. No tenéis nada que hacer. Deja que otros más jóvenes defiendan esa dignidad de la que hablas.

—¿Qué clase de dignidad sería entonces? ¿Cómo podría pedir a esos muchachos que hicieran aquello de lo que yo no soy capaz? ¿Qué ejemplo les estaría dando?

—Cada edad tiene sus afanes y cada afán, su edad. Ahora eres viejo, asúmelo. Si la honra entendida como tú lo haces alcanza siempre un precio impagable, a estas alturas de nuestra existencia es un lujo que no podemos permitirnos. Un sacrificio inútil. Sálvate, por favor. —Le apretó la mano que agarraba con desesperación a través de la ventana del coche—. Hazlo por mí. Acompáñame a Montsegur, donde ya nos esperan buenos amigos como Esclaramunda, el venerable Guillaberto y otros prófugos de esta tierra que se muere sin remedio. Allí estaremos seguros hasta que nos llegue la hora de un modo natural y, si Dios quiere, apacible.

—Sabes que no iré —le respondió él, entristecido—. Las cosas que no tienen precio, las que pocos están dispuestos a pagar, son las que de verdad merecen la pena. Por eso voy a intentarlo, aunque ni siquiera tú confortes mi corazón con un respaldo comprensivo.

Bruno soltó esa mano a la que se había aferrado hasta entonces como si de ese modo pudiera retenerla un poco más. Dejó de percibir su calor. Comprendía que había llegado la hora del adiós, que intuía definitivo, y esa certeza le causaba un dolor tan hondo que le resultaba imposible describirlo.

¿Se puede morir de tristeza? Hasta entonces siempre había pensado que no, pero al mirar a Mabilia acurrucarse en el interior del carruaje que iba a llevársela lejos de allí, supo que estaba equivocado.

Le habría gustado decir a esa mujer todo lo que a lo largo de los años había dado por supuesto, hurtándole el placer de una caricia para los oídos. Confesarle el amor que siempre sintió sin expresarlo. Pedirle perdón por sus silencios, por la distancia que había creado entre ambos, por sus esporádicas traiciones debidas a la lujuria... Habría dado todo lo que poseía por regresar atrás en el tiempo, pero sabía que era tarde. De modo que corrió el cerrojo de la portezuela que se levantaba entre ellos dos como una muralla y, dejando a un lado los sentimientos, le comunicó sus planes.

—Beltrán estará conmigo a caballo, junto a una docena de infantes armados que he podido reunir gastando hasta el último sueldo que teníamos. Defenderemos Belcamino cueste lo que cueste, probablemente con la ayuda de algunos vecinos que se acuartelarán aquí. A ti no te faltará de nada en Montsegur, pues aún quedan almas caritativas dispuestas a compartir su techo y su pan con quienes llaman a su puerta. Nosotros conservaremos esta heredad o moriremos en el intento.

—Puesto que es tu última palabra —concluyó Mabilia tras un prolongado silencio, procurando enmascarar su dolor con una frialdad impostada—, no me queda sino darte mi bendición. En cuanto llegue a mi destino, si es que consigo llegar, pronunciaré mis votos de perfecta. Cuando nos volvamos a encontrar, seré una mujer entregada a Dios.

Sabía con certeza que estaba tratando de engañar al destino al mencionar un reencuentro que seguramente no llegaría a producirse. Ahora comprendía con descarnada lucidez lo que significaba ese naipe que había extraído al azar de la baraja del tarot al practicar el juego con Braira: el Colgado.

Entonces había tratado de restar gravedad al augurio, pero en ese momento se daba cuenta de que el sacrificio que anunciaba el personaje siniestro que representaba su suerte iba a ser total, absoluto y despiadado. Una renuncia resignada a los pequeños placeres que habían llenado sus días de luz. Una apuesta irreversible por la noche tenebrosa. Un desprendimiento radical de todas las sensaciones y emociones humanas. Exactamente el camino que preconizaba su fe como garantía de salvación. Una vía dolorosa para la que no estaba en absoluto preparada, aunque no tuviera otro remedio que aceptarla.

—Nuestro Señor será tu mejor guardián en esta hora amarga —puso fin a la despedida Bruno, incapaz de soportar más—. Ahora ve, antes de que sea tarde —añadió, dando la orden de partir al cochero—. Las tropas del invasor están muy cerca.

Guillermo vio arder Fanjau desde el convento de Prouille, llorando a escondidas su aflicción y su impotencia. Los propios habitantes de la villa habían prendido fuego a sus hogares para librarlos del pillaje, antes de marchar hacia el exilio llevando a cuestas las escasas pertenencias que habían podido salvar. Seguían así el ejemplo de los de Saissac, Montreal y tantos otros, perseguidos como ratas por los valles y los bosques de la que había sido hasta entonces la patria de la alegría.

Ardió Fanjau durante tres días con sus noches, que el fraile converso pasó rezando, incapaz de descansar. Luego la lluvia apagó las llamas y la ciudad destiló su dolor en forma de barro negruzco, pegajoso, mezcla de tierra y hollín, que se pegó a las botas y los rostros de los soldados de fortuna enviados por Monforte a tomar lo que quedaba de una plaza antaño tan próspera. Eran mercenarios aragoneses. Una paradoja grotesca de la historia, dado que nadie como el rey de Aragón había intentado amparar a esos desventurados vasallos suyos.

El joven De Laurac, que acababa de tomar los hábitos, cumplía con aquella visión devastadora una penitencia mucho más severa que la que le impusiera tiempo atrás su maestro, Domingo, a cuyo lado había empezado a trabajar. Solo así, asistiendo al fraile en sus viajes de predicación por Tolosa y su comarca, dando testimonio de su propia reconciliación, compartiendo con el castellano la dureza de la vida monacal, lograba conjurar el fantasma de la soledad, que le asaltaba con frecuencia en la oscuridad de su celda, en ocasiones acompañado del mucho más terrible espectro de la duda.

Nunca había estado cerca de abandonar su nuevo credo o renegar de la autoridad del papa, aunque le costaba un esfuerzo supremo de humildad aceptar que el Dios al que servía, al que se dirigía en sus oraciones y por el que había renunciado a su pasado y su futuro, aprobase los desmanes de las hordas comandadas por el conde francés. De ahí que declinase el honor de conocerle personalmente cuando se le brindó esa posibilidad, coincidiendo con la visita que el guerrero realzó a Prouille para solicitar la bendición del fraile de Guzmán, mientras todavía humeaban los restos mortales de Fanjau. Él prefirió mantenerse al margen, oculto en la cocina del monasterio, luchando con todas sus fuerzas contra la tentación de coger un cuchillo afilado y clavárselo a esa alimaña allá donde tenía una piedra en lugar de corazón.

Alguna vez había comentado sus escrúpulos a Domingo, quien tampoco se encontraba cómodo entre los soldados de la cruz. No es que desaprobara la guerra contra la herejía desencadenada por el pontífice, a quien todos debían obediencia, sino que rechazaba la brutalidad con la que se estaba llevando a cabo. Estaba seguro de que no era ese el modo de conducir a esas almas perdidas al redil de la verdad evangélica. De ahí que nunca participara en las refriegas, como hacían tantos otros hombres de Iglesia, empuñando la espada para mancharse las manos de sangre sin el menor remordimiento.

Lo suyo era la palabra, que empleaba con ardiente elocuencia. Sus victorias: cada una de las reconciliaciones que logró. Rara vez se cruzó en el camino de los guerreros, aunque con el tiempo se hizo amigo íntimo del León de la Cruzada, hasta el punto de convertirse en capellán de su familia. Eso causó un hondo disgusto en su discípulo, quien había de esforzarse al máximo cada día para sobreponerse al odio que le inspiraba aquel hombre de melena dorada, tan bello como brutal, al que habían visto sonreír de satisfacción mientras prendía fuego personalmente a las piras en las que ardían los cátaros caídos en sus garras.

Por si no hubiera tenido suficiente Guillermo con la barbarie que se veía constantemente obligado a justificar o cuando menos minimizar en aras a conservar la fe, de todos los lugares que podría haber escogido Monforte para instalar su cuartel general, eligió precisamente Belcamino. Allí sentó sus reales el León, entre los muebles, los tapices y las vajillas que pertenecieran a los De Laurac. Cada noche dormía en la cama de Bruno, después de beberse sus mejores vinos. Las rosas que plantara con sus propias manos Mabilia adornaban los aposentos de su esposa, que lucía algunos de sus mejores vestidos.

Al mismo tiempo, el hijo y legítimo heredero de la casa, testigo silencioso del ultraje, daba gracias al Señor de que tamaña humillación les hubiese sido ahorrada a sus padres, a los que seguía queriendo igual que siempre, aunque una distancia infinita le alejara ahora de ellos. Ignoraba dónde se encontraban en ese momento, pero su espíritu trataba de alcanzarlos a fin de brindarles consuelo, reprochándose no haber sabido convencerlos de que se apartaran de la herejía. Hubiera querido estar cerca de su madre más incluso que de su padre en ese trance atroz, aunque era consciente de que la brecha abierta por su conversión jamás podría salvarse.

Su hermana era cosa distinta. Dada su naturaleza y situación, estaba seguro de que valdría la pena lanzarse al rescate de su alma inmortal, a poco que tuviera la oportunidad de acercársele. Claro que, desde que la abrazara por última vez en Zaragoza, nada había sabido de ella.

¿Dónde estaba esa cabeza loca que parecía haberse esfumado y no contestaba a sus cartas?

XIII

Braira estaba viendo el rostro de la muerte muy de cerca.

Nadie supo en cuál de las naves se declaró la epidemia, pero antes de que los galenos acertaran a diagnosticar la naturaleza del mal que los atacaba, había hombres enfermos en todas ellas.

Primero cayeron los más débiles, los galeotes, y luego, poco a poco, grumetes, soldados, marinos, oficiales, caballeros y damas de sangre noble. Los síntomas eran idénticos en todos los casos: dolor de vientre, vómitos descontrolados, diarrea líquida, incontenible, cuyo hedor impregnaba las ropas de los infectados y flotaba en el aire cual emanación del infierno; incapacidad para retener la comida o el agua, debilitamiento rápido y, al cabo de pocos días, el fin.

—¡Dios nos castiga por nuestros pecados! —se lamentaban algunos, sometiéndose a disciplinas carnales que solo lograban agravar su estado.

—Yo dudo mucho que Dios tenga nada que ver en esto —le decía la reina a Braira, con quien compartía confidencias inusuales entre una soberana y su dama, propiciadas por lo dramático de la situación—, aunque no me canso de rezar suplicándole que nos auxilie. ¿Qué opinas tú?

—¡Ojalá tuviera una respuesta! Lo único que sé es que hay muchas personas sufriendo y que, en efecto, sin la ayuda del cielo acaso perezcamos todos. No me atrevo a ir más allá.

En el fondo de su corazón la joven cátara no descartaba en absoluto que esa peste devastadora fuese el resultado de la ira divina, pues ella misma, con su blasfema actitud, se sentía acreedora a ese castigo. Pero si la causante de semejante cólera era ella, se decía, ¿por qué razón no la fulminaba el Altísimo la primera, en lugar de permitir que tantos buenos cristianos padecieran una agonía inhumana? No encontraba explicación a ese dilema. Estaba perdida, igual que su señora, y, como esta, abrumada por el cariz que tomaban los acontecimientos a medida que más y más tripulantes o pasajeros caían víctimas del morbo asesino.

Los médicos de a bordo no se ponían de acuerdo. Muchos de ellos habían visto cuadros semejantes en otras ocasiones, que generalmente atribuían, como la mayoría de los legos, a la mano justiciera del Señor de la Venganza. Otros, de criterio más avanzado, generalmente formados en escuelas orientales, se inclinaban por achacar la enfermedad a un envenenamiento debido a la ingesta de alimentos en trance de descomposición y agua pasada, pues, de hecho, muchos de los toneles almacenados en las bodegas ya habían empezado a desprender mal olor cuando eran destapados. Y los menos, en concreto dos judíos procedentes de Granada que se dirigían a Sicilia respondiendo a la llamada del rey, aseguraban que los humores malignos responsables de tanto dolor eran propagados por las ratas y otros animales inmundos que pululaban por doquier.

Alguna voz aislada, procedente del entorno de doña Constanza, se alzó para acusar a «la bruja» que hacía hechicerías con las cartas, pero fue inmediatamente silenciada por la reina, quien advirtió a la dama en cuestión que otra insinuación semejante sería castigada con la expulsión. Y no contenta con emplear toda su autoridad en defender la inocencia de Braira, le pidió que consultase al tarot.

Las cartas respondieron con su habitual lenguaje equívoco, al menos en lo concerniente al futuro. En una ocasión salió la Casa de Dios, con su torre coronada cayendo desde lo alto y sus acróbatas haciendo piruetas, como señal de liberación después de la angustia, de superación de una situación grave, de cambio hacia un tiempo mejor, con nuevas oportunidades. A continuación apareció el Mundo, representado por una mujer desnuda, con una aureola de santa y encerrada en un óvalo de laurel, rodeada por los símbolos de los cuatro evangelistas: el ángel de san Mateo, el águila de san Juan, el toro de san Lucas y el león de san Marcos. Un augurio seguro de éxito, final feliz, triunfo personal en cualquier empresa. En el último intento, por el contrario, mostró su rostro el Colgado, anunciando agotamiento, sacrificio y sensación de abandono.

El naipe que indica el presente, situado en segundo lugar de la tirada, se mostró, por el contrario, absolutamente elocuente. Tres veces consecutivas repitió la operación Braira, tras barajar a conciencia, y las tres mostró su rostro la Muerte, en posición invertida. Las tres se produjo idéntica advertencia respecto de lo que les aguardaba en aquellos días, hasta que la desdicha optara por mirar hacia otro lado: dolor, destrucción, miedo... Una guadaña afilada destinada a segar cabezas.

El mar perdió su colorido azul y se hizo plomizo. El rumor de las olas fue ahogado por los gemidos de los moribundos, llevados hasta el último rincón de la nao por una brisa malsana que había dejado de oler a limpio. La inmensidad se tornó amenazadora, pues habían izado la bandera que indica pestilencia a bordo y ninguna embarcación se atrevía a acercárseles. Eran náufragos a la deriva, indefensos ante un enemigo invisible que iba devorándolos uno a uno.

La reina había dado muestras de una enorme entereza desde el primer momento, al cuidar personalmente de alguno de sus capitanes más queridos, con especial dedicación a su hermano pequeño, don Alfonso, a quien adoraba y que había sido uno de los primeros en caer presa del mal. Lo lavaba, venciendo las náuseas que le provocaba el horrible olor de sus deposiciones; le daba de beber, le hablaba con dulzura de las aventuras que vivirían juntos en Sicilia, y animaba a sus damas a hacer lo mismo con los demás enfermos, lo que servía de gran consuelo a esos desgraciados.

Todos los supervivientes procuraban conservar la fe en la posibilidad de salvarse, pese al desolador espectáculo que tenía lugar a su alrededor, ya que, según los cálculos de los navegantes, no podían faltarles más de algunos días, a lo sumo una semana, para llegar a su destino. Aunque en su fuero interno no había un hombre, mujer o niño que no estuviese aterrado, pues ninguno de los pacientes mejoraba y no pasaba un día sin que se produjera algún nuevo contagio amén de varias defunciones.

—Dime que mi hermano sanará —le suplicaba esa tarde doña Constanza a Braira, mientras empapaba un paño de lino en agua de mar para refrescar la frente del conde, reducido a un esqueleto tembloroso, irreconocible en ese rostro de anciano arrasado por el sufrimiento y prácticamente inconsciente en el camastro del que no se había levantado desde la víspera—. Dame esperanzas.

—Os mentiría si lo hiciera, señora.

—¡Pues miénteme, maldita sea! ¿Para qué crees que te he traído?

—Pensaba que confiabais en mí —respondió la joven al cabo de un buen rato, tratando de reponerse del golpe que acababa de propinarle su señora con ese comentario—. Llegué a pensar que me teníais en alguna estima, no solo por mi capacidad para hacer hablar al tarot, sino por mi persona.

—Alfonso se muere. ¿No lo ves? —le espetó al punto doña Constanza, presa de un ataque de furia provocado por la angustia—. El más hermoso de los príncipes de Aragón se apaga lentamente en mis brazos, entre humores repugnantes, sin que nadie encuentre el modo de ayudarle. ¿Y tú me hablas de estima? A él lo quiero. ¡Lo quiero! ¿Me oyes? Tú me sirves.

—Deberíais llamar al galeno y al sacerdote, majestad —replicó la joven, con la voz ahogada por las lágrimas, incapaz de comprender semejante agresión completamente inesperada—. Ellos sabrán cómo obrar. Con vuestro permiso, yo voy a ver si puedo llevar algún alivio a los moribundos que están en la cubierta.

En cuanto salió del camarote, estalló en sollozos.

—¡Estúpida! —se dijo a sí misma—. ¿Cómo has podido creer por un instante que una reina, una dama de sangre real, fuese otra cosa para ti que tu ama? ¿Cómo te has atrevido a buscar su amistad? ¿Es que no aprenderás nunca?

Alegrándose de no haberle confiado un secreto que la habría llevado a la ruina, o tal vez incluso a la hoguera, se dispuso a cumplir lo que había anunciado. Pero antes se dirigió al diminuto habitáculo que le servía de camarote, donde Seda y Oso permanecían recluidos desde que se declarara la epidemia.

Los perros la recibieron con muestras evidentes de alegría. Aunque en esta ocasión no les llevaba nada, los dos acudieron a festejarla meneando la cola a modo de saludo, dándole golpecitos con el hocico en las manos a fin de ganarse una caricia. Ellos sí que la querían. Captaban de un modo instintivo su tristeza y trataban de combatirla del único modo que estaba a su alcance: demostrándole ese cariño. Braira los abrazó con ternura; primero a ella, la más celosa, y luego a él.

—Sí, preciosos, lo sé, yo también siento lo mismo por vosotros...

Luego se recompuso, cubrió su vestido con un delantal enorme que había pedido prestado a una de las sirvientas, y se dirigió hacia la popa de la galera, donde una masa de carne humana doliente se hacinaba, bajo toldos improvisados, tratando de aguantar un poco más, unas horas, un instante.

Alfonso, conde de Provenza, expiró al amanecer del día siguiente. Pasó del sueño febril al sueño eterno sin un lamento, como si las oraciones de su hermana hubiesen sido escuchadas. Esta quiso velarle con la solemnidad debida a su rango, al menos hasta la noche, aunque finalmente se dejó convencer por los médicos de la necesidad de desprenderse del cadáver cuanto antes, ante la rapidez con la que el calor descomponía los restos mortales de esas pobres criaturas.

—Su alma ya está en el cielo, contemplando la luz de Dios —la consoló el capellán, que había proporcionado al difunto los últimos sacramentos.

—Sea pues —cedió la reina, dolorida—. Ojalá encuentre en la vida eterna la paz que le faltó en sus últimos días aquí.

Era norma de obligado cumplimiento en toda la flota que los cuerpos de los fallecidos fuesen arrojados al mar a la mayor brevedad, con el fin de impedir males mayores. Al principio, cuando aún no se había cebado la parca con tamaña voracidad, se los envolvía en un sudario e incluso se celebraba una misa en su honor. Luego, a medida que fue creciendo el número de víctimas, los sacerdotes que se mantenían en pie empezaron a rezar un breve responso mientras dos voluntarios agarraban el despojo, uno por los brazos y otro por los pies, para lanzarlo por la borda sin miramientos.

Desde entonces una siniestra escolta de escualos acompañaba a los barcos en su fantasmal travesía. Se los veía perfectamente desde las bordas, dando vueltas alrededor de las naos, como buitres acuáticos en espera de su presa, con las aletas dorsales traspasando la superficie a guisa de penacho guerrero. En cuanto caía al mar lo que los llevaba a formar esa ronda ominosa en torno a la flota, se abalanzaban sobre el alimento con una ferocidad aterradora, provocando un torbellino de espumas y sangre capaz de helar las entrañas al más templado.

Constanza no quería que su hermano acabara así. Le producía un desasosiego insoportable pensar que el benjamín de su casa, el mejor de todos ellos, fuera pasto de esas bestias monstruosas y tuviera que presentarse ante el Creador, el día del Juicio Final, hecho trizas por sus mordeduras. Así es que ideó la forma de darle una sepultura digna, sin por ello incumplir las reglas.

Antes de entregarlo a las aguas, lavó ese cuerpo amado con sus propias manos y lo perfumó. Luego lo peinó, lo vistió con sus mejores galas y, ayudada por un escudero, le colocó la armadura y el yelmo, adornados de plata y oro, que habría de lucir en su última batalla. Protegido de los pies a la cabeza con acero toledano, estaría a salvo de cualquier profanación. Descansaría tranquilo, en el fondo de ese océano tibio, cuna de su estirpe de reyes, hasta que llegara el momento de reencontrarse con todos sus seres queridos.

Al cabo de algún tiempo mandó llamar a Braira.

—Hace mucho que no vienes a verme.

—Decidme en qué puedo serviros, mi señora.

—Sigues enfadada.

—¿Qué os hace pensar tal cosa?

—¡Basta ya! ¿Quieres que me disculpe? No lo haré. Deberías comprender que hay situaciones en las que se justifica cualquier reacción y se perdona todo exceso.

—Lamenté sinceramente la muerte del conde, majestad. También me apena, bien lo sabe Dios, no haber sido capaz de ayudaros en un trance tan doloroso para vos.

—En eso te equivocas. Es verdad que Alfonso ha dejado en mi corazón un vacío imposible de llenar, pero no es menos cierto que su enfermedad me dio una lección en lo que a ti respecta que tiene un enorme valor. En ese momento no me di cuenta de ello, pues mi mente no veía claro, pero ahora lo sé y lo agradezco.

—¿Una lección, majestad?

—Así es. Al decirme la verdad descarnada sobre el final que aguardaba a mi pobre hermano, cuando yo deseaba oír lo contrario, me demostraste una lealtad que pocas personas están dispuestas a mostrar a un gobernante.

—Es lo natural, señora. Siempre pensé que la lealtad no consiste en decir aquello que el otro quiere escuchar, sino lo que de verdad se piensa.

—Pues estás en lo cierto, por más que esa forma de actuar se prodigue poco. La mayoría de los cortesanos que nos rodean, ya sean hombres o mujeres, confunden la lealtad con la sumisión o, lo que resulta todavía más peligroso, con la adulación.

—Tal vez sea porque hay soberanos a quienes les gusta ser adulados —se atrevió a replicar la muchacha, animada por esas palabras de su ama que le devolvían, cuando ya no lo esperaba, la fe en ella y en sí misma.

—Los hay, y son numerosos, pero no es mi caso. Por eso vamos a hacer un pacto. Tú no me halagarás nunca el oído con la intención de obtener algún favor y yo no te castigaré cuando tus palabras me desagraden. Tal vez me enfade, porque mi naturaleza me lleva fácilmente a la cólera, pero no tomaré represalias. Así podremos confiar la una en la otra. ¿Estás de acuerdo?

—¿Cómo no habría de estarlo? —se felicitó Braira—. Sois la reina más grande que han conocido los tiempos.

—Mal empiezas, jovencita. ¡Hemos dicho que nada de halagos! Y ahora cuéntame, ¿cómo están mis queridos Seda y Oso?

Por el modo en que le respondió, Constanza supo que la dama había adoptado definitiva e incondicionalmente a sus lebreles.

Al principio nadie se fijó en la neblina anaranjada que se divisaba en el horizonte, apenas iluminado por la luz del amanecer. Los que se mantenían sanos estaban demasiado ocupados atendiendo a las faenas propias de la marinería o cuidando de los enfermos, y estos bastante tenían con mantenerse vivos entre retortijones que les abrasaban las entrañas. Los grumetes baldeaban las cubiertas de continuo, en un intento desesperado de expulsar la pestilencia que se había instalado entre ellos, mientras el clérigo que viajaba con la reina, su confesor personal, quemaba incienso en su camarote, y salmodiaba oraciones destinadas a mantenerla a salvo de todo mal.

Poco a poco, la bruma se hizo más densa, más parecida a una formación de nubes de tormenta, y se vieron algunas gaviotas volando en la lejanía. Entonces el vigía encaramado a la cofa de la nave capitana gritó:

—¡¡Tieeerra!! ¡Tierra a la vista!

Señalaba con el brazo hacia el sudeste, donde empezaban a dibujarse los contornos de Sicilia. Y aquel anuncio sacó de su reclusión a Constanza, que se precipitó al castillo de proa para contemplar con sus propios ojos la que iba a ser su nueva patria. A su lado estaba Braira, quien no pudo contener la emoción y se puso a llorar como una niña, pues había llegado a temer que no viviría para ver ese instante.

Las dos mujeres se abrazaron, rezaron un padrenuestro para dar gracias al Señor y luego se dispusieron a acicalarse como correspondía al encuentro que estaba a punto de producirse al fin. No tenían la menor intención de presentarse ante Federico, el soberano que iba a regir sus destinos a partir de ese momento, con el aspecto deplorable que tenían.

XIV

En sus estancias privadas del palacio de los Normandos, el rey acababa de desayunar cuando uno de sus chambelanes entró a informarle de que la flota procedente de Aragón se divisaba a media jornada de navegación.

—Perfecto —repuso él con la autoridad de la que hacía siempre gala—, preparemos a mi esposa el recibimiento que merece.

—Es que...

—¡No hay excusas! ¿Acaso quieres hacerme quedar como un bárbaro carente de modales? Espero que todo se desarrolle en el puerto exactamente de acuerdo con el protocolo establecido.

—Mi señor —insistió el chambelán—, es que las galeras enarbolan la bandera que indica epidemia a bordo. Tal vez deberíamos hacerles pasar una cuarentena antes de permitirles atracar en Palermo, con el consiguiente peligro...

—¿Te das cuenta de que estás hablando de la reina Constanza y de quinientos caballeros que representan lo más selecto de la nobleza aragonesa? —bramó Federico, cuyo carácter se parecía extraordinariamente al de esa montaña de fuego que desafiaba al cielo en el norte de su isla, escupiendo por la boca que la coronaba un humo tan negro como la ira de él—. Que una nave rápida parta inmediatamente llevando al canciller que ha de darles la bienvenida a mis dominios y que se disponga todo lo necesario para atender a esas gentes como merecen. Quiero a los mejores médicos de la corte a disposición de quienes precisen cuidados. ¿Entendido? Yo les esperaré en el muelle de atraque. Deseo causar buena impresión a esa mujer. ¡Y ahora quítate de mi vista!

Era un hombre pulcro, como digno hijo de una ciudad en la que abundaban los baños, pero además tenía una sensibilidad especial para captar el significado simbólico de ciertos gestos. No en vano había sobrevivido desde niño en la más absoluta soledad, controlando hasta el mínimo detalle de sus discursos y sus conductas.

Velaba siempre por llevar el atuendo perfecto para cada ocasión, así es que en una tan especial como aquella se mostraría con toda la pompa de su rango, emulando a sus antepasados: túnica y dalmática de seda siciliana color amarillo vivo, calzas y guantes rojos del mismo material, zapatos de terciopelo y, como remate, pese al calor propio de la estación, un manto único, irrepetible, del que estaba especialmente orgulloso y que, sobre un fondo rojo sangre, llevaba bordadas en oro las figuras simétricas de un león rampante y un camello, con una inscripción en caracteres árabes destinada a explicar que esa pieza de inigualable esplendor había sido confeccionada para el magno rey Roger, durante los año 1133 y 1134, en su capital, Palermo.

Carecía Federico de los atributos propios de la belleza masculina, pero los suplía con un extraordinario vigor y una personalidad arrolladora, que hacían de él un ser enormemente atractivo: bajo de estatura, lo que en su tiempo le acercaba más a la plebe que a la mayoría de los soberanos; de cabello pelirrojo y tez pecosa, fruto de su herencia vikinga permanentemente castigada por el sol siciliano, no era lo que se dice un galán. Tenía tendencia a las redondeces, aunque el constante ejercicio y la juventud le mantenían todavía en excelente forma. De hecho, demostraba en cada justa ser un gran espadachín, muy certero en el manejo del arco y consumado jinete, al igual que un excelente cazador.

En cuanto a su fisionomía interior, rimaba versos con bastante habilidad, pese a su corta edad; no solo leía en varias lenguas, sino que escribía con soltura, cosa extraña en un guerrero, y también cantaba, mostraba gracia al bailar y disfrutaba componiendo canciones. Su mirada, casi transparente de puro azul, era tan intensa que resultaba imposible resistirse a ella.

Así le vio su reina al descender, con elegante parsimonia, de la galera en la que había consumido prácticamente dos meses de angustiosa existencia y de la que anhelaba huir para siempre.

También ella se había acicalado a conciencia, animando a su dama favorita a hacer lo propio.

—Lo que diferencia a una persona noble de una plebeya es su capacidad para superar las caídas y ponerse en pie con la dignidad intacta —había explicado doña Constanza a la occitana.

—¿Qué queréis decir?

—Que por mucho que hayamos pasado, por más dolor que sintamos, y sabe Dios cuánto dolor hay en mi corazón por la muerte de Alfonso, no podemos mostrarnos derrotadas ante estas gentes. Han de vernos aparecer pletóricas de esplendor, pues el modo en que nos presentemos será lo que marque su forma de tratarnos. ¿Comprendes?

—Creo que no del todo...

—Es muy sencillo. Si nosotras mismas nos dejamos llevar por la pena, pena será lo que inspiremos. Si por el contrario actuamos con seguridad, manteniendo la cabeza bien alta, infundiremos reverencia. ¿Entiendes ahora?

—Me parece que sí.

—Pues adelante. Hemos de conseguir que, al mirarme, mis nuevos súbditos vean toda la grandeza de mi linaje.

Dicho y hecho. En esas últimas horas que precedieron su llegada a tierra ambas damas se preocuparon de que les lavaran y perfumaran el cabello antes de trenzarlo, sabedoras de que se trataba de uno de sus más preciados atributos de belleza. Lo hicieron juntas, entre alguna que otra broma y comentarios picantes referidos a la noche de bodas, ante la insistencia de doña Constanza en que Braira estuviese con ella. Disfrutaba mucho más de esos pequeños placeres mundanos cuando los compartía con alguna de las damas que integraban su círculo íntimo de acompañantes.

Después del baño, escogieron entre las dos el atuendo de Braira, previo desfile de modelos, poniendo buen cuidado en que la riqueza de su vestimenta dejara impresionados a los caballeros que estaban a punto de conocerla. No podían imaginarse hasta qué punto iban a lograr su objetivo y cuánto se arrepentiría la joven de ese gesto de coquetería..., por más que en esa hora de emoción gozosa toda su atención se centrara en lograr que la nueva soberana de los sicilianos resplandeciera como el sol al hacer su aparición ante ellos.

Lo consiguieron.

Iba ataviada doña Constanza de verde oscuro, elegantísima, enfundada en un vestido de seda bordada en oro, de talle alto ceñido y mangas anchas, con caída hasta las rodillas, que realzaba su figura esbelta. El color rubio de su melena, recogida en una redecilla de perlas diminutas, enmarcaba a la perfección su rostro níveo, siempre preservado de los efectos del sol mediante el uso de velos. Lucía una diadema de oro y esmeraldas, a juego con un collar de las mismas gemas, que le enmarcaba el escote generoso y daba luz a sus ojos.

Estaba radiante.

Tenía a la sazón veinticuatro años, nueve más que su marido, pero nadie habría dicho que no era una mujer lozana. Sus dientes se mantenían todavía blancos y los conservaba intactos. Su piel seguía siendo tersa. Su rostro, de facciones pronunciadas, mostraba la nobleza de su sangre. Era toda una reina.

Con gracia aprendida desde la cuna, tendió su mano delicada al muchacho que le brindaba la suya al otro lado de la pasarela, gratamente sorprendida por lo que veía.

El esposo que le había caído en gracia parecía un hombre cortés; más de lo que esperaba. Refinado, a diferencia del primero, y, a juzgar por sus gestos, educado. No se trataba de un guerrero formidable ni tampoco de un Adonis, como su hermano Pedro, pero le gustaba su modo de sonreírle, cálido y franco a la par que altivo. Sí, decididamente resultaba interesante...

—Mi señora doña Constanza —dijo él en perfecto latín, con voz segura—, os doy la bienvenida a mi hogar, que ahora es también el vuestro. Espero que seáis muy dichosa aquí.

—Ese es igualmente mi deseo, querido esposo. Y al ver la belleza de estas tierras no dudo de que así será. Mas en este momento mi corazón se duele por los muchos hombres que han muerto y los que sufren ahora mismo a bordo de nuestras galeras a causa del mal cruel que nos acometió en la mar. Si quisierais...

—Ya han sido dictadas las órdenes oportunas. Vuestros caballeros, que han venido a luchar junto a los míos, serán alojados con todas las comodidades posibles y tratados por los mejores galenos de mi capital, que son famosos por su competencia en el arte de la sanación.

Ahora tened la bondad de acompañarme y os conduciré a nuestra residencia a fin de que descanséis del viaje.

—Permitid que os presente antes a una de mis damas más queridas, Braira de Fanjau, que ha sufrido conmigo las fatigas de esta pavorosa travesía.

La aludida avanzó unos pasos para inclinarse ante el soberano, quien le tendió la mano a fin de que se la besara al tiempo que la desnudaba con los ojos. Estaba acostumbrado a comportarse de ese modo con todas las mujeres de su entorno, a las que consideraba objetos extraordinariamente hermosos creados por la mano de Dios sin otra finalidad que la de proporcionar solaz a los hombres. Y aquella criatura perfecta, más o menos de su edad, que demostraba poseer tanta gracia como belleza, era la prueba irrefutable de lo acertada que resultaba ser su concepción de las cosas.

La reina entraba en una categoría diferente. Estaba llamada a engendrar a sus hijos, perpetuando su estirpe, lo que le confería un carácter sagrado. Debía ser tratada, por tanto, con respeto escrupuloso, aunque solo ella merecía tal consideración.

Tras dirigir una última mirada descarada a la joven, devolvió su atención a doña Constanza, con una sonrisa deslumbrante, ofreciéndole su brazo para conducirla hasta la silla de mano que los esperaba al final del muelle.

—Vuestra gente queda en buenas manos, podéis estar tranquila.

Marcharon los reyes en una litera llevada por cuatro esclavos negros, que más parecían colosos, dejando a la servidumbre a cargo de la intendencia. Siguiendo instrucciones de su señora, Braira se quedó para velar porque todo el desembarco se hiciera correctamente, los enfermos fuesen atendidos y los equipajes tratados con cuidado. A regañadientes, entre gruñidos y ladridos desesperados, pues no querían alejarse de su lado, Oso y Seda fueron conducidos por un chico joven, que no tardó en hacerse con ellos, hasta las dependencias que ocuparía la dama en palacio, contiguas a las asignadas a la soberana consorte.

Liberada de esa responsabilidad, la muchacha encontró al fin un instante para empaparse del aire, el olor y los colores de esa formidable urbe a la que llegaba con el alma cargada de ilusión. Se había jurado a sí misma luchar contra la nostalgia, tan destructiva como baldía, y mirar al futuro sin el lastre de lo que dejaba atrás. No paraba de repetirse que allí, en esa tierra joven, ajena al odio y la conquista, se olvidaría para siempre del miedo que había irrumpido en su vida años atrás de manera devastadora, obligándola a aprender a fingir.

Allí sería feliz, estaba segura. Emplearía todos los recursos a su alcance para labrarse un porvenir soleado, y, con suerte, contribuiría en la medida de sus posibilidades al éxito de su señora.

El puerto era, al igual que el de Barcelona, el epicentro de una actividad incesante. Todas las mercancías embarcadas o desembarcadas habían de pasar la inspección del tasador oficial de la aduana real, a fin de ser gravadas con la tasa correspondiente en función de su naturaleza. La sal, el índigo, el azúcar, la seda y el trigo, bienes de exportación abundantes en la isla, eran objeto de especial atención. De no proceder el mercader al pago del impuesto debido a las arcas del monarca, su cargamento era requisado al instante por guardias armados que revisaban hasta el último bulto.

—Los ojos de la Hacienda real llegan al rincón más apartado —le informó Guido, el paje asignado a su ser-

vicio, tan locuaz y dicharachero como casi todos sus pai-
sanos, en un pésimo latín más cercano al italiano vulgar.

—Eso es algo que hermana a todos los reinos entre sí
—replicó Braira, en su lengua de oc, recordando lo que
solía contar don Tomeu de sus viajes por el mundo.

Los dos jóvenes hablaban idiomas distintos, aunque
parecidos, lo que no les impedía entenderse razonable-
mente bien añadiendo gestos a las palabras. El deseo de
comunicarse podía más que cualquier acento.

El conjunto de la capital no desmerecía su puerta de
entrada. A medida que rodaba por sus angostas calles en
un carruaje de pequeñas dimensiones tirado por una yegua, la recién llegada fue descubriendo una ciudad enorme, bulliciosa, repleta de gentes diversas —un cuarto de
millón, según su guía— vestidas de modos nunca vistos
por ella y que hablaban una algarabía de lenguas.

En cada esquina se alzaba una iglesia o una mezquita, en una de las cuales, al parecer, se habían conservado
hasta época reciente los restos mortales de un sabio llamado Aristóteles, suspendidos de una urna colgada del
techo. En cada plaza, un mercado ofrecía al público los
productos que millares de artesanos de todos los gremios
fabricaban en sus talleres, incluida una rareza llamada
papel, traída por los árabes de Oriente, que iba sustitu-
yendo al pergamino y se producía allí mismo, en una gran
nave construida expresamente a tal efecto. La lonja de
pescado, que atravesaron a duras penas, exhibía su mercancía entre nubes de moscas y gritos de los vendedores.
Era evidente que Palermo no dormía nunca.

Con orgullo, Guido, su acompañante, le dijo en voz
baja, como quien transmite un secreto valioso:

—Yo mismo he oído decir al rey, en más de una ocasión, que la capital, por sí sola, aporta más riqueza a sus
arcas de la que todo su reino junto proporciona al soberano inglés.

—Ya será menos —contestó ella displicente.

Braira puso aquella información en cuarentena, alertada de la tendencia a la exageración de los lugareños, aunque el tiempo le confirmaría que no era una fanfarronada.

Según se iban acercando al palacio, edificado poco menos de un siglo atrás, después de que los sarracenos rindieran la ciudad a los normandos, las calles se ensanchaban para hacer sitio a lujosas villas rodeadas de jardines. El perfume a jazmín que impregnaba el lugar evocó inmediatamente en su mente la imagen de la Aljafería, pues, igual que sucedía allí, en las residencias que contemplaba se notaba la mano de los artesanos moros, así como su gusto por las fuentes y los naranjos. En medio de aquel verdor, el calor disminuía de golpe hasta convertirse en una tibieza agradable y el bullicio se tornaba calma.

Tras un recorrido que se les hizo corto a ambos, llegaron finalmente a su destino.

Antes de traspasar la puerta del castillo, pues eso era lo que parecía la residencia de Federico, más que un lugar de recreo similar al que alojaba la corte de los reyes de Aragón, Braira se fijó en un edificio pequeño, aunque muy cuidado, situado justo al lado del principal, entre palmeras y macizos de flores exóticas.

—¿Forma parte del conjunto palaciego esa encantadora dependencia de ahí? —preguntó, señalando en dirección a la casita.

—Desde luego —respondió el paje con el desparpajo y la simpatía propios de los sicilianos—. Es el harén real.

—¿El qué? —se sorprendió la joven.

—El harén. El serrallo donde habitan las concubinas de su majestad.

Braira se quedó boquiabierta. No es que su Occitania natal fuese un modelo de fidelidad conyugal, pero ningún noble, ni siquiera los de sangre más elevada, que ella supiera, se habría atrevido a mantener a sus amantes encerradas en un espacio así, de forma pública y notoria. Escandalizada, siguió con el interrogatorio.

—¿Son muchos los señores sicilianos que tienen... harenes como este?

—Ahora ya no. Era una costumbre de los musulmanes que se ha perdido prácticamente, pues resulta muy costosa de mantener. Únicamente el rey puede permitírselo. ¡Afortunado él! Ya nos gustaría a muchos...

—¿Y cuántas concubinas tiene el rey en la actualidad, si es que puede saberse?

—Lo ignoro, mi señora. Eso es algo que no me concierne. Aunque sí puedo deciros que nuestro soberano pasa por ser un gran..., vos ya me comprendéis.

—¡Yo no comprendo nada!

—Me refiero a que no es un afeminado, sino que le gustan las mujeres y él les gusta a ellas, si me permitís que os lo diga.

—¡Pero él es cristiano y está casado!

—Seguro que su alma inmortal sufre por esa debilidad de la carne que nos esclaviza a todos. ¡No sabéis cuán pesada de llevar es esta cruz! ¿Qué le vamos a hacer?

Dentro ya del recinto amurallado, situado en la parte más alta de la ciudad, aguardaba a la extranjera otra sorpresa no menos impresionante.

El edificio en sí era similar a una fortaleza, construida por etapas a base de levantar torres y conectarlas entre sí mediante un complejo sistema de puertas y pasarelas. Un parque de enormes dimensiones lo rodeaba todo, creando un clima casi irreal, como si un mundo ajeno al exterior, más parecido a la brumosa Normandía nativa de sus constructores que a la Sicilia que lo albergaba, hubiese sido reproducido a escala para solaz de los conquistadores.

Estaba Braira estirando las piernas en el patio de armas situado frente a la puerta principal que daba acceso a las habitaciones más nobles, cuando un rugido espantoso le heló la sangre. Parecía la voz de un demonio surgido del mismo infierno. Nunca había oído nada semejante, pero intuía que debía de ser peligroso.

El cansancio, unido a la acumulación de emociones, estaba haciendo mella en su ánimo. Empezaba a arrepentirse del entusiasmo con el que había desembarcado en esa tierra, que acaso no fuese tan propicia como le había anunciado el tarot.

Aterrada, se quedó inmóvil, lívida, esperando ser atacada en cualquier momento, sin saber qué hacer, hasta que Guido se percató de su miedo y se acercó a tranquilizarla.

—No temáis, está encerrado, no puede haceros daño.

—Pero ¿qué clase de criatura profiere esos sonidos, en nombre de Dios?

—Es un león, uno de los dos que posee en estos momentos nuestro señor Federico en su zoológico. Es joven y quiere una hembra; lógico. Por eso ruge. Pero no hay de qué preocuparse. Como os digo, no puede escaparse.

A Braira ya le había parecido una excentricidad convivir con dos perros de presa, por muy dóciles que se mostraran con las personas y mucho cariño que hubiera llegado a profesarles. Pero dos leones... Sin conocer exactamente su naturaleza, había leído historias sobre su ferocidad indomable. ¿Es que ese rey en cuya corte iban a vivir no tenía cabeza? ¿Cómo reaccionaría doña Constanza —se preguntaba— ante tanto disparate? El paje, divertido, la sacó de sus reflexiones.

—¿Queréis visitar el zoológico? El responsable de los animales es mi padre y estará encantado de mostrároslo. Yo también conozco a todos sus moradores. Algunos son tan raros que nadie los ha visto nunca en estas tierras...

—Otro día tal vez —declinó Braira—. Por hoy creo que he tenido suficiente. Pero te tomo la palabra. En cuanto me reponga de la fatiga y organice todas nuestras cosas vendré a verte y te presentaré a Seda y Oso, las fieras de mi señora doña Constanza, que no desmerecen en ferocidad, estoy segura, a esos leones de los que presumes —le devolvió la fanfarronada—. ¡Asegúrate para entonces de haberles dado bien de comer, no vaya a ser que tengan hambre!

—Dadlo por hecho. Será un placer conocer a vuestros perros y enseñaros a nuestros camellos, nuestro avestruz, nuestros monos, algunos de los cuales imitan los gestos humanos con extraordinaria exactitud, y la joya del parque: la jirafa.

La chica no quiso saber lo que esconderían esos nombres que no evocaban imagen alguna en su cerebro. A buen seguro serían seres de naturaleza diabólica, o cuando menos tan locos como ese Guido que parecía no temer a nada. Haría bien, por si acaso, en mantenerse lejos de ellos.

Todavía bajo el impacto del susto que acababa de recibir, se adentró, siguiendo a un criado, que por su aspecto parecía moro, por los corredores estrechos que conducían a sus aposentos, deseando hallar un poco de tranquilidad.

A medida que atravesaba patios y subía o bajaba escaleras, se cruzaba con miembros del ejército de funcionarios y oficiales que servían a Federico en las distintas tareas de gobierno: militares, contables, consejeros, traductores de las diversas lenguas habladas en sus dominios, doctos expertos en las distintas disciplinas del saber científico, por el que el rey sentía una curiosidad insaciable... Musulmanes, conversos, judíos y cristianos con pieles de diferentes colores, y un personaje pálido, todo vestido de negro, que llamó especialmente su atención, provocándole un escalofrío. Un hombre llamado Miguel Escoto, al que no tardaría en conocer.

Finalmente llegaron a un rellano soleado, situado en la primera planta, sobre el que se abría una puerta que daba a un cuarto espacioso, iluminado por un gran ventanal en forma de arco de medio punto que se asomaba a la calle y acogía a ambos lados sendos bancos de piedra del ancho de los muros del castillo. Un lugar idóneo para sentarse a coser o a fisgar el trasiego de los viandantes.

Confortable, aunque sobria, como todo lo normando, la habitación estaba amueblada con un brasero de cobre, un escabel, un arcón de tamaño mediano y un lecho que invitaba a tumbarse en él, vestido de colchón de plumas y sábanas de lino fino. En el centro, muy erguida, aguardaba a Braira una mujer entrada en años, de pelo gris recogido en un moño bajo, manos huesudas, nariz alargada y mirada seca, que se presentó como Aldonza.

—Soy el aya de su majestad, el rey Federico, a quien he cuidado desde que era un niño. También serví a su madre, la reina Constanza... quiero decir la reina Constanza de Altavilla, señora de este castillo. Os doy la bienvenida a nuestro hogar.

—Yo soy Braira de Fanjau...

—Sé quién sois —la cortó ella, suavizando su gesto con una leve sonrisa—. He oído hablar de vos y os estaba esperando para ponerme a vuestra disposición. Si hay algo que esté en mi mano para hacer más agradable vuestra estancia, no dudéis en pedírmelo. Mi señor me ha ordenado que su esposa sea agasajada y ella, que ahora descansa en la estancia contigua a esta, me ha remitido a vos para todo aquello que atañe a su servicio. Llamadme si necesitáis algo. Me encontraréis en las dependencias de la servidumbre.

—Hay muchas cosas que tendré que preguntaros en estos próximos días. ¿No podríais quedaros más cerca?

—Me tendréis cerca, descuidad. No voy a perderos de vista. Ahora, si me lo permitís, tengo que ultimar los preparativos de una boda.

XV

Al cabo de una semana, Constanza y Federico se casaron con gran pompa en la catedral, situada a pocas leguas de Palermo, sobre una colina que dominaba la ciudad. Desde allí arriba se podía contemplar en todo su esplendor la gran bahía que acogía a la capital en su regazo, con sus aguas de color turquesa abrazando a la ciudad. Esta aparecía tranquila, segura de sí misma, como si fuese consciente de ostentar un rango muy superior al de las villas y aldeas que se colgaban de los riscos más altos en otros lugares de la isla, tratando de escapar a las incursiones piratas que jalonaban la historia de esa tierra.

Monreale, así se llamaba el templo, se había adornado de flores blancas, amarillas y rojas. Sus impresionantes mosaicos, elaborados por artistas bizantinos expertos en la técnica de pintar con diminutos pedacitos de piedras de colores, resplandecían a la luz de millares de candelabros colgantes. Los invitados llenaban las tres naves de la iglesia, perfumada de incienso a fin de esconder el penetrante olor a humanidad tan impregnado en las paredes como el hollín de las lámparas de aceite. Todos aguardaban a la pareja real, curiosos por ver cómo sería la infanta aragonesa que se llevaba, pese a su avanzada edad, a ese gran partido que era su príncipe.

Llegó primero él, revestido de púrpura, con la capa de su abuelo a la espalda y la corona sobre la cabeza, caminando muy erguido. Le acompañaba su guardia mora: un destacamento de gigantes sarracenos ataviados a la usanza de su pueblo, con bombachos, camisa larga, faja y turbante, portando al cinto cimitarras enfundadas en vainas adornadas con ricas joyas.

También esa originalidad formaba parte de la herencia de sus antepasados normandos, que al tomar Palermo por las armas habían aceptado el tributo de sus habitantes, consistente no solo en oro, plata o gemas, sino en los hijos de los potentados locales, enviados a incorporarse al séquito del conquistador como prenda de sometimiento.

Inmediatamente después hizo su entrada la novia, escoltada por dos docenas de caballeros aragoneses que lucían en la sobrevesta los colores y las armas de sus respectivos escudos. Eran parte de los pocos supervivientes que había dejado la peste sobrevenida en el mar. Algunos de ellos regresarían después a su patria, respondiendo a la llamada de otras guerras, y los más servirían a su nuevo señor con devoción hasta el fin de sus días, cumpliendo con la misión que se les encomendara al partir.

Pese a su gallardía, se los notaba demacrados, entristecidos por la pérdida de tantos compañeros, empezando por el hermano de doña Constanza, que le habría servido de padrino de no haber sucumbido a un mal tan mortífero y brutal como la cólera divina.

En su ausencia, un noble de origen catalán ocupó el lugar del difunto a la izquierda de su señora, llevándola del brazo en el desfile hasta el altar donde el obispo bendijo la unión y declaró a los contrayentes marido y mujer, inmediatamente antes de que los congregados prorrumpieran en aplausos a la vez que las campanas repicaban a gloria.

No había tiempo para mucho fasto, pues el rey debía partir al continente con el fin de combatir la insurrección de un vasallo infiel; uno de los muchos que habían aprovechado su minoría de edad para apoderarse de tierras y rentas pertenecientes a la corona. A pesar de todo, el banquete nupcial no podía más que estar a la altura de lo que se esperaba de tan grandes señores y no defraudó.

El jefe de las cocinas de palacio, un musulmán converso que dominaba el arte de la confitería, elaboró un menú compuesto por veintisiete platos, a cual más sabroso, y lo remató con un surtido de dulces, servidos en forma de gotas de agua que manaran de una fuente, recurriendo para ello a un misterioso mecanismo secreto que encandiló a los invitados. Fue en ese preciso instante, al aparecer los criados portando enormes bandejas chorreantes de pasteles, cuando Braira se fijó en un joven, más o menos de su edad, que estaba sentado entre los caballeros de Federico.

Parecía de elevada estatura y cabello claro, al igual que los ojos, en contraste con una tez más oscura de lo imputable a la acción del sol. Su aspecto resultaba tan impactante que se le habría distinguido en medio del mercado. La miraba con descaro, sin molestarse en disimular, lo que hizo que ella se turbara. Y sin embargo...

Había algo en esa mirada que la atrajo como un imán. Algo poderoso. Toda la fuerza del deseo concentrada en unos ojos, cuyo azul de mar resultaba absurdo sobre el fondo de esa piel morena y esos labios carnosos, impropios de la raza normanda.

Mucho tiempo después se preguntaría ella si en realidad se había enamorado precisamente de esa mirada. ¿Sería posible tal cosa? ¿Podría el magnetismo de una pupila alumbrar un sentimiento tan complejo como el amor?

Pudo.

Del mismo modo que hay miradas susceptibles de provocar terror; miradas a través de las cuales el observado percibe odio en estado puro; miradas que piden desesperadamente ayuda; miradas en cuyo fondo mora la expresión perfecta de la paz; miradas de abajo arriba, sumisas, vencidas, reflejo de siglos de humillación..., la mirada que aquel hombre lanzó a Braira contenía un mensaje cifrado destinado únicamente a ella. Una llamada muda que sonó en el interior de su alma con ecos de romería en día de fiesta grande.

Estaba segura de que, si hubiera permanecido en el banquete, habría acabado sucumbiendo al influjo de esos dos lagos. Era tan hermoso aquel caballero, tan cargado de sensualidad, que su virtud habría peligrado pese a constituir, a falta de fortuna, la única dote que podría ofrecer a su futuro esposo. Y, aun así, se habría quedado, de no ser porque se había comprometido con su reina a cerciorarse de que las velas perfumadas, los pétalos de rosa, las sábanas de hilo, la camisa de noche bordada en gasa tan liviana como la bruma, el vino..., todo estuviese en su sitio en el dormitorio real para la noche de bodas.

Muy a su pesar, se levantó antes de que el placer le ganara la partida al deber, para encaminarse a los aposentos del monarca, contiguos a los de doña Constanza.

Mientras recorría los interminables pasillos que conducían hasta allí, la imagen del muchacho llenaba todos sus pensamientos. El corazón le galopaba en el pecho, desbocado por la emoción. Notaba el rostro enrojecido por el sofoco e intentaba urdir mil estrategias para enterarse de su nombre y circunstancias, buscando el modo de ser presentada a él en las debidas condiciones. ¿Serían esos los síntomas del *coup de foudre*, ese amor a primera vista del que hablaban los poetas occitanos en sus trovas?

Entretanto, en su habitación, un extraño se había metido silenciosamente en la cama, esperando su llegada. Era de color oscuro, al igual que el doncel del convite, pero ahí terminaba el parecido entre ambos. La criatura que aguardaba escondida entre las sábanas a que la muchacha se pusiera al alcance de su boca era del tamaño de una mano pequeña, negra, peluda y peligrosa. Una araña abundante en Sicilia, llamada tarántula, cuya mordedura podía resultar letal. Un asesino sigiloso, más eficaz que cualquier sicario armado de espada o cuchillo.

Sumida en sus ensoñaciones, Braira terminó de colocar los cojines de plumas de su señora, cubrió la estancia de flores, se aseguró de que no le faltara un detalle al entorno seductor que debía animar a Federico a cumplir con entusiasmo sus obligaciones conyugales, y se retiró a su cuarto, malhumorada, pensando en lo que se había perdido por ser tan bien mandada.

Se desnudó despacio, imaginando con secreto deleite cómo sería hacerlo ante él, realizar los movimientos precisos para provocar su pasión y aplazar deliberadamente el momento de mostrárselo todo. Había encendido únicamente una lámpara de aceite y tenía los ojos cerrados, pues lo que necesitaba ver estaba a oscuras, allá donde moran los sueños prohibidos.

Lentamente se despojó del vestido, luego de las medias, de la camisa y de la ropa interior, buscando a tientas el camisón colocado bajo la almohada.

En su escondite, la tarántula permanecía inmóvil bajo la sábana y la colcha. El instinto la llevaría a inocular su veneno en cuanto Braira se le acercara lo suficiente como para constituir una amenaza, pero la chica ni siquiera sabía de la existencia de esa especie animal, por lo que difícilmente habría podido sospechar que la muerte

la acechaba en forma de algo tan aparentemente insignificante.

Nadie le había hablado nunca de arañas malignas.
Las que solía ver en su infancia en los alrededores de
Fanjau eran hermosas, mostraban vivos colores y tejían
telas perfectas, que con el rocío de la mañana, a la luz del
sol, parecían joyeles. Junto a su ayo, el Lucas auténtico,
anterior a la tragedia que le había convertido en asesino,
buscaba estos prodigios de Dios entre los matorrales en
los que anidaban y se quedaba embelesada viéndolas
trabajar, sin imaginar ni por un instante que algo tan bo-
nito y laborioso pudiera resultar dañino.

Además, sus pensamientos estaban en ese momento
en un lugar creado por su fantasía, poblado de personajes galantes, muy alejado de la realidad.

Despacio, casi con pereza, se sentó en el borde de la
cama que una criada había dispuesto para su descanso
doblando primorosamente el embozo. Estaba a punto de
meter los pies y entregarse a sus ensoñaciones, cuando
el ladrido furioso de Seda la sobresaltó.

Ya había notado a su llegada que los lebreles estaban
algo nerviosos, pero lo había atribuido a la alegría que
les producía verla después de todo un día de ausencia o
acaso a la excitación que ella misma llevaba dentro y sus
perros reflejaban. Pese a todo, aquello superaba lo tolerable.

—¡Calla, loca! —regañó a la escandalosa—. Vas a despertar a todo el palacio.

Seda siguió ladrando, coreada por Oso, que se unió
con fuerza al concierto.

—Pero ¿se puede saber qué os pasa?! Si no os calláis
ahora mismo vais a dormir en la calle.

No había forma de lograrlo. Las dos bestias, en pie
junto a ella, miraban fijamente al lecho y ladraban con
furia, dejando escapar una baba blancuzca por las comi-

suras de los labios. Braira estaba a punto de llamar a un lacayo para que se las llevara de allí, cuando un leve movimiento entre las ropas, justo donde señalaban los perros con los ojos, la hizo retroceder instintivamente.

Por primera vez sintió miedo, o cuando menos inquietud. Era evidente que Oso y Seda intentaban alertarla de algún peligro. Pero ¿de cuál? En la habitación no había nadie más que ella. ¿O acaso sí?

Totalmente despierta ya, se armó de valor y comenzó a inspeccionar el lugar. Miró detrás de las cortinas, en el hueco que dejaba la ventana, a donde no llegaba la luz de la llama que iluminaba parte de la estancia, e incluso debajo de la cama.

Nada.

Entonces tiró con fuerza de la sábana y vio una cosa que le pareció enorme y peluda moverse rápidamente hacia abajo, donde la colcha abrazaba al colchón haciendo un pliegue en el que algo así podía ocultarse. El alarido que profirió superó con creces en intensidad al ladrido de los perros.

A los pocos segundos un revuelo de damas y criadas la arropaba con palabras tranquilizadoras, mientras Guido, el paje que la había traído desde el puerto, hijo del responsable del zoológico y experto en bichos de todas clases, se encargaba de atrapar a la tarántula, empujándola con un palo en forma de horquilla hasta introducirla en un cesto provisto de su correspondiente tapa.

—Habéis tenido suerte, señora —le dijo risueño—, si llega a picaros, lo habríais pasado mal.

—Pero ¿de dónde ha salido este monstruo? —replicó Braira, todavía asustada, aunque con la presencia de ánimo suficiente como para acercarse a contemplar a la araña de cerca.

—Es una buena pregunta... Lo cierto es que en el campo abundan y yo he visto a más de un pastor bailando la *tarantella*, que es como llamamos nosotros a los espasmos que sufren las víctimas de su veneno. Los infectados que no mueren sufren ataques constantes que los llevan a dar saltitos, sin poder controlar sus movimientos, en una especie de danza grotesca que a ellos no les hace la menor gracia, claro está.

—Insisto —le cortó la dama—. ¿De dónde ha podido venir?

—No tengo la menor idea, aunque buscaré por el jardín a ver si encuentro a su pareja. Siempre van de dos en dos, ¿sabéis? Es tan raro... Nunca había oído que una de ellas —señaló al cesto— fuera hallada dentro del palacio y menos que subiera hasta este piso. La verdad, no me lo explico.

—Es posible que alguien la haya traído deliberadamente —terció la reina, quien, alertada por el escándalo, había llegado justo a tiempo para escuchar la explicación del chico.

—¡Majestad! —Se inclinaron todos ante ella—. Olvidaos de esta tontería y regresad a vuestros aposentos. ¡Es vuestra noche de bodas!

—El rey todavía bebe con sus invitados. La fiesta no ha terminado, pero ni la música ni el jolgorio me han impedido oír los gritos desesperados de Braira y los ladridos de los perros.

—Ellos me han salvado la vida —explicó la interpelada, acariciando a las fieras, tan mansas ahora como dos corderos—. De no haber sido por su intervención, tal vez ahora no estuviese yo en este mundo.

—Habrá que investigar lo sucedido. Mañana mismo hablaré de ello a Federico.

—Por favor, señora, no importunéis al rey con semejante minucia. Seguro que ha sido un accidente fortuito que, gracias a Dios, ha terminado bien para todos, menos para la araña —bromeó—. ¿Quién querría hacerme daño en esta corte de amigos? Olvidad lo sucedido y regresad al banquete, os lo ruego.

—Está bien, me voy, pero tú mantén los ojos abiertos. Nunca se sabe de quién hay que desconfiar ni tampoco se es nunca suficientemente desconfiado. Hazme caso, que he vivido más que tú. Si quieres llegar a vieja, guárdate de tus enemigos y sobre todo de quienes se dicen tus amigos.

—Así lo haré, descuida. Y ahora marchaos, por favor. ¡Disfrutad de vuestra boda! ¿Cómo podré agradecer todas vuestras atenciones?

—Lo harás, estoy segura. Ni tú ni yo sabemos cómo, pero algo me dice que sabrás estar a la altura.

Aquella noche Braira no pegó ojo. Cada vez que le vencía el sueño se le aparecían criaturas espantosas subiéndosele por las piernas, que la despertaban bañada en sudor frío y la obligaban a encender las velas para comprobar que se trataba únicamente de pesadillas.

Así fueron pasando las horas, con lentitud desesperante, hasta que el alba trajo consigo algo de luz y la posibilidad de levantarse para escapar al tormento. Ese mismo día emprendía un viaje la nueva pareja real, acompañada de un amplio séquito de damas y caballeros, y era menester tenerlo todo dispuesto a la hora convenida.

Antes de que los soberanos dieran señales de vida, ya estaba ella compuesta, con la piel de la cara bien tersa después de sumergirla en un barreño de agua fría y una trenza perfecta, que le llegaba hasta la cintura, peinada en forma de corona alrededor de la cabeza. Al contemplarse en el espejo de plata que le había regalado la reina, le gustó la imagen que vio reflejada. Sí, decididamente no estaba mal. Nada mal, en realidad.

Totalmente recuperada del susto, se dirigió al gran salón de la primera planta, recogido después del convite por un batallón de siervos que no había parado de trabajar, para pedir que le sirvieran el desayuno. Iba tarareando una tonadilla de las que solía cantar Beltrán, rememorando los sucesos de la víspera, cuando de pronto levantó la vista y le vio allí, apoyado en la barandilla, mucho más apuesto aún de lo que recordaba.

XVI

—Os eché de menos en el baile —la abordó él sin preámbulos, con una sonrisa que excavaba dos hoyuelos infantiles a cada lado de su boca—. ¿Es que no sabéis bailar?

—¿Y vos desconocéis lo que es la cortesía? —fingió ofenderse ella.

—Han intentado enseñármela, pero resulta tan aburrida...

—Sí, se os da mejor el descaro —insistió Braira, luchando por mantener la actitud suficiente que se esperaba de ella.

—¿Es descarado miraros?

—¡Lo es, por todos los santos! ¿Dónde os han educado? ¿En el harén del rey?

—Casi... Tal vez os lo cuente un día. Pero antes, permitid que me presente. Mi nombre es Gualtiero de Girgenti.

—Braira de Fanjau —dijo ella, tratando de sonar seca.

—Y ahora dejad que me explique —añadió él, acercándose con gesto caballeresco para besar la mano de la dama—. Tal vez hayáis pensado que ayer os miraba por vuestra belleza, cuando en verdad lo que me tiene fascinado es esa nariz torcida...

Era más de lo que estaba dispuesta a soportar la chica. Odiándose a sí misma por haber idealizado al patán que tenía delante, le dio la espalda en señal de desprecio, con el correspondiente revuelo de telas, para regresar a su cuarto.

—¡Esperad, os lo ruego, era una broma!

Braira se detuvo, aunque sin volverse.

—¿Es que no tenéis sentido del humor? —la desafió él.

—Tal vez no coincida con el vuestro...

—En tal caso os pido perdón. La verdad es que no sabía qué pretexto emplear para dirigirme a vos y se me ocurrió el de la nariz. Aunque de verdad me fascina —sonrió de nuevo—. Nunca había visto una así.

Esta vez ella rio con él aceptando el juego, sorprendida por la forma de actuar de ese hombre tan distinto de todos los que había conocido hasta entonces.

—Me la rompió un bandido de un puñetazo hace algunos años en Occitania, mi tierra natal.

—¡Vaya historia! Soy todo oídos.

—En realidad, no hay mucho que contar. Regresaba yo de una boda junto a mi amigo Beltrán, un trovador criado en nuestra casa, cuando fuimos asaltados por un grupo de truhanes que pretendían robarnos. Yo me defendí, propiné una patada al que parecía el jefe en un lugar especialmente doloroso, y él me devolvió el golpe. Eso es todo.

—¡Bravo! ¿Y qué hacía ese Beltrán que habría debido protegeros? —preguntó Gualtiero, con un deje despectivo en la voz que parecía denotar un ataque de celos retrospectivos—. ¿Recitar versos?

—¡Por supuesto que no! —se indignó Braira, a quien no se le había escapado la hostilidad espontánea que el nombre de su juglar había suscitado en Gualtiero—. Él trató de impedir que me tocaran, pero fue derribado de un mazazo en la cabeza que a punto estuvo de matarle.

—¿Y cómo acabó la cosa?

—Nos rescató mi hermano justo a tiempo de evitar males mayores. Y eso es todo. Ya sabéis cuanto queríais sobre mi nariz.

—Ahora me falta por conocer el resto de vuestra persona. —La recorrió de arriba abajo con los ojos, provocándole un escalofrío—. ¿Me daréis la oportunidad de hacerlo?

—Tal vez... —replicó ella, coqueta.

Gualtiero supo que era un sí.

Al cabo de unas horas partieron a caballo los reyes y su escolta, de la que, para disgusto de Braira, no formaba parte el hombre que acaparaba ya todos sus pensamientos.

Apenas llevaban impedimenta. Encontrarían lo necesario para sustentarse a lo largo del camino, pues aquella era una tierra generosa; una auténtica despensa repleta de abundancia y de historia, que el soberano deseaba mostrar cuanto antes a su esposa. Ella le acompañaría hasta Mesina, donde él embarcaría junto a una pequeña tropa hacia el continente a fin de poner orden en sus dominios peninsulares antes de instalarse en la corte palermitana.

Aguardar pacientemente su regreso, rezar para que no cayese en la batalla, darle hijos capaces de sucederle y criarlos para convertirlos en príncipes a la altura de sus responsabilidades serían, a partir de ese momento, las tareas encomendadas a Constanza. Claro que ella pensaba hacer mucho más, poniendo en juego su astucia con el auxilio de Braira y de sus certeras cartas.

Aquella muchacha resultaba demasiado valiosa como para perderla, ya fuera por un desafortunado azar o por la mano de algún enemigo oculto. De ahí que hubiera encomendado a uno de sus capitanes, un caballero provenzal muy cercano al difunto don Alfonso, que no le quitara ojo. Si cualquiera intentaba hacerle algún mal, sus órdenes eran protegerla con su vida.

Nada más tomar la vía que, corriendo paralela a la costa, en dirección este, conducía hasta el puerto más cercano a la punta de la bota itálica, Federico, ajeno a las preocupaciones de su esposa, se convirtió en orgulloso cicerone de su feudo.

—El 10 de enero de 1072 —proclamó solemnemente, haciendo gala de la buena educación recibida de sus maestros— mi ilustre antepasado, Roberto el Güiscardo, hizo su entrada oficial en Palermo. Fue a caballo hasta la basílica de Santa María, acompañado de un obispo, y la hizo consagrar nuevamente, después de doscientos cuarenta años dedicada al culto mahometano.

—Dios se lo habrá premiado, sin duda —respondió la soberana aragonesa, tratando de parecer interesada.

—Aún lloran mis súbditos ismaelitas la pérdida de esta isla... Y algunos todavía conspiran —endureció el tono—. Pero no será por mucho tiempo. Con la ayuda del Señor y algo de tiempo, pacificaré hasta el último rincón de este vergel. ¿Sabíais que, en tiempos de los césares, las legiones del Imperio, así como los hombres de su flota, se alimentaban con el trigo de Sicilia, que también saciaba el hambre de la populosa Roma?

—Salta a la vista, mi rey, que esta es una tierra rica. Sois muy afortunado al haberla recibido en herencia y haríais bien en consolidar vuestro dominio sobre ella en lugar de escuchar los cantos de sirena de quienes pretenden embarcaros en una guerra lejana por un trono incierto.

Se refería Constanza a la disputa abierta en torno al solio del Sacro Imperio Romano, que enfrentaba al papa con algunos príncipes alemanes y a varios de estos entre sí. El pontífice seguía oponiéndose a que Federico acaparara dos coronas y movía incansablemente sus hilos, incluida la mujer que se había encargado de escogerle, para tratar de impedírselo.

Siguiendo el principio de «divide y vencerás», Inocencio apostaba por un emperador güelfo, hijo de la Casa de Baviera, frente a su pupilo, el rey de Sicilia, campeón de los gibelinos. Por eso había coronado en Roma a Otón de Brunswick.

—Esa guerra a la que os referís, mi señora —respondió el monarca con cierto enojo, adoptando una actitud altiva—, me resulta tan lejana como los campos que contempláis. ¿Olvidáis quién era mi padre? ¿Creéis que Dios me ha protegido hasta hoy para que ahora yo renuncie a guiar su imperio con mano firme? ¿Pretendéis que prive a nuestros hijos de los derechos que les corresponden por su sangre? Dejadme a mí la tarea de gobernar y vos gozad de los privilegios que os otorga vuestra condición de mujer, ajena a las preocupaciones de la cosa pública. ¿Dónde se ha visto que una dama tan hermosa como vos deba afligirse por estas cosas?

—Lejos de mí la intención de contradeciros, querido esposo —reculó inmediatamente la reina, que conocía bien el modo de influir en un hombre sin aparentarlo, convenciéndole de que era él y solo él quien había tomado una decisión previamente susurrada por ella en su oído—. El tiempo irá poniendo a cada cual en su lugar. Pero prometedme que no me abandonaréis demasiado a menudo para dedicaros a batallar...

—No más de lo que requiera la necesidad —concluyó él todavía enfadado, con esa seriedad algo autoritaria que todo joven considera prueba irrefutable de madurez.

Braira cabalgaba detrás de su señora, lo más cerca posible, decidida a no perder detalle de la conversación que mantenía esta con su marido. Ignoraba por completo la vigilancia de la que era objeto, pues estaba demasiado ocupada en olvidarse momentáneamente de Gualtiero para aprender a marchas forzadas el sinuoso arte de la política, doblemente complejo cuando quien lo practica lo hace desde la sombra, a través de persona interpuesta.

Era un aprendizaje difícil y peligroso, lo sabía, pero precisamente por eso le resultaba apasionante. No había escarmentado del todo a raíz de su experiencia con Lucas, estaba claro, pues el poder seguía ejerciendo sobre ella una atracción irresistible, similar a la que la luz de una vela opera sobre un insecto hasta llevarlo a abrasarse con su fuego. El brillo de ese talismán seguía deslumbrándola sin remedio, y para acceder a él, para experimentar la sensación inigualable que da la certeza de ejercer el control, la información era una herramienta esencial.

Había oído hablar al antiguo tutor de Federico de la soledad que acompaña permanentemente al poderoso, paradójicamente impotente ante ella, sin otorgarle la menor credibilidad. ¿Soledad? ¿Impotencia? Eran problemas de pobres. Los notables, quienes no tenían más que manifestar un deseo para verlo inmediatamente satisfecho, jamás estaban solos ni se sentían impotentes. Ese viejo —se repetía a sí misma— no decía más que tonterías. Nada había mejor en esta vida que mandar y no ser mandado. Eso lo sabía ella desde que era pequeña.

Durante los silencios de la pareja real, la joven occitana relajaba la atención y aprovechaba para pensar en el caballero de ojos descarados que le había robado la tranquilidad. Rememoraba cada una de sus palabras. Soñaba con los ojos abiertos, aunque de cuando en cuando dejaba vagar la mirada y se empapaba de un campo que le recordaba a la tierra de sus ancestros por su belleza, su voluptuosidad y sus viñas. Entonces acudía a su mente, como por arte de ensalmo, la imagen de su madre hilando junto a un ventanal o arreglando un ramo de flores, acompañada por su padre. ¿Cómo había podido ella ser tan ruin con él? —se reprochaba, llena de remordimientos—. ¿Habría llegado él a perdonarla?

Añoraba extraordinariamente el amor que le habían regalado Bruno y Mabilia; tanto, que notaba ese vacío en la boca del estómago. Su ausencia hacía que se sintiera huérfana, con toda la carga de inseguridad que lleva implícita esa palabra. ¿Qué sería de ellos en este momento? ¿Cómo les habría afectado la guerra? La incertidumbre era tan dolorosa que la llevaba a huir de los recuerdos y concentrarse en el paisaje.

Allá donde el mar refrescaba el ambiente, todo lo que abarcaba la vista eran campos de naranjos salpicados de cipreses, olivos retorcidos, frutales desconocidos para ella y cepas de vino tinto espeso, de cuerpo denso, tal como había podido comprobar en la mesa de palacio. Hasta el último palmo de terreno había sido aprovechado para el cultivo, sabiendo que en la isla abundaba el agua y que todo lo que se plantara germinaría sin dificultad.

En el interior, en cambio, el calor se hacía insoportable cuando el sol estaba alto, lo que obligaba a los viajeros a detenerse en alguna alquería y buscar la sombra de una parra o una higuera para protegerse de sus abrasadores rayos. Allí no había más que trigo recién segado, al que los campesinos prendían fuego por parcelas para devolver a la tierra su vigor antes de la nueva cosecha. Y ese océano de color dorado parecía tan inmenso como el que habían cruzado al venir desde Aragón.

Esta parecía también la patria de la felicidad, igual que había sido la suya antes de la catástrofe.

Tras varias jornadas de marcha agotadora a través de barrancos, riscos y llanuras polvorientas, llegaron un atardecer a Enna, bajo un aguacero acompañado de rayos y truenos que parecía querer derrumbar el cielo sobre sus cabezas.

La villa estaba estratégicamente situada en el centro de la isla, en medio de un inmenso valle. Allí, sobre una colina explanada y limpiada de arbustos a fin de facilitar la visibilidad, el soberano había ordenado levantar una torre fortificada sobria, de piedra oscura, desde cuya cima se podía vigilar en un día claro toda la comarca. En ese austero edificio, carente de la menor comodidad, encontraron refugio los viajeros sorprendidos por la tormenta.

Parte de la guarnición fue despachada a toda prisa a buscar provisiones al pueblo, mientras otros se encargaban de adecentar en la medida de lo posible las dependencias de la segunda y tercera planta en las que solían descansar los soldados libres de servicio, a fin de que se acomodaran las damas. El monarca permaneció abajo, departiendo con sus hombres como uno más, mientras compartía su rancho y su fuego ganándose su devoción al fingir interesarse por sus circunstancias personales.

A Braira le resultaba difícil dormir en medio de ese gentío, por lo que, a medianoche, cuando todos los demás parecían descansar, sacó el estuche de sus cartas y se puso a jugar con ellas. No tardó en unírsele Constanza, que tenía el sueño ligero. Entre cuchicheos, risas ahogadas y recomendaciones de «¡baja la voz!», preguntaron al tarot por el futuro que aguardaba a los recién casados.

—La Fuerza os augura un porvenir dichoso —anunció la cartomántica, satisfecha de que ese fuera el naipe escogido al azar por su señora. En tono jocoso, añadió—: Como veis, al igual que esta dama sujeta las fauces de un león, vos seréis capaz de amansar a la fiera de vuestro esposo, siempre que actuéis con tacto, os esforcéis en convencerle con argumentos juiciosos y le deis amor. Vuestro amor vencerá la fuerza de sus pasiones, que debe ser considerable.

—¡Y que lo digas! Yo esperaba encontrarme con un muchachito imberbe, a quien tuviera que enseñárselo todo, pero va a ser él quien me abra la puerta de muchos secretos. En lo que atañe al gobierno de su reino, tiene las ideas tan claras como el que más y está dispuesto a enfrentarse con el mismo papa si hace falta. Y en cuanto a la intimidad... Me ha sorprendido gratamente, te lo confieso. No sé dónde habrá aprendido, pero sabe mucho más del arte de amar que mi primer marido y se entrega con generosidad.

—¿Sabíais que guarda a sus concubinas encerradas en un palacete cercano al vuestro? —se atrevió a confesar Braira.

—Sí, me lo dijo el primer día, y no seré yo quien se lo impida. Mientras vuelva a mí después de cada batalla y sean mis hijos quienes le sucedan, ¿qué me importa que se desahogue cuando lo desee con alguna de sus cautivas moras? Prefiero esa suerte a la de mi cuñada María, víctima del rencor de Pedro. Los hombres son así, querida, por eso hay que manejarlos con mano izquierda.

—¿Cómo somos exactamente y qué es eso de la mano izquierda?

Era Federico quien había interrumpido su conversación. Iba descalzo, apenas cubierto con un calzón y una camisa. Las miraba divertido, fijándose en Braira más de lo que hubiese sido decoroso, pues las mujeres constituían para él un potente imán al que no sabía resistirse y la dama favorita de su esposa era bella, era virgen, y poseía una aureola de inocencia que le impulsaba instintivamente a la conquista.

Constanza, que se percató de inmediato de la situación, le quitó deliberadamente importancia, por el bien de la paz conyugal, y respondió risueña:

—Solo estábamos jugando a un juego que Braira trajo de su tierra occitana.

—Siendo así, yo también quiero jugar —replicó el rey, sentándose junto a ellas sobre la manta tendida en el suelo a modo de alfombra—. Me gustan los juegos.

—Es que se trata de uno un poco especial —terció nuevamente la reina— en el que las cartas actúan como las estrellas del cielo, formulando algo parecido a un horóscopo sobre quien consulta.

—¡Mejor que mejor! Sabed que me interesan todas las ciencias, incluidas las de la adivinación. Nunca había oído hablar de esta modalidad. ¿Quién la avala?

—Lo ignoro, mi señor —respondió Braira—. Yo la aprendí de mi madre, pero tengo entendido que procede del Oriente. Es solo un divertimento sin mayor trascendencia.

—¡Ni hablar! —la cortó la reina—. Es un arte fascinante que permite a mi querida Braira adentrarse en el pasado de las personas tanto como en su futuro. Es sorprendente la cantidad de cosas que averigua con la ayuda de sus extrañas figuras. A mí me ha pronosticado que tendremos un hijo que será rey.

—Todo está escrito por la mano de Dios —repitió la muchacha esa vieja fórmula tantas veces empleada, pues empezaba a temer que Federico viese en ella a una bruja—. El tarot solo nos ayuda a leerlo.

—Me corroe la curiosidad —zanjó el monarca—. ¡Adelante! Quiero ver lo que haces con esos naipes.

Una vez realizados los movimientos de rigor, Braira habló a Federico de su pasado solitario, de sus miedos, de sus fantasmas. Era una oportunidad única y supo cómo aprovecharla.

Se esforzó al máximo por aplicar a la interpretación de la tirada todo lo que sabía de la historia del príncipe, además de lo que intuía a través de su forma de actuar.

Le halagó los oídos con palabras de miel. Habló con calma y sabiduría, hasta cautivar literalmente al hombre que tenía ante ella, rendido a su magistral actuación. Para cuando fue destapada la carta del mañana, Federico ya estaba convencido de que la dama de su esposa poseía un don especial, mucho más valioso aún que su hermosura. Pero si le quedaba alguna duda, la figura que apareció ante sus ojos terminó de despejarla.

El Emperador. Lo que el destino le tenía reservado era un trono marcado con el símbolo del águila imperial, un cetro firmemente sujeto con la mano derecha, coronado por la esfera con la cruz que simbolizaba la tierra; una corona, y un collar de espigas, señal inequívoca de abundancia.

—¡¿Lo veis, Constanza?!￼ —proclamó jubiloso—. Voy a ser emperador. Aquí está escrito: el Emperador. Ese soy yo. El águila es el emblema de mi casa paterna. El cetro me será entregado por el papa, quiera él o no.

—Bueno —intervino Braira con prudencia, sabedora de lo poco que esa perspectiva agradaba a su reina y señora—, en ocasiones las cartas nos hablan con un lenguaje encriptado, que hay que saber descifrar. Para ser exactos, se trata de personajes figurados...

—¡Tonterías! Tus cartas me gustan. Dicen la verdad. Yo nací para ser emperador y es exactamente lo que voy a ser. Sé cómo conseguirlo. Pero, ya que estamos jugando, dime, ¿qué me recomiendan tus personajes para llevar a buen puerto este empeño?

Cualquiera que fuera la carta que hubiese salido, Braira habría pronunciado palabras muy parecidas a las que dijo, que eran las que Federico deseaba oír. Mas quiso la providencia, aliada con ella en una causa que aún estaba por descubrirse, que la figura escogida por el rey fuese la mejor y más propicia de la baraja: el Carro.

Ante sus ojos apareció la imagen de un rey triunfador, de un guerrero poderoso, subido a una especie de litera tirada por dos corceles de color azul como el firmamento. Un soberano coronado, llevado bajo palio por dos criaturas celestiales, con su cetro en la mano derecha y una peculiar armadura, reforzada por dos cabezas humanas, cubriéndole el pecho. La imagen misma de la victoria sobre cualquier enemigo.

Braira renunció a profundizar en el significado oculto de esa figura. No quiso interpretar más allá de lo que resultaba obvio; es decir, el augurio de éxito seguro en las pruebas que aguardaban a su señor. Por toda respuesta, pues, se limitó a aconsejar:

—Enfrentaos a vuestros adversarios con arrojo y la victoria será vuestra. No vaciléis. El cielo os tiene reservada una misión que solo vos podéis desempeñar y que os conducirá a grandes hazañas, siempre que actuéis con responsabilidad.

—Me gusta este juego y me gusta esta chica —anunció a grandes voces el rey, que estaba eufórico, dirigiéndose a su esposa—. Vamos a tener que compartirla. Dime, Braira de Fanjau, ¿hay algo que yo pueda hacer por ti?

—Sois demasiado generoso, mi rey. Yo sirvo a doña Constanza. Pero puesto que me dais pie para ello, quisiera preguntaros por uno de vuestros caballeros...

XVII

La reina, que empezaba a adivinar en las habilidades de su dama con la baraja un arma poderosa para influir en su marido, se mostró tan sorprendida como enojada al constatar que esta le había ocultado algo tan importante.

—¡Qué callado te lo tenías! —le dijo en un tono que no dejaba lugar a dudas—. ¿Quién es el afortunado?

—Es que me ha faltado tiempo para contároslo, majestad —se justificó Braira, cuya cara se había puesto roja como el fruto de la granada—. Le conocí esta misma mañana.

—¡Su nombre! —terció a su vez Federico—. Dime cómo se llama.

—Habla, Braira —la animó la reina satisfecha con la explicación, recuperando su cordialidad habitual—, no seas tímida.

—Gualtiero de Girgenti, señor.

—¿Y qué aspecto tiene? —se interesó doña Constanza, más como mujer que como soberana—. ¿Es apuesto?

—Es de buena estatura —se explayó la joven—, con el cabello y los ojos claros sobre una tez morena que llama la atención, gracioso, ocurrente, acaso un poco atrevido...

—Gualtiero, mi buen Gualtiero —exclamó el rey—. Tienes mal gusto, muchacha. Te has fijado en un hombre de extraordinario valor, que sin embargo carece de fortuna.

—Eso no me importa, os lo aseguro. Tampoco dispongo yo de dote ni de nombre, siendo como soy extranjera en esta tierra.

—Posees otras virtudes —salió en su defensa la reina—. ¿Qué puede darte él?

—Apenas le conozco todavía, mi señora, pero desde luego es galante, atractivo, no parece vanidoso ni tampoco fanfarrón, sabe escuchar, no me habló de batallas ni de justas durante la conversación que mantuvimos...

—Pues es un excelente guerrero, te lo aseguro —la interrumpió el monarca—. Probablemente el mejor de cuantos me rodean. Y que yo sepa no tiene compromiso alguno ni ha manifestado interés por ninguna de las damas de la corte. A mi regreso, con el permiso de la reina, por supuesto, haré los arreglos necesarios. Si él te acepta, concertaremos vuestro matrimonio. ¿Es eso lo que deseas?

—No sé qué decir...

—Pues no digas nada y no me lo agradezcas. Así podré tenerte cerca de mí... —concluyó, con un toque de misterio que no gustó nada a la chica—. También quiero que conozcas a mi consejero en materia de ciencias, Miguel Escoto, a fin de que le enseñes los secretos de tus cartas. Estoy persuadido de que le fascinarán tanto como a mí.

A partir de ese momento el corazón de Braira se convirtió en un torbellino. Eran tantas las emociones repentinamente acumuladas en su interior que le resultaba imposible ordenarlas. Había triunfado con su actuación ante el rey, sí, pero a costa de despertar un excesivo interés por su parte, que, tarde o temprano, le traería sin duda problemas. Iba a tener que enfrentarse, asimismo, con ese sujeto vestido de negro que recordaba haberse cruzado en palacio y cuya mera evocación le producía temblores.

¿Qué sucedería si descubría su verdadera religión? ¿Cómo evitaría entonces que todos vieran en ella a una bruja?

Claro que, en caso de peligro, Gualtiero la protegería. Sería su esposo y también su caballero andante. La miraría con esos ojos ardientes de deseo y admiración hasta el fin de los tiempos, haciéndola reír con sus locuras. «Un hombre valiente y leal» —había dicho el rey—. Carente de fortuna. ¡Mejor! Así se evitaría la competencia de otras damas más ambiciosas.

El resto del viaje lo hizo Braira como en una nube, mirando sin ver y escuchando sin oír. Apenas prestó atención al relato que iba haciendo Federico de los episodios bélicos acaecidos en los lugares que iban atravesando, hasta que llamó su atención la batalla desarrollada en las inmediaciones de una aldea diminuta llamada Cerami, donde seiscientos guerreros normandos habían derrotado, al parecer, a más de treinta mil sarracenos.

—¿En virtud de qué portento? —preguntó sorprendida Constanza.

—A base de disciplina, valor y la ayuda de san Jorge, que apareció en el momento decisivo, a lomos de un semental tordo, para conducir a la victoria a los soldados de Cristo —respondió orgulloso Federico—. Yo seré un digno sucesor de mis antepasados. Derrotaré en Calabria a quienes han osado rebelarse y regresaré para continuar hasta la victoria final. Os lo digo a todos: ¡El papa me ha de coronar emperador en Roma!

En la Ciudad Eterna, sin embargo, el papa tenía otras preocupaciones más urgentes. El problema planteado por los cátaros se complicaba de una manera que no había previsto, lo que le había obligado a pedir auxilio a todos los monarcas de la región a fin de zanjar el asunto. En la soledad de sus aposentos no paraba de repetirse:

—Si tan solo quisieran entrar en razón...

Tal como había predicho la dama del tarot, Federico regresó a su capital crecido en sus aspiraciones y determinado a cumplir un destino grandioso, tras infligir un duro castigo a su súbdito levantisco.

Claro que su alegría no duró mucho.

Recién llegado a su isla al mismo tiempo que el invierno, pletórico de entusiasmo, se dio de bruces con la realidad de una amenaza inmediata, brutal y muy cercana, mucho peor que la que acababa de dejar atrás.

—Yo en vuestro lugar no me preocuparía en exceso —le tranquilizaba esa tarde Braira, a cuyo consejo había recurrido nuevamente él—. Vuestra Estrella sigue brillando con fuerza —señaló la carta en cuestión—, y es un signo seguro de buena suerte.

—Voy a necesitar algo más que suerte para enfrentarme a ese güelfo que quiere robarme mi legado y anda soliviantando a las ciudades del norte de la península, prometiéndoles toda clase de privilegios a cambio de su apoyo, mientras desciende hacia aquí al frente de su poderoso ejército. Pretende emular a mi abuelo Federico, el Barbarroja, que extendió los confines del Imperio recurriendo a la misma estrategia.

—Refugiaos en el santo padre —terció Constanza, cuyo papel de consejera ganaba fuerza a medida que su marido se percataba de su sagacidad política—. Sois su más querido vasallo. Seguro que os protegerá de vuestro enemigo, igual que hizo durante vuestra infancia.

—Es cierto que está asustado —contestó el soberano pensativo—. Me ha escrito, refiriéndose al emperador que él mismo coronó, para decirme que «la espada que forjamos se ha vuelto en contra nuestra». O sea, que percibe a mi querido rival como una amenaza para sus propios dominios, lo que le empuja a inclinarse nuevamente a mi favor. Pero me desagrada profundamente echarme en sus brazos. Todo aquello que me dé, me lo reclamará con intereses en cuanto lo necesite. Sabéis tan bien como yo que pretende gobernar no solo las cuestiones de la Iglesia, sino las de este mundo.

—Tal vez debáis aceptar con humildad esa supremacía... —sugirió la reina, con un punto de temor en la voz.

—¡Jamás! ¿Me oís? Jamás me someteré a su voluntad en aquello que tenga que ver con mis asuntos temporales. Prefiero pasarme la vida espada en mano, defendiendo lo que es mío.

Braira sabía que iba a ser así. El tarot le había anunciado un conflicto irreconciliable entre el emperador y el papa, que marcaría el destino de su señor. Claro que ella no le desvelaba todo aquello que le decían los naipes. Únicamente lo que sabía que le haría bien, debidamente dosificado en función de las circunstancias.

La suya, en aquella hora, se llamaba Gualtiero de Girgenti.

Tal como prometiera hacer en aquel torreón de Enna, el monarca había llevado a cabo las presentaciones formales, fijando la fecha de la boda para la siguiente primavera, siempre que a esas alturas ambos estuvieran todavía vivos, lo que no estaba en modo alguno asegurado.

El reino se hallaba en una situación de emergencia extrema, toda vez que los espías comunicaban la presencia de un nutrido ejército enemigo en la Sicilia continental, muy cerca ya del estrecho, dispuesto a cruzar para apoderarse de la isla.

En esas condiciones hablar de amor no resultaba especialmente oportuno, ni mucho menos sensato. Pero ¿cómo iban ellos a pensar con sensatez?

Estaban enamorados.

—Decidme, hermosa Braira —inquiría él esa mañana, paseando por los jardines bajo la atenta mirada de una carabina—. ¿Qué habéis visto en un soldado de fortuna como yo?

—A decir verdad, poca cosa —le devolvió ella las puyas de antaño—, pero soy de buen conformar.

—Pues yo intuyo en vos algo más de lo que queréis mostrar.

—¿Algo más? —se inquietó ella.

—Algo profundo, diferente, que no había visto hasta hoy en las mujeres que conozco. ¡Y además no os importa la riqueza! ¿Sois en verdad real?

—¿Cuántas me han precedido?

—Ninguna que pueda competir en belleza con vuestra nariz...

Ambos tenían secretos difíciles de confesar, por lo que habrían de dar tiempo al tiempo antes de abrir sus corazones. De momento se rondaban, se observaban, hacían lo imposible porque sus manos se rozaran fugazmente, trataban de descubrirse en un gesto, en una costumbre; veían reflejadas en el otro sus respectivas soledades... Estaban empezando a vivir una aventura cuya intensidad ni siquiera imaginaban.

Braira se preguntaba en la intimidad de sus aposentos si la Estrella, que se empeñaba en aparecer cada vez que tiraba las cartas, se referiría a Federico, el sujeto de su consulta, o tal vez a ella misma, que descubría por fin la sensación a ratos maravillosa, a ratos desconcertante, de estar impregnada de amor hasta los tuétanos.

A juzgar por las noticias que llegaban a palacio, el astro de la fuerza debía referirse a ella y no a su rey, porque Otón estaba cerca. Tanto, que fue preciso armar una galera en el puerto de Castelmare, cercano a Palermo, y tenerla dispuesta para zarpar en cualquier momento, con el fin de trasladar a la pareja real al exilio en África, donde algún sultán amigo tuviera a bien acogerla.

La euforia se tornó repentinamente angustia ante la constatación de una debacle inminente. Nadie se atrevía a expresarlo en voz alta, pero flotaba en el ambiente la convicción de que, por más valerosas que fueran las escasas fuerzas militares leales al soberano, ni todo el coraje normando sería capaz de suplir la abrumadora superioridad del de Brunswick. Muy pronto no quedaría otro remedio que marchar lejos, en espera de tiempos mejores.

De nuevo experimentó Braira los retortijones, la falta de aire, los síntomas familiares de esa angustia aparejada a cada viaje que había emprendido, agravados esta vez por un dolor más intolerable aún: el derivado de una más que probable ruptura. Porque ella estaba segura de formar parte del escaso séquito que acompañaría a los fugitivos. Pero ¿y si Gualtiero era obligado a quedarse para combatir?

El mero hecho de pensarlo se convirtió en una tortura.

XVIII

El palacio de los Normandos parecía más sombrío que nunca. Las bailarinas, el harén, los animales exóticos, los mosaicos, todo seguía en su sitio, aunque un silencio fúnebre se había instalado en los ánimos a la espera de recibir, en cualquier momento, la orden de salir huyendo.

Con el fin de acelerar los trámites de un eventual embarque de emergencia, estaba dispuesto y sellado el equipaje real, cuya pieza principal era un arcón muy singular, forrado de plomo por fuera y acolchado en su interior, dentro del cual descansaban ya los tesoros que Federico se llevaría al exilio: las joyas de la corona, envueltas en sus correspondientes fundas, y los ejemplares más valiosos de la nutrida biblioteca en la que había bebido desde niño.

En esos libros, muchos de los cuales no sobrevivirían al saqueo de los soldados de Otón, había aprendido Federico a leer y luego hablar correctamente en latín, griego, árabe, italiano y alemán, lenguas que dominaba antes de cumplir los veinte años. Con ellos había combatido la soledad durante su infancia. En sus páginas se hallaban las respuestas que ninguna persona había sabido contestar. Ellos constituían, en su opinión, la mayor de sus riquezas.

Siempre había sido curioso, especialmente en lo concerniente a los secretos de la naturaleza. Por eso, desde que tenía la posibilidad de decidir se había rodeado de gentes capaces de abrirle las puertas de los misterios que impregnan nuestra existencia. Eruditos sarracenos y judíos, estudiosos de ciencias ocultas, nigromantes, filósofos, galenos, poetas, traductores de diversos idiomas, juglares, matemáticos como el pisano Leonardo Fibonacci, que había introducido en Occidente la numeración árabe... Cualquiera que pudiera aportar algo al acervo cultural del rey era bienvenido a su corte. Y entre todos sus huéspedes ilustres, uno ejercía una influencia muy especial: Miguel Escoto (o Scott, tal como lo pronunciaba él), astrónomo de origen escocés formado en la Escuela de Toledo, que presumía con justicia de ser la más avanzada fábrica de ideas de aquel tiempo.

Era Escoto un hombre de estatura mediana, pelo oscuro, tez pálida y mirada intensa, capaz de traspasar las pupilas de su interlocutor para adentrarse en lo más profundo de su alma. Vestía siempre de negro, lo cual, unido a su nariz aguileña y a su extrema delgadez, le daba el aspecto de un cuervo de mal agüero. Nadie le había visto nunca sonreír.

Braira le tenía miedo. Un miedo cerval que la llevaba a evitarle siempre que podía, por más que su majestad se hubiese empeñado en que los dos intercambiaran sus conocimientos con vistas a mejorar sus respectivas artes adivinatorias. Aquel día, mientras la lluvia repiqueteaba en las láminas de alabastro que cubrían las ventanas, los dos augures de Federico medían sus fuerzas en un combate desigual, que la joven occitana habría rehuido gustosa de haber podido, pues su rival era implacable.

—Sabido es que las estrellas y los planetas proporcionan una guía imparcial y científica para interpretar o incluso predecir el comportamiento humano, sin por ello determinarlo —pontificaba él—. Más discutible me parece que tal cosa pueda decirse de unas simples piezas de cuero adornadas con toscos dibujos. Habéis impresionado al soberano con vuestras artes oratorias, lo reconozco, pero a mí no me engañáis. Os vigilo de cerca, tenedlo por seguro.

—No es mi intención engañar a nadie y menos al esposo de mi señora doña Constanza —se defendía ella—. Tampoco pretendo desplazaros en modo alguno, maestro Escoto. Vos sois un sabio, un estudioso de todo aquello que yo ignoro. ¿Cómo podría aspirar a igualaros?

—¡No finjáis falsas modestias conmigo, muchacha! Otros más inteligentes que vos han intentado deslumbrar a nuestro soberano con su falsa magia y han fracasado. Incluso quienes se dicen astrólogos y conocen los rudimentos de la rotación de los cuerpos celestes corren el riesgo de equivocarse e inducir a errores graves al dejarse influenciar en sus diagnósticos por sus propias emociones, sus anhelos, o cualesquiera otras circunstancias ajenas al designio de Dios reflejado en las esferas que habitan el espacio.

—Jamás he afirmado que mis cartas no se equivoquen. Antes al contrario, advierto siempre del riesgo que encierra cualquier lectura. Mas puesto que habláis del designio de Dios reflejado en la disposición de los planetas, os pregunto, ¿por qué no habría de permitir el Altísimo que mentes más humildes que la vuestra pudiesen conocer su voluntad a través de un juego como el tarot? Vos habéis estudiado en esa ciudad de Castilla donde dicen que habita todo el saber acumulado desde que fue creado el mundo. Habláis el hebreo, la lengua de Jesucristo. Dicen que incluso habéis traducido al gran Aristóteles, que es, a decir de mi señora, el padre de nuestro pensamiento. ¿Qué teméis de mí? Mi pretensión es infinitamente más modesta que la vuestra. Yo solo practico un entretenimiento inocente que, en ocasiones, procura a quienes se solazan con él alguna información valiosa. Nada más. Os suplico que contempléis esta actividad con indulgencia.

—No hay indulgencia para las falsarias como vos. Yo llevo años estudiando, he asistido a la transmutación de cobre en plata merced a la intervención de la alquimia, conozco los secretos del arcoíris, he sido discípulo del gran astrónomo Al-Bitrugi... No voy a consentir que una advenediza me dispute la confianza del rey. ¿Habéis comprendido bien? Manteneos alejada de él y de mí.

Ojalá hubiese podido cumplir esa orden. Cada vez que Federico le pedía que tirara para él las cartas, lo que sucedía a menudo en esos días de tensa espera, Braira tenía que hacer acopio de prudencia y alardes de ambigüedad a fin de satisfacer a su señor sin comprometerse en exceso. El tarot tampoco hablaba claro, lo que no facilitaba la tarea, hasta que en una de las ocasiones la Rueda de la Fortuna, seguida del Carro, vino a anunciar que las tornas se invertían.

—¿Estás segura?

—Tanto como puedo estarlo, mi señor.

—Miguel me dice que mi ascendente ha cambiado en las últimas horas y es en estos momentos el poderoso Marte, mientras el de mi enemigo ha pasado a ser Venus, débil y femenina. Según él, eso obligará pronto a Otón a suplicar la paz.

—Vuestro consejero es mil veces más sabio que yo, señor. Por mi parte, solo puedo ratificar que los naipes os anuncian una victoria inminente.

Escoto estaba en lo cierto y Braira iba en la buena dirección. Otón tuvo que levantar su asedio y marchar precipitadamente hacia el norte, si bien la victoria no fue de Federico sino de Inocencio, su protector, así como del soberano de Francia, que salvó el trono de Sicilia mientras seguía adelante con la aniquilación de Occitania.

El emperador güelfo había ido demasiado lejos en su afán expansionista, hasta perder el favor de su principal aliado. Amenazado en sus propios dominios, el pontífice lanzó contra él la excomunión, a la vez que tejía una alianza con Felipe Augusto, temeroso de que un Otón excesivamente fuerte decidiera volverse contra él.

Juntos, el papa y el rey arengaron a varios príncipes alemanes, que optaron por dar la espalda al excomulgado y ofrecer el trono de Carlomagno a su heredero legítimo: Federico.

Así fue como, a mediados del año 1211, el joven vástago de los Hohenstaufen pasó del infierno a la gloria, recién cumplidos los diecisiete años.

Superado el peligro de una invasión, Braira y Gualtiero pudieron al fin casarse, en una ceremonia sencilla llevada a cabo en la capilla del palacio, que, pese a ser de un tamaño más reducido, no desmerecía en esplendor, adornos y mosaicos a la catedral de Monreale en la que habían celebrado su boda sus respectivos señores.

Nadie preguntó a la novia cuál era su religión ni tampoco ella dijo nada. Había enterrado ese secreto en lo más profundo de su ser, hasta el punto de olvidarse de su antigua fe cátara. Frecuentaba los sacramentos católicos como una más entre las damas de Constanza, escuchaba misa con la misma devoción que cualquier otra e incluso rezaba más que la mayoría. Solo ella sabía por qué lo hacía; por qué pedía perdón a Dios apelando a su misericordia; por qué se sentía culpable no solo por sus pecados pasados, sino por el engaño en el que el destino la había obligado a vivir. Una falsedad que a menudo la hacía sentirse sucia, aunque en ese día de sus esponsales, mientras avanzaba hacia el altar luciendo un vestido de brocado rojo que le había regalado la reina, únicamente pensase en la dicha que le aguardaba junto al hombre con el que iba a compartir su vida.

Él estaba deslumbrante con una sobrevesta blanca que resaltaba su tez oscura y el color de mar de sus ojos. Sonreía, igual que la primera vez que le había hablado, tendiendo la mano a su prometida. Si en ese momento le hubiesen devuelto la heredad que por avatares de la vida le habían hurtado, no habría sido más feliz de lo que era en ese instante, mirando a la dama llamada a ser su compañera, su amada y su amante.

En cuanto recibieron las bendiciones del sacerdote, partieron a caballo, ligeros de impedimenta, hacia los antiguos dominios familiares del novio.

El bisabuelo de Gualtiero había sido compañero de armas del gran Roger, el normando, a cuyo flanco combatió en la conquista de la isla. En el reparto de botín que siguió a la victoria, a él, Norberto de Montealto, le correspondieron tierras situadas al sur, en las inmediaciones de la villa de Girgenti, que Gualtiero estaba deseoso de mostrar a su dama, a pesar de que en la actualidad fuesen propiedad de un primo lejano.

Braira no había querido preguntar el porqué de esa discriminación. Le daba igual que su hombre no fuera más que un capitán del rey, sin fortuna ni patrimonio. ¿Qué era ella, sino una exiliada carente incluso de patria?

Poco o nada le había contado a él de su pasado, excepto que procedía de Fanjau y había llegado a la corte de Aragón huyendo de la guerra. Él no había querido saber más. Tampoco había mostrado el menor interés por sus cartas. Era ella quien le fascinaba, más allá de sus habilidades.

Los dos se miraban y anhelaban avanzar en el conocimiento del otro, aunque intuían que debían ir despacio, sorteando cicatrices. Aun así, una corriente muy profunda recorría sus almas, conectándolas. Se deseaban. Se necesitaban. Muy pronto, esperaba Braira, aprenderían a confiar el uno en el otro, con lo que ella lograría al fin desprenderse de la permanente sensación de culpa que llevaba a cuestas desde que saliera de Belcamino.

El viaje los condujo por parajes de increíble belleza. En esa tierra de abundancia crecían viñas, higueras y naranjos, pero también bosques tupidos de pinos y robles, especialmente en los abruptos valles de montaña occidentales a los que habían sido desterrados los sarracenos. Allí, en su último refugio, sembraban ellos su pan amargo y plantaban olivos que se agarraban con rabia a un terreno endiablado. Allí el invierno traía hielo tan abrasador como el calor del verano. Allí lloraban los hijos de Alá el paraíso perdido, pastoreando rebaños de ovejas escuálidas.

A descender la sierra hacia Girgenti el paisaje se suavizaba y, a medida que iban desapareciendo los barrancos, se ampliaba la perspectiva hasta ver reaparecer los huertos de frutales, las cepas y las flores. Sobre las alturas, torres de piedra clara oteaban el horizonte como gigantescos vigías desplegados con precisión de estratega. El rey —pensaba Braira— protegía sus dominios con fiera determinación, hasta el punto de haber convertido toda la isla en un fortín.

No era de extrañar, dado el valor de lo que allí guardaba.

De cuando en cuando, entre la maleza asomaba un capitel o un fragmento de columna; esqueletos de piedra silenciosos, testigos de un esplendor perdido desde antiguo en el pasado.

Gualtiero conocía bien el emplazamiento de los más importantes y se los mostraba a su esposa con orgullo. Sostenía que eran vestigios de la época del Imperio romano, del que todos en Sicilia se sentían tributarios. A ella el corazón le hablaba de una sabiduría más antigua, más sensual y más pacífica, aunque no habría sabido argumentar esa impresión.

Cuando el sol estaba en lo más alto, llegaron a un templete situado en el centro de un claro, desde el que se divisaba el mar a poca distancia. Allí desmontaron, dispuestos a tomar un refrigerio. Gualtiero ayudó a Braira a bajar de la yegua que cabalgaba, con ademán de caballero, y al tomarla en sus brazos sintió el impulso de amarla allí mismo, sin demora, sobre ese tapiz de hierba más puro que cualquier lecho. Ella no se opuso. ¿Cómo decir que no a esos ojos que le desnudaban el alma y le atravesaban el vestido?

—Te quiero. ¡Cuánto te quiero! —murmuró en su oído.

—Eres mi reina, mi mujer, mi hembra —respondió él, besando suavemente el cuello que se le ofrecía—. Eres el sueño que guía a todo hombre en la lucha por construir su existencia. ¡Júrame de nuevo que eres real, increíble doncella occitana!

—¿A ti qué te parece? —replicó Braira con coquetería—. Soy real, muy real, y soy tuya.

Entonces oyeron unos pasos acercarse desde el bosque que tenían a las espaldas y en un instante se vieron rodeados por una veintena de guerreros de aspecto amenazador, vestidos a la usanza mora.

Braira se estremeció de terror. Había oído contar historias espantosas sobre la crueldad de esos soldados de la media luna que adoraban a un dios sanguinario. Se decía que habían cometido auténticas atrocidades durante sus incursiones de castigo en las aldeas cristianas de los alrededores, relativamente frecuentes en los últimos tiempos. Tenían fama de no mostrar piedad, especialmente con las mujeres.

Instintivamente, se colocó detrás de su marido y cerró los ojos, como si al negarse a contemplar lo que estaba por suceder pudiera evitarlo. Gualtiero, por el contrario, no pareció alterarse en absoluto, pese a los gritos con los que los intrusos se dirigían a ellos chapurreando una jerigonza vagamente parecida al italiano. Le indicaban con gestos elocuentes que arrojara al suelo la espada que llevaba colgada al cinto, mientras él ignoraba las órdenes y trataba de tranquilizar a su esposa, aparentemente ajeno al peligro.

Uno de los integrantes de la partida, instigado por su jefe, se acercó receloso para intentar desarmarlo por la fuerza, hasta casi tocarle. Entonces el joven reaccionó al fin y le saludó con una extraña inclinación del torso, combinada con un movimiento de la mano derecha, a la vez que se dirigía al grupo en lengua árabe, demostrando un dominio que Braira ignoraba por completo.

En ese mismo instante la actitud de los asaltantes cambió drásticamente, hasta el punto de que, transcurridos unos instantes, se deshacían en disculpas y se ofrecían a escoltarlos hasta que salieran de la zona de peligro, no fuese a ser que tuvieran otro encuentro desagradable.

—¿Me explicarás qué clase de magia has usado para amansar a esas fieras?

—Ninguna magia. Solo les he hablado de mi madre.

—¿De tu madre?

—Sí, de mi madre, ya fallecida, que fue una princesa árabe, hija de una de las familias más ilustres de la Sicilia musulmana, afincada a dos pasos de aquí, justo donde alzan sus figuras esos edificios formidables que debieron de ser templos erigidos a algún dios pagano. Cuando mi padre la conoció ya era una cautiva privada de sus derechos y reacia a bautizarse, por lo que nunca la desposó. Solía decir que la quiso de verdad, pero lo cierto es que no le otorgó el rango de esposa, con lo cual yo tampoco alcancé el de heredero legítimo. Te has casado con un bastardo, Braira.

—Un bastardo a cuya sangre árabe debo la vida y la dicha de esa tez morena que me vuelve loca —respondió ella en un tono que invitaba a reanudar cuanto antes lo que había sido interrumpido—. Me habría gustado conocer a tu madre. Seguro que fue una mujer valerosa.

—Lo fue, aunque también muy desdichada. La suerte de las concubinas como ella no tiene nada de envidiable. Sin embargo, se empeñó en que mi padre me llevara con él a la corte, a fin de ofrecerme un futuro mejor del que me esperaba a su lado, y lo consiguió. Apenas nos vimos en los últimos años de su vida, lo que debió de dolerle más que cualquier otra cosa, a juzgar por las cartas que me escribía.

—Cuánto has debido echarla de menos... —lo consoló Braira comprensiva, acariciando su rostro—. Ahora dime, ¿quiénes son esos hombres que iban a atacarnos?

—Rebeldes a nuestro rey. Nunca han aceptado su derrota ni la humillación que supuso para sus padres verse superados por un ejército normando de apenas cien lanceros y unos cuantos jinetes.

—¡Pero de eso hace más de un siglo!

—El calendario se detiene en ocasiones para los vencidos. Hay pueblos que no saben asumir la historia y este es uno de ellos. Nunca han digerido ese fracaso y odian a Federico por lo que hicieron sus antepasados. De hecho, se han aliado con todos aquellos que han supuesto para él una amenaza, desde el salvaje de Marcoaldo, que quiso asesinarlo cuando era un niño, hasta Otón de Brunswick, que se juramentó con sus caudillos para que se alzasen en armas coincidiendo con su frustrada entrada en la isla.

—Entonces corremos un peligro cierto si se enteran de quiénes somos.

—Lo saben, se lo he dicho.

—Pero ¿estás loco?

—¿No confías en mí? Estos hombres descienden de los súbditos de mi abuelo y bisabuelo maternos. Su lealtad a mi sangre es inquebrantable. Por más que detesten al señor a quien hoy sirvo yo, jamás nos harían daño. Son más bien ellos quienes corren un grave riesgo, del que acabo de advertirles.

—Pues no parecen muy preocupados...

—No lo están, en efecto, y se equivocan. He oído decir al soberano que está harto de la insumisión de estas gentes y no piensa seguir tolerándola. Ahora que se siente fuerte, armará una expedición de castigo para terminar con la resistencia y no mostrará clemencia con quienes se le enfrenten. Estoy persuadido de que cumplirá su amenaza de deportarlos a todos, lo más lejos posible de aquí, a fin de que dejen de hostigar a su retaguardia.

—¿Sería capaz de expulsar de sus hogares a hombres, mujeres y niños inocentes?

—De eso y de mucho más, querida. Tú aún no le conoces, pero ya aprenderás a temerle. No te dejes engañar por sus ademanes corteses y la atracción que siente por ti. Es un hombre terrible. Fascinante en su soberbia, ambicioso hasta la locura, grandioso en su valentía y desde luego único, pero dispuesto a todo con tal de aferrarse al poder. Un hombre al que solo se puede amar y servir con reverencia o aborrecer. No hay medias tintas posibles.

Pasaron aquella noche en Girgenti, un enclave legendario cuya fundación se perdía en la noche de los tiempos, a pesar de que no vivía en aquel momento sus mejores días.

En su calidad de huéspedes de honor se alojaron en la mejor casa del pueblo, donde les fue servida una deliciosa cena a base de pan, queso, aceitunas y pescado fresco aderezado con limón y hierbas. Luego se quedaron solos con su amor y una curiosidad infinita por satisfacer.

A la mañana siguiente reanudaron su periplo, acompañados por una discreta guardia armada que se mantenía a la distancia suficiente como para no molestarlos. Iban tan felices, tan inmersos el uno en el otro, que apenas veían el paisaje, por más que este fuese digno de ser contemplado. Al atardecer llegaron por fin al lugar que Gualtiero quería obsequiar a su esposa como regalo de bodas: un acantilado de piedra blanca, colgado sobre un mar de color turquesa, cuyas paredes, altísimas, desprendían reflejos rosáceos a la luz del sol poniente.

Braira nunca había visto nada igual. Era como si una nieve cálida cubriera con su manto todo el terreno. Como si nunca nadie hubiese hollado aquel escenario, cuya contemplación la había dejado sin habla.

—Hace calor —dijo él, en tono tentador—. ¿Qué te parece si nos damos un baño?

—¿Aquí, a la vista de todos?

—¿Tú ves a alguien por algún lado? Anda, ven, no seas tímida. El agua en esta época está templada. Será algo muy agradable...

—Nunca me he bañado en el mar. Dicen que lo habitan criaturas peligrosas...

—Yo te protegeré —la convenció él, ayudándola a bajar de su montura—. Llegaremos hasta la playa nosotros solos, sin más compañía que la de esa luna que apenas empieza a dibujarse. Ven, ven conmigo...

Una suave pendiente los condujo hasta una plataforma de roca caliza, suave como la seda, desde la que se accedía con facilidad a un mar tranquilo, poco profundo. Él se desnudó con rapidez, pues estaba acostumbrado a hacerlo desde que era niño. A ella el pudor le pesó más, aunque terminó por ceder al embrujo de la situación. Su cuerpo era frágil, menudo, como el de una figura de porcelana, tan blanca como la arena que pisaban sus pies descalzos. El de él, en cambio, estaba forjado en cobre bruñido.

Cogidos de la mano penetraron, entre risas excitadas, en esa mar acogedora que los recibió en su seno. Sin soltarse, se abrazaron hasta que el amor de Gualtiero logró borrar con su ardor todas las vergüenzas de Braira. Juntos vieron al sol acostarse sobre las aguas mansas, tras la línea del horizonte, mientras las primeras estrellas asomaban en el cielo. Y en ese instante mágico, unidos por una misma pasión, dejaron que sus pieles se dijeran todas esas verdades para las que no existen palabras.

XIX

En Palermo, Constanza estaba inmersa en otro tipo de trance, igualmente grato aunque no tan gozoso: el nacimiento de su primer hijo, que llevaría por nombre Enrique en honor a su abuelo paterno.

El feliz acontecimiento había sido predicho tiempo atrás tanto por Braira como por Miguel Escoto, si bien este último había errado al aventurar el sexo de la criatura, ya que, al pedir a la reina que le tendiera una mano a fin de leer en ella ese dato, la futura madre le había presentado la izquierda, señal inequívoca, a su entender, de que lo que estaba por llegar sería niña.

No fue hembra, sino varón. Claro que, en el preciso instante de traerle al mundo, ese error de apreciación carecía de importancia a ojos de la parturienta.

Tendida sobre una cama cubierta de reliquias, rodeada de comadronas y de cortesanos parlanchines, la soberana se concentraba en mantener el decoro pese a los dolores del parto, convencida de que una dama de sangre real ha de comportarse como tal en cualquier circunstancia, incluidas las más duras.

No podía faltar mucho para que el alumbramiento llegara a su fin, pues en los últimos minutos las contracciones ya no iban y venían de tanto en tanto, sino que eran continuas. ¡Si hubiese podido disfrutar de un poco de intimidad! —se decía, mordiendo un paño para evitar gritar—. ¡Si al menos le hubieran ahorrado la humillación de exponer sus partes pudendas a la visión de todo aquel gentío! Mas era preciso, por el bien del reino, que varios testigos dieran fe de la veracidad de todo el episodio, a fin de impedir que se pudiese actuar con engaño cambiando a una criatura por otra. De ahí que estuviera dando a luz a la vista del público, entre comentarios más o menos afortunados de los dignatarios congregados a su alrededor.

Finalmente, tras no pocas horas de agonía, entre las piernas de la reina asomó su cabecita un niño robusto, que fue recibido con sumo cuidado por la jefa de las parteras. Era prácticamente calvo, de puro rubio; colorado, arrugado, empapado en un líquido sanguinolento y, pese a todo, precioso. Eso al menos le pareció a su augusta madre, quien con treinta años cumplidos albergaba pocas esperanzas de conocer semejante dicha.

En cuanto le cogió en sus brazos olvidó el dolor, la angustia y hasta la vergüenza, derramando lágrimas de felicidad a las que pronto se sumó Federico, loco de alegría ante el nacimiento de ese heredero que garantizaba la continuidad de su estirpe en los tronos de Alemania y de Sicilia.

Ya podía marchar tranquilo a por su corona imperial, cuya entrega condicionaban los príncipes teutones a la presencia física de su soberano en Alemania. Sabía que no sería un camino fácil, pues habría de enfrentarse no solo a Otón, sino a bastantes ciudades reacias a acatar su soberanía, pero estaba decidido a luchar por lo que era suyo. Así se lo exigía el orgullo y así lo había dispuesto el destino, tal y como demostraban los astros, coincidentes con los naipes de Braira.

—Yo, Federico de Hohenstaufen y Altavilla, seré emperador del Sacro Imperio Romano —le prometió a su esposa, besándola agradecido por el maravilloso regalo que esta le acababa de hacer—. ¡Palabra de caballero! Y él —señaló al bebé— será mi sucesor.

—Dios lo quiera —contestó ella, exhausta, viendo con alivio cómo se despejaban al fin sus aposentos de la muchedumbre que los abarrotaba.

Antes de partir a por su nueva corona, era menester que Federico asegurara su posición en Sicilia, para lo cual hizo coronar al pequeño Enrique cuando todavía estaba en mantillas, en presencia de toda la corte congregada en Monreale.

Constanza hubiera querido convencer a su esposo de los beneficios que obtendría al abandonar sus sueños imperiales y contentarse con gobernar su hermosa isla, pero sabía que sería un empeño inútil. Así que le dejó marchar, a comienzos del año siguiente, consolándose de su ausencia con ese pequeño infante que pronto correteearía por los jardines del palacio.

Gualtiero se fue a la guerra con su señor, como no podía ser de otro modo. Braira le vio partir con una pena honda en el corazón, aunque algo en su interior le anunciaba que uno y otro regresarían sanos, salvos y victoriosos. Con lo que le había costado llegar hasta donde estaba —se decía—, era imposible que todo acabara de ese modo repentino. La vida, pensaba entonces, tenía que tener algún sentido, discurrir por carriles lógicos, premiar y castigar con arreglo a criterios justos. Poner a cada cual en su sitio.

—No estés tan segura, querida —solía advertirle la reina—. El azar se divierte a menudo zarandeándonos a su albedrío.

—Pero al final todo vuelve a donde debe estar —replicaba ella, mostrando una gran seguridad en sí misma.

—Ya te darás cuenta de que no es así, aunque será inútil todo lo que yo pueda decirte ahora. La experiencia es la única maestra infalible en esta materia.

—¿No creéis vos que volverán?

—Lo deseo tanto como tú y rezo para que así sea, no porque lo considere justo desde mi punto de vista, lo que resulta de todo punto indiferente, sino porque apelo a la misericordia del Altísimo. Su concepto de la justicia es inabarcable para nuestra mente. Cuanto antes te des cuenta, menos sufrirás.

Desde que se había casado, la occitana acudía con menos frecuencia al consejo del tarot, pues se sentía plena. Federico, por el contrario, había consultado a las cartas antes de embarcar, necesitado como estaba siempre de conocer el designio de los hados. Le había preguntado a ella y también a su astrólogo de cabecera, con quien Braira evitaba en lo posible cruzarse. Ambos habían coincidido en sus buenos presagios, para tranquilidad del monarca, lo que no impedía que, por orden de su esposa, se multiplicaran las novenas dedicadas a orar por ellos.

Toda ayuda era poca dado el peligro al que se enfrentaba.

Las cartas que el rey extraía al azar una y otra vez eran, sin embargo, las mejores de la baraja: el Carro, el Emperador, el Sol, con sus rayos fulgurantes proyectando magnetismo; el Mundo, en forma de mujer coronada de laurel, anuncio seguro de triunfo, horizontes ilimitados, éxito, salud y fama deslumbrante... Era imposible pedir más a la fortuna, y las primeras noticias que trajeron los correos despachados desde su campamento a Palermo no hicieron sino confirmar estos augurios.

Llegado a Génova sin novedad, había logrado escapar a una emboscada tendida contra él por los milaneses, aliados de Otón, a orillas del río Lambro. En el mensaje redactado de su puño y letra presumía con su habitual altanería:

Aunque algunos de los nuestros perecieron en el ataque, yo me encuentro a salvo después de huir, con la ayuda de Gualtiero y una agilidad asombrosa, a lomos de un caballo sin ensillar ¡Estoy en una forma magnífica! Nadie va a poder conmigo. Continuamos viaje hacia los Alpes, tal como estaba previsto, decididos a cruzarlos antes del invierno y así alcanzar para entonces nuestro destino final en Maguncia.

Al mismo tiempo, en la corte, Constanza mataba las horas con su hijo, sus damas y sus perros, que durante la ausencia de Braira habían sido confiados a Guido, quien no tardó en tomarles tanto cariño como su cuidadora habitual.

Eran animales ya mayores, pero seguían siendo fieros. Si Oso o Seda estaban cerca, nadie podía acercarse al pequeño Enrique en ausencia de su madre, de la dama favorita de esta o de la niñera que se encargaba de atenderle habitualmente. Actuaban como auténticos cancerberos del niño, que disfrutaba subiéndose encima de ellos cual si de caballos se tratara, tirándoles de las orejas o metiéndoles la manita en la boca, sin que ninguno de ellos esbozara jamás un gesto amenazador. Mientras vivieron, fueron el mejor y más preciado juguete del príncipe. Dos compañeros leales como el que más, llamados a endulzar con su presencia sus primeros años.

Braira también cuidaba del pequeño con el mismo cariño que habría dado a uno de su propia carne, tal vez porque al preguntar a las cartas por él en su momento, cuando había descubierto su juego ante doña Constanza, allá en Aragón, había percibido señales confusas que le hacían temer constantemente por su seguridad. Nada concreto. Indicios difíciles de interpretar, suficientes, empero, para mantenerla en vilo. Alarmas que ni entonces ni ahora se había atrevido a confesar a la reina, quien se mostraba más convencida que nunca del poder adivinatorio de su dama, toda vez que su hijo había recibido ya la corona de rey de Sicilia, tal como había pronosticado ella en su día.

El tiempo transcurría despacio, pues únicamente parece correr cuando el peligro acecha o las arrugas de la piel y del alma nos hacen comprender que queda poco. Las jornadas se sucedían tediosas, muy parecidas unas a otras, en ausencia de los hombres de palacio. No podía sospechar Braira, mientras cosía o hilaba junto al fuego, intercambiando chismes con las otras damas, que muy pronto añoraría ese aburrimiento.

Ocurrió una noche a la hora de la cena.

La occitana se había entretenido en el zoológico, al que acudía últimamente con frecuencia en compañía de Guido. Había aprendido a disfrutar de la contemplación de esos animales extraños, de comportamiento imprevisible, que tanto estupor le habían causado a su llegada al complejo palaciego.

No dejaba de constatar lo insólito que resultaba invertir una fortuna en fieras que en sus lugares de origen eran temidas y cazadas, pero gustaba de ver comer a los leones, cuyo poderío salvaje le parecía de una enorme belleza; se reía viendo gesticular a los simios, tan dados a imitar cualquier movimiento humano, y sentía una especial fascinación por una pareja de mulas rayadas, blanquinegras, que parecían imposibles de domesticar.

—¿De dónde saca el rey estos ejemplares que nunca se han visto en tierras cristianas? —le había preguntado esa tarde a su amigo.

—Algunos, como los grandes gatos, los ha mandado traer de África.

—¿A qué precio?

—Lo ignoro, aunque imagino que sería alto. No debe de ser fácil capturar a una de estas bestias viva, y se nota que no han sido criadas en cautividad. Son demasiado bravas como para haber comido de la mano de nadie.

—¿Y los demás?

—Algunos son regalos de los sultanes con los que tiene tratos en Egipto o en otros reinos lejanos, y los demás han llegado hasta aquí a través de mercaderes conocedores de la afición de nuestro señor por esta clase de rarezas.

—¿Realmente le interesan los animales o es más bien una excentricidad llamada a singularizarle entre todos los demás gobernantes? —quiso saber la dama, que empezaba a conocer a su soberano.

—Le fascinan —respondió Guido con convicción—. En cuanto sus obligaciones se lo permiten, viene a observarlos, a estudiar su comportamiento e interrogarnos a mi padre o a mí sobre cualquier observación novedosa que hayamos hecho. Nada le enfurece más que enterarse de que alguno ha muerto o está enfermo.

Lo cierto es que Braira llegó tarde a la cena, cuando ya la mesa estaba servida, por lo que, tras disculparse con la reina, fue a ocupar un lugar discreto, en un extremo alejado de doña Constanza, cerca de la puerta por la que entraban y salían los criados.

Con cierta rabia observó cómo Brunilde, una de las doncellas más ambiciosas de la corte, siempre en pugna con Laia, se había sentado en el que era habitualmente su sitio y desplegaba sus encantos ante la señora, aprovechándose de su ausencia para avanzar posiciones.

Así eran las cosas en palacio. Ascender un escalón en la estima del rey o de su consorte justificaba cualquier sacrificio o traición. Nadie perdía una oportunidad de medrar, a costa de lo que fuera, y Braira era, por la influencia que ejercía sobre los monarcas, víctima de muchas envidias.

No bastaba con ser leal o incluso obediente para tener asegurado el sosiego. Era menester guardarse las espaldas constantemente de quienes no se conformaban con practicar con maestría el arte de la adulación, sino que estaban dispuestas a todo con tal de ganarse el favor real. Y allí estaba ella, la rubia Brunilde, con su sonrisa petrificada, riendo las gracias a la soberana...

«¡Ya se las verá conmigo! —pensó Braira enfurecida—. Si está urdiendo algún plan para quitarme el puesto, se ha equivocado de adversaria».

Acababa de formular la frase en su cabeza, cuando el sujeto de sus pensamientos se desplomó como una marioneta a la que le cortaran los hilos, cayendo al suelo con gran estrépito. Todo el mundo se precipitó a socorrerla, excepto Braira, que estaba convencida de que aquello era puro teatro destinado a llamar la atención. Ella se quedó ostensiblemente donde estaba, manifestando claramente su desprecio.

No era consciente de lo que ocurría, porque Brunilde no estaba fingiendo. Con el rostro de color verdoso, sacudida por terribles convulsiones, la muchacha vivía sus últimos minutos lanzando miradas vidriosas a su alrededor. La reina había visto antes los efectos del veneno, por lo que reconoció los síntomas inmediatamente. Era indudable que aquella chica había sido víctima de alguna ponzoña especialmente letal, que en un abrir y cerrar de ojos terminó con ella.

¿Quién sería capaz de matar a esa inocente?

—Deberíais interrogar a Braira —sugirió al punto Laia, lanzándose a la ocasión, mientras fingía secarse las lágrimas con un pañuelo de hilo bordado con sus iniciales—. Todas estamos al tanto de la rivalidad que había entre ellas y no hay más que ver lo tranquila que se ha quedado viendo morir a mi pobre amiga.

—Ella jamás haría una cosa así —contestó la reina.

—¿Cómo podéis estar tan segura? —terció otra de las presentes—. ¿Conocéis bien su pasado? Se dicen cosas de ella que no me atrevo a repetir...

—¡Basta ya! Braira es inocente, no me cabe duda. ¿Habría sido tan estúpida como para no intentar siquiera disimular de haber sido ella la asesina? Me duele que mis propias damas se comporten así con una persona a la que profeso gran cariño. ¿Debería acaso sospechar yo de alguna de vosotras? Sí, tal vez deba hacerlo... ¡Retiraos! Necesito quedarme sola para reflexionar.

Salieron todas, cuchicheando en voz baja, con el miedo metido muy dentro en el cuerpo. También iba a marcharse la acusada, cabizbaja, reprochándose a sí misma la mezquindad con la que se había comportado con la difunta, cuando la detuvo Constanza.

—Tú no, Braira. Quédate. Quiero hablar contigo.

—Señora, Dios sabe que yo no he sido, aunque os confieso que no sentía gran simpatía por Brunilde.

—No creo que quien la ha matado tuviese nada en contra de ella. ¿Qué piensas tú?

—Estoy desconcertada. No puedo ayudaros.

—¿No te habían alertado de nada las cartas últimamente?

—Hace tiempo que no las saco de su estuche. Desde que se marcharon el rey y Gualtiero permanecen guardadas.

—Pues deberías preguntarles. Tengo para mí que la víctima que buscaba quien puso ese veneno en la comida eras tú; no nuestra pequeña Brunilde. Ella ocupaba tu lugar en la mesa y era demasiado insignificante como para merecer esa suerte. Desgraciada o afortunadamente, incluso para atraer la atención de un asesino hay que ser alguien en esta corte.

—¿Cómo podéis creer tal cosa de mí? —replicó la muchacha, sinceramente sorprendida, pues la posibilidad de ser objeto de un atentado ni se le había pasado por la imaginación—. ¿Quién querría hacerme daño? Seguro que se ha tratado de un accidente.

—Lo dudo... Ya vas teniendo edad para saber que la bondad anida en muy contados corazones mientras que la maldad, a menudo ligada a la estupidez, abunda. Hace mucho que te aconsejé que te guardaras las espaldas. ¿Se te ha olvidado el incidente de la araña? Las casualidades no existen; créeme. Alguien quiere matarte.

—¡Pero ¿quién?! ¿A quién he podido ofender?

—Se me ocurre más de un nombre, aunque carezco de pruebas. En todo caso, ya no estás segura aquí. Como has podido comprobar, ni siquiera tus compañeras parecen tenerte en gran estima, hasta el punto de llevarme a sospechar si no será una de ellas la autora de esta vileza. Es el precio que pagas por tu poder. Nadie regala nada en esta vida, tenlo por seguro, y cuanto más valiosa es la mercancía, más se eleva la cantidad a desembolsar.

—No sé qué decir, majestad —mintió ella a sabiendas, pues en su cabeza ya empezaba a rondar la idea de que alguien hubiese descubierto su condición de hereje y decidido tomarse la justicia por su mano—. No he hecho nada para verme en esta situación.

—Ya lo creo que sí —le rebatió la reina, pensando en la influyente posición que se había ganado con su arte—, pero no importa. Voy a encomendarte una misión lejos de Palermo, hasta que se calmen las cosas. Irás a buscar a mi hermano Pedro en Aragón para llevarle un mensaje que solo a ti puedo confiarte. Quiero saber si está dispuesto a respaldar la causa de mi marido y si, llegado el caso, podemos contar con sus fuerzas. Sé muy bien que Federico le ha enviado embajadores, pero también lo han hecho el papa y Otón, además del rey de Francia. Él estará dudando de qué lado decantarse.

—¿Y qué puedo aportar yo frente a tantos hombres expertos en el arte de la diplomacia?

—Tu intuición, tu sinceridad, tu lealtad y tu capacidad para la adivinación. Todas ellas cualidades de las que carecen los embajadores. Ve a Zaragoza, no pierdas la carta que te entregaré, que te servirá de salvoconducto para acceder hasta mi hermano, y escucha con atención su respuesta. Mi futuro y el de mi esposo pueden depender de ella. También el tuyo, por supuesto. Si te quedas aquí es muy posible que la próxima vez no acuda la suerte en tu auxilio.

TERCERA PARTE

1211-1214

XX

Tener que afrontar sus miedos en soledad convirtió la travesía de Braira en un calvario. Los soldados destinados a su escolta, comandados por el caballero provenzal encargado de velar por su seguridad desde su llegada a Sicilia, habían reforzado el dispositivo que la mantenía a salvo de cualquier peligro, creando a su alrededor al mismo tiempo un muro tan invisible como infranqueable para los demás pasajeros, excepción hecha del capitán de la galera, única persona a quien le estaba permitido acercársele.

—¿Querréis honrar mi mesa esta noche? —le preguntó este transcurridos unos días de navegación, al observar que ella paseaba su tristeza por la cubierta con el aspecto de quien se abraza a la autocompasión a falta de mejor compañía.

—¡Desde luego! —respondió Braira agradecida.

—Dejad entonces que me presente. Soy Amadeo di Pelorio, hijo de la noble ciudad de Génova y amante de este Mare Nostrum cuyos confines recorro desde que me enrolé como grumete, hace una eternidad, para escapar a las palizas de mi padre. Si os interesa mi historia, os la contaré encantado...

—La escucharé con el mayor interés —aceptó ella con su habitual cortesía—. ¡Hace mucho que no oigo una digna de tal nombre!

—Al caer el sol, entonces, os espero en mi camarote. Ordenaré al cocinero que prepare algo sabroso en vuestro honor.

Esa noche la embajadora de doña Constanza se arregló, perfumó y peinó como correspondía a una invitada de su categoría. Seguida de cerca por sus cancerberos, que no la dejaban ni a sol ni a sombra, llegó puntual a su cita y saboreó con deleite la cena servida por un camarero de apariencia no muy pulcra, que daba señales claras de haber catado a placer el vino antes de escanciarlo en las copas.

Tras dar buena cuenta del refrigerio, consistente en pescado fresco aderezado con aceite de oliva, verduras en vinagre, pichón asado en su jugo y dulces típicos sicilianos, preparados según una receta árabe rica en azúcar y almendras, Di Pelorio inquirió, mientras se llevaba el enésimo pastel a la boca:

—¿Puedo preguntaros ahora por el motivo de vuestro viaje?

Él estaba también algo achispado y había desgranado una infinidad de sucesos acaecidos a lo largo de su azarosa vida, hasta el punto de hacer que Braira olvidara sus preocupaciones para alternar el llanto con la carcajada. ¡Estos italianos —pensaba entre risas— son comediantes natos; una maravillosa raza aparte!

—Me dirijo a Zaragoza a fin de resolver algunos asuntos de mi señora —le informó escuetamente, una vez recompuesta, sin la menor intención de desvelar la misión que le había sido confiada por la reina—, aunque es posible que haga una escapada hasta Fanjau para visitar a mis padres.

Viendo que se le quebraba la voz al mencionarlos, el capitán, que tenía una edad parecida a la de Bruno, se conmovió.

—¿Hace tiempo que no sabéis de ellos?

—Demasiado... —asintió Braira, necesitada de abrir su corazón a ese extraño que, precisamente por serlo, parecía el interlocutor perfecto para confesarle sus cuitas—. Debo hablarles de mi marido, capitán al servicio de su majestad, el rey Federico, a quien ellos no conocen; explicarles lo generosa que es mi soberana conmigo y lo hermosa que es Sicilia... —estalló en sollozos.

—Tranquilizaos, niña —trató de confortarla el viejo marino—. ¿Qué os turba de ese modo?

—Es que, sobre todo y ante todo, tengo que pedirles perdón antes de que sus rostros se borren definitivamente de mi recuerdo, lo que ya está empezando a ocurrir.

—Seguro que os habrán perdonado, cualquiera que fuese vuestra falta.

—Aunque tuvieseis razón —se desahogó ella, animada a su vez por el tinto que le había servido su anfitrión a modo de medicina—, necesito su bendición para perdonarme a mí misma. Tengo que decirles tantas cosas que callé en su momento, enmendar tantos silencios, devolver tantas caricias robadas...

Entonces se lanzó a contar al desconocido su propia peripecia, desde el momento en que había salido de Belcamino renegando de su propia familia, e incluso antes, obviando, por supuesto, la parte más comprometedora del relato.

Habló de sus recuerdos de la infancia, de cómo solía buscar nidos con el senescal que luego los traicionó, de la precipitación con la que se había visto obligada a huir en compañía de su hermano ante la inminencia de la guerra, de lo enfadada que estaba entonces con sus mayores y los reproches mudos que les lanzó al partir, de lo arrepentida que estaba de su conducta y la frustración que le producía la imposibilidad de enmendar lo sucedido...

—No logro quitarme de la cabeza la imagen de mi padre silencioso, en pie junto al carruaje que nos conduciría a Guillermo y a mí al exilio, haciendo esfuerzos por no dejar traslucir su pena. Entonces pensaba que no le importábamos, pero ahora sé que el suyo fue un gesto de amor extraordinario, semejante al de mi madre al no oponerse a nuestra marcha. Nos alejaron de ellos, con el dolor que debió causarles, sin otro empeño que el de protegernos, y yo ni siquiera le di un beso de despedida.

—La nostalgia es un sentimiento inútil que solo conduce a la melancolía —sentenció Di Pelorio, prácticamente ebrio—. ¿Por qué no pensáis en el futuro que os aguarda en lugar de atormentaros?

—¿Vos me amaríais si os hubiese defraudado de ese modo? —replicó ella, como si no hubiese oído la pregunta.

—Por lo que decís, el barón y la baronesa de Laurac deben de ser personas de una naturaleza que me resulta desconocida. Yo me marché de casa antes de cumplir los diez años y, por lo que sé, nunca nadie me buscó. Seguramente se alegrarían de tener una boca menos que alimentar, dado que detrás de mí venían siete hermanos más. Vuestro caso es distinto, afortunadamente para vos, y, de todas maneras, averiguaréis muy pronto lo que tanto deseáis saber. Dentro de un par de semanas, a lo sumo, llegaremos a Aragón.

A falta de otra distracción, Braira dedicó ese tiempo a repasar todo lo que le había acontecido hasta la fecha, en busca de una explicación para la absurda situación en la que se hallaba.

¿Quién la quería tan mal? ¿En verdad habría alguien dispuesto a quitarle la vida? No podía creer que así fuera, a menos que hubiesen descubierto su secreto. Pero incluso en ese caso, ¿por qué no la habían denunciado en lugar de recurrir al veneno?

«Se me ocurre más de un nombre, aunque carezco de pruebas», le había dicho doña Constanza. ¿Qué nombres serían esos?

El primero en acudir a su mente era el de Miguel Escoto, que no se molestaba en disimular su aversión hacia ella. ¿Sería capaz de llegar tan lejos en el odio despectivo que le testimoniaba, como para tratar de eliminarla? Los perros, Seda y Oso, detectaban en él algo malvado, porque le ladraban y gruñían con inquina cada vez que se acercaba. Claro que lo mismo hacían en presencia de Laia, la dama despechada que la había acusado abiertamente de asesinar a Brunilde; ante la vieja Aldonza, que tampoco les demostraba la menor simpatía a ellos, o al pasar por delante de cualquiera de los guardias de palacio que llevara puesta alguna parte de la armadura. Los lebreles, por tanto, no servían de gran ayuda. Pero ¿de qué otro hilo tirar?

Ni la conciencia ni el tarot, al que recurría una y otra vez en vano, le daban una respuesta satisfactoria. Las cartas habían enmudecido, seguramente por la confusión que le nublaba el alma, privándola de su valiosa guía. En cuanto a su propio juicio, por más remordimientos que tuviera, no lograba encontrar en su comportamiento nada que justificara una pena capital. ¿O acaso sí? ¿Era ese el modo en que la castigaba Dios por sus mentiras? Prefería refugiarse en la creencia de que la casualidad le había jugado una serie de malas pasadas, aunque cada día rezaba con devoción implorando misericordia.

Anhelaba llegar a Belcamino cuanto antes, a fin de abrazar a los suyos, obtener esa bendición que le había faltado al marchar y compartir con ellos la dicha de haber encontrado en Gualtiero a un marido digno de su sangre y de su amor. La sostenía la certeza de que, en el caso improbable de que alguien pretendiese realmente hacerle daño, el peligro habría quedado atrás una vez que la galera arribara a puerto, lo que sucedió, sin novedad, una soleada mañana de otoño.

Pese a su deseo de dirigirse a Fanjau cuanto antes, Braira cumplió con su deber al encaminarse a Zaragoza para llevar a cabo sin demora la misión que se le había encomendado. Una vez allí, fue informada de que el soberano estaba ausente, haciendo acopio de tropas a lo largo y ancho de sus dominios.

—Los reyes de Castilla, Navarra y Aragón —le explicó un escribano de la Aljafería al que conocía bien—, unidos a instancias del papa, se disponen a lanzar una campaña militar a gran escala contra los sarracenos de Al-Ándalus, encabezados actualmente por un caudillo terrible al que llaman el Miramamolín.

—¿Y dónde podría dar con don Pedro? —inquirió ella—. Traigo un mensaje personal de su hermana que debo entregar con la máxima urgencia.

—Es imposible saberlo —respondió el secretario, sin levantarse de la mesa en la que nadaba a duras penas entre un mar de pergaminos destinados a mantener al día las sufridas finanzas del reino—. Nuestro señor el rey es, como sabéis, imprevisible. Lo mismo puede estar en Huesca que en Albarracín. Si queréis mi consejo, instalaos cómodamente a esperar su regreso disfrutando de nuestra hospitalidad. Es cuanto puedo hacer por vos.

—Os lo agradezco, pero creo que declinaré la invitación. ¿Tendréis la bondad de poner a mi disposición un par de mulas?

—¿Con qué fin?

—Voy a tratar de buscarle pese a todo —mintió, con la soltura que da la costumbre—, pues mi señora doña Constanza me ordenó que no perdiera el tiempo.

—Allá vos. Daré orden en las caballerizas de que os proporcionen mulas o yeguas, lo que os resulte más cómodo. ¿Viajaréis con todos los hombres que os acompañan?

—No. Me bastará en esta tierra amiga con el jefe de mi guardia. Los demás permanecerán aquí, siempre que deis vuestro permiso, por supuesto.

—Id con Dios entonces.

—Que Él os guarde.

La ausencia del monarca le había proporcionado el motivo que necesitaba para ceder a su impulso natural. Cuando arreciara el invierno —se dijo—, volvería a probar suerte en la capital. Hasta entonces, correría a abrazar a sus padres, a Guillermo y a Beltrán entre las cepas bermejas de su antiguo hogar.

Tenía motivos para no querer hacerse notar, pues ignoraba hasta qué punto habrían avanzado las purgas contra los cátaros que se anunciaban en los días en que ella salió precipitadamente de Occitania. Los retazos de información que había logrado recabar aquí y allá, empezando por el relato escuchado de labios de la reina, no solo no la tranquilizaban, sino que mencionaban horribles matanzas perpetradas por unos y por otros en una guerra de una crueldad desconocida hasta entonces. No había, pues, tiempo que perder ni podía bajar la guardia. Cuanto antes llegara a Fanjau, antes saldría de dudas. Era menester darse prisa y pasar desapercibida.

La situación de sus antiguos hermanos de fe resultaba ser en realidad mucho peor de lo que auguraban sus pronósticos.

El conde de Tolosa, incapaz de entenderse con los legados pontificios que le habían excomulgado por segunda vez, se había trasladado meses antes a la Santa Sede, a fin de implorar a Inocencio que levantara el interdicto que pesaba sobre sus tierras y explicarle que lo que se le exigía como prueba de fidelidad a la Iglesia, es decir, la expulsión o exterminio de todos sus súbditos cátaros, era algo muy difícil de llevar a cabo. Había sido en vano.

Raimundo estaba solo, aterrado e inerme ante los cruzados, por lo que suplicó auxilio a su cuñado, don Pedro, a quien ofreció sumisión incondicional y tierras a cambio de protección. Este era católico ferviente, además de súbdito del papa, lo que le ataba de pies y manos. Quemar en grandes hogueras a civiles desarmados, no obstante, distaba mucho de su manera de entender la caballería, por muy herejes que fueran. A decir verdad, le repugnaba en lo más hondo. ¿Qué hacer entonces?

Ganar tiempo.

Mientras se embarcaba en su propia cruzada contra los moros, el rey de Aragón trató de mediar a favor del occitano, a la vez que hacía un guiño a sus enemigos concertando un matrimonio entre la hija de Monforte, Amida, y su primogénito de apenas tres años, Jaime, que fue entregado a la custodia de su futuro suegro como prenda de buena voluntad. Un arreglo que él aceptó sin excesivo sacrificio, puesto que nunca había sentido verdadero afecto por ese fruto de las entrañas de su detestada María, pero que para ella supuso un golpe mortal.

La paz, en todo caso, no parecía posible, por más que trabajara la diplomacia y que el pontífice escribiera cartas a unos y otros instándolos a convocar un tribunal en el que el noble pudiera explicarse. La hora de la palabra había quedado atrás. El odio sembrado entre todos germinaba en una bestia violenta, que hincaba sus garras con idéntica brutalidad sin distinguir entre bandos.

Los señores occitanos reacios a la rendición, que durante los meses anteriores habían recuperado algo del terreno perdido, agrupaban sus fuerzas en los castillos mejor situados para resistir, al tiempo que las tropas del León de la Cruzada se concentraban y armaban para la batalla. El horror tomó cuerpo en una aldea campesina hasta entonces dichosa, situada a dos pasos de Fanjau.

Los campos verdeaban al calor de la primavera, augurando una pronta abundancia. Las gentes sencillas de Bram intentaban seguir con sus vidas, al margen de los poderosos. A diferencia de lo sucedido en varios pueblos vecinos, evacuados por sus poblaciones, los habitantes de esa villa de agricultores habían decidido quedarse para vigilar la cosecha, a pesar del peligro que representaban los soldados de Francia y su escolta de facinerosos. No podían imaginar que iban a ser objeto de una represalia despiadada por algo que ni siquiera tenían modo de conocer.

Meses antes, en el transcurso de una escaramuza, uno de los barones occitanos había hecho dos prisioneros galos a quienes prometió un trato acorde con su noble rango. Lejos de cumplir su palabra, les cortó la nariz, las orejas y el labio superior, les arrancó a continuación los ojos, y así, convertidos en dos despojos, los envió a Carcasona en lo más crudo del invierno. Uno de ellos falleció sobre un montón de excrementos de ganado en el que buscaba calor, mientras el otro llegó para contar su historia, guiado por un mendigo.

Monforte juró vengarse y lo hizo a la primera ocasión. Una vez tomada Bram, seleccionó a los cien hombres más fuertes y los sometió al mismo suplicio sufrido por sus compañeros. Uno a uno fueron mutilados los cien, en presencia de sus mujeres e hijos, hasta que al último se le dejó un ojo a fin de que pudiera conducir a los demás hasta la siguiente fortaleza en poder de los cátaros, llamada Cabaret.

El León sabía muy bien, desde la matanza de Besés, que el miedo es la más letal, la más eficiente de cuantas armas ha inventado el hombre, porque destruye lo más valioso que posee un guerrero: la confianza en sí mismo.

Impartida la macabra lección, había regresado a su residencia de Belcamino, para disfrutar de un merecido descanso.

—¿Eres realmente tú? ¿Es posible que la niña a la que tuve en mis brazos se haya convertido en una dama tan elegante como la que tengo ante mí y esté aquí, al alcance de mis besos?

Frente al portón del convento de Prouille, fray Guillermo de Laurac, antiguo heredero de la propiedad ocupada por el jefe de los cruzados, derramaba lágrimas de alegría al contemplar a Braira. Un joven novicio había ido a buscarle a la capilla poco antes para anunciarle la visita de un familiar, pero lo que menos se podía esperar era que quien le aguardaba, envuelta en una capa con capucha que apenas dejaba ver su rostro, fuese su hermanita, a quien creía definitivamente perdida en una corte lejana.

—Entra, apresúrate, no vayas a coger frío.

—Es que no quisiera que me viera Domingo —respondió ella, tan emocionada como él—. Podría preguntarme por... ya sabes a qué me refiero... Y preferiría no tener que mentirle.

—El padre prior no está aquí, sino predicando la palabra de Dios allá donde es menester sembrar, entre quienes se obstinan en la herejía. De tus palabras deduzco que formas parte de ese rebaño extraviado.

—Ya hablaremos de eso más tarde, te lo suplico —se zafó ella, con un puchero similar a los que, de pequeña, componía cuando quería obtener algo de él—. He venido a ver al hermano, no al fraile. Ahora dime, ¿cómo están nuestros padres? ¿Qué ha sido de nuestra casa? Al llegar a la ciudad y encontrármela quemada pregunté a algún campesino por el señor del castillo y no recibí más que evasivas. Una vez allí, se me cerraron las puertas alegando que ahora es propiedad del conde de Monforte. Menos mal que uno de los criados se acordaba de mí y me dijo, a escondidas, dónde podría encontrarte. ¡Cuéntame, por Dios! ¿Qué ha sucedido? ¿A qué obedece el miedo que se respira por todas partes?

—¿No has recibido mis cartas ni hablado con doña Alzais, nuestra tía de Zaragoza?

—Es evidente que no. Tenía prisa por venir y dejé para más adelante esa visita, así es que no me tengas en ascuas. ¿Dónde están nuestros padres?

Con la misma ternura que le había demostrado siempre, tomando las manos de ella entre las suyas, Guillermo fue desgranando el relato de todo el horror que se había abatido sobre la tierra de los juglares después de que ambos salieran de allí una mañana perdida en un tiempo remoto, huyendo de la locura desatada por su mayordomo.

Lloró por los inocentes muertos, por las víctimas de una guerra cuya furia había arrasado mucho más que campos o villas...

—Les rogué que siguieran mi ejemplo —se justificó ante su hermana—. Les supliqué que se encomendaran al Espíritu Santo a fin de ser guiados hacia la luz de la verdadera fe, pero no quisieron escucharme. Persistieron, contumaces, en el error que tanta desgracia nos ha traído.

—¿Quieres decir que...?

—No —replicó él con semblante triste—. Nuestro padre se ha unido a las fuerzas que resisten bajo el mando del conde de Foix y de Raimundo de Tolosa, aunque no se sabe muy bien dónde milita exactamente este último ni si está con el papa o contra él, ya que por una parte dice acatar el magisterio de la Iglesia y por otra envía tropas a escondidas a dar batalla a los ejércitos que encabeza Monforte. Algo muy propio de un pusilánime como él. En cuanto a nuestra madre, llegó sana y salva a Montsegur, donde vive junto a su vieja amiga, Esclaramunda, en una casa comunitaria a la que accedió después de formular sus votos de perfecta. Tal vez escape a las hogueras que levantan los caballeros cruzados, pero su alma arderá en el infierno, tan seguro como que la mía no logra hallar descanso en esta vida.

—Estarás satisfecho —le espetó Braira, aterrada ante lo que oía—. Son los tuyos quienes han provocado esta devastación. ¿Es esta la caridad que cabe esperar del Dios al que elevas tus plegarias?

Guillermo la miró fijamente a los ojos durante unos segundos, sin saber si montar en cólera y recriminar a su hermana la blasfemia que acababa de proferir, o derrumbarse. Hacía mucho tiempo que no podía abrir la compuerta de sus angustias. Su corazón había soportado mucho más de lo que un hombre es capaz de cargar sobre sus hombros, hasta el punto de transformar su antigua personalidad jovial en la de alguien taciturno, volcado en sí mismo y casi siempre triste. ¿Qué sabía ella de los tormentos de su espíritu? Finalmente, una vez recobrada con esfuerzo la serenidad, respondió en voz baja:

—No. Ni me complace lo que veo a mi alrededor ni creo que responda a la voluntad de Dios. Tengo que orar constantemente para que el Señor despeje las dudas que me torturan. Pero me aferro a la humildad y acepto lo que nuestro santo padre ha dispuesto.

—¿Es él quien ha condenado a las llamas a tantos de nuestros viejos amigos?

—Son ellos mismos quienes se han librado al fuego al negarse a redimirse. Domingo, mi maestro, ha hecho lo posible y lo imposible por abrirles los ojos. Ha logrado reconciliar a muchos con amor, obrando milagros que corren de boca en boca, pero la arrogancia de otros tantos los conduce directamente a las hogueras que purifican sus cuerpos a fin de salvar sus almas. Luego están...

—Guillermo —le interrumpió su hermana, sujetándole la cabeza con mano firme para obligarle a mirarla a los ojos—. ¿No te duelen esas masacres? ¿De verdad crees lo que me estás diciendo?

—Iba a hablarte de los excesos de la soldadesca —respondió él, liberándose sin violencia de la brusca caricia—; de la brutalidad animal de la gentuza que acompaña al ejército cruzado, del empeño que ponen inútilmente los capitanes en controlar a sus hombres una vez que estos se lanzan a la rapiña y el saqueo... Iba a describirte los desastres de la guerra imputables a la codicia de las personas, que no a los designios de Dios. No me preguntes por mi dolor, tú que ignoras por completo, afortunadamente para ti, todo lo que significa este espanto. Mi dolor, al igual que mis escrúpulos, son cosa mía.

Tras ponerle al corriente de lo que había sido su vida durante los últimos años, Braira pasó la noche en una celda del convento, acogida a la hospitalidad de las monjas.

En lo más profundo de la oscuridad, en ese lapso de tiempo muerto que va de maitines a laudes, se dio cuenta de que nuevamente había desaprovechado una oportunidad única para confesar a Guillermo sus sentimientos. Se había peleado con él en lugar de darle las gracias por todo lo pasado y lo presente, esforzándose por comprender el sufrimiento que le martirizaba hasta el extremo de haberle transformado el rostro, antaño hermoso, en una máscara doliente. ¿Sería acaso incapaz de aprender de sus errores?

A la mañana siguiente, antes de despuntar el alba, buscó a su hermano en la capilla y el refectorio para despedirse, pero no le encontró. Tampoco estaba en su celda, y a ella le apremiaba el tiempo, por lo que partió, con la primera luz, hacia la ciudad donde esperaba encontrar a su padre.

A la vuelta, se dijo esperanzada, pasaría de nuevo por Prouille.

Pese a las advertencias de la reina Constanza, seguía creyendo que las cosas ocurren con arreglo a lo que se planea...

XXI

Situada sobre un altozano en la escarpada ribera del río Agout, la villa de Vauro, a la que los franceses llamaban Lavaur, gozaba de una inmejorable posición defensiva. Sus murallas eran de tal envergadura que los caballeros occitanos hacían caracolear a sus monturas por el camino de ronda, enarbolando sus estandartes, y desde allí lanzaban insultos desafiantes a los guerreros cruzados que sitiaban el lugar, instándolos a ir a por ellos. Los servidores de las balistas afinaban la puntería disparando a una cruz situada en lo alto de una torre de asalto levantada por los atacantes frente al muro sur, buscando provocarlos. Se sentían invulnerables.

Hacía meses que resistían el asedio, bien pertrechados de víveres y con acceso al agua a través de pozos escondidos, lo que los había vuelto confiados; demasiado confiados en sus fuerzas y en su suerte.

Unas semanas antes, burlando el cerco al que estaban sometidos, los guerreros cátaros habían tendido una emboscada a un cuerpo de alemanes y frisones que acudía en auxilio de Monforte. Con la ayuda de los campesinos del lugar, sumada al efecto sorpresa, unas decenas de hombres habían masacrado a más de mil cruzados, a quienes acto seguido despojaron de sus bolsas, sus armas, vestiduras y equipajes, para repartirse el botín antes incluso de rematar a los heridos.

Según se decía en el campo adversario, el propio Roger Bernardo de Foix, hijo del conde, era el asesino de uno de los sacerdotes que viajaban con las tropas aniquiladas, a quien propinó un hachazo en la tonsura a pesar de haberse acogido a sagrado en una iglesia de las inmediaciones. Otros clérigos corrieron una suerte aún peor, pues sus captores se entretuvieron arrancándoles el sexo mientras todavía estaban vivos, por el procedimiento de atárselo a la cola de un caballo desbocado mientras los mantenían firmemente amarrados a un árbol.

Después de aquella orgía de horror, los ánimos hervían con mayor furia que nunca. Monforte clamaba venganza, henchido de santa indignación, urgiendo a sus mesnadas a concluir cuanto antes la tarea que tenían encomendada.

Braira no estaba al corriente de esos sucesos ni tampoco le importaban. A esas alturas su única preocupación era llegar hasta su padre y se centraba exclusivamente en el modo de lograrlo, lo que no parecía sencillo a la luz de la situación.

La ciudad se hallaba rodeada de tropas enemigas, que acampaban por todas partes y mantenían estrechamente vigilados los caminos. Su escolta, con buen criterio, le recomendaba que abandonara toda esperanza de burlar semejante cerco y regresara a Zaragoza antes de que fuera demasiado tarde. Ella, no obstante, tenía una deuda que pagar y no pensaba rendirse antes de hacerlo.

—Marchaos vos si queréis —había dado licencia al provenzal—. Yo me quedo.

Pero él permaneció a su lado.

Ambos conocían la región y sabían que todas las plazas fuertes del lugar contaban con accesos secretos, disimulados generalmente en el interior de cuevas situadas a escasa distancia o bien en fuentes ocultas en el bosque, que permitían mantener a los asediados comunicados con el exterior en casos como el que les ocupaba. No en vano habían sido construidas, precisamente, para sobrevivir a sitios prolongados. La cuestión era encontrar una de esas puertas que no estuviese vigilada por las tropas del conde francés.

—Si de verdad queréis ayudarme —le pidió la dama a su ángel guardián—, este es el momento de demostrarlo. ¿Se os ocurre alguna idea?

—Desistid, señora. Lo que pretendéis es una locura.

—Ya os he dicho que no.

—Entonces quedaos aquí, sin moveros, y dadme unas monedas de plata.

—¿Para qué?

—Ya lo veréis. Confiad en mí, ya que os negáis a escucharme...

Al cabo de un tiempo que le pareció una eternidad, vio regresar al oficial, acompañado de un muchacho que parecía un pastor.

—Este chico está dispuesto a mostrarnos el camino —le informó él—, pero desconfía y quiere saber antes la razón que os mueve a entrar en un lugar que todos saben condenado.

—No es una razón —se dirigió ella al zagal en su lengua de oc, sin poder evitar que el llanto se le asomara a los ojos—. Es un sentimiento.

El argumento convenció al muchacho.

Amparados por las sombras de la noche, lograron abrirse paso los tres hasta un túnel excavado en las entrañas de la tierra, que partía del interior de un tronco de roble hueco y llegaba hasta una de las mazmorras del castillo. El guía se dio la vuelta una vez cobrada la suma prometida, dejándolos a ella y a su escolta en medio de la oscuridad.

Fueron de los últimos en penetrar en Vauro antes de la ofensiva final.

Una vez dentro, tras identificarse con los soldados que montaban guardia, no les fue difícil dar con Bruno, que descansaba en ese momento en una de las casas habilitadas para alojar a los más ilustres integrantes de las fuerzas defensoras de la villa.

Fuera, los auxiliares cruzados trataban de rellenar el foso en distintos puntos, con el fin de permitir el avance de las máquinas de asalto, a la vez que los zapadores se afanaban en cavar brechas bajo las murallas y así provocar hundimientos. Su artillería, incrementada tras el ataque a los alemanes con piezas de más largo alcance, lanzaba constantemente proyectiles pesados que se estrellaban contra edificios situados en el interior de la ciudadela, sembrando muerte y destrucción.

La situación estaba empezando a ser dramática.

—Quiero dos voluntarios para intentar una salida a la desesperada. Yo iré con ellos. Tenemos que prender fuego a la torre sobre la que han colocado ese onagro maldito con el que nos machacan, o pronto no quedará nada que defender aquí dentro.

Amanecía sobre la ciudad sitiada. Braira se quedó estupefacta al constatar que esa voz cargada de autoridad era la de Beltrán, quien, con una armadura mellada por los golpes, impartía instrucciones a un grupo de soldados de aspecto cansado.

Nadie se había fijado en ella, por lo que tuvo que hacerse notar, forzando una tos impostada, antes de interrumpir el consejo al dirigirse a su antiguo juglar con lo primero que se le ocurrió.

—Pero ¿qué hace vestido de hierro el chico al que conocí recitando trovas?

Inmediatamente se arrepintió de la estúpida frivolidad que acababa de proferir en medio de esa tragedia, aunque ya era tarde para rectificar.

Beltrán se dio la vuelta despacio, como temiendo romper un encantamiento. ¿Podía ser real la visión que tenía ante él?

No había dejado de amarla. Desde que tenía memoria, e incluso antes, aquella muchacha deslenguada, de ojos alegres, había ocupado en su interior el espacio reservado a los sueños inalcanzables, sin que ni sus desprecios, ni su partida, ni la falta absoluta de noticias suyas a lo largo de esos años, ni siquiera la guerra que los azotaba, pudieran llevarle a olvidarla.

Se daba cuenta de que probablemente la hubiera idealizado hasta convertirla en un ser totalmente distinto al que era en verdad, pero ni quería ni podía remediarlo. Ese sentimiento, el poso dejado por la relación que había mantenido con ella, tan galante y al mismo tiempo tan pura, era el único freno que le impedía ceder a la barbarie que se había adueñado de todo y de todos a su alrededor. La parte protegida de sí mismo que se mantenía intacta. A ese reducto de belleza se aferraba con todo el vigor del que era capaz.

Había conocido a otras, por supuesto. Volvía locas a las mujeres con su habilidad para la rima, aunque ninguna había llenado el vacío dejado por Braira. Por eso se recluyó a cantar su pena en la soledad de sus aposentos poco tiempo después de que ella se marchara. Luego, su señor don Bruno le mandó tomar la espada, no ya para adiestrarse en su uso, como antaño, sino para luchar, y él obedeció la orden, por más que le repugnara empuñarla. ¿Qué otra cosa podía hacer?

Se consideraba hijo de la casa de los De Laurac, aunque no llevara su sangre. Les debía gratitud y lealtad. Siempre le habían tratado con respeto, sin tener en cuenta su origen plebeyo, hasta el punto de ofrecerle la oportunidad de cabalgar junto al barón en la batalla, costeándole el importe astronómico de las armas y el corcel. ¿Cómo no iba a mostrar su devoción a esa familia?

Aunque lo que le inspiraba Braira era mucho más profundo que el cariño. Más ardiente que el deseo. Más intenso que la amistad. Era una emoción total, que le atravesaba el alma de parte a parte. Ella era el espejo en el que Beltrán habría deseado mirarse hasta el fin de sus días. El último nexo de unión con un mundo agonizante que le había conocido juglar.

Y ahora estaba allí, frente a él, como si nada hubiera ocurrido.

—¿Braira? ¿Braira de Laurac? ¡No puedo creer que seas tú!

Tenía la cara sucia, con barba de varios días, así como unas ojeras pronunciadas enmarcándole los ojos. Se había convertido en un hombre fuerte, incluso rudo, que apenas guardaba parecido con el compañero de juegos de la infancia que recordaba ella. Pero su sonrisa seguía siendo la misma, con ese gesto inconfundible que le hacía levantar ligeramente más el lado derecho de la boca, y llenó de luz la habitación mientras se dirigía a saludar a su dama, sin saber si besar su mano o bien atreverse a estrecharla en sus brazos, que era lo que anhelaba.

—Pues sí, soy yo, la misma de siempre, aunque ahora tienes ante ti a una mujer casada —cortó ella la aproximación, temiendo darle alas a su antiguo pretendiente si se dejaba abrazar. Luego, con actitud más suelta, añadió—: Sin embargo, no he olvidado nuestros paseos y tampoco nuestras confidencias, querido Beltrán. ¡Qué alegría encontrarte aquí, convertido en capitán al servicio de mi padre!

Beltrán acusó el golpe que le acababan de dar, si bien se guardó mucho de manifestarlo. Podía más en su interior el amor por ella que cualquier otra consideración.

—¿Qué hacéis aquí, sometida a un grave peligro? ¿Dónde está vuestro esposo? —inquirió con voz grave.

—Él está lejos e ignora por completo mi presencia en esta ciudad —replicó Braira—. Yo necesitaba ver a mi padre, incluso siendo consciente del riesgo. Tú me conoces. ¿Alguna vez me ha detenido el miedo?

—Ahora mismo voy a llamar al barón —replicó él con rigidez—. Vuestra visita será la primera buena noticia que reciba en mucho tiempo, mi señora.

—¡No me hables así! —se ofendió ella—. Sigo siendo la misma persona, con algunos años más.

—Nada puede ser ya lo que fue ni volverá a ser nunca igual, creedme —sentenció Beltrán, que había pasado en un instante de la euforia al hundimiento—. Han sucedido demasiadas cosas... Ahora dejadme despertar a mi señor don Bruno. Estará encantado de volver a veros.

Y mientras un hombre veía morir sus sueños, otro recibió un regalo que le devolvió la vida.

El reencuentro fue tal y como lo había soñado Braira. Ella suplicó su perdón y él se lo concedió sin reservas, junto a su calor. La estrechó entre sus brazos como no había hecho desde que era una niña, decidido a conjurar con ese gesto todos los malentendidos que hubiesen podido distanciarlos durante los últimos años. Hablaron, lloraron, rememoraron. Invocaron con sus recuerdos al espíritu de Mabilia, que estuvo tan presente en la reunión como si formara parte de ella. Se dolieron juntos del cambio experimentado por Guillermo, que no parecía el mismo, y compartieron la alegría de Braira por haber encontrado en Gualtiero a un hombre digno de su amor. Ignoraron por completo los asuntos que los rodeaban para centrarse en el corazón.

Perdieron la noción del tiempo, sordos al estruendo causado por la batalla que se desarrollaba a su alrededor, hasta que Beltrán vino a avisarlos de que algo grave sucedía.

—Los enemigos han entrado en la ciudad. ¡Debéis poneros a salvo cuanto antes!

—No es posible —respondió Bruno, súbitamente devuelto a la realidad—. ¿Cómo han vencido nuestras defensas?

—Ayer lograron finalmente rellenar un camino de tierra sobre el foso, por el que avanzó su ejército precedido por un enorme ariete acorazado. Intentamos detenerlos. Les arrojamos piedras, pez ardiente e incluso vigas incendiadas desde lo alto de las murallas, mas todo fue inútil. Su máquina consiguió abrir una brecha y por ahí han entrado en tropel, como bestias enfurecidas. Nuestros bravos tratan de contenerlos, están luchando calle a calle, casa por casa, sabiendo que la ciudad está perdida, para dar tiempo a escapar a quienes todavía pueden.

—Vete tú, hija —dijo Bruno sin amargura, satisfecho de haber arrancado a la existencia un último instante de felicidad que no se había atrevido a esperar—. Regresa con tu esposo y a tu nueva patria sin mirar atrás. Mi suerte está aquí. Estoy preparado. No pienso dar la espalda a la muerte después de haberla visto tan de cerca, pero tú has de salvarte a fin de que todo esto no haya sido en vano.

—No quiero dejarte, padre, aún tenemos tanto que decirnos... —Se aferró ella a su torso flaco.

—¡Ve! —la urgió él con un gesto enérgico—. No pierdas tiempo. Tú tienes que vivir para que Occitania perdure a través de ti.

Con toda la agilidad que le permitían sus años y la ayuda de Beltrán, se cubrió con la loriga, la coraza y el resto de la armadura; se colocó el yelmo, se ciñó al cinto la espada y dirigió a Braira una última mirada llena de ternura y añoranza, que ella no borraría nunca de su retina. Luego marchó, sin miedo, al encuentro de su destino.

Simón de Monforte no mostró piedad con los defensores de la villa que con tanto ahínco se le había resistido. Aimerique, señor de Montreal, que había encabezado la defensa de la plaza, fue condenado sin juicio a perecer en la horca del modo más infamante, aunque al tratarse de un coloso de más de doscientas libras rompió la cuerda de la que le habían colgado y se precipitó al suelo todavía vivo, entre exclamaciones de terror de los ciudadanos obligados a contemplar la ejecución. El León de la Cruzada, irritado por el retraso que tal incidente imponía a su justicia, ordenó que fuera degollado sobre la marcha, y con él los ochenta caballeros que habían luchado a su lado. Entre ellos se encontraban tanto el barón de Laurac como el noble provenzal que, por orden de la reina Constanza, había guardado a su hija.

A la matanza, perpetrada por los vencedores con la eficacia que da la costumbre, siguió el linchamiento de la señora del castillo, doña Geralda, hermana de Montreal. De ella decían los cruzados que llevaba en el vientre un hijo fruto del incesto. Sus súbditos, por el contrario, ponderaban su caridad. Lo cierto es que fue entregada por el vencedor a la lujuria de la soldadesca, que se cebó en ella a placer antes de arrojarla, cuando todavía respiraba, padecía, lloraba y aullaba de espanto, al fondo de un pozo que fue cegado con piedras.

Braira estaba paralizada por el terror. Tanto que, una vez capturada, se dejó conducir al matadero cual fardo inerte, junto a otras muchas infelices igual de asustadas que ella. Iban a recibir un trato similar al padecido por Geralda, en cumplimiento estricto de las disposiciones de Monforte, quien se había mostrado sordo a los ruegos formulados por muchos de sus propios oficiales opuestos a tanta barbarie.

Todo parecía perdido, cuando un francés de corazón noble, asqueado por lo que acontecía, se interpuso entre las víctimas y sus verdugos, desenvainando la espada en actitud caballeresca. Fue el momento de confusión que aprovechó Beltrán para sacar a su dama del grupo y arrastrarla hasta el sótano de una casa en la que permanecieron ocultos un buen rato, hasta que oscureció. Luego, al amparo de las sombras, la condujo entre callejuelas hasta una de las puertas secretas, disimulada junto a unos establos, donde había dejado horas antes dos monturas ensilladas destinadas a ella y a su padre.

Se las había arreglado para esconderse hasta ese momento, pues no pensaba consentir que su amada acabara de esa manera. Solo por eso. En esta ocasión no le fallaron las fuerzas, como había sucedido tiempo atrás al regresar de Montpellier, sino que fue Braira la que se tornó una carga. Era incapaz de reaccionar. Parecía una sonámbula carente de voluntad, por lo que Beltrán se vio obligado a subirla como pudo a lomos del corcel más robusto, y luego montar él detrás para sujetarla, pues de otro modo ella se habría caído. Acto seguido, picó espuelas y salió a galope tendido, sin rumbo claro, pensando únicamente en salvar la vida de la mujer a la que siempre había amado y siempre amaría, ahora ya sin esperanza.

Nada más partir oyó los gritos de los vigías instando a los arqueros a disparar a los fugitivos, pero no se detuvo. Sintió la mordedura de la flecha en el costado izquierdo, junto a la cadera, allá donde acababa la protección del peto, y siguió adelante, abrazado a Braira, mientras un líquido cálido le corría por la pierna. En su mente no había lugar para el dolor ni mucho menos para el miedo. Solo debía correr, obligar al animal a galopar como si los persiguiera el mismísimo diablo, sacarla a ella de ese infierno.

A medida que se fueron alejando del peligro, tomó conciencia de la gravedad de su herida al notar que se le revolvía el estómago y se le nublaba la vista. Había visto morir a un número de compañeros suficiente como para saber que era ese uno de los síntomas que anunciaba el fin inminente, debido a una pérdida excesiva de sangre. Llegados a ese punto, los soldados solían llamar a sus madres, comportándose, en su delirio, como niños. Él, por el contrario, se sintió más hombre que nunca a la hora de afrontar su agonía, pues con ese último acto de amor daba sentido a toda su vida.

Con la poca energía que le quedaba, frenó al caballo en un claro del bosque, se arrojó al suelo y amortiguó con su cuerpo la caída de su dama, que a esas alturas parecía haber salido parcialmente de la catalepsia en la que se hallaba sumida para ceder a un llanto sordo, desconsolado, solitario.

Era una noche cerrada, envuelta en llamas.

No pudieron ver lo que sucedió después, aunque a la mañana siguiente, al despuntar el alba, una Braira descompuesta divisó en la lejanía el humo de la gigantesca hoguera a la que habían sido arrojados los cuatrocientos perfectos y perfectas que se refugiaban en la ciudad tomada a sangre y fuego. Un viento frío llevó hasta su nariz torcida el olor característico de la carne humana quemada. Un hedor único, vagamente similar al del asado de cerdo, que nunca consiguió olvidar, por más que en ese momento fuese algo insignificante; una molestia imperceptible en medio del océano de horror que amenazaba con ahogarla.

¿Se puede morir de miedo? ¿Se puede morir de angustia?

Beltrán había expirado en sus brazos, sin proferir un lamento, a los pies de un olivo retorcido. Su cuerpo debía de haberle servido de escudo durante su precipitada fuga de Vauro, cuyos pormenores no conseguía recordar. Y allí estaba ahora a su lado, tumbado sobre la hierba, con el rostro de cera descansando en su regazo. Le declaraba su devoción como solo él sabía hacerlo, en una canción sin letra cuyas notas tristes se elevaban al cielo.

La muerte le devolvió los rasgos juveniles que la guerra le había robado y, junto a ellos, le restituyó a Braira la memoria de un tiempo pasado que siempre olería a lavanda y tendría el sabor del bizcocho. Fue el suyo el más bello poema de amor que jamás se hubiera escrito. Una trova heroica, suspendida en el aire, compuesta por el más galante de los guerreros que conociera Occitania. Un doncel seductor, de ojos cantores, a quien los siglos conocerían como el más valiente de los juglares.

XXII

Superada por los acontecimientos, Braira se sumó a la
marea de prófugos que buscaba el resguardo de la capital y se dirigió a pie hacia Tolosa, desde donde intentaría
hallar el modo de regresar a Zaragoza. Era inútil tratar
de alcanzar Montsegur. Si lograba escapar con vida al
derrumbamiento del mundo que la había visto nacer,
podría darse por satisfecha. Debía salir de allí cuanto antes, cumplir la misión que la había llevado hasta Aragón
y regresar a Sicilia, a Gualtiero, a la existencia que anhelaba recuperar tan lejos como fuera posible de aquella
locura.

La violencia que pudiera sufrir en la isla le parecía
insignificante en comparación con lo que acababa de
contemplar. Su reina se le antojaba la más dulce de las
soberanas. Estaba ansiosa por hacer girar la rueda de su
fortuna hacia delante, siempre hacia delante, puesto que
el pasado yacía a su alrededor, destrozado, muerto y enterrado para siempre, o acaso conservado en esa piedra
de ámbar precioso que eran los ojos de Beltrán, cuyo
brillo guardaría hasta el fin de los días la magia de esa era
de poetas que había llegado a su final.

Cosidos a la camisa, dentro de una bolsa de terciopelo pegada al pecho, llevaba sus naipes, silenciosos desde
hacía una eternidad, junto a las cartas de recomendación

que le había dado doña Constanza. Los objetos más valiosos que poseía. Los que le abrirían puertas que de otro modo jamás podría franquear.

Gracias al sello de la reina, que pasó de mano en mano hasta llegar a las de un alto funcionario de palacio, mientras ella esperaba en la calle, fue recibida por el conde Raimundo con la pompa debida a una dama de alcurnia. Antes la invitaron amablemente a comer algo, descansar, bañarse y cambiarse de ropa, pues el aspecto que presentaba al llegar era el de una indigente. Una vez aseada, sin embargo, la transformación obró el milagro.

El poder, ese talismán que la fascinaba de niña, volvía a demostrar su capacidad para alterar la realidad así en lo bueno como en lo malvado. La ambición por conseguirlo o acrecentarlo era causa de atroces matanzas, de conjuras asesinas que a punto habían estado de poner fin a sus días, pero simultáneamente, como por arte de ensalmo, le bastaba con invocar el nombre de don Pedro, poderoso entre los poderosos, para recuperar de golpe la dignidad pisoteada y convertirse en huésped de honor de la residencia condal en la capital occitana. ¿Dónde quedaba la lógica?

Antaño, la magia inaprensible e indescifrable contenida en esa palabra la había deslumbrado, llevándola a cometer auténticas locuras. Ahora se daba cuenta de su error y habría retrocedido en el tiempo de haber podido..., aunque ni al mismísimo emperador le era dado conseguir esa proeza. El poder, después de todo, era finito.

Empezaba a pensar, en cualquier caso, que la reina tenía razón al recomendarle que renunciara a entender el porqué de los acontecimientos.

En el castillo tolosano moraban dos hermanas de su señora, llamadas Leonor y Sancha, casadas respectivamente con el conde Raimundo y con su hijo. Ellas le abrieron los brazos como viejas amigas, invitándola a instalarse en su corte.

—Decidnos, dulce Braira, ¿cómo se os ocurrió meteros en el avispero de Vauro? —la regañó la condesa esa misma noche, animándola a sentarse cerca de ella junto al fuego.

—Me aseguraron que allí encontraría a mi padre —respondió ella cansada, sin ganas de extenderse en las explicaciones.

—¿Y lo hallasteis? —se interesó Sancha.

—Allí estaba, sí, como otros muchos caballeros occitanos, defendiendo con su vida la plaza.

Había en su voz un deje claro de reproche, dirigido al conde que había abandonado a su suerte a tantos buenos vasallos.

—¿Qué fue de él? —insistió la infanta.

—Allí le vi morir —recordó Braira, rompiendo en llanto—, y con él se fueron mi infancia, mi mejor amigo y la paz de mi espíritu. Todas esas cosas ardieron aquella noche en las hogueras de Vauro, cebadas con sangre inocente.

—¡Pobre criatura! —la consolaron las dos—. Debéis tratar de olvidarlo todo y volver cuanto antes a Sicilia, donde os aguarda vuestro esposo.

—Ese es exactamente mi deseo —aseguró ella, tras secarse las lágrimas con un pañuelo, haciendo esfuerzos ímprobos por contenerse—, aunque primero he de entregar un mensaje al rey. Debería marchar a Zaragoza cuanto antes, a fin de cumplir mi misión.

—Lo haréis apenas sea posible, estad segura de ello. Pero ahora contadnos. ¿Cómo es la vida en la isla? ¿Qué es de nuestra hermana Constanza?

—Os tiene presentes en sus oraciones —improvisó una respuesta Braira.

—¡Las aventuras que habréis vivido a su lado!

—No creáis que es para tanto. En realidad, la vida en Palermo es tranquila.

Lo decía convencida, una vez olvidados los incidentes que la habían llevado de vuelta a su tierra, ahora martirizada, sin imaginar lo que le esperaba a su regreso.

Abrumada por la generosidad de sus anfitrionas, que hacían todo lo posible por endulzar el amargo trance en el que se hallaba, Braira se preguntaba a menudo si la perversión inherente a la potestad de mandar sería un maleficio que aquejaba exclusivamente a los hombres o si serían Sancha, Leonor y Constanza excepciones que no hacían sino confirmar la regla. ¿Acaso conocían modos de servirse de esa herramienta sin caer bajo su influjo maligno, o es que, sencillamente, no eran ellas quienes gobernaban, sino que lo hacían sus maridos? ¿Era posible, en definitiva, utilizar ese instrumento de manera ecuánime? Braira albergaba sus dudas.

El invierno se había echado encima, lo que le impedía cruzar la cordillera que la separaba de Aragón. No tenía más remedio que aguardar pacientemente a que mejorara el tiempo, matando la espera con juegos de salón como el tarot, siempre impactante para quien lo descubría, y placeres cortesanos que se practicaban con alegría y despreocupación impostadas, dado que Tolosa padecía todos los rigores de una ciudad asediada.

Refugiados procedentes de los cuatro puntos cardinales de la tierra de Oc se hacinaban en sus calles y plazas, desbordadas por su creciente número. Muchos campesinos habían llevado con ellos sus ganados, únicas posesiones de algún valor que conservaban, y se negaban a separarse de ellos. Las bestias languidecían de ese modo en hedionda convivencia con los mercenarios contratados para luchar, los fugitivos de los burgos arrasados y los propios habitantes de la capital, hasta que las autoridades, a falta de otro espacio disponible, convirtieron en cuadras y albergues los claustros, las iglesias y los conventos evacuados por los clérigos. Tampoco tenían estos otra utilidad mejor, dado el interdicto que pesaba sobre la villa desde hacía años.

Braira supo que su viejo conocido, Domingo de Guzmán, el que la había salvado de los salteadores y había convertido a su hermano, estaba a un tiro de piedra de allí, en el campamento de los cruzados. Pese a todo, no fue a su encuentro, porque su seguridad, pensó, estaría gravemente comprometida entre aquellos seres despiadados, de cuyas garras acababa de escapar de milagro.

Pero Domingo... ¿Cómo podía haber cambiado tanto?

Cuando le contaron que Prouille crecía y se agrandaba con las generosas donaciones que Monforte apartaba del botín para beneficio de su alma, sintió una honda pena mezclada de incredulidad.

Según le había asegurado Guillermo en el transcurso de su última conversación, la mayoría de los bienes de la congregación procedía de gentes humildes, buenos católicos o conversos sinceros, que buscaban la salvación compartiendo con los frailes lo poco que tenían o incluso entregándose ellos mismos al servicio del convento. Y él no sabía mentir.

¿Dónde estaba, pues, la verdad?

Probablemente en esa tierra de nadie que separa a los vencedores de los vencidos. Desaparecida entre los escombros de la guerra. Enterrada bajo las cenizas de los mártires de uno y otro bando.

A ella había dejado de importarle.

Verdearon de nuevo los campos y Braira se dispuso a partir, cuando el propio Raimundo le hizo saber que el rey don Pedro marchaba en ese momento hacia Castilla, donde se disponía a dar batalla a los moros almohades que atacaban las fronteras de la cristiandad.

Él mismo le había suplicado ayuda en calidad de vasallo, de cuñado y de suegro de una de sus hermanas, ante la dureza de la ofensiva que sufría, pero había tenido que conformarse con buenas palabras y la recomendación de mostrar prudencia.

De modo que hubieron de aguardar ambos con paciencia largos meses más, hasta que finalmente, en enero de 1213, el soberano aragonés, victorioso en la batalla de las Navas de Tolosa, se desplazó personalmente hasta la capital occitana, desafiando al invierno, con el fin de zanjar de una vez por todas el enojoso asunto que abrumaba a sus vasallos del norte.

La Cruzada, hábilmente convertida por Felipe Augusto en una guerra de conquista, amenazaba con privarle de todos sus dominios ultrapirenaicos, pieza esencial de la política expansiva puesta en marcha por su padre, lo que constituía a todas luces una afrenta intolerable.

Asimismo, pesaba en su ánimo la cuestión no menor de la herencia de sus sobrinos, y sobre todo su elevado sentido del honor, que le obligaba a velar por unas gentes cuya veneración le había convertido en héroe de leyenda: todos los juglares, todos los cantores de Occitania desgranaban las glorias de Pedro, el rey galante y valeroso, ponderando sus dotes de caballero. Todas las mujeres anhelaban ser escogidas por él, cuya reputación como amante traspasaba los confines del reino. Los nobles, los ricoshombres, los poetas, las damas cultas de alta cuna se deshacían en elogios de ese monarca, encarnación de las más altas virtudes masculinas, tan distinto del francés rudo y fanático que aspiraba a gobernarlos.

¿Cómo no iba a agradecerles su cariño?

Consciente de su responsabilidad, el rey se dirigió al papa para denunciar los excesos de los cruzados y obtuvo de Inocencio el compromiso de detener a sus soldados mientras se investigaba la cuestión. Ello no obstante, sus legados no estaban dispuestos a facilitar pacto alguno, por lo que se encargaron de sabotear a conciencia cualquier intento de arreglo pacífico.

Y mientras iban y venían los embajadores, Braira se propuso aprovechar la presencia de don Pedro en palacio para entregarle al fin la carta de doña Constanza. Esa misiva en la que su hermana le pedía su respaldo para Federico en la lucha que este había emprendido por alcanzar el trono imperial, que parecía tan ajena a la realidad allí, tan fuera de lugar y de tiempo como lo habrían estado en Tolosa los leones del rey siciliano o sus concubinas.

No era fácil, empero, acercarse al soberano de Aragón. Todo el mundo tenía algo que pedirle o que proponerle, por lo que obtener una audiencia privada resultaba poco menos que imposible. Eso la obligaba a abordarle sin previo aviso, valiéndose de la libertad de movimientos de la que disfrutaba en la corte, y eso fue lo que se propuso hacer sin tardanza.

Aquella mañana, el rey recibía a sus más allegados en las dependencias que le habían sido asignadas en el castillo de Narbona, residencia condal. Entre los presentes estaban Sancha y Leonor, a quienes Braira había suplicado que la llevaran con ellas. Bien humorado, como era costumbre en él, animado por la jarra de vino terciada que se había echado al coleto antes del almuerzo, relataba su hazaña ante los almohades, desgranando los pormenores del lance con la satisfacción dibujada en el rostro.

—Al-Nasir, el Miramamolín, había salido de Marruecos al frente de un gran ejército, después de jurar sobre el Alcorán que conduciría a sus tropas hasta Roma y abrevaría sus caballos en el Tíber.

Una exclamación de horror recorrió la estancia.

—¡Roma! Antes debía atravesar ese fanfarrón Castilla y aún Aragón, lo que ni Alfonso ni yo íbamos a consentir. Por eso fui el primero en llegar a Toledo, con tres mil quinientos hombres de a caballo y veinte mil peones, a fin de esperar a orillas del Tajo a las demás tropas que habrían de participar en la batalla.

—¿Es cierto que entre estas destacaron los caballeros franceses, tal como presumen algunos de los que regresaron de allí? —preguntó uno de los presentes.

—¡¿Los franceses?! —tronó el rey—. Ya en Toledo empezaron a causar problemas, asaltaron la judería, la saquearon e incluso asesinaron a muchos de sus moradores, lo cual llenó de pesar al rey de Castilla. Más tarde, cuando llegamos a las inmediaciones de Calatrava, volvieron a las andadas. La plaza estaba bien defendida, por lo que no era fácil acometerla, aunque la atacamos y logramos conquistar su parte más accesible. Los defensores parlamentaron y se les concedió franquicia para retirarse salvando sus vidas además de algunos bienes, cosa que indignó a vuestros franceses, que ya se estaban repartiendo el botín. No habían dejado de quejarse de la calor excesiva del estío, de las arideces de la meseta y de las privaciones que desde hacía unos días venía sufriendo el ejército, mientras los nuestros, aragoneses, castellanos, navarros e incluso ultramontanos al mando de Diego López de Haro, bregaban con las tareas más duras en aras de mantener la concordia.

—¡Cobardes! —exclamó un barón, cuya propiedad había sido arrasada por las tropas de Monforte.

—No sabéis hasta qué punto... —confirmó don Pedro—. El día de San Pablo Apóstol se retiraron de la Cruzada junto a los demás extranjeros, tras anunciarnos que regresaban a sus países. Los más exaltados pretendían tomar la capital desguarnecida de Castilla a fin de cobrarse sus servicios, pero finalmente, según he sabido recientemente, se conformaron con saquear las juderías de las poblaciones por donde pasaron. Su deserción nos dejó gravemente mermados de efectivos, pese a lo cual seguimos adelante. Y es que no es lo mismo pelear contra guerreros curtidos en el combate y dispuestos a morir por su dios, como los sarracenos, que asesinar a campesinos o asaltar ciudades repletas de mujeres y niños indefensos, que es lo que han hecho esos carniceros aquí.

Un aplauso espontáneo saludó estas últimas palabras. Algunos lloraban de emoción, mientras otros llamaban a levantarse en armas de inmediato contra los opresores. El rey, sin embargo, no había concluido su narración, por lo que pidió silencio para seguir contando lo sucedido en aquellos días gloriosos del verano anterior, en los que juntos, los tres soberanos de las Españas cristianas, apoyados por efectivos de todas las órdenes militares, habían infligido una humillante derrota a los combatientes de Al-Ándalus.

La expectación era tal que en la sala no se oía volar una mosca. Don Pedro se echó al coleto un generoso trago de clarete, se ajustó la ropa y enderezó el cuerpo, consciente de la admiración que suscitaba entre el bello sexo, antes de abordar la recta final del relato, casi tan exaltado como si reviviera la emoción del combate y el dolor de la lanzada recibida en una pierna. Una herida dolorosa, de la que todavía cojeaba, pero que no le había impedido seguir propinando mandobles a lomos de su corcel, hasta ver al último ismaelita cautivo, agonizante o muerto.

—Nuestras dos primeras líneas —retomó el relato—, penetradas por caballería ligera del enemigo, se hallaban al borde del colapso. Todo parecía perdido, cuando el rey de Castilla dijo al arzobispo de Toledo: «Vos y yo aquí muramos». Y sin más, cargó al frente de la tercera línea para socorrer a los que estaban batallando en la ladera del palenque del Miramamolín. Tras él nos lanzamos todos, con la fuerza que da la fe, dispuestos a vencer o perecer en el intento.

»La carga resultó imparable. Llegamos hasta la tienda bermeja en menos de lo que se tarda en contarlo y allí dimos muerte a sus guardianes, que sucumbieron en sus puestos, fieles a su juramento de resistir hasta el final. La degollina fue tal que, al término de la acometida, nuestros caballos apenas podían abrirse paso por la colina, de tantos cadáveres como había amontonados. Al Nasir había desaparecido, mientras su ejército se desintegraba. Tomamos abultado botín de oro, joyas, armas, seda y cuantas riquezas podáis imaginar, pero la abundancia era tal que aún dejamos más de lo que nos llevamos. Jamás podrán reponerse los sarracenos de esta debacle. Este triunfo de la santa cruz será recordado por la historia.

Se hizo en ese momento un silencio denso, que Braira aprovechó para acercarse en actitud respetuosa. Tras identificarse, entregó el escrito de Constanza al monarca, quien lo leyó sin dificultad, pues había sido instruido en las artes del saber por voluntad de su padre, quien, además de guerrear, cultivaba la música y la trova.

—¿Por qué me importuna tu señora en estos momentos con semejante demanda? —reaccionó, molesto—. ¿Acaso no tengo suficientes problemas con el pontífice como para inmiscuirme en asuntos que me son ajenos?

—El rey Federico, mi señor —explicó la embajadora—, goza del favor de su santidad, que respalda plenamente sus aspiraciones. Si vos, que como él sois vasallo de Roma, quisierais apoyarle con algunas tropas...

—Lo pensaré. Ahora déjame que resuelva otros asuntos más urgentes. Cuando tenga una respuesta que darte te haré llamar. Hasta entonces, disfruta de la hospitalidad de Raimundo, que no desmerecerá, espero, la de mi cuñado siciliano.

XXIII

Nevaba sobre una Tolosa que empezaba a perder la fe. También el interior de Braira estaba frío, voluntariamente congelado, como los campos yermos que rodeaban la ciudad. No quería pensar. Evitaba sufrir poniendo su corazón en barbecho. Mataba la angustia leyendo, durmiendo mucho más de lo razonable, jugando al ajedrez o tañendo el laúd, resignada al papel secundario que le tocaba desempeñar.

Puesto que nada podía hacer por acelerar la respuesta de don Pedro —se decía—, de nada le valía irritarse. Era mejor convertirse en vegetal, reducir al mínimo sus emociones, alejarse de su propio yo para esconderse en un lugar abrigado, en espera de tiempos mejores.

Había escrito innumerables cartas a Constanza y a Gualtiero, sin obtener respuesta, lo que significaba que los correos encargados de entregarlas, casi siempre comerciantes o peregrinos, no habían logrado superar las múltiples dificultades que entrañaba tal empeño. Solo le quedaba el remedio de cultivar la paciencia, pese a ser consciente de que no era una de sus virtudes.

¿Qué sería de su esposo? —se preguntaba su mente sin que ella quisiera, en cuanto el esfuerzo de voluntad al que sometía a sus pensamientos cedía un ápice—. ¿A qué peligros estaría expuesto? Apenas llegaban noticias a la capital apestada por el interdicto vaticano, y las que lo hacían se referían casi exclusivamente a su tragedia. No había, por tanto, manera de saber en qué punto se hallaba la pugna por el solio imperial germánico o dónde acampaba Federico con sus leales, aunque Braira se agarraba con fiereza a la esperanza de que estuvieran a salvo.

Su marido la visitaba en sueños con frecuencia para llevarla de la mano hacia el mar en el que se habían amado por primera vez. En la soledad de su alcoba, sentía su deseo y su añoranza gritarle con tanta fuerza como ella lo llamaba a él sin palabras. Percibía su presencia casi física, su olor, el cobre cálido de su piel... Todo lo demás le parecía irreal; una pesadilla que pronto o tarde terminaría, liberándola de esos grilletes que la mantenían presa entre un ayer poblado de fantasmas y un mañana que no acababa de llegar.

Le habían robado el presente, único espacio que nos pertenece.

La agonía concluyó finalmente en agosto del año 1213, cuando el rey de Aragón cruzó los Pirineos al frente de sus mesnadas para defender a los occitanos del acoso de Monforte, quien desde la primavera incendiaba cultivos y hacía sacrificar ganados a fin de rendir a Tolosa por hambre.

La flor y nata de los nobles del reino, tanto aragoneses como catalanes y provenzales, cabalgaba a sus flancos. Sus fuerzas sumaban más de mil jinetes, con sus correspondientes escuderos y pajes, al igual que un buen número de mercenarios de soldada.

Había tenido que endeudarse hasta el cuello con sus prestamistas judíos para pagar a ese ejército, pero valía la pena su ruina. Lo que iba a jugarse ante el francés era el honor de Aragón y el suyo de caballero. Católico ferviente y devoto, aunque pecador, no iba a luchar, como le achacaban los enviados papales, a favor de unos herejes cátaros por quienes no sentía la menor simpatía, sino para defender a su vasallo y amparar a unas gentes indefensas.

Así entendía él su deber y nada le impediría cumplirlo.

Ante las puertas de Muret, don Pedro instaló su campo y mandó llamar a Raimundo, como al resto de sus aliados, decidido a tomar la plaza cuanto antes. Los condes de Comenje y de Foix no tardaron en llegar, seguidos de cerca por el de Tolosa, con sus contingentes de ciudadanos.

También Monforte se puso en camino, en auxilio de su guarnición, que había enviado un mensaje desesperado ante la magnitud de las fuerzas que la acometían.

Cerca de una abadía salió al encuentro del cruzado un tal Maurín, sacristán de la iglesia de Pamiers, aterrado por la aplastante superioridad numérica de sus enemigos.

—Leed este documento —le tranquilizó el León, tendiéndole una carta que le había hecho llegar uno de sus espías. En ella el propio don Pedro se dirigía a una noble dama de la campiña tolosana para, con la galantería que le era propia, jurarle que había venido a luchar contra los franceses por el placer de encontrarse con ella; exclusivamente por su amor, y no por minucias políticas.

—¿Qué queréis decirme con esto? —replicó el hombrecillo, igual de asustado, sin entender cómo podían mermar las aventuras amorosas del rey su formidable capacidad militar.

—¿Lo que quiero decir? —se indignó Monforte, severo censor de las tentaciones de la carne—. ¡Por Cristo! Lo que digo es que no albergo el menor temor hacia un rey que viene por una cortesana, por una adúltera carente de honra, a combatir en una guerra que dirime la verdad de Dios.

Esa noche la pasó el soberano aragonés en compañía de la dama en cuestión, con la que compartió lecho y vigilia. Los soldados que montaban guardia oyeron sus risas, jadeos y suspiros hasta el amanecer, cuando el monarca salió de la tienda ojeroso, aunque con aspecto satisfecho, para escuchar misa y comulgar antes de la batalla.

Tan derrotado estaba por los lances de la pasión que, aunque se apoyaba en la lanza, tuvo que sentarse durante la lectura del Evangelio, y sobre el duro escabel que le recibió se quedó dormido unos minutos. El tiempo justo de recuperar fuerzas antes del gran consejo que ordenaría la batalla.

—Deberíamos fortificar el campo con una valla de estacas capaces de soportar un ataque de la caballería francesa, y esperar a que los cruzados se pongan al alcance de nuestros ballesteros —propuso el conde de Tolosa, con la aprobación de algunos occitanos—. Así podríamos diezmar sus filas antes de perseguirlos, aprovechando que muchos estarían heridos.

—¡¿Y qué gloria tendríamos en ello?! —replicó al punto Miguel de Luesia, que había peleado a la diestra de don Pedro en las Navas de esa otra Tolosa, ya castellana, ganada al moro en las condiciones más adversas—. Atrincherarse detrás de una barrera es indigno de un rey y más parece la estrategia de un cobarde. No me extraña que hayáis permitido que os despojen de vuestras tierras...

—Contén la lengua, Miguel —le recriminó el monarca. Luego, dirigiéndose a su cuñado, sentenció—: Atacaremos en campo abierto. No se hable más. ¡A las armas!

Era costumbre que el rey vistiera en combate los colores de otro cualquiera de sus capitanes, con el fin de no facilitar su identificación al adversario. En el caso del de Aragón, empero, no era tarea fácil mimetizarse con el entorno, habida cuenta de que medía más de seis pies de altura, cabalgaba un corcel de alzada descomunal, capaz de soportar su peso añadido al de la armadura, y lucía una melena rubia, inconfundible, que volvía locas a las señoras.

Aun así, intercambió sus vestiduras con las de su escudero, aunque se negó en rotundo a situarse en la retaguardia, tal como le aconsejaban los más prudentes. Él iría en el segundo cuerpo, donde pudiera templar su espada con la sangre enemiga, justo al lado de la enseña real.

También en las filas cruzadas había prisa por entrar en liza, a pesar de que algunos clérigos insistían en intentar una última aproximación al monarca, a fin de evitar una masacre en sus propias filas. Uno de ellos era Guillermo, acudido a la desesperada desde Prouille, que suplicó a Monforte una moratoria de apenas unos minutos.

A regañadientes, este accedió a concedérsela, sabiendo que sería en vano.

El converso se descalzó en señal de humildad, tomó en las manos una cruz de madera de considerable tamaño, y con ella a cuestas se dirigió al campo de los de Tolosa, sin saber que allí estaba su hermana Braira, junto a otras damas de la corte, confiada en que, en la euforia resultante de la victoria, el rey le diese al fin la respuesta que llevaba años esperando.

En los últimos tiempos Braira había recibido malos augurios de las cartas, que presagiaban acontecimientos sombríos. Claro que no creía que se refirieran a lo que estaba a punto de acontecer. ¿Quién podía imaginar otra cosa que un éxito arrollador, si la proporción de tropas era de diez soldados a uno y estaban encabezados por el mejor guerrero de su tiempo?

Guillermo ni siquiera llegó a traspasar la primera barrera de guardias. Tal como había llegado, fue reenviado de vuelta hacia el burgo amurallado, y únicamente su hábito de fraile, unido a la devoción de los aragoneses, le salvó de morir linchado por la turba de tolosanos que se había congregado con el fin de participar en un saqueo que anticipaban abundante.

La suerte estaba echada. Jinetes de uno y otro bando cabalgaban ya al encuentro de la muerte, bajo el sol de ese viernes, 13 de septiembre.

A la cabeza de los atacantes iba el conde de Foix, seguido muy de cerca por la mesnada del rey, cuyo estandarte actuó de reclamo irresistible para los franceses. Sobre él se abalanzaron como un solo hombre todos los escuadrones, abriéndose paso entre los componentes de la vanguardia que habría debido hacerles frente, desarbolada por la furia de la embestida.

Los más insignes integrantes de la nobleza aragonesa, entre quienes estaban Aznar Pardo, su hijo Pedro, Gómez de Luna, Rodrigo de Lizana, el mencionado Miguel de Luesia y algunos otros, hicieron un círculo alrededor de su señor, intentando protegerle sin conseguirlo. El ardid de las ropas no engañó a los guerreros con mejor vista, uno de los cuales gritó:

—El rey de Aragón es mejor jinete que ese que lleva sus armas.

—Evidentemente él no es yo —exclamó entonces don Pedro, blandiendo una maza enorme—. Pero aquí me tenéis. ¡Yo soy el rey!

Fueron derribados muchos cruzados por sus golpes. Se defendió como un titán, empuñando la espada en la diestra y el garrote en la siniestra, aunque terminó por sucumbir a la bestial acometida dirigida contra su persona.

Con él fueron sacrificados todos los hombres de Aragón, después de pelear con bravura.

Los condes de Tolosa y Foix, al ver caer muerto al monarca, salieron huyendo hacia sus castillos.

En el campamento, entretanto, los sirvientes hacían los preparativos necesarios para celebrar la victoria que creían segura, dirigidos por las damas de más alto rango, entre las que se encontraba Braira. Mientras, varios centenares de ciudadanos, integrados en las milicias urbanas, se habían lanzado al asalto de Muret.

La caballería cruzada, ebria tras su inesperado triunfo sobre unas tropas occitanas en desbandada, cargó contra ellos sin mostrar piedad. Jinetes acorazados contra infantes sin experiencia. Una diversión macabra, aunque fugaz, para esos guerreros curtidos, que los remataron a lanzadas antes de darles tiempo a encomendar a Dios sus almas.

Liquidada cualquier resistencia, no tenían más que dirigirse hacia las tiendas con el fin de violar, asesinar y saquear a su antojo.

XXIV

Frente al castillo de Muret, resignada a una muerte segura, Braira elevaba sus plegarias al cielo confiando en que el final fuera rápido. Estaba entregada a la fatalidad y dedicaba sus últimos pensamientos a las pocas personas que amaba de verdad: Gualtiero, Mabilia, Guillermo, doña Constanza... Su compañía era lo único que iba a echar de menos en la otra vida. Por lo demás, el mundo que abandonaba le parecía en ese momento un lodazal inmundo. Un lugar del que más valía escapar.

A poco de comenzar la batalla había corrido en el campo el rumor de que don Pedro regresaba ya victorioso, lo que había desatado la consiguiente oleada de entusiasmo y atraído a un número mayor de curiosos. Un movimiento que resultó ser suicida, ya que quienes se abalanzaron sobre la muchedumbre allí apiñada no fueron los caballeros de Aragón, sino los cruzados de Simón de Monforte, unidos a su habitual cortejo de chusma.

Una vez aclarada la confusión, los más rápidos de entre los vencidos corrieron al río Garona, donde algunos lograron embarcar hacia la salvación de Tolosa y la mayoría se ahogó intentando en vano cruzarlo. Peor suplicio aguardaba a los que permanecieron en el recinto, ya fuera paralizados por el terror, ya confiando en la clemencia de los vencedores, pues fueron pasados a cuchillo uno a uno. En total unos veinte mil occitanos comparecieron ese día ante el Señor.

Braira se encontraba en el momento del asalto a dos pasos de la tienda que ocupara la noche anterior el monarca aragonés, y allí intentó refugiarse, más por instinto que respondiendo a una conducta racional. Fue capturada enseguida por uno de los oficiales franceses de alta cuna, que, dado el aspecto aristocrático de su prisionera, se propuso averiguar su identidad antes de entregarla a la soldadesca o enviarla directamente a la hoguera. Pero él la interrogaba en la lengua de oíl, idioma que ella no entendía, lo que hacía imposible la comunicación entre ambos.

Estaba empezando a enervarse ya el cruzado, cuando la muchacha creyó divisar a lo lejos el perfil familiar de su hermano, cuya forma de caminar le resultaba inconfundible. Por más extraña que le pareciera esa visión, no tenía nada que perder, lo que la llevó a gritar a voz en cuello su nombre, confiando en que los ojos no la hubieran engañado. Su captor pensó que se había vuelto loca de remate, hasta que Guillermo la oyó y corrió hacia el lugar del que provenía su llamada, armado con su sayo monacal y su sobrio crucifijo.

No le había dado tiempo de regresar a la ciudad. Frustrado su último intento de detener el choque, había visto desde las posiciones de los cátaros lo sucedido en el lance y asistido impotente a la carnicería que siguió a su derrota. En esos instantes se dedicaba a dispensar la confesión y últimos sacramentos a los privilegiados que obtenían de sus verdugos la merced de morir en paz con el Altísimo. Lo que menos se esperaba era toparse en ese pudridero con su hermana, atenazada por el espanto.

—Señor —se dirigió al caballero en latín—. Yo conozco a esta mujer y respondo por ella. Os ruego que la dejéis venir conmigo.

—¿Quién eres tú, si puede saberse? —replicó el noble en la misma lengua, chapurreada con dificultad.

—Mi nombre es Guillermo de Laurac y soy discípulo de Domingo de Guzmán, capellán del conde de Monforte. Ambos servimos a la Iglesia católica en el monasterio de Prouille.

—Siendo así —concedió el francés, convencido por la mención de su jefe de filas—, llévatela lejos de aquí. Nadie, ni siquiera el mismo conde, puede garantizar su seguridad en estas circunstancias. Marchaos cuanto antes.

Como si esa fuese su principal misión en esta vida, Guillermo rescataba nuevamente a Braira de un final horrible. ¿Qué otra cosa había hecho desde que ambos eran niños? ¿Qué otra cosa podía hacer? Ella parecía empeñada en tentar a la fortuna; en desafiar al mismo Dios rechazando la auténtica religión de Cristo, y a él le faltaba valor o le sobraba caridad para abandonarla a su suerte. Esa era la fe a la que se aferraba; el amor que le había llevado a renegar de sí mismo para seguir a Domingo. Allá los demás con sus actos. Él tenía su propia forma de pensar, basada en los dictados del Sermón de la Montaña, y esa cátara, además, no era una hereje cualquiera, sino su hermana pequeña...

Siguiendo las instrucciones del oficial, los dos jóvenes De Laurac salieron a toda prisa del cementerio en que se había convertido Muret para dirigirse hacia la capital. Atrás dejaban un campo sembrado de cadáveres, incluido el del rey don Pedro, cosido a heridas, despojado de sus joyas por los carroñeros del bando vencedor y desnudo como lo había traído su madre al mundo.

Esa misma noche, un grupo de caballeros hospitalarios obtuvo el permiso del jefe cruzado para buscar los restos mortales del que había sido su señor, a fin de darle cristiana sepultura en la casa que tenía la orden en Tolosa.

Lo encontraron a la luz de las antorchas, se lo llevaron a su nueva morada y allí descansó el soberano de Aragón, junto a los leales caídos a su lado, hasta que, cuatro años después, a petición de su hijo Jaime, el papa Honorio III accedió a que sus huesos fuesen trasladados al monasterio de Sijena, donde reposarían, junto a los de doña Sancha, hasta el día de la resurrección.

—¿Qué va a ser de ese pobre huérfano? —se preguntó Guillermo en voz alta después de un rato de marcha, en referencia al heredero de Aragón, tratando de encontrar un tema de conversación trivial con el que sacar a su hermana del mutismo en el que se hallaba sumida.

Desde que habían abandonado el lugar de la matanza ella se dejaba conducir dócilmente por él, sin oponer resistencia ni mostrar tampoco signos de querer o poder desahogarse. El fraile era consciente de la acumulación de tragedias que había vivido en poco tiempo, por lo que no quería obligarla a hablar, aunque sí distraerla en la medida de lo posible. Se conformaba con que saliera de su ensimismamiento. Ya dejaría fluir sus emociones cuando estuviese preparada.

—¿Qué va a ser de nosotros? —replicó Braira al cabo de una eternidad, ignorando la pregunta—. ¿Qué va a ser de este pobre mundo? Y yo que no soportaba la visión de la sangre... ¿Existe un lugar en el que podamos escapar a tanta maldad? Dime, Guillermo, ¿hay algún escondite? Porque si lo hay, quiero permanecer en él para siempre. No aguanto más...

—No temas —la tranquilizó él con cariño—. Escribiré a don Tomeu Corona y a su esposa, la buena de doña Alzais, quienes, como sabes, sienten gran afecto por ti. Ellos te proporcionarán los medios para regresar a Sicilia, donde te aguarda tu marido.

—¡Ojalá fuese así! No tengo la menor idea de dónde está Gualtiero ni de si está con vida. Ignoro si yo misma tengo aún alguna vida que vivir. Todo es muerte, destrucción, desvarío...

—No pierdas la esperanza. Tras la tempestad siempre acaba por llegar la calma.

Braira se detuvo en seco para observar a su hermano. Sus ojos parecían reflejar una luz interior que hasta entonces ella no había notado. Una convicción auténtica, inasequible al contraste con la realidad, por macabra que esta fuera, que le proporcionaba fuerzas para superar cualquier cosa.

Guillermo no sonreía, aunque su rostro proyectaba ternura; un sentimiento tan hondo como contagioso, que la llevó a abrazarse a él casi sin pretenderlo. Al cabo de un rato, durante el cual permanecieron así, abrazados y silenciosos, ajenos a todo lo demás, ella dijo:

—No te he dado todavía las gracias por haberme salvado una vez más...

—¡Ni falta que hace!

—Tampoco he correspondido a tu generosidad escuchándote. Cuando nos vimos en Prouille te juzgué en lugar de intentar comprenderte.

—Es el privilegio de la juventud —replicó él en tono algo sarcástico, reanudando la marcha—. Una fea costumbre que se pasa con los años.

—Pero me pareció que sufrías —insistió ella.

—Todos tenemos que sufrir.

—¿Por voluntad propia?

—No es tan sencillo, hermanita. A menudo nos enfrentamos a encrucijadas que nos obligan a escoger, y toda elección conlleva una renuncia. En eso consiste la vida: en optar entre caminos sin saber exactamente a dónde llevan.

—¿Y tú estás seguro de haber elegido el correcto?

—Lo estoy. Pese al dolor que arrastro y arrastraré siempre, tengo la certeza de haber encontrado mi fe y mi vocación.

—Me gustaría poder decir lo mismo...

—Busca la luz en tu interior y pide a Dios que te ilumine. Él te ama, aunque tú te empeñes en negarle.

Braira no respondió. No sabía en qué creer. Todas las seguridades sobre las que había construido su existencia yacían destrozadas por la brutalidad humana.

A lo largo de los últimos meses había apelado con devoción, con desesperación incluso, a la misericordia divina, sin obtener otra respuesta que la callada o la indiferencia. El poder, ese objeto de deseo que perseguía desde niña, le parecía ahora sinónimo de desgracia. Ni siquiera confiaba en ese momento en el tarot, incapaz de prevenir catástrofes como las que la habían arrollado sus ilusiones.

«Todo está escrito por la mano de Dios —solía decir su madre—. Las cartas solo ayudan a descifrar ese lenguaje».

¿Era realmente Dios capaz de escribir tales crueldades o es que los hombres, esa raza maldita, habían pervertido su santo nombre?

No sabía en qué creer. No creía en nada.

El huérfano al que se había referido Guillermo, tratando de distraer a su hermana, se llamaba Jaime, tenía siete años de edad y estaba llamado a protagonizar grandes hazañas, después de vivir una infancia atroz pasando de las manos de Monforte a las de los caballeros templarios. Una forja brutal, de privaciones y sufrimiento, que le convirtió en un ser extraordinario de quien hablarían los siglos venideros.

Braira regresó a Sicilia en una de las galeras de don Tomeu Corona.

Guillermo acompañó a su hermana hasta las puertas de Tolosa, donde los dos se despidieron sin palabras intuyendo que esta vez sería la definitiva. Él tenía ante sí una tarea evangelizadora que cumplir y ella una etapa dolorosa que dejar atrás.

—¿Me darás noticias de nuestra madre? —pidió Braira.

—No creo que volvamos a saber de ella.

—¿Quieres decir que...?

—No. Montsegur es prácticamente inexpugnable. Lo que digo es que ni a mí me dejarían acercarme allí ni ella abandonará la vida contemplativa a la que se ha entregado.

—¿Tú la sigues queriendo?

—No pasa un día sin que rece por ella.

—Reza entonces también por mí. La echo tanto de menos...

—Lo haré, descuida. Pediré a Dios que te ilumine. Ahora ve al encuentro de tu destino y no olvides escribirme.

Dentro ya de la capital occitana, deshonrada, atemorizada y más atestada de refugiados que nunca, fue doña Leonor quien volvió a hacerse cargo de ella. Ese mismo día despachó a Zaragoza un correo con una carta destinada al proveedor de la corte, en la que narraba lo esencial de lo acontecido y suplicaba nuevamente su ayuda, y al cabo de unos días puso a disposición de su huésped una escolta que la condujo hasta Barcelona.

—Llevad nuestros saludos a mi hermana —le dijo al partir.

—Jamás olvidaré vuestra generosidad —contestó Braira.

—No os olvidéis tampoco de Occitania —concluyó melancólica la condesa—. Está a punto de desaparecer...

La bondad de las dos infantas con las que había compartido horas de angustia, la de Guillermo y, por supuesto, la de don Tomeu y doña Alzais, que no dudaron en brindarle el auxilio que necesitaba, devolvieron parcialmente a Braira la confianza en el género humano.

Había llegado a plantearse la posibilidad de retirarse a una clausura, decepcionada como estaba del rumbo incomprensible que seguían los acontecimientos a su alrededor, pero durante la travesía tuvo tiempo para reflexionar y llegó a la conclusión de que aplazaría cualquier decisión hasta saber cómo andaban las cosas por la isla.

La peripecia sufrida le había dejado en el espíritu una cicatriz similar a la que deformaba su nariz, aunque sin cambiarla en el fondo. Algo similar a lo que le ocurría a su rostro. Era la misma persona de siempre, más serena, cauta, humilde y comprensiva. Más paciente y agradecida, pero también más desconfiada, temerosa, egoísta y encerrada en sí misma. Más astuta. Había perdido definitivamente la inocencia.

¿De qué servía vivir así?

En el mar, contemplando el azul inabarcable del agua fundida con el cielo, empezó a hallar a respuesta al sentir sobre la piel la caricia del sol otoñal. Atrás quedaban los sueños de gloria. Si había de ser feliz, sería gozando de cosas sencillas.

Cuando le fue comunicado a la reina regente que su dama favorita estaba de regreso y pedía ser recibida, se levantó de un brinco de la butaca en la que bordaba a la luz del atardecer y salió a su encuentro, deseosa de abrazarla.

A su lado jugaba el pequeño Enrique, que pronto abandonaría su compañía para ser educado por preceptores masculinos con el rigor que habría de forjar su carácter.

Tanto el príncipe como doña Constanza extrañaban a sus perros, fallecidos recientemente, uno de viejo y otra de añoranza.

—¡Al fin vuelves a mi lado! —dijo la soberana con sincera alegría—. ¡Cuánto te he echado de menos!

—No he podido cumplir la misión que me encomendasteis —confesó Braira, tanto más avergonzada por su fracaso cuanto mayores eran las muestras de afecto que le testimoniaba su señora.

—Recibimos la noticia del desastre de Muret —la interrumpió la reina—, donde resultó derrotado mi hermano.

—Yo estuve allí. —Bajó la cabeza la joven—. Le vi morir como muere un caballero, defendiéndose hasta el final sin dar la espalda al enemigo. Lo que vino después prefiero ahorrároslo. La crueldad de los franceses supera lo que puede describirse con palabras.

—¡Cuánto has debido padecer...! —la consoló Constanza con una caricia—. Pero ya acabó. No lo pienses más. Aunque Aragón, según me dicen, está sumido en el desgobierno y es incapaz de auxiliar a nadie, las noticias que llegan de Alemania son inmejorables. Gracias al apoyo del rey de Francia, precisamente, Federico está a punto de conseguir esa corona imperial por la que tanto ha luchado.

—¿Del rey Felipe Augusto, señora? —se sorprendió Braira—. Perdonad mi atrevimiento, pero ese hombre es un demonio.

—¡Calla! —la cortó de cuajo la reina—. Deberías haber aprendido algo más de tu experiencia. Cuando se trata de una corona no hay amigos, sino intereses. Y los nuestros están ahora junto a ese monarca. De modo que contén la lengua y no vuelvas a ofenderle nunca más en mi presencia, ni mucho menos en la de mi esposo. Tus sentimientos o lo que hayan contemplado tus ojos carecen por completo de importancia.

Braira calló, acusando el golpe. Se había confiado hasta el punto de olvidar la distancia que necesariamente la separaba de su interlocutora, por mucho afecto que hubiese entre ambas.

Al cabo de unos instantes, con temor a la respuesta, preguntó:

—¿Sabéis algo de...?

—¿De tu esposo? Sí. Tranquilízate. Gualtiero cabalga junto a Federico camino de Aquisgrán, donde vamos a reunirnos con ellos. ¿Qué te parece? Claro que tal vez prefieras quedarte aquí para reponerte de tus fatigas...

—¡Ni siquiera desharé el equipaje! —Le cambió la expresión—. Casi no recuerdo sus rasgos, pero no he dejado de pensar en él. Ha pasado tanto tiempo...

—Pronto estarás a su lado. Durante el trayecto me contarás con detalle todo lo acontecido desde que te marchaste y yo te pondré al día de lo sucedido aquí, donde, por cierto, no han vuelto a producirse incidentes con mis damas. He llegado a pensar que tanto el episodio de la araña como el de la comida emponzoñada fueron, tal como tú decías, accidentes lamentables. Coincidencias de esas que a veces nos llevan a sacar conclusiones erróneas.

—Así lo creo yo también, majestad. Estoy segura de que nadie me quiere mal en esta ciudad a la que tuvisteis la bondad de traerme. Creedme cuando os digo que, en comparación con lo que he dejado atrás, Palermo, este palacio, estas calles, estas gentes, son algo muy parecido al paraíso terrenal.

Un paraíso más gris desde que faltaban Seda y Oso, a quienes Braira incluyó a partir de esa noche en sus plegarias.

CUARTA PARTE

1214-1229

XXV

Felipe Augusto de Francia era un soberano con suerte. Acababa de apoderarse de las tierras pertenecientes a la corona de Aragón, con la excusa de expulsar de ellas a los cátaros, cuando la fortuna acudió nuevamente en su auxilio del modo más inesperado: brindándole una victoria aplastante sobre el emperador germánico, cuarto de los que llevaban por nombre Otón, precisamente mientras hacía retroceder a su ejército intentando huir de él.

Corría el año 1214 de Nuestro Señor.

Perseguido por el alemán, cuyos tercios de mercenarios de Brabante sembraban el pánico allá donde iban, el rey llegó un tórrido atardecer a un puente situado muy cerca de la frontera entre sus dominios y los que aspiraba a engrandecer el teutón. Su enemigo le pisaba los talones. No le quedaba otro remedio que combatir o asistir a la masacre de sus soldados en un cuello de botella que jamás podrían cruzar a tiempo, lo que le llevó a optar por la primera opción.

Tras encomendarse a Dios, el monarca se enfundó la armadura, subió a su corcel, se abrazó al estandarte de san Dionisio e hizo tocar las trompetas que llamaban a la batalla. A sus flancos cabalgaban los grandes del reino, los caballeros más ricos y valerosos, animados por los cánticos que a voz en cuello entonaban los capellanes castrenses. Frente a él se desplegaban las tropas del emperador maldito, dos veces excomulgado por desafiar a la Iglesia, quien se lanzó a la refriega precedido por la enseña imperial, enarbolada en lo alto de una pértiga: un águila dorada cuyas garras sometían a un dragón.

Con el sol a las espaldas, los franceses lucharon a la desesperada por sus vidas y lograron imponerse. Su victoria fue arrolladora. La mayoría del ejército adversario resultó aniquilada, ante la incredulidad de Otón, que huyó de allí a toda prisa hasta reventar literalmente a su caballo.

Los lanceros de Felipe se ensañaron con el dragón del pendón derrotado y amputaron las alas al águila en un ceremonial macabro, antes de que su señor ordenara restaurar la pieza a fin de regalársela a un fiero combatiente veinteañero que había peleado a su lado: Federico de Hohenstaufen, soberano de Sicilia y candidato favorito del papa al sagrado trono imperial.

No había sido fácil para el huérfano de Palermo llegar hasta ese día triunfal, pero había valido la pena. Más de dos años llevaba alejado de su tierra natal, aunque ahora estaba seguro de que la corona de su abuelo, el Barbarroja, no tardaría en pertenecerle de hecho y no solo de derecho, tal como le anunciara en su día aquella hermosa dama de Constanza que leía el futuro en unas peculiares cartas adornadas con figuras que únicamente ella entendía.

La primera etapa de su periplo le había conducido hasta Roma, donde se había encontrado por vez primera cara a cara con su tutor, Inocencio, al que debía, entre otras muchas mercedes, el hecho de estar vivo. Nunca podría borrar de su memoria ese momento, ya que por más que hubiera oído hablar de la gloria del pontífice, la magnificencia que desprendía su persona superaba todo lo imaginable. De ahí la huella que dejaba en cuantos le visitaban, incluido él mismo.

Aquel hombre se consideraba superior en dignidad y honor a cualquier otro ser encarnado, era evidente, pues no en vano representaba a Jesús, soberano de reyes, príncipes y emperadores, tal como indicaba la tiara que adornaba su cabeza. El manto rojo que cubría sus espaldas evocaba a su vez la capa regalada por Constantino el Grande a Silvestre I, y se inspiraba igualmente en la sangre derramada por Cristo en su Pasión. El blanco inmaculado de su túnica, idéntica a la del emperador de Bizancio, simbolizaba la resurrección y los ropajes inmaculados de los ángeles. Era sinónimo de inocencia. El conjunto de su figura, enmarcado en un ambiente de vapores de incienso y clérigos silenciosos en actitud reverente, lograba que el visitante se sintiera insignificante, fuera cual fuese su rango.

Todo estaba pensado para que Federico se marchara de allí convencido de que el personaje ante el cual se había inclinado no era un humano cualquiera, sino un ser cuya naturaleza estaba a medio camino entre lo terrenal y lo divino. Claro que él, por cuyas venas corría la sangre de los Hohenstaufen y los Altavilla, tampoco se tenía a sí mismo por un hombre del montón. ¡Nada de eso! No era una persona fácilmente impresionable.

Acogido con todos los honores por su santidad, que veía en él al campeón de la causa católica, el rey le rindió pleitesía y le prestó juramento de vasallo. Reiteró las antiguas promesas de su madre sobre su disposición a respetar todas las prerrogativas de la Iglesia en sus dominios, y recibió a cambio no solo la bendición apostólica, sino una sustanciosa suma de dinero que le permitió alquilar una flota de buques genoveses para transportar a sus fuerzas hasta Alemania, a la conquista de su trono.

El recibimiento que le dispensaron los habitantes de la Ciudad Eterna fue más caluroso aún que el de su poderoso mentor. Tanto, que no tardó en convencerse el siciliano de que no era Inocencio quien le empujaba hacia el esplendor imperial, sino el pueblo romano el que exigía de él ese esfuerzo. «Fue Roma, la gloriosa Roma —le adularían poco después en sus romances los poetas a sueldo de su corte—, la que lo lanzó a las más altas cimas del Imperio, cual madre que diera a la luz un hijo largo tiempo anhelado».

Tal como escribiría siglos más tarde un insigne narrador francés: «La ingratitud es el oficio propio de los reyes». Y junto a ella, la vanidad, con la que los dioses de todos los Olimpos han cegado siempre a los mortales en el empeño de destruirlos.

Desde Génova, prácticamente sin necesidad de combatir, Federico se abrió paso hasta los Alpes, sorteando la hostilidad de varias plazas fuertes güelfas y prodigando exenciones fiscales, dispensas del servicio de armas y otras suculentas concesiones entre las villas que le juraban fidelidad.

Sus capitanes, encabezados por Gualtiero de Girgenti, no daban crédito al modo en que obstáculos aparentemente insalvables se despejaban ante ellos como por arte de magia, permitiéndoles avanzar hacia la conclusión de una empresa que muchos habían contemplado al principio con el mayor escepticismo.

Fuese fruto del talento o de un azar bien dispuesto, lo cierto era que su señor los conducía con mano firme al corazón del Sacro Imperio Romano Germánico, situado en Aquisgrán, donde descansaban los restos de su fundador, Carlomagno, canonizado en tiempos del Barbarroja.

Parecía evidente que el siciliano era un ser especial; un auténtico David victorioso frente a Goliat, según la visión mayoritaria del vulgo, que le aclamó a lo largo de todo el camino hasta Maguncia, donde fue elegido formalmente rey de los romanos una gélida mañana de diciembre del año 1213.

Muy a su pesar, deslució la ceremonia el hecho de que no pudiese revestirse con los atributos propios de su condición, ya que estos obraban todavía en poder de su rival. Le resultaba indispensable recuperarlos antes de ser coronado en Roma por el papa, para lo cual necesitaba un aliado poderoso, que encontró en el soberano francés. Por eso, solo por eso, cabalgó a su flanco hasta el puente de Bouvines, en el que derrotaron a Otón.

Sí. Felipe Augusto Capeto era un hombre con suerte. En aquel verano acababa de librarse de la formidable amenaza que para su reino suponía la pinza formada por los estados alemanes e Inglaterra, mientras Simón de Monforte conquistaba en su beneficio la Provenza y Occitania.

Millares de campesinos cambiarían de la noche a la mañana de lengua, de señor y de soberano, siguiendo una tradición antigua. ¿Qué eran los siervos de la gleba sino complementos de la tierra comparables a los bueyes? Los nobles decidían sus destinos, impuestos por el filo de la espada; ellos los alimentaban con su trabajo; y los clérigos, entretanto, aseguraban mediante sus rezos la salvación de todas las almas. Así era como funcionaba el mundo.

La reina Constanza, acompañada de su hijo Enrique y su dama del tarot, llegó a la antigua corte de Carlomagno justo un año después de la victoria del francés compartida por su esposo.

Atravesar buena parte de la península itálica por lo que quedaba de las antiguas calzadas romanas no había sido precisamente cómodo, pero la perspectiva de reunirse con sus hombres hacía que ambas mujeres encontraran fuerzas para soportarlo. Viajaban, además, en las mejores condiciones posibles, protegidas de los bandidos que asolaban los caminos por una nutrida escolta armada, con medios para alojarse en las más reputadas posadas y la posibilidad de descansar el tiempo que fuera necesario cuando el dolor de huesos se hacía insufrible.

Braira había recuperado poco a poco las ganas de vivir e incluso el deseo de jugar, aunque no la ambición que había guiado antaño sus pasos. Su señora, envejecida y ajada por fuera, se mantenía sólida en sus convicciones, digna de la sangre que corría por sus venas. Entre las dos cuidaban de Enrique, que, con cuatro años recién cumplidos, era ya rey de Sicilia y aspiraría un día al solio imperial.

Cuando cruzaron la puerta de Aquisgrán, precedidas por dos heraldos encargados de anunciar su llegada a toque de trompeta, Braira sintió que se le aceleraba el pulso. Hasta entonces se había mantenido más o menos tranquila, a base de un supremo esfuerzo de contención, pero llegada la hora del encuentro su mente empezó a formularse preguntas a cuál más inquietante. ¿La habría sustituido otra en el corazón de Gualtiero? ¿La querría todavía? ¿La encontraría fea, poco deseable o incluso desagradable, tan desmejorada como estaba después de las penalidades sufridas? ¿Seguirían riendo juntos? ¿Tendrían ganas de hablar? ¿La miraría de ese modo ardiente y al mismo tiempo rebosante de ternura que la había enamorado nada más verle? ¿Sería él capaz de comprender su calvario y asumir los cambios que se habían operado en su interior? ¿Lo sería ella con respecto a él?

Solo había un modo de descubrirlo.

Pese a verla sucia por el polvo del camino, con la ropa embarrada, el rostro surcado por la fatiga y más delgada de lo que le habría gustado, Gualtiero miró a su esposa como se contempla a una obra de arte. Como si jamás hubiera visto nada más hermoso. Como si el tiempo se hubiese detenido en su noche de bodas. Lo que veía no guardaba la menor relación con lo que percibían los ojos.

Había contado cada día de alejamiento atormentado por la inquietud ante la falta de noticias de ella. Los meses le habían parecido años y los años, siglos. ¿Cómo se puede querer tanto a alguien que apenas has llegado a conocer? —se preguntaba a menudo—. Y la respuesta era una imagen: un óvalo perfecto, una boca con sabor a uva madura, un halo misterioso en forma de sonrisa, equivalente a una invitación, unos ojos en cuyo interior moraba la paz que todo guerrero ansía.

—Estás más hermosa aún de lo que recordaba —le dijo sin faltar a su verdad, ayudándola a bajar del carro.

—No es cierto —respondió ella, emocionada y aliviada en su angustia—, aunque doy gracias a Dios por estar viva, que no es poco. Tú sí que tienes un aspecto magnífico.

—La intendencia de su majestad funciona como una máquina bien engrasada. Hemos comido hasta hartarnos y combatido muy poco. El pueblo nos agasaja. No puedo quejarme de nada, si no es de haberte extrañado tanto. Tendrás muchas cosas que contarme, supongo.

Braira no daba crédito a tanta dicha. No quería rememorar ese pasado atroz que parecía definitivamente enterrado. Solo disfrutar de un presente recuperado después de tan larga espera, que Gualtiero llenaba por completo en ese instante.

—Me visitaste en sueños noche tras noche... —le susurró al oído, acariciando su mejilla barbuda.

—Yo te busqué y encontré en los míos —repuso él, sin dejar de besarla—, pero ahora estás aquí. Ya pasó el tiempo de soñar. Necesito sentir el tacto de tu piel, recorrer con mis manos tu cuerpo, comprobar que eres realmente tú en carne y hueso... ¡Demasiado hueso para mi gusto!

Era él. No había cambiado.

Braira descansó en su esposo. Encontró en su calor el tiempo que le había sido hurtado. Le amó, se amaron, aunando pasión y cariño, en un abrazo que los llevó a cotas insospechadas de placer. Fueron, hasta la alborada, un solo ser; un único instante irrepetible.

Al día siguiente, la luz que había huido de su sonrisa volvía a iluminarle el rostro, tenía un apetito voraz y se sabía de algún modo capaz de interpretar nuevamente el lenguaje del tarot. Felicidad y clarividencia habían regresado al mismo tiempo, cosa que el rey debió de percibir instintivamente, pues no tardó en ponerla a prueba reclamándola en sus aposentos esa misma mañana.

Federico ya no era el muchacho algo alocado que había conocido ella en Sicilia, sino un hombre hecho y derecho dispuesto a asumir un cometido grandioso. Su sed de conocimiento se había visto acrecentada a medida que pasaba los días y las noches en campamentos militares, ayuno de fuentes en las que saciarla, y también su afición a lo esotérico había crecido con él. De ahí que, al saber por su esposa que Braira se encontraba en palacio, la mandara llamar inmediatamente.

La cartomántica acudió presurosa, provista de su cajita de marfil y plata. De nuevo le apetecía cumplir con lo que se le ordenaba, pues no solo estaba radiante y agradecida a la vida, sino encantada de haber recuperado esa habilidad que creía perdida. De ahí que saludara a los soberanos con la gracia que la caracterizaba, tomara asiento frente a ellos y se dispusiera, risueña, a seguir el ritual habitual: cuatro cartas boca abajo —el ayer, el hoy, el mañana y el camino—, escogidas al azar del montón por el consultante.

El primer personaje que se asomó al juego fue el Loco, una especie de juglar, con el traje lleno de cascabeles y un hatillo a las espaldas, que camina sin rumbo fijo con rostro alegre. Federico pareció molesto al verse retratado de tal modo, pero Braira le explicó:

—No sois vos, señor. Es vuestro pasado confuso, vuestro complejo linaje que mezcla diversas sangres, vuestra búsqueda incansable, los viajes que habéis debido emprender para superaros a vos mismo. Es lo que ha quedado atrás. Destapad la siguiente carta y veremos en qué momento os encontráis.

Como no podía ser de otro modo, apareció el Emperador, con su cetro, su corona, su collar de espigas de abundancia y su trono adornado con un águila.

No fue menester decir cosa alguna. Aunque la intérprete hubiese querido explicar que se trataba de un mero símbolo, de un modo figurado de representar el poder, la seguridad en uno mismo, el orden, el control y la estabilidad, el rey no la habría escuchado. Él vio la carta y se creció. Al igual que cuatro años antes, se vio reflejado en ella y dedujo que esa figura era él, Federico de Hohenstaufen y Altavilla, emperador del Sacro Imperio Romano Germánico.

—¿Lo veis, Constanza? —se ufanó—. Hasta vuestra preciosa amiga reafirma lo que ya anunció tiempo atrás.

Otón está muerto, aunque todavía él no lo sepa. Mañana yo seré coronado aquí, en la que fue capital del gran Carlomagno, faro de la cristiandad, precursor de las Santas Cruzadas, verdugo de los sajones idólatras y vencedor de los sarracenos en Hispania.

—Los reinos cristianos de Hispania siguen combatiendo a los moros, mi querido esposo, desde los tiempos en que Carlomagno, con el valioso apoyo del rey Alfonso de Asturias, les infligió su primera derrota. ¡Ojalá fuese una tarea concluida!

—Lo será muy pronto, no lo dudéis. Igual que mis antepasados les arrebataron Sicilia, los descendientes de vuestra sangre los expulsarán de Aragón y de Castilla. Pero sigamos. ¿Qué nos depara el mañana, encantadora Braira?

Mujeriego impenitente, tal como atestiguaba el serrallo que mantenía a dos pasos de su palacio palermitano, Federico era incapaz de mostrarse indiferente ante una fémina cuyas hechuras le resultaran atractivas, incluso en presencia de su esposa. Y el cuerpo menudo de esa dama no solo le gustaba, sino que le atraía como el imán al hierro. La desnudaba con los ojos sin el menor recato. Le demostraba su deseo en cada gesto. Se notaba que estaba acostumbrado a poseer a cualquier hembra que se le antojara y que no se andaba con remilgos de juglar en la conquista.

Amaba a Constanza más de lo que volvería a amar jamás, lo que no era obstáculo para que siempre hubiera dado rienda suelta a su lujuria. Su forma de mirar a Braira era por ello una caricia burda, propinada con grosería; un manotazo en el pecho que ella soportaba indefensa, consciente de que doña Constanza veía con indulgencia esa afición de su fogoso marido, en su opinión inofensiva.

—Tened la bondad de destapar el naipe que indica el futuro, mi señor —prosiguió con la tirada, haciendo de tripas corazón.

Entonces apareció el papa. Un anciano venerable, portador de mitra y báculo, impartiendo sus enseñanzas a dos obispos arrodillados ante él en actitud de recogimiento.

—¿Qué hace aquí nuestro amado santo padre? —se extrañó el rey.

—En realidad, esta figura nos habla de aprendizaje y consejo. De lo importante que resulta tanto hablar como escuchar. Este papa es un maestro que nos ayuda a controlar nuestros sentidos —aclaró ella, tratando de aprovechar la ocasión para embridar los impulsos que percibía en el soberano.

—Lo cierto es que seguir los consejos del pontífice me ha reportado beneficios evidentes —reflexionó Federico en voz alta, interpretando nuevamente el dibujo que veía en sentido literal, sordo a las explicaciones de la cartomántica—. No tengo queja del trato que me ha dispensado hasta ahora, aunque mucho me temo que pronto o tarde nuestros caminos han de cruzarse. Él aspira a manejarme como cuando era un niño y yo no tengo la menor intención de permitírselo. Su poder debería ceñirse al ámbito de lo espiritual y dejarme a mí lo temporal, pero se empeña en reinar también sobre asuntos terrenales que nada tienen que ver con la salvación de nuestras almas. Sí, creo que terminaremos chocando...

—¡Dios no lo quiera! —intervino Constanza escandalizada—. Nunca os enfrentéis a la Iglesia. Mirad cómo acabó mi hermano Pedro por defender a esos herejes cátaros, por más que le advirtieron que no lo hiciera, y cómo declinó, para nuestro bien, la estrella de Otón desde que fue excomulgado. Tened cordura, os lo suplico —prosiguió la reina, que había sido instruida a conciencia—. La historia, en su sabiduría, os marca claramente el camino a seguir. ¿A dónde llevó al emperador Enrique IV proclamar que Gregorio era un falso papa?

A ser repudiado por sus propios vasallos y tener que humillarse en Canossa ante el pontífice, hasta obtener su perdón. ¿Qué sacó vuestro abuelo, el Barbarroja, de su enconada pugna con Alejandro? Sufrimiento, soledad, calamidades de toda índole y finalmente una epidemia que diezmó a su ejército y le convenció de la necesidad de agachar la cabeza ante el vicario de Cristo. No repitáis sus errores. Sed cauto. El papa no es vuestro enemigo y, aunque lo fuera, jamás podríais vencerle.

Federico oyó en silencio por respeto a su esposa, mas no escuchó. Tiempo tendría de arrepentirse en los años venideros. De momento, estaba más interesado en saber lo que le recomendaba ese peculiar juego de mesa, tan certero en sus pronósticos y a la vez tan halagüeño.

Con mano firme, animado por Braira, destapó el último naipe, descubriendo la carta de la Templanza, un ángel de gesto apacible en el trance de trasvasar un líquido de una vasija a otra.

—El tarot coincide con vuestra esposa, señor —dijo Braira sin mentir—. Si queréis ser un emperador tan sabio como poderoso, habéis de mostraros paciente, huir de los extremos, aborrecer el fanatismo, ser humilde en vuestra grandeza, sociable hasta donde os lo permita vuestra magna condición, tolerante con vuestros súbditos...

—Tienes razón —sentenció Federico, interrumpiéndola—. Esa es una buena forma de ganarme su respaldo, indispensable para derrotar definitivamente al güelfo. Ahora puedes retirarte —la despachó, satisfecho—, pero no te vayas muy lejos. Tal vez te mande llamar más tarde...

No llegó a cumplir su amenaza. En los días siguientes estuvo muy ocupado contribuyendo con sus propias manos a la rehabilitación del sepulcro en el que descansaba el cuerpo de Carlomagno, trasladado a un esplendoroso sarcófago labrado en plata, oro y piedras preciosas, que ocuparía desde entonces un lugar de honor en la catedral de Aquisgrán.

Allí mismo fue coronado con gran pompa, aunque de nuevo sin los atributos materiales de su rango, ya que estos estaban en poder del derrotado, que se aferraba a ellos obstinadamente en su último refugio, negándose a reconocer que ya no le pertenecían.

La atmósfera que reinaba aquel día en el templo evocaba el cielo de los justos. Millares de candelabros iluminaban sus naves, perfumadas de incienso, mientras las voces de un coro infantil entonaban cánticos de alabanza a Dios. Allí dentro era más fácil sentirse cercano a Dios, percibir su poder inabarcable, imaginar el resplandor de su gloria. Sí, en ese entorno sagrado todo parecía posible...

Emocionado hasta la exaltación, agradecido al Señor que le había conducido hasta ese momento y determinado a seguir los pasos del fundador del Imperio, Federico aprovechó la ceremonia de su entronización para hacer un anuncio sorprendente, que nadie había previsto

—Hermanos en Cristo —se dirigió a los presentes desde los pies del altar mayor, alzando con teatralidad la cruz que colgaba de su pecho—. Amados súbditos. En este día de júbilo para la cristiandad formulo ante vosotros mis votos de cruzado y pongo en este instante mi espada al servicio de la liberación del sepulcro de Jesús.

Un murmullo de aprobación recorrió las filas de los fieles asistentes al acontecimiento, mientras Constanza se estremecía por dentro, maldiciendo la locura de su marido.

—Me siento en la obligación de devolver al Altísimo una mínima parte de los muchos dones que ha derramado sobre mí, por lo que muy pronto encabezaré una expedición que arrebate a los sarracenos la ciudad de Jerusalén. Y desde aquí os llamo a todos a sumaros a esta empresa que hemos de culminar con bien, pues Dios está de nuestro lado. ¡Marchemos a Tierra Santa! ¡Muerte a los sacrílegos!

La iglesia estalló en un único grito de júbilo.

El soberano tenía un don natural para la oratoria que le otorgaba una gran capacidad de seducción. Su entusiasmo se propagó entre la multitud como un incendio en un pajar barrido por el viento, hasta el punto de que los más osados querían partir en ese mismo instante, sin despedirse siquiera de sus familias.

El golpe de efecto le había salido a Federico a pedir de boca, aunque no gustó lo más mínimo al pontífice cuando le llegó la noticia transcurridas unas semanas. ¿Quién era ese muchacho insolente para hurtar a la Iglesia la iniciativa de una cruzada? ¿Con quién se creía que jugaba? Tendría que bajarle los humos cuanto antes, demostrándole quién mandaba en asuntos de semejante envergadura.

Por otra parte, sin embargo, los pocos enclaves orientales que permanecían en manos cristianas estaban muy necesitados de socorro, por lo que no era cuestión de revocar ese llamamiento a la peregrinación armada que muchos clérigos secundaban ya por todo el orbe.

Eso sí, obligaría a ese presuntuoso a cumplir escrupulosamente su palabra, sin admitir excusas o demoras. Federico tomaría la cruz o lo pagaría caro.

XXVI

—He contemplado de cerca el rostro de la maldad absoluta.

Sentada junto a un ventanal que se asomaba al parque de palacio, Braira conversaba con Gualtiero. Una vez saciado el apetito de reencuentro que había acaparado todas sus horas durante los primeros días, parecían haber hallado el sosiego suficiente como para hablar de aquello que les pesaba en el corazón, por más difícil que le resultara a ella especialmente.

—Así son todas las conquistas —trató de explicarle su marido—. La historia está escrita con letras de sangre. Por eso la protagonizan los hombres. Las mujeres, benditas seáis, estáis hechas para dar la vida.

—Mataron a tantas... —recordó Braira a su pesar, evocando en su mente las imágenes del horror que era incapaz de borrar—. Madres de niños de pecho, ancianas, vírgenes salvajemente ultrajadas... ¿No tendrían esposas o hermanas esos soldados?

—Sí, pero no las veían en los rostros de sus víctimas. Para ellos eran únicamente recipientes sin nombre en los que vaciar su ira.

—¿Cómo puede perder su humanidad una mirada que pide clemencia?

—Probablemente porque quienes miran han dejado de ser humanos para convertirse en bestias.

—¿Eso te ocurre también a ti en el campo de batalla?

—Me esfuerzo por evitarlo —respondió Gualtiero tras una pausa—, aunque no siempre lo consigo. Cuando se trata de matar o morir, el instinto prevalece sobre el raciocinio. Solo podemos encomendarnos al Señor y confiar en su misericordia. Por eso los clérigos perdonan nuestros pecados y nos dan la comunión antes de entrar en combate. Nos sostienen el sentido del deber y el consuelo de la Iglesia.

Braira estaba dispuesta a confesar la verdad al hombre con el que compartía sus días, cuando sus últimas palabras la echaron atrás. Aunque él era hijo de una musulmana, su padre se había encargado de educarle en la fe católica, que profesaba con sinceridad. ¿Qué haría si se enteraba de que su mujer era una hereje? ¿Podría perdonarle tal engaño? ¿Volvería a confiar en ella, por más que le explicase las circunstancias endiabladas que la habían obligado a mentir?

Le amaba demasiado como para arriesgarse. La idea de perderle se le hacía insoportable, por lo que calló, con la esperanza de que el tiempo acabara borrando por sí solo ese capítulo de un pasado que creía enterrado para siempre.

—Lo más aterrador de pensar en la posibilidad de morir —le confesó, regresando a su relato— era no volver a estar nunca contigo. Lo demás me resultaba indiferente, pues llega un momento en el que la muerte cobra el aspecto engañoso de una liberación.

—¿Ah, sí? Pues no creas que vas a librarte de mí tan fácilmente —la hizo reír él—. Tenemos mucho camino por delante y tú tienes que ayudarme a ganarme un señorío. Te casaste con un guerrero sin fortuna, pero juro por lo más sagrado que nuestros hijos heredarán tierras. Y hablando de hijos. ¿Qué te parece si continuamos buscando el primero...?

Tan ocupado había estado el rey en sus asuntos alemanes, que descuidó la joya de su imperio, Sicilia, donde la anarquía volvía a campar por sus respetos.

En ausencia de monarca, los poderosos locales esquilmaban los recursos del tesoro, abusaban del pueblo y engrandecían sus patrimonios a costa de robar a la corona. Federico no podía seguir ignorando los lamentos de sus súbditos, pero tampoco quería renunciar a la victoria plena sobre Otón, ahora que la tenía al alcance de la mano. De ahí que decidiera enviar allí al más fiel de sus comandantes, Gualtiero de Girgenti, con el encargo de imponer la autoridad en su nombre y la promesa de concederle un feudo acorde con sus servicios.

Era justo la oportunidad que el bastardo esperaba desde hacía años.

Partieron su esposa y él inmediatamente hacia Génova, desde donde pensaban trasladarse a Palermo, aunque a causa de una feroz tempestad que azotó las aguas y a punto estuvo de desarbolar su nave, llegaron finalmente a Siracusa, situada justo en el extremo opuesto de la isla. Vientos como jamás había conocido Braira los empujaron hacia el estrecho de Mesina, que atravesaron de milagro, gracias a la pericia de su capitán, para arrastrarlos entre lluvias torrenciales y olas semejantes a montañas hasta el refugio de esa bahía amplia y amable. Nada más desembarcar, con el rostro de color verdoso debido al mareo y toda la ropa empapada, lo primero que hicieron fue besar el suelo que pisaban. Después se abrazaron el uno al otro, dando gracias al cielo por seguir vivos.

La fértil llanura de Siracusa, una franja estrecha situada entre colinas y mar, era un lugar habitado desde antiguo por pueblos de navegantes acostumbrados a los cambios de humor del Mediterráneo, que se habían instalado en sus riberas ajenos a esos súbitos accesos de cólera. En los últimos tiempos, aprovechando la falta de autoridad, se habían adueñado de la región ciertos mercantes genoveses que administraban el puerto a su conveniencia, ignorando los tributos impuestos por el soberano. Y el primer objetivo de Gualtiero era precisamente sujetarlos. Someter a esos navieros insumisos cuya conducta era propia de corsarios. Demostrar a Federico, con una actuación resuelta, que se merecía un puesto de responsabilidad a su lado, no solo en el combate, sino también en el gobierno. Derrotar, en suma, sin contemplaciones, a quienes habían sumido al reino en la anarquía.

Claro que la grave situación política no era detectable a simple vista. Cuando Braira y él tocaron tierra, una vez aplacado el temporal, el mar serpenteaba tranquilo entre las escolleras, adoptando en los arenales un color azul turquesa que se tornaba verdoso sobre los fondos de roca. En el horizonte se confundían agua y cielo. Las intrigas de los hombres quedaban infinitamente lejanas.

—No te conté por qué me vi obligada a marchar —comentó ella, sin dar mayor importancia a sus palabras, mientras cabalgaban hacia la capital acompañados por un nutrido grupo de guerreros, atravesando el corazón pedregoso de esa tierra envejecida.

—Creía que la reina te había encomendado una embajada —se sorprendió él—. ¿No fue eso lo que te llevó a buscar a su difunto hermano?

—Eso vino después.

—¿Después de qué?

—Después de que Brunilde cayera fulminada por el veneno.

—Espera un momento —la interpeló Gualtiero en tono severo, harto de las vaguedades en las que se escudaba su mujer demasiado a menudo para eludir cuestiones que la incomodaban—. ¿Qué tiene que ver la muerte de esa dama con tu marcha a Aragón?

—Bueno —se defendió ella—, es que doña Constanza pensó que tal vez la ponzoña estuviese destinada a mi persona y quiso ponerme a salvo. Como poco antes se había producido el incidente de la araña...

—¿Me estás diciendo que alguien ha querido matarte y yo soy el último en enterarme?

—¡No, en absoluto! A decir verdad, tanto la reina como yo pensamos ahora que fueron hechos fortuitos, una trágica sucesión de casualidades que nos llevó a conclusiones erróneas. Lo más probable es que la tarántula se colara en mi cama de manera accidental y que la pobre Brunilde se intoxicara con algún alimento en mal estado o tal vez con algo que alguien dejó caer en su plato involuntariamente. Esas cosas suceden.

—No lo creo. La experiencia me ha enseñado a desconfiar y mantener alta la guardia a fin de seguir vivo, sobre todo en los tiempos que corren, con tanta gente empeñada en medrar a toda prisa.

—Lo mismo decía mi señora, doña Constanza, aunque ya no piensa igual.

—¿Y qué piensas tú? ¿Se te ocurre algún motivo por el que alguien quisiera hacerte daño?

—Ninguno en absoluto, más allá de las envidias que pudiera despertar el favor que me dispensan sus majestades... Aunque, francamente, no me parece razón suficiente. He reflexionado mucho y llegado a la conclusión de que fui víctima del azar. Un azar trágico, es cierto, toda vez que me llevó a presenciar el fin de mi familia, del único amigo que tuve hasta que te conocí, de la patria de mi infancia...

—Ya hemos hablado de ese asunto —la regañó él, en esta ocasión con cariño—. Tienes que dejar atrás esas vivencias y pensar en lo que nos espera juntos. Ahora tu familia soy yo, además de los hijos que nos envíe el Señor, y tu patria es Sicilia. ¿Serás capaz de olvidar? ¿Me dejarás que te haga feliz?

—Lo intento con todas mis fuerzas.

—Pues habrás de esforzarte más. Yo por mi parte tendré los ojos abiertos, por si se repite una de esas «casualidades», como las llamas tú. No voy a permitir que te suceda nada malo.

—Tus temores son tan infundados como lo fueron los míos en su día, créeme. No debería haberte dicho nada. Estoy segura de que nadie me quiere mal aquí.

—Mi querida e inocente esposa... —le replicó él con ternura—. Siempre hay alguien que nos quiere mal, ya sea por miedo, por celos, por odio a lo que representamos o por cualquier otro motivo. Incluso hay quien nos detesta sin conocernos siquiera. Así es la naturaleza humana.

—Pero también hay gente buena, generosa, decente, ante cuya luz palidece la ruindad de esas otras personas. Ya te hablé de los Corona, que me acogieron como a una hija en Zaragoza. De mi hermano Guillermo, de Beltrán, de mis padres, de la propia doña Constanza, a la que debo todo lo que soy...

—Lo que eres te lo has ganado. No dejes que nadie te convenza de lo contrario.

—Luego, o mejor dicho antes, por supuesto, estás tú —continuó ella, ajena al comentario de su marido—. Tú eres la prueba de que la nobleza existe y de que no todos los hombres son como el rey Federico, al menos en lo que me atañe a mí. Tú no actúas movido únicamente por el interés, no miras con lujuria a otras mujeres cuando yo estoy delante.

—Me basta con mirarte a ti, y sí, lo hago interesado... —La desnudó él con los ojos—. ¡No me provoques!

Al contrario de lo que les sucediera a ambos durante su larga separación, los meses se les hicieron en esa etapa semanas y las semanas, minutos. El tiempo voló para Braira junto a Gualtiero, del que no se separó ni siquiera durante las incursiones armadas que él hubo de llevar a cabo contra muchos feudatarios rebeldes, hasta restaurar el orden conculcado.

Al fin respiraba tranquila.

No había querido preocupar más aún a su marido contándole el modo en que el señor de ambos la miraba a ella precisamente, no a otra cualquiera de las damas de su esposa, en parte por pudor, pero sobre todo porque sabía que, de hacerlo, él se enfrentaría sin pensárselo a Federico, lo que supondría su ruina. Cuando hablaban de asuntos de Estado y ella se permitía algún comentario crítico sobre su política con respecto al soberano francés, por ejemplo, él le impedía seguir, invocando la gratitud que uno y otra le debían e insistiendo en que su obligación era someterse a la voluntad real. Por el rey habría entregado su vida sin dudarlo un instante, como demostraba el coraje con el que se la jugaba defendiendo su causa. El honor, no obstante, le habría llevado a una confrontación suicida con él si hubiera sabido que trataba de seducir a su mujer, y esa certeza mantenía callada a Braira, mal que le pesara cargar con otro secreto añadido al que arrastraba desde el primer día.

Ella sospechaba que la lealtad casi nunca es un camino de ida y vuelta, especialmente cuando se trata de gobernantes, y que el monarca no habría vacilado en mandar ahorcar a su marido si este le hubiese desafiado. Lo mejor era, por tanto, ignorar lo sucedido o fingir que lo había soñado. Al fin al cabo —se decía—, el peligro estaba lejos. Gozar del momento, llenarse de Gualtiero con la misma voracidad con la que engullía una cola de langosta o inhalaba el perfume del azahar, era su única obligación inmediata. Todo lo demás podía esperar.

Mientras tanto, Federico y Constanza, obligados a permanecer en el norte, echaban de menos a esa dama cuya destreza con las cartas no solo les divertía, sino que les había proporcionado más de un consejo valioso. Al monarca, por otro lado, le urgía comprobar en persona si la joven poseía otra clase de habilidades muy de su gusto, para cuya satisfacción, tal como intuía ella, Gualtiero resultaba ser un obstáculo insalvable.

A diferencia de lo que podría esperar de otros caballeros más pragmáticos, cavilaba el rey en la frialdad de sus noches alemanas, parecía claro que ese capitán extraño, tan de fiar en los lances de armas, se había enamorado de su esposa hasta el punto de que se negaría en rotundo a compartirla con él, incluso siendo él su soberano. Seguramente fuese a causa de su sangre mora, o acaso de su condición bastarda, mas lo cierto era que se interponía en su camino. Y él no podía consentir tal cosa.

Gualtiero era una molestia que convenía apartar, máxime cuando su condición de mestizo, dominio de la lengua árabe y probada habilidad militar podían ser de gran utilidad en otra parte.

En Damieta, situada en el delta del Nilo, una expedición cruzada se hallaba en graves dificultades ante el enemigo muslime. Federico se había comprometido el día de su coronación a ir en su auxilio, pero dilataba el momento de marchar invocando para ello mil excusas, con el consiguiente enfado de Roma.

Acuciado por la Iglesia, vio en su leal servidor de Girgenti un modo perfecto para ganar el tiempo que necesitaba y librarse al mismo tiempo de su presencia. Sería Gualtiero quien viajaría a Egipto, al frente de un puñado de soldados, a fin de acallar los reproches del pontífice. Lo utilizaría para cumplir su palabra, aunque fuera a través de persona interpuesta. Él salvaría su honor y combatiría en su nombre. Sería el peón utilizado para frenar por algún tiempo los continuos jaques del papa, y se iría, además, agradecido por la gran responsabilidad que se le otorgaba...

—Volveré muy pronto, no te preocupes —se despidió el capitán de Braira con un cálido abrazo en el puerto, a punto de partir hacia su nueva misión—. Derrotaremos a esos sarracenos y regresaré a tu lado.

—Te estaré esperando aquí mismo —repuso ella con tristeza—, aunque preferiría no separarme de ti. ¡Te voy a echar tanto de menos!

—Acaso sea ese nuestro destino —trató de bromear él.

—¡Calla! —le cortó ella en seco—. No deberías reírte de cosas tan serias.

—¡No me digas que has preguntado a tus cartas por nosotros!

—No lo he hecho, no, porque me ha faltado el valor. Si me dijeran que no iba a volver a verte, me quitaría la vida.

—Eso no será necesario. Te juro que he de volver antes de lo que esperas. Mientras tanto, mantén alta la guardia por si acaso.

Braira le vio marchar con un mal presentimiento. Se obligó a ahorrarle sus lágrimas, aunque no pudo evitar las náuseas que le hicieron vomitar el alma en ese océano negro que le arrebataba a su hombre. Supo entonces que una nueva vida se abría paso en su interior, mientras la suya se quebraba nuevamente en mil pedazos.

XXVII

El Nilo estaba en llamas y olía como debía de oler el infierno. Los aullidos de los agonizantes, apenas audibles en el fragor de la batalla, contribuían a crear una atmósfera irreal, oscurecida por la humareda asfixiante que se elevaba de las aguas, prácticamente invisibles bajo el manto de fuego que las cubría. Sería más o menos mediodía, calculaba Gualtiero, basándose en el círculo solar que asomaba de cuando en cuando sobre su cabeza, entre jirones de bruma artificial, aunque parecía que la noche hubiese caído sobre ellos para acrecentar su terror.

¿Qué hacía él atrapado allí, en medio de esa pesadilla?

Casi dos años habían transcurrido desde que saliera de Sicilia, con el corazón lleno de sueños de gloria. Hasta la fecha, empero, lo único que había cosechado eran picaduras de mosquito, diarrea, calor, piojos tan voraces como invencibles, y esperas interminables motivadas por la indecisión de quienes gobernaban esa Cruzada fallida, estancada en las marismas pestilentes que acogían su campamento.

La ilusión que le guiaba al principio se había roto. Ya solo anhelaba sobrevivir lo suficiente como para regresar a los brazos de Braira y exigir a su rey que cumpliera con la promesa de entregarle un pedazo de tierra —su feudo—, un escudo de armas adornado con su propia divisa y un legado que dejar a sus herederos. Lo demás le parecía cosa de mentes mejor preparadas que la suya a la hora de urdir estrategias. ¿Quién era él para juzgar? Un simple soldado al servicio de su señor, desconcertado ante las razones de tanta sinrazón ciega.

Aseguraban los soberanos cristianos que Damieta era la puerta de Egipto y Egipto, la despensa del imperio refundado por Saladino en las décadas precedentes. O sea, el principal enemigo. El valle y el delta que formaba su río mágico, fuente de riqueza inagotable gracias a sus providenciales crecidas, no solo constituían un vergel en el que crecían toda clase de cereales, azúcar y frutas, sino que había sido la región más poblada del mundo desde tiempos inmemoriales, lo que le permitía poner en pie de guerra ejércitos formidables.

El Cairo y Alejandría, dos ciudades míticas en el imaginario popular, recibían del Sudán rarezas de incalculable valor como oro, goma arábiga, plumas de avestruz o marfil, y daban trabajo a obreros especializados en la fabricación de brocados, cerámica, cristalería, acero capaz de forjar armas temibles, tejidos de una suavidad desconocida en otras latitudes... Tesoros que atraían hasta sus bazares a comerciantes de todo el orbe, en su mayoría venecianos y genoveses, carentes de escrúpulos religiosos a la hora de negociar con esos productos por los que los europeos pudientes pagaban verdaderas fortunas.

Egipto, a decir de los jefes cruzados, era la pieza a batir, el primer objetivo que debían derribar en su lucha contra los infieles que ocupaban los Santos Lugares. Si los mahometanos podían ser expulsados de allí, no solo perderían su provincia más próspera, sino que se verían privados de la poderosa flota que mantenían en el Mediterráneo, lo que los obligaría inevitablemente a rendir Jerusalén.

Por eso atacaban el puerto de Damieta.

Claro que al hijo de Girgenti, como al resto de los combatientes que se estaban dejando el alma en medio de aquel horror, todo ese razonamiento le traía sin cuidado. Tenía otras ocupaciones más urgentes que atender.

Aquel maldito fuego griego, mezcla de azufre, nafta y cal viva, que los sarracenos lanzaban en grandes vasijas desde lo alto de sus defensas, era peor que la pez o las flechas. Desprendía un calor capaz de quemar incluso en la distancia, ardía sobre cualquier superficie, y no se apagaba ni con agua, ni con arena, ni siquiera con vinagre. Sembraba destrucción y pánico con idéntica eficacia. Representaba, en opinión de los soldados, un flagelo mucho más temible que esas diez plagas infligidas por Moisés al faraón, de las que tanto hablaban en sus prédicas los clérigos incorporados a la tropa. Algo espantoso.

Encaramado en lo alto de un artefacto construido por un inglés chiflado, de cuyo nombre no se acordaba, Gualtiero trataba en ese momento de mantenerse en pie pese al movimiento ondulante del suelo, poniendo toda su atención en ese empeño. El ingenio, una torre construida sobre dos barcos amarrados entre sí, recubierta de cuero y dotada de escalas de asalto, servía para atacar, desde el río y desde tierra simultáneamente, el fuerte en el que resistía la guarnición fatimita. Era uno de los brazos de la tenaza mortal con la que pensaban alcanzar la victoria los cristianos, pese a la dificultad que revestía la tarea.

Aunque escasos en número, los defensores aguantaban la embestida fieramente, conscientes de ser el último bastión antes de la ciudad acometida. Habían tendido a través de las aguas una cadena de gruesos eslabones, que impedía el paso de los barcos al único canal navegable, y situado detrás de ella un muro de barcazas que reforzaba su posición. Bien atrincherados en ella, contraatacaban furiosos gracias al bien surtido arsenal del que todavía disponían, entre cuyas existencias el fuego griego era, sin duda, la más eficaz de sus armas.

—¡Agarraos fuerte, soldados, que zozobramos! —gritó uno de los marineros, dirigiéndose a la dotación militar que ocupaba el espacio acorazado levantado en medio de la peculiar nao, a guisa de enorme cofa.

—¡Socorro! ¡Auxílianos, Señor! —respondieron algunos de ellos, viéndose perdidos.

Uno de los proyectiles incendiarios había alcanzado la embarcación, cuya estructura de madera se había convertido inmediatamente en una tea. Aterrorizados, los integrantes de la tripulación empezaron a saltar al agua, pese a que la mayoría no sabía nadar. Peor suerte incluso aguardaba a los guerreros hacinados en cubierta, algunos montados sobre corceles de guerra revestidos de hierro al igual que ellos, y otros entorpecidos por unas armaduras de combate de más de treinta libras de peso, que los arrastrarían al fondo fangoso del Nilo antes de darles tiempo a encomendar su alma al Señor.

¿Qué hacer en esa disyuntiva? ¿Aferrarse unos instantes más a la vida sobre esa pira funeraria que acabaría por matarle asado dentro de su loriga metálica, o terminar cuanto antes ahogado? Gualtiero rechazó de plano las dos opciones, seguro de que su hora no había llegado aún.

Era un hombre templado. De su madre árabe había heredado la serenidad que da el fatalismo oriental, resignado de antemano a lo que disponga la providencia, en tanto que su mitad normanda le libraba espontáneamente del miedo, impulsándole a luchar hasta el último resquicio de vida. Por eso dejó caer la espada y buscó el apoyo de las paredes de su cubículo para despojarse a toda prisa de la ropa y el calzado, hasta quedarse desnudo. Luego, sin perder la calma, respiró tres o cuatro veces profundamente, tal como había aprendido a hacer antes de sumergirse a bucear en las aguas del mar de su infancia, tomó todo el aire que pudo, y se lanzó por la borda, desde lo alto de la torre, decidido a nadar, sorteando las llamas, hasta la ribera en la que acampaban los suyos.

Un único pensamiento impulsaba cada una de sus brazadas: sobrevivir. Aguantar un día más. Regresar a la seda de la piel de Braira y al sol templado de Sicilia.

Cuando el pecho estaba a punto de estallarle y un regusto salado a sangre le impregnaba el paladar, localizó en medio de ese océano ardiente un hueco a través del cual salió a respirar, pese al peligro de verse rematado allí mismo por una de las flechas que disparaban, implacables, los integrantes de la guarnición egipcia. Entonces oyó a un náufrago como él, agarrado a unos restos flotantes, musitar una extraña plegaria en una lengua híbrida entre el árabe y el francés:

—Señor, no permitas que abandone este mundo sin cumplir la misión que me encomendaste. No me abandones ahora...

—Aguanta, hermano —le animó, sacando fuerzas de flaqueza, a la vez que se le acercaba—. No soy un ángel del cielo, pero voy a intentar ayudarte. Déjate arrastrar sin luchar o nos iremos los dos al fondo. La orilla no está lejos. Con un poco de suerte veremos brillar las estrellas esta noche.

Se llamaba Hugo.

—Hugo de Jerusalén, que es la ciudad donde nací —explicó a su salvador una vez recuperado del susto, mostrando una boca desdentada recortada en medio de un rostro afilado, huesudo, tan lleno de arrugas que a Gualtiero le llevó a la mente el aspecto del suelo cuarteado por la sequía.

Descansaban recostados sobre la arena tibia, protegidos por un grupo de palmeras, fuera del alcance de la artillería.

Por extraño que pudiera parecer, ninguno de los dos había sufrido quemaduras graves, y ambos estaban acostumbrados a soportar el dolor de las heridas superficiales, como si estas formaran parte integrante de su cuerpo, lo que motivó que se entregaran a la conversación sintiéndose casi felices.

—¿Puedo preguntarte qué haces tan lejos de allí, luchando a una edad en la que deberías estar disfrutando de un buen vino junto al hogar? —inquirió Gualtiero.

—Es una larga historia que te contaré, si de verdad quieres oírla, hijo, aunque antes debo darte las gracias por lo que has hecho. Habría perecido antes de tiempo de no ser por tu intervención milagrosa.

—No quisiera desilusionarte, pero nada hubo de milagroso en ella. Simplemente coincidió que aparecí donde tú estabas en el momento oportuno. Nada más.

—Te equivocas. —El viejo demostraba una seguridad irreductible en sí mismo e incluso parecía ofendido por la aclaración de Gualtiero—. Si el buen Dios no hubiese querido darme tiempo para cumplir con la tarea que he de realizar antes del Segundo Advenimiento, cuya llegada es inminente, no te habría traído hasta mí.

—¿Y qué misión tan importante es esa, si es que puede saberse? —le siguió la corriente el capitán siciliano, que empezaba a divertirse con todo aquello.

—La reconquista de la Tierra Santa que vio nacer a Jesús y que ha de recibirle de nuevo antes de lo que imaginas, cuando retorne a nosotros en forma de Cristo resucitado para juzgar a vivos y muertos. El Padre, en su infinita misericordia, ha dispuesto que yo pueda lavar mis pecados participando en la liberación del sepulcro de su Hijo, que contemplé de niño con estos ojos que ahora te ven a ti.

Se acostaba el sol a sus espaldas, detrás del desierto en el que se alzaban los vértices de alguna pirámide, enterrada hasta el cuello en arena ardiente.

La lucha feroz había culminado con la rendición de un centenar de supervivientes que apenas se tenían en pie y eran los últimos integrantes de la antaño poderosa dotación encargada de servir la fortaleza conquistada. Los cruzados encontraron en el interior de la plaza un botín tan cuantioso que tuvieron que trasladarlo recurriendo al puente de barcazas tendido por sus adversarios, después de lo cual cortaron la cadena y el pontón a fin de avanzar hacia la codiciada Damieta.

Antes de reanudar su ofensiva, sin embargo, debían reposar un poco. Fue entonces cuando Hugo se decidió a confesar sus cuitas al hombre en quien había visto, sin la menor sombra de duda, al enviado con quien el Altísimo daba respuesta a sus plegarias.

—Yo estaba en Jerusalén cuando fue tomada por Saladino, hace ahora treinta años. Acababa de ser incorporado a la caballería franca, como hijo de un oficial del rey Luis el Piadoso y una cristiana acomodada de Jaffa. ¡Qué buenos tiempos aquellos...!

—¿Buenos tiempos? —se extrañó Gualtiero—. ¿No fueron esos los años en que tantos peregrinos perecieron intentando llegar hasta tu ciudad?

—Te equivocas, hermano. Fueron aquellos años de esplendor en la tierra que vio nacer a Nuestro Señor. Las matanzas se habían producido antes, durante la Primera Cruzada, encabezada por Pedro el Ermitaño, que llevó a sus seguidores a un baño de sangre en el que incontables hombres, mujeres y niños fueron muertos o reducidos a esclavitud. Cuando yo vine a este mundo —prosiguió—, los peregrinos acudían a millares a purificarse en las aguas del Jordán o rezar en la iglesia del Santo Sepulcro, y eran acogidos en las hospederías que regentaban los caballeros de San Juan. Palestina estaba gobernada entonces con sabiduría por el mejor de todos los reyes conocidos, llamado Balduino, a quien el Señor envió la terrible prueba de la lepra, seguramente para glorificarle.

»La pérdida de Jerusalén ha sido, créeme, la mayor calamidad sufrida por la cristiandad. Si no la recuperamos antes del día del Juicio, que está muy cerca, arderemos todos en el infierno.

—¿Qué culpa tenemos nosotros? —protestó Gualtiero, apelando a la lógica.

—¿Es que no lo comprendes? La vera cruz en la que murió Jesús está en poder de los infieles. Se la arrebataron al obispo de Acre tras la batalla de los Cuernos de Hattin, que ha sido la más humillante derrota sufrida por los soldados de Cristo en toda su historia, y Él quiere que se la devolvamos a su Iglesia. Así nos lo exige también nuestro honor de caballeros.

La noche se prestaba a seguir hablando. Habían recibido de los esclavos que atendían al ejército agua y comida abundantes, procedentes del saqueo de las despensas ocupadas, por lo que disfrutaban de pan recién hecho, dátiles frescos, cordero asado y una infusión preparada a base de menta, hierbabuena y mucho azúcar, capaz de levantar a un muerto. Una hoguera bien cebada les daba luz y calor. El sueño podía esperar.

Gualtiero siempre disfrutaba con cualquier historia bélica cargada de emoción, aparte de que carecía en ese entorno de otra distracción más atractiva. Hugo, por su parte, no desaprovechaba nunca la ocasión de rememorar lo ocurrido, pues era su forma de dar nueva vida en su relato a esos desafortunados héroes.

—Corría el año 1187 de Nuestro Señor —se arrancó—. Para entonces ya no gobernaba el leproso, fallecido después de mucho sufrir, sino el marido de su hermana Sibila, llamado Guido, cuyo acceso al poder había sembrado la discordia entre los nobles del reino.

—Las sucesiones siempre dan lugar a conflictos —apostilló Gualtiero, más apegado a la tierra.

—Reinaldo de Châtillon —siguió Hugo sin oírle— era uno de los más ambiciosos. Fue él quien rompió la frágil tregua que nos había mantenido en paz con nuestros enemigos y proporcionó a Saladino el pretexto que necesitaba. Todo se derrumbó en un abrir y cerrar de ojos, como un castillo de arena. ¡Maldita codicia! ¡Maldito loco! ¡Así pene su alma condenada!

Tras sosegarse con un trago del dulce brebaje que los sirvientes distribuían a intervalos regulares, continuó:

—Reinaldo había asaltado meses antes una caravana de comerciantes musulmanes y, tras aniquilar a su escolta egipcia, se los había llevado presos a su castillo de Kerak. No le bastaba con robarles. Tenía que someterlos a esa vejación, que no pasó desapercibida al caudillo de los mahometanos. Cuando este exigió una reparación por el daño causado, Châtillon se negó a escuchar y arrastró al rey, así como a los templarios y demás órdenes militares, a una confrontación suicida que se libraría el verano siguiente, a los pies del monte Carmelo.

»El ejército cristiano que se puso en marcha era de los más numerosos que se recordaban y estaba dirigido por el propio rey, a quien flanqueaban el causante de esa situación y los comandantes de los monjes guerreros. Para su desgracia, nadie había previsto que en pleno mes de julio los pozos estarían secos, lo que no tardó en provocar una tortura atroz a todos los miembros de la tropa. Cuando alcanzaron a sus adversarios, la sed apenas les permitía pensar, estaban cegados por el polvo y sus gargantas se habían convertido en lija. Los ismaelitas, en cambio, se mantenían frescos, aguardando pacientes a su presa.

»Ante la certeza de la derrota —añadió Hugo, cada vez más emocionado—, la tienda del soberano fue trasladada a lo alto de un cerro donde los caballeros principales se reunieron en círculo protegiendo a su señor. Por turnos, una y otra vez, cargaron a la desesperada contra los jinetes sarracenos, obligándolos a retroceder. Mas fue en vano. Al llegar finalmente los vencedores a la cima de la colina, el obispo de Acre yacía muerto de mil heridas, como la mayoría de sus compañeros, con la santa cruz a sus pies. Desde entonces no hemos vuelto a verla.

—Sería una degollina —aventuró Gualtiero, que escuchaba la narración con el corazón en un puño.

—Lo fue, aunque solo a medias. Entre los escasos supervivientes, que apenas tenían fuerzas para entregar las armas, agotados por el combate y la deshidratación, estaba Guido, el legítimo rey, a quien Saladino sentó a su diestra en reconocimiento del coraje demostrado por sus valientes. Luego le ofreció una copa de agua de rosas enfriada con nieves del monte Hermión, de la que este bebió antes de pasársela a Reinaldo, que estaba a su lado. «Di al rey que es él quien da de beber a ese hombre y no yo», ordenó traducir el caudillo árabe a su intérprete. «¿Por qué motivo?», preguntó el soberano cristiano. «Según las leyes de nuestra hospitalidad», explicó el traductor, «dar de comer o de beber a un cautivo significa que su vida está a salvo...».

»No pudo acabar la frase. Mientras hablaba, el vencedor le hizo un gesto indicativo de que callase, se levantó con parsimonia y, endureciendo el gesto, se dirigió al francés para recriminarle su estulticia, su crueldad y su traición. Châtillon, que comprendía el árabe perfectamente, replicó con altanería, como era costumbre en él, creyéndose protegido por su rango. Entonces Saladino desenvainó su alfanje y de un solo tajo lo decapitó. "Tranquilo", mandó decir a su par, "un rey no mata a otro rey, pero la perfidia de ese hombre y su insolencia habían llegado demasiado lejos".

»Es de justicia reconocer —concedió Hugo, cuyas dotes de narrador habían quedado demostradas al desgranar los detalles de lo sucedido— que todos los caballeros seculares supervivientes a la batalla fueron tratados con el respeto debido a su sangre. No es menos cierto que quienes los habían capturado aspiraban a cobrar elevados rescates por ellos, lo que los obligaba a mantenerlos con salud. Los miembros de las órdenes militares, sin embargo, se enfrentaron a una suerte bien distinta, pues el verdugo de la cristiandad sabía que jamás liberaban a los suyos a cambio de oro.

—¿Por el voto de pobreza? —preguntó el siciliano.

—¿Pobreza? No hay en toda la cristiandad un rey que posea más riquezas de las que acumulan en sus castillos los templarios, lo que no les impide jurar, al ingresar en la orden, que han de morir con la espada en la mano —aclaró el anciano—. Los mahometanos sienten hacia esos monjes guerreros una inquina especial, pues no en vano son ellos quienes sostienen nuestra presencia en esta tierra. ¡Que Dios los bendiga y proteja!

—¡Prosigue, viejo! —le urgió Gualtiero, picado por la curiosidad—. ¿Qué pasó con ellos?

Satisfecho de haber conquistado el interés de su compañero, Hugo se tomó su tiempo para desvelar el final...

—Pasó que, sin alterar su semblante aguileño, el señor de la media luna encomendó a una partida de sufíes fanáticos que cumplieran su terrible sentencia, lo que aquellos ejecutaron con júbilo, entre plegarias elevadas a su dios. Uno a uno fueron pasados a cuchillo todos los caballeros del Temple y hospitalarios, previamente obligados a arrodillarse sobre la arena ardiente del desierto. Sus cadáveres fueron dados en pasto a las alimañas, al igual que los de los caídos en combate. Las gentes de baja cuna, que carecían de utilidad como moneda de cambio, engrosaron las legiones de esclavos, mientras la noticia de la derrota corría de boca en boca, llenando de temor nuestros corazones. Nada se interponía ya entre el conquistador y la ciudad que anhelaba, repleta a la sazón de refugiados. Fue entonces cuando el regente Balián me armó caballero, recién cumplidos los dieciséis años, e hizo otro tanto con todos los hijos de familias nobles que habían alcanzado mi edad.

—Y se produjo el definitivo baño de sangre, seguro... —aventuró Gualtiero, que había librado demasiadas batallas como para ignorar su desenlace.

—Así habría sido, sin duda, de no haber intervenido el patriarca, Heraclio, decidido a evitar una matanza. Él convenció a Balián de que suplicara un acuerdo de rendición honrosa, en virtud del cual dos largas hileras de prófugos abandonaron Jerusalén a la mañana siguiente. La más nutrida, una riada interminable, partió camino de los mercados de carne humana. En la otra, más reducida, iba yo, junto a quienes habíamos logrado reunir la suma necesaria para escapar a ese destino: diez denarios los hombres, cinco las mujeres y uno los niños.

»Supe que Saladino se había apiadado de algunas viudas y ancianos, dándoles limosna de su propio peculio, tal como ordena su religión, aunque no todos sus oficiales se comportaron de igual manera. Nos hostigaron a lo largo del camino hasta la costa, mientras las villas en manos cristianas cerraban sus puertas a nuestro paso, negándose a compartir lo que tenían. Fue un calvario, hijo. Un calvario que a día de hoy no ha cesado, ni cesará mientras no termine yo de desandar ese camino de infamia.

La noche llegó a su fin y con ella debería haber terminado también la tregua, aunque no fue así. Los cruzados renunciaron a lanzarse al asalto inmediato de Damieta, tal como anhelaban la mayoría de los combatientes, porque primaron las divisiones entre naciones. Quienes tomaban las decisiones no estaban encadenados a esas marismas del diablo, sobre las que se abatió una epidemia que los diezmó a razón de un muerto por cada seis supervivientes. Ellos estaban lejos, en sus palacios, rodeados de aduladores y cortesanas.

Y así llegaron al otoño del año 1218, el más duro que se recordaría en mucho tiempo. La furia de los elementos azotó a los hombres en forma de lluvias torrenciales y mareas incontroladas, que arrastraron sus tiendas hasta el océano. Casi todos los caballos se ahogaron junto a muchos de los soldados, mientras los barcos eran llevados por las olas hasta las posiciones de los mahometanos, que también sufrían lo suyo.

Pelayo, un clérigo de origen hispano enviado por el papa como nuevo comandante en jefe, ordenó entonces construir diques de contención, más para mantener al ejército ocupado que como un modo de protegerlo de futuros embates.

—Yo no vine aquí para hacer el trabajo de un esclavo —se lamentaba Gualtiero, pala en mano, viendo cómo su amigo cavaba sin quejarse, con un vigor sorprendente a su edad.

—Cualquier tarea es digna si se hace en nombre de Dios.

—Pues yo prefiero la lucha.

—Lucharás, no seas impaciente; nunca es demasiado tarde para morir. ¡Cómo se nota que eres joven y la vida aún no te ha puesto a prueba! En lugar de quejarte tanto, harías mejor en dirigirte a quienes nos gobiernan, tú que puedes por la representación que ostentas, para exigir que nos lancemos al ataque de una vez. Al menos en tiempos de Federico el Grande lo intentamos de verdad, por más que fracasáramos en el empeño.

—¿Federico el Grande? —inquirió Gualtiero, cuyos conocimientos de historia no eran precisamente destacables.

—El Barbarroja. Si no me equivoco, el abuelo de tu señor, con quien tuve el honor de servir durante la Cruzada que encabezó poco después de la caída de Jerusalén. Él sí que sufrió con los desastres de Palestina. Me consta porque se lo oí decir. Por eso resolvió sus diferencias con el pontífice y se puso al frente de un gran ejército cuando era ya septuagenario.

—¡No es posible! —le rebatió Gualtiero—. Ni siquiera habría podido montar en su caballo. Me engañas, viejo.

—¡Te lo juro por mi honor! Es más, el emperador seguía teniendo un aspecto gallardo, que impresionaba a cuantos le veían. No estaba acabado ni mucho menos. Yo me uní a él desde el principio, confiado en que bajo su mando conseguiríamos la victoria, pero desgraciadamente aquí sigo, sin alcanzar la dicha de ver cumplido ese sueño.

—¿Fuisteis derrotados por los sarracenos?

—No. Fue el infortunio el que frustró en esa ocasión los planes. Estábamos ya en los dominios de los turcos, que habían huido ante el poderío de nuestra tropa, cuando el emperador se ahogó en un río, arrastrado por la corriente y el peso de su armadura. El desánimo cundió entre nosotros. Su hijo decidió seguir adelante, llevando el cadáver de su padre conservado en vinagre dentro de un enorme tonel, pero muchos otros nobles volvieron grupas y regresaron a Alemania. Cuando alcanzamos Antioquía, el cuerpo del emperador se había disuelto en el vinagre y desprendía un hedor que traspasaba las tablas de su peculiar sepulcro. El príncipe enterró casi todo lo que quedaba de él en la catedral de la ciudad, aunque algunos de sus huesos siguieron junto al ejército camino de Jerusalén, con la esperanza de que al menos una parte de su ser pudiese descansar allí hasta el día de la resurrección. Solo Dios sabe dónde estarán ahora...

Esa noche Gualtiero volvió a soñar con Braira. Le sucedía a menudo. Se dormía pensando en sus labios de fruta jugosa, en sus manos audaces, en el ardor con el que se entregaba a los lances del amor..., y se despertaba seguro de haberse encontrado con ella. Era uno de los pocos consuelos a los que podía aferrarse dentro de ese agujero en el que su existencia parecía diluirse en una nada apestosa, como el cadáver del Barbarroja en su mortaja de vinagre.

Esa noche soñó con su esposa más intensamente que nunca. Sintió un deseo animal que jamás había experimentado. Le arrancó la ropa, empujado por una fuerza incontrolable, sorprendiéndose a sí mismo de lo que hacía, y la poseyó con furia violenta. El realismo de la escena era tal que con cada embate se preguntaba cómo había llegado hasta el lecho de su amada desde la lejana Damieta, sin que su mente hubiese registrado el viaje. ¿A qué obedecía tal prodigio?

La respuesta llegó un instante antes de despertar, cuando su propia visión le elevó por encima del lugar en el que se desarrollaba la escena, convirtiéndole en espectador de lo que hasta ese instante estaba protagonizando.

Al abrir los ojos a la luz y comprobar que seguía en Egipto, se mantuvo un buen rato postrado, incapaz de reaccionar. Sobrecogido no solo por la intensidad de lo experimentado en ese espacio intermedio situado entre dos realidades igualmente tangibles, sino porque el rostro sudoroso que había visto claramente jadear junto al de Braira no era el suyo, sino el de su señor, Federico.

Se levantó febril, intentando hallar el significado oculto de esa imagen, sin lograrlo.

Era cosa sabida que los sueños siempre encierran mensajes, generalmente de Dios, pero también en algunos casos del Maligno. La dificultad estribaba en descifrarlos correctamente. ¿Qué debía interpretar él? ¿Se trataba de una burla siniestra del diablo, aliado con el infiel para hacer más penoso aún su tormento, o era acaso una señal de aviso? ¿Sería posible que su mujer estuviera en peligro y le pidiera auxilio de esa extraña manera? Le costaba creerlo. De hecho, se negaba tercamente a hacerlo, aunque una parte de su mente le recordaba la atracción que su soberano sentía hacia todas las mujeres, fuesen o no propiedad de otro. ¿Habría sucedido de verdad lo que había visto?

Envenenado por la sospecha, se lavó como pudo con el agua turbia del Nilo antes de ponerse, con la ayuda de un escudero, la ropa de combate que llevaría a su última batalla: túnica de algodón y capucha acolchada; cota de malla, peto, espaldar, guardabrazo, codal y quijote; carajera, escarcela, rodillera y espinillera; gola y yelmo; guanteletes metálicos. Una armadura completa, forjada por los herreros del campo, que bajo el sol inclemente de Egipto habría sido insoportable para hombres menos curtidos. Claro que ellos, los cruzados, eran una raza aparte.

Ese día lucharía bien —se dijo al encaramarse a su corcel desde la escalerilla dispuesta a tal efecto por su ayudante—. Descargaría su ira ante las murallas de Damieta, antes de morir o marchar. Después, si sobrevivía, regresaría a Sicilia.

XXVIII

En la noche del 16 de julio del año 1216 el papa Inocencio rindió el alma a Dios en su residencia veraniega de Perugia. Su cuerpo fue amortajado con ornamentos preciosos, que incluían manto, báculo y mitra, antes de ser depositado para el velatorio de rigor en la catedral de la ciudad. Al día siguiente yacía desnudo y en trance de putrefacción sobre las losas del suelo. Los ladrones le habían despojado de los atributos de su grandeza terrenal, mientras el calor se cebaba con sus restos mortales.

Sic transit gloria mundi.

Al enterarse de la noticia, Federico mandó llamar inmediatamente a Braira. Le había impresionado tanto ese funesto presagio, al que atribuía un significado mucho más complejo que el derivado de la simple codicia aliada con el verano, que necesitaba la guía y consejo de sus cartas. Además, ella empezaba a recuperar sus formas, transcurridos varios meses desde que diera a luz a un niño robusto, por lo que su visita siempre le resultaba grata. Volvía a mirarla con ojos golosos.

Poco después de la partida de Gualtiero a Damieta, Constanza había enviado recado a su dama occitana para que embarcara sin tardanza hacia el norte, desde donde una escolta enviada a buscarla la acompañaría nuevamente hasta Aquisgrán, de donde había marchado apenas unos meses antes.

El desplazamiento, ya de por sí repleto de incomodidades, resultaba casi insoportable unido a las molestias propias del embarazo, tanto más penosas cuanto agravadas por la angustia que suponía la falta de noticias de Gualtiero. No cabía empero otra respuesta que la obediencia inmediata, de modo que Braira se armó de valor, mandó que le cosieran a toda prisa ropa adecuada para ocultar su estado, y escondió con igual esmero su pena, antes de partir rumbo a la ciudad en la que la esperaban sus soberanos.

Por respeto a su preñez la reina la dispensó durante algún tiempo de cualquier tarea, incluido el juego del tarot, colmándola de atenciones. Luego, sin gran dolor, nació Guillermo, que fue el nombre escogido por la madre para bautizar al pequeño, honrando con él a su hermano y de paso al abuelo favorito del rey, que había sido apodado el Bueno.

¡Cuánto le hubiera gustado a Braira gozar en ese trance de la compañía de su esposo! Le habría presentado orgullosa a su heredero, juntos lo habrían llenado de caricias y luego él la habría besado a ella con dulzura para agradecerle el regalo de un hijo varón. Sí, ¡cuánto habrían disfrutado los dos de ese momento, si el destino hubiese dispuesto las cosas de otra manera! Le extrañaba tanto. Se le hacían tan largas las noches sin él...

Ahora el bebé descansaba tranquilo en brazos de su nodriza, mientras Braira, dócil a la voluntad del monarca, se hallaba ya en su presencia, provista de su estuche de marfil y plata.

—¿En qué puedo serviros, mi señor? —inquirió solícita, disimulando la turbación que le producía una intimidad no deseada, ni mucho menos buscada, con ese hombre al que empezaba a temer.

—Haz que hablen los naipes. Quiero saber qué interpretación hacen ellos de lo acontecido al santo padre, cuyo terrible final no se me va de la cabeza. ¡Ojalá tuviera aquí a Miguel Escoto para conocer su docta opinión!

—Yo me entrevisté con él justo antes de venir —se alegró de informar ella—, y puedo aseguraros que era muy optimista con respecto al futuro.

—¿¡Cómo no me lo habías contado antes, estúpida mujer!? —bramó el emperador—. ¿Qué te reveló exactamente?

Braira recordó su fugaz encuentro con el astrólogo, acaecido de manera fortuita en el palacio de Palermo, coincidiendo con una visita suya a la cancillería real destinada a organizar los pormenores de su viaje.

Ella se había cruzado con él en uno de los pasillos que recorrían el lúgubre edificio y, consciente de su vulnerabilidad ante la ausencia de Gualtiero, había aprovechado la ocasión para intentar vencer la hostilidad del sabio, recurriendo a una estrategia generalmente infalible: la adulación.

—Maestro Escoto —le había interpelado, acentuando el tratamiento que implicaba veneración—. ¿Podríais dedicarme unos instantes de vuestro valioso tiempo?

—¿Y para qué querría una poderosa vidente como tú consultar a un pobre estudioso de las estrellas como yo? —le había respondido él con irónica displicencia.

Entonces Braira había desplegado encanto, humildad, fragilidad y súplicas a partes iguales, hasta convencer al escocés de que realmente necesitaba su ayuda. Estaba sola —le había dicho—, embarazada de su primogénito, sin noticias de un marido enviado a combatir en tierra de infieles y alejada de su señora, la reina, cuya protección le resultaba imprescindible en esa corte extranjera. ¿Qué podía esperar de los designios del cielo?

Escoto, incapaz de resistirse a semejante acumulación de artimañas, había accedido a utilizar su astrolabio, desplegar sus mapas astrales y observar detenidamente el firmamento, antes de responder, con suficiencia paternal, a las demandas de la dama...

—No sabría reproducir exactamente sus palabras —contestó finalmente esta a Federico, que la apremiaba con gestos de impaciencia—, aunque recuerdo perfectamente que auguraban grandes dichas. Habló de una venturosa conjunción de planetas, citó varios nombres de constelaciones alineadas a vuestro favor y anunció un eclipse de luna inminente, que interpretó como signo inequívoco del declive del islam y el avance del cristianismo.

—Así será, con la ayuda de Dios y la fuerza de mis ejércitos, descuida. Ahora dime, ¿qué misterio encierra el final atroz de nuestro amado pontífice?

Braira procedió a cumplir con el ritual de rigor, invitando al rey a seleccionar cuatro cartas que fue colocando boca abajo en perfecto orden. Como él ya conocía el mecanismo del juego y tenía prisa, prescindió del pasado y urgió a su cartomántica a proporcionarle información útil; es decir, referida al presente y al futuro.

Era un hombre pragmático, acostumbrado a la acción, no por ello ajeno al influjo de lo misterioso. Cualquier elemento o circunstancia que se saliese de lo cotidiano le producía la suficiente fascinación como para llevarle a utilizar todos los medios a su alcance, que eran cuantiosos, con el fin de desentrañar el arcano. Necesitaba respuestas a las innumerables preguntas que llamaban constantemente a las puertas de su curiosidad, y no solía conformarse con las explicaciones al uso, basadas en atribuir a la voluntad divina todo aquello que escapaba a la comprensión humana. Él no se rendía nunca. Era ambicioso hasta para eso.

El primer naipe que destapó estaba invertido y contestaba a sus inquietudes con respecto al difunto papa.

—El Mundo, en esta posición —le dijo la cartomántica—, nos indica que el tiempo del pontífice había llegado a su fin y que este debía de ser de algún modo conflictivo.

Braira tampoco era ya una muchacha inocente. Había aprendido a sobrevivir en medio del horror, había visto de cerca el rostro más feo de las personas y estaba decidida a utilizar todos sus recursos, empezando por el tarot, para salir adelante en un universo hostil. Ahora cargaba, además, con la responsabilidad de un hijo, lo que le daba una fuerza y determinación desconocidas.

Si tenía que fingir, fingiría. Si tenía que mentir, mentiría. Si tenía que manipular, manipularía. Si tenía que vengarse, se vengaría. De hecho, según su forma de ver las cosas, había sido Inocencio, precisamente, el instigador de la ola de brutalidad que había devastado su tierra. ¿Le habría castigado el Juez Supremo por ser fuente de tanto dolor? Tal vez sí o tal vez no. En todo caso, era ella quien tenía la potestad de interpretar a su antojo lo que mostraban las cartas.

—Esta es la última figura de la baraja —prosiguió con la lectura, aunando ambigüedad y prudencia—. Si estuviera del derecho sería sinónimo de inmortalidad, pero de este modo me inclino a pensar que el difunto tenía algún pecado que purgar, algún fracaso por el que le serán pedidas cuentas...

—Fue un gran papa, de eso no hay duda, pero esa forma de acabar, pudriéndose a la vista de todos y exhalando un hedor que, según cuentan, ahuyentaba de la iglesia incluso a sus cardenales... En fin. Prosigue. ¿Qué dice el juego de lo que nos aguarda con el anciano Honorio, a quien atribuyen sencillez y bondad? ¿Será más fácil entenderse con él?

—Veamos lo que os auguran el mañana y el camino con vistas a esta nueva etapa...

Sobre la lujosa mesita que se interponía entre ellos, apareció primero el Ilusionista, con la mirada perdida, provisto de dados, cuchillos, cubiletes y una varita mágica; a su lado, marcando un feroz contraste, la Justicia, una vieja coronada, en actitud hierática, que empuñaba con la diestra la espada azul de la autoridad, el rigor y la disciplina, sosteniendo con la zurda la balanza del equilibrio.

—Vais a tener que librar una gran batalla, mi señor.

—¿Contra qué enemigo? ¿Quién se atreverá a desafiarme?

—Contra vos mismo, me temo. Vuestra naturaleza —explicó Braira, señalando al Ilusionista— os empuja a la acción, a la transformación de cuanto os rodea, a la consecución inmediata de todo aquello que os proponéis, infundiéndoos al mismo tiempo un entusiasmo ilimitado en el empeño de cambiar vuestro destino.

—¿Y por qué debería luchar contra esa energía que tan buenos frutos me ha permitido cosechar hasta la fecha?

Braira no le dijo nada de la enorme carga sexual contenida en ese personaje, anuncio seguro de inminentes aventuras eróticas, que no amorosas. No tenía más que mirarle a la cara para ver el deseo crecer en sus labios carnosos o en esas manos pequeñas, y a pesar de ello fuertes, que a duras penas resistían en ese preciso instante a la tentación de profanar sus más sagrados santuarios. Omitió esa parte de la revelación y se centró en la Justicia, que le abría la posibilidad de influir exactamente en la dirección deseada, sin necesidad de falsear el mensaje cifrado del tarot.

—No se trata tanto de derrotar cuanto de embridar, majestad. El entusiasmo es un impulso positivo, siempre que se deje dominar por el intelecto, especialmente en un ser tan poderoso como vos —aprovechó para halagarle—. Buscad el encuentro con la verdad y la rectitud. Actuad de la manera justa. No olvidéis que la virtud de un soberano se sitúa a medio camino entre el amor a su pueblo, la severidad, la misericordia y la imparcialidad. Nunca os dejéis arrastrar por el afán de venganza. Como veis, el desafío está a la altura de vuestra grandeza. Si queréis alcanzar el destino que os espera, no despreciéis a vuestros rivales ni los confundáis con vuestros amigos.

—¿Te refieres al papa?

—Eso no puedo desvelároslo yo, pero vos sabéis la respuesta. Lo que indica esta carta —apuntó a la Justicia— es que aún debéis recorrer la senda del aprendizaje, profundizando en dos rasgos indispensables para un emperador: La paciencia y la capacidad de perdonar.

Federico oyó pero escuchó solo a medias.

Braira recogió su juego, se levantó de la silla y pidió permiso para salir, una vez cumplida la tarea que se le había encomendado. Deliberadamente encorvada, cual gusano a punto de encerrarse en su capullo, con las manos húmedas por el nerviosismo y un molesto tic incontrolable en el párpado izquierdo, oía latir sus sienes como si alguien tocara el tambor dentro de su cabeza. Sabía que algo malo estaba a punto de suceder. Presentía el estallido de un temporal, pero no podía hacer otra cosa que aguardar, impotente, a que su amo se decidiera.

Este la miraba embelesado, reflexionando sobre las misteriosas palabras que acababa de pronunciar y relamiéndose por dentro ante la miel y la pimienta que intuía bajo el brocado de seda que cubría las formas delicadas de la dama. Su esposa Constanza seguía siendo el mejor de sus consejeros, pero hacía tiempo que había dejado de satisfacerle en otros aspectos no menos importantes de su relación. Por eso recurría habitualmente a una cualquiera de sus concubinas, siempre dispuestas a complacerle a cambio de un pequeño favor, lo que, con el transcurso del tiempo, también había llegado a aburrirle. A él le gustaba lo prohibido. Lo salvaje. Lo vedado.

Y estaba acostumbrado a conseguirlo.

—Acércate —ordenó a Braira con un gesto de la mano derecha, mientras la izquierda recogía del suelo un objeto envuelto en un pañuelo de gasa—. Tengo algo para ti.

Ella obedeció, temerosa, buscando desesperadamente la forma de zafarse de lo que veía venir sin remedio.

—¿Te gusta?

Era un collar de perlas purísimas, cada una de las cuales valía una fortuna, con el cual Federico pensaba comprar la virtud de esa remilgada que aún se le resistía. Si eso no funcionaba, tendría que pasar a mayores.

—Ven, deja que te lo ponga...

—Majestad, no puedo aceptarlo. Es demasiado.

—¡Ven aquí te digo! —endureció el tono—. No agotes mi paciencia.

Fue una inspiración repentina. Una idea que se abrió paso a través del pánico, en una clara demostración de que no hay mejor incentivo a la imaginación que la necesidad absoluta. Con un aplomo que la sorprendió a ella misma, Braira se creció, enderezándose de golpe para advertirle, enérgica:

—Debéis saber, mi señor, que si mantenemos una relación carnal, aunque solo sea una, perderé definitivamente la capacidad de interpretar las cartas para vos.

—¿Qué cuento es ese? —replicó él tan incrédulo como excitado.

—Es la verdad. Lo juro por lo más sagrado —mintió Braira sin inmutarse—. Por eso tuve que recurrir al maestro Escoto y rogarle que me iluminara sobre la suerte de mi esposo, que a mí me resulta invisible. Ya me lo advirtió mi madre —volvió a mentir—. Si cedo a vuestras pretensiones, lo que me complacería más de lo que me atrevo a confesar —mintió por tercera vez—, desapareceréis para siempre de mis visiones y no seré capaz de ayudaros cuando solicitéis mi consejo.

Federico dudó un instante, sorprendido por ese inesperado argumento que le había dejado frío. Era tal la convicción con la que se había expresado su adivina que parecía sincera. Y le resultaba mucho más útil como augur que como amante; de eso no cabía duda.

Procurando disimular su frustración, por no mostrar más interés del decoroso en un hombre de su rango, la despachó con fingida indiferencia.

—Muy bien. Tú te lo pierdes. Ya habrá otra que acepte mi presente.

Se había salvado por esta vez, aunque estaba segura de que él volvería al ataque. Su naturaleza le empujaría a hacerlo, tan seguro como que le llevaría a enfrentarse al papa. Lo acababa de augurar el tarot y ella lo leía igualmente en el fuego que desprendían sus ojos. Si no regresaba pronto Gualtiero, cuyo destino ella no se atrevía a consultar sencillamente por miedo a la respuesta que pudieran darle las cartas..., solo Dios sabía lo que se encontraría al llegar.

XXIX

Los excelentes presagios pronosticados por Braira y Escoto no tardaron en empezar a cumplirse.

Sintiéndose próximo a morir, el viejo Otón de Brunswick aceptó resignado su derrota y entregó a Federico la antigua corona forjada en oro esmaltado que habían llevado su padre y su abuelo, así como la lanza sagrada; el bien más preciado de cuantos poseía la Casa de los Hohenstaufen, que, de acuerdo con la tradición, había sido la empleada por el centurión Longino para traspasar el costado del Señor durante la crucifixión.

Era una de las reliquias más veneradas de la cristiandad. Un tesoro de incalculable valor que ahora, después de tan larga espera, era devuelta al fin a su legítimo propietario. Tocarla, percibir el tacto áspero de su metal, sentir el magnetismo que desprendía, acariciarla, estrecharla contra su pecho, eran gestos que proporcionaban al rey un placer muy superior al que pudiera esperar de cualquier hembra. ¿Acaso existía algo más sensual que el poder ilimitado? No. No a ojos de Federico.

La falta de esos objetos, cuyo significado iba mucho más allá de lo tangible, pues su posesión santificaba y otorgaba prestigio, era el último obstáculo que se interponía entre el emperador electo y su proclamación solemne por el papa. Ya nada le impedía emprender el camino de regreso a su añorada isla, previo paso por Roma para cumplir con ese gozoso trámite.

Y así, a mediados de 1220, partieron de Aquisgrán los soberanos, junto a su nutrido séquito, dejando tras ellos a su hijo Enrique, de apenas nueve años, bajo la custodia de vasallos leales. Constanza se alejó del niño con un desgarro que aceleraría lo que estaba próximo a suceder, tal como había entrevisto tiempo atrás su dama del tarot sin atreverse a desvelárselo. ¿Para qué? La reina suplicó a su esposo que no le infligiera esa herida, pero él tramaba sus propios planes; planes de gobierno y de perpetuación de la estirpe, en los que el amor no tenía cabida.

La verdad era que aunque el monarca había reiterado recientemente al santo padre la promesa de respetar las libertades de la Iglesia y mantener separados los tronos del Sacro Imperio y de Sicilia, tal como había exigido siempre la Santa Sede, sus auténticos proyectos no contemplaban tal renuncia. Él divisaba un futuro grandioso para su único vástago legítimo, que ya ostentaba el título de heredero al solio siciliano. Por eso había sugerido a algunos nobles de su confianza que el pequeño Enrique fuese coronado rey de los romanos en cuanto él se hubiese ido; es decir, en su ausencia y aparentemente al margen de su voluntad. Así pudo declararse inocente ante el vicario de Cristo sin faltar abiertamente a la verdad.

Los vientos, en todo caso, soplaban a su favor. Incluso la climatología se puso de su parte, pues el sol lucía en la Ciudad Eterna con mucha más intensidad de lo normal esa mañana del 22 de noviembre, cuando, desde lo alto del Monte del Gozo, emprendió su camino de gloria hacia la basílica de San Pedro y la culminación de sus aspiraciones, recorriendo a caballo la antigua vía Triunfal en la que antaño eran aclamados los césares victoriosos.

La ciudad se recogía tras las murallas Aurelianas, que delimitaban un espacio gigantesco, en su mayor parte vacío, poblado de ruinas y descampados. La urbe, que en la Antigüedad albergara un millón largo de almas, había quedado reducida a poco más de treinta mil habitantes, lo que le confería un aspecto un tanto decadente pese a la magnificencia de ciertos monumentos, como el formidable Coliseo, que asomaban aquí y allá sus moles desafiantes.

La mayoría había sufrido siglos de expolio de sus mármoles y adornos, destinados a dar vida a otras obras igualmente admirables, aunque esta norma general tenía algunas excepciones. Así, las termas de Caracalla habían proporcionado el material necesario para la construcción de la iglesia de Santa María de Trastévere, mientras la columna de Trajano, considerada «un bien que habrá de permanecer íntegro mientras exista el mundo, en salvaguarda del honor del pueblo romano y de su Iglesia», gozaba de la protección de un edicto municipal que amenazaba con terribles castigos a quien la dañase.

Así era la Roma imperial, la Roma misteriosa y única, magna en sus luces y en sus sombras.

Las calzadas pavimentadas para las legiones del Imperio seguían estando abiertas, al igual que las calles, con una amplitud infinitamente superior a las de cualquier otra villa, incluida Palermo. Allí hundía sus raíces la historia, inasequible al olvido de los hombres, y allí se asentaba igualmente la Iglesia de Dios, cuya autoridad indiscutida era la única capaz de investir de poder temporal a un soberano cristiano. Esa era Roma, la Eterna.

A su llegada a la plaza sobre la que se elevaba el templo dedicado a san Pedro, Federico, sumido en un profundo trance, fue recibido por un cortejo de notables digno de su rango. A su derecha se colocaron los senadores, que en señal de respeto le sujetaron las bridas del corcel mientras él descendía de la montura con elegancia, para subir hasta lo alto de los escalones donde le aguardaba el papa, rodeado de sus cardenales.

A esas alturas de la ceremonia apenas podía contener la emoción, consciente de haber logrado alcanzar todas las metas que se había fijado, incluida la de ser proclamado emperador.

Siguiendo la usanza habitual, besó los pies del pontífice a la vez que le ofrendaba oro, que este aceptó con un abrazo fraternal. Luego ambos se encaminaron hacia la capilla de Santa María in Turri, donde tuvo lugar la unción sagrada de la espada y brazos del monarca, como protector de la verdadera fe. Finalmente, Honorio impuso sobre su cabeza la corona, que el rey sintió tan de su medida como si hubiese sido forjada para él, y, tomando en sus manos la espada, le nombró soldado de san Pedro con los mismos gestos empleados en armar a los caballeros. Todos los presentes unieron entonces sus voces para entonar el cántico de rigor:

Salud y victoria a Federico invicto, emperador de los romanos y siempre augusto.

Tenía veintiséis años.

Bajo el influjo de los sentimientos que le embargaban, el soberano renovó públicamente su juramento de tomar cuanto antes la cruz y partir a Tierra Santa, lo que llenó de esperanzas a Braira, quien anhelaba marchar con él a fin de reunirse con Gualtiero. A continuación, pronunció otros votos bien distintos, que helaron la sangre de la dama. Los herejes capturados en sus tierras —juró— serían expulsados de inmediato y verían confiscados sus bienes. Los recalcitrantes arderían en la hoguera. Su edicto se aplicaría en todas sus posesiones, que abarcaban ya buena parte del orbe conocido.

¿Es que no iba a terminar nunca la pesadilla? Braira volvió a notar cómo se le erizaba el vello, mientras que un escalofrío le recorría la espalda. El miedo se le agarró a las entrañas como el fruto de una violación diabólica.

Preso de una necesidad imperiosa de reafirmar su autoridad, Federico dictó, nada más pisar su viejo reino, un conjunto de leyes que abarcaban todas las facetas de la vida. Desde la confiscación de los castillos levantados tras la muerte de su abuelo materno, hasta la imposición de su derecho de veto a cualquier matrimonio de la nobleza. Desde la revocación de los privilegios que le habían sido arrancados durante sus años de debilidad, hasta la marginación de ciertos colectivos considerados peligrosos para la moralidad pública, como los judíos y las prostitutas. A los primeros se los obligó a vestir ropas específicas y dejarse barba. Las rameras se vieron abocadas a abandonar los núcleos urbanos con la prohibición expresa de acercarse a ellos, excepto para una única visita semanal a los baños públicos. La ordenanza no afectó, por supuesto, a las integrantes del harén real, que se desplazaban con el monarca adondequiera que fuera.

El emperador se sentía pletórico de vigor, lo que le otorgaba aún más fortaleza de la que ya de por sí detentaba. En su descenso hacia la Sicilia insular muchas fortalezas se le rindieron sin combatir, mientras los hombres y mujeres del pueblo llano le bendecían al grito de: «¡Viva nuestro David! ¡Viva el Doncel de Apulia!». Y esa veneración le resultaba más suculenta que cualquiera de los manjares preparados por su cocinero. Era pura ambrosía para su espíritu ególatra, cuya inflamación enfermiza causaba hondo pesar en las personas de su entorno íntimo, empezando por su esposa.

Constanza cabalgaba a su flanco, visiblemente cansada y entristecida, sostenida en la medida de lo posible por Braira, quien intentaba consolarla con las gracias de su pequeño Guillermo, anécdotas rescatadas de los tiempos felices o engaños piadosos que elaboraba sobre la marcha leyéndole las cartas. Hacía tiempo que no le auspiciaban nada bueno a su señora las figuras del tarot, pero no sería ella quien ensombreciera más su amargura. Ella no. Aquello no hubiese sido signo de lealtad, sino de crueldad gratuita. Y ella no se merecía eso.

Cruzaron el estrecho por Mesina, empleando enormes barcazas para transportar a la tropa con sus pertrechos, pero no se dirigieron inmediatamente a Palermo, como habría sido el deseo de la reina. Antes quería pasar el soberano por Siracusa, para ajustar definitivamente las cuentas a aquellos genoveses que, desde los tiempos de Marcoaldo, habían instalado allí su base de operaciones sin pagar el diezmo debido a su señor.

Ya Gualtiero había llevado a cabo una primera operación de castigo contra ellos, frustrada antes de concluir por su precipitada marcha a Egipto e insuficiente para aplacar el rencor del emperador. No pensaba tener piedad con esas gentes que se habían aprovechado de él en la infancia, chupándole la sangre como vampiros, y, a decir verdad, no la tuvo.

Braira recordaba la paz del lugar apenas unos años antes, cuando había disfrutado de sus aguas claras al llegar junto a su esposo. En esta ocasión, sin embargo, nada resultó como en aquel entonces. Vio al rey expulsar violentamente de allí a los mercantes que, según él, se daban a la piratería. Vio quemar sus almacenes y expropiar sus tierras sin contemplaciones. Vio cómo un rey absoluto impone su potestad. El puerto de Siracusa sería a partir de entonces una propiedad de la corona, que percibiría en exclusiva las tasas correspondientes a los derechos de aduana. Y para garantizarlo mandó construir

Federico un castillo imponente, que llevaría su impronta grandiosa y serviría de aviso a navegantes.

Muchos años después, tras un sinfín de batallas y aventuras que aún están por contarse, la refugiada occitana admiraría esa obra terminada y se quedaría asombrada del efecto que le producía. A la entrada de la ensenada, donde antes estuvo la roca volcánica, contemplaría la imponente figura de una fortificación avanzada de forma cuadrangular, con cuatro torreones a modo de vigías, cuyos pequeños ojos oscuros miraban hacia levante. Observaría sus muros de piedra blanca recortarse sobre el cielo límpido del atardecer... y permanecería un buen rato embelesada, preguntándose en virtud de qué extraño azar un edificio levantado para la guerra podía encajar de un modo tan perfecto en un entorno creado para regalar belleza, sosiego y armonía a quienes tuvieran la fortuna de transitarlo.

¿Cómo entender tal desafuero?

Una fría mañana de comienzos de 1222, Aldonza despertó a Braira a gritos.

—¡Rápido, venid conmigo, la reina se muere!

Se precipitaron las dos a las habitaciones de la soberana, contiguas a las de su dama, donde el escenario resultaba desolador. Doña Constanza yacía en su lecho inmóvil, como una muñeca de trapo, con la cabeza inclinada hacia un lado y la boca torcida en una mueca siniestra que dejaba escapar un hilo de baba amarillenta. Solo sus ojos conservaban algo de vida, desesperada, que empleaba para llamar en su auxilio a la mujer que con el correr de los años se había convertido en su compañera y amiga.

—Tranquilizaos, ya estoy aquí —le susurró ella al oído, disimulando su espanto, y tomando entre las suyas la mano inerte de su señora—. Ya he mandado llamar al galeno y también a vuestro confesor, por si deseáis poneros a bien con Dios, aunque seguro que muy pronto estaréis recuperada...

La infanta de Aragón era demasiado inteligente, lúcida y valiente como para creerse ese embuste piadoso. El fin le había sobrevenido de manera fulminante, en forma de parálisis que apenas le dejaba musitar, con un esfuerzo titánico:

—Nnnrrrr, mmmmjjjjjj...

—Sosegaos, os lo ruego, no debéis hacer esfuerzo alguno —insistió Braira, bajo la mirada atenta de Aldonza, que parecía querer decir algo sin atreverse a dar el paso—. ¿Habéis avisado al emperador? —se dirigió a ella la occitana sin dejar de sostener con su calor a la agonizante.

—Sí, he enviado un jinete a buscarle, aunque tardará en llegar. Ayer salió a cazar y debe encontrarse a muchas leguas de palacio. ¿Por qué no...?

—¿Por qué no qué? Hablad, decid lo que tengáis que decir!

—Mmmmmjjjjjj... —seguía balbuciendo con un murmullo apenas audible la reina, sin que las palabras lograran traspasar la barrera de su boca muerta.

—¿Por qué no empleáis la magia de vuestras cartas para ayudar a la señora? —escupió finalmente la vieja nodriza, al tiempo que se santiguaba.

Braira sintió una mezcla de ternura y de lástima hacia esa mujer que siempre le había parecido una roca, pero que ahora expresaba de ese modo su desamparo ante una situación que, preveía, iba a resultar terriblemente penosa para su querido Federico; el hombre al que seguía viendo como un niño por más que le reverenciara como rey.

—Si estuviera a mi alcance hacerlo —le explicó con dulzura—, lo haría, creedme; pero las cartas no sirven de nada ahora. El único modo que tenemos de ayudar a nuestra señora es acompañarla en el trance y aliviar hasta donde nos sea posible su sufrimiento. Por favor, ved qué ocurre con el sacerdote y el galeno. ¡Es preciso que lleguen ya!

Cuando Aldonza salió, no muy convencida, a cumplir con lo que se le había encomendado, Braira se volvió hacia su protectora, haciendo esfuerzos ímprobos por que esta no la viera llorar. Un sudor apenas perceptible perlaba la frente gélida de Constanza, que se aferraba, obstinada, a ese último hálito de vida para mascullar:

—Nnnnnnrrrr. Nnnnrrrr.

—¿Queréis decir Enrique, señora? ¿Os referís a vuestro hijo?

Con los ojos, la reina asintió de un modo tan explícito que impulsó a su dama a seguir tratando de interpretar su angustia.

—¿Os preocupa la suerte del príncipe?

De nuevo la respuesta fue un sí inmóvil y silencioso.

—No hay motivo —mintió una vez más la cartomántica, como siempre había hecho en lo relativo al niño. Ella tenía motivos sobrados para compartir la preocupación de su protectora, pero lo último que pensaba hacer era agravar su tortura revelándoselos—. Descansad en la certeza de que don Enrique reinará con tanta gloria al menos como la que rodea a su padre.

—Tttttt...

—Yo velaré por él, os doy mi palabra de honor. No dejaré que nada malo le suceda. Vuestro hijo vivirá largos años y tendrá una existencia dichosa que perpetuará la presencia de vuestro linaje en Sicilia. Ese es su destino.

Como si el augurio la hubiera liberado de las últimas ataduras que mantenían su cuerpo inútil unido a este mundo, mientras ya su espíritu se elevaba hacia territorios más luminosos, Constanza entornó los párpados y redujo el ritmo de su respiración a un leve jadeo, cada vez más débil, que se apagó de repente.

Braira sintió un desconsuelo similar al que la había abrumado al tomar conciencia de la muerte de su padre y de la pérdida definitiva de su madre, Mabilia, entregada a la oración en un monasterio cátaro de Montsegur. De nuevo se quedaba abandonada a un futuro incierto, sin marido que la protegiera y con la tarea de cuidar en solitario del pequeño Guillermo, que crecía felizmente ajeno a cualquier problema. Ahora, por añadidura, se había echado a las espaldas la responsabilidad de un príncipe marcado por una suerte fatal, sin tener la menor idea de cómo cumplir su promesa.

Esa soberana orgullosa, inteligente, generosa y culta que la había amadrinado dejaba tras de sí un vacío imposible de llenar. Una ausencia que a su dama iba a dolerle de por vida, como duelen los huesos que alguna vez se han quebrado. Con ella moría una parte de su existencia en la que la fortuna había rodado de manera caprichosa, encadenada a esa rueda que no deja de girar, pero moría, sobre todo, una persona a la que había querido profundamente.

Otra más, y ya eran muchas.

Para Federico no fue más fácil. El fallecimiento de la que había sido esposa fiel, sustituta de una madre desaparecida prematuramente, consejera tan sagaz como discreta, y compañera infatigable, le sumió en un estado de postración aún más tenebroso que el que se apoderó de Braira. Un paréntesis de oscuridad del que únicamente salió para dar rienda suelta a su pena de un modo incontrolado y feroz, propio de su naturaleza salvaje.

Tal como había previsto su aya, no llegó a tiempo para despedirse de la que había compartido sus idas y venidas a lo largo de trece años decisivos. Se la encontró amortajada con el mismo traje escarlata que llevaba al casarse, cubierto el rostro por un velo destinado a ocultar la deformidad causada por el ataque sufrido, y un sinfín de pebeteros de incienso perfumando la estancia en la que eran velados sus restos.

La lloró durante horas, hasta caer exhausto, y pagó después espléndidamente a las mejores plañideras de la ciudad para que le garantizaran un duelo digno de su rango. Antes de darle tierra en la catedral de Palermo, dentro de un suntuoso sarcófago de mármol rescatado del esplendor romano, le rindió un último tributo de amor depositando sobre su pecho la corona que había lucido al ascender al trono siciliano. Un objeto de incomparable belleza, forjado por los más diestros artesanos de Palermo, en forma de casquete de oro enriquecido con incrustaciones de zafiros, esmeraldas, rubíes, perlas y otras gemas preciosas dignas de una emperatriz. Así descansarían juntas esa joya y ella, la única mujer que había encendido sus sentimientos, hasta el día de la resurrección.

Braira también derramó lágrimas negras, no solo de tristeza, sino de inquietud. Ahora sí que se avecinaban días de zozobra. ¿Qué sería de ellos en caso de que Gualtiero no regresara de Damieta? ¿Cómo podría honrar la palabra dada a su señora respecto del príncipe Enrique, cuyo porvenir, como bien sabía ella, estaba marcado por la nefasta figura del Colgado, si ni siquiera estaba segura de poder salvarse a sí misma?

El palacio se le antojaba un lugar inhóspito. Refugiada en sus aposentos, veía pasar el tiempo a través de los ventanales, rehusando participar en los actos de una corte en la que había vuelto a sentirse extranjera.

Sabía, porque la murmuración era una constante capaz de imponerse a cualquier luto, que Federico ahogaba su angustia entregándose a los brazos de sus concubinas, sin dejar de encargar misas y responsos por la salvación del alma de su amada, cuyo acceso al paraíso de los justos debería de verse acelerado por las donaciones efectuadas a la Iglesia a tal fin. Donaciones tan devotas como innecesarias, según el modo de ver las cosas de Braira, toda vez que su señora se había ganado con creces un lugar privilegiado a la diestra de Jesús.

En esas cavilaciones andaba un atardecer igual a otro cualquiera, matando el aburrimiento con una labor de bordado que intentaba imitar la filigrana moldeada en yeso que adornaba los muros de la Aljafería. Como de costumbre, se hallaba sola. Entonces irrumpió él a medio vestir, con el cabello despeinado y la mirada vidriosa, dando tumbos al andar. Era evidente que se había excedido con el vino fuertemente especiado que le habían recomendado sus médicos para combatir la melancolía, pues estaba borracho como una cuba.

No dijo nada. Solo fijó en Braira sus ojos; los ojos del halcón que ha localizado a su presa, y se lanzó a por ella.

XXX

—¡Madre, mira lo que hemos construido Guido y yo, ven al jardín a ver cómo vuela! ¡Aprisa, es increíble, parece un pájaro!

Guillermo, ajeno a cualquier norma de protocolo, había irrumpido en la habitación de su madre por una puerta lateral, justo a tiempo para rescatarla de lo que parecía inevitable. Exhibía orgulloso una cometa de colores casi tan grande como él. Estaba excitadísimo con el artilugio que le había fabricado su amigo aprovechando la ligereza de ese nuevo material, el papel, cada vez más utilizado para distintos menesteres, por lo que ni siquiera había detectado la presencia del emperador, ante quien habría debido inclinarse inmediatamente en señal de pleitesía. Este le lanzó una mirada incendiada, tan repleta de ira que Braira se apresuró a dar una bofetada a su hijo antes de que lo hiciera su señor.

—Os ruego que le disculpéis, majestad. Es culpa mía no haber sabido educarle mejor, pero será castigado por su impertinencia.

Acto seguido, agarrando del brazo al pequeño casi con violencia, le conminó:

—¡Hijo, pide perdón al rey!

El chiquillo no terminaba de comprender el porqué de ese gesto tan impropio de su madre, aunque la vio lo suficientemente enfadada como para obedecer sin rechistar. Componiendo un mohín idéntico al que empleaba Braira a su edad para hacerse disculpar sus travesuras, plantó su diminuta figura ante el soberano, que no le inspiraba aún el menor temor, y con actitud aparentemente contrita dijo:

—Perdón.

Federico no respondió. Los efectos del licor habían convertido el deseo en cólera y esta rápidamente en sopor, por lo que optó por retirarse lo más dignamente posible, concentrándose en alcanzar la salida sin tropezar.

Braira corrió hacia Guillermo y le estrechó en sus brazos con desesperación, repitiendo:

—Lo siento, lo siento, tesoro mío, no sabes cuánto lo siento...

Muy lejos de allí, en el delta del gran río que bañaba Egipto, se había producido poco antes una retirada no menos vergonzante y desde luego mucho más indigna, protagonizada por unos cruzados que tuvieron en sus manos la oportunidad de recuperar Jerusalén y la desaprovecharon.

Entre ellos estaba Gualtiero.

Fiel a la promesa que se hiciera a sí mismo, se había lanzado a la conquista de Damieta con la desesperación de un condenado, hasta lograr su propósito. Después de interminables meses de asedio, la plaza fuerte del poder egipcio había terminado por caer en manos cristianas, con su botín intacto. Mas de poco había servido esta victoria a los guerreros del papa, pues nuevamente la ambición desmesurada cegó a quienes debieran haberse guiado por el buen juicio y la prudencia.

El sultán Al Kamil, atemorizado por el avance de sus enemigos, ofreció entregar la Ciudad Santa, Belén, Nazaret y la verdadera cruz, además de una considerable suma en metálico y una tregua de treinta años, a cambio de la evacuación de Egipto. La respuesta fue incomprensiblemente negativa.

El emperador acababa de renovar sus votos ante el santo padre y se sentía invencible, por lo que envió un primer contingente de tropas encabezadas por el duque de Baviera, cuya llegada truncó las esperanzas de Gualtiero. Cumpliendo a regañadientes las órdenes de su señor, puso su experiencia a la disposición del recién llegado y se tragó su amargura. ¿Cómo le iba a desobedecer?

Por más que le doliera faltar a la palabra que se había dado a sí mismo, no regresaría a casa, no abrazaría a Braira, no se libraría del tormento de la incertidumbre. Únicamente tuvo el consuelo de una extensa carta, en la que su esposa le informaba del nacimiento de su hijo y le reiteraba su amor.

¿Amor? Había olvidado el significado de esa palabra.

Su vida siguió discurriendo en una gigantesca extensión de lodo, que le impregnaba las uñas, la piel, el paladar, las fosas nasales, el alma y la mente. Barro oscuro, pegajoso, maloliente, infestado de mosquitos. Una boca de fango negro que le devoraba poco a poco.

Vio llegar centenares de barcos cuyos vientres iban cargados de arqueros, jinetes e infantes, hasta un total de cincuenta mil guerreros, acompañados por hordas de desgraciados ávidos de rapiña. No se molestó en desengañarlos. También él había experimentado tiempo atrás esa euforia que nace de la convicción y nos hace sentirnos invulnerables. Había cantado y reído alrededor de un fuego de campo. Había fanfarroneado de sus hazañas y luego protestado por sus desventuras, antes de ver consumirse a Hugo, roído por la fiebre, hasta morir llevándose con él los últimos resquicios de esperanza a los que se aferraban ambos.

No, no hacía falta desengañar a esos novatos. Ya se encargaría de hacerlo el río.

La derrota no vino, en efecto, de manos sarracenas, sino del Nilo, que con sus crecidas lo convirtió todo en un sepulcro embarrado. Su agua turbia mató a más cristianos que la caballería turca, aunque los guardias nubios de a pie, gigantes negros de pesadilla, se encargaron de degollar a muchos hombres previamente sometidos a tortura por ese adversario invencible, y aún habrían abatido a más de no haber mediado la heroica actuación de los monjes guerreros, templarios, caballeros teutónicos y hospitalarios, que pagaron un altísimo tributo en sangre para proteger la huida.

Luego todo volvió a ser fango. La soldadesca mahometana se dio al saqueo de iglesias coptas y melquitas a lo largo y ancho de todo el país del sol, los seguidores de Jesús se vieron sometidos a nuevos impuestos exorbitantes, y el santo madero capturado en su día por Saladino, la cruz que tanto anhelaba recuperar el viejo Hugo, se perdió para siempre entre los escombros.

El hombre que regresó finalmente a los brazos de Braira, en el otoño de 1222, guardaba cierto parecido con el que había partido de allí seis años antes, aunque no era él. Su cuerpo esquelético revelaba las privaciones sufridas durante esa larguísima campaña militar y el cautiverio que le había mantenido después catorce meses encerrado en una fortificación de Alejandría, hasta que las negociaciones entre bandos culminaron en una tregua de ocho años y un acuerdo de canje de todos los prisioneros. Su naturaleza había sufrido una mutación indeleble.

La mirada de Gualtiero, antaño burlona y desafiante, denotaba un pesar difícil de definir; una losa invisible permanentemente encaramada a su orgullo, que a duras penas le permitía mantenerse en pie. Parecía perdido en un mundo a medio camino entre el de los muertos y el de los vivos, pero seguía siendo su esposo y el padre de su hijo, lo que habría sido suficiente para que ella se volcara en él, aun en el supuesto de no haberle querido como le quería.

Era su hombre, aunque ni él mismo lo supiera. En su día la había rescatado del naufragio de su pasado en Occitania, sin ceder al desaliento. Pues bien, los papeles se invertían e iba a ser ella esta vez quien luchara hasta encontrar esa risa que les habían robado a los dos. Estaba decidida a lograrlo.

Guillermo era su vivo retrato en versión reducida: un chico grande, de piel oscura, ojos claros y cabello color avellana, única contribución materna a su fisonomía. Era guapo, no cabía duda, pero sobre todo era un varón sano. El mejor regalo que una esposa podía hacer a su marido. El desparpajo y la espontaneidad con los que saludó a su progenitor, echándole los brazos al cuello sin dejar de expresarle el respeto debido a un gran guerrero, llenaron de alegría el corazón de Gualtiero. El niño era exactamente tal como lo había imaginado. Era suyo; no había duda, pese a lo cual una pregunta le quemaba en los labios desde hacía una eternidad y no podría aguantar mucho más tiempo allí atrapada.

Cuando Braira y él estuvieron solos, mientras ella le ungía el pecho con aceite perfumado, después de haberle lavado con sus propias manos y la más suave de las esponjas, le espetó con voz de ultratumba:

—Soñé que el emperador te forzaba...

—También lo soñé yo —respondió ella sin dejarle terminar, consciente de que destruir el vínculo que le unía a su señor habría privado de sentido su vida a partir de entonces—, mas no pasó de ser un mal sueño. Puedes estar tranquilo. Tal y como me dejaste me encuentras.

—¿Lo juras?

—¿Necesitas que lo haga?

Sus ojos de miel no mentían. Gualtiero había perdido muchas cosas en ese lugar inmundo al que había estado encadenado, pero no se dejaría arrebatar las que le quedaban. No renunciaría a la felicidad que había hallado junto a Braira. Por eso, en lugar de contestar, la atrajo hacia sí para besarla, igual que lo había hecho tantas veces con la imaginación y el deseo. Dulcemente, como se besa a una esposa, luchando por contener al monstruo que habitaba ahora en su interior. Notó la piel de su mujer erizarse bajo sus caricias ásperas, a medida que la memoria volvía a guiarle a través de caminos ya explorados, y sintió la fuerza de una pasión capaz de fundir sus cuerpos.

Esa noche se olvidaron de ser dos, hasta que él logró reconocerse en las pupilas de ella.

No había terminado de reponerse de sus fatigas ni recuperado una mínima fracción del tiempo de holganza perdido, cuando la guerra volvió a reclamarle. ¿Qué otra cosa podía esperar de un rey como Federico?

—Supongo que querrás tomar posesión cuanto antes del feudo que te prometí —le dijo una mañana su soberano, con una frialdad a la que Gualtiero no estaba acostumbrado y que obedecía a la irritación del emperador ante la reaparición de ese obstáculo que creía superado para siempre.

—Yo os sirvo, mi señor, sin esperar nada a cambio —replicó el caballero sin faltar a la verdad, aunque preocupado por ese tono.

—Y yo cumplo siempre mi palabra, de modo que recibirás tus tierras, aunque antes habrás de ganártelas. Esos medio hermanos tuyos de sangre que infestan los alrededores de Girgenti han colmado mi paciencia. Me informan de que las iglesias de la región están reducidas a cenizas como consecuencia de sus incursiones y de que incluso han llegado a capturar al obispo, que, gracias al cielo, no ha sufrido daño. Pero lo peor no es eso. Lo más intolerable es que conspiran con ciertos caudillos del norte de África a fin de propiciar un desembarco sarraceno aquí, en nuestra isla, lo que en modo alguno estoy dispuesto a tolerar. Esos traidores serán castigados, para lo cual necesito tu ayuda. Tú conoces bien a esa gente, ¿no?

—Así es, majestad. Sus abuelos fueron súbditos de mis antepasados maternos.

—Pues elige. ¿Estás con ellos o conmigo?

La pregunta fue un golpe bajo, que Gualtiero acusó torciendo el gesto.

—Yo soy cristiano y vasallo vuestro.

—Bien. Eso era lo que quería oír. En el sur de la isla, una vez cumplidos mis planes, habrá espacio suficiente para repartirlo entre mis leales. Descuida. Ese hijo tuyo y de tu esposa... —se refirió a él con cierto desprecio.

—Guillermo.

—Sí, ese niño revoltoso tendrá la herencia que te fue negada a ti. Más vale que le enseñes cuanto antes lo que tiene que saber un caballero. Ya es hora de que salga de las faldas de su madre y empiece a instruirse en las artes militares junto a los escuderos de la corte.

Esa misma primavera partió hacia la agreste comarca meridional una expedición de castigo decidida a aniquilar cualquier foco de resistencia, comandada por el monarca en persona. Entre los hombres de su guardia cabalgaba Gualtiero, buen conocedor del terreno, cuya misión consistía en recabar toda la información posible de los lugareños a fin de facilitar la misión. ¡Triste cometido para un héroe recién venido de las cruzadas!

Con el alma carcomida por los escrúpulos, el mestizo cumplía lo que se le había ordenado, procurando, sin conseguirlo, no formularse demasiadas preguntas. ¿Se regodeaba Federico colocándole en semejante situación o simplemente se servía de él como de cualquiera de sus peones, con la intención de llevar a buen puerto su campaña? ¿Se vengaba de él por haber fracasado en Damieta o había algo más; algo relacionado con ese maldito sueño que no se le iba de la cabeza?

Braira había formulado los mejores augurios para la campaña, recomendándole humildad y paciencia. ¡Cuánto había cambiado su esposa! Paciencia, humildad. ¿Quién le habría dicho a él unos años atrás que esas iban a ser sus armas?

Afortunadamente para todos, los hechos sucedieron tan deprisa que no hubo lugar a la espera.

La magnitud del ejército real superaba con creces las posibilidades de resistencia de los insurrectos mahometanos, especialistas en saquear aldeas y alquerías indefensas pero carentes de fuerza para enfrentarse a una tropa bien entrenada. Muy pronto pusieron sitio los soldados a la villa de Iato, anidada en lo alto de un risco, en la que se había guarecido el jefe rebelde Ibn Abbad, quien tras ocho semanas de asedio bajó de su escondite para postrarse a los pies del emperador, suplicando su clemencia. No conocía al nieto del Barbarroja.

Furioso por la devastación que había contemplado a lo largo del camino, este la emprendió a patadas con él hasta el punto de infligirle graves heridas con el hierro de sus espuelas. Magullado, sangrando por los costados lacerados y sometido al escarnio público dentro de un carro tirado por mulas, Ibn Abbad fue conducido a Palermo, donde el verdugo le dio la muerte más infamante, colgándole por el cuello de lo alto de una horca.

A su lado, y con el fin de redondear el espectáculo brindado a la plebe, fueron ajusticiados dos mercaderes de Marsella, reos de haber embaucado y vendido como esclavos, diez años atrás, a millares de criaturas integrantes de la desdichada Cruzada de los Niños. Una locura encabezada por un pequeño visionario francés que, lejos de liberar Jerusalén, dio con los cuerpos vírgenes de sus protagonistas en los harenes de todo el Oriente.

Los proyectos del emperador incluían, sin embargo, un paso más.

—Les hemos dado su merecido —informó a los miembros de su consejo—, lo que no resulta suficiente. No a la luz de la experiencia. No me conformo con esta derrota, sino que aspiro a la sumisión incondicional de los sarracenos de la isla de una vez por todas. ¿Me veré obligado a exterminarlos?

—¡No! —exclamó Gualtiero, asqueado ante la posibilidad de pagar semejante precio por su feudo—. Hay otras formas...

—Tú tienes más capacidad que yo para anticiparte a sus movimientos, pero piensa bien en lo que vas a decir porque responderás con tu vida de otra traición.

—Tal vez podríais mandar prender y trasladar a los cabecillas más beligerantes. Eso pacificaría a los demás, que seguirían sirviéndoos como súbditos leales...

—Nunca me han sido leales y tú lo sabes tan bien como yo. No obstante, es posible que a partir de ahora lo sean. A la fuerza ahorcan... Voy a enviarlos lejos de esos valles abruptos en los que se emboscaban como culebras al acecho, al otro lado del estrecho. En la península hay sitio de sobra para que desbrocen monte y resulten útiles. A partir de ahora, tal como ocurría en tiempos del gran Roger, los hombres más aptos de esa cantera inagotable integrarán mi guardia personal mientras sus familias permanecen como rehenes en su nuevo asentamiento. Serán la inexpugnable empalizada humana que me proteja. No hay en la cristiandad jinetes ni arqueros mejores que ellos. La decisión está tomada.

Fue Gualtiero el encargado de organizar la deportación de hombres, mujeres y niños, en número cercano a los veinte mil, a la localidad de Lucera, situada en una planicie de Apulia, donde serían confinados de por vida.

Allí serían libres de practicar su religión y sus costumbres, siempre que no amenazaran al trono y pagaran los impuestos con los que fueron gravados. Allí fabricarían para su amo y señor fundíbulos, catapultas, mangonels, espadas y cuchillos solo comparables a los forjados por los artesanos toledanos, empleando para ello la fórmula secreta del acero de Damasco. De allí saldrían igualmente la mayoría de las concubinas del serrallo real, así como los eunucos encargados de vigilarlas.

Cuando llegó la hora de repartir el botín, el caballero de Girgenti pidió y obtuvo un señorío modesto, cuyas rentas darían apenas para vivir con decoro, que incluía, eso sí, los acantilados de paredes blancas en los que por primera vez había amado a Braira. Allí se llevó a su esposa en cuanto obtuvo licencia de su majestad, con el fin de rememorar esos días lejanos, y cerca de un templete sabio, rodeado de naranjos, mandaron los dos construir su casa.

Recorriendo sus dominios sin prisa, ya fuera a pie o a caballo, se sentía en paz con el mundo. Las aguas transparentes que lamían las rocas poseían la virtud de limpiar cualquier herida, así del cuerpo como del alma, devolviéndole la ilusión a la vez que la salud. Habría dado cualquier cosa por poder permanecer allí indefinidamente, junto a la mujer que amaba, pero el dueño de sus vidas no pensaba en modo alguno prescindir de los servicios de su capitán, y menos aún de los de su dama del tarot. Mucho antes de lo previsto los mandó llamar con prisas, como era su costumbre, lo que no les dejó otro remedio que regresar inmediatamente a la corte, de la que para entonces habían desaparecido prácticamente todas las damas de doña Constanza, incluida Laia. Eso al menos liberó a la occitana de su abierta hostilidad.

Flaca compensación por la pérdida de su señora.

Braira estaba nuevamente encinta, lo que llenó a Gualtiero de alegría. Guillermo, por su parte, con siete años cumplidos, se defendía bien con la espada de madera empleada por su instructor y soportaba el peso del correspondiente escudo. Ya montaba sin temor palafrenes grandes y se las arreglaba aceptablemente incluso entre los escuderos de mayor edad, a quienes no era extraño verle superar tanto en valor como en destreza.

El pequeño era, pese a su corta edad, una persona con las ideas claras. Le gustaba pelear mucho más que leer o estudiar aritmética, aunque en el palacio de Palermo todos los chicos de alta cuna debían ser tan duchos en un arte como en los otros. Por eso él, que ya hablaba a la perfección el árabe y el italiano vulgar, además de chapurrear algo de latín, se esforzaba en aprender a fin de merecerse, con el tiempo, ser armado caballero.

Cuando sus obligaciones le daban descanso, se escapaba hasta el territorio que comandaba Guido, donde se movía como pez en el agua y conocía a la perfección el nombre, costumbres, procedencia y necesidades de cada uno de los habitantes del zoológico.

Sus favoritos eran sin duda los leones, que el rey mandaba renovar, a medida que morían o se hacían viejos, pagando por ellos fortunas, pero otros animales resultaban igual de fascinantes a sus ojos. Los cocodrilos del Nilo, por ejemplo, instalados en un estanque construido especialmente para ellos, trituraban con sus fauces los huesos más duros y hacían las delicias del chiquillo en las raras ocasiones en las que su amigo le permitía acercarse lo bastante como para darles de comer. El elefante, que extendía su trompa hasta recoger la fruta de sus manos, le producía ternura por la soledad en la que transcurrían sus días, atado por una de las patas a una gruesa cadena anclada al suelo. Y, sin embargo, parecía indestructible. Cerca de él moraban unos bichos enormes, con forma de pájaro pero incapaces de volar, que habrían corrido muy deprisa de haber dispuesto de espacio para hacerlo, según aseguraba Guido, quien incomprensiblemente no sentía hacia ellos la menor simpatía. Completaban la colección dos jirafas, otras tantas cebras, algunos monos y otras piezas de menor valor, como un oso similar a los que obligaban a bailar los titiriteros en sus espectáculos.

Todos los dignatarios extranjeros que pasaban por Palermo eran invitados a visitar ese tesoro viviente, del que Federico estaba particularmente orgulloso, por más que mantenerlo supusiera un dispendio considerable para el peculio real. Nada satisfacía más al emperador que ver la cara de asombro o espanto que ponían sus huéspedes ante la visión de algunas de sus criaturas. Eran su sello personal. La expresión de una excentricidad alimentada con esmero. Una de las razones que le valía el apelativo de Estupor del Mundo, cuya mera mención henchía su pecho de orgullo.

A Braira también le había llegado a gustar esa parte del parque de palacio que tantas veces recorriera con su hijo, aunque ahora tenía otras preocupaciones.

Había jurado a doña Constanza velar por el futuro del príncipe Enrique, amenazado a la sazón en sus derechos sucesorios por el deseo del emperador de contraer un nuevo matrimonio que garantizara su descendencia, y no sabía cómo hacerlo. Mejor dicho; se le ocurría una manera, una única vía posible, ciertamente repugnante aunque efectiva. De ahí que, por primera vez en todos los años que había permanecido junto al emperador, manipulara abiertamente las figuras de sus cartas para hacerles decir lo que convenía a su causa.

XXXI

El rey había pedido consejo a su cartomántica, como hacía siempre ante la necesidad de tomar una decisión trascendente. En este caso, acuciado por las presiones que recibía de unos y otros a fin de que acelerara la elección de una candidata digna de su sangre.

Ella decidió jugar fuerte y se guardó un naipe en la manga, que colocó con disimulo en el lugar correspondiente al futuro. Controlando a duras penas su nerviosismo, profetizó:

—La Emperatriz, invertida, no constituye el mejor augurio en vísperas de un casamiento. Si hubiese aparecido en su posición natural, como le sucedió a doña Constanza justo antes de su enlace con vos, sería un anuncio seguro de amor sincero...

—Pero Constanza ya no está aquí —la interrumpió enojado Federico, quien desde la muerte de su esposa había dedicado largas horas a meditar sobre la muerte—, ni podrá regresar, por mucho amor que existiera entre nosotros. ¿O acaso un alma que ha cruzado al más allá puede ser inducida de algún modo a retornar al mundo de los vivos, a comunicarse, hablar, o preocuparse de los seres queridos que quedaron atrás? No, ¿verdad? Ninguno de los sabios que me rodean es capaz de responder a esa cuestión crucial. He fundado una universidad en Nápoles en la que imparten sus enseñanzas los pensadores más insignes, financio con generosidad el trabajo de las mentes más brillantes, y, a pesar de todo, no hay un hombre capaz de despejar las dudas que me atormentan. ¿Dónde van exactamente las almas de los difuntos y en qué forma se manifiestan una vez allí? ¿Existe algún modo de recuperarlas? ¿En qué consiste su inmortalidad? ¿Lo sabes tú?

—¡Ojalá fuera así, mi señor! Creo que la única respuesta a esos misterios está en Dios.

—¿Y dónde está Dios? ¿Cómo es ese cielo en el que habita?

—Os ruego que me perdonéis, pero estáis interrogando a la persona equivocada. Tal vez el maestro Escoto pueda daros las respuestas que buscáis.

—Sí, él suele tener respuesta para todo... Y en el caso que nos ocupa, el de mi posible boda, recomienda celebrarla cuanto antes. En su docta opinión, no es bueno que el hombre permanezca célibe por espacios prolongados de tiempo, ni tampoco posible, añado yo. La abstinencia, pensamos ambos, conlleva graves peligros para la salud. Claro que, ante la ausencia de una esposa, no me queda otro remedio que caer en el pecado de la carne, por el que mi confesor me impone después severas penitencias.

—En tal caso... yo solo advierto que las cartas anuncian probables conflictos, frialdad, cálculo por completo ajeno al afecto que merecéis e incluso riesgo de infertilidad.

Braira había tocado la tecla adecuada. La infertilidad en una futura reina era la peor de las taras posibles, máxime cuando lo que el novio buscaba en ella era únicamente acrecentar su descendencia a fin de garantizar la perpetuación de su linaje. Sus palabras de advertencia quedaron, por tanto, grabadas a fuego en la mente del monarca, quien, a pesar de sus temores, acabó por ceder a los intereses de la dinastía al concertar sus esponsales con la jovencísima Yolanda, heredera al trono de Tierra Santa.

El mismísimo papa, que había amenazado al emperador con excomulgarle si no cumplía sus votos de cruzado antes de dos años, apadrinó el acuerdo nupcial que culminó en una boda por poderes celebrada en Acre. Allí acudió un enviado de Federico, al mando de una flota de catorce galeras imperiales, a recoger a la novia a fin de conducirla hasta Brindisi, donde la recibió el rey para llevarla hasta el altar un gélido 9 de noviembre del año 1225.

Ni Yolanda, que acababa de cumplir catorce años y jamás había salido de Siria, era comparable a Constanza de Aragón, ni Federico, un hombre de treinta y uno, en pleno apogeo físico e intelectual, se parecía al muchacho algo inseguro que se había esforzado tiempo atrás por impresionar agradablemente a su esposa. Ella llegó con los ojos llenos de lágrimas y él la recibió con cortés altanería, demostrándole claramente desde el primer momento que esa unión era para él solo un negocio. Su objetivo no era otro que proclamarse en ese acto dueño y señor del Reino de Jerusalén, con vistas a la Cruzada que se preparaba. A sus ojos, esa adolescente asustada que habría de engendrarle un hijo no significaba nada; nada más que otra corona que ceñir a su cabeza.

Braira asistió a la ceremonia nupcial con el corazón dividido entre la lealtad debida a la memoria de su señora Constanza y la pena que le inspiraba aquella muchacha, cuyo destino intuía desdichado, no ya por el augurio de las cartas trucadas, sino porque conocía bien al hombre que la desposaba: un animal hermoso, sensual, deslumbrante por su ingenio, brillante al exhibir su don de lenguas (para entonces dominaba a la perfección latín, griego, árabe, francés, alemán e italiano) o su erudición, aunque igualmente cruel, astuto, implacable con sus enemigos, calculador y ególatra..., por no mencionar su insaciable apetito de sexo.

¿Era el ejercicio de un poder desmesurado, absoluto, lo que había corrompido su ser hasta el extremo de hacerlo irreconocible —se preguntaba la dama que rebuscaba en su futuro—, o acaso siempre había sido esa su auténtica naturaleza? ¿Pudiera ser que el desprecio por todo lo ajeno a uno mismo fuera la materia espiritual de la que estaban hechos los reyes? No. Pedro de Aragón no había sido así, lo que demostraba que la transformación no resultaba inefable ni tenía que ver con el hecho de ocupar un trono, sino más bien con la necesidad de escalar hasta él a cualquier coste.

«Tú aún no le conoces todavía —recordó haber oído a su marido advertirle hacía una eternidad—, pero ya aprenderás a temerle. No te dejes engañar por sus ademanes corteses y la atracción que siente por ti. Es un hombre terrible. Fascinante en su soberbia, ambicioso hasta la locura, grandioso en su valentía, pero dispuesto a todo con tal de aferrarse al poder. Un hombre al que solo se puede amar con reverencia o aborrecer. No hay medias tintas posibles».

Ella había dejado de amarle, pero aún no le aborrecía. Simplemente le servía con lealtad por su bien y el de su familia, que pronto se vería acrecentada por la criatura que llevaba en su seno, sin la devoción de antaño, aunque con idéntico afán de supervivencia. Estaba ligada a él por lazos indestructibles, exactamente igual que esa muchacha de ojos tristes a la que habían arrancado de su hogar para convertirla en pieza menor y prescindible del ajedrez de la historia.

No tuvo Yolanda siquiera el regalo de una noche de bodas hermosa. Cuando se apagaron las luces del convite, durante el cual Federico no le había prestado la menor atención, fue conducida a una alcoba a la que poco después acudió él, a fin de consumar su unión sin la menor delicadeza. Al día siguiente fue obligada a salir muy temprano de la ciudad, de manera casi clandestina, camino de la isla que se convertiría en su celda.

No le permitieron despedirse de su padre, Juan de Brienne, a quien el emperador había empezado ya a despojar de todas sus posesiones, incluida su única heredera y el dinero que le había donado Felipe de Francia para la reconquista de su feudo. Anciano, aunque todavía vigoroso, el regente de Jerusalén comprendió entonces que había sido desplazado por ese joven arrogante, que se consideraba ya investido de plenos derechos para decidir sobre los destinos de una tierra que jamás había pisado. Arrepentido, corrió en pos de su pequeña, quien le contó, deshecha en lágrimas, que su esposo había seducido a una de sus primas mayores prácticamente al mismo tiempo que la desvirgaba a ella.

Era la gota que colmaba el vaso. Únicamente le quedaba una carta por jugar, y no pensaba desaprovecharla.

Mientras la nueva pareja real navegaba hacia Sicilia en la misma galera que Gualtiero y Braira, Juan se dirigió a Roma en busca del auxilio del papa. Honorio le escuchó y reprochó a su pupilo su actitud desvergonzada en una carta severa, aunque paternal, que denotaba más preocupación por la Cruzada que por el futuro de la reina niña. Como compensación al padre agraviado, le buscó un destino influyente en Constantinopla, que colmaba sus aspiraciones y relegaba a un rincón oscuro la preocupación por su hija. ¿Qué otro valor tenía una descendiente hembra sino el de servir como moneda de cambio?

Yolanda vivió, casi siempre recluida, el tiempo necesario para dar a luz un heredero que fue bautizado como

Conrado. Seis días después falleció, una vez cumplido su deber, antes de alcanzar los diecisiete años.

No muy lejos de allí, con su preciosa hijita en brazos, Braira no pensaba en otra cosa que dar gracias por cada nuevo día, olvidando cualquier problema.

Su esposo había vuelto a marcharse, en esta ocasión al norte de la península, donde el emperador trataba de someter a las ciudades rebeldes integradas en la Liga Lombarda. Ella se había trasladado a su nuevo hogar en Girgenti, donde ocupaba una casa de estructura árabe, construida alrededor de un patio amplio y soleado en el que crecían tres jazmines que perfumaban el aire en verano. Las heridas de su alma casi estaban ya sanadas, si bien un resquicio de desazón imposible de desarraigar le impedía disfrutar de una paz completa.

Guillermo se había quedado en la corte, prosiguiendo con su instrucción bajo la supervisión de sus maestros, por decisión de su padre. Dejarle allí, tan pequeño, tan vulnerable aún, le dolía en ese lugar invisible en el que toda madre lleva a sus hijos de por vida, aunque se consolaba pensando en que crecería fuerte, diestro en el manejo de las armas e instruido, hasta convertirse en un caballero ejemplar. Ella y Alicia, entretanto, gozaban de la tranquilidad del campo, de los paseos a la orilla del mar, de una existencia plácida, semejante a la que había disfrutado en su infancia allá en Fanjau...

Hasta que la pequeña enfermó.

Todavía no andaba. Dormía como un ángel, sonreía, gateaba, se amamantaba con glotonería a los pechos de su fornida nodriza normanda... Parecía la viva imagen de la salud, pero un mal día empezó a sufrir el flujo; ese maldito flujo de vientre asesino; ese emisario que la muerte enviaba con despiadada frecuencia a la caza de sus presas más menudas, ante el cual nada sabían hacer los galenos.

Desesperada, Braira envió un jinete a Palermo a suplicar la ayuda de Miguel Escoto, quien, para su sorpresa, respondió inmediatamente a su llamada acudiendo a visitar a la paciente. No habían pasado cuatro días desde que la niña empezara a mostrar síntomas de diarrea e inapetencia, pero el médico la encontró tan debilitada que tuvo que declararse impotente. Con la frialdad del astrónomo acostumbrado a estudiar estrellas lejanas, sin el menor atisbo de un sentimiento, sentenció:

—Los humores de esta pobre criatura se hallan en tal desequilibrio que solo cabe esperar el fatal desenlace.

—Os lo ruego, maestro —le contestó Braira—. ¿Por qué si no habéis venido? Emplead vuestra ciencia para salvarla, intentadlo, vos conocéis los secretos del cuerpo tanto como los de los astros...

—He respondido a vuestra súplica porque nuestro señor, el rey, jamás me habría perdonado que no lo hiciera. En cuanto a lo demás, únicamente Dios posee la facultad de dar o de quitar la vida, señora. Nosotros apenas vislumbramos resquicios de luz en las estrellas que nos permiten intuir Sus designios. Vos deberíais saberlo. ¿No os anunciaron vuestras cartas el destino de esta niña?

—Salvo raras excepciones, las cartas revelan únicamente aquello que queremos descubrir... —concluyó ella, tratando de contener las lágrimas, más para sí que en respuesta a la pregunta que le había formulado Escoto con cierta curiosidad malsana—. Os doy las gracias en cualquier caso. Ahora, si me disculpáis, quisiera aprovechar el tiempo que nos queda a ambas para despedirme de mi hija.

¿En virtud de qué siniestro sentido del humor se divierte el azar zarandeando nuestra existencia a su capricho? Braira volvía a interrogarse sobre los mismos misterios de siempre, sabiendo que no hallaría contestación.

«La vida te enseñará que la justicia de Dios casi nunca nos resulta comprensible», le había advertido hacía una eternidad su reina. ¡Cuánta razón tenía!

Así como el contacto con la suave piel de Alicia había constituido siempre un remedio infalible contra la ansiedad, los últimos instantes que pasó estrechando contra su pecho a su bebé, cada vez más pálida, cada vez más liviana, aunque siempre sonriente, fueron una tortura para su espíritu.

¿Por qué se llevaba el Todopoderoso a su niña en lugar de tomarla a ella? Esa pregunta taladraba su mente noche y día, igual que le había sucedido al venir desde Aragón la primera vez, cuando una terrible epidemia se abatió sobre la mayor parte del pasaje pasando a su lado sin rozarla. ¿Por qué la castigaba de manera tan implacable, cargando sus pecados sobre la carne de su carne, inmaculadamente inocente? No tenía la menor duda de que se trataba de una penitencia. Una penitencia feroz, aunque merecida por la gravedad de sus ofensas. Y sin embargo... ¿Qué culpa tenía Alicia?

La vida siguió su curso. Enrique, el infante a quien Braira había jurado proteger desde la lejanía, se casó con una noble austriaca sin que la noticia aliviara en lo más mínimo su luto. En cuanto a Gualtiero, se enteró de la muerte de su hija mucho más tarde, a través de una carta desgarrada en la que su esposa aseguraba, a modo de explicación, que tenía muchas cosas que confesarle y lo haría cuando estuviesen juntos. Su mente volvió a padecer el suplicio de la duda, como en las interminables noches de Damieta.

¿Confesar? ¿Confesar qué? ¿Le habría sido infiel después de todo, tal y como había sospechado él desde un principio? Las fechas, aparentemente, no cuadraban. Pero ¿qué sabía él de preñeces? Las mujeres solían ser arteras para esas cosas. El veneno de la desconfianza corrió nuevamente por sus venas como un torrente de agua glacial. Confesaría, sí. Él la obligaría a confesar, en cuanto Federico le permitiera regresar a Sicilia.

Prácticamente a la vez que la recién nacida, murió el venerable Honorio, cuyo pontificado se había caracterizado por la mansedumbre. Su sucesor, Ugolino Segni, quien tomó el nombre de Gregorio, no tenía la menor intención de seguir sus pasos, especialmente en lo concerniente a ese soberano del Sacro Imperio de Roma que se atrevía a discutir las decisiones del papa e incluso a reírse de él. ¿Qué otra cosa llevaba haciendo desde hacía más de diez años, al aplazar una y otra vez con mil excusas el momento de cumplir con su promesa de encabezar la definitiva guerra santa?

Gregorio era primo de Inocencio y, al igual que este, un hombre de carácter rígido, puro en sus costumbres, coherente con sus creencias y de convicciones firmes. Era un experto en las leyes relativas al poder temporal tanto como al de la Iglesia, determinado a hacer valer la supremacía de esta última sobre cualquier mortal. Por eso, en la primera misiva que dirigió al emperador, le advertía:

> No os coloquéis en una posición que me fuerce a tomar disposiciones contra vos; poneos en marcha sin demora al frente de la Cruzada, tal y como prometisteis, o ateneos a las consecuencias.

Federico se asustó de verdad. No había olvidado los consejos recibidos de su añorada Constanza ni tampoco los augurios de su cartomántica, que le prevenían de las terribles consecuencias que le acarrearía enfrentarse al santo padre. No podía arriesgarse a sufrir una excomunión que amenazaría seriamente su trono, por lo que ordenó a sus lugartenientes que aceleraran los preparativos para la sagrada tarea que les aguardaba. Y una vez más fue Gualtiero el encargado de precederle al frente de la expedición, en esta ocasión a las órdenes del landgrave de Turingia y como capitán de un ejército compuesto por millares de guerreros, que poco a poco fueron concentrándose en la costa de Apulia, junto a otros tantos peregrinos atraídos por la perspectiva de viajar a Tierra Santa sin pagar el pasaje, transportados en los barcos de la flota imperial a costa de las arcas regias.

Hacía un calor sofocante ese verano en el extremo meridional de la península itálica. Hombres y bestias se hacinaban en campamentos improvisados, sin agua suficiente, ni letrinas, ni capacidad para organizar la intendencia de semejante masa humana. Aunque ellos no pudieran saberlo, la muerte rondaba muy cerca.

Cuando las naves empezaron a llenar lentamente sus vientres con aquella abigarrada carga, los que lograban hacerse un hueco en las chalupas de embarque, entre corceles de batalla, barriles de vino o carne en salazón, haces de paja para el ganado y cestos enormes repletos de espadas, arcos, escudos, armaduras, piezas de artillería y demás objetos indispensables para la misión, se consideraban afortunados. Al fin, se decían unos a otros, iban a cumplir el sueño de peregrinar en busca de la redención. ¡Qué equivocados estaban!

Antes de que zarpara la armada, hizo su irrupción el morbo asesino a bordo de las galeras y simultáneamente en tierra. La fiebre empezó a hacer estragos entre aquellas gentes, sin distinción de rango o de sangre. Se cebó con los nobles igual que con los plebeyos, campesinos y soldados, hasta alcanzar al mismísimo comandante en jefe, que cayó gravemente enfermo. Lo mismo le sucedió a Gualtiero, su segundo, víctima como él de violentas convulsiones y accesos de calentura tan fuertes que les provocaba delirios.

Ninguno de los dos estaba en condiciones de combatir, ni mucho menos mandar a un ejército de espectros aquejados de esa dolencia tan familiar para los habitantes de las regiones tórridas, pese a lo cual Federico no mostró piedad. Recién llegado al campamento, sordo a cualquier protesta, dio la orden de levar anclas.

En Girgenti, a esa hora, Braira se topaba una y otra vez en sus tiradas con la guadaña de la parca, iluminada por la luna. Luna y Muerte, Muerte y Luna. Amenaza. Separación. Dolor. Oscuridad. Nefastos presagios. ¿No había recibido suficiente castigo? ¿Tendría que padecer todavía más?

Si era así, al menos intentaría besar por última vez a su marido y confesarle la verdad de su fe, para lo cual debía darse mucha prisa. Era menester recoger a Guillermo en Palermo, correr hasta Mesina, hallar el modo de cruzar el estrecho y desde allí alcanzar lo antes posible el tacón de la bota que formaba la península, donde le habían asegurado que encontraría a Gualtiero.

El tiempo galopaba en su contra. Cada grano de arena que se deslizaba de un compartimento a otro en su reloj era un instante robado a los que anhelaba compartir con el hombre que amaba y que sabía en peligro.

Este, a esas alturas, había dejado de pensar. Solo le quedaban fuerzas para combatir el mal que le hacía temblar sin control bajo un sol de justicia, mientras a su alrededor el mundo se volvía loco. El landgrave estaba muerto y Federico agonizaba en un balneario cercano, no solo enfermo, sino a punto de ser excomulgado.

Era hora de rendir cuentas.

QUINTA PARTE

1229-1251

XXXII

Cuando oyó la voz cálida de Braira susurrarle al oído algo así como «ya estamos aquí contigo, nada tienes que temer», Gualtiero pensó que la fiebre le jugaba una mala pasada. Llevaba tantos días postrado en un camastro de campaña, dentro de esa tienda mugrienta donde el calor sofocante contribuía a agravar su ya precario estado de salud, que veía peligrar su cordura. ¿Qué otra cosa podía ser ese sonido tan fuera de lugar allí, sino un sarcasmo de su delirio?

—Guillermo está conmigo —siguió diciéndole el engaño de su imaginación—. Hemos venido tan rápido como hemos podido para cuidar de ti y ahora todo irá bien. No te preocupes, tranquilo, descansa...

—¡No me tortures, malnacida! —bramó él sin abrir los ojos, dirigiéndose a la calentura que le provocaba esa alucinación. Luego, con un resquicio de aliento, añadió—: Déjame morir en paz.

—Todavía no ha llegado tu hora —respondió Braira desconcertada, ante la mirada atenta de su hijo, que aún comprendía menos.

Aquello era demasiado. Con gran esfuerzo, Gualtiero entreabrió los párpados para descubrir, en la penumbra de la que creía su última morada en este mundo, el rostro familiar de su esposa situado a un palmo apenas del suyo. Le miraba con infinita dulzura, arrodillada a los pies de su yacija, aliviándole el ardor de la frente con un paño húmedo.

—¿Braira? ¿Eres tú?

—Y aquí está también Guillermo —contestó ella, señalando al mozo alto, esbelto y bien vestido que permanecía en pie a su lado, con el ceño fruncido por la preocupación.

—¿Es cierto que sois vosotros? —repitió él, incrédulo, cegado por la tenue luz que se filtraba a través de la tela—. ¿No se burla de mí el Maligno?

—Somos nosotros, amor mío, somos reales y vamos a quedarnos contigo hasta conseguir que sanes. Ahora duerme, reposa, tiempo tendremos de hablar.

—¡No! —se incorporó él unas pulgadas, a base de férrea voluntad. El sudor le corría por el cuello tenso como la cuerda de un arco, una barba grisácea poblaba sus mejillas hundidas, hasta alcanzar los surcos oscuros de sus ojeras, las venas de sus brazos parecían las raíces de un olivo centenario y todo su cuerpo temblaba, preso de convulsiones, como si estuviese a punto de romperse. No se habría tenido en pie, pero necesitaba saber. Era, de hecho, el ansia de saber lo que le hacía agarrarse a la vida.

Braira comprendió lo que él quería sin necesidad de más palabras, aunque veía que no estaba en condiciones de mantener una conversación serena. Por eso sacó de una bolsa de cuero que llevaba colgada al cinto un frasquito que contenía solución de teriaca concentrada, vertió una generosa dosis en la copa de la que bebía Gualtiero y se lo acercó a los labios, a la vez que le hablaba como a un niño:

—Todo se aclarará, confía en mí, déjame hacer, no te empeñes en luchar contra los fantasmas que te acechan...

Y él cayó derrotado por la droga.

De haber visto en persona la gravedad del mal que aquejaba a los cruzados, acaso el papa se hubiera compadecido de ellos concediéndoles una nueva prórroga. Eso era lo que pretendía el emperador al enviarle una embajada con el encargo de presentarle sus disculpas, explicarle lo dramático de la situación e invocar su paciencia. Mas Gregorio estaba harto de excusas, mentiras y pretextos, harto de dilaciones que por una u otra razón llevaban retrasando la salida de la expedición desde hacía casi una década, harto de incumplimientos por parte de ese vasallo desagradecido que gravaba al clero siciliano con elevados impuestos e ignoraba la promesa tantas veces reiterada de respetar sus privilegios. Harto, en suma, de Federico de Hohenstaufen. Por eso le fulminó con la excomunión: el más severo castigo que podía infligirse a un cristiano.

Convaleciente aún de la enfermedad que había matado a muchos de los suyos y abrumado por una condena que consideraba injusta, el rey dio rienda suelta a su naturaleza indómita a través de una serie de cartas enviadas a todos los soberanos del orbe católico en las que lanzaba acusaciones gravísimas no ya contra el pontífice, sino contra la propia Iglesia, a la que tildaba de madrastra disfrazada de madre nutricia.

En ese vómito, surgido de sus entrañas como la piedra ardiente que de cuando en cuando arrojaba la montaña de fuego de su isla, el excomulgado proclamaba, tan indignado como convencido, que la institución fundada por Jesucristo oprimía al mundo, robaba a naciones e individuos, incitaba a la violencia como un auténtico lobo con ropajes de cordero, castigaba a justos o pecadores a su albedrío y aterrorizaba a los pueblos tanto como a los monarcas, sin otro afán que el de someterlos.

Imputaba el emperador a los eclesiásticos la práctica sistemática de la simonía y la usura que oficialmente condenaban; la búsqueda de oro a cualquier coste, el abandono de las enseñanzas del Nazareno y de los santos, hasta el extremo de acumular riquezas con avidez, despreciando la pobreza de los humildes. Denunciaba, en fin, la hipocresía de los sucesores de san Pedro, cuyas palabras de miel ocultaban peligrosas maniobras destinadas a pervertir el mensaje evangélico hasta convertirlo en un arma de guerra.

Aquello no era un simple desahogo, sino un acta formal de acusación. Una declaración de guerra que rompía definitivamente cualquier puente de entendimiento posible, máxime cuando el acusador anunciaba, además, sin rubor, su inquebrantable voluntad de seguir adelante con la Cruzada al margen de lo que opinara Roma.

Así era el hombre más poderoso de cuantos poblaban la tierra conocida. Valiente hasta la temeridad, encaramado permanentemente a su orgullo, excesivo en todo y con todos, carente del más elemental sentido de la prudencia, explosivo, incontinente, de emociones ingobernables, genial en lo que se propusiese, colérico hasta la locura. Constanza había sido el freno que domeñaba esos impulsos a base de paciencia y mano izquierda, encauzándolos en la dirección correcta con enorme inteligencia. Desaparecida ella, el diablo que habitaba en su viudo se había adueñado de él.

Una vez arrojada la andanada, sin embargo, Federico se asustó de su propia osadía. Era demasiado listo como para ignorar las consecuencias de sus actos, y acababa de lanzar un desafío sin precedentes al mismísimo rey de reyes, al vicario de Cristo a quien todas las testas coronadas veneraban. Había ignorado por completo el consejo que en su día le diera su mujer: «No se os ocurra enfrentaros al papa —le había dicho ella tajante—. Nunca podríais vencerle».

Pues bien, el enfrentamiento estaba servido. Solo quedaba por saber si la sentencia sería o no inapelable.

Necesitaba luz para su espíritu confuso. La que fuera su compañera y amante ya no podía brindársela, pero allí mismo, en las termas de Pozzuoli en las que se restablecía de su dolencia, paseando entre pinares y bañándose en las charcas sulfurosas que manaban agua caliente, estaba la dama que sabía leer las cartas. Le habían informado de que se hallaba a la cabecera de Gualtiero, tratando de arrancárselo a la muerte de las garras con la ayuda de ese hijo de ambos que destacaba como jinete.

Ella también le había prevenido tiempo atrás de las infaustas consecuencias que le traería un choque directo con el pontífice, recomendándole prudencia. ¿Podrían ahora sus naipes indicarle el camino a seguir? Mandó en su busca al mismísimo jefe de su guardia mora, con instrucciones de llevarla de inmediato a su presencia sin admitir excusas. Se lo estaban comiendo los nervios por dentro, y él nunca había sido paciente.

Braira acudió a la llamada de su señor de mala gana, pues odiaba verse obligada a separarse de su hombre cuando este seguía debatiéndose entre dos mundos. Su mente, por otro lado, no estaba especialmente clara. Le corroía la angustia por su marido sumada a la tensión derivada de la confesión que muy pronto tendría que hacer, pese a lo cual se mostró obediente. Los golpes recibidos a lo largo de los años habían terminado por domarla.

—¿En qué puedo serviros, majestad? —Se inclinó con elegancia ante el emperador.

—Supongo que estarás al tanto de las dificultades que han surgido en torno a esta misión con la que pretendo liberar los Santos Lugares —le informó él, con aire displicente y sin el menor deseo en los ojos. Estaba preocupado, muy preocupado, demasiado como para pensar en otra cosa que no fuera la Cruzada—. ¿Qué dicen tus dibujos parlantes del trance en el que nos hallamos?

—Tened la bondad de sacar cuatro cartas...

—Ahórrame el pasado y los reproches, querida. Vayamos a lo práctico. Necesito algo que me ayude a tomar decisiones.

—Está bien —se sorprendió ella de verlo en ese estado de tensión—. Veamos entonces lo que os deparará el futuro...

Los dos se quedaron de piedra cuando al destapar la carta escogida por el consultante apareció el Papa, del revés, con la mitra apoyada en el suelo, el rostro invertido, irreconocible, y las manos en primer plano, mostrando claramente sobre cada uno de los dorsos una cruz griega.

—Es un mal presagio, mi señor —se limitó a constatar Braira.

—¿Qué clase de presagio? —inquirió el soberano, atónito ante ese personaje que consideraba la representación de un Gregorio más maléfico todavía que el de carne y hueso.

—Es un anuncio de desunión e incomunicación. Lo que os disponéis a emprender no será comprendido por quienes han de apoyaros, ni tampoco por aquellos a quienes deseáis salvar. Vais a estar solo en vuestra empresa, sin el auxilio que esperáis ni el consuelo de encontrar un oído que os escuche.

—No será la primera vez... —se enrocó Federico, huraño.

—Hay una cosa más. Guardaos de cualquiera que exhiba este símbolo —advirtió ella, mostrando con el dedo las cruces de Malta, de aspas idénticas, tatuadas en las manos de la figura.

—¡Pero es el símbolo de los cruzados! —protestó él.

—No puedo deciros más. Únicamente percibo que esas manos os harán daño. ¡Estad alerta!

—¿No hay modo de que veas más allá?

Braira destapó otro naipe, que resultó ser la Justicia. Su semblante sereno miraba al frente, coronado de sabiduría, sosteniendo con la izquierda una balanza en perfecto equilibrio y con la derecha la espada de la ley.

—Este ha de ser vuestro camino, mi señor —señaló a la carta—. Actuad con arreglo a lo que es justo, dejaos guiar por la verdad y sed sincero. Las normas os servirán de luz en la oscuridad. Solo desde la rectitud afianzaréis vuestro poder. Huid de los abusos y de la prepotencia. Mostraos respetuoso con la palabra dada y cumplid la ley. La de Dios tanto como la de los hombres.

—Sigo sin saber de quién debo guardarme las espaldas —se impacientó Federico, irritado en lo más hondo por ese discurso confuso y moralista.

—Lo siento —se disculpó Braira, fingiendo un sincero pesar. Luego, apostando el todo por el todo, añadió—: Tal vez estando más cerca de la fuente del peligro pudiera el tarot hablar más claro...

—¡Hecho! Vendrás con nosotros a Tierra Santa. Quiero tenerte cerca si es que debes alertarme de algo. ¡No te despistes ni te alejes! Sé que estás inquieta por tu esposo, pero esto es más importante, infinitamente más importante que ese asunto. Enviaré a mi galeno a visitarle para que tú puedas descansar y estar disponible. Ahora ve y mantenme al tanto de cualquier augurio.

Con astucia y osadía, sin necesidad de recurrir al engaño, Braira había conseguido justo lo que se proponía; que el monarca le permitiera viajar junto a su marido y su hijo, que era ya un escudero experimentado, en esa nueva aventura que se disponían a emprender.

Gualtiero empezó a recuperarse más rápidamente gracias a los remedios prescritos por el médico judío de Federico, así como a los cuidados de Braira, que le alimentaba con caldos de gallina grasa, carne de venado, huevos frescos, tocino en abundancia y pan blanco, que pagaba a los campesinos del lugar a precio de incienso y mirra. También le daba de comer naranjas o limones azucarados, que ella misma pelaba e introducía en su boca, convenciéndole para que venciera su repugnancia y se los tragara, pues notaba que le sentaban bien.

A medida que la piel y los huesos se le fueron rellenando, pudo levantarse, caminar e incluso darse baños curativos en esas piscinas naturales que hedían como el fuego griego y quemaban casi lo mismo, pero tonificaban el cuerpo. Con las fuerzas, como el revés de una moneda, regresó también empero la embestida de la duda. El veneno de la sospecha corriendo libre por su mente. Un ansia incontenible de saber. La desconfianza hacia esa mujer amada y aborrecida, que volvía a encender en sus entrañas el deseo con el mismo ardor que los celos.

Habían charlado poco durante esos días, aunque ambos eran conscientes de tener una conversación pendiente. Estaban esperando el momento oportuno, haciendo acopio de valor, buscando el modo de abordar al otro... Hasta que la forma en que él empezó a mirarla hizo que ella se derrumbara.

Estaban los dos sentados sobre un tronco caído, contemplando un paisaje de colinas sembradas de olivos y palmeras, entre los cuales surgían aquí y allá antiguos vestigios de las monumentales edificaciones levantadas por el Imperio del Águila para aprovechar un lugar bendecido con propiedades medicinales, cuando Braira dejó salir al fin la confesión que le oprimía el alma:

—La muerte de Alicia fue culpa mía.

—¿Cómo dices ese disparate? —se enfadó él, pues no era de eso de lo que quería hablar—. Fue la voluntad de Dios.

—Dios quería castigarme a mí y se la llevó a ella. ¡Angelito! Le rogué, le supliqué que me tomara en su lugar, pero no me escuchó.

—¿Y por qué quería castigarte Dios de esa forma tan severa? —la interrogó Gualtiero con aspereza, al constatar que después de todo sí eran esos los derroteros a los que quería llevarla—. ¿Qué pecado podría merecer tal penitencia?

—El más grave que puedas imaginar —respondió ella, bajando la mirada avergonzada.

—¡Con el rey! —exclamó él.

—A nuestro soberano también le he mentido. Y a mi señora doña Constanza, y a ti, a todos...

—¡Ramera! —la increpó él fuera de sí, alejándose para no golpearla—. ¡Puta! ¡Yo te maldigo!

—Escúchame, por favor —le siguió ella, cayendo de rodillas a sus pies—. No tenía otra salida, estaba aterrada...

—¿Aterrada? —La miró con desprecio su marido mientras permanecía en el suelo—. ¿Aterrada de qué? Yo te habría protegido, me habría enfrentado a él, le habría matado con mis propias manos en caso necesario, pero tú lo negaste. Te dije que lo había visto en mis sueños y juraste que no era cierto. ¡Embustera! ¿De quién es hijo Guillermo? ¿Qué sangre era la que corría por las venas de la niña?

Braira comprendió de pronto la confusión a la que había inducido a su esposo y por un instante se sintió aliviada.

—No es lo que estás pensando —aclaró, algo más tranquila, levantándose y recomponiendo los pliegues de su vestido.

—¿Ahora vas a decirme que te forzó, que tú no querías?

—Es que simplemente no ha sucedido nada entre el emperador y yo. No es eso lo que estoy tratando de decirte.

—¿Y qué puede haber peor que esa traición?

Tras un instante de vacilación, clavando sus pupilas tristes en los lagos oscuros de él, le espetó:

—Soy una hereje. Ese es el secreto que nunca he confesado a nadie. La razón por la que me ha castigado Dios e imploro sinceramente tu perdón. Ahora que lo sabes, haz conmigo lo que quieras.

—¿Una hereje?

Gualtiero se quedó de piedra. De todas las posibilidades que había barajado en sus días de agonía delirante, ninguna se acercaba ni remotamente a esa. Estaba convencido de que su mujer le había engañado, por supuesto, aunque no en lo concerniente a la religión. Siempre se había mostrado devota, generosa en las limosnas, asidua a los oficios, cumplidora escrupulosa de ayunos, abstinencias y vigilias...

¿Una hereje? ¿Cómo tenía que tomarse aquello?

—Ya te conté cuando nos conocimos que crecí en una familia cátara —dejó fluir ella las palabras, como si al manar le limpiaran la conciencia de una mancha largo tiempo incrustada—. Mi padre y mi madre lo eran y no por ello dejaban de ser excelentes personas, te lo aseguro. Ella vive todavía, según creo, en el castillo de Montsegur, entregada a la oración. Nunca ha hecho mal a nadie.

—Pero ¿por qué me lo has ocultado hasta ahora?

—Por miedo. ¿Por qué iba a ser? Cuando se desató la Cruzada contra los que profesaban nuestra fe, a quienes los franceses llamaban albigenses, mi padre nos envió a mi hermano Guillermo y a mí a Aragón, con el fin de alejarnos del peligro que se cernía sobre Occitania. Mi hermano se había convertido poco antes, siguiendo las enseñanzas de un fraile llamado Domingo de Guzmán, pero yo tenía muchas dudas, estaba asustada y enfadada por tener que exiliarme, había sido acusada de brujería por unos arrieros que confundieron mis cartas vete tú a saber con qué instrumentos perversos, y casi acabé en la hoguera. Era tan joven... —prosiguió con el relato, justificándose ante su propia conciencia tanto como ante Gualtiero—. Luego llegamos a Zaragoza, nos acogió un matrimonio de antiguos cátaros reconciliados que dio por hecho nuestra condición de conversos, Guillermo calló por protegerme, yo fui introducida en la corte, la reina me trajo a Sicilia, me enamoré de ti...

—¿Te enamoraste? ¿Por eso te casaste conmigo ante un Dios en el que no crees?

—¡Por supuesto que creo en Él! Y te juro que el amor que siento por ti no ha dejado de crecer desde el día de nuestra boda. Los cátaros rezan al mismo Dios que los católicos. Y también a Jesucristo. Es la Iglesia, y sobre todo la ambición de los hombres, el motivo de discordia entre ambos; no el amor ni mucho menos la fe.

—¿Y tú a quién elevas tus plegarias? —la desafió Gualtiero con una mirada fría—. ¿En qué crees para ser capaz de mentirnos de ese modo a todos?

—Creo en ti, en nuestro hijo, en la misericordia de un Padre que quiere a todos sus hijos y tiene que sufrir al contemplar los horrores cometidos en su nombre, en la humildad que nos enseña la vida, en el cariño que nos permite perdonar, en el que nos hermana... ¿En qué creo? Llevo toda una vida preguntándomelo, y me hacía la ilusión de haber hallado una respuesta satisfactoria, aunque la muerte de Alicia me sacó brutalmente de mi error. Ahora creo que no se puede engañar a Dios y que Él me ha castigado.

—Tal vez debas confesar tu pecado y cumplir la penitencia que se te imponga.

—Lo haría si con ello no os pusiese en riesgo a vosotros. Conociendo a su majestad, no obstante, estoy convencida de que solo conseguiría condenarnos a todos al destierro, o acaso a una suerte aún peor.

—Tienes razón. El rey no perdonaría una conducta semejante y menos ahora que ha dictado leyes implacables contra los seguidores de cualquier herejía. En cuanto a Dios...

—Jamás pretendí ofenderle, bien lo sabe Él. Si pequé de algo fue de cobardía. Y cuanto más horror presencié en los escenarios de las matanzas, más angustia creció en mi corazón. Fui pusilánime. ¡Ojalá hubiera tenido el coraje de mi padre o la certeza inquebrantable de mi hermano!

—Tal vez no sea Dios quien te ha infligido la pena de llevarse a Alicia, sino tú misma quien se mortifica con ese pensamiento —apuntó Gualtiero sombrío—. Te sientes culpable y tienes motivos para ello.

—Soy culpable, sí. Y bien que lo estoy pagando...

—¿Por qué no confiaste en mí? —le preguntó él lleno de pena.

—Porque no soportaba la idea de perderte. Me faltó la valentía de tu madre, en la que pienso constantemente. Cuánto la admiro por haber tenido el coraje de ser fiel a su religión sin máscaras de ninguna clase, arrostrando las terribles consecuencias de su elección. Yo opté por el camino fácil.

La mención de su madre encendió una luz en Gualtiero, que sintió de pronto una inmensa ternura hacia la mujer que lloraba a su lado. En lugar de ver en ella a una embustera fría, guiada por el cálculo, se dio cuenta del tormento que debía haber supuesto para su espíritu disimular constantemente, resolver la pugna entre dos creencias brutalmente enfrentadas entre sí y pese a todo coexistentes en su interior, hacer frente a sus temores, y no digamos asistir al exterminio de quienes habían sido sus hermanos de fe allá en su tierra natal.

Algo parecido le había sucedido a su madre, que, bien lo sabía él, sufrió lo indecible la mayor parte de su existencia. Pagó con dolor y soledad infinitos tres amores: el que sentía hacia su dios y el que la unía a su hombre y a su hijo, imposibles de conciliar. Se convirtió en una anciana cuando su rostro era todavía hermoso, víctima de una batalla interior de la que salió derrotada. Murió amarga, como las naranjas pasadas de sazón, cuando había sido el fruto más jugoso y dulce del huerto siciliano. ¿Era ese el destino que él habría deseado para Braira?

—¿Me quieres? —La cogió de la mano.

—Sabes que sí. Nunca he querido ni querré a otro.

—Pues tu secreto es ahora mío también. Nadie tiene por qué saberlo jamás. Ni siquiera Guillermo, que ha de convertirse en un caballero católico. Yo seré tu apoyo cuando te falten las fuerzas, pero no vuelvas a mentirme. ¡Júrame que no lo harás!

Braira habría dado su vida por el calor de la caricia que le hizo él en la mejilla. Habría firmado su condenación eterna por obtener ese perdón. Sin vacilar, le abrazó como si quisiera fundirse con él, a la vez que repetía:

—Lo juro, te lo juro por mi salvación, nunca, nunca, lo juro.

—Una cosa más —zanjó Gualtiero—. No quiero volver a oírte decir que la muerte de Alicia fue un castigo. El cielo está repleto de ángeles como ella que hacen de ese lugar un jardín de risas. Nuestra niña vive feliz, y muy pronto tendremos a otra que llevará el mismo nombre.

Federico interpretó a su peculiar manera el llamamiento de su cartomántica a seguir el camino recto. La meta que se había fijado era la liberación de Jerusalén, para lo cual, a su modo de ver las cosas, era tan lícita la utilización de la amenaza militar como la exploración de vías diplomáticas, o una sagaz combinación de ambas. Lo único importante era conseguir el objetivo. ¿Alguien podía discutirle semejante obviedad?

Sus fuerzas se habían visto considerablemente mermadas como consecuencia de la fatalidad unida a la excomunión papal, hasta verse reducidas a menos de la mitad de las previstas en un principio. Eran muchos los señores que habían regresado a sus feudos junto a sus mesnadas, temerosos de participar en una empresa condenada por la Iglesia. Otros, como el landgrave de Turingia, estaban muertos. ¿Bastaban las tropas concentradas en la costa para lanzar una ofensiva capaz de reconquistar Palestina? Era dudoso.

En el bando contrario las cosas no andaban mucho mejor. El sultán egipcio, Al Kamil, estaba enfrentado a sus dos hermanos por el control del mundo musulmán, sin que las alianzas coyunturales tejidas entre unos y otros hubiesen logrado establecer un claro vencedor de la contienda. Cada uno de ellos disponía de amplio territorio, fruto de la herencia acumulada por Saladino, pero todos querían más o temían que su parte del pastel fuese codiciada por el vecino. De modo que se tentaban, se espiaban, tramaban conjuras y buscaban el modo de destruirse, aun a costa de debilitarse ante el enemigo cristiano.

¿No existe acaso un único Dios a cuya imagen y semejanza ha sido creado el hombre?, se había repetido muchas veces Braira, tratando de hacer frente a sus contradicciones. La naturaleza humana es la misma, al margen de las religiones, motivo por el cual lo más mezquino convive naturalmente con lo más excelso. No había más que volver la vista hacia dentro o echar un vistazo a su alrededor.

El emperador y Al Kamil llevaban años negociando en la sombra. Desde los tiempos de Damieta, mientras soldados de la cruz y guerreros de la media luna caían en el campo de batalla, ellos se intercambiaban mensajes, acompañados de regalos, con el fin de alcanzar un acuerdo satisfactorio para ambas partes. Eran gentes civilizadas, solían recordarse a través de sus embajadores; gobernantes ilustrados cuyos intereses podían conciliarse, siempre que ambos estuviesen dispuestos a ceder un poco.

¿No había subrayado la dama del tarot la necesidad de dejarse guiar por la justicia? Eso era exactamente lo que buscaba el rey. Un arreglo justo.

—Si vuestro soberano quisiese entregarnos la Palestina —proponía a su interlocutor el legado imperial, que había llevado como presentes para el sultán un pavo real de plumaje multicolor y un oso enorme de color blanco que únicamente se alimentaba de peces, para estupor de quienes jamás habían visto tal prodigio—, estaríamos en condiciones de ayudarle a consolidar su poder sobre toda Siria...

—Mi amo no podría ofender de manera tan grave a sus hermanos musulmanes sin perder su prestigio —se escandalizaba el árabe, escenificando su repulsa con gestos elocuentes de las manos—. Sin embargo, tal vez pudiéramos concertar una tregua que incluyera la devolución temporal de la ciudad que os interesa, siempre que las mezquitas fuesen respetadas, por supuesto. En prueba de nuestra buena voluntad he traído conmigo estos modestos objetos, que confiamos agraden a vuestro rey...

Y Federico sumaba a su colección de rarezas un elefante, un planetario, un laúd indio cuyo tañido arrancaba notas sublimes y un extraordinario árbol de plata articulado, cuajado de pajaritos de increíble realismo, que piaban como gorriones al menor soplo de viento.

Finalmente se rubricó el tratado el día 18 de febrero de 1229. Los cristianos recuperaban las plazas de Jerusalén y Belén, con un pasillo que las unía al mar en el puerto de Jaffa, si bien la parte del Templo, con la Cúpula de la Roca y la mezquita de Al-Aqsa, lugares sagrados para el islam, permanecían en poder de los muslimes, a quienes se garantizaba la libertad de culto. Se autorizaba a Federico a reconstruir las murallas de la Ciudad Santa, como merced personal destinada a premiar su buena disposición, y se estipulaba que los cautivos de ambos bandos serían liberados sin pagar rescate.

La Cruzada parecía felizmente concluida antes de comenzar, sin derramar una gota de sangre. El emperador exultaba de gozo, considerándose el ganador de la contienda diplomática, a la vez que cursaba órdenes para zarpar de inmediato hacia la tierra reconquistada. Se proponía tomar posesión del lugar en calidad de dueño y señor, apelando a su matrimonio con la difunta Yolanda. Sus vasallos caerían rendidos a sus pies. Levantarían estatuas en su honor. Elevarían cánticos de alabanza en su nombre.

De nuevo la fortuna le era favorable, se decía eufórico. Cambiaban las tornas en su beneficio. El papa podía rabiar cuanto quisiera, pues él, Federico de Hohenstaufen y Altavilla, estaba a punto de ceñirse la corona del Reino de Jerusalén y pasaría a la historia como el libertador del Santo Sepulcro de Cristo.

Para su desgracia, el sumo pontífice, la mayoría de los cristianos de ultramar, curtidos en la resistencia heroica en un entorno sumamente hostil, y de un modo especialmente virulento los hijos de Alá, escasamente inclinados a la tolerancia, veían las cosas de otro modo. No era esa la forma de zanjar los asuntos de Dios o del honor, según el espíritu de los tiempos, ultrajado por el guiso cocinado entre Al Kamil y Federico. ¿Dónde quedaba la dignidad en ese arreglo merecedor de la general repulsa?

Al sultán sus propios imanes le insultaron en la cara, después de haber proclamado oficialmente un luto público por la traición hecha al islam, mientras al emperador se le reiteraba la excomunión pronunciada tiempo atrás, que implicaba un interdicto sobre el conjunto de sus tierras, sin que se alzara una voz en su defensa.

Y lo peor estaba por llegar.

Roma no pensaba permitir que encabezara la guerra santa un proscrito, por lo que prohibió a la Iglesia siciliana contribuir a la causa con su óbolo, al tiempo que se preparaba para lanzar una ofensiva armada contra los dominios del rey rebelde. Este, entretanto, se hizo a la mar, muy tranquilo, relamiéndose de gusto por anticipado ante la que preveía iba a ser una entrada triunfal en su nuevo feudo.

En la galera real navegaban Gualtiero, Braira y Guillermo, que compartían por vez primera la experiencia de un viaje como algo gozoso. Nunca antes les había dado la vida esa oportunidad, por lo que la aprovechaban al máximo. Ella miraba a sus hombres con una sensación de orgullo que compensaba cualquier molestia, pues aunque estaba realmente feliz, la angustia, las galopadas del corazón y el temor a los peligros inherentes al océano estaban ahí, agazapados en un rincón de su cuerpo, revolviendo con saña sus tripas.

Y por si no bastara...

En los meses transcurridos desde su llegada a Pozzuoli, el emperador había recurrido con frecuencia al tarot, cuyo diagnóstico se repetía sin alteraciones significativas. Pero al consultar ella por su cuenta a los naipes, en busca de respuestas sobre su propio futuro, estos lanzaban mensajes inquietantes. Nada que hiciera pensar en una desgracia mortal, pero sí lo suficiente como para tenerla en tensión.

¿Por qué aparecía una y otra vez en las tiradas ese

Ermitaño encorvado sobre su bastón, augurio inequívoco de soledad? ¿Por qué precisamente en ese momento, cuando disfrutaba de la compañía de sus seres queridos? ¿Qué quería decirle ese personaje equívoco? ¿Se limitaba a aconsejarle prudencia, instándola a mantener los ojos bien abiertos, o significaba algo más?

El Colgado había aparecido la última vez que practicó el juego con su madre. Lo recordaba con toda claridad. Y ahora Mabilia estaba donde estaba... ¿Qué clase de aventura interior o de peripecia cruel le pronosticaba esa carta?

XXXIII

—Cercioraos de que el primer golpe resulta definitivo. El emperador debe morir y no habrá una segunda oportunidad para el ejecutor.

—Descuidad, señores, nuestra gente está bien adiestrada. No fallarán.

—Lo mejor será que actúen durante la ceremonia de coronación en la iglesia del Santo Sepulcro. El lugar resulta tan oscuro y estará tan atestado de fieles que les será fácil a vuestros secuaces disimularse entre la multitud e incluso huir una vez cumplido su cometido. Ahora bien, si yerran...

—No lo harán. Y si por una fatalidad surgiera algún inconveniente, no hablarán. Ni siquiera conocerán los motivos por los que actúan. Sabemos cómo conseguir que nuestros adeptos se muestren obedientes hasta el sacrificio. Estáis en buenas manos.

Tres hombres compartían mesa en una taberna como otra cualquiera, situada cerca de la puerta de Damasco, dentro de lo que antaño había sido la rica ciudad amurallada de Jerusalén.

Antes de la llegada de Saladino, las casas de los potentados del reino, que incluía toda Palestina, exhibían alfombras y colgaduras de Damasco, cofres con incrustaciones de marfil, vajillas de oro y plata, cuchillería de acero reluciente, fuentes de porcelana traídas desde la China y otras maravillas semejantes, propias de la prosperidad de la época. Pero ahora, en ese 1229 de Nuestro Señor, las viejas fortificaciones yacían esparcidas por los barrancos de los alrededores, en forma de escombros, y las calles que solían acoger talleres y comercios, cuya prosperidad competía con los de la capital de Siria, no mostraban ya más que casas ruinosas, tenderetes de tres al cuarto y tugurios repletos de moscas, como el que albergaba la reunión de los parroquianos en cuestión.

Sentados a ras de suelo sobre cojines raídos, los tres personajes bebían té muy caliente azucarado y perfumado a la menta; un brebaje estimulante, obtenido a partir de una planta procedente del Lejano Oriente, que todos los habitantes de la región consumían en grandes cantidades porque, paradójicamente, ayudaba a combatir los efectos demoledores del calor. Entre sorbito y sorbito de los minúsculos vasos de cobre depositados sobre una mesa baja, que un esclavo rellenaba cada poco tiempo, urdían su conspiración, en lengua árabe, con la naturalidad de quien está cerrando el precio de un cargamento de corderos.

—Tened en cuenta que Federico llevará puesta la armadura, lo que significa que únicamente su cuello y cara serán vulnerables —advirtió el más joven de los tres, un franco rubicundo, de no más de veinte años, ataviado a la usanza de los barones cristianos locales: una peculiar mezcla de formas híbridas y tejidos orientales, que daba lugar a amplias túnicas de algodón ligero más adecuadas al clima riguroso de la zona que los paños de lana gruesa empleados en Europa para coser sayas y pellotes.

—¿Quién nos garantiza que en el último momento no os echaréis atrás? —inquirió el que se sentaba a su izquierda, reconocible como caballero templario por el manto que le cubría, blanco aunque muy sucio, bordado con la cruz roja característica de su orden. Al igual que la mayoría de sus compañeros, hedía incluso de lejos, pues era práctica arraigada entre los suyos no lavarse jamás, ni en verano ni en invierno. Llevaba el pelo cortado a cuchillo sobre el mismo cuero cabelludo, una barba hirsuta que le alcanzaba el pecho, la piel del rostro y las manos convertida en pergamino, a fuer de soportar las inclemencias de la climatología, y una espada de considerables proporciones colgada al cinto, sin la cual no habría salido de su acuartelamiento. Era imposible precisar su edad, aunque se le veía sólido, en la flor de la vida. Su gesto era de absoluta desconfianza.

—Si fuera nuestra costumbre faltar a los compromisos que adquirimos, no tendríamos la reputación que os ha movido a acudir a mí. ¿No os parece? —respondió con amabilidad sobreactuada el que, por sus gestos, parecía más viejo. A diferencia de los otros, él era inequívocamente árabe y como tal vestía. Iba cubierto de la cabeza a los pies con prendas de color claro y textura suave, que dejaban ver poco más que sus ojos oscuros, de ave de presa. Sin abandonar el tono obsequioso, añadió—: No hace mucho que eliminamos, por cuenta de vuestros hermanos los hospitalarios, al patriarca católico de esta ciudad sagrada, Alberto, así como al hijo mayor del príncipe Bohemundo, pues uno y otro, al parecer, perjudicaban los intereses de nuestros clientes. Preguntadles a ellos si tienen alguna queja de nuestros servicios... Por mi parte, estoy en condiciones de garantizar que el encargo se cumplirá según los términos establecidos, siempre que recibamos las contrapartidas acordadas. ¿Tengo vuestra palabra?

—Ahí va junto a ella mi mano —replicó con vigor el franco, tendiéndole la diestra.

—El pacto está sellado —añadió el templario, más lacónico.

—Siendo así, que la paz sea con vosotros —se despidió el muslime, levantándose con la torpeza que imponen los huesos envejecidos.

—Esperemos no tener que volver a encontrarnos —musitó el monje guerrero para sus adentros.

Cuando se quedaron solos, el joven pareció perder algo de su anterior aplomo.

—¿Estáis seguro de que hacemos lo correcto? —inquirió, en busca de la aprobación del caballero que representaba, a sus ojos, a la más pura, abnegada, generosa, valiente y gloriosa de cuantas fuerzas pugnaban por mantener la presencia cristiana en Tierra Santa.

—Sin la menor duda —lo tranquilizó su interlocutor—. Este emperador ha perdido la cordura y nos ha deshonrado a todos. Incluso se ha atrevido a desafiar a nuestra Santa Madre Iglesia hasta el extremo de seguir adelante con su cruzada, digo bien «su» cruzada, que no la nuestra, a pesar de estar excomulgado. Les ha entregado a los sarracenos el Templo, nuestro Templo, que conquistamos con la sangre de tantos hermanos. ¿Os dais cuenta de lo que significa ese gesto?

»¿Cómo ha podido cometer tal vileza? ¿Acaso ignora que somos nosotros, los templarios, quienes protegemos a los peregrinos en los caminos, suministramos permanentemente soldados a la causa del verdadero Dios, la sostenemos con nuestras riquezas y morimos por Él con las armas en la mano? ¿Es que en su estulticia no sabe que sin nosotros no existirían ya los Santos Lugares o habrían sido profanados por los ismaelitas? ¿Qué otra cosa podemos hacer sino dar muerte a quien nos ultraja de este modo?

—Lo sé, tenéis razón —concedió el noble, cuyo rostro estaba encendido por efecto de la bebida unida a la elevada temperatura—. Hace pocos días me llegaron noticias urgentes de Chipre, donde el soberano hizo un alto en su camino hacia aquí, dando cuenta de una conducta incalificable por su parte. Dicen que se presentó en el palacio del rey niño con aires despóticos y ofendió gravemente a don Juan de Ibelin, quien había acudido a recibirle en nombre del pequeño que, como sabéis, es su protegido.

—¿Don Juan de Ibelin? ¿El dueño y señor de Beirut? ¿El hombre más respetado de Ultramar?

—El mismo. Federico lo invitó a un banquete suntuoso, servido a instancias suyas por los propios vástagos de la nobleza local, y aprovechó la ocasión para exigirle rentas y títulos que en modo alguno le corresponden legalmente, según nuestros estatutos. Ante la negativa de nuestro señor, cortés aunque firme, le hizo prender por sus soldados, que acabaron liberándole de mala gana, aunque se han llevado como rehén a su primogénito. ¿Os dais cuenta? Ha vulnerado las normas más elementales de la hospitalidad, nuestro código ético, nuestros usos y nuestras costumbres, en nombre de un presunto derecho a la corona de Jerusalén que no es suya, sino de su hijo Conrado.

—¡Maldito sea! ¿Y aún dudáis de que haya que acabar con él?

—Es que, según ha transmitido ese mensajero enviado desde Limassol por uno de mis parientes, la indignación de los barones locales fue tal que inmediatamente se ofrecieron los más furiosos a darle muerte ellos mismos, propuesta que fue rechazada de inmediato por don Juan.

—Tal vez no quisiera que los suyos se mancharan las manos con la sangre de ese traidor...

—No. Era una cuestión de principios. El señor de Beirut montó en cólera ante sus súbditos y amenazó con golpear personalmente a cualquiera que se atreviera a mencionar nuevamente ese asunto en su presencia. Dijo que toda la cristiandad habría renegado de los felones que osaran matar a su emperador, los cuales se habrían cubierto para siempre de infamia. Añadió que, muerto este y vivos ellos, sus razones se habrían convertido en pruebas de culpabilidad, al margen de cuál fuese la verdad, y al final, para asombro de los presentes, concluyó afirmando que, hiciera lo que hiciera Federico, siempre sería su soberano.

—Aprecio y admiro a Juan de Ibelin, pero no le debo obediencia. Los caballeros del Temple respondemos únicamente ante el papa, que ha condenado a este autócrata impío. En lo que a vos respecta, mi buen amigo, apelad a vuestra conciencia, en la certeza de que vuestro señor nunca sabrá quién movía la daga que degolló al tirano...

Federico desembarcó en el puerto de Tiro después de una travesía apacible, e inmediatamente puso rumbo al sur, hacia Jerusalén, rodeado de su vistosa guardia sarracena; una paradoja rayana en la provocación, muy en sintonía con su idea de lo divertido, que desagradó profundamente a los cristianos del lugar e incluso a muchos mahometanos, convencidos de estar ante una burla de ese extranjero fanfarrón.

El ejército imperial se componía de unos cinco mil efectivos entre jinetes e infantes. A la vanguardia cabalgaba el rey, rodeado de su séquito, compuesto por nobles alemanes e italianos, algún clérigo que había viajado con él desde Sicilia y una nutrida representación de caballeros teutónicos, cuyo gran maestre, Germán de Salza, era amigo íntimo del emperador. Por eso ellos ignoraban las consignas del sumo pontífice y se mantenían leales al excomulgado. Por eso, y por los múltiples privilegios que les fueron otorgados en el empeño de mantener al menos a una de las órdenes militares vinculadas a esa desdichada Cruzada.

Cerca de su señor, como siempre, cabalgaba Gualtiero, seguido de su hijo, que le servía de escudero. Y detrás de ellos iba Braira, junto a otras damas de la corte, montada en una yegua alazana que levantaba la cabeza al piafar, dirigiendo los ollares hacia el cielo, con la misma altanería con la que su amazona presumía de sus hombres.

El amor que le inspiraba Guillermo no había variado desde que este era pequeño, pues así seguía viéndole ella: como a un niño grande, audaz, ambicioso, carente de dobleces, tenaz, valiente, igual de seductor que su padre y no menos bondadoso que él. Como al más valioso regalo que le había hecho la vida. Sus sentimientos hacia su esposo, por el contrario, habían experimentado una evolución curiosa, que le había dado que pensar en las largas jornadas de navegación que acababan de terminar al fin.

Vencidos los recelos iniciales debidos a los augurios de las cartas, se había decidido a vivir intensamente el tiempo de felicidad que les era dado compartir prácticamente por vez primera. Ese presente que tan a menudo les había sido escamoteado en el pasado. El tarot alertaba de algún peligro en el que ella no quería pensar, por lo que guardó la baraja en su estuche. Ya tendría tiempo para preocuparse si llegaba el caso. Era hora de disfrutar.

De momento, se dijo, nadie le privaría del placer de contemplar la destreza de Guillermo con el hacha, la espada o la maza, mientras se ejercitaba con otros jóvenes en cubierta, y comprobar su perfecta dicción en italiano y árabe, lengua que practicaba con su padre, durante las conversaciones que mantenían al atardecer. Tampoco la apartaría nadie del cuerpo fibroso de Gualtiero, al que regresaba cada noche.

¿Por qué se había enamorado de él? Por su mirada. Eso lo sabía con certeza. La carga de sensualidad, el deseo, el misterio que descubrió en esos ojos eran los que la habían llevado hasta él. Después, ambos habían gozado del placer de descubrirse, encontrarse, coincidir y sorprenderse. Él la había salvado de los sarracenos que creía bandoleros, se habían bañado en las aguas turquesas de Girgenti... Habían soñado despiertos, en suma, hasta que la guerra se lo había robado.

¿Se había convertido Gualtiero a partir de entonces en una imagen tan ideal como irreal del amor que evocaban los juglares en sus trovas y anhelaban sus sueños adolescentes? Se lo había preguntado a menudo, pero ahora estaba convencida de que la respuesta era no.

Su esposo merecía ser amado. Esa era la razón por la que siempre le había querido. El dolor, el cautiverio, las incontables penalidades sufridas habían hecho mella en él, naturalmente, mas, aun así, seguía siendo digno de ocupar todo el espacio de su corazón de mujer.

Tal vez no fuera tan galante como antaño, ni tan apuesto, ni tan irresistiblemente descarado, ni tan gallardo o arrojado, ni tampoco tan confiado. Era, no obstante, generoso, comprensivo, dispuesto a escuchar incluso sobreponiéndose a la ira, leal a sus ideales, fiel a su señor, valiente, sincero, fuerte, luchador. Era incapaz de rendirse. Y, además, por encima de todo, la quería. ¿Cómo no iba ella a devolver, multiplicado, ese afecto?

Movida por un resorte incontrolable, clavó los talones en los costados de su montura, hasta ponerla a un trote ligero que enseguida la llevó a donde estaba Gualtiero. Una vez allí, le pidió que se detuviera un instante y, ante la estupefacción envidiosa de todos los presentes, se inclinó hacia él, atrayéndolo hacia sí para plantarle un beso en la boca.

Luego regresó a su sitio, sorprendida de lo que acababa de hacer, mientras su marido se pellizcaba con el fin de comprobar si no acababa de sufrir una alucinación; los germanos y sus señoras reprochaban a la pareja semejante atrevimiento, los clérigos se escandalizaban de tanta desvergüenza y la mayoría de los meridionales, empezando por Federico, fantaseaban aventuras inconfesables junto a esa sorprendente dama cuya fogosidad, imaginaban, no debía conocer límites.

Braira pensó que le debía a su hombre ese homenaje. Que se soltaran las lenguas y fluyeran las murmuraciones. ¿A quién podía importarle? Al fin y al cabo, se dijo, ella era hija de Occitania, la bella, la próspera, la de las mujeres en cuyos labios madura el fruto de la alegría... La patria del amor y del goce.

Occitania viviría siempre en ella.

Era mediodía. Acababan de llegar a un altozano pelado que dominaba un amplio valle, donde el emperador ordenó hacer un alto. Sus servidores se apresuraron a improvisar un toldo a fin de que pudiera resguardarse del sol mientras comía, pero él quería caminar con el propósito de estirar las piernas. De modo que toda la comitiva se detuvo en medio de la nada, maldiciendo esos rayos implacables que caían a plomo sobre ellos, trazando una vertical perfecta, enemiga de la ansiada sombra, para permitir que su majestad desentumeciera los músculos.

El aire era puro fuego que abrasaba la piel tanto como los pulmones. Hombres y mujeres se cubrían la cabeza y el rostro a la usanza sarracena, buscando en vano el modo de escapar a ese castigo, aunque el padecimiento de las damas y los eclesiásticos no era nada en comparación con el de los combatientes vestidos de acero, que sentían el roce de la cota de malla en la piel como el mordisco de un hierro calentado al rojo vivo.

Desprenderse de esa defensa habría equivalido a un suicidio, toda vez que se sabían vigilados por pequeñas partidas de bandidos o rebeldes de Al Kamil, dispuestos a hostigarlos sin tregua a lo largo de todo el camino. Por eso, los soldados acorazados rodeaban a los componentes civiles del séquito real, a modo de escudos humanos, soportando lo indecible en el cumplimiento de su deber.

El agua escaseaba y estaba estrictamente racionada, lo que convertía cada gota de sudor en una gota de muerte. Cualquier esfuerzo, por mínimo que fuese, suponía un desgaste terrible de energía. Únicamente la fe en la salvación eterna con la que serían premiados, unida a la obediencia ciega debida a su señor natural, mantenían en pie a esos guerreros cuya resistencia superaba los límites de la condición humana.

Todos agradecieron, pues, la parada, por inconvenientes que fuesen así la hora como el lugar, y la aprovecharon para beber apenas lo suficiente como para quitarse el polvo de la garganta y descansar unos instantes.

Cualquier cosa era mejor que cabalgar en ese infierno.

El rey, que sufría prácticamente lo mismo que su gente, se benefició de una cantidad más generosa de líquido, mezclado con vino, después de lo cual se acercó andando hasta el borde de la pequeña meseta que se asomaba a la desolación circundante. Allí mandó llamar al obispo de Palermo, que le acompañaba desde que iniciara su largo periplo, al igual que otros prelados de su feudo.

—¿Es esta la tierra que Dios prometió a su pueblo, la que en tantas ocasiones exaltó, asegurando que manaba leche y miel? —inquirió con evidente desprecio en el tono.

—Así es, majestad —respondió el mitrado, sin darse por enterado del cinismo con el que había sido formulada la pregunta.

—¿Esta costra requemada, grisácea, estéril, desértica, donde nada crece ni vive si no es a la vera de alguno de los raquíticos riachuelos que la recorren? —insistió el monarca.

—Bueno —argumentó el obispo, molesto—, el río Jordán, en el que Juan el profeta bautizó a Nuestro Señor, no es precisamente un riachuelo, si su majestad me permite decirlo...

—¿Esta es la tierra de la que está escrito en la Biblia que de todas es la más valiosa y entre todas, la bendita?

—Así es, mi señor. Es la Tierra Prometida que Moisés solo llegó a divisar desde el monte Nebot, situado muy cerca de aquí, antes de que el Altísimo le llamara a su presencia.

—Entonces, es evidente que Dios no había visto Sicilia —concluyó Federico tajante—. Si hubiese conocido la Calabria, la Apulia o no digamos ese vergel que es mi isla, jamás habría ponderado del modo en que lo hizo esta tierra que entregó en herencia a los judíos.

Y con las mismas ordenó levantar el campamento y marchar sin tardanza hacia Jerusalén.

Había esperado un recibimiento digno de un libertador, pero solo encontró calles desiertas. La gran mayoría de los musulmanes se había refugiado en sus santuarios o bien huido, mientras los cristianos permanecían en sus casas, recelosos del personaje que venía precedido de tan pésimas credenciales.

Por su causa pesaba sobre la ciudad un interdicto que impedía celebrar sacramentos y actos litúrgicos, lo que constituía un motivo de irritación para los habitantes del lugar, amén de una auténtica tragedia para los peregrinos que tenían la mala fortuna de llegar precisamente en esos días.

No, decididamente el emperador no era lo que se dice una figura popular entre los súbditos de Ultramar que pretendía sumar a las incontables almas sobre las que reinaba.

Le recibió a las puertas de la ciudad el cadí Shams al Din, de Nablus, que le entregó las llaves en nombre del sultán. Sus tropas habían instalado las tiendas extramuros de la urbe, cerca del monte de los Olivos, aunque los caballeros que le acompañaban eran suficientemente numerosos como para ocupar buena parte del albergue que mantenían los hospitalarios en un viejo edificio próximo a la semiderruida torre de David, que enseguida empezó a reconstruirse por orden del soberano. Allí, en la parte más noble de la hospedería, fijó el monarca su residencia temporal, y muy cerca, en dependencias contiguas, se alojaron Gualtiero y Braira. Guillermo, simple escudero, hubo de contentarse con un jergón de paja en el suelo del patio, habilitado como estancia común para los miembros de la guardia.

Al día siguiente, muy de mañana, se dirigieron todos, ataviados con sus mejores galas, al templo que acogía el Santo Sepulcro de Cristo, donde Federico anhelaba ser coronado rey de Jerusalén, ignorando los derechos legítimos del hijo habido de la desdichada Yolanda.

Braira y su esposo recorrieron la distancia que los separaba de la iglesia con profunda emoción. Aquel era un camino muy parecido al que había seguido el Señor durante su martirio, con la cruz a cuestas, en dirección a la colina del Gólgota en la que sería clavado al madero. En esas mismas calles había derramado su sangre por la salvación de los pecadores. Y su espíritu, la esencia de esa pasión redentora, impregnaba las piedras y hasta el mismo polvo de un modo inexplicable, invisible, intangible e innegable.

—¿Sientes lo mismo que siento yo? —preguntó ella emocionada, sin saber definir con precisión a qué sentimiento se refería.

—Creo que sí —respondió Gualtiero—. Se respira algo especial en este lugar. Parece que Dios está más cerca de uno o uno más cerca de Dios. No es como en Damieta. Allí era todo lo contrario, lucha, dolor y, sobre todo, odio. Aquí, por el contrario, se percibe la presencia divina por encima de las miserias humanas. Tal vez por eso sea esta la Ciudad Santa de las tres religiones. Es evidente que Él está aquí en su casa.

—¿Tendrá el emperador la misma sensación?

—No sé qué responderte. Probablemente así sea, pues sé que es un hombre devoto. Claro que las preocupaciones políticas le tienen tan absorbido el pensamiento que tal vez le impidan escuchar su voz interior. Lo que sí puedo decirte con seguridad es que está empeñado en no ofender en modo alguno a los seguidores del Alcorán.

—¿A qué te refieres?

—A que ayer noche echó en falta la llamada del almuédano a la oración, y cuando le informaron de que el sultán había dado la orden de que, por delicadeza, se suspendiesen los rezos mientras él estuviese aquí, se enfadó mucho. Envió inmediatamente un emisario a comunicar a las autoridades muslimes que no pretendía alterar sus costumbres y que gustaba de escuchar al muecín en las horas de oscuridad. ¿Te das cuenta? Cuando esto llegue a oídos del patriarca no le va a hacer ninguna gracia...

—Nunca aprenderá a contener esa lengua suya desbocada ni a embridar sus apetitos, ya sean físicos o intelectuales. Es un ser algo salvaje.

—Lo es. Un hombre fuera de lo común. De lo contrario, no habría llegado hasta donde está.

—Hablando de llegar —concluyó Braira—, parece que también nosotros lo hemos hecho. Voy a ver si logro encontrar el sitio que se me ha asignado.

—Yo me quedaré aquí a esperar al rey. Nos veremos más tarde —dijo él con una sonrisa franca—. Te buscaré.

El templo estaba oscuro y casi vacío. Ni un solo sacerdote cristiano había desafiado el entredicho papal. Los caballeros teutónicos eran, por tanto, los únicos consagrados presentes en tan solemne ocasión, con sus armaduras, sus sobrevestas blancas y sus cruces latinas de color negro en el pecho, subrayando su entrega a la causa de la guerra santa. Aparte de ellos, los integrantes de la comitiva real y una representación de la soldadesca completaban el reducido público congregado para presenciar la coronación.

El emperador disimuló a duras penas la cólera al hacer su entrada en el recinto y darse cuenta de la situación. Furioso, aunque aparentemente impertérrito, mandó al lacayo que portaba su corona en un cojín de terciopelo rojo colocarla sobre el altar mayor y, con gesto decidido, él mismo la tomó en sus manos para ceñírsela a la cabeza.

Braira estaba muda de asombro. Muda y sorda, pues la escena que se desarrollaba ante sus ojos resultaba tan insólita que no le permitió escuchar el contenido del panegírico que leyó, primero en alemán y luego en francés, el maestre de la Orden Teutónica y buen amigo del rey, Germán de Salza.

Gualtiero tampoco escuchó, aunque por otros motivos. Se había fijado en dos personajes de aspecto extraño, situados cerca de la puerta, que le daban muy mala espina. Iban vestidos a la usanza de los cristianos del lugar, pero sus facciones eran árabes. Asimismo, en contra de lo que hubiera sido previsible, no había allí más representantes de la cristiandad local que ellos. A la tenue luz de los candelabros colgados del techo, sus pupilas brillaban de un modo extraño. Se cubrían, pese al calor, con sendos mantos. Mantos que podían esconder un arma.

Todo su instinto de veterano en los campos de batalla y las intrigas de la corte se puso alerta.

Antes de que concluyera el discurso del monje, se situó muy cerca de esos hombres, de manera que pudiera intervenir de inmediato en caso de que fuera necesario. Ellos le ignoraron, o fingieron que lo hacían, mientras el rey emprendió su salida triunfal, aureolado de nueva gloria, caminando lentamente como correspondía a su dignidad.

Todo sucedió, a partir de entonces, muy deprisa. Cuando el monarca se encontraba a unos cinco pasos del más alto de los sospechosos, este se abalanzó sobre él empuñando un cuchillo de hoja curva y filo capaz de cortar un pañuelo de seda en el aire. Rápido como un felino, Gualtiero se interpuso entre el atacante y su señor, desenvainando a su vez la espada que llevaba al cinto. Se llevó una puñalada, que impactó contra su pectoral sin penetrarlo.

El revuelo ya era enorme. Varios soldados acudieron en auxilio del de Girgenti, que se batía fieramente con los dos agresores, protegiendo al emperador con su cuerpo. Este pedía a gritos una espada, pues la que llevaba era un armatoste de empuñadura enjoyada, más decorativo que otra cosa, y repetía:

—¡Vivos, los quiero vivos!

Su orden fue obedecida. Al cabo de unos instantes, los agresores yacían atados en el suelo del atrio, conscientes e incólumes, apenas algo magullados. Habrían preferido estar muertos.

Trasladados a las mazmorras de una antigua fortaleza, comenzaron a ser interrogados de inmediato, sin que el verdugo encargado de hacerlo lograra arrancarles una palabra.

—¿Quién os envía? —inquiría un secretario real en lengua árabe y francesa alternativamente.

—...

—¿Para quién trabajáis?

—...

—Acabaréis hablando en cualquier caso, creedme, cuanto antes lo hagáis más dolor os ahorraréis.

Ni los golpes, ni las quemaduras, ni el látigo, ni las tenazas aplastando una a una las falanges de sus dedos pudieron quebrar su fiera resistencia. Aguantaron la tortura en silencio, únicamente roto por algún alarido agudo, más bien aullidos, que casi parecían de animales.

Desesperado, el sayón recurrió a la más eficaz de sus técnicas, que era también la más cruel. Con precisión de cirujano, afeitó los cráneos de sus prisioneros hasta dejarlos pelados, después de lo cual les practicó múltiples cortes calculados, lo suficientemente profundos como para sangrar, pero no tanto como para desangrarlos. Luego untó meticulosamente todas sus heridas con miel. Y así, convertidos en reclamos irresistibles para toda clase de bichos voladores, fueron expuestos al sol, encadenados, sobre el tejado de la ciudadela.

Tardaron mucho en morir, pero murieron callados.

—¿Quién es capaz de soportar tanto? —exigió saber el emperador, que había mandado ser informado personalmente del contenido de cualquier confesión que hiciesen los detenidos.

—Un miembro de la secta de los Asesinos —respondió su secretario, que a su vez había formulado la misma pregunta a los carceleros conocedores de la realidad local.

—¿Asesinos? ¿Qué o quiénes son esos Asesinos?

—Su nombre procede de la palabra *hashishiyun*, que, como sabéis, significa «bebedor de hachís». Al parecer, son jóvenes reclutados y entrenados por un hombre al que llaman el Viejo de la Montaña, que ejerce su poder en toda la región enviando a estos implacables mensajeros de la muerte a cualquiera que ose desafiarle.

—¿Y quién es ese Viejo de la Montaña? —se encolerizó Federico—. ¿Qué tengo yo que ver con él?

—Según me han explicado, majestad —trató de aplacarle su servidor—, es una denominación genérica con la que se conoce al caudillo de ese grupo ismaelita, relacionado con prácticas esotéricas, que tiene su principal enclave en la fortaleza persa de El Alamut, el Nido del Águila. Allí son adiestrados sus adeptos en el manejo del puñal, su arma preferida, así como en el arte de infiltrarse en cualquier lugar y pasar desapercibidos. Con el fin de asegurar su inquebrantable adhesión a la causa, durante su etapa de formación se les hace caer en trances inducidos por la droga y, una vez en ese estado, se les proporcionan mujeres de gran belleza para su solaz, con la promesa de que su vida en el paraíso será una eterna orgía con ellas, en jardines perfumados, si mueren por su fe.

—Sigo sin comprender cómo han logrado sobreponerse a semejante tortura sin confesar.

—Probablemente ignoraran por qué se les había encomendado daros muerte, y aunque lo supiesen, cosa harto improbable, serían conscientes de que, en caso de hablar, renunciarían al edén prometido. Por añadidura, cuando los cogimos estaban narcotizados, a juzgar por su mirada extraviada, y es casi seguro que permanecieran en ese estado la mayor parte del tiempo.

—Pero ¿por qué querría ese Viejo matarme a mí, si acabo de firmar un tratado con Al Kamil?

—A eso no puedo responderos, pero me consta que los Asesinos actúan contra musulmanes igual que contra cristianos, y no siempre lo hacen para vengar agravios propios, sino por cuenta ajena. Las gentes de por aquí saben que, con el oro o el poder suficientes, se les pueden encomendar determinadas misiones con la certeza de que las llevarán a cabo.

Federico no era estúpido. Sus relaciones con el sultán eran notablemente mejores que las que mantenía en ese momento con el papa o los barones de Palestina, por lo que, si alguien había urdido su fin, era en esa dirección donde debía buscar.

¿Quién se habría atrevido a tanto?

Devanándose los sesos en busca de una explicación plausible, recordó algo que le había augurado no hacía mucho su dama del tarot, a la que mandó llamar.

—¿Has traído tu baraja? —le espetó a modo de saludo.

—Por supuesto, majestad —respondió ella con una reverencia forzada—. Me complace encontraros pletórico de salud.

—Algo ha tenido que ver tu marido en ello —acusó el golpe Federico—. Ya le he dado las gracias y ofrecido una recompensa, que ha declinado asegurando que solo cumplió con su deber. Nuestro buen Gualtiero es un hombre de honor...

—Lo es, mi señor. No he conocido otro mejor ni tenéis vos caballero más afecto, podéis estar seguro.

—Sí, sí, lo sé —se zafó él del compromiso de mostrar una gratitud que su vanidad le impedía sentir—. Ahora vayamos al asunto que te ha traído aquí. ¿Recuerdas que me recomendaste, antes de partir de Sicilia, guardarme de la cruz que mostraban las manos de esa figura tuya...?

—El Papa.

—Sí, eso era. ¿Puedes enseñármela?

—Desde luego. Aquí está. —Le mostró ella la carta en cuestión, ya familiar para ambos.

El rey la observó durante unos instantes, se fue con ella hasta la ventana para acercársela a los ojos, pues su vista era muy deficiente, y se la devolvió a Braira.

—¿Tú dirías que esa cruz es la de los templarios?

—Tal como he tratado de explicaros a menudo, majestad, los naipes contienen símbolos; no retratos exactos, sino mensajes cifrados, transmitidos mediante un lenguaje hecho de metáforas que no es posible leer textualmente.

—Pues precisamente por eso —se impacientó el emperador—. La cruz del Temple es de color rojo, como todo el mundo sabe, mientras estas que lleva tatuadas tu personaje son negras. ¿Podrían referirse a los miembros de esa orden?

—Podrían.

—Eso es todo. Puedes retirarte. Te enviaré recado si te necesito.

Ellos eran los culpables, estaba seguro, por más que no tuviera pruebas. A partir de ese momento tendría que redoblar su guardia, pues el peligro le acecharía a cada paso, pero no se quedaría quieto. Ya se encargaría él de que el gran maestre de esa orden soberbia, que desconocía lo que era la obediencia, fuese puesto a buen recaudo. A poco que pudiera hacerse con él, se lo llevaría encadenado a Sicilia.

¡Qué difícil resultaba gobernar —se lamentaba para sus adentros—, cuando sus propios vasallos se negaban a reconocer que él, Federico de Hohenstaufen y Altavilla, estaba investido de autoridad divina para llevar las riendas del Imperio a su antojo! ¿Por qué no aceptaban todos con humildad lo que para él resultaba obvio?

Gualtiero se despidió un par de días más tarde de su mujer con un beso apasionado.

—¡Cualquiera diría que vuelves a marcharte a la guerra! —bromeó ella, gratamente sorprendida por su ardor.

—No necesito irme lejos para echarte en falta —se justificó él—. Pronto me tendrás de regreso; a lo sumo una semana. Vamos a dar una batida por los alrededores para echar un vistazo y matar el tiempo.

—¿Tanto te aburres conmigo? —dijo ella zalamera.

—Yo no, pero otros no comparten la suerte de tener a sus esposas consigo y necesitan acción.

—Cuida de Guillermo. ¿Lo harás?

—Descuida. No tienes motivos para preocuparte. El chico es fuerte, ha aprendido todo lo que necesita saber y es capaz de cuidarse solo.

—Aun así, prométeme que le vigilarás de cerca.

—Lo prometo —replicó él antes de abrazarla de nuevo.

Cuando, transcurridos algunos días más de los previstos, regresaron los integrantes de la expedición, faltaban cuatro de los hombres que habían partido. Entre ellos Guillermo y Gualtiero.

XXXIV

La fue a buscar un lacayo al huerto que tenía la hospedería en uno de los patios, donde Braira leía a la sombra de una higuera.

—El emperador desea veros.

—Decidle que ahora mismo voy.

En un abrir y cerrar de ojos estaba en la estancia habilitada como salón de audiencias, provista de su estuche plateado, dando por hecho que Federico querría consultar al tarot.

—¿Deseáis que interprete para vos las cartas, majestad? —inquirió con la delicada cortesía de la que siempre hacía gala.

—Hoy no —respondió el rey—. Tengo que darte una mala noticia.

El corazón de Braira se puso a galopar desbocado, pues el rostro del rey mostraba un gesto desacostumbradamente sombrío que anunciaba lo peor.

—Tu esposo y tu hijo no han regresado de la misión de reconocimiento en la que participaban.

—¿No han regresado? —repitió ella incrédula, negándose a comprender lo que oía—. ¿Qué queréis decir?

—Que no están aquí. No han vuelto con los demás. Te lo digo personalmente por el afecto que os tengo a ambos.

—¿Han muerto? —preguntó la dama con un hilo de voz.

—No, que yo sepa. El destacamento del que formaban parte tuvo un encontronazo con una partida de sarracenos, aparentemente seguidores de un caudillo faccioso que en la práctica es quien gobierna Bagdad, o acaso de algún otro enemigo de Al Kamil. La cuestión es que hubo un choque, tras el cual Gualtiero y su escudero, que era vuestro hijo, fueron capturados.

—¿Ellos solos?

—Junto a dos más de los nuestros. Me asegura el capitán con el que he hablado que eran inferiores en número, en proporción de tres a uno, lo que no les dejó más opción que la huida.

—¿Abandonaron a sus compañeros?

—No podían hacer otra cosa. Tienes que comprenderlo. De haber ofrecido resistencia los habrían aniquilado.

—¿Y qué vais a hacer vos? —preguntó ella, apenas capaz de mantenerse en pie, mientras lágrimas de sangre le caían por las mejillas.

—Enviaré un emisario al sultán. Si están en su poder, nos los entregará enseguida.

—¿Y si no?

Federico calló.

—¿Y si no? —repitió Braira con la garganta rota por el llanto—. ¡Decidme que enviaréis a un ejército a rescatarlos, que los buscaréis hasta encontrarlos!

—¡Tienes que tranquilizarte, mujer! —se impacientó el monarca—. Disponer a la tropa para el combate iría claramente en contra de la tregua acordada y sería interpretado, con justicia, como un gesto hostil hacia los musulmanes, que ni quiero ni puedo permitirme. Tendremos que ser pacientes. Los intereses del Imperio, de la cristiandad entera, no pueden ser amenazados por un incidente como este. Debes comprender que hay razones de Estado que nos superan.

—Él os salvó la vida —le reprochó ella llena de desprecio, sin temor a provocar su ira—. ¿Acaso no merece ser pagado con la misma moneda?

—¡Ya basta! —bramó él—. Esperaremos a ver qué resultado dan las gestiones diplomáticas, sin olvidar que dentro de poco hay previsto un amplio intercambio de prisioneros. No pierdas la esperanza y contén la lengua. Por hoy he pasado por alto tu impertinencia en atención al dolor que sientes, mas no volveré a consentirlo. Recuerda quién eres, que me debes obediencia y que soy tu soberano, emperador de los romanos, césar augusto, señor de los reinos de Italia, Sicilia, Jerusalén y Borgoña.

Braira lo sabía bien. ¿Por qué si no habría soportado sus caprichos y su lascivia? ¿Por qué habría compartido con él a las personas que más quería en el mundo? Él era su amo y señor, sí. Su emperador. Un demonio grandioso.

Sin tener conciencia de ello, las piernas la llevaron por el mismo camino que había recorrido junto a su marido el día de la coronación, a través de calles desiertas.

Su mente era un hervidero de emociones que oscilaban entre la tristeza absoluta y la posibilidad de una pronta solución, perspectiva a la que se aferraba con desesperación. ¿Cómo podría seguir viviendo de otro modo, huérfana de todo lo que daba sentido a su vida? Si no hubiera creído que sus dos amores retornarían a casa, se habría arrojado de inmediato al vacío desde la torre más alta. Pero le quedaba la esperanza; el último asidero al que agarrarse para mantenerse en pie.

Era tarde cuando llegó a las puertas del Santo Sepulcro, incapaz de recordar cómo. Anochecía. Los perfiles del templo antaño tan orgulloso, con sus tejados de plata, sus joyas y sus valiosas reliquias, se difuminaban en la luz incierta del ocaso, que tendía un velo pudoroso sobre los destrozos causados por el expolio.

Desde las mezquitas circundantes, los almuédanos llamaban a los fieles a postrarse para proclamar que Alá era el más grande. La ciudad, pensó Braira llena de rabia, parecía seguir siendo propiedad suya, lo que les envalentonaba hasta el punto de atacar impunemente a un destacamento del emperador. ¿En qué cabeza cabía? ¿Qué clase de patraña era esa Cruzada amañada?

Casi en trance, causado por la hondura de su pena, entró en la iglesia, prácticamente vacía como consecuencia de la hora avanzada y del interdicto que prohibía la práctica del culto. Después de atravesar, bajo el eco de sus pasos, la nave principal, rodeada a ambos lados de capillas, llegó al altar del Calvario, levantado en el punto exacto en el que había estado clavada la cruz de Cristo.

Una grieta profunda, provocada por el terremoto que sacudió la tierra en el momento en que Él expiró, recorría de forma visible la roca sobre la que había sido edificada la basílica siglos atrás. Y frente a esa oquedad sagrada se tumbó ella, mujer y madre escarnecida, mordiendo el polvo, en el mismo lugar desde el cual María debió de contemplar, impotente, el terrible sufrimiento de su hijo.

Perdió la noción del tiempo.

Así, humillada ante su Dios, al que estaba segura de haber ofendido gravemente, suplicó misericordia con toda la devoción de la que era capaz. Rogó, pidió perdón, apeló a la Virgen, abogada de los afligidos, prometió entregar su fortuna e incluso su vida al servicio de los pobres entre los pobres, si Gualtiero y Guillermo aparecían...

Allí la encontró, al alba de un nuevo día, doña Inés de Barbastro, que también acudía a implorar clemencia.

Se había levantado antes que el sol, porque rara vez salía a la calle después de las primas o antes de las completas. La deformidad que padecía desde su nacimiento le producía una vergüenza tal que incluso a esas horas, en las que era difícil encontrarse a alguien, iba velada como algunas mahometanas rigurosas, sin mostrar más que unos ojos de color azul claro que habrían delatado su procedencia occidental aunque no hubiese llevado un rico vestido de seda negra, ajustado a la cintura, que llamaba la atención por su suntuosidad. La acompañaba su hermano, un hombre joven con modales y atuendo de comerciante acomodado, que se quedó algo rezagado con respecto a ella a fin de respetar su intimidad.

La presencia de ambos en el templo respondía a la fe inquebrantable de la mujer en la posibilidad de obtener una curación milagrosa si peregrinaba hasta el Santo Sepulcro de Nuestro Señor y a los pies de la cruz invocaba su auxilio. Tan grande era su confianza y tan insistentes sus solicitudes, que la familia, compuesta por la madre viuda y cuatro hijos más aparte de ellos dos, había terminado por acceder a financiar el precio del viaje, que representaba una fortuna. Y allí estaban al fin, después de innumerables vicisitudes, dando cumplimiento a la promesa involucrada en ese trato cerrado tácitamente con Dios.

Podían permitírselo. El negocio de la seda, con la que estaba tejida la prenda que adornaba a la enferma, prosperaba en su localidad natal, situada no lejos de Huesca, donde bosques enteros de moreras alimentaban a gusanos que, antes de convertirse en feas mariposas pálidas, fabricaban sus capullos con esa impagable materia prima. De no haber sido por la desgracia que aquejaba a la pequeña de la casa, que a la sazón contaba veinte primaveras, podrían haberse considerado auténticos benditos de Dios. Pero Él, en sus inescrutables designios, había impuesto a Inés esa carga, que ella sobrellevaba con tanto dolor como entereza.

Estar en Jerusalén, en el hogar de Jesús, ante sus mismos ojos, la llenaba de emoción. Cumplía con ello un sueño alimentado desde la niñez. Un último resquicio de ilusión, dado que la medicina no le ofrecía remedio alguno para su mal. Si no se obraba el milagro que había ido a implorar, habría de vivir desfigurada el resto de sus días, renunciar al matrimonio y resignarse a la soltería; un horizonte ciertamente gris para cualquier hija de Eva, pues la vida monástica no la atraía en absoluto.

Se disponía a hincarse de rodillas con el fin de empezar a rezar, profundamente impresionada por la atmósfera del lugar, cuando se percató de que en el suelo yacía una dama aparentemente desmayada. Asustada, se acercó a tocarla.

—¿Estáis bien? ¿Necesitáis ayuda? —preguntó espontáneamente en la lengua de Aragón.

—¿Quién sois? —respondió Braira sorprendida, con una voz que parecía provenir de otro mundo.

—Me llamo Inés de Barbastro y soy una peregrina llegada de muy lejos.

Con torpeza, debida al entumecimiento, la antigua pupila de los Corona se levantó, encontrando cierto consuelo en el hecho de oír un idioma muy querido por ella, que le traía entrañables recuerdos. Al fijarse en su interlocutora y ver el tupido velo que la cubría, olvidó sus modales.

—¿Qué os ocurre en la cara? —exclamó.

—No me gusta enseñarla —replicó la aludida, ofendida.

—Perdonadme —se disculpó Braira—. Estoy tan cansada y confusa que os he faltado al respeto. No me lo tengáis en cuenta. Mi nombre es Braira de Fanjau, y me alegra conocer a una aragonesa. Yo me siento en cierto modo parte de esa tierra también.

En ese momento fue Inés la que se percató de los ojos hinchados por el llanto, las mejillas enrojecidas y la expresión de infinita tristeza de la dama que se había encontrado.

—Debéis sufrir mucho... —le dijo, conmovida.

—Más de lo que se puede expresar con palabras —reconoció ella.

—¿Deseáis compartir conmigo esa pena? He tardado mucho en llegar hasta aquí y desearía dedicar algún tiempo a elevar mi plegaria al Señor, pero después me complacería escucharos, si es que queréis hablar. Tal vez pueda serviros de ayuda.

Aquella extraña dispuesta a acompañarla en el trance espantoso en el que estaba sumida era justo lo que necesitaba Braira en ese momento. Sentía una repugnancia insalvable hacia cualquiera relacionado con Federico, y no conocía en aquella ciudad a nadie que no lo estuviera. Por otra parte, no se veía capaz de sobrellevar su angustia en solitario, por lo que respondió de inmediato:

—Os esperaré en el atrio.

—No tardaré.

Empezaba a apretar el calor cuando la de Barbastro salió de la iglesia. Los escasos fieles que se dirigían a ella se mostraban perplejos ante su figura estilizada y elegante, digna de una gran señora de la nobleza cristiana, irreconciliable con el paño de tela tupida que cubría sus facciones como en el caso de algunas mahometanas. Más de uno se la quedó mirando fijamente, como si se tratara de un fantasma.

—¡Cómo me fastidia la gente que se comporta de ese modo! —comentó con despecho a la mujer que acababa de conocer, quien la esperaba en la plazoleta a la que se asomaba la basílica—. ¿No se darán cuenta de lo mucho que incomoda una agresión semejante?

—Probablemente no —apuntó Braira, cuidando de no volver a mencionar el velo—. Solo somos sensibles, en general, a lo que nos afecta personalmente.

—¡Cuánta razón tenéis!

—¿Dónde os alojáis? —cambió de tema la occitana—. Podría acompañaros y compartir vuestro desayuno, si os parece bien.

—En el albergue de los hermanos hospitalarios. ¡Unos santos! ¡Si vierais la cantidad de limosnas que reparten! La verdad es que hemos tenido mucha suerte, porque aunque se trata de un complejo enorme, dicen que capaz de alojar a más de mil huéspedes, está prácticamente copado por el emperador, que se encuentra aquí estos días. ¿Sois vos también peregrina en Tierra Santa?

—No exactamente. Formo parte de la comitiva de su majestad, a cuyo servicio estamos mi marido y yo.

—¡Vaya! —terció con evidente enfado Ramón, el hermano, que caminaba con ellas una vez hechas las oportunas presentaciones—. Pues por su culpa no nos hemos podido confesar, ni oír misa ni comulgar, después de venir hasta aquí. ¡Supongo que estará satisfecho...!

—Sus relaciones con el pontífice son complejas —se zafó Braira, que no estaba en condiciones de entablar una discusión política.

—Complejas no —rebatió el mercader—. Son desastrosas. No se excomulga a un monarca por menudencias. Si el papa ha llegado a este extremo tendrá motivos de peso. A nosotros, de cualquier manera, nos ha perjudicado gravemente. ¡Tanto tiempo, tanto oro como nos robó por el pasaje el capitán de ese buque en el que nos embarcamos en Génova, para nada!

—¡No digas eso, Ramón! —le regañó su hermana—. Aunque no hayamos recibido los sacramentos, estoy segura de que Dios nos habrá escuchado. ¿Acaso no percibes su presencia?

—Si tú lo dices... —concedió él, remiso.

—Por otro lado, nuestra amiga no es responsable de los actos de su señor, como tú no lo eres de los de nuestro rey, don Jaime. ¡Haz el favor de mostrarte más cortés!

Iban caminando deprisa hacia la hospedería, a fin de escapar del sol y de los curiosos, pero aún les faltaba un buen trecho por recorrer.

—Don Jaime... —repitió Braira, evocando de golpe la tragedia a la que había asistido en Muret, la muerte violenta del rey Pedro, padre de ese príncipe que entonces era todavía muy niño, y la preocupación que parecía sentir en aquel entonces su hermano Guillermo por la suerte de ese huérfano—. ¿Llegó a alcanzar el trono, pese a todo?

—¿A qué viene esa pregunta? —se extrañó Ramón—. ¿Por qué no habría debido alcanzarlo?

—Es que yo conocí a don Pedro, su padre, que no parecía sentir por él un gran afecto —respondió la cátara, eludiendo dar mayores explicaciones—. Pero eso forma parte del pasado —añadió, forzando una mueca a guisa de sonrisa—. ¿Qué clase de soberano es él?

—¡Es el hombre más apuesto que jamás se ha visto, os lo aseguro! —se entusiasmó Inés—. Más de seis pies de altura, rubio de pelo, blanco de piel, de ojos negros como carbones, bien proporcionado, derecho y gallardo. ¡No hay mujer que se le resista!

—Entonces se parece a su progenitor —constató Braira—. Él también era muy atractivo, además de valiente y culto.

—En lo de valiente este no le va a la zaga —intervino el miembro masculino del grupo—. Cuando partimos de Aragón estaba a punto de emprender la conquista de las islas Baleares, que supongo estará ya concluida felizmente. Es un gran guerrero...

—Sí, mejor soldado que esposo —le interrumpió su hermana—. Se casó con doña Leonor de Castilla, que le dio un heredero sano y vigoroso, cuyo nombre es Alfonso, lo que no le ha impedido repudiarla de forma artera, después de hacerle la vida imposible.

—En eso también tiene a quién parecerse —intervino nuevamente Braira, perpleja ante la exactitud con la que se repetía la historia.

—Claro que es lo normal —constató la aragonesa—. ¿Existe algún hombre que trate a su esposa como trata a su espada?

—Existe —respondió la de Fanjau, sin poder evitar que se le escapasen las lágrimas—. Se llama Gualtiero. Gualtiero de Girgenti, y es mi marido.

Habían llegado al albergue. Ramón se despidió de ellas, alegando que iba a intentar unas gestiones comerciales, lo que llenó de alivio a las dos mujeres, deseosas de abandonar esa charla insustancial y hablar de las cosas importantes.

—¿A qué viene ese llanto si tenéis la dicha de un esposo que os ama? —preguntó Inés a su nueva amiga, una vez que estuvieron solas en sus aposentos.

—Es precisamente su ausencia lo que me atormenta.

Braira le contó con detalle lo sucedido en los últimos días; las circunstancias en las que habían desaparecido los dos hombres de su vida de golpe, cuando menos se lo esperaba; la conversación mantenida con el emperador; la fría indiferencia de este, más pendiente de sus arreglos con el sultán que de la suerte de su caballero; su frustración y el miedo cerval que le atenazaba el alma.

—Si no regresan —concluyó—, me mataré. No podré vivir sin ellos.

—No digáis eso —la regañó con dulzura la aragonesa—. ¡Que no nos imponga el Señor todo el dolor que somos capaces de soportar!

—Vos no comprendéis...

—¿Estáis segura?

Acercándose al amplio ventanal que daba luz a la habitación, la de Barbastro se despojó del paño que le cubría la cara para descubrir una enorme mancha de color púrpura que lo atravesaba de la frente al mentón en diagonal, creando una siniestra simetría. Una especie de lunar sanguíneo, desproporcionado, que convertía el rostro de la muchacha en una máscara horrenda.

—Así nací y así sigo. Os repugno, ¿verdad?

—¡Por supuesto que no! —mintió piadosamente Braira.

—No es necesario que me lo digáis. Lo leo en vuestros ojos. ¿Seguís pensando que no puedo comprender lo que significan las palabras sufrimiento o miedo?

Avergonzada, la dama de Fanjau calló. No sabía qué decir.

—Conozco el miedo desde que era chica —continuó hablando Inés, tomando las manos de Braira tiernamente entre las suyas—. El mío y el de los demás ante mí. Por eso me escondo. Detesto causar una emoción tan destructiva.

—Creo que no sois justa ni con vos misma ni con los demás —trató de argumentar Braira.

—He dedicado mucho tiempo de reflexión a este asunto —prosiguió la peregrina—. La ausencia de vida social tiene esa ventaja, ¿sabéis? Dispongo de tiempo para pensar y sentir. Cuanto menos se existe hacia fuera, más se cultiva el espíritu... Y he llegado a conclusiones que pueden resultaros útiles.

—¿Sobre el espíritu?

—No, sobre el miedo. Es un impulso poderoso, de eso no hay duda. Mas, debidamente encauzado, no solo no os destruirá, sino que os hará más fuerte.

—No veo cómo, la verdad.

—Miradlo de frente. No le deis la espalda. Aprended a convivir con él, a sentir en vuestro interior el orgullo de domeñarlo, a crecer con cada día que pasa sin que cedáis a la tentación de huir, ya sea quitándoos la vida o de cualquier otro modo ruin. El miedo mal encauzado paraliza. El que se doblega a nuestra voluntad nos convierte en héroes y heroínas. Es verdad que las canciones de gesta hablan únicamente de ellos, pero nosotras somos tan valientes como cualquiera de los protagonistas de esas historias, creedme. Todas llevamos dentro una guerrera invencible.

—¡Ojalá fuese cierto!

—Lo es. Os lo digo yo, que llevo veinte años luchando contra mi suerte. Confío en la misericordia de Dios. He pedido con devoción un milagro y aún espero que se obre. Pero de no ser así, no pienso rendirme. Me enfadaré cada vez que alguien me insulte con su actitud, pero no me dejaré humillar. Son dos cosas muy distintas.

—¿Y qué hago con esta angustia, cómo me sobrepongo a la tristeza?

—Recurriendo al coraje y a la fe. Debéis ser valerosa, querida. Yo os ofrezco mi mano, mi casa y mi amistad, si eso os sirve de acicate para seguir adelante.

Braira la abrazó con todo el vigor que le quedaba. ¿Por qué se sentía tan próxima a esa mujer que acababa de conocer? ¿Qué era lo que las hermanaba, aparte de su lengua común?

Ambas estaban unidas por la experiencia de un dolor lacerante y ambas eran seres solitarios, obligados a refugiarse en sí mismos de los avatares de un destino caprichoso. Las bendecía, eso sí, una inteligencia poco común, unida a una voluntad férrea. Y habían tenido la fortuna de encontrarse.

Desde el primer momento la occitana omitió conscientemente cualquier referencia al tarot. Hacía muchos años que esa herramienta le había abierto toda clase de puertas al precio de condicionar definitivamente sus vínculos con las personas a las que había accedido de ese modo. Sus amigos auténticos, no obstante, quienes la habían querido de verdad, siempre habían estado al margen: sus padres, su hermano, Gualtiero, su hijo Guillermo, doña Alzais y don Tomeu Corona...

Las cartas creaban lazos de dependencia interesada y ella deseaba mantener una relación pura con Inés. Una amistad sin otro fin que el contenido en la palabra misma. Por eso se dejaba deliberadamente en su habitación la baraja guardada en su estuche de plata cada vez que iba a buscar a la aragonesa al otro extremo de la hospedería en la que se alojaban las dos, acuciada por la necesidad de charlar.

Fueron conversaciones intensas, alguna vez placenteras y casi siempre sinceras, trufadas de largos silencios. Una experiencia prácticamente inédita para Braira, que por una u otra razón había sobrepasado con creces los treinta años sin conocer el sencillo pero inmenso placer contenido en el encuentro con un alma femenina parecida a la suya. Un alma que percibió desde el principio como un refugio siempre abierto, y a la que se acercó con humildad, dispuesta a entregarse a fondo.

El tiempo volvió a fluir con naturalidad, aunque no iba a tardar mucho en estancarse de nuevo.

Una tarde, transcurridas apenas tres semanas desde que se conocieran, Inés le anunció, apenada, que se iba.

—Ramón ya no aguanta más aquí. El patriarca no levanta el interdicto y los negocios le apremian para volver a casa. Mañana partimos hacia Haifa, donde embarcaremos en un buque veneciano.

—Voy a echaros mucho de menos —le confesó Braira, que seguía sin noticias de su familia y había encontrado un gran consuelo en esa mujer extraordinaria.

—Ya os he dicho que nuestra casa en Barbastro es vuestra. Siempre seréis bien recibida allí.

—Lo mismo os digo de Girgenti, en Sicilia. Tal vez no sea igual de rico, pero es un paraje de gran belleza. ¡Seguro que os encantaría!

—En algún lugar volveremos a vernos, no lo dudo. Hasta entonces no olvidéis lo que hemos hablado. ¡Sed fuerte!

—Rezaré para que Dios obre el milagro que le habéis pedido.

—Y yo para que regresen pronto vuestro hijo y vuestro esposo.

Al besar la mejilla deforme de su amiga, Braira no sintió asco; ni siquiera rechazo. Solo amor. Un cariño agradecido tanto a ella como a la vida, que la rescataba de su naufragio mediante esa preciosa tabla de salvación.

Esa mujer excepcional, cuyo rostro era la antítesis de su esencia, hacía del mundo un lugar más habitable. ¿Habría muchas como ella en Barbastro? ¿Las habría en Sicilia? No, no creía que las hubiera. De ahí que Inés permaneciera en su recuerdo en el espacio reservado a quienes constituían un don merecedor de ser conservado, cerca de Guillermo y de Gualtiero.

El emperador no la había mandado llamar en todo ese tiempo. Estaba muy ocupado visitando la ciudad, y toda Jerusalén se hacía lenguas de la escandalosa conducta que había exhibido en los santuarios mahometanos, donde su cinismo había llegado a ofender a católicos y muslimes por igual.

En la Cúpula de la Roca, a la que acudió en compañía de uno de sus preceptores árabes, experto en filosofía, se fijó en las rejas de las ventanas y preguntó cuál era su objeto.

—Son para impedir el paso de los gorriones —le contestaron. A lo que él replicó, empleando el término despectivo con el que los sarracenos se referían a los cristianos:

—Dios os ha enviado ahora cerdos.

Aquel comentario, y otros de corte similar, no hicieron gracia a nadie. Si pretendía congraciarse con los seguidores de Alá, cuya cultura admiraba sinceramente, había equivocado el camino. Ellos podían respetar a un adversario fiel a sus propias creencias, pero nunca a un hombre sin religión, que era lo que parecía ese rey sacrílego.

Su aspecto, por otra parte, tampoco resultaba admirable a ojos de los lugareños. Según el rumor que circulaba por los bazares, en el mercado de esclavos no habría valido más de doscientos dírhems, con la piel quemada por el sol, su incipiente calvicie, una estatura mediocre y esa vista deficiente que le obligaba a fruncir el cejo constantemente.

No, no había caído en gracia ni a propios ni a extraños, lo que irritaba profundamente a su orgullo.

—¡Ingratos! —se repetía a sí mismo a toda hora.

Puesto que no merecían su presencia, les privaría de ella.

Le habían llegado noticias alarmantes de los estados italianos, donde las tropas del papa, encabezadas por su suegro, Juan de Brienne, habían invadido la parte peninsular de Sicilia. El viejo guerrero se cobraba al fin la venganza, poniendo en peligro la integridad de su feudo más querido. Era tiempo de volver y enfrentarse a su adversario.

Cuando Braira supo que se marchaban, fue ella quien pidió ser recibida en audiencia por Federico.

—¿Es cierta la noticia que corre de boca en boca, majestad? —le interpeló con el mínimo de cortesía admisible—. ¿Regresamos a Europa?

—Así es. Graves asuntos me reclaman allí.

—¿Y qué hay de los que faltan? —insistió ella, desesperada.

—Como ya te he explicado en más de una ocasión —añadió él, evidenciando su impaciencia—, los intereses del reino están muy por encima de los intereses personales. Lamento la pérdida de Gualtiero tanto como tú. Era uno de mis mejores capitanes, pero no significa nada en comparación con la liberación de Jerusalén o la guerra en Sicilia. ¿Es que no lo comprendes? Hazte a la idea y olvídale. Ya te buscaré otro marido.

—Vos dijisteis, señor —recordó Braira, sollozando—, que escribiríais al sultán, que habría un canje de prisioneros...

—Y así lo hice. Yo siempre cumplo mi palabra. Al Kamil me contestó que no sabía nada de nuestro hombre y, en efecto, no estaba entre los últimos liberados. Sin embargo, uno de ellos, por el que se pagó rescate, aseguró haber visto a tu esposo y a tu hijo con vida.

—¡¿Cómo no me lo habíais contado?!

—Tengo otras preocupaciones, aunque te pido disculpas —rebajó el tono el rey, acaso conmovido por la desolación de su dama—. Es verdad que debería haber enviado a alguien a informarte de ello, pero lo cierto es que se me pasó. ¡Me abruman los problemas!

—¿Puedo hablar con ese soldado?

—Me temo que no. Llegó prácticamente agonizante

por el largo periodo de esclavitud sufrido a manos de los sarracenos de Persia, y murió en el hospital de los frailes en cuya casa nos alojamos. Según mis noticias, apenas tuvo tiempo para relatar, entre estertores, que se había cruzado en el camino de regreso con dos cautivos que, por la descripción que hizo, bien pudieran ser Gualtiero y Guillermo. Los llevaba hacia el este una partida de guerreros orientales que, con toda probabilidad, fue la que los atacó.

—Os suplico... —Se hincó de rodillas Braira.

—¡Levántate, mujer! —le ordenó Federico enérgico, tendiéndole la mano—. Y haz honor a tu sangre noble. Debes sobreponerte. Regresamos con urgencia a Sicilia, donde voy a librar contra el pontífice una batalla a muerte para la cual necesitaré el consejo de tus cartas. Así son las cosas. Podrás conservar el feudo que entregué a tu esposo o, si lo prefieres, casarte de nuevo. Lo dejo a tu elección. Ahora prepara el equipaje, pues mañana mismo partimos hacia Acre.

Estaban vivos, Gualtiero y Guillermo seguían vivos, tal como le aseguraban el emperador y el corazón. En algún lugar de esa tierra más martirizada que bendita, sus dos amores respiraban el mismo aire, veían el mismo sol... A esa noticia se aferraría para seguir adelante. La empuñaría con fuerza para vencer sus temores. Si ellos seguían vivos, ella también viviría.

Acre era un hervidero de descontento. Los barones locales se sentían ultrajados por la conducta de ese monarca incapaz de respetar ni sus leyes ni las de la Iglesia. El pueblo llano le reprochaba su irreverencia. Las órdenes militares, su desafío abierto al papa.

Ante un conato de insubordinación, el rey tuvo que poner guardias en las puertas de la ciudad, además de mandar a sus tropas acordonar el palacio del patriarca y el cuartel general de los templarios. Se habría llevado con gusto, encadenado, al gran maestre de esos monjes que habían conspirado contra él, pero este se hallaba demasiado bien protegido dentro de su fortaleza de Athlit.

La fortuna parecía haberle dado la espalda. Lo mejor era partir sin tardanza y conformarse con la tregua de diez años arrancada mediante argucias al sultán. Mucho mejor eso que nada. ¿Por qué no lo comprendían sus súbditos?

Pretendía embarcar discretamente, antes del alba, después de llegar a un acuerdo de mínimos con los principales representantes del reino sobre la identidad del regente y otras cuestiones de gobierno, pero quiso el destino que su fuga se frustrara. Al atravesar el barrio de los carniceros en dirección al puerto, fue reconocido por la plebe, que al percatarse de la maniobra le arrojó a la cara lo que tenía a mano: vísceras de animales y estiércol, mientras le llenaba de insultos. Ni toda su guardia sarracena logró impedir que llegara finalmente a la galera cubierto de sangre mezclada con excrementos, que tardaron una eternidad en ser limpiados de su orgullo.

Braira no pudo evitar alegrarse de ese escarnio.

XXXV

El viaje de regreso se le hizo a Braira más penoso que cualquiera de los anteriores. A la angustia de siempre se unía en este caso la ausencia de alicientes para querer llegar, al igual que el martilleo constante de la memoria, empeñada en recordarle el relato que había oído contar tiempo atrás, en el palacio de la Aljafería, a ese cautivo aragonés a quien don Pedro, apiadado, terminó por donar el importe íntegro de su rescate: «Una década interminable ha transcurrido —había dicho aquel desdichado de mirada nublada— sin que haya podido hacer nada por liberar a los míos de tanta miseria como hemos sufrido: cadenas, prisión, hambre, sed y otros muchos tormentos que por pudor omito».

¡Diez años! ¿Pasarían diez años antes de que lograra ella reencontrarse con Gualtiero y Guillermo? ¿Sobrevivirían ellos a semejante prueba? ¿Qué clase de tormentos serían esos que el viejo, por pudor, omitía describir?

La mente no le daba tregua ni de noche ni de día. Cuanto más se empeñaba en borrar esos pensamientos, más vigor cobraba su asalto, retorciendo y envileciendo la naturaleza de lo que imaginaba. ¡Lo que habría dado por poder descansar, olvidar, dormir y no despertarse!

Federico tampoco gozaba de paz, aunque sus motivos eran distintos. Estaba impaciente por llegar a sus dominios e iniciar la reconquista del territorio que, según las noticias de que disponía, le había ganado su suegro en Apulia por encargo del pontífice.

—¡Intolerable! —se decía a sí mismo en voz alta—. Esta es una afrenta intolerable, que van a pagar muy cara.

Y así recorría la galera a grandes zancadas, de popa a proa y vuelta a empezar, como un león enjaulado, volcando su ira sobre quien tuviera la desgracia de cruzarse en su camino.

Necesitaba acción y la necesitaba rápido.

—¿Qué nos augura el futuro inmediato?

A falta de otro entretenimiento mejor, había pedido esa mañana a su dama que le leyera el tarot. Ella, sumisa y gélida, estaba sentada ante él, con la cabeza ligeramente inclinada hacia abajo, dispuesta a cumplir con el ritual conocido. La tristeza la había dejado reducida a la piel y los huesos además de marcar su rostro con profundos surcos. Había hecho tal mella en su físico que ya no inspiraba al monarca el menor deseo carnal. Sentía hacia ella, eso sí, cierto afecto, similar al que le inspiraban los animales de su zoológico. Y apreciaba su consejo. No estaba a la altura de otros doctos invitados de su corte, cuyo saber no tenía precio, pero sus pronósticos solían cumplirse, lo que le otorgaba un valor considerable a sus ojos.

Sí, decididamente aquella mujer ya no era la belleza que llegó a ser en su día, aunque seguía resultándole útil. Merecía la pena tenerla cerca.

—Escoged un naipe de la baraja, señor.

—¿Solo uno?

—Si lo que deseáis saber es únicamente lo que os tiene reservado la suerte a corto plazo, con uno basta.

—Muy bien —asintió él, rebuscando entre las cartas dispuestas boca abajo—. Este mismo.

Y destapó el Sol, un astro rey gigantesco, de rostro humano, sereno, que proyectaba sus rayos amarillos y rojos en forma de gotas de calor sobre dos criaturas infantiles, semidesnudas y juguetonas, situadas ante un muro de ladrillos.

—Es un buen augurio, majestad —afirmó Braira, muy a su pesar, pues habría preferido desvelar un destino sombrío.

—Explícate mejor —ordenó Federico.

—El Sol os invita a tener confianza en vos mismo, pues el conflicto que os enfrenta al papa se resolverá muy pronto.

—¿Quieres decir que le derrotaré?

—Más bien que acabaréis por encontraros. Estos niños —los señaló con su dedo índice— hablan de fraternidad, del placer que proporciona la amistad y las ventajas que reporta, por muchas barreras artificiales que nos empeñemos en levantar ante nosotros con el fin de protegernos de posibles desengaños.

—Dudo mucho que Gregorio y yo lleguemos a ser amigos —rebatió el emperador excomulgado.

—Es lo que afirma el tarot —insistió ella—. Yo solo lo leo para vos. Os aguardan tiempos alegres, vitalidad, buena salud y, sobre todo, paz con justicia; el mayor de los tesoros que puede anhelar un gobernante.

—Hasta ahora no me has fallado —la despidió él, satisfecho—. Ojalá tengas razón también en esto.

—Una cosa más, señor —aprovechó la ocasión Braira.

—¿Qué hay? —se impacientó el soberano.

—No os olvidéis de Gualtiero...

—Eres tú quien debería olvidarle de una vez —replicó Federico, elevando la voz—. Ya te he dicho que no hay nada que podamos hacer por él. Es más, seguramente a estas horas esté muerto.

—Está vivo —dijo ella con firmeza.

—¿Cómo lo sabes?

—Del mismo modo que supe que seríais coronado emperador y ahora sé que alcanzaréis un acuerdo con el papa. Me lo dicen las cartas, pero sobre todo me lo confirma el corazón. Sé que él y Guillermo están vivos. Los siento a ambos dentro de mí. No los abandonéis, os lo ruego.

—Acepta lo sucedido con resignación, Braira —le aconsejó el rey, moderando el tono hasta el punto de mostrarse afable—. Cuanto antes lo hagas, antes dejarás de sufrir.

—Jamás me resignaré a perderlos —le espetó ella desafiante—. ¡Nunca! Y me gustaría pensar que tampoco lo haréis vos.

Los vaticinios de la cartomántica se cumplieron exactamente en los términos que ella había predicho.

Tras infligir el rey varias derrotas militares al campeón del papa, se entablaron conversaciones que culminaron con un armisticio satisfactorio para ambas partes. El emperador se comprometió a devolver a los templarios y hospitalarios todos los bienes que les había confiscado en Sicilia, como castigo por su manifiesta hostilidad en Tierra Santa, así como a respetar los privilegios de la Iglesia en su feudo, sin interferir en modo alguno en sus asuntos. Gregorio, a su vez, levantó la excomunión.

Federico volvió a ser el hijo bienamado de la Iglesia. Llegaba a su fin el año 1230 de Nuestro Señor.

Braira siempre había tenido tendencia a estar sola, más como consecuencia de las circunstancias de su vida que por vocación, lo que nunca le había impedido entregarse sin reservas a las personas que la fortuna iba poniendo en su camino con el fin de paliar esa soledad. En el momento actual ese refugio se llamaba Bianca Lanza; una joven adorable, tan necesitada de cariño como ella misma, a la que visitaba con frecuencia.

Tenía Bianca a la sazón quince años recién cumplidos, una hija aún en mantillas, bautizada como Constanza en honor a la reina difunta, pupilas de esmeralda y una boca sensual, de labios gruesos, que parecía dibujada para besar.

Era la amante favorita de Federico.

La había conocido el rey antes de marchar a Tierra Santa, cuando ella acababa de alcanzar la pubertad, e inmediatamente se había prendado de su cuerpo jugoso, apretado, similar a los de las modelos de los escultores griegos. Luego había descubierto en ella la ingenuidad de una niña de origen humilde deslumbrada por su grandiosidad, lo que había terminado de seducirle hasta la médula. ¿Podía existir algo más gratificante que la admiración ilimitada que leía en esos ojos, aunque fueran ojos adolescentes?

El emperador no era, sin embargo, lo que se dice un hombre generoso en sus afectos, motivo por el cual la muchacha pasaba la mayor parte del tiempo recluida en la residencia que le había asignado el monarca, rodeada de lujos y carente de compañía. De ahí que Braira compartiera con ella a menudo lánguidas tardes de costura, paseos junto al mar y recuerdos de su pasado venerados como reliquias.

Bianca se parecía cada día más, en cierto modo, a la hija que no había visto crecer y que le habían robado. Por eso se había tragado la cátara sus escrúpulos de conciencia aceptando amadrinar a la pequeña Constanza, lo que la había obligado a mentir una vez más ante Dios y los hombres frente a la pila bautismal en el momento de pronunciar los correspondientes votos de fidelidad a la Iglesia católica.

Tal como había prometido a Gualtiero, su secreto les pertenecía únicamente a ellos. ¿A quién ofendía ella con ese gesto? El amor, quería creer la hereje, era la base de todo. La piedra angular de cualquier religión. El único requisito indispensable para acercarse al cielo. Y amor era precisamente lo que la ligaba a esa criatura a la que miraba con ojos de abuela.

—Un... un hombre solicita veros —informó un lacayo a Braira, que a la sazón acababa de regresar de visitar a su amiga y tañía una melodía melancólica en el laúd, recluida en sus aposentos de palacio.

—¿De quién se trata? —preguntó ella con indiferencia, pues apenas mantenía relaciones con los componentes de esa corte, ahora ya completamente extranjera, de quienes se sentía infinitamente distante tanto por educación como por forma de ser.

—Dice llamarse Bernardo de Saverdún.

—No le conozco.

Dando por zanjada la interrupción, volvió a su instrumento, con el rostro vuelto hacia la ventana, mientras dejaba bailar la mente al mismo ritmo perezoso que marcaban las cuerdas.

—Perdonad, mi señora —insistió el lacayo con un carraspeo, irrumpiendo en sus pensamientos.

—¿Qué hay para que me importunes de ese modo? —se irritó ella—. Ya te he dicho que no conozco al hombre de quien me hablas.

—Es que lleva todo el día esperando a las puertas de la fortaleza. Los guardias no lo han dejado pasar, porque su aspecto no es precisamente el de un caballero, pero no hay forma de que se marche. Ni siquiera bajo la amenaza de enviarle al calabozo. De ahí que me hayan enviado a daros el recado. Os pido disculpas por mi insistencia. Si queréis que sea despachado, por supuesto, los soldados se encargarán de hacerlo ahora mismo.

—¡Espera! —le detuvo ella, que había sido extranjera en tierra extraña con harapos de mendiga.

—Se me olvidaba —dijo de repente el lacayo, llevándose la mano izquierda a la frente en señal de reproche por su mala cabeza—. Dice venir de un lugar llamado Montsegur.

—¡Hacedle pasar inmediatamente! —ordenó Braira, mientras el pulso se le disparaba.

Al poco, se presentaba ante ella un hombre más o menos de su edad, con calzas y bragas deshilachadas, pellote raído, camisa sucia, al igual que el resto de su persona, a guisa de equipaje un hatillo, del que se había negado a desprenderse, y una actitud elegantemente digna en la que reconoció, de forma inequívoca, a un componente de la nobleza occitana que había frecuentado en su infancia.

Le recibió con una sonrisa abierta.

—Disculpad la tardanza en recibiros y pasad, os lo ruego, consideraos en vuestra casa. ¿Es cierto que venís de Montsegur?

—Así es —respondió su invitado, expresándose en la lengua de oc que casi había llegado a olvidar ella—. Os traigo la bendición de vuestra madre, que fue quien me habló de vos.

Braira sintió que un torrente de emociones se le venía encima, inundándole los ojos. De pronto, cuando todo a su alrededor se desmoronaba, cuando el mismo Dios le daba la espalda, sordo a sus súplicas, cuando su mayor y casi única alegría era poder tener en los brazos a la pequeña Constanza, engendrada por ese monarca despiadado al que se veía obligada a servir... aparecía ese fantasma de un pasado casi irreal para rescatarla de la noche.

—¿Cómo está mi madre? —inquirió ansiosa.

—Mabilia estaba bien de salud cuando partí del castillo, hará algo más de tres meses. La casa en la que habita junto a otras perfectas tiene ahora más residentes que nunca, porque la ciudadela está atestada de refugiados, pero ellas comparten con todos su pan, que de momento no falta.

—¡Gracias sean dadas al Señor! Habladme de ella, por favor. ¿Es feliz? ¿De qué modo supo deciros dónde encontrarme?

—Creo que está en paz consigo misma y con Dios —respondió Bernardo, tras un instante de reflexión—. Sí, a juzgar por su actitud, yo diría que es una mujer serena, colmada, que afronta la muerte sin miedo.

—¡Afortunada ella! —se congratuló sinceramente Braira.

—Perdonad mi descortesía —añadió el recién llegado—, pero hace días que no como. ¿Tendríais la bondad de darme un plato de sopa? Me da vergüenza pedirlo...

—Soy yo quien se avergüenza de no habéroslo ofrecido. ¡Menuda hospitalidad la mía!

Abrió la puerta, llamó a un criado e hizo traer empanadas de ave, morteruelo, capón relleno, lonjas de queso y buñuelos; una parte del menú previsto para la cena del emperador, regado todo ello con un buen vino de su bodega.

El de Saverdún, que evidentemente no era un perfecto asceta, rezó una breve plegaria de agradecimiento por los alimentos recibidos, comió con apetito de todos los platos y bebió un par de vasos de tinto rebajado con agua, que le devolvieron el color.

Tras ponderar la bondad de su anfitriona, continuó con su relato.

—En cuanto a cómo supo doña Mabilia dónde encontraros, creo que fue a través de vuestro hermano, quien le escribió hace años dándole razón de vos. Se congratuló mucho al leer que estabais felizmente casada con un caballero del Reino de Sicilia próximo al soberano. ¡Cómo festejó la noticia! Fue tan ruidoso su júbilo que toda Montsegur lo celebró con ella.

—Siempre fue una persona risueña —comentó Braira emocionada, sin entrar en detalles sobre el giro trágico que había dado su vida desde entonces—. Ahora decidme. ¿Qué puedo hacer por vos?

—Nuestra fe cátara es perseguida con saña en toda Occitania —informó el visitante a modo de explicación de lo que se disponía a pedir—. Quedan todavía algunos enclaves seguros, como el que acoge a vuestra madre, pero son cada vez menos y sufren un acoso constante. Desde que el rey francés, Luis, se hizo con el poder sobre nuestra tierra, las cosas han ido de mal en peor.

—¿Simón de Monforte es ya señor de toda la región? —inquirió Braira, dando por segura la respuesta.

—Él murió, aunque su muerte no cambió nada —replicó Bernardo—. Sin la protección del soberano de Aragón, don Jaime, que nada quiere saber de nosotros, estamos vendidos.

—¿Cómo fue el final del conde? —quiso saber ella, que había sufrido en carne propia la maldad del León de la Cruzada y se congratulaba de saberle finalmente castigado por sus muchos desmanes.

—Le mató una pedrada en la cabeza durante el asedio de Tolosa, hará algo más de diez años. Acudía en auxilio de su hermano Guy, herido por una saeta, cuando le alcanzó en pleno yelmo un proyectil lanzado desde la ciudad por una catapulta que servía un grupo de mujeres bravas. Cayó fulminado al instante.

—¡Bien hecho! —exclamó Braira desde las entrañas.

—Le sucedió su hijo, Amalrico —siguió contando el albigense, algo escandalizado ante la falta de caridad de la dama—, que carecía del talento de su padre. Pero salimos del fuego para caer en las brasas, pues el soberano de Francia, que es quien gobierna ahora, no es mejor que él y ha conseguido someter al conde Raimundo, quien le rinde pleitesía públicamente tras haber hecho penitencia.

—No cabía esperar otra cosa de él...

—Lo cierto es que estamos desamparados. Los que no se convierten y cumplen la penitencia de rigor acaban condenados. Nadie se atreve a darnos amparo. Yo mismo escapé por los pelos de varias hogueras antes de llegar a Montsegur. Habría podido quedarme allí, como han hecho otros muchos, pero sé que más tarde o más temprano también conquistarán esa plaza y no me resigno a morir.

—Tampoco en Sicilia estamos seguros —dijo Braira, bajando la voz—. No creáis que estoy en una situación mucho mejor que la vuestra. Aquí nadie conoce mi fe ni puedo yo desvelarla, pues el emperador ha dictado leyes implacables contra los herejes, a quienes considera traidores no solo a Dios, sino a su persona.

—Dicen, sin embargo —le rebatió su huésped—, que algunas ciudades septentrionales, y en particular Milán, reciben sin problemas a los cátaros que disponen de medios para sustentarse...

—¿Y no es vuestro caso?

—He gastado todo lo que tenía para viajar hasta aquí —confesó Bernardo—, animado por las palabras de aliento de doña Mabilia, con la esperanza de recibir vuestra ayuda. Si pudierais...

—No es mucho lo que estoy en disposición de daros, pues mi marido y mi hijo se hallan cautivos de los sarracenos.

—Olvidad, en ese caso, todo lo que he dicho —se apresuró a retroceder el cátaro, con ademán caballeresco—. Tal vez debáis pagar su rescate. Ya buscaré yo otra forma de llegar hasta Milán. No os preocupéis. He salido de trances peores.

—No abandonaré a un hermano de fe enviado por mi madre —le tranquilizó su anfitriona—. Aunque, como os digo, el momento no sea el mejor...

En ese instante irrumpió en la estancia Aldonza, gritando como una loca.

—¡Al fin os tengo arpía, bruja, embustera! —le escupió a Braira cual furia, con el rostro contraído por la ira y la melena canosa revuelta—. ¡Estaba persuadida de que no erais trigo limpio! Lo supe desde el primer momento, cuando os vi embaucar a la reina y a mi señor Federico con esas diabólicas cartas vuestras. Ahora tengo la prueba.

—Sosegaos, aya —trató de calmarla la dama, preguntándose con temor qué parte de la conversación habría escuchado la anciana—. Creo que estáis confundida...

—La confundida sois vos si pensáis que vais a volver a libraros —replicó Aldonza, algo más tranquila, aunque con los ojos inyectados en sangre a causa de su odio—. Escapasteis a la tarántula y al veneno que vertí en vuestro plato, pero se os acabó la suerte. Cuando el emperador sepa que sois una hereje, que os jactáis de profesar la fe de los cátaros, se dará cuenta de que ha estado ciego ante vos, sometido a vuestro hechizo. —Se santiguó—. Él es un buen cristiano, a pesar de sus diferencias con nuestro santo padre; bien lo sé yo, que le enseñé a rezar de niño. Preparaos para pagar por todo el mal que habéis hecho.

Braira estaba atónita ante lo que acababa de oír. Era esa vieja aparentemente inofensiva, esa mujer callada, abnegada, sometida, la que había intentado matarla en dos ocasiones y amenazaba ahora con denunciarla al rey.

No habían sido accidentes después de todo. Si ella estaba viva, si había escapado a las garras de esa demente, era únicamente gracias a las sospechas de doña Constanza, que la salvó enviándola lejos, convencida de que alguien la aborrecía hasta el extremo de atentar contra su vida. Y ese alguien era la niñera de Federico. Ella era la responsable de todas las desgracias padecidas durante su embajada en Occitania. La que había arruinado su inocencia. La mano negra responsable de amargar buena parte de su existencia.

Lo que no alcanzaba a comprender era el motivo de esa fiera inquina.

Más incrédula que asustada, incapaz de digerir de golpe todo lo que suponía esa confesión de culpa por su parte, preguntó a la mujer que la observaba desafiante:

—Si eso es lo que pensáis de mí, ¿por qué no me denunciasteis a nuestro señor desde el primer momento? ¿Cómo os atrevisteis a erigiros en juez y verdugo a la vez?

—Él cayó bajo vuestro influjo malvado desde que os vio descender de la galera y no me habría creído. ¡Pobre criatura! ¿Quién sino yo iba a protegerle de vos? Le enredasteis con vuestros ardides arteros hasta convertirle en vuestro títere. Cayó inerme en vuestras redes, aunque eso ya se acabó.

—¿Por qué hacéis esto? —se sorprendió la acusada, realmente sobrepasada por la hiel corrosiva que destilaban las palabras de Aldonza, cuya mente enferma parecía haber urdido una explicación demencial a todo lo ocurrido a su señor en los últimos veinte años—. ¿Por qué me odiáis de esta forma? ¿Qué mal os hice yo?

—¿Y tenéis la osadía de preguntarlo?

—No conozco la respuesta.

—Me robasteis a aquel a quien más quería. Le sometisteis a vuestro influjo maligno. Como si no hubiera habido suficientes magos en esta corte, practicasteis con él los ritos diabólicos que encierran vuestros dibujos hasta hacerle depender de vuestra voluntad. Le hechizasteis...

—Todo eso es falso. Estáis celosa sin motivo. Yo no ejerzo ni he ejercido jamás influencia alguna sobre nuestro soberano, ni mucho menos he buscado su afecto, que siempre os ha pertenecido.

—¡Le pervertisteis! —añadió implacable el aya, que llevaba una eternidad esperando ese momento—. Y cuando os pedí que emplearais vuestro poder para salvar a doña Constanza, os negasteis. La dejasteis morir a propósito, para seducir con vuestra lascivia a mi niño adorado.

—¡Estáis delirando! —se defendió Braira dolida—. Nada pude hacer yo por ayudar a la reina, por más que hubiera querido. Sabe Dios cuánto amaba a doña Constanza...

—¡No nombréis a Dios en vano, sacrílega!

—Juro por su Santo Nombre que cuanto afirmáis es mentira —rebatió la acusada, desafiante.

—¡Basta de palabrería! Este criado —dijo, mandando entrar al que había servido la comida— y yo misma os oímos confesar a vuestro invitado que profesáis una religión herética. Llamasteis «hermano» a este hombre —señaló a Bernardo—. Os reconocisteis cátara. Cuando se entere su majestad... ¡Que Jesucristo se apiade de vuestra alma condenada!

Tanto Braira como su visitante sabían que la mujer tenía razón. Por mucho que el rey apreciara a su dama del tarot, una acusación semejante, presentada por una persona tan respetada por él como Aldonza y respaldada por otra voz, no podría ser ignorada. A poco que se indagara la procedencia del extranjero, la suerte de ambos estaría echada sin que pudieran hacer nada por evitar lo peor.

No habían transcurrido más que unos instantes cuando dos guardias armados, con cara de pocos amigos, se plantaron ante la puerta a fin de impedirles salir. Una demostración palmaria de que la denuncia presentada por la anciana había producido el efecto deseado. Mientras Bernardo se ponía a inspeccionar los ventanales en busca de vías de huida, acuciado por la necesidad de moverse, Braira se sumió en un profundo silencio. Había llegado al final y necesitaba hacer acopio de fuerzas para afrontarlo con honor.

A la mañana siguiente, tras una noche de pesadilla, comparecieron los acusados ante el emperador.

—Se ha presentado contra ti una imputación muy grave —le dijo el soberano a Braira, sin prestar la menor atención al hombre que la acompañaba—. Me cuesta creer que sea cierta, pero las pruebas hablan en tu contra.

—Soy inocente, señor —respondió Braira, tratando de sonar convincente, en la certeza de que no le quedaba otra salida que negar la evidencia.

—Es tu palabra contra la de Aldonza —insistió el monarca, profundamente molesto por verse obligado a dirimir ese asunto.

—Ella yerra, mi señor —alegó la occitana—. Sin mala intención, por supuesto, aunque demostrando una ligereza de juicio impropia en circunstancias tan graves. Ha debido confundirse. Con la edad se pierde agudeza en el oído, a lo que hay que añadir que nunca ha sentido hacia mí una gran simpatía...

—¡Dejad que se sometan al juicio de Dios! —tronó entonces la voz de Aldonza desde el otro extremo del salón de audiencias—. Que sea Él quien decida cuál de las dos dice la verdad.

Y un murmullo de aprobación se extendió entre los presentes.

Federico no podía negarse. Por más que repugnara a su raciocinio imponer a Braira semejante prueba, el testimonio de Aldonza y del criado revestían tal contundencia que prescindir de ellos habría puesto en duda su imparcialidad.

Acababa de reconciliarse con el papa, cuya enemistad resultaba letal para sus intereses. Necesitaba el pleno respaldo de la Iglesia en su enfrentamiento con las ciudades rebeldes de la Liga Lombarda, capitaneadas precisamente por Milán. Se autoproclamaba Espada de Cristo y principal protector secular de la institución fundada por Pedro. Él mismo había dictado, no hacía mucho, leyes estrictas contra los herejes, sin pensar ni por un instante que una de ellas pudiese formar parte de su entorno íntimo y estar aconsejándole sobre los asuntos más delicados de su acción de gobierno. Tenía las manos atadas.

Lo mirara por donde lo mirara, solamente le quedaba una opción: acceder a lo que demandaba Aldonza. Por eso proclamó, solemne:

—¡Sea! Se someterán a la ordalía del fuego.

Dos pilas de leña seca, de unos tres pies de altura por treinta de largo y dos de fondo, fueron colocadas sobre la marcha en el patio de armas, dejando un estrecho pasillo entre ellas.

El aya exultaba de gozo al ver cómo los guardias conducían a su enemiga y al correligionario de esta hacia su fin, convencida de que no superaría el trance. Braira, a su vez, se esforzaba por contener el terror que le atenazaba las entrañas y controlar el temblor de su cuerpo, dirigiendo miradas suplicantes a Bernardo. Este parecía algo más sereno, seguramente por haber sobrevivido a experiencias similares con anterioridad, cuando todo parecía perdido, o acaso por la fortaleza inquebrantable de sus creencias. Pero ella no tenía la menor esperanza.

Toda la corte se fue congregando a ambos lados del siniestro escenario preparado para la ordalía, atraída por la originalidad del espectáculo. ¡No todos los días era posible presenciar una cosa semejante! Las ejecuciones de reos sí eran algo común, aunque vulgar, destinado a satisfacer los bajos instintos del populacho. Lo que iba a ocurrir ante sus ojos, por el contrario, estaba revestido de espiritualidad, en la medida en que era nada menos que la mano del Altísimo la que inclinaría la balanza de la justicia. ¡Un acontecimiento realmente excepcional!

Había comentarios para todos los gustos.

—Con lo modosa que parecía...

—Y su pobre marido cautivo en tierra de infieles.

—Es apuesto el caballero que la acompaña. Tal vez todo se reduzca a un asunto de lo más mundano.

—¡Caray, no digas eso! ¿No ves la cara de susto que lleva?

—Para mí que es una bruja.

—Pues arderá en el infierno.

—Ya decía yo que ese juego suyo no podía traer nada bueno.

—Sea como sea, esto es muy emocionante...

A la derecha del emperador se situó el obispo de Palermo, acudido a toda prisa a caballo desde el vecino palacio episcopal con el fin de emitir un veredicto definitivo en la interpretación de los resultados. A su izquierda, Federico quiso colocar a Miguel Escoto, cuyo criterio seguía teniendo en la más alta estima a pesar de haber alcanzado el astrólogo una edad muy avanzada. Alrededor de ellos, formando corrillos, se agruparon buena parte de los magnates del reino, discutiendo acaloradamente sobre el desenlace del juicio divino.

Eran escasas las opiniones que daban alguna posibilidad a la cátara. En realidad, nadie se atrevía a hacerlo. Los más piadosos se limitaban a murmurar:

—¡Pobre mujer!

Cuando todo estuvo dispuesto, el rey mandó que se prendieran las hogueras. Uno de los soldados que custodiaban a Braira trató de empujarla hacia su interior, pero desistió de su empeño al ver que el otro hereje se lanzaba con arrojo a las llamas, sin necesidad de ser arrastrado a ellas.

El cátaro no pudo evitar un primer aullido de dolor. Mordido por las lenguas de fuego, que más parecían colmillos, gritó con toda el alma, aunque siguió adelante. Justo después de ver arder su propio cabello, como si de una aureola se tratara, perdió prácticamente la visión, a la vez que la capacidad de emitir sonidos, y aun así, continuó avanzando.

Braira le miraba estupefacta. ¿Cómo podía ese hombre mantenerse en pie e incluso caminar convertido en una antorcha? ¿Se mostraría Dios tan clemente con el fin de premiar su fidelidad a la religión en la que había sido educado? ¿Tendría él una resistencia fuera de lo común? ¿Saldría vencedor de la ordalía? En cualquier caso, se dijo, ella no superaría la prueba. Ni su capacidad de aguante era comprable a la que demostraba el amigo de Mabilia, ni había sabido ella mantenerse firme en la fe. Ni en la de sus padres ni en la de su hijo. No, ella no salvaría el pellejo. Era demasiado cobarde.

La resistencia sobrehumana del reo acalló todas las voces. Al cabo de un tiempo que se hizo interminable, en medio de un sepulcral silencio, Bernardo llegó hasta el final del trayecto y salió dando traspiés del incendio. Con atroces quemaduras en todo el cuerpo, aunque respirando. Irreconocible, carbonizado, convertido en un amasijo de carne ahumada sanguinolenta..., pero vivo.

Braira se preparó para morir. No le importaba ya. Ansiaba rendir cuentas al Señor, y después, una vez cumplida en el purgatorio la pena correspondiente a sus graves pecados, reencontrarse con Alicia, su niña querida, con su padre, con Beltrán, con todas las personas amadas que la esperaban en la otra vida. Confiaba en poder acogerse a la misericordia divina.

La aterrorizaba, no obstante, el tormento al que iba a someterse. Un sufrimiento físico que imaginaba insoportable e incompatible con la dignidad. La angustiaba terminar apestando como lo hacía en ese instante el pobre Bernardo, que agonizaba en brazos de un sacerdote. Como habían acabado los desgraciados habitantes de Vauro, cuyo hedor aún llevaba ella incrustado en la memoria y en el estómago.

XXXVI

—Detened esta barbarie, majestad. ¡Ya basta! —susurró Miguel Escoto al oído de su señor. —Asqueado, había roto el embrujo del momento paralizando con su atrevimiento lo que estaba a punto de suceder. Discretamente, pues era lo suficientemente viejo como para mostrarse cauto, insistió ante el emperador—: No podéis creer de verdad que Dios se manifieste de esta forma brutal. Vos no. Sois demasiado ilustrado para ello. Es más; si a un único mortal de entre todos nosotros le fuese concedida la gracia de salvarse en virtud de su sabiduría, nadie lo merecería más que vos.

Mientras los lacayos añadían leña a la pira con el fin de hacer pasar a Braira entre dos columnas de fuego, tal como había hecho Bernardo, el emperador inquirió:

—¿Y de qué forma, según vuestra docta opinión, se expresa el Altísimo? ¿Cómo podemos alcanzar a comprender sus designios? ¿Dónde mora, dónde nos es dado encontrar a Dios a fin de interrogarle?

—Me preguntáis nada menos que dónde reside el Dios de dioses; el Señor del universo, de la tierra y el cielo. ¡Pobre de mí! —dijo el sabio con la voz engolada, pues era consciente de lo importante que resultaba impresionar a su amo si pretendía convencerle—. Os responderé, siendo consciente de la complejidad de la cuestión que, si bien Él se halla potencialmente en todas partes, hay que buscarle fundamentalmente en la esfera de lo intelectual.

—¿Qué queréis decir? —repuso el rey dubitativo.

—Que os remitáis a vuestro intelecto, señor —le aclaró el astrólogo—. Sois lo suficientemente sagaz como para daros cuenta de que el Dios de la justicia que aumenta nuestra fe, el Dios verdadero, no recurriría a métodos tan primitivos y crueles como el que acabamos de contemplar. Incluso desde la propia Iglesia se cuestiona ya este procedimiento carente del menor rigor.

—Decidme vos entonces —replicó el monarca con cierto desdén— si es Braira o es Aldonza la que miente.

—Yo no tengo modo de saberlo —se zafó el escocés—. Mas si me permitís un consejo, fiaos de vuestro instinto. Apelad al recuerdo. ¿No fue el esposo de esa dama quien os salvó la vida en Jerusalén? ¿No ha sido ella la que en tantas ocasiones os ha orientado con acierto? Sabéis que nunca he avalado el rigor de sus artes adivinatorias, absolutamente heterodoxas. Los intérpretes de astros, como yo, estamos muy alejados de esas supercherías. Pero de ahí a considerarla una hereje..., dista un trecho que yo no me atrevería a recorrer.

—¿Os fiais vos de ella? ¡Mirad que la herejía no es asunto baladí! —advirtió Federico severo—. Los herejes se empeñan en lacerar las vestiduras de Dios. Son escoria equiparable a los traidores y usureros. No podemos en modo alguno anteponer nuestros sentimientos al deber de corregir con el máximo rigor a personas tan hostiles al Padre todopoderoso, a sí mismas y a la humanidad.

—Tenéis razón —concedió Escoto, deseoso de mostrarse complaciente sin por ello terminar de compartir ese juicio—, lo que no significa que la dama en cuestión sea uno de ellos. Nunca nos ha dado motivos para desconfiar. Y vos sois un gobernante de espíritu abierto, que ama la ley, se interesa por las otras religiones e incluso tiene entre sus colaboradores a judíos y musulmanes.

—Allá ellos con sus almas —rebatió Federico—. No forman parte de la cristiandad ni deben fidelidad a sus preceptos. Mi deber es velar por mantener la integridad de nuestra comunidad. Las otras no son responsabilidad mía.

Todo el mundo miraba al rey mientras este discutía con su astrónomo, a la espera de que ordenara avanzar hacia la hoguera a la acusada. Ella se mantenía a duras penas en pie, destrozada por la incertidumbre. Él estaba confuso e incómodo. Se sentía atrapado en una situación sumamente desagradable, a la que no veía escapatoria. ¿Cómo podía rebatir o ignorar los argumentos de Escoto, con los que comulgaba en su mayor parte? Al mismo tiempo, ¿qué explicación plausible cabía dar ante sus cortesanos a una interrupción prematura de la ordalía? ¿Y si se equivocaba y libraba de la muerte a una sacrílega?

El obispo de Palermo acudió involuntariamente en su auxilio.

—Majestad, el veredicto de Dios es claro: ese hombre ha salido vivo de las llamas, por su propio pie, lo que significa que su fe es sincera.

—Pero sus quemaduras...

—Tal vez haya tenido un momento de vacilación —caviló el prelado—. Aun así, el sacerdote que lo atiende en este momento asegura que aprieta levemente su mano cuando le pide que confirme su obediencia a la Santa Madre Iglesia, lo que sin duda debemos interpretar como un gesto de aquiescencia, dado que no puede hablar.

—Os ruego pues, eminencia, que hagáis vos mismo pública la sentencia. Yo me encargaré de castigar a quienes lanzaron la calumnia.

Aldonza fue enviada a un pueblo remoto de la Calabria, entre protestas que no hicieron sino enfurecer todavía más a su antiguo pupilo. El criado que había respaldado su testimonio sufrió la misma pena, agravada con veinte azotes de látigo propinados por el carnífice.

Bernardo sobrevivió ocho días entre atroces sufrimientos, que los galenos de palacio trataban de aliviar administrándole bebedizos y ungüentos calmantes. No recuperó ni la visión ni el habla. Fue enterrado en suelo sacro, tras una ceremonia sencilla a la que Braira asistió como ausente, víctima de un terror que ya nunca la abandonaría del todo.

Jamás llegó a saber cuánto influyó en su salvación Miguel Escoto, que en su día había encabezado secretamente su lista de sospechosos al dejarse confundir interpretando erróneamente su frialdad de erudito como una aversión hacia ella que él nunca sintió, ni tuvo ocasión de agradecerle su intercesión. Ese hombre vestido de oscuro, adusto, sombrío, tan gélido que parecía carecer de sentimientos, se le antojó siempre alguien sumamente hostil hacia ella. Uno más de los muchos enemigos que creía ver a su alrededor en palacio. No en vano había asistido impasible a la muerte de su pequeña Alicia sin mostrar el menor dolor. ¿Qué clase de ser humano se comportaba de ese modo?

Si se hubiera lanzado a preguntarle, el sabio le habría respondido que cualquiera empeñado en aproximarse de una manera objetiva a los hechos con el fin de comprenderlos; en anteponer el raciocinio a los prejuicios e incluso a las emociones. Un náufrago de la historia a la deriva entre dos épocas. Braira no preguntó ni quiso saber. ¿Qué le importaban a ella los porqués de otro? Bastante tenía con los suyos propios.

El tiempo se difuminó a partir de entonces en la conciencia de la dama de Fanjau hasta transformarse en una espera interminable, homogénea, difusa, salpicada de rutinas insignificantes como sentarse a la mesa, dormir o leer el tarot para su señor.

Sin noticias de su familia, se aferraba a la compañía de Bianca, a quien trataba de alertar sutilmente del peligro que corría entregándose sin reservas a Federico de Hohenstaufen, cuya capacidad de amar, le insistía, se agotaba en su propia persona.

—Te hará infeliz —le advertía—. Absorberá toda tu alegría y luego te abandonará. Los hombres de su naturaleza devoran poco a poco a las mujeres que se les acercan; les roban la luz antes de acabar con ellas. Vi cómo trató a su segunda esposa, que era tan risueña como tú y ahora está muerta. Dale tu cuerpo si lo quiere, pero niégale tu corazón. ¡Ten cuidado!

La amante del rey la escuchaba dócilmente, pues no estaba en su naturaleza entrar en polémicas, pero aseguraba que junto a él era feliz.

—Las migajas de afecto que comparte conmigo y a ti te parecen despreciables suponen mucha más pasión, aventura y experiencia de la que podría esperar con cualquier otro. Yo no soy como tú, Braira. No puedo aspirar a más ni lo pretendo. Él me colma por completo.

—Aun así —trataba de alertarla Braira— no te mires en el espejo que te ponga ante los ojos, pues siempre tratará de verse más alto a costa de empequeñecerte a ti. Evita caer en su trampa y no dejes de cultivar tu orgullo. Es lo único que nunca podrá quitarte, ya que hasta los hijos de tus entrañas son, como sabes, de su propiedad.

A la pequeña Constanza, cada día más despierta, curiosa, preciosa y diligente en sus quehaceres, se había sumado Manfredi, que apuntaba maneras de soldado con su complexión robusta y su empeño por mantener la cabeza erguida, manifestado nada más abrir los ojos al mundo que le rodeaba.

Esos dos niños constituían una fuente de alegría impagable para la occitana, víctima en esas fechas de pesadillas recurrentes relacionadas con la ordalía, que veía además con inquietud e impotencia cómo el rey de los romanos, vástago de su soberana aragonesa, se distanciaba irremediablemente de su padre.

Después de perder a Guillermo y Gualtiero en Tierra Santa, asistir inerme a la perdición de Enrique suponía otra agonía más, tan penosa como ineludible. Otro escalón hacia el infierno. El siniestro vaticinio de las cartas, que habían augurado un fin trágico a aquella criatura antes incluso de que fuera concebida, iba camino de cumplirse sin remedio.

Huérfano de madre y ayuno del cariño paterno, ensoberbecido por el desmesurado poder del que había disfrutado siempre y cegado por la adulación constante a la que era sometido, Enrique se había buscado demasiados enemigos. Desde su suegro, el duque de Austria, hasta la mayoría de los nobles germánicos desposeídos de su influencia en beneficio de una legión de funcionarios sumisos e incondicionales, sin olvidar al papa.

Había heredado el mismo carácter que el emperador e idéntica altanería, lo que le llevaba a mostrarse igualmente ambicioso, sin disfrutar, empero, de la suerte que había acompañado siempre a Federico. No escuchaba a nadie. Estaba empeñado en disputar atribuciones cruciales a su progenitor, con quien apenas había tenido otro contacto que el epistolar en toda su vida.

Este no podía ni pensaba consentir el desafío, como para mal de su paz de espíritu sabía desde antiguo Braira.

Aquella mañana de otoño de 1234 el rey decidió salir de caza. Era lo que más le gustaba hacer. Una afición a la que dedicaba ingentes recursos monetarios, empleados en comprar halcones en lugares tan dispares como Malta o la gélida Lubeca para después adiestrarlos personalmente. La única actividad capaz de abstraerle de sus múltiples preocupaciones.

Había llegado a ser un maestro de la cetrería, modalidad cinegética que practicaba desde la infancia, siguiendo la estela de sus antepasados normandos, y a la que estaba dedicando una vasta obra titulada *El arte de cazar con pájaros*, de la que se sentía especialmente orgulloso.

Su pasión era tal que había escrito al Gran Kan de los mongoles, quien le había enviado un embajador exhortándole a renunciar a su corona y someterse a su autoridad, para decirle, con cierta ironía muy propia de su forma de ser, que lo haría gustoso siempre que él le permitiera convertirse en uno de los encargados de alimentar a sus célebres *peregrinos*.

En esa ocasión, por añadidura, gozaba de la placentera compañía de Bianca y de los bastardos habidos con ella, por quienes sentía auténtico afecto; tanto más cuanto mayores eran los disgustos que le daba su primogénito legítimo. También Braira formaba parte de la comitiva, que completaban Ricardo Blume, uno de los más de cincuenta halconeros a su servicio, un puñado de lacayos y, por último, el adiestrador de los lebreles cuya misión era auxiliar a las aves de rapiña en su labor.

Iban en busca de grullas, presas favoritas de las rapaces enseñadas con mimo por el monarca en alguno de los múltiples pabellones de caza que jalonaban sus dominios italianos. Todos llevaban vestidos de colores terrizos y se cubrían con sombreros de ala ancha, a fin de no asustar a sus víctimas. Se movían lentamente, a caballo y en silencio.

Federico llevaba al brazo su gerifalte más querido, sin lonja, manteniéndolo solo por las pihuelas. Era el más hermoso, fuerte y capaz de todos los que poseía. El más valiente y decidido. Lo llamaba Viento.

De pronto, un ave de gran tamaño levantó el vuelo desde un cañaveral cercano.

—¡A por ella, Viento, sin piedad! —ordenó el emperador a su depredador.

Este cumplió el mandato inmediatamente, lanzándose con ferocidad contra el animal, al que no tardó en dar alcance y muerte. Al instante traían los perros entre las fauces su cadáver, mientras el halcón regresaba, obediente, a su dueño.

Viento poseía una vista extraordinaria, pero Federico ya no. De hecho, su ceguera iba en aumento en la larga distancia, lo que le impedía distinguir con claridad, motivo por el cual había mandado a su cazador contra un aguilucho, que sorprendentemente sucumbió al ataque.

Varios de los integrantes de la partida prorrumpieron espontáneamente en aplausos, pues lo que había logrado la rapaz era una gran hazaña. Nunca se había visto que un halcón venciera en el aire a un águila, por joven que fuera esta. Todos estaban rendidos de admiración, excepto el rey, que llamó, iracundo, a su halconero:

—¡Haz que este gerifalte sea decapitado cuanto antes! —le dijo, tendiéndole el brazo en el que descansaba, tranquilo, Viento.

—Pero, majestad —protestó Ricardo, que amaba a esa fiera domada tanto como pensaba que lo hacía su señor—, se ha comportado tal y como se le enseñó... Mejor incluso. ¡Lo que ha obrado es una proeza!

—¿Te atreves a discutir una decisión mía? —se enfadó aún más el soberano.

—Por supuesto que no —replicó el sirviente—. Es simplemente que no la comprendo.

—En la jerarquía de los cielos —explicó a regañadientes Federico lo que a él le parecía obvio— el águila ocupa el lugar más alto, exactamente igual que ocurre con el emperador en la jerarquía de los humanos. No puede consentirse en modo alguno que sea muerta por un simple súbdito, por noble y fiero que sea este, como es el caso del gerifalte.

Dicho lo cual, se dio la vuelta y picó espuelas. Había perdido las ganas de seguir cazando.

El de Flor, que tal era el significado del apellido Blume, sacó el cuchillo de monte para cortar, con un nudo en la garganta, el cuello del noble animal, sabedor de que la arbitrariedad absoluta, la suprema crueldad, siempre sería privilegio de los poderosos.

Braira, asqueada, se dirigió a Bianca, que trataba en ese momento de tapar los ojos del pequeño Manfredi, quien, pese a su corta edad, mostraba una clara inclinación hacia las aves de presa.

—A esto es a lo que me refiero cuando te digo que estés en guardia. Ya le había visto mandar coser los párpados a varios buitres solo para comprobar si los de su especie se guían por la vista o por el olfato, pero no pensé que llegaría a tanto. Este hombre no tiene corazón. Lleva al diablo dentro de sí.

No iba a tardar en comprobar hasta qué punto estaba en lo cierto.

Esa tarde, al regresar a palacio enojada por la escena que acababa de presenciar, le aguardaba una sorpresa llamada a cambiar completamente su estado anímico: una carta enviada desde Prouille, que había pasado por las alforjas de un buen número de frailes itinerantes antes de llegar a Palermo. Escrita en pergamino de calidad, letra pulcra y lengua de oc, estaba fechada en abril de ese año y decía así:

Mi queridísima hermana:

Espero que al recibir estas líneas te encuentres bien de salud disfrutando de paz junto a los tuyos. Confío en que el Señor os haya bendecido a tu esposo y a ti con muchos hijos cuya risa sea la alegría de vuestros días, como lo fuiste tú en tu niñez para nuestros padres, que Dios abrace en su misericordia.

Por Fanjau las cosas se tranquilizan poco a poco, una vez extirpada la raíz del mal que corrompió a esta tierra durante tanto tiempo. La labor de nuestro fundador, quien ya contempla la luz del Todopoderoso, ha dado frutos abundantes, hasta el punto de que el pontífice ha ofrecido a la orden organizar y dirigir el tribunal de la Santa Inquisición, que creó recientemente, encomendándole la misión de perseguir la herejía allá donde todavía infecta las almas de los recalcitrantes. Para nosotros constituye un gran honor prestar ese servicio a nuestra madre bendita, la Iglesia.

Y paso ya a exponerte el motivo de mi carta. Me dispongo a emprender con carácter inminente un viaje que ha de llevarme hasta Roma, donde el papa Gregorio va a presidir el próximo mes de julio la ceremonia de canonización de mi maestro y amigo Domingo de Guzmán, a quien sin duda recordarás. Mi corazón se regocija ante la idea de que pronto ocupará un lugar entre los santos, pues fue mucho lo que hizo en vida a fin de ganarse ese puesto a la derecha del Padre. ¿Por qué no vienes tú también? Él te recordaba con afecto y desde el cielo se complacerá, estoy seguro, de verte allí conmigo. Pero más aún gozaría yo con tu presencia a mi lado. Es probable que sea la última ocasión que tengamos de encontrarnos en este mundo. ¡Ojalá no la desaprovechemos!

Ruego a Jesucristo que este escrito, entregado a un monje que me precede en el camino de la Ciudad Eterna, llegue hasta tus manos sorteando todos los peligros que jalonan la ruta. Si lo consigue, sabrás que no te he olvidado y que ocupas un puesto abrigado en mi corazón. Ten asimismo la seguridad de que soy dichoso en la vida que escogí, pues nunca me he arrepentido de mi elección.

Tuyo, amantísimo,

GUILLERMO

La leyó, la volvió a leer y comenzó a leerla de nuevo, incapaz de contener las lágrimas. Guillermo, ese fantasma de su pasado siempre bondadoso con ella, en quien rara vez pensaba, le había vuelto las entrañas del revés trayendo de nuevo a su memoria todos los rostros amados que poblaban su añoranza. La nostalgia la golpeó con la violencia de un puñetazo, removiendo los frágiles cimientos que sostenían su existencia en esos días. Estuvo a punto de caer, pues desde pequeña era consciente de que la tristeza es un sentimiento que debilita el ánimo mientras el enfado lo sostiene. Tenía que agarrarse a algo en su empeño de seguir adelante, buscar un motivo para resistir, y lo encontró en Enrique, que necesitaba desesperadamente su ayuda.

Aunque hubiese querido complacer a su hermano desplazándose hasta Roma, se dijo, no habría llegado a tiempo para verle, dado que la beatificación de Domingo debía de haberse producido a comienzos del verano, cuatro meses antes de la fecha en la que estaban. Al mismo tiempo, allí habría corrido graves riesgos, pues el ayuntamiento se había convertido en brazo armado de ese tribunal de reciente creación del que hablaba él en su carta, y se contaban por centenares los herejes quemados en la hoguera. Pero con ser esos dos motivos de peso, lo que más refrenaba su impulso de prescindir de todos los obstáculos y partir al encuentro de Guillermo era la preocupación que sentía por el único hijo de la difunta doña Constanza, a quien había dado una palabra que se sentía en el deber de honrar.

Braira no ignoraba que el destino del muchacho estaba sellado desde la cuna, tal como había visto ella en las cartas, pese a lo cual se volcó en su auxilio. Por pocas que fueran las esperanzas, pues los delitos de Enrique eran graves, debía intentarlo. Por eso solicitó audiencia al rey.

—No me digas que vienes a importunarme de nuevo con el asunto de tu marido —la recibió un Federico malhumorado.

—No, majestad, vengo a interceder por vuestro hijo.

—¿Acaso crees que le amas más que yo? ¿Cómo te atreves? —se enfureció el soberano.

—Porque juré a vuestra esposa, mi reina, en su lecho de muerte, que velaría por él —se justificó la dama, venciendo a duras penas su temor.

—Bien sabe Dios que me gustaría complacerte —se aplacó el monarca ante la mención de Constanza—. Sin embargo, las ofensas de mi hijo han sobrepasado el límite de lo tolerable. Hace tres años, en Aquileia, me juró fidelidad, suplicó mi indulgencia y le perdoné, a pesar de que ya había amagado una primera traición. Ahora se ha unido a mis enemigos de la Liga Lombarda en un acto de abierta sedición que por añadidura agravia al papa, mi aliado, quien ha dictado interdictos contra varias de esas villas por acoger a herejes cátaros...

—Tal vez sienta celos de su hermanastro, Conrado, o haya sido mal aconsejado —terció Braira, que había aprendido a la fuerza a no alterar el semblante ante la mención de sus correligionarios.

—Sus razones me son del todo indiferentes. Si no actúo con él de manera implacable, perderé toda mi autoridad. Nadie confiará en un emperador que aplica a los de su sangre un rasero diferente al que emplea para medir a cualquier otro de sus súbditos.

—Las cartas, señor —replicó su dama, apelando desesperadamente al último de los argumentos posibles—, auguran grandes males para ambos, el rey Enrique y vos mismo, en el caso de que vuestra justicia sea todo lo dura que puede llegar a ser.

—Tus cartas no vienen al caso ahora —se irritó él—. Mi justicia es la que es. De hecho, acaba de ser compilada en unas constituciones, que pronto serán promulgadas en Melfi, cuya redacción obedece a mi voluntad de que las leyes que contienen sean aplicadas con rigor. Si pretenden ser creíbles, han de ser iguales para todos. Y prevén que la traición se pague con la muerte.

—¡Mostraos clemente, os lo suplico! —se horrorizó Braira—. En caso contrario podríais arrepentiros.

—¿Me amenazas? —se encolerizó el rey.

—Solo trato de advertiros —reculó ella, asustada—. Disculpad mi osadía.

—Cuando quiera tu consejo te lo pediré —la despidió Federico, ultrajado—. Hasta entonces, guárdate tus advertencias. Estás agotando mi paciencia y no creas que he olvidado ciertos episodios del pasado. ¡Ojo con lo que dices y haces!

Braira se retiró, aterrada. En cuanto llegó a sus estancias sacó el tarot de su estuche para interrogar a los naipes sobre Federico y sobre Enrique, en un intento de calmar su angustia. La respuesta de la baraja no hizo más que incrementarla, al confirmar sus sospechas.

Por vez primera en todos esos años, la carta del Emperador apareció invertida, indicando de forma inequívoca que la seguridad, firmeza y autoestima de antaño se habían transformado en tiranía y desorden. La terrible infancia del soberano, la ausencia de un padre durante aquellos años cruciales, se cobraba ahora su precio en forma de enfrentamiento insalvable con su propio hijo. Federico no sabía amar a su vástago, no concebía otra relación con él que la del señor hacia su vasallo. Le faltaba experiencia. ¿Cómo habría podido reconocer lo que no había conocido? Nunca tuvo otro referente amoroso al que remitirse que Constanza, y ella llevaba mucho tiempo muerta. Demasiado.

En cuanto a Enrique, el augurio resultó incluso más ominoso: el Ermitaño, cabeza abajo. Ese joven indómito, ayuno de afecto y empachado de halagos, iba a cometer una imprudencia fatal. Su futuro estaría marcado por la pérdida. A su alrededor se extendía una bruma oscura, como la que inundó a partir de ese instante el corazón de la dama que lo había tenido en sus brazos. No había nada que ella pudiera hacer por salvarlo de sí mismo. Nada en absoluto.

Con gran boato, Federico emprendió su expedición de castigo en el norte, acompañado de su benjamín, Conrado, que a la sazón tenía siete años. Con ellos marchaban no solo los caballeros de mayor relieve del reino junto a sus mesnadas, armadas hasta los dientes, sino una pintoresca tropa compuesta por animales exóticos tales como leopardos, camellos y monos, que llevaban de la correa esclavos de piel azabache; carros dorados cargados hasta los topes de lingotes de oro y seda; purasangres de un blanco inmaculado o negros como la noche; súbditos ataviados con prendas de tonos púrpura, tan ricas como las que adornaban generalmente a la nobleza y, por supuesto, lo más selecto de su harén.

Su objetivo era impresionar a quienes contemplasen el paso de sus ejércitos, y vive Dios que lo logró.

A primeros de julio de 1235 arribó la comitiva imperial a Worms. Su poderío era tan manifiesto, tan abrumador, que los señores cuyos soldados habían respaldado al rey de los romanos le dieron la espalda sin combatir, al igual que la mayoría de las ciudades rebeldes. A Enrique no le quedaba otra salida que arrastrarse por el suelo ante su padre, y eso fue lo que hizo literalmente, durante largas horas, el día en que se vieron las caras.

Federico ignoró conscientemente a su vástago, postrado en silencio a sus pies frente al asiento que hacía las veces de trono, hasta que, al cabo de una eternidad, algunos barones le rogaron que se percatara de la presencia del monarca vencido y humillado. Solo entonces pronunció el emperador su veredicto:

—Desde este momento quedas destronado del solio germánico de manera irrevocable. Deberás devolver de inmediato los símbolos reales, empezando por la corona y el manto.

—Me has despojado de todo lo que poseía —protestó el rey depuesto, exhibiendo una vez más esa soberbia que tanto mal le había causado—. ¿Debo renunciar también al honor? ¡No lo haré! ¡No te entregaré mi dignidad!

—Muy bien —respondió su padre sin dirigirle una mirada, sabedor de que ese último desacato público de su primogénito le impedía mostrarse indulgente—. En ese caso serás recluido en una mazmorra de la fortaleza de Heidelberg, a pan y agua, hasta el fin de tus días. Y que Dios se apiade de tu alma.

Pocos meses después se celebraban los esponsales del soberano siciliano con Isabel, hermana del rey de Inglaterra e instrumento de una nueva maniobra política destinada a reforzar su posición internacional.

Pasada la fatídica frontera de los cuarenta el año anterior, él había enterrado ya a dos esposas. Ella acababa de cumplir los veinte años y era virgen. Traía al reino de la abundancia una modesta dote de almohadones y sartenes de plata, aunque lo que buscaba en ella Federico era un vientre capaz de engendrarle herederos dignos de su sangre. Ni más ni menos.

La primera noche en que durmieron juntos el monarca no se le acercó hasta la hora exacta que habían marcado sus astrólogos como la más propicia para consumar una unión conyugal fecunda. A la mañana siguiente, pletórico de confianza, puso a su mujer bajo la custodia de una legión de viejas doncellas escoltadas por eunucos armados, con el encargo de que la vigilaran con sumo cuidado dado que estaba encinta de un varón.

Escoto había vuelto a errar en sus cálculos, pues lo que nació fue una niña.

Braira sentía lástima por esa reina que viviría y moriría sola, aunque no se veía con fuerzas para consolar a nadie. Apenas podía sostenerse a sí misma aferrándose a la ilusión de volver a encontrarse algún día con su marido y su hijo, cuya ausencia le había menguado el cuerpo y el alma en paralelo hasta hacerla más menuda, callada, pesimista y desconfiada que nunca. Incluso a ella le costaba en ocasiones reconocerse por dentro o por fuera. Notaba el peso de la edad sobre sus huesos cansados del mismo modo sañudo en que se cebaban con ella la sensación de fracaso y el miedo. Dos dragones a cual más fiero, a quienes se enfrentaba pese a todo con coraje, esforzándose por seguir las enseñanzas de la valerosa Inés de Barbastro.

Echaba de menos a su amiga. Empezaba a concebir la idea de huir de esa cárcel dorada que la retenía en Palermo para marchar en su busca, cuando se enteró de la llegada inminente de una embajada del sultán Al Kamil que hizo rebrotar de golpe sus esperanzas.

Debía prepararse para recibirla.

XXXVII

Al Kamil disfrutaba impresionando a sus pares al menos tanto como lo hacía Federico, por lo que ambos competían en esplendor a la hora de enviarse emisarios.

Al emperador le interesaban sobre todo los conocimientos de los sabios a sueldo del sultán, a quienes consultaba regularmente dudas en materia de astrología, medicina, matemática, filosofía, teología o cetrería. El egipcio, a su vez, obtenía en sus pugnas internas el respaldo político de ese cristiano singular, que no tenía el menor reparo en exhibir su amistad y fructífera relación comercial con uno de los mayores magnates del orbe musulmán.

Eran dos gobernantes tal para cual, pensaba Braira, cuyo interés hacia ellos se limitaba al afán por comprobar si las gestiones de su señor habrían dado algún fruto en forma de noticias de sus seres queridos o, mejor aún, logrando traerlos de vuelta a casa. Hombres sensibles a la adulación y proclives al deslumbramiento. Señores ante quienes no cabía otra actitud que la obediencia ciega o el enfrentamiento abierto.

Descartada esta segunda opción, que quedaba claramente fuera de su alcance, la occitana optó por apretar los dientes y mostrarse servil, pues sabía que a su amo le resultaría grato. Se acicaló, por tanto, con esmero, repasó cada una de las palabras que pronunciaría llegado el momento, y se prometió a sí misma morderse la lengua antes de decir alguna inconveniencia esa tarde, en la recepción que el rey ofrecería en palacio a sus invitados extranjeros con el fin de agasajarlos. Se humillaría ante la legación en pleno si hacía falta, suplicaría públicamente ser escuchada, por más que le avergonzara esa conducta, con tal de saber algo de Gualtiero y Guillermo.

Estaba impaciente, expectante. No veía la hora de contemplar la entrada del cortejo por el gran portón de la fortaleza. ¿Tendría la dicha de recuperarlos? ¿Sería su hijo ya un hombre? ¿Le haría la vida ese regalo?

Ataviados a la usanza oriental, con la cabeza cubierta por enormes turbantes, casacas de seda de vivos colores y zapatos imposibles, de punta retorcida, arribaron los embajadores a lomos de sus monturas, precedidos de una procesión de esclavos encadenados por los tobillos que avanzaban despacio portando ricos presentes.

Braira agudizó la vista por ver si descubría entre ellos a su marido o a su hijo, mas fue en vano. De manera inteligente, Al Kamil había escogido para la ocasión a cautivos nubios paganos, sabedor de que la presencia en Sicilia de sus compañeros de infortunio cristianos habría disgustado al emperador, lo que en modo alguno convenía a sus propósitos.

La corte en pleno se había reunido en el salón de audiencias, atestado de gente. Querían contemplar de cerca los regalos traídos por los legados, pues había corrido el rumor de que uno de ellos superaba todo lo visto hasta entonces. A la dama de Fanjau aquello le importaba poco, pero necesitaba estar cerca de Federico a fin de hacerse notar y recordarle la necesidad de interesarse por su caballero. Por eso se abrió paso a empujones, para sorpresa e incredulidad de cuantos conocían su habitual discreción.

—Majestad —se inclinó ante el rey un dignatario tan enjoyado que no le cabía un anillo más, expresándose en árabe culto—. Tened a bien aceptar este humilde juguete que mi soberano os envía de corazón, esperando complaceros. Ha sido fabricado por los artesanos más cotizados de Alejandría.

—Dadle las gracias en mi nombre —respondió el monarca en la misma lengua, haciendo un gesto para que los sirvientes desenvolvieran el paquete de considerable tamaño que había sido depositado a sus pies.

Ante los ojos atónitos de la concurrencia apareció entonces un ingenio mecánico de gran belleza, que se movía como por arte de magia y simulaba el firmamento. Una máquina prodigiosa, sin duda costosísima, de la cual brotaba una luz que iba cambiando de colores en función de las horas del día o de la noche. La versión más sofisticada de un planetario que jamás se hubiese construido.

Un murmullo de admiración corrió por la sala, lo que llenó de orgullo no solo al embajador, sino al receptor del obsequio, cuyo empeño incansable por desentrañar los misterios del universo se veía reconocido y premiado de un modo tan elocuente.

—Espectacular, lo admito —concedió al muslim, asegurándose, en aras de mantener la dignidad, de evitar parecer excesivamente impresionado por el artefacto—. Ahora, si os parece, retirémonos a un lugar más tranquilo para tratar los asuntos que os han traído a Palermo.

Habían arrancado ambos a caminar por el pasillo que les abrían espontáneamente los cortesanos, cuando, a riesgo de provocar su ira, Braira se plantó ante su rey y, de rodillas, le interpeló en voz alta:

—Señor, os lo ruego...

—¿Qué es lo que quieres, mujer? —se irritó él, consciente del mal efecto que semejante falta de respeto provocaría entre sus huéspedes, máxime considerando que quien había osado dirigirse a él sin ser invitada a hacerlo era una fémina.

—Tal vez su excelencia tenga alguna información sobre el paradero de vuestro leal Gualtiero de Girgenti —añadió la esposa de este último, mientras los allí reunidos la observaban, dudando entre admirar o reprobar una conducta tan insólita.

Aunque habría deseado mandarla azotar allí mismo, Federico comprendió que sus vasallos le observaban y no podía comportarse como si nada ocurriera. Nadie habría visto con buenos ojos que se desentendiera de la suerte del guerrero que le había salvado la vida después de servirle durante años, pues cualquiera de ellos podría hallarse tarde o temprano en una situación semejante. Por ello, esta vez en italiano y recurriendo a un intérprete, trasladó al emisario del sultán la pregunta de la dama.

La respuesta no se hizo esperar.

—Mi señor hizo las averiguaciones que le solicitasteis, aunque con escasos resultados —tradujo un griego que hacía también las veces de escriba—. A lo que parece, el caballero en cuestión, así como el muchacho que le acompañaba, cayeron en poder de nuestros hermanos del Oriente, cuyos dominios lindan con los de las tribus de mongoles que castigan la región con sus incursiones devastadoras. Nada se puede hacer por ellos, salvo elevar nuestras plegarias a Alá, el Misericordioso, a fin de que los proteja.

—Ya lo has oído —dijo el rey a Braira, que se había quedado lívida de espanto—. Será mejor que los olvides.

Acto seguido abandonó el salón con paso firme en compañía del egipcio, que caminaba unos pasos detrás de él en actitud respetuosa.

Hay dolores del espíritu cuya intensidad corta literalmente la respiración. Dolores capaces de truncar la vida. Aquella noche la hija de Occitania estuvo a punto de sucumbir a ese mal. Lo deseó con todas sus fuerzas. Habría dado todo lo que poseía por cerrar los ojos y no volver a despertar, pero se mantuvo en vela, enferma de angustia, sin que la muerte acudiera a su llamada.

Con el alba llegó la resignación, burdo remedo de una paz inalcanzable. Puesto que nadie parecía querer oír hablar de su pérdida y tanto su rey como sus pocas amigas la invitaban a enterrar en el olvido a sus dos hombres, borrados en esa hora de la faz del mundo conocido, dejaría de mencionarlos. Les evitaría a ellos ese ultraje conservando su memoria intacta en un lugar abrigado de su corazón. No volvería a exponerlos al desprecio público.

Su decisión era firme.

—Majestad —se dirigió al rey en cuanto se le presentó la ocasión, transcurridos unos días—, quisiera obtener vuestro permiso para regresar a Aragón.

—¿Cómo dices? —se sorprendió Federico.

—Nada me retiene ya aquí —explicó ella con el rostro desfigurado por la tristeza—. Tengo la sensación de que mis días tocan a su fin y me gustaría, antes de entregar el alma, volver a esa tierra en la que fui tan feliz.

—¿Nada te retiene aquí, dices? —replicó él en tono airado—. ¿Y qué hay de mí? ¿Qué pasa con los vaticinios que pueda requerir de ti? ¿Acaso no llevas treinta años a mi servicio? ¿Tienes alguna queja del trato recibido?

—No creo que necesitéis para nada a esta vieja ignorante, estando como estáis rodeado de sabios —se quitó importancia, en su intento de convencerle para que la dejara marchar.

—¿No te he necesitado en todo este tiempo? ¿No he contado contigo? ¿No he recompensado generosamente tus aciertos?

Braira pensó que su idea de la generosidad y la del emperador diferían sustancialmente, pero no tenía la energía suficiente como para porfiar. De ahí que respondiera:

—Tenéis consejeros mucho mejor preparados que yo, majestad.

—¿Y me dices esto ahora, cuando precisamente acabamos de perder a nuestro querido Miguel Escoto, que Dios tenga en su gloria? Todavía no me he repuesto de su muerte, por más que la edad no perdone, ¿y me vienes con estas?

—Mateo de Antioquía, vuestro nuevo astrólogo, es hombre de vasta cultura, inteligencia e intuición...

—¡La respuesta es no! —zanjó el rey la discusión—. Ignoro a qué ha venido ese nuevo arranque tuyo, pero te repito lo que ya te he dicho en más de una ocasión. Cuando quiera conocer el dictamen de tus cartas, te lo haré saber y tú cumplirás con tu deber de interpretarlas para mí. A tal fin permanecerás aquí, donde eres respetada y tratada con la máxima deferencia gracias a mi protección, a pesar de tu ingratitud. Y no se hable más. ¡Deja de poner a prueba mi paciencia!

Por primera vez en su vida, Braira de Fanjau, la orgullosa dama del tarot que había triunfado con sus habilidades adivinatorias en todos los salones, que había accedido a los personajes más señalados de su tiempo y, a pesar de las penalidades sufridas, siempre había estado satisfecha con su forma de ser, renegó de su naturaleza. ¿Adónde le había conducido ese anhelo infantil de codearse con los poderosos y compartir sus privilegios? ¿Por qué no habría nacido ella, como Bianca, con esa inclinación espontánea a la sumisión tan útil para sobrevivir en el tiempo que les había correspondido? ¿Quién le habría hurtado desde pequeña la garantía de felicidad contenida en un espíritu conformista, sencillo, tendente a mostrarse dócil?

La soledad se la estaba comiendo a bocados, pero debía aceptar las cosas tal como venían o atreverse a quitarse la vida. Y no estaba preparada para dar ese paso.

El emperador, por el contrario, estaba absolutamente seguro de lo que debía hacer. Tras unos años de paz dedicados a legislar, disfrutar de los placeres mundanos y acumular saber, era hora de retomar las armas. Las ciudades de la Liga Lombarda representaban un desafío que no podía consentir. Un desacato inaceptable a su autoridad, amén de un peligro cierto para el cristianismo, toda vez que su capitana, Milán, seguía empeñada en acoger herejes reacios a someterse a los mandatos de la Iglesia. Tenía motivos sobrados para desencadenar la guerra y un pretexto inmejorable. ¿Qué más podía pedir?

A comienzos de 1236 lanzó una terrible ofensiva contra ellas. Contravenía con ello los deseos del pontífice, que era partidario de la mediación diplomática con el fin de frenar a un soberano desbocado, cuyas ansias expansionistas percibía como una amenaza a su propia potestad de decidir sobre los asuntos temporales. No en vano había proclamado solemnemente en una bula que el vicario de Cristo estaba legitimado para «establecer nuevas leyes y reunir a nuevos pueblos, servirse de las enseñas imperiales, deponer a los emperadores y liberar a los súbditos del juramento de fidelidad hecho a señores indignos». En definitiva, que la última palabra en cualquier conflicto siempre sería suya.

Federico no compartía esa idea. A Dios lo que era de Dios y al césar, es decir, a él, lo que correspondía al césar. A ese lema sagrado remitía su conducta. Pero antes de partir a la guerra quiso conocer el dictamen de los astros y las cartas, ya que otorgaba cada vez más importancia a sus designios. Los primeros le auguraron éxitos rotundos. Braira se mostró más críptica.

—La Papisa, majestad, os invita a no precipitaros...

—¿Qué es eso de la Papisa? ¿Cómo pueden tus figuras dibujar semejante incongruencia? ¿Hasta dónde llegaríamos si una mujer consiguiera alzarse sobre el trono de san Pedro? ¡Qué disparate!

—Se trata, como ya os he explicado, de un símbolo.

—Bien. ¿Y qué simboliza exactamente?

—Es una carta confusa, de difícil interpretación, que nos habla de paciencia, del lapso espacial y temporal que media entre la formulación de un deseo y su cumplimiento, así como de la necesidad de adaptar nuestros anhelos a las posibilidades reales, pues rara vez la vida nos concede todo aquello que le pedimos.

—Mis deseos se cumplen tal y como yo los formulo, en el momento exacto en que dispongo de la fuerza necesaria para hacerlos realidad, que es lo que acontece ahora mismo —replicó Federico con suficiencia.

—No precisáis entonces de mi consejo —repuso Braira, levantándose.

—¡Sigue! No te he dado permiso para retirarte.

Asustada, sin ganas de profundizar en un discurso que evidentemente desagradaba a su amo, la cartomántica concluyó:

—Tal vez no todo lo que pulula a vuestro alrededor pueda ser visto. Acaso se estén larvando situaciones o desenlaces que escapen a vuestro control; traiciones ocultas, abandonos, quizá incluso errores, que os aboquen a quedaros solo... Aprended de experiencias pasadas, mi señor.

—¿De cuáles?

—A eso debéis contestaros vos mismo. Llegaréis a una encrucijada en la que tendréis que optar entre el camino de la astucia y el de la furia. La elección será vuestra. La Papisa os otorgará lo que pidáis en el momento oportuno, aunque no de forma absoluta.

Como la paciencia no figuraba entre las virtudes que adornaban al rey siciliano, «oportuno» era, a sus ojos, el momento que decidía él.

Su ejército estaba dispuesto para el combate. Únicamente le quedaba una cosa por hacer a fin de marchar tranquilo: asegurarse de que su hijo Conrado fuese elegido sucesor al trono de Carlomagno por los grandes electores del Imperio, a pesar de que Enrique, el primogénito, seguía vivo aunque cautivo.

En su magnífico sepulcro de mármol de Palermo, Constanza de Aragón se estremeció de dolor por la injusticia cometida con la sangre de su sangre. Junto a ella, arrodillada a los pies del sarcófago, Braira juró que jamás perdonaría a su señor esa afrenta.

Los astrólogos acertaron y Braira se equivocó, a juzgar por el desenlace de las primeras batallas, que culminaron con una derrota sin paliativos de los coaligados del norte y muchas de sus villas arrasadas. Nada pudieron hacer sus contingentes de ciudadanos y tropas de soldada ante el avance arrollador de las fuerzas imperiales, compuestas por gentes de diversa procedencia y un único rasgo común: la ausencia absoluta de escrúpulos.

Formaban las filas de Federico germanos insuperables como jinetes, que aventajaban en fuerza y tamaño a sus adversarios lombardos. Sarracenos de Lucera, tan odiados como temidos, abocados a matar o morir, puesto que la consigna entre sus enemigos era no hacerlos prisioneros ni sepultarlos, sino despedazar sus cadáveres para darlos en pasto a las fieras. Y finalmente los brutales mercenarios piamonteses de Ezzelino da Romano, señor de Verona, de quien se decía que era un hombre salvaje, feroz y asocial, que no retrocedía ante ley, mandato religioso o regla de caballería alguna, y desconocía la piedad incluso aplicada a mujeres o niños de su propia familia.

A la cabeza de esos efectivos, cuya mera mención llenaba de espanto los corazones, el emperador se alzó con una sonada victoria que celebró en Cremona mediante un desfile triunfal organizado a imagen y semejanza de los protagonizados por los generales de la antigua Roma. Lo abría un elefante que tiraba del carro en el que habían sido depositadas las enseñas del poder milanés, seguido de una interminable cuerda de prisioneros, entre los que se encontraba el condestable de Milán, un veneciano hijo del dux, encadenado y sometido al escarnio público. Federico, revestido de su armadura de plata, cabalgaba un corcel de color blanco inmaculado, saboreando con deleite ese manjar tan de su gusto.

Mas poco duró su alegría, pues el Domingo de Ramos de 1239, mientras seguía luchando por terminar con los últimos focos de resistencia septentrionales, el papa Gregorio castigó su atrevimiento fulminándolo con otra excomunión.

Durante la ausencia de su señor, Braira y Bianca se acercaron para consolarse mutuamente. Ninguna de ellas gozaba del favor de la corte, que las percibía como extrañas a ese universo endogámico, por lo que pasaban mucho tiempo juntas, en el campo, viendo crecer a los niños.

Manfredi era un calco de su padre, cuyas aficiones, desde la lucha a la caza, pasando por la lectura y el ejercicio del poder, compartía sin excepción. Constanza se había convertido en una bonita criatura de nueve años que prometía llegar a ser una belleza. Había heredado toda la sensualidad de la favorita de Federico, a la que sumaba una expresión inteligente, ausente de las facciones de esta, y un punto de descaro irresistible. Todo le inspiraba curiosidad. Cuando deseaba algo, se aseguraba de conseguirlo, ya fuera a base de insistencia, ya recurriendo a la seducción. Su sonrisa recreaba la luz del amanecer. Quería a esa abuela de acento extraño que frecuentaba su casa casi tanto como a su madre.

—Háblame de la reina cuyo nombre llevo, tía —pidió a su madrina ese día, aprovechando que estaban las dos solas—. ¿Era guapa? ¿La amaba mi padre?

—No ha existido soberana mejor que ella, te lo aseguro —respondió la occitana—. Fue una mujer extraordinaria en todos los sentidos, que cautivó el corazón del rey desde que la vio por vez primera, al descender de la galera que nos trajo a las dos a esta isla.

—¿Cómo lo logró? —inquirió la niña—. ¿Cómo se consigue enamorar a un rey?

—Deberías preguntárselo a tu madre.

—Ella no quiere que hablemos de estas cosas. Dice que soy demasiado joven.

—Y tiene razón. Pero te diré que lo que hacía de Constanza una gran reina y una gran esposa era su sabiduría. Una mezcla de humildad, fortaleza, convicción, sensatez, entrega y templanza que era difícil de igualar. Servirla fue para mí un privilegio. Además, me regaló dos perros, Seda y Oso, que en una ocasión me salvaron de ser mordida por una araña venenosa y me dieron además mucha alegría. ¿Te gustaría a ti tener un cachorro tuyo y de nadie más?

Ignorando por completo el tema de los animales, que eran mucho más del gusto de su hermano Manfredi, la damita se puso de puntillas, compuso un gesto forzado y preguntó, coqueta:

—¿Crees que me parezco a ella?

—Tú serás más hermosa aún que mi señora —vaticinó Braira—. Espero que sepas también cultivar tu mente y tu espíritu, pues una y otro acaban tarde o temprano asomándose a la mirada, que es el principal atributo de belleza de cualquier persona.

—Léeme las cartas, por favor —suplicó entonces Constanza, que había visto practicar ese juego en multitud de ocasiones a las dos mujeres con las que se había criado y no terminaba de entender muy bien a qué se refería su madrina con eso del «atributo de belleza»—. Dime lo que va a pasarme cuando sea mayor.

—¡Ni hablar! —se enfadó la de Fanjau.

—Solo una vez, una carta solo... ¡Te prometo que no se lo diré a madre!

—¿Qué es lo que quieres saber? —replicó Braira intrigada.

—Si también yo conquistaré el corazón de un rey...

—Está bien —accedió a sus ruegos la cartomántica, divertida por esa respuesta—, pero solo por esta vez. Y si te vas de la lengua —añadió, tratando en vano de sonar amenazadora—, te las verás conmigo.

Sacando los naipes de su estuche, se los tendió boca abajo a la muchacha para que extrajera, a ciegas, esa única carta llamada a esclarecer su destino amoroso.

La elegida fue la Emperatriz, representación de la fuerza creadora, del amor fecundo, la vida y la abundancia. Tan agradablemente sorprendida quedó la dama con esa figura que le pidió a la pequeña coger otra del montón. La escogida, el Emperador, trenzaba un augurio prometedor. La niña había formado, al primer intento, la pareja más poderosa del tarot.

—Si te esfuerzas, obedeces a tus mayores y te instruyes, lograrás lo que te propongas.

—¿Me casaré con un rey?

—Tal vez, o tal vez no. En todo caso serás feliz. Las águilas vuelan alto porque saben que pueden hacerlo. Las gallinas, en cambio, ni siquiera intentan abrir las alas. Tú eres un águila, como lo fue esa otra Constanza a quien tuve la suerte de servir, y lo será, sin lugar a dudas, la Constanza que ha de venir, pues así lo anuncian las cartas. Nunca dejes que te convenzan de lo contrario.

Cuando regresó Bianca, Braira le narró lo sucedido poniendo el acento en lo prodigiosa que resultaba la tirada.

—Que en la primera experiencia con el tarot se produzca una conjunción semejante es algo extraordinario de verdad.

—¿Bueno o malo para mi hija? —quiso saber la madre.

—Excelente, aunque no inmediato. El magno acontecimiento que vaticinan estos signos tardará en fraguar. La Emperatriz mira al futuro; es la encargada de hacer germinar, a su debido tiempo, los frutos cuyas semillas componen el collar del Emperador.

—No entiendo nada —se inquietó Bianca, cuya sencillez resultaba incompatible con la oscura jerigonza empleada por su amiga.

—Lo que quiero decir es que una Constanza sangre de tu sangre, acaso no mi ahijada, sino tu nieta o bisnieta, estará llamada a un destino importante. Será ella quien logre materializar el proyecto grandioso que unirá a Sicilia con Aragón a través de los sentimientos. No te puedo aclarar más, pero te aseguro que tu linaje llegará muy lejos. Lo que debes hacer ahora es proteger y vigilar estrechamente a tus vástagos, pues si lo que acabo de decirte trascendiera, su vida correría grave peligro. Incluso su propio padre podría...

—Él jamás les haría daño —protestó la amante—. Me consta que los quiere con locura, especialmente a Manfredi.

—Seguramente tengas razón —concedió la occitana—, aunque yo no me confiaría. No olvides que son bastardos y que él tiene hijos legítimos. A sus ojos, no serán nunca lo mismo.

Se equivocaba.

La encrucijada que había anunciado Braira a Federico se produjo en el momento de su excomunión, cuando el pontífice le acusó de haberse apropiado de tierras pertenecientes a la Iglesia y haber obstaculizado el libre tránsito de sus legados. Él habría podido negociar, ceder en algo, buscar el modo de quitarse de encima el anatema a cambio de bagatelas, aunque optó por montar en cólera y lanzar a sus guerreros al asalto de la Ciudad Eterna.

—Si he de quemarme en el infierno, que así sea —le dijo a Ezzelino, el más leal de sus generales, a punto de sufrir un ataque de apoplejía a causa de la ira—, pero antes veré arder Roma.

—No dejaremos piedra sobre piedra, majestad —se relamió el tirano de Verona—. Mis hombres solo esperan una orden para entrar a por el botín que esconden sus palacios, sus templos y sus conventos, incluidas las monjas, por supuesto.

—Primero quiero que hagas correr la voz de lo que voy a decirte, de manera que el mensaje llegue sin tardanza a Sicilia: allí no hay interdictos que valgan. ¿Comprendes?

—Perfectamente, señor.

—Espero que lo entienda igualmente todo el clero, desde los obispos al último diácono. Cualquiera que se atreva a obedecer a Gregorio y negar a mis súbditos los sacramentos será ejecutado lentamente. ¡No habrá excepciones, que quede claro! Ni siquiera ha de enterarse mi pueblo de lo que ha dictado este papa, para lo cual las puertas del reino quedan cerradas desde este mismo instante a sus enviados lo mismo que a sus bulas. ¡No me robará a mis vasallos ni les forzará a perderme el respeto!

—Por supuesto que no lo permitiremos —ratificó Ezzelino, esbozando una mueca a guisa de sonrisa en su rostro cosido a cicatrices, que era en sí mismo un arma de terror psicológico muy poderosa.

Y así se hizo. Ni una boda, ni una misa, ni un bautizo dejaron de celebrarse en el reino.

Ante el avance imparable del ejército imperial, impulsado por la cólera de su comandante, el santo padre pidió socorro al conjunto de la cristiandad lanzando un llamamiento desesperado a todas las testas coronadas. Convocó asimismo a sus ciudadanos a oponer fiera resistencia al agresor. Recurrió incluso a los cráneos de los santos Pedro y Pablo, que paseó en procesión por las calles de la urbe asediada, advirtiendo que si los romanos no eran capaces de defender a su Iglesia, serían los apóstoles quienes se encargarían de hacerlo, con terribles consecuencias para todos.

Las espadas estaban en alto. Federico no aplacaba su furor, si bien era consciente de que las murallas de la antigua capital de Constantino no eran fáciles de derribar. Gregorio, por su parte, se había fortificado a conciencia. En la Pascua de 1241 convocó un sínodo extraordinario al que llamó a prelados de todo el orbe, empeñado en aislar a su enemigo. El emperador advirtió que no garantizaría la seguridad de los eclesiásticos... y no lo hizo. De hecho, se cebó con ellos.

Ciego de rabia, mandó atacar a las galeras genovesas en las que viajaban centenares de clérigos del más alto rango, incluidos varios cardenales. Una vez capturados los barcos y muertas sus tripulaciones, los pasajeros tonsurados fueron conducidos a presidios inmundos en los que sufrieron hambre, tortura y privaciones sin cuento. Eran rehenes destinados a obtener la rendición del papa. Piezas de una partida de ajedrez que acabó en tablas, puesto que ese verano falleció, carcomido por el calor y las preocupaciones, el viejo vicario de Cristo, nacido Ugolino Segni, sin haber conseguido derrotar a su eterno rival ni tampoco haber claudicado ante él.

La mente infatigable del hombre a quien llamaban Estupor del Mundo se puso inmediatamente a buscar el modo de sacar la máxima ventaja a lo que, desde su punto de vista, era un feliz acontecimiento. ¿Y si empleaba su influencia con algunas de las más ilustres familias romanas para tratar de forzar la elección de un pontífice más proclive a someterse a su voluntad? ¿Quién le impedía aprovechar ese momento de debilidad en el Vaticano, recurriendo a lo que hiciera falta a fin de obtener una fumata blanca acorde a su conveniencia?

Recordó el augurio de Braira: «La Papisa os otorgará lo que pidáis en el momento oportuno, aunque no de forma absoluta». Le vino a la memoria también eso que en múltiples ocasiones le había repetido su primera esposa, la más querida y digna de admiración de cuantas mujeres habían pasado por su vida: «No os enfrentéis a la Iglesia, jamás podríais vencerla». Evocó igualmente la imagen del antipapa Juan XVI, promocionado por el usurpador Crescendo en los albores del milenio, que terminó su breve mandato siendo paseado por el populacho atado a la cola de un burro, con las cuencas de los ojos vaciadas y la nariz, lengua y orejas cortadas, mientras su mentor era ajusticiado en el castillo de Sant'-Angelo...

No, no era eso lo que quería para sí mismo. Se abstendría de interferir en los asuntos de Dios, puesto que aspiraba a que su representante en la tierra no se inmiscuyese en los suyos. Decididamente era hora de dar media vuelta, regresar a ese cruce de caminos en el que había optado por el furor y rectificar la elección regresando a Palermo. Todavía estaba a tiempo.

En esa hora de cordura recobrada, la voz de Constanza, que resonaba con fuerza en sus oídos, le hizo pensar en su hijo Enrique. ¿Había sido justo con él? ¿Se había comportado como cabría esperar de un padre? ¿Existiría la posibilidad de que el largo cautiverio al que le había sometido le hubiese amansado lo suficiente como para merecer su perdón y un puesto junto a él, a la cabeza del Imperio?

Estaba decidido a averiguarlo.

—Parte hoy mismo hacia el norte, al frente de una escolta de notables, para traer a la corte al rey Enrique —ordenó a uno de sus lugartenientes, devolviendo inconscientemente a su primogénito el título del que le había desposeído—. Dile que su padre quiere verle de inmediato.

Tenía tiempo de sobra, sí. Según sus cálculos, Enrique acababa de cumplir los treinta.

XXXVIII

—Te gustará oír que he mandado llamar a Enrique —informó el emperador a Braira nada más tomar la decisión—. Quería que fueras la primera en saberlo, en atención a la relación que mantuviste con su madre y al cariño que sientes hacia él.

—¿Vais a perdonarle, señor?

—Tal vez. Dependerá de su actitud.

Estaban los dos frente a frente, uno sentado, la otra de pie, en la salita aneja al dormitorio del rey que en tantas ocasiones había sido testigo de sus lecturas de cartas.

¡Qué lejos quedaban los años en que un Federico joven y fogoso había intentado doblegar allí mismo la virtud de la dama favorita de su esposa! Con medio siglo cumplido y muy viajado, ambos acusaban los estragos de la edad, cada cual a su manera.

El rey estaba prácticamente calvo, veía cada vez peor, tenía la cara abotargada, surcada de diminutas venas rojas y azuladas especialmente marcadas en la nariz, y había aumentado considerablemente de tamaño, no en altura, sino en volumen. Ni el más hábil de los sastres era capaz de disimular su obesidad, que trataba en vano de tapar recurriendo a vestiduras holgadas de colores oscuros, pues seguía siendo un presumido empedernido.

También Braira solía vestir de negro o marrón monacal, aunque ahí terminaba el parecido. Ella había ido a menos, encogiéndose y adelgazando a medida que envejecía. Su rostro, antaño radiante, era todo nariz, cada vez más torcida, piel arrugada y mentón. Los ojos se le habían apagado, igual que la sonrisa. Casi siempre se cubría la melena grisácea, recogida en un moño a la altura de la nuca, con un velo de paño liviano. Hacía una eternidad que no se miraba en el espejo.

—Ojalá estéis todavía a tiempo de reconciliaros con vuestro hijo —añadió la occitana al cabo de una larga pausa.

—¿Y por qué no habría de estarlo? —se molestó él—. Aún nos queda mucha vida.

—¡Dios lo quiera! —agregó ella con aire misterioso.

—¡Habla claro! —le espetó el monarca, dando con el puño en el reposabrazos de madera del sillón—. ¿Qué es lo que tratas de decirme?

—Nada concreto, majestad. Es que tengo un mal presentimiento...

—Pues guárdatelo para ti. No te he hecho venir para que me agües la fiesta. Tú y tus presentimientos... —apostilló irritado—. ¡Retírate! ¿Por qué no te mandaré azotar?

—Si ese es vuestro deseo...

—¡Vete, mujer! —la despachó.

Mientras salía, Braira le oyó murmurar:

—Cuánto añoro en estos casos la paz del campo de batalla...

Enrique llevaba seis años languideciendo en distintos calabozos, todos igual de lóbregos, situados en varios castillos de Alemania, los Abruzos y Calabria. Se había quedado en los huesos. Su espíritu torturado achacaba su desgracia a la maldad de su padre, en quien no veía a un hombre ni a un rey, sino a un monstruo despiadado de quien nada cabía esperar sino la muerte.

Cuando vinieron a sacarle del agujero que compartía con sus propios piojos y su hedor, estaba pálido, barbudo, sucio y desesperado. En ese estado de ánimo, el emisario enviado a buscarle por orden del emperador se le antojó un verdugo. Un matarife disfrazado de soldado con la cruel finalidad de incrementar su sufrimiento. ¿Qué otra cosa podía ser, actuando en nombre del tirano?

Quiso que le rematara allí mismo, sin ulteriores humillaciones, y, más que pedirlo, lo exigió.

—Puesto que me quieres muerto, aquí tienes mi pecho. —Ofreció a su visitante ese escuálido trozo de cuerpo, apelando a lo que le quedaba de honor—. Hunde en él tu espada y acabemos de una vez.

—Os equivocáis, señor —respondió el capitán, desconcertado—. Me han encomendado llevaros hasta Palermo, donde vuestro augusto padre desea veros.

—¿Para qué? Su condena fue de por vida, sin remisión posible.

—Yo solo sé que debéis acompañarme. Si tenéis la bondad de recoger vuestras cosas...

—Mis cosas... —dijo sarcástico el reo—. ¿Ves tú algo en esta celda que merezca la pena llevarse?

—Fuera os espera un caballo —le informó el militar, ignorando su pregunta e indicando al carcelero mediante gestos que atara a la espalda las manos del prisionero con el fin de evitar que se escapara—. Cuanto antes salgamos, antes llegaremos.

Enrique partió convencido de que su progenitor solo quería infligirle un nuevo escarnio, trasladándole a un lugar aún más siniestro o acaso deshaciéndose de él de la forma más discreta posible, sin testigos. No tenía intención de consentirlo. Había contemplado ese escenario en infinidad de ocasiones, hasta llegar a la conclusión de que en modo alguno permitiría que acabasen así sus días.

Sabía exactamente lo que debía hacer.

Antes de que concluyera la segunda jornada de marcha, a la caída del sol, encontró lo que buscaba: un paraje abrupto, salpicado de barrancos, ideal para poner en práctica la fuga que tenía planeada.

Allí no le seguiría nadie. Adonde iba, ni siquiera Federico se atrevería a enviar tras él a sus secuaces. Sería libre. Picó espuelas, lanzó un alarido enloquecido y se arrojó al vacío a galope tendido. Tardaron varios días en recuperar su cadáver.

Para Federico aquello fue un impacto bestial. Un golpe bajo del destino. La más amarga de sus derrotas. Abrumado por la culpa, necesitado de absolución, tratando desesperadamente de justificarse, escribió a los más destacados barones sicilianos:

> Mi dolor de padre por la desaparición de mi primogénito supera a la austera condena. Un torrente de lágrimas brota de lo más profundo de mi corazón, que hasta ahora, sin embargo, descansaba tranquilo en el recuerdo de los muchos daños sufridos por su culpa y de la seguridad de haber ejercido una justicia rigurosa.

Tan rigurosa como implacable, habría querido reprocharle Braira. Tan rigurosa como inútil. Tan rigurosa como ciega. ¿No le había advertido ella de que se arrepentiría de sus actos? ¿No se lo habían augurado las cartas?

Las personas, meditaba la dama ante el sepulcro de su señora, que visitaba con cierta frecuencia a fin de hacerla partícipe de sus cuitas, rara vez aprenden de sus errores y menos aún de sus aciertos. Tampoco cambian, si no es a peor.

—Él era igual que su padre —le dijo a doña Constanza en voz baja, fingiendo rezar, refiriéndose a Enrique—. Dos caracteres demasiado fuertes como para convivir bajo un mismo techo. Confío en que descanse ya en vuestros brazos, mi señora, en ese jardín en el que todo es sosiego. ¡Qué no daría yo por tener conmigo a Guillermo y a Gualtiero, aunque fuese en el más allá! Guardadme un sitio tranquilo cercano al vuestro, majestad. No veo la hora de reposar de las fatigas de ese mundo...

Desde ese momento la dama de Fanjau miró a su rey con otros ojos, pues tenía ante ella a un soberano humanizado por la pena. Más irascible que nunca, rabioso, soberbio, poseído por ese demonio feroz que habitaba en él e incapaz de abrir la herida de su alma con el fin de dejar salir el pus..., pero vulnerable. Nunca le había visto así.

Dos años tardaron los cardenales en designar un nuevo papa, mientras el emperador rodeaba Roma con sus tropas recordando a los asediados que podría decidir su destino cuando quisiera, de manera expeditiva. Únicamente el terror a la condenación eterna contenida en la excomunión que arrastraba refrenaba su impulso de entrar a sangre y fuego en el cónclave. Allí, los purpurados, divididos en facciones irreconciliables, soportaban condiciones inicuas, como la lluvia constante de orines y excrementos procedente de los guardias que los custodiaban desde el piso de arriba de un vetusto edificio medio en ruinas, sin ponerse de acuerdo ni ceder a las presiones. No había espíritu que los guiara.

Durante ese tiempo de oscuridad la cristiandad se sintió huérfana y culpó de ello a Federico.

Acusado por los demás monarcas, aislado y derrotado sin desenvainar la espada, el siciliano se vio obligado a retirarse, con escaso honor, para asistir impotente a la elección de un pontífice criado a los pechos de su predecesor, del que no podía esperar más que hostilidad: Sininbaldo de Fieschi, que adoptaría el nombre de Inocencio IV.

Entretanto, hordas salvajes de turcos y de mongoles asolaban las tierras civilizadas, ya fuesen cristianas o sarracenas. Jerusalén, abandonada a su suerte, sufría el martirio de los otomanos, mientras los hombres de la estepa que, según el sultán de Egipto, retenían a Gualtiero y Guillermo, amenazaban ya los confines del Imperio con sus feroces embestidas.

De ellos se narraban historias capaces de helar la sangre. Habían atacado Hungría, la segunda patria de doña Constanza de Aragón, exterminado a los treinta mil componentes de su ejército y asesinado a la mitad de su población. Aquellos tártaros de ojos rasgados, relataban los pocos supervivientes que lograban huir de sus garras, desconocían el sentido de la palabra piedad. Eran monstruos de apariencia humana ávidos de botín y sangre.

Los príncipes germanos, viendo que se les echaba encima el «dragón venido de lejos», tal como apodaban a esa marea imparable, pedían ayuda a gritos. Su soberano apelaba en vano a la unidad de la Europa imperial para hacer frente al peligro, aunque sin doblegarse al papa. Y Braira, atenazada de espanto ante lo que imaginaba debían de estar pasando sus seres queridos, animaba a su señor a plantar cara a esas fieras con la esperanza de recuperarlos.

Dadas las circunstancias, toda pasión le parecía poca. Ella, que siempre había aconsejado cautela, se convertía súbitamente en la más ardiente entusiasta de la guerra, preguntándose al mismo tiempo dónde estaba Dios en ese momento crucial de sus vidas. ¿Se había olvidado Él de los hombres o eran estos quienes ignoraban sus enseñanzas? ¿Quién se acordaba de Gualtiero, de Guillermo, de todos los cautivos de carne y hueso, con sonrisas y bocas y rostros añorados, que vivían en la angustia de sus familias?

La mansedumbre y el amor brillaban por su ausencia en esa era de calamidades.

Federico se debatía entre el orgullo y el pragmatismo. Sabía que era tiempo de aunar esfuerzos en aras de salvar su imperio de la destrucción, aunque no estaba dispuesto a renunciar al control que ejercía sobre la Iglesia siciliana o plegarse a otras exigencias consideradas inaceptables. A pesar de todo, dio un primer paso al proponer un encuentro con el nuevo pontífice, a fin de firmar un armisticio mutuamente provechoso: si este retiraba el castigo que pesaba sobre su alma inmortal como una losa, él encabezaría una cruzada armada contra los paganos para librar a los afligidos hijos de Dios del flagelo al que estaban siendo sometidos.

Era demasiado tarde.

Inocencio había sufrido tantos desplantes de ese rey al que consideraba el compendio de todos los vicios, que le resultaba imposible confiar en sus promesas. Había experimentado en primera persona sus agresiones y visto las heridas infligidas a los clérigos mantenidos prisioneros por sus secuaces en calidad de rehenes. Estaba ávido de revancha. Su sentencia era inamovible.

Detestaba al emperador, su eterno enemigo, más encarnizado a sus ojos que cualquier infiel, tanto como le temía. Por eso huyó en cuanto pudo del Vaticano para refugiarse bajo el manto protector del rey de Francia, en Lyon, donde convocó un concilio. Un gran cónclave cuyo fin no era otro que destruir definitivamente a aquel monarca presentado ante los purpurados como la cuarta bestia del Apocalipsis. Un hereje asesino de papas, extorsionador del clero, envenenador de esposas y violador de mujeres inermes.

El abogado defensor del imputado fue su amigo, el procurador general del reino, Tadeo da Sessa, que libró lo mejor que supo un combate verbal a última sangre.

—Mi señor, arrepentido de sus faltas, apela a vuestra comprensión y suplica ser perdonado —expuso en su alegato inicial con toda la elocuencia de la que era capaz—. Es un hombre piadoso dispuesto a cumplir su penitencia.

—¡Mentira! —tronó la voz del acusador—. Ese sacrílego adúltero y perseguidor de sacerdotes es más perro que Herodes, empeñado en matar a Jesús. Más cruel que Nerón y más salvaje que Juliano el Apóstata, pues trata incansablemente de destruir la verdadera fe. Es similar al ángel caído y, a imagen y semejanza de Lucifer, ha tratado de utilizar su trono a fin de elevarse por encima de la Iglesia, del vicario de Cristo y del mismísimo Dios.

—Si incurrió en el pecado de soberbia —prosiguió Da Sessa con aire contrito—, lo lavará empleando lo que le quede de vida en combatir en Tierra Santa por nuestra sagrada fe. A cambio se conforma con recibir de su santidad la absolución que tanto ansía, así como la confirmación de los derechos dinásticos que corresponden a su hijo Conrado.

—¿Y cómo piensa luchar? —le rebatió su rival en el duelo—. ¿Empleando a esos mercenarios sarracenos que componen su guardia personal?

—¿Acaso no es mejor derramar en esa batalla sangre infiel antes que sangre cristiana? —adujo el letrado.

—¡Hipócrita sofista! —le reprochó su interlocutor—. Tenéis respuesta para todo, ¿no es así? ¿Y qué podéis decirnos de las concubinas a las que mantiene en su particular serrallo, siguiendo la usanza mahometana y faltando con ello gravemente a los mandamientos de la ley divina?

—Esas jóvenes de ascendencia árabe no son concubinas —trató de justificar el defensor—, sino bailarinas y acróbatas...

Era más de lo que los eclesiásticos estaban dispuestos a tolerar.

La sentencia, en todo caso, estaba dictada de antemano y no admitía indulgencia. Quien a hierro había matado, a hierro debía perecer. Con rigor tan implacable como el demostrado por Federico en su día con respecto a su primogénito, Inocencio dio a conocer su decisión:

—La excomunión es irrevocable. En este instante prohíbo formalmente a sus súbditos prestar obediencia al tirano. Federico de Hohenstaufen queda depuesto del trono del Sacro Imperio Romano y despojado de todos sus títulos y dignidades.

La reacción del condenado, que aguardaba el veredicto acantonado al sur de los Alpes, fue la del océano embravecido que golpea la escollera levantada para frenarlo. La de una tormenta situada justo encima de nuestras cabezas. La de la osa que ve amenazados a sus cachorros.

Ultrajado a la vez que liberado de cualquier escrúpulo por esa deposición infamante, lanzó al cielo su respuesta:

—He sido yunque batido sin descanso durante demasiado tiempo. A partir de hoy seré martillo. Aún no he perdido mi corona —proclamó, ciñéndosela él mismo a la cabeza, como había hecho en Jerusalén—, y ni el papa ni todo el concilio me la arrebatarán sin que medie una guerra sanguinaria.

Corría el mes de junio del año 1245. Los mongoles podían respirar tranquilos, pues quienes habrían debido frenarlos estaban demasiado ocupados desgarrándose a dentelladas.

La cólera del emperador se abatió a partir de entonces con furia sobre todo aquel que tuvo la desgracia de interponerse en su camino de violencia, ya fuera propio o extraño. Los habitantes de las villas güelfas conquistadas por sus tropas sufrieron penalidades atroces. Sus propios vasallos padecieron exacciones fiscales inmisericordes, destinadas a financiar la guerra, que llevaron el hambre a Sicilia. Cualquier conspiración, real o imaginaria, urdida contra su persona, mereció terribles castigos. Y cada vez era más proclive a ver espectros donde solo había sombras.

A los autores de una conjura descubierta en la Toscana les fueron arrancados los ojos y mutilados los rostros antes de ser despedazados en público. Incluso su propio notario y leal colaborador, Pier delle Vigne, el hombre más poderoso después del monarca, cayó en la espiral demencial generada por la ira de su señor. Fue acusado de robar a las arcas imperiales, cegado y arrojado a un calabozo, en el que se quitó la vida dándose cabezazos contra la columna a la que había sido encadenado.

El Diablo, a esas alturas, no solo controlaba al rey, sino al reino entero. Su dominio feroz, el fuego abrasador que encendía en las almas de sus poseídos, había triunfado sobre el equilibrio firme de su antítesis, el Emperador.

—Me dispongo a emprender una campaña que acabará de una vez por todas con esos traidores del norte —informó escuetamente Federico a Braira, a quien había convocado a su presencia con el fin de conocer el augurio de las cartas, una mañana otoñal—. Mis astrólogos aseguran que Marte se alinea de nuestra parte. A su entender, la victoria está asegurada.

—Fiaos, pues, de su criterio, majestad —respondió la dama, que veía sin necesidad del tarot cómo su amo cavaba su propia tumba, presa de la cólera, en un mundo que se había vuelto loco—. Su sabiduría supera con creces la mía.

—¿Te burlas de mí? —tronó él.

—En absoluto, señor. Respeto profundamente la ciencia que estudia los astros. Si ellos determinan que el planeta Marte os es favorable, ¿qué puedo añadir yo? Últimamente las cartas han errado con frecuencia al no alertarnos sobre las conjuras que se tramaban contra vos —añadió, sin dejar que sus palabras traslucieran su escepticismo respecto de esos supuestos complots.

—Aun así, quiero oír lo que tengas que decirme. Haz hablar a tus figuras.

El presente apareció representado por la Templanza cabeza abajo; un retrato exacto de la situación, que Braira, sin embargo, no podía en modo alguno expresar en toda su crudeza sin arriesgarse a sufrir represalias.

¿Cómo decir a su amo que ese naipe le acusaba de actuar de forma inmoderada, extremista, fanática e intolerante? ¿De qué manera advertirle del peligro que encerraba esa conducta marcada por la impaciencia, que le impedía entenderse con los demás?

Recurriendo a toda su habilidad diplomática, que no era mucha, trató de quitar hierro al diagnóstico a base de palabras ambiguas.

—En estos momentos el auxilio divino parece haberos abandonado, probablemente porque no lo invocáis con suficiente fervor. Si quisierais mostraros algo menos rígido...

—¿Y arrastrarme ante el papa? —entendió Federico—. ¡Nunca! ¿Qué es eso de que me falta fervor? Soy tan católico como el que más.

—Pero os falta humildad, vocación de servicio a los demás...

—¿Cómo te atreves? Desde que nací no he hecho otra cosa que servir a mis vasallos. Si estoy sumido en esta guerra civil interminable, que desangra a la cristiandad mientras los bárbaros nos atacan por el este y el norte, no es desde luego por culpa mía.

—Perdonadme, majestad —reculó Braira—. Seguro que vuelvo a estar equivocada.

Era evidente que el rey no quería oír la verdad, sino ser reafirmado en sus opiniones. Una actitud muy común entre todos los que la consultaban, especialmente si se trataba de gentes de muy alta cuna. Algo a lo que ella debería haber aprendido a responder mejor a esas alturas de su vida. La adulación complaciente era, sin embargo, la parte de su trabajo que más le costaba dominar. Una faceta de su arte tan desagradable como necesaria.

Haciendo de tripas corazón, pues no le quedaba otro remedio, invitó al soberano a elegir la carta del futuro, y, al verla, se quedó lívida: el Juicio.

Supo en ese mismo instante de qué clase de juicio se trataba y quién era ese ángel emisario cuya trompeta anunciaba nuevas importantes, aunque se guardó mucho de revelárselo a su amo.

—Este ser luminoso que contempláis —dijo, señalando al querubín que derramaba su música sobre tres figuras humanas— anuncia un tiempo decisivo. Vais a ser llamado a un acontecimiento grandioso.

—¡Esa victoria definitiva que ven en el cielo los astrólogos! —se entusiasmó el emperador.

—Posiblemente —concluyó Braira, enigmática.

Tal era su fe en los augurios que el rey ordenó levantar a toda prisa una ciudad a las puertas de la asediada Parma, a la que puso por nombre Victoria. Una urbe de trazado romano, con sus murallas, en las que se abrían ocho puertas, su catedral, su puente levadizo, su palacio, plazas, mercados, calles amplias, edificios suntuosos y, por supuesto, un lugar de honor para el harén, formado por pequeñas villas rodeadas de jardines, y otro destinado al zoológico. Una capital resplandeciente, a la altura de su fundador.

Hacia allí se encaminó ese invierno Federico, pletórico de confianza, acompañado del cortejo habitual en sus desplazamientos. Una procesión variopinta que sembraba más pánico que admiración entre quienes la veían pasar.

Con él marchaban, además de su cancillería y formidable ejército, la deslumbrante guardia mora que lucía en esas ocasiones el uniforme de gala; una nutrida representación de animales exóticos, integrada por un elefante, dos guepardos, otros tantos leones y varios camellos, al igual que sus halcones, caballos y podencos favoritos; las más hermosas de las mujeres que habitaban en el serrallo real; varios carros cargados con el grueso del tesoro, compuesto por oro, joyas, libros de incalculable valor, prendas de tejidos suntuosos y piezas raras como ese planetario, regalo de Al Kamil, del que jamás se separaba, y también algo muy preciado para él: el manuscrito sobre *El arte de cazar con pájaros* en el que llevaba la vida entera trabajando.

Un revés de la fortuna le privó de toda esa riqueza en una jornada aciaga.

Como había vaticinado el tarot de la Templanza en posición invertida, malgastó su poderío cediendo a la altanería. Sobrado de moral, se fue a cazar, en compañía de su hijo Manfredi y de medio centenar de caballeros, dejando desguarnecida la plaza con todos sus tesoros dentro. Y la plaza cayó en manos ávidas de venganza.

Mediante una maniobra de distracción hábilmente llevada a cabo, los asediados alejaron a la guarnición real y se lanzaron al asalto de ese monumento a la gloria de su verdugo que era Victoria. Se llevaron todo lo que pudieron cargar antes de prenderle fuego. Tadeo da Sessa, el mejor amigo y valedor del emperador, que se había quedado dentro, fue sometido a inicuas mutilaciones hasta morir de dolor. Un dolor que golpeó con ensañamiento el alma enferma de su señor, cuando este vio con sus propios ojos lo que había sucedido en su ausencia.

También él, al igual que Braira, comprendió entonces la auténtica naturaleza del juicio al que estaba a punto de enfrentarse.

XXXIX

Hacía frío en el castillo de Paternò.

Levantada cerca de Catania, esa torre negra de ojos gigantescos ávidos de luz, mitad fortaleza y mitad palacio, bullía de actividad por la presencia entre sus muros del dueño y señor de la plaza. Las cocinas y el horno de pan, situados dentro del recinto amurallado aunque en el exterior del edificio, trabajaban noche y día para abastecer a tanta gente como era preciso alimentar. El cuerpo de guardia, que ocupaba toda la primera planta, había sido reforzado con la élite de los sarracenos de Lucera, cuyos rezos monocordes rompían con puntualidad impecable el silencio de la noche. Un aire indefinible, viciado, impregnaba el lugar.

Sentado junto a una chimenea que los criados cebaban constantemente con leña seca, el emperador se acurrucaba en una capa de piel de armiño que no lograba calentar sus huesos. A sus espaldas, invisible aunque cercano, un lacayo encargado de traerle y llevarse el orinal acudía a sus llamadas cada vez más frecuentes, pues la disentería le roía las entrañas y había convertido sus deposiciones en un torrente constante de líquido cuyo hedor apestaba la habitación.

Sí, hacía un frío más intenso del habitual en ese otoño inclemente. Faltaban un par de semanas para que celebrara su quincuagésimo sexto cumpleaños, pero Federico intuía que no vería la luz de ese día. La hora de su comparecencia ante el Creador estaba, lo sabía, muy cercana. Más de lo que habría querido, toda vez que ese lugar amado y sus alrededores le recordaban dolorosamente lo mucho que iba a perder al abandonar este mundo.

La amplia estancia del segundo piso en la que trataba de aferrarse a esos últimos destellos de vida parecía concebida, por su belleza, para dificultarle aún más el trance. Frente a él, un enorme mural pintado al fresco le representaba en todo el apogeo de su gloria, sentado en su trono dorado y rodeado de los nobles integrantes de su corte. A su izquierda, cuatro grandes ventanales en forma de arco de ojiva se asomaban a la montaña de fuego en la que el rey siempre había visto una metáfora perfecta de sí mismo. Un gigante de corazón ardiente y carácter explosivo, poderoso, imprevisible, único.

¡Cuánto iba a echar de menos esa cima nevada y sin embargo humeante, cuya figura imponente encarnaba el orgullo de Sicilia; los bosques donde solía cazar ayudado por sus halcones, la batalla, que aceleraba el latido de su corazón, y por supuesto a las mujeres, como esa jovencísima Renata con la que había compartido sus últimos lances amorosos!

—Acércate, Manfredi —llamó al único de sus hijos que estaba presente—. Tengo que hablar contigo.

—Aquí estoy, señor —acudió este a toda prisa.

El bastardo amaba profundamente a ese hombre que le había regalado más tiempo, cercanía y amor que a cualquiera de sus vástagos legítimos. Se sentía en deuda con él. Había aceptado sin rechistar de sus manos una esposa escogida en función de los intereses del reino, princesa de la Casa de Saboya, y haría cualquier cosa que le pidiese, poniendo su mejor empeño.

Su padre estaba convencido de ello, por lo que le dijo en voz queda:

—Haz venir al notario. Quiero dictar testamento ahora que todavía conservo la lucidez. Tú serás mi principal testigo y albacea.

—Pensad mejor en curaros, majestad —respondió él, besándole la mano.

—¡Obedece! —se enojó el emperador—. No tengo tiempo que perder.

—Perdonadme —se sometió el joven, más por cariño que por temor—. Ahora mismo le llamo.

Al cabo de unos minutos dictaba el soberano sus últimas voluntades en presencia de sus más estrechos colaboradores, entre los que Braira ocupaba un discreto segundo plano.

—El objetivo principal de toda mi existencia ha sido preservar para mi estirpe la herencia de mis antepasados —proclamó solemnemente—. Por eso nombro heredero a los tronos germánico, de Italia y de Sicilia a mi primogénito vivo, Conrado. A su hermano Enrique, habido con la difunta Isabel de Inglaterra, lego Jerusalén, para cuya reconquista recibirá la suma de cien mil onzas de oro.

Manfredi, incapaz de ocultar su decepción, le miraba entristecido.

—No me olvido de ti —le tranquilizó su progenitor con un amago de sonrisa—. Mientras Conrado esté en Germania, tú ejercerás la regencia en nuestra querida isla. No te será fácil, pues esta es tierra de enfrentamientos enconados que enseguida llaman a desenvainar aceros, pero sé que te harás con las riendas del reino. Lo llevas en la sangre tanto como yo. Sicilia corre por tus venas igual que por las mías. ¡No dejes que nos la arrebaten! —le exhortó, agarrándole el brazo con dedos temblorosos.

—En mis manos está segura —respondió Manfredi, esforzándose por contener el llanto—. Respondo de ella con mi vida.

—Una cosa más —añadió el enfermo, cuya agonía trataba en vano de dulcificar su médico de cabecera administrándole pócimas inútiles—. Es mi voluntad que tras mi muerte se le restituyan a la Iglesia todos los bienes de los que me incauté a lo largo de estos años, sean reducidos los impuestos que gravan a mis pobres súbditos y se decrete una amnistía general para los delitos menores. ¡Ojalá logre de ese modo reparar tanto daño como hice!

Braira contemplaba la escena con una extraña mezcla de sentimientos encontrados. Por una parte, compadecía al anciano que estaba a punto de encontrarse con el Juez Supremo, despojado de todos esos atributos de poder a los que se había aferrado con uñas y dientes. Por la otra, estaba segura de que esa humanización repentina no era fruto de un verdadero arrepentimiento, sino del temor al infierno que le atenazaba el alma dada su condición de excomulgado.

Viéndolo tan desvalido y sabiéndose ella misma cercana a alcanzar el mismo punto de destino, con similares tormentos de conciencia dada su condición de hereje, no era capaz de experimentar rencor, a pesar de las muchas ofensas que le había infligido ese hombre. Pero tampoco iba a lamentar su muerte. Ya se había encargado él con su comportamiento de privarla de ese dolor. No, no lloraría por su rey. Bien sabía Dios que no lo haría.

Federico de Hohenstaufen y Altavilla había sido en sus últimos años un tirano. Un autócrata rodeado de aduladores y cortesanos que alimentaban su egolatría con el fin de obtener sus favores, alejándole cada vez más de la realidad y la aceptación de sus propias limitaciones. Eso había ido transformando su ambición en descarnado apetito de poder, su grandeza en fatuidad, su majestad en despotismo, su valentía en temeridad, hasta condenarle a ese aislamiento absoluto que nace de la absoluta arrogancia. Y Braira había asistido impotente a esa mutación odiosa.

Por las cunetas de ese camino tortuoso se habían quedado abandonadas personas tan valiosas como Gualtiero, cuya lealtad callada fue desde el primer día un recorrido en una única dirección, ya que su rey la daba por descontada; la desdichada Yolanda, víctima de sus intrigas; Bianca Lancia, cuyo lecho había dejado de visitar su amante después de su tercer embarazo, y tantos otros.

¿Cómo explicaría su conducta al ser interrogado por el Altísimo? —se preguntaba la cátara, viéndole a punto de sucumbir a la enfermedad—. ¿Sería capaz de agachar la testuz él, que jamás había retrocedido ante nadie ni ante nada?

Las mismas dudas atroces atormentaban al emperador.

Federico estaba pálido. Tenía frío. Pidió un brasero, que inmediatamente fue colocado a sus pies, bien cebado de carbón vegetal, aunque siguió temblando, también de miedo.

—Que venga Berardo, mi confesor —ordenó.

—Os escucho, majestad —respondió el obispo de Palermo, que se hallaba a su lado aunque fuera del alcance de su vista.

—¿Habrá salvación para mí? —inquirió angustiado el moribundo.

—Siempre la hay, cuando el propósito de enmienda es sincero.

—¿Incluso estando excomulgado?

—Confiad en la misericordia divina.

—No me perdono la muerte de mi primogénito —le reveló al prelado, mostrando ante él una debilidad que en otras circunstancias no se habría permitido ni loco—. Su espíritu y el de su madre me persiguen en sueños abrumándome con sus reproches.

—Es vuestra mente la que os atormenta. Ellos descansan en la paz de Dios.

—¿Estáis seguro?

—Completamente. Nuestra fe nos enseña a practicar la caridad, empezando por nosotros mismos.

—Esa no ha sido una de mis virtudes —reconoció el soberano.

—Habéis practicado otras.

—Juradme que seré enterrado en la catedral de mi capital, al lado de mis padres y de la única esposa a la que amé de verdad.

—Os lo prometo.

Tras un silencio tan largo que el galeno se acercó a tomarle el pulso y comprobar si aún respiraba, el emperador, sin abrir los ojos agotados, continuó hablando:

—Me habría gustado no tener que librar una interminable batalla contra el papa; encontrar otras formas de defender lo que siempre consideré el legítimo interés del Imperio. Ahora que me dispongo a enfrentarme desnudo al Juez de Jueces...

—Arrepentíos y Él os acogerá en sus brazos.

—He pecado tanto... —su voz se apagaba.

—Si vuestra contrición es sincera —le tranquilizó el obispo, santiguándole—, yo os absuelvo, en el nombre del Padre, y del Hijo, y del Espíritu Santo.

Expiró un 13 de diciembre de 1250, mientras una lluvia helada bañaba los campos.

Manfredi escribió a Conrado: «El sol de la justicia se ha puesto. El artífice de la paz ha expirado». Y Braira entendió que aquello no era una figura lírica, sino un acertado diagnóstico sobre lo que aguardaba a Sicilia en el futuro inmediato. Muerto el monarca, se desatarían luchas feroces por apropiarse de su legado. Guerras que desangrarían al reino y pondrían su vida en grave peligro, dado que su protector acababa de exhalar el último aliento.

Desde el episodio de la ordalía, e incluso antes, muchos miembros de la nobleza palaciega sentían hacia ella un rechazo que no se molestaban en disimular, salvo en presencia del emperador. Despertaba envidias y recelo a partes iguales. Los supersticiosos, que eran abundantes, la rehuían atemorizados. Muchos la consideraban una bruja, otros una hereje y los más una arribista que había escalado hasta la cima embaucando a su señor. Sin su amparo, todos ellos se le echarían encima como una manada de lobos.

Era tiempo de marchar. De escapar nuevamente de las fauces hambrientas de la guerra. Pero ¿adónde?

Desaparecido su hogar en Fanjau, y con él la patria de su infancia, le quedaba la amistad de Inés. Su relación había sido breve, aunque de tal intensidad que estaba segura de ser recibida con los brazos abiertos sin tener que contestar a preguntas incómodas. No en vano durante aquellos días inolvidables de Jerusalén le había ofrecido ella su casa sinceramente, desde ese lugar resguardado que únicamente algunos privilegiados logran alcanzar al descubrir en otro ser humano un espacio en el que refugiarse.

Las personas que conocemos a lo largo de la vida, había descubierto a esas alturas Braira, van tornándose fantasmas sin cuerpo ni forma definida. Suspiros inconcretos de un pasado muerto, al que solo algunos escogidos escapan conservando sus rasgos intactos, como prueba de que un día llegaron a tocarnos el alma. Inés era el paradigma de esa constatación. Una excepción a la regla en la memoria de Braira, que jamás había difuminado sus perfiles.

Aunque durante el breve tiempo que compartieron juntas no llegó a percatarse plenamente de lo que aquella mujer representaba para ella, ahora se daba cuenta de que su sonrisa desoladora y sin embargo franca, o sus ojos increíblemente vivos, que escapaban altivos al encierro del velo y se empeñaban en desafiar al resto de su rostro torturado, habían quedado grabados en su retina y actuaban como un bálsamo para su espíritu. Una tabla de salvación a la que se aferraría con todas sus fuerzas.

Inés era un regalo de la Luna, libertadora de desgarros ocultos a través del olvido. Un don que había llegado en el momento equivocado, pues la estrella que guiaba los pasos de Braira en aquel entonces era el Sol; astro demasiado ambicioso como para compartir su luz.

Ahora las tornas eran otras.

Iría, por tanto, al encuentro de su hermana de Barbastro, en esa tierra de acogida que siempre había sido Aragón. Pagaría su hospitalidad, su consuelo y compañía con la misma valiosa moneda: el amor gratuito de una amiga que nada espera ni exige. Las dos curarían con afecto sus respectivas cicatrices, pues las de Braira, con ser invisibles, no eran menos profundas ni dolorosas que las de Inés. Gozarían juntas de las cosas sencillas. ¿No era esa la receta de felicidad que ella misma se había dado después de contemplar, inerme, la devastación de Occitania?

Embarcó a mediados de enero desde el puerto de Siracusa, llevándose en el corazón los contornos de un paisaje que Gualtiero había embellecido al compartirlo con ella. Los recuerdos de su llegada a la isla, su boda y el tiempo feliz construido junto a su familia eran, para entonces, incluso dulces. El dolor lacerante de la pérdida había dado paso a la melancolía, compañera habitual de la nostalgia. Poco a poco se había ido liberando del odio, al mismo tiempo que de la angustia. No era tan severa ya consigo misma ni con los demás. Para eso estaba la luna.

Poca cosa había metido en el equipaje, aparte de sus vivencias. Con ella viajaban, eso sí, sus viejas cartas, tan raídas y descoloridas que apenas eran reconocibles las figuras. El tarot formaba parte de un pasado que estaba a punto de dejar atrás. Una tirada más, solo una, y se despediría para siempre de ese talismán cuyo poder no ejercía ya sobre ella el menor influjo.

El ayer apareció marcado por el Loco; ese vagabundo provisto de bastón y hatillo que recorre el mundo en una búsqueda espiritual incansable. ¡Qué gran verdad! Su amor a la independencia, su indoblegable voluntad de escalar hasta lo más alto la habían llevado de un lado a otro por caminos no siempre gratos, desde el horror de las hogueras de Vauro hasta el sublime goce de las playas de Girgenti. Había visto lo mejor y lo peor de la condición humana, sin dejar de ser auténtica. No se arrepentía de nada, salvo tal vez de los besos robados por desidia a aquellos a quienes amaba.

La Rueda de la Fortuna fue la encargada de definir el presente. Curioso... Era la misma carta aparecida tantos años atrás, cuando había emprendido junto a su reina, doña Constanza, la travesía que las condujo a Sicilia. Ahora la rueda giraba en dirección contraria y la llevaba de regreso a Aragón. Un ciclo terminaba a fin de que otro diera comienzo, precisamente en el momento en el que ella volvía a empuñar las riendas de su existencia. ¿O acaso estaba ante un mensaje más complejo?

De Aragón a Sicilia y de Sicilia a Aragón... Posiblemente no se tratara únicamente de un viaje personal, sino de un símbolo, como lo era todo ese lenguaje cifrado. Todo lo que sube baja y todo lo que viene, va. Aragón había dado a Sicilia una gran soberana y lo mismo haría Sicilia con Aragón. La rueda volvería a girar. El destino acabaría uniendo con lazos sólidos a esos dos reinos. Estaba escrito por la mano de Dios.

Por si le quedaran dudas respecto de lo que decían los naipes, el futuro fue iluminado por la Luna, que hablaba de perdón y reconciliaciones. Ahora sí era el momento. Su tenue luz, proyectada sobre la ciudad, creaba una serie de reflejos encadenados que no hacían sino confirmar su vaticinio: una torre se espejaba en otra, un perro en su *alter ego*, el propio astro en el agua de un estanque, y así sucesivamente. Sicilia y Aragón irían de la mano con mutuo provecho, como lo habían hecho Constanza y Federico. La madre divina velaba por su unión.

Por último, en el espacio correspondiente al consejo del tarot sobre el mejor modo de alcanzar la meta augurada por la fortuna, mostró su rostro el Enamorado. Ese doncel flanqueado por dos mujeres, pasión y sabiduría, deseosas de conquistar su corazón. El amor, la pareja, un matrimonio. Ese sería el instrumento empleado por el azar para llevar a cabo el enlace.

Todo cobró de repente significado.

Ella no llegaría seguramente a verlo, pero habría servido de puente. El amor, que daba sentido e identidad a la desaparecida tierra de los juglares, tejería una tupida red de complicidad entre sus otras dos patrias. Aragón vivirá en Sicilia igual que Sicilia en Aragón, y en ambas habitaría por siempre Occitania.

Era noche cerrada. La mayoría de los pasajeros dormía desde hacía rato, mientras Braira formulaba esa consulta, a la luz de una vela, en la soledad de un rincón resguardado. Se había prometido que sería la última y estaba decidida a cumplir su palabra. No quería que ese juego adictivo y peligroso influyera en modo alguno en su amistad con Inés, como tampoco había aceptado nunca que interfiriera en su relación con Gualtiero y Guillermo.

¡Cuánto los añoraba! Su ausencia permanente y constante, sufrida cada día, a cada instante, era la única herida del alma que no había encontrado cura con el transcurso del tiempo. Ni la hallaría.

Llevándolos en sus pensamientos, subió a la cubierta, prácticamente desierta a esa hora, embutida en una gruesa capa de lana. Pese a la brisa invernal, la temperatura resultaba agradable al abrigo de esa prenda. Las aguas estaban en calma. Una infinidad de estrellas hacían del firmamento un regalo para el espíritu.

Se acercó a una de las bordas y extrajo del bolsillo el estuche de plata heredado de su madre. Había cumplido con creces su función. Dondequiera que estuviese, Mabilia no se avergonzaría del uso que le había dado Braira. Pero en esa era turbulenta, y a falta de heredera a quien transmitir el saber antiguo contenido en la baraja, el mejor lugar para guardarla sería el fondo del océano, donde descansaría hasta que alguien, quién sabía cuándo, la rescatara de su sueño. Sí, allí estaría a salvo de lo que estaba por llegar.

Vio hundirse la cajita de inmediato, sin un lamento, antes de volver la vista a un horizonte infinito.

La inmensidad del mar en calma le trajo entonces a la memoria la imagen del desierto que había recorrido en Tierra Santa junto a ellos... Sus dos hombres. En algún lugar de ese yermo ardiente, se dijo, Guillermo y Gualtiero contemplarían a esa hora la misma bóveda grandiosa y se acordarían de ella. Desde alguna lejana estepa le harían llegar su amor, porque alentaba en su interior con la fuerza de mil galernas.

En algún reino remoto...

Abrazada a esa certeza se durmió.

Agradecimientos

Gracias a Daniel Rodés y Encarna Sánchez por desvelarme los misterios y el lenguaje de las preciosas cartas del tarot de Marsella en su *Libro de Oro*.

José Luis Oros por abrirme las puertas de Zaragoza y brindarme valiosa documentación sobre el Reino de Aragón.

A mi hermana, Ana, por proporcionarme la bibliografía italiana referida a Federico... y por muchas cosas más.

A mis hijos, Iggy y Leire, por inspirar e iluminar todos mis trabajos.

Índice

«Para viajar lejos no hay mejor nave que un libro».

Emily Dickinson

Gracias por tu lectura de este libro.

En **penguinlibros.club** encontrarás las mejores
recomendaciones de lectura.

Únete a nuestra comunidad y viaja con nosotros.

penguinlibros.club